2012年
全国硕士研究生入学统一考试
心理学专业基础综合考试大纲解析

● 全国硕士研究生入学统一考试辅导用书编委会

2012 NIAN QUANGUO SHUOSHI YANJIUSHENG RUXUE TONGYI KAOSHI XINLIXUE ZHUANYE JICHU ZONGHE KAOSHI DAGANG JIEXI

高等教育出版社·北京
HIGHER EDUCATION PRESS BEIJING

内容简介

　　本书是与考试大纲完全配套的复习用书，意在指导考生进行扎实、高效的复习。本书从基本理论、基本观点的角度，对考试大纲的内容和要求作了深入的阐述和讲解，力求帮助考生全面了解和准确把握考试大纲的内容和要求。本书不但及时反映了最新的考研信息，而且内容系统、便于记忆、重点突出、阐述准确、针对性强，每章后还提供与真题接近的复习题供考生检测复习效果。本书是考生复习备考必不可少的基础资料，更适于考生自学使用。

图书在版编目（CIP）数据

2012年全国硕士研究生入学统一考试心理学专业基础综合考试大纲解析/全国硕士研究生入学统一考试辅导用书编委会编.—北京：高等教育出版社，2011.8

ISBN 978-7-04-033098-4

Ⅰ.①2… Ⅱ.①全… Ⅲ.①心理学-研究生-入学考试-自学参考资料 Ⅳ.①B84

中国版本图书馆 CIP 数据核字（2011）第 154120 号

策划编辑	刘 佳	责任编辑	王建强	封面设计	王凌波	版式设计 范晓红
责任印制	尤 静					

出版发行	高等教育出版社	咨询电话	400-810-0598	
社　址	北京市西城区德外大街4号	网　址	http://www.hep.edu.cn	
邮政编码	100120		http://www.hep.com.cn	
印　刷	北京铭成印刷有限公司	网上订购	http://www.landraco.com	
开　本	787mm×1092mm　1/16		http://www.landraco.com.cn	
印　张	18.5	版　次	2011年8月第1版	
字　数	620千字	印　次	2011年8月第1次印刷	
购书热线	010-58581118	定　价	37.00元	

本书如有缺页、倒页、脱页等质量问题，请到所购图书销售部门联系调换

版权所有　侵权必究

物料号　33098-00

出 版 前 言

一、《2012 年全国硕士研究生入学统一考试心理学专业基础综合考试大纲》规定了 2012 年全国硕士研究生入学考试心理学的考试范围、考试要求、考试形式、试卷结构等，与 2011 年版相比，2012 年版考研心理学考试大纲作了一定程度的修订。它既是 2012 年全国硕士研究生入学心理学考试命题的唯一依据，也是考生复习备考必不可少的工具书。

二、《2012 年全国硕士研究生入学统一考试心理学专业基础综合考试大纲解析》根据教育部制订的《2012 年全国硕士研究生入学统一考试心理学专业基础综合考试大纲》的要求和最新精神，深入研究上一年考研心理学命题的特点及动态，并结合作者阅卷以及"考研班"辅导的经验编写。编写时，作者特别注重与学生的实际相结合，注重与考研的要求相结合。

本书由五个学科组成，包括心理学导论、发展心理学、教育心理学、实验心理学、心理统计与测量。其中各部分包括以下内容：

（一）考点详解——本部分对大纲所要求的知识点进行了全面、准确的阐述，以加深考生对基本概念和原理等重点内容的理解和正确应用。本部分讲解考点明确、重点突出、层次清晰、简明实用。

（二）强化练习——优化设计与《大纲》考点相关的同步训练题供考生选用。通过学练结合，使考生更好地巩固所学知识，提高实战能力。

（三）2011 年考研心理学试题分析——对考查要点、命题角度和答题方法等考生最需要了解和掌握的内容进行详细分析，以提高考生应试能力。

三、《2012 年考研心理学考试大纲解析配套 1000 题》本书由经验丰富的考研辅导专家根据全面调整后的《2012 年全国硕士研究生入学统一考试心理学专业基础综合考试大纲》、《2012 年全国硕士研究生入学统一考试心理学业专业基础综合考试大纲解析》编写，将大纲和大纲解析中的考点、重点和难点与试题结合，使考生在学习《大纲解析》后通过难易适度的练习题达到检测复习效果、巩固基础、掌握重点、提高解题能力的目的，真正实现记、练、用的结合。

在开始复习的时候，最好把本书对照《2012 年全国硕士研究生入学统一考试心理学专业基础综合考试大纲解析》复习，看一章即做一章相应的练习，以检测复习效果，帮助理解和掌握考点。本书可贯穿复习始终，前期可以作为同步训练，后期用于强化训练。

为了给考生提供更多的增值服务，凡购正版高教版全国考研辅导班系列用书的考生都可以登录"中国教育考试在线"www. eduexam. com. cn 获取名师导航、在线测试、考试商城等多项增值服务。

高等教育出版社
2011 年 8 月

目 录

附 录

第一部分　心理学导论

第一章　心理学概述

一、心理学的研究对象

心理学的研究对象是心理现象,主要是指人的心理现象。传统心理学一般认为心理现象包括心理过程和个性(也称个性心理)两部分。心理过程包括认识(认知)过程,情绪情感过程和意志过程。认识过程又包括感觉、知觉、记忆、想象、思维等心理过程。个性心理分为个性倾向性和个性心理特征。个性倾向性包括需要、动机、兴趣等;个性心理特征包括能力、气质和性格。随着心理学的发展,尤其是认知心理学的发展,人们对心理现象的分类也发生了一些变化。认知心理学倾向于把具有动机作用的情绪、情感和动机放在一起,而把个性概括为能力和人格。

不管如何分类,它们都是心理现象的不同组成部分,是同一事物的不同方面。不同的心理现象之间是相互联系、相互影响、互相依存的。

二、心理学的研究方法

(一)观察法

在自然条件下,对表现心理现象的外部活动进行有系统、有计划的观察,从中发现心理现象产生和发展的规律性,这种方法就叫观察法。观察法一般在下列情况下采用:(1)对所研究的对象无法控制;(2)在控制条件下,对某种行为的出现可能产生影响;(3)由于社会道德的要求,不能对某种现象进行控制。观察的目的与任务、观察和记录的手段以及观察者的毅力和态度,直接决定着观察法的效果。

观察法的优点:适用范围较大,使用简便,被观察者处于自然状态,因而获得的资料比较真实。

观察法的缺点:(1)在自然条件下,事件很难按严格相同的方式重复出现,因此,对某种现象难以进行重复观察,而观察的结果也难以进行检验和证实;(2)由于自然条件下,影响某种心理活动的因素是多方面的,因此,观察法得到的结果很难进行精确的分析;(3)观察者缺少主动性,难以控制研究进程,因此,感兴趣的现象可能没有出现,而不需要的现象却出现了;(4)观察的结果容易受到观察者本人的兴趣、愿望、知识经验和观察技能的影响,资料选取容易"各取所需"。

(二)测验法

测验法是指用一套预先经过标准化的问题(量表)来测量某种心理品质的方法。

心理测验有不同的类别,要根据需要选择合适的测验量表。

心理测验要注意三个基本要求:

(1)信度(reliability):指一个测验的可靠程度。

(2)效度(validity):指一个测验有效地测量了所需测量的心理品质的程度。

(3)标准化(standardization):指编制心理量表的过程要系统化、科学化,检测过程也要系统化、科学化,对结果的解释也要严谨、客观、符合科学。

(三)调查法

调查法是以大家所了解或关心的问题为范围,预先拟就问题,让受调查者自由表达其态度或意见的一种方法。该方法广泛地用于教育心理学和社会心理学的研究中。

在使用调查法时应该注意：（1）取样的代表性，避免抽样偏差；（2）被试的反应会受到社会赞许性的影响。

调查法虽然运用起来比较容易，收集数据比较快，但是它也有一些不足：（1）不够严谨；（2）不能揭示因果关系；（3）受研究者的主观性影响较大。

（四）实验法

在控制的情境下，研究者系统地操纵自变量，使之系统地改变，然后观察因变量随之改变的情况，这就是实验法。实验法探讨的是自变量与因变量之间的因果关系。实验法与观察法的不同在于，实验中，研究者可以积极干预被试的活动，创造某种条件使某种心理现象得以产生并重复出现，研究者不是被动地等待某种行为的出现。

实验法分为两种：实验室实验和自然实验。实验室实验是借助专门的实验设备，在对实验条件进行严格控制的情况下实施的。自然实验也叫现场实验，虽然也对实验条件进行适当的控制，但往往是在人们正常学习和工作的情境中进行的，即实验情境更符合现实。

实验法的优点：（1）可揭示因果关系；（2）可重复，可检验；（3）数量化指标明确。

实验法的不足：在实验中容易产生主试效应和被试效应，研究者的期待和态度等可能会对实验产生影响，同时，被试意识到自己正在接受实验，也可能干扰实验结果的客观性。

（五）个案法

个案法要求对某个人或少数几个人进行深入而详尽的观察与研究，以发现影响某种行为和心理现象的原因。由于个案法涉及案例很少，研究的结果往往缺少普遍性，只适合某些个别情况，所以，在推广结果或作出更概括的结论时，应该谨慎。

三、主要的心理学流派

（一）构造主义心理学

构造主义学派的奠基人是冯特，铁钦纳是其著名的代表人物。1879 年冯特在德国的莱比锡大学建立了世界上第一个心理学实验室，标志着心理学脱离开哲学的怀抱，开始走向科学的、独立发展的道路。这一学派主张心理学应该研究人们的直接经验即意识，并把人的经验分为感觉、意象和激情状态三种元素。其他所有复杂的心理现象都是由这些元素构成的，知觉是由感觉、观念是由意象、情绪是由激情构成的。在研究方法上，构造主义学派强调内省法，强调被试自己对自己经验的观察和描述。

（二）机能主义心理学

这一学派的创始人是美国心理学家詹姆斯、杜威、安吉尔。其基本主张是心理学的目的是研究个体适应环境时的心理或意识的功能，而不应该像构造主义那样，只求分析意识之元素。机能主义认为意识不是个别心理元素的集合，而是川流不息的过程，意识的作用就是使有机体适应环境。机能主义心理学推动了美国心理学面向实际的发展。

（三）行为主义心理学

行为主义学派由美国心理学家华生于 1913 年创立。行为主义不但反对构造主义的心理结构与意识元素的观念，而且根本就不同意构造主义与机能主义将意识作为心理学研究的主题。行为主义学派认为心理学的对象应该是可以观察的行为。在研究方法上主张实验法，反对内省法。

行为主义学派的主张虽然过于极端，否定研究意识的重要性，限制了心理学的健康发展，但是，他们对于可观察行为的研究，对于研究客观性的强调，对于使心理学沿着客观科学的道路走下去，没有再回到哲学的思辨中具有重要作用。

（四）格式塔心理学

格式塔心理学派由德国心理学家魏特海默（M. Wertheimer，1880—1943）于 1912 年在法兰克福大学创立，其代表人物还有柯勒（W. Köhler，1887—1967）和考夫卡（K. Koffka，1886—1941）。这一学派先反对构造主义的心理元素观，后又反对行为主义的集多个反应而成整体行为的观念，它强调心理作为一个整体、一种组织的意义。

格式塔心理学强调，知觉经验虽来自外在刺激，各个刺激可能是分离零散的，但人的知觉却是有组织的。集知觉而成意识时多加了一层心理组织，所以整体大于部分之和。格式塔心理学很重视心理学实验，他们在知觉、学习、思维等领域开展了大量的实验研究，取得了很有价值的成果。

（五）精神分析

这一学派由奥地利精神病医生弗洛伊德（S. Freud，1856—1939）于 1896 年创立，是现代心理学中影响最大的理论之一,也是影响人类文化最大的理论之一。其理论主要来源于精神病治疗的临床实践。精神分析学派认为,人类的一切个体和社会的行为,都根源于心灵深处的某种欲望或动机,特别是性欲的冲动。欲望以无意识的形式支配人,并且表现在人的正常和异常的行为中。精神分析的研究方法主要是通过自由联想揭示无意识内容,使病人恢复童年期的记忆和情绪状态,通过释梦,揭露无意识的伪装,了解象征符号的真实含义。

精神分析学派重视动机的研究和无意识现象的研究,但是他们过分强调无意识的作用,并且把它与意识的作用对立起来;他们的早期理论具有泛性欲主义的特点,把性欲夸大为支配人类一切行为的动机,这些都是不正确的。

(六)人本主义心理学

人本主义学派是由美国心理学家马斯洛和罗杰斯于 20 世纪 50 年代创立的。人本主义学派认为,心理学的研究应以正常人为对象,研究人类不同于动物的一些复杂经验。他们认为,人的本质是好的、善良的,不是受无意识欲望驱使,并为实现这些欲望而挣扎的野兽。人有自由意志,有自我实现的需要。人本主义学派强调充分发展个人潜能并获得最高个人成就的过程,即自我实现。他们认为,每个人本来都具有这种潜能,而人本主义研究的目标就是要找到能够帮助人们发挥出这种潜能的方法。

人本主义心理学的两大特征:(1)以人的需要为出发点去研究人性;(2)冲淡了心理学纯科学的色彩,这是心理学近年来发展的趋势之一。

(七)认知心理学

认知心理学产生于 20 世纪 50 年代。认知心理学认为,人不是被动的刺激物接受者,人脑中进行着积极的对所接受的信息进行加工的过程(认知过程)。所谓"认知"是由一系列心理能力所组成的复杂系统。它的基本作用是获得外部世界的信息,把这种信息转变为自身的经验结构,然后运用这种认知结构去指导自己的行为。认知心理学将人与计算机进行类比。计算机从周围环境接受输入信息,经过加工并储存起来,然后产生有计划的输出。人的系统和计算机一样,知识的获得也是一个对信息的输入、转换、存储和提取的过程。

认知心理学的研究方向是在行为主义衰落,信息论、计算机科学的发展过程中发展起来的。奈瑟(U. Neisser)于 60 年代所写《认知心理学》一书,被看做是认知心理学建立的开端。司马贺(H. Simon)和纽维尔(A. Newell)在计算机与心理学的结合上作出了贡献。认知心理学的主要研究方法有反应时记录法、口语报告法、计算机模拟等。

第二章　心理和行为的生物学基础

一、神经系统的基本结构

(一)神经元

神经元就是神经细胞,它是神经系统的结构和机能单位,它的基本作用是接受和传递信息。

1. 神经元的结构

神经元由胞体、树突和轴突三部分组成。胞体由细胞膜、细胞核、细胞质组成。树突较短,只有几百微米,像树的分支,负责接受刺激,并把刺激传向胞体。轴突较长,从十几微米到一米。每个神经元只有一个轴突,作用是传导刺激到与它联系的各种细胞。

2. 神经元的信息传递

一个神经元一般由树突接受神经冲动,然后传到胞体,再传导到轴突。轴突通常是被脂肪性的髓鞘包住的,再把冲动传递给其他细胞。

3. 神经元的分类

神经元有不同的类型,按功能可以分成内导神经元、外导神经元和中间神经元。内导神经元也叫感觉神经元或传入神经元,主要功能是收集和传导身体内外的刺激,并传达到脊髓和大脑。外导神经元也叫运动神经元或传出神经元,它们将脊髓和大脑发出的信息传到肌肉和内分泌腺,支配效应器官的活动。中间神经元介于内导神经元和外导神经元之间,起联络作用。

4. 神经胶质细胞

神经元之间有大量的胶质细胞，大约有 1 000 亿个以上。神经胶质细胞的作用：(1) 为神经元的生长提供了支架，对神经元的沟通有重要作用。(2) 在神经元的周围形成绝缘层，使神经冲动得以快速传递。绝缘层就是髓鞘，由神经胶质细胞组成。(3) 给神经元输送营养，清除神经元间过多的神经递质。

（二）突触

神经冲动在神经元和神经元之间的传导靠突触。一个神经元与另一个神经元彼此接触的部分，叫突触。突触包括三部分：突触前成分、突触间隙和突触后成分。突触前成分是指轴突末梢的球状小体，其中包含许多突触小泡，它是神经递质的储存场所。球形小体前方的质膜叫突触前膜。突触间隙即一个神经元末端与另一个神经元始端间的缝隙。突触后成分是指临近神经元的树突末梢或胞体内的一定部位。后膜含有分子受体。

突触分兴奋性突触和抑制性突触。兴奋性突触是指突触前神经元兴奋时，由突触小泡释放出具有兴奋作用的神经递质，使突触后神经元产生兴奋。抑制性突触是指突触前神经元兴奋时，使突触小泡释放出具有抑制作用的神经递质，使突触后神经元出现抑制性的效应。

神经兴奋在突触间的传递，是借助于神经递质来完成的。当神经冲动传导到轴突末梢，突触小泡内存储的神经递质释放出来，经过突触间隙作用到突触后膜，和突触后膜的化学物质联系在一起，改变了膜的通透性，引起突触后神经元的电位变化，于是，实现了神经冲动的传递。这就是神经冲动的化学传导。这种突触传递，是脑内神经元信号传递的主要方式。

（三）周围神经系统和中枢神经系统

1. 周围神经系统

（1）躯体神经系统

躯体神经系统包括脊神经 31 对和脑神经 12 对。脊神经包括颈神经 8 对，胸神经 12 对，腰神经 5 对，骶神经 5 对，尾神经 1 对。脊神经由脊髓前根和后根的神经纤维混合而成，是混合神经。脑神经中既有感觉神经，也有运动神经，还有混合神经。其中嗅神经、视神经和听神经为感觉神经，分别传递嗅觉、视觉、听觉和平衡觉的感觉信息。动眼神经、滑车神经、外展神经、副神经和舌下神经是运动神经，分别支配眼球活动、颈部和面部的肌肉活动以及舌的运动。三叉神经负责面部感觉和咀嚼肌的运动；面神经支配面部表情、舌下腺、泪腺及鼻黏膜腺的分泌，并接受味觉的部分信息；舌咽神经负责味觉和唾腺分泌；迷走神经支配颈部、躯体脏器的活动。它们 4 对为混合神经。

（2）植物性神经系统（也叫自主神经系统）

19 世纪德国学者莱尔最先提出"植物性神经系统"这个名词。植物性神经系统分为交感神经和副交感神经两部分。交感神经和副交感神经在机能上具有拮抗性质。交感神经可以加速心脏的跳动；使肝脏释放更多的血糖，提高肌肉的运动能力；暂时减缓或停止消化器官的活动，动员全身力量以应付危机。所以，交感神经系统是机体应付紧急情况的机构。副交感神经则相反，它起着平衡作用，抑制体内各器官的过度兴奋，使它们获得必要的休息。

2. 中枢神经系统

中枢神经系统包括脊髓和脑。

（1）脊髓

脊髓是中枢神经系统的低级部位，位于脊椎管内，上接延髓。脊髓的主要作用：① 脊髓是脑和周围神经的桥梁。来自躯干和四肢的各种刺激，只有经过脊髓才能传导到脑；而由脑发出的指令，也必须通过脊髓，才能支配效应器官的活动。② 脊髓可以完成一些简单的反射活动，如膝跳反射等。

（2）脑干

脑干包括延脑、桥脑和中脑。

延脑在脊髓上方，背侧覆盖着小脑，是一个狭长的结构。延脑支配呼吸、排泄、吞咽、肠胃等活动，和有机体的基本生命活动有密切关系，因而又叫"生命中枢"。桥脑在延脑的上方，它位于延脑与中脑之间，是中枢神经与周围神经之间传递信息的必经之地。它对人的睡眠具有调节和控制作用。中脑位于丘脑底部，小脑和桥脑之间。中脑中存在视觉和听觉的反射中枢。瞳孔、眼球等均由它控制。

延髓的中央部位、桥脑的被盖和中脑部分组成网状结构或网状系统。网状结构分为上行系统和下行系统两部分。上行网状结构又叫上行激活系统，控制着机体的觉醒或意识状态，与保持大脑皮层的兴奋性，维持注意状态有密切关系。下行网状结构又叫下行激活系统，它对肌肉紧张有易化和抑制两种作用，即加强或减弱肌肉的活动状态。

（3）间脑

间脑包括丘脑和下丘脑两部分。丘脑位于脑干上方、大脑两半球的下部。丘脑的正下方是下丘脑。

丘脑是感觉神经的重要中继站，除嗅觉外的所有输入信息都经过丘脑导向大脑皮层。丘脑是网状结构的一部分，对控制睡眠和觉醒也有重要作用。下丘脑是调节交感神经和副交感神经的主要皮下中枢，它对于控制内分泌系统、维持新陈代谢、调节体温等具有重要意义，并与生理活动中饥饿、渴、性等生理性动机有密切关系。另外，下丘脑与情绪也有重要的关系，用微弱电流刺激下丘脑的某些部位，可产生快感；而刺激相邻的另一区域，会产生痛苦和不愉快的情绪。

（4）小脑

小脑在脑干背面，分左右两半球。小脑表面的灰质是小脑皮层，内面的白质叫髓质。小脑的主要作用是与大脑皮质运动区共同控制肌肉运动，调节身体姿势与身体平衡。

（5）边缘系统

边缘系统位于大脑内侧面最深处的边缘，包括扣带回、海马回、海马沟、附近的大脑皮层，以及丘脑、丘脑下部、中脑内侧被盖等，是一个统一的功能系统。

在种系进化阶梯上，哺乳动物以下的有机体没有边缘系统。边缘系统与动物的本能活动有关。边缘系统还与记忆有关。边缘系统受损的病人，不能完成有目的的序列动作，任何细小的干扰，都会使他们忘记所要做的事情。边缘系统也与情绪有密切关系。

二、大脑皮层及其机能

（一）大脑皮层感觉区及其机能

大脑皮层感觉区包括视觉区、听觉区和机体感觉区，是接受和加工外界信息的区域。

视觉区位于枕叶内，属布鲁德曼的第 17 区。它接受眼睛输入的神经冲动，产生初级形式的视觉。若损伤，视觉受损。

听觉区位于颞叶内，属布鲁德曼的第 41、42 区。它接受由耳朵传入的神经冲动，产生初级形式的听觉。

机体感觉区位于中央后回，属布鲁德曼的第 1、2、3 区。它接受皮肤、内脏等器官的感觉刺激，产生各种不同的感觉。身体颈部以下在机体感觉区的投射关系是对侧性的，左右交叉、上下倒置；头部在感觉区的投射是正置。身体各部位在感觉区的投射面积的大小取决于它们在机能方面的重要程度。例如，手在人类生活中有重要作用，因而在机体感觉区的投射面积就较大。

感觉联合区是指邻近感觉区的广大脑区。它从感觉区接受大部分的输入信息，并提供更高水平的知觉组织。感觉联合区受损后，产生各种形式的"不识症"，例如不能认识和区分物体形状等。

（二）大脑皮层运动区及其机能

大脑皮层运动区位于中央前回和旁中央小叶的前部，即布鲁德曼的第 4 区。它的主要功能是发出运动指令，支配和调节身体在空间的位置、姿势及身体各部分的运动。运动区与躯干、四肢运动的关系也是左右交叉、上下倒置的。运动区和头部运动的关系是正置的。同样，身体各部位在运动区的投射面积取决于它们在机能方面的重要程度，功能重要的部位在运动区的投射面积就较大。

（三）大脑皮层言语区及其机能

大脑皮层运动联合区位于运动区的前方，又称前运动区，它负责精细的运动和活动的协调。这一区域受损后，精细活动就会受损。

言语区主要定位于大脑左半球，它由较广大的脑区组成。在左半球额叶的后下方、靠近外侧裂处，即布鲁德曼的第 44、45 区，是一个言语运动区，也称布洛卡。这个区域受损，会产生运动性失语症。在颞叶上方、靠近枕叶处，有一个言语听觉中枢，即威尔尼克区，它与理解口头言语有关。这一区域受损，将会引起听觉性失语症。在顶枕叶交界处，还有一个言语视觉中枢，这个区域损伤，将出现理解书面言语的障碍，产生视觉失语症或失读症。

（四）大脑两半球单侧化优势

大脑分左右半球，每一半球都有感觉区、运动区、视觉区、听觉区、联合区。通常情况下，两半球协调活动，一个半球的信息通过胼胝体传到另一半球，作出统一的反应。

斯佩里（Roger Sperry，1914—1994）在 60 年代对裂脑人进行了系列研究，1981 年获得诺贝尔生理学奖。大量研究发现，左右半球在功能上是不平衡的。左半球主要负责言语、阅读、书写、数学运算和逻辑推理等。而右半球在知觉物体的空间关系、情绪、音乐和艺术欣赏、舞蹈雕塑等方面起主要作用。正常情况下,两半球既分工又联合活动,完成复杂的活动。

三、脑机能学说

(一)定位说

脑机能的定位说开始于加尔(Franz Josef Gall,1758—1828)的颅相说。加尔将颅骨的外部特征与行为的某些方面联系起来。加尔的颅相说虽然是不科学的,但它推动了脑功能定位的研究。

真正的定位理论的提出开始于19世纪60年代失语症的研究。1861年布洛卡区的发现,1874年威尔尼克区的发现,都使人们相信,语言功能是有特定脑区的。20世纪四五十年代,定位说得到了进一步发展。研究发现,记忆可能定位在颞叶,杏仁核和海马也与记忆有关,下丘脑与进食和饮水有关,这些发现都有利于脑功能的定位说。

(二)整体说

19世纪中叶,弗罗伦斯(Pierre Flourens,1794—1867)发现,切除动物一部分皮层导致的行为损伤,经过一段时间能康复到接近正常的情况。动物行为损伤的程度与切除大脑皮层的大小有关,而与特定的部位无关。但是他实验所用动物是鸡和鸽子等,都是没有新皮层的,不能和人类相比。

20世纪中叶,拉什利(Karl Spencer Lashley,1890—1958)的研究支持了整体说。他用脑损伤技术对白鼠进行了一系列走迷宫的实验。结果发现,切除部分大脑皮层,动物的习惯形成受到影响。这种影响与切除部位无关,而与切除面积有关。由此,他提出了两条重要的活动原理:均势原理和总体活动原理。均势原理是指大脑皮层的各部位几乎以均等的程度对学习发生作用;总体活动原理是指大脑是以总体发生作用的,学习活动的效率与大脑损伤的面积大小有关,与损伤部位无关。

(三)机能系统说

这一学说是由俄国科学家鲁利亚提出的。他认为,脑是一个动态的结构,是一个复杂的动态机能系统。鲁利亚把脑分成三个机能系统:

第一机能系统是调节激活和维持觉醒状态的激活系统,也叫动力系统,由网状结构和边缘系统组成。它的基本功能是保持大脑皮层的一般觉醒状态,提高它的兴奋性和感受性,并实现对行为的自我调节。第一机能系统并不对某个特定的信息进行加工。这个系统受损,大脑的激活水平或兴奋水平将普遍下降,进而影响对外界信息的加工和对行为的调节。

第二机能系统是信息接受、加工和储存的系统。它位于大脑皮层的后部,包括皮层的枕叶、颞叶和顶叶以及相应的皮层下组织。基本作用是接受各种刺激,对它们进行加工、储存。第二机能系统由许多脑区构成。每个脑区又分为一级区、二级区、三级区等不同级别。一级区是刺激的直接投射区,它具有高度特异化的功能。一级区受损,机体将失去不同的感觉能力。二级区是对信息进行综合的脑区,位于一级区的附近,对一级区加工过的信息进行综合。二级区受损,机体仍可保留初级的感觉能力,但是将产生各种形式的不识症。三级区位于枕叶、颞叶和顶叶的交界处,作用是对信息进行空间和时间的整合,反映事物之间的关系。三级区受损,机体将丧失各种同时性的空间整合的能力。

第三机能系统也叫行为调节系统,是编制行为的程序、调节和控制行为的系统。它主要包括额叶的脑区。一级区位于初级运动区,在中央前回,是运动的直接投射区。由大脑发出的指令,通过它直接调节身体各部位的运动。二级区位于运动区的前面,主要作用是实现对运动的组织,制定运动的程序。三级区位于额叶的前面,主要作用是产生活动的意图,形成行为的程序,实现对复杂行为形式的调节和控制。

鲁利亚认为,三个机能系统相互作用、协调活动,既分工又合作,保证了各种心理活动和行为活动的完成。

(四)机能模块说

机能模块说认为,人脑在结构和功能上是由高度专门化并相对独立的模块组成的。这些模块复杂而巧妙的结合,是实现复杂而精细的认知功能的基础。

第三章　意识和注意

一、意识与无意识

（一）意识的含义

意识是心理的过程和属性。一般来说，意识可以看成是觉醒状态下的觉知，包括对客体的觉知和把自己与其他个体及物体相区分的觉知。

（二）意识的种类

意识是一种心理状态，它可以分为不同的层次或水平，从无意识到意识再到注意，是一个连续体。意识存在一般性变化，如觉醒、惊奇、愤怒、警觉等。由于疲劳、谵妄、精神恍惚、催眠或药物等原因，人的意识会与正常状态下的意识有明显的不同，比如睡眠、做梦、白日梦等都属于异常意识状态。

（三）意识的功能

意识对人类的生存有着重要的作用。从进化的角度来说，意识之所以产生，是由于它增加了个体的生存机遇，因为它使人们把有目的的意志行为建立在对现实的最佳解释和最佳决策的基础上，使人们能够把握感知觉信息的意义以服务于具体时间、空间上的生存目的。

意识以三种重要方式帮助人们把握由感官所接触到的纷繁复杂的世界的意义。其一，通过限制人们的注意，减少不断涌入的刺激能量；其二，使人们依据知觉组织的规律，把连续不断的经验划分为客体（空间模式）和事件（时间模式）；其三，使人们能利用过去记忆对现时输入信息作出最佳判断和行为。正是通过意识，人们才能分析因果关系，想象现时不在眼前的情景和可能性，计划未来的行动，向着人们预期的目标指引行为。

意识也是一种能力，这种能力使人们在经验的背景上，有选择地分析客体和事件，对客体现实进行主动的稳定的认识。只有在意识水平上，高级的心理过程才得以发生。而这使人们具有灵活的、适宜的、反应的潜能，为人类生存提供了巨大的帮助。

（四）睡眠与梦

睡眠时并非完全失去意识，睡眠是意识的一种形式。睡眠分为四个阶段和快速动眼睡眠（REM）阶段。

第一阶段：频率和波幅都较低的脑电波。在这个阶段个体处于浅睡状态，身体放松，呼吸缓慢，但容易被外部刺激惊醒。这一阶段约持续 10 分钟。

第二阶段：出现频率更低的波，偶尔出现"睡眠锭"的脑电波，即一种短暂爆发、频率高、波幅大的脑电波。身体处于放松状态，个体很难被唤醒。这一阶段大约 20 分钟。

第三阶段：脑电波频率继续降低，波幅变大，出现 δ 波，有时也会有"睡眠锭"的脑电波。身体继续放松，血压、心跳、体温下降。该阶段约持续 40 分钟。

第四阶段：大多数的脑电波开始呈现为 δ 波。这个阶段被称为深度睡眠。身体各项指标都变慢，梦呓、梦游、尿床等大多发生在这个阶段。个体在此阶段很难被唤醒。

第三、四阶段通常被叫做慢波睡眠（SWS）。几乎所有人的睡眠都会经历这四个阶段，否则，就预示着身体或心理功能的失调。

快速动眼睡眠：δ 波消失，高频率、低波幅的脑电波出现。身体如清醒状态或恐惧时的反应，肌肉松软，呼吸急促，血压不规则。睡眠者的眼球快速左右上下移动，而且通常伴随着栩栩如生的梦境。

第一次快速动眼睡眠一般持续 5 至 10 分钟，大约 90 分钟后，会出现第二次快速动眼睡眠，持续时间通常长于第一次。在这种周期性的循环中，每个周期一般持续 90 分钟，每晚会重复几次。随着黎明的接近，第三和第四阶段的睡眠会逐渐消失。最后一次快速动眼睡眠长达 1 小时。

二、注意概述

（一）注意的含义

注意就是心理活动或意识对一定对象的指向和集中。注意不是一个独立的心理过程，但是它总伴随着其他心理过程而发生。注意有两个特点：指向性和集中性。

注意的指向性是指人在每一瞬间，心理活动或意识选择了某个对象，而忽略了其他对象。被选择的就成为注意的对象，而其他被忽略的就成为背景。注意的指向性不同，人们注意到的对象就不一样，从外界接受的信息也就不同。

集中性是指心理活动或意识在一定方向上活动的强度或紧张度。心理活动或意识的强度越大，紧张度越高，注意也就越集中。

注意的指向性和集中性是密不可分、相互影响的。人在高度集中注意时，注意指向的范围就会缩小。

（二）注意的功能

注意的基本功能在于选择信息，使之处于心理活动或意识的中心，以便能被有效地记录、加工和处理。

（三）注意的种类

1. 不随意注意

不随意注意也叫无意注意，是指事先没有预定目的、不需要意志努力的注意。在不随意注意情况下，人们对要注意的事物没有任何准备，也没有明确的认识任务。不随意注意是一种比较低级的注意形式，是消极被动的注意，是人和动物都有的一种注意形式。

引起不随意注意的原因：

（1）刺激物本身的特征。刺激物本身的特点包括刺激物的强度、刺激物的活动与变化、刺激物的新异性以及刺激物与其他事物之间的对比关系等。一般来说，强度大的事物、新异的事物、运动变化的事物、与周围事物形成鲜明对比的事物，就容易成为人们不随意注意的对象。

绝对的强度、绝对的新异性固然能引起人们的注意，但是在日常生活中，更多起决定作用的是刺激物的相对强度和相对新异性。比如，安静的教室里的窃窃私语声。

（2）人本身的状态。不随意注意不仅由外界刺激物自身特点决定，而且和人自身的状态有关。人的需要、兴趣、态度，当时的情绪和精神状态，已有的知识经验等都会影响人们的不随意注意。在外界刺激相同的情况下，由于人们的主体状态不同，不随意注意的情况也就不同。

不随意注意既有积极作用，也有消极作用。积极作用在于它可以帮助人们对新异刺激进行定向，获得对事物的清晰认识；而消极作用在于使人们从正在进行的活动中被动地移开，干扰正在进行的活动。

2. 随意注意

随意注意也叫有意注意，是一种有预定目的、需要一定意志努力的注意。它是一种积极、主动的注意形式，是人类所特有的。

影响随意注意的主要因素有：

（1）活动的目的和任务。随意注意本身是一种服从于一定目的的注意，所以，目的任务越明确，越有助于保持有意注意。

（2）兴趣特点——间接兴趣。在随意注意中，活动兴趣往往是间接的，即人们对活动本身可能不感兴趣，但是，对活动的结果感兴趣。所以，对活动结果的强调，激发人们对活动结果的兴趣，即间接兴趣，能够维持人们稳定而集中的注意。

（3）活动的组织性。正确合理地组织活动有助于随意注意的引起和保持。

（4）过去的经验。新异的刺激固然容易引起人们的注意，但是，如果是绝对的新异，经验中没有一点相关的知识，要进一步理解它、接受它也是困难的。如果刺激物和自己已有的知识经验有一定联系，但又不完全了解，这时，维持注意就比较容易了。

（5）人格特征。一个具有顽强、坚毅性格特点的人，容易使自己的注意服从于当前的目的与任务；而意志薄弱、害怕困难的人，不可能有良好的随意注意。

3. 随意后注意

随意后注意兼具有不随意注意和随意注意的某些特征。它与一定的目的、任务相联系，类似于随意注意，但是又不需要意志的努力，因此又类似于不随意注意。它是在随意注意的基础上发展起来的。

随意后注意的通常表现：喜欢上某件事情，并沉浸其中。因此，对活动本身的直接兴趣是培养随意后注意的关键。

三、注意的生理机制和外部表现

（一）注意的生理机制

1. 朝向反射

朝向反射是注意最初级的生理机制,是人和动物共同具有的一种反射。

朝向反射是由新异刺激物引起的。刺激物一旦失去新异性(习惯化),朝向反射也就不会发生了。朝向反射中伴随着身体的一系列的变化,如感官朝向刺激物;正在进行的活动受到压抑;四肢血管收缩,头部血管舒张;心率变缓;出现缓慢的深呼吸;瞳孔扩散;脑电出现失同步现象等。这一系列身体变化,有助于提高感官的感受性,并动员全身的能量以应付个体面临的活动任务。

2. 脑干网状结构

脑干网状结构是指从脊髓上端到丘脑之间的一种弥散性的神经网络。网状结构的神经细胞大小不等,它们的轴突较长,侧枝也较多。因此,一个神经元可以和周围的许多神经元形成突触;一处受到刺激就可以引起周围细胞的广泛的兴奋。

研究发现,来自身体各部分的感觉信号,一部分沿感觉传导通路(特异通路),直接到达相应的皮层感觉区;另一部分通过感觉通路上的侧枝先进入网状结构,然后由网状结构释放一种冲击性脉冲,投射到大脑皮层的广大区域,从而使大脑产生一般性的兴奋水平和觉醒水平,使皮层功能普遍得到增强。

网状结构不传递环境中的特定信息,但它对维持大脑的一般性活动水平、保证大脑有效地加工特定的信号,具有重要的意义。

3. 边缘系统和大脑皮层的功能

网状结构的激活作用,使脑处于觉醒状态。但是,觉醒并不等于注意。人选择一些信息而离开另一些信息,是和脑的更高级的部分——边缘系统和大脑皮层的功能相联系的。

边缘系统是由边缘叶、附近皮层和有关的皮层下组织构成的一个统一的功能系统。它既是调节皮层紧张性的结构,又是对新旧刺激物进行选择的重要结构。在边缘系统中存在着所谓的"注意神经元",当环境中出现新异刺激时,它们就会活动起来,而对已经习惯了的刺激不再进行反应。这种注意神经元是对信息进行选择的重要器官,是保证有机体实现精确选择行为方式的重要器官。

产生注意的最高部位是大脑皮层。大脑皮层不仅对皮层下组织起调节、控制的作用,而且是主动地调节行为、对信息进行选择的重要器官。

大脑额叶直接参与由言语指示所引起的激活状态。它通过与边缘系统和网状结构的下行联系,不仅能够维持网状结构的紧张度,而且能够对外周感受器产生抑制性的影响。

拉贝奇(LaBerge,1977)提出注意需要三个脑区的协同活动,它们分别是:(1)认知对象或认知活动的大脑功能区(功能柱);(2)能提高脑的激活水平的丘脑神经元;(3)大脑前额叶的控制区,可以选择某些脑区作为注意的对象,提高其激活水平,使激活维持一定的程度和时间。这三个脑区通过三角环路的形式结合起来,是注意现象产生的生理基础。

(二)注意的外部表现

人在紧张注意时,往往伴随着外部表现,比如感受器朝向刺激物、呼吸发生变化等。但是,注意的外部表现并不总是和内心状态一致,比如有的学生上课时佯装听讲,其实注意早就不在老师的讲课内容上了。

四、注意的品质

1. 注意广度

注意广度也叫注意的范围,是指人在同一时间内所能清楚地把握的对象的数量。视觉的注意广度大约为"7±2"个单元或组块,而每个单元或组块内部的信息量是可变的。

2. 注意稳定性

注意稳定性是指注意在一定时间内相对稳定地保持在某种事物或某种活动上。影响注意稳定性的因素有主体状态和对象特点。当注意对象符合引起注意的条件,而主体又有认识、了解刺激对象的需要、愿望等,这时维持注意就相对容易。与注意的稳定性相反的状态是注意的分散,它是由无关刺激干扰引起的,影响当前作业的进行。而注意的起伏是指注意在短暂时间内的起伏波动。在比较复杂的认识活动中,注意的起伏总会发生。一般情况下,这种注意的起伏不会影响当前的作业任务。注意的起伏是有机体自身的特点,人很难控制。

3. 注意分配

注意分配是指个体在同一时间内,对两种或两种以上的刺激进行注意,或将注意分配到不同的活动中。注意的分配是完成复杂工作的重要条件。注意分配是有条件的:第一,同时进行的几种活动的关系及熟练程度。第二,同时进行的活动的性质,一般来说,注意分配在几种动作技能上比较容易,分配在几种智力活动上比较困难。

4. 注意转移

注意转移是指当环境或任务发生变化时,注意从一个对象或活动转到另一对象或活动上。注意的转移是符合任务要求的。注意转移的难易和快慢程度与原来活动注意的紧张程度以及需要注意转移的新任务的性质有关。原来注意的紧张程度越高,新任务越不符合人们的兴趣,注意的转移就越困难,反之,就容易。

五、注意的认知理论

(一)注意选择的认知理论

1. 过滤器理论

1958年,英国心理学家布罗德本特(Broadbent)根据双耳分听的一系列实验结果,提出了解释注意的选择作用的一种理论:过滤器理论。布罗德本特认为,神经系统加工信息的容量是有限的,不可能对所有的感觉刺激进行加工。这样就需要一个过滤器对信息进行选择,只选择较少的信息进入高级的分析阶段,其他信息被完全阻断在外。过滤器的工作方式是"全或无"的。这种理论又叫瓶颈理论或单通道理论。

2. 衰减理论

特瑞斯曼(Treisman,1964)提出了注意的衰减理论。这一理论承认过滤器的存在,但它认为过滤器并不是按照"全或无"的方式工作。它既允许信息从注意的通道中通过,也允许信息从没有注意的通道中通过,只是后者受到衰减,强度减弱了。即信息经过过滤装置时,不被注意的信息只是在强度上减弱了,而不是完全丧失。特瑞斯曼指出,不同刺激的激活阈限是不同的。有些刺激对人有重要意义,它们的激活阈限低,容易激活。当它们出现在非追随耳时,也容易被人们所接受。

布罗德本特和特瑞斯曼虽然对过滤器的具体作用有不同的看法,但是其理论有共同点:第一,两种理论都主张人的信息加工系统的容量是有限的,对外来的信息必须经过过滤或衰减装置加以调节;第二,两种理论都假定信息的选择发生在对信息的充分加工之前。只有经过选择以后的信息,才能得到进一步的加工、处理。

3. 后期选择理论

后期选择理论是由多伊奇(Deutsch)等人于1963年提出的。该理论认为,输入的信息在进入过滤器或衰减器之前已经得到了充分的分析,然后才进入过滤或衰减装置,因此选择是发生在加工后期的反应阶段。后期选择理论也称为反应选择模型。

后期选择理论认为,过滤器不在于选择知觉刺激,而在于选择对刺激的反应。这种选择的标准是刺激对人的重要性,重要的反应,不重要的不反应。

(二)注意分配的认知理论

1. 认知资源理论

认知资源理论把注意看做是一组对刺激进行归类和识别的认知资源或认知能力。注意是一种认知资源,它是有限的。人进行不同的活动时,需要不同的注意资源。当认知资源完全被占用时,新的刺激将得不到加工(未被注意)。该理论还假设,输入刺激本身并不能自动地占用资源,而是在认知系统内有一个机制负责资源的分配。这一机制是灵活的,可以受人们的控制,这样人们就可以把认知资源分配到重要的刺激上。

2. 双加工理论

谢夫林(Shiffrin,1977)等人在认知资源理论的基础上,将认知加工分为两类:自动化加工和受意识控制的加工。自动化加工不受认知资源的限制,不需要注意,是自动进行加工的,一旦形成很难改变。意识控制的加工受认知资源的限制,需要注意的参与,可以随环境的变化而调整。意识控制的加工经过大量练习,可以转化为自动化加工。双加工理论可以解释人们能够同时做好几件事的现象。

第四章　感　觉

一、感觉概述

(一)感觉的含义

感觉是人脑对直接作用于感觉器官的客观事物的个别属性的认识。只有在客观事物的直接作用下,才能产生感觉。而且,感觉这种心理反映形式是对客观事物个别属性的反映,而非整体的反映。

(二)感觉的种类

感觉可以根据感受器的不同分为外部感觉和内部感觉。外部感觉主要包括视觉、听觉、嗅觉、味觉和肤觉,主要感受来自外界的刺激。内部感觉主要有平衡觉、运动觉和内脏感觉,主要感受来自自身体内部的刺激。

(三)感觉测量

1. 绝对感受性与绝对感觉阈限

刚刚能引起感觉的最小刺激量,叫绝对感觉阈限。人的感官觉察这种微弱刺激的能力,叫绝对感受性。绝对感受性可以用绝对感觉阈限来衡量。两者在数值上成反比的关系,用公式表示为:$E = 1/R$,其中 E 代表绝对感受性,R 代表绝对感觉阈限。绝对感觉阈限并不是固定的。在不同的条件下,同一感觉的绝对阈限可能不同。绝对感觉阈限受很多因素影响,比如活动的性质、刺激的强度和持续时间以及个体的注意状态、态度和年龄等都会影响阈限的大小。

2. 差别感受性与差别感觉阈限

刚刚能引起差别感觉的刺激物间的最小差异量,叫差别感觉阈限或最小可觉差。人对这一最小差异量的感觉能力,叫差别感受性。差别感受性与差别感觉阈限在数值上成反比。

1834 年,德国生理学家韦伯(Weber)曾系统研究了触觉的差别阈限。他发现差别阈限和原刺激量之比是一个常数,用公式来表示:$K = \Delta I/I$,其中 I 为标准刺激的强度或原刺激量,ΔI 为引起差别感觉的刺激增量,即差别感觉阈限。K 为一个常数即韦伯分数。这个公式叫韦伯定律。感觉不同,韦伯分数就不一样。韦伯定律只适用于中等强度的刺激。也就是说,只有使用中等强度的刺激,韦伯分数才是一个常数。

3. 费希纳对数定律

1860 年德国物理学家费希纳在探讨刺激强度与感觉强度的关系时提出了对数定律。他假定最小可觉差在主观上都相等。因此,任何感觉的大小都可由在阈限上增加的最小可觉差来决定。费希纳在感觉大小和刺激强度之间,推导出一种数学关系式:$P = K\log I$,其中 I 指刺激量,P 指感觉量。这个公式告诉我们,当物理量迅速上升时,感觉量是逐步变化的。如果刺激量取对数值,那么,它和感觉量的关系可以表示为一条直线。

费希纳定律提供了度量感觉大小的一个量表,对许多实践部门有重要意义。但是,他假定所有最小可觉差在主观上相等,已经为事实所否定。费希纳定律以韦伯定律作基础,因此,费希纳定律也只有在中等强度的刺激时才适用。

4. 斯蒂文斯幂定律

20 世纪 50 年代,美国心理学家斯蒂文斯提出了关于刺激强度与感觉关系的幂定律,也称乘方定律。他认为,心理量并不随刺激量的对数的上升而上升,而是刺激量的乘方函数(或幂函数)。即知觉到的大小是与刺激量的乘方成正比例的。公式为 $P = KI^n$,其中 P 代表知觉到的大小或感觉大小,I 代表刺激的物理量,K 和 n 是被评定的某类经验的常定特征。如果刺激强度和感觉大小都取对数,那么,二者的关系就变成了一条直线。直线的斜率取决于乘方函数的指数(n)。

乘方定律在理论上说明了对刺激大小的主观尺度可以根据刺激物的物理强度的乘方来标定;在实践上为某些工程计算提供了依据。但是,用数量估计法所得到的乘方定律,受到背景效应和反应偏向的影响。因此,在不同刺激条件下,某种感觉的乘方函数的指数不是恒定的。

(四)感觉现象

1. 感觉适应。在刺激的连续作用下(刺激强度不变),感觉会随刺激时间的延续而逐渐变弱,即感受性降低,这种现象就叫感觉适应。"入芝兰之室,久而不闻其香;入鲍鱼之肆,久而不闻其臭"就是典型的嗅觉适应现象。

2. 感觉对比。由于各种感觉的相互作用,感受性发生变化的现象就是感觉对比。比如,吃糖后会觉得苹果酸;而吃杨梅后就会觉得苹果甜。

3. 感觉的相互作用。不同感受器之间的相互影响和作用,从而使感受性发生变化的现象就叫感觉的相互作用。比如,用小刀刮玻璃边的声音往往使人产生寒冷的感觉。

二、视觉

(一)视觉的含义

视觉是人眼在光波的直接作用下产生的。380 ~ 780 毫微米的光波是视觉的适宜刺激。在正常情况下,我们接受的光线主要是物体表面反射的光线。

（二）视觉的生理基础

视觉的生理基础包括折光机制、感觉机制、传导机制和中枢机制。

1. 眼球

眼球由眼球壁和眼球内容物构成。人的眼球壁分三层：外层为巩膜和角膜。角膜具有屈光作用。中层为虹膜、睫状肌和脉络膜。虹膜在角膜后面、晶体前面，中间有一个孔叫瞳孔。内层包括视网膜和视神经内段。视网膜为一透明薄膜，是眼球的感光部分，其中有感光细胞：锥体细胞和棒体细胞。眼球内容物包括晶体、房水和玻璃体，它们都是屈光介质。这些结构加上眼球前端的角膜，组成眼睛的屈光系统。

2. 网膜的构造和换能作用

网膜为三层，最外层是锥体细胞和棒体细胞，第二层含有双极细胞和其他细胞，最内层含有神经节细胞。人的网膜上约有 1.2 亿个棒体细胞和 600 万个锥体细胞，它们是视觉的感受器。

棒体细胞主要分布在中央窝周围及视网膜的边缘。锥体细胞主要分布在网膜中央窝。中央窝是对光最敏感的区域。在网膜边缘，只有少量的锥体细胞。棒体细胞是夜视器官，它们在昏暗的条件下起作用，主要感受物体的明、暗；锥体细胞是昼视器官，在中等和强的照明条件下起作用，主要感受物体的细节和颜色。

在中央窝附近，有一个对光不敏感的区域叫盲点，来自视网膜的视神经节细胞的神经纤维在这里聚合成视神经。

当光线作用于视觉感受器时，棒体细胞和锥体细胞中的某些化学物质的分子结构发生变化，它所释放的能量，能激发感受细胞发放神经冲动，这就是视觉感受器的换能作用。视觉器官中起换能作用的物质是视觉色素。

棒体细胞中的视觉色素叫视紫红质，它由视黄醛和视蛋白构成。在光作用下，视黄醛的形状在变化，化学结构也在变化，这个过程叫视紫红质的光化学反应。在视紫红质分解过程的后一阶段，出现放能反应，释放的能量能激发神经冲动。20 世纪 60 年代以来的研究发现，在人眼的锥体细胞中存在三种不同的视觉色素，它们分别对不同波长的光敏感。

3. 视觉的传导机制

信号从感受器产生以后，将沿着视神经传至大脑。传递机制由三级神经元实现：第一级为网膜双极细胞；第二级为视神经节细胞，由视神经节发出的神经纤维，在视交叉处实现半交叉，鼻侧束交叉至对侧，和对侧的颞侧束合并，传至丘脑的外侧膝状体；第三级神经元的纤维从外侧膝状体发出，终止于大脑枕叶的纹状区。

视觉传导中的侧抑制是指相邻的感受器之间能够互相抑制的现象。动物研究发现，当一个感受器受到刺激的时候，由此产生的神经冲动将对邻近部位的输入信号产生抑制性的影响。由于抑制作用，一个感受细胞的信息输出，不仅取决于它本身的输入，也取决于临近细胞的活动状态。

4. 视觉的中枢机制

视觉的直接投射区为大脑枕叶的纹状区（布鲁德曼第 17 区），这是实现对视觉信号初步分析的区域。与纹状区邻近的另一些脑区，负责进一步加工视觉的信号，产生更复杂、更精细的视觉，如认识形状、分辨方向等。

视觉感受野是指网膜上的一定区域或范围，当它受到刺激时，能激活视觉系统与这个区域有联系的各层神经细胞的活动。网膜上的这个区域就是这些神经细胞的感受野。

（三）视觉现象

光线的基本特性有：波长、强度、空间分布和持续时间。我们的视觉系统在反映光的这些特性时，便产生了一系列视觉现象。

1. 色觉

（1）什么是颜色？颜色具有三个基本特性，即色调、明度和饱和度。色调主要决定于光波的波长。对光源来说，由于占优势的波长不同，色调也就不同。对于物体表面来说，色调取决于物体表面对不同波长的光线的选择性反射。明度指颜色的明暗程度。明度决定于照明的强度和物体表面的反射系数。光源的照度越大，物体表面的反射率越高，物体看上去越亮。饱和度是指某种颜色的纯杂程度或鲜明程度。纯的颜色都是高度饱和的。混杂了白色、灰色或其他色调的颜色，是不饱和的颜色。完全不饱和的颜色根本没有色调，如黑白之间的各种灰色。

（2）颜色混合。颜色混合分两种：色光混合和颜料混合。色光混合是将具有不同波长的光混合在一起，同时作用于眼睛，是不同色光在视觉系统中的混合。颜料混合是指颜料在调色板上的混合，或油漆、油墨的混合。

两种混合在性质上是不一样的。色光混合是一种加法过程,即各种波长的光相加,在视觉系统实现的混合;颜料混合是一种减法过程,即某些波长的光被吸收了,然后作用于人的眼睛的过程。

(3)色觉缺陷。色觉缺陷包括色弱和色盲。

色弱就是对某种颜色感受性的降低。例如,在用红色与绿色的波长来匹配黄色时,有些人需要更多的红色,有些人需要更多的绿色。在光刺激较弱时,色弱患者几乎分辨不出任何颜色。色弱患者在男性中约占6%,是一种常见的色觉缺陷。女性色弱较少。

色盲分为全色盲和局部色盲两种。全色盲患者只能看到灰色和白色,失去了对颜色的感受性。这种人一般没有锥体细胞系统,他们的视觉都是棒体视觉。局部色盲患者缺失了对某些颜色的感受性,还保留了某些颜色经验,最常见的是红绿色盲。

2. 视觉对比

视觉对比是由光刺激在空间上的不同分布引起的视觉经验。可分成明暗对比与颜色对比。

明暗对比是由光强在空间上的不同分布造成的。例如,一张灰色的小正方形,放在白色背景上就比放在黑色背景上时显得暗。可见,物体的明度不仅取决于物体的照明以及物体表面的反射系数,也受物体所在的周围环境的明度的影响。

颜色对比是指一个物体的颜色会受到它周围物体颜色的影响而发生色调的变化。例如,将一个灰色正方形放在蓝色背景上,正方形将略显黄色;放在黄色背景上,正方形将略显蓝色。对比使物体的色调向着背景颜色的补色的方向变化。

3. 马赫带

马赫带是指人们在明暗交界的边界上,常常在亮区看到一条更亮的光带,而在暗区看到一条更暗的线条。这种现象不是由于刺激能量的实际分布造成的,而是由于神经网络对视觉信息进行加工的结果。马赫带可以用视觉系统中的侧抑制作用加以解释。

4. 视觉适应

视觉适应是由于刺激物的持续作用而引起的感受性的变化。可分为暗适应和明适应。

(1)暗适应。是指照明停止或由亮处转入暗处时视觉感受性提高的时间过程。

研究发现,视网膜上的棒体细胞和锥体细胞都参与了暗适应过程,但二者作用大小和起作用的时间是不同的。在暗适应最初7到10分钟内,感觉阈限骤降,感受性骤升。这是锥体细胞和棒体细胞共同作用的结果。之后,暗适应曲线改变了方向,和原来的曲线不连续了,出现了所谓的棒锥裂。随着感受性继续上升,这时只有棒体细胞起作用了,锥体细胞已经在棒锥裂之前完成了暗适应过程。整个暗适应过程大约持续30到40分钟。

(2)明适应。与暗适应相反,明适应是指照明开始或由暗处转入亮处时人眼感受性下降的时间过程。明适应进行得很快,时间很短暂。在一秒钟的时间内,由明适应引起的阈限值上升,就已很明显。在5分钟左右,明适应就全部完成了。

5. 后像

刺激物对感受器的作用停止以后,感觉现象并不立即消失,它能保留一个短暂时间,这种现象叫后像。后像分两种:正后像和负后像。后像的品质与刺激物相同叫正后像;后像的品质与刺激物相反,叫负后像。例如,在注视电灯光之后,闭上眼睛,眼前会出现灯的一个光亮形象,这是正后像,以后可能看到一个黑色形象,出现在光亮背景之上,这就是负后像。颜色也有后像,一般为负后像。

6. 闪光融合

断续的闪光由于频率增加,人们会得到连续的感觉,叫闪光融合。例如,日光灯的光线每秒闪动100次,我们感觉不到,就是闪光融合的结果。刚刚能引起融合感觉的刺激的最小频率,叫闪光融合临界频率或闪烁临界频率,它体现了视觉系统分辨时间能力的极限。

闪光融合的发生依赖于很多条件。刺激强度低,临界频率就低;随着强度的增加,临界频率明显上升。在视网膜中央窝部位,临界频率最高,偏离中央窝50°,临界频率明显下降。

(四)视觉理论

视觉理论就是用来解释色觉现象及其机制的理论。影响较大的色理论有:

1. 杨-赫尔姆霍茨的三色说

英国科学家托马斯·杨(Young,1807)假定,在人的网膜中有三种不同的感红、感绿和感蓝的感受器。每种感受器只对光谱的一个特殊成分敏感。当它们分别受到不同波长的光刺激时,就产生不同的颜色经验——红、绿、蓝。1860 年,赫尔姆霍茨(H. von Helmholtz)放弃了一种感受器只对一种波长敏感的看法,认为每种感受器都对各种波长的光有反应。但红色感受器对长波的反应最强烈;绿色感受器对中波的反应最强烈;蓝色感受器对短波的反应最强烈。如果一种光能引起三种感受器同等程度的兴奋,那么就产生白色的感觉。其他的色觉经验是由这三种感受器按特定比例兴奋的结果。

20 世纪 60 年代,神经生理学的研究发现,视网膜确实存在着三种感光细胞,一种细胞能最大程度地吸收450 nm 的光波(蓝色),一种吸收 540 nm 的光波(绿色),另一种吸收 577 nm 的光波(近似红色),从而支持了三色说。

但是,这一理论存在明显的缺陷,对有些色觉现象很难解释。例如,它就无法解释红绿色盲。按照这一理论,红绿色盲患者应该缺乏感红和感绿的锥体细胞。由于黄色是由红和绿混合产生的,因此,缺乏感红和感绿细胞的患者不可能具有黄色的色觉经验,但这与事实不符。

2. 对立过程理论(拮抗说)

1874 年,德国生理学家黑林提出了四色理论,这是对立过程理论的前身。黑林认为,视网膜存在三对视觉色素:白-黑视素,红-绿视素,黄-蓝视素。它们在光刺激的作用下表现为对抗的过程,黑林称之为同化作用和异化作用。

行为实验和电生理学的研究结果都支持了黑林的观点。赫尔维奇(Hurvich)和詹米逊(Jameson)1958 年用心理物理学方法证实了黑林的对立过程理论。20 世纪 50 年代末以来,生理学家先后在动物的视神经节细胞和外侧膝状体细胞内,发现了编码颜色信息的对立机制。所有这些发现使我们相信,在视网膜上存在三种锥体细胞,分别对不同波长的光敏感。在网膜水平上,色觉是按照三色理论的原理产生的。而在视觉系统更高级的水平上,存在着功能对立的细胞,颜色的信息加工表现为对立的过程。

三、听觉

(一) 听觉的含义

听觉是人耳在声波的直接刺激下产生的,16 Hz ~ 2 万 Hz 的声波是听觉的适宜刺激。

声波包括三种基本的物理属性:频率、振幅和波形。频率是指发声物体每秒振动的次数,单位是赫兹(Hz)。低于 16 Hz 的振动叫次声波,高于 20 000 Hz 的振动叫超声波,它们都是人耳所不能接受的。声波的频率决定着音调的高低。振幅是指振动物体偏离起始位置的大小。声波的振幅决定着音响。声波最简单的形状是正弦波,由正弦波得到的声音叫纯音。在日常生活中,人们听到的是由不同频率和不同振幅的声波混合成的复合音。不同频率和不同振幅的声波组合在一起有规律的振动,产生的声音为乐音,否则为噪音。声波的波形决定着音色。

(二) 听觉现象

1. 音调

音调主要是由声波频率决定的听觉特性。人的听觉的频率范围为 16 Hz ~ 20 000 Hz,其中 1 000 Hz ~ 4 000 Hz 的声波是人耳最敏感的区域。

音调是一种心理量,它和声波的频率变化不是完全对应的。在 1 000 Hz 以上,频率与音调的关系几乎是线性的,音调的上升低于频率的上升;1 000 Hz 以下,频率与音调的关系不是线性的,音调的变化快于频率的变化。音调不仅受声波频率的影响,而且受诸如声音的持续时间、声音的强度和复合音的音调等的影响。

2. 音响

音响是由声音强度或声压水平决定的一种听觉特性。强度大,听起来响度高;强度小,听起来响度低。音响和声音频率也有关。在相同声压水平上,不同频率的声音响度是不同的。音响与频率的关系,可以用等响曲线表示出来。

3. 声音的掩蔽

声音的掩蔽是指一个声音由于同时起作用的其他声音的干扰而使听觉阈限上升的现象。声音的掩蔽有纯音掩蔽、噪音对纯音的掩蔽以及纯音和噪音对语音的掩蔽。

(三) 听觉的生理基础

1. 耳的构造和功能

耳朵是人的听觉器官,它由外耳、中耳、内耳三部分组成。

外耳包括耳郭和外耳道,主要作用是收集声音。

中耳由鼓膜、三块听小骨、卵圆窗和正圆窗组成。三块听小骨包括锤骨、砧骨和镫骨。锤骨一端固定在鼓膜上，镫骨一端固定在卵圆窗上。当声音从外耳道传至鼓膜时，引起骨膜的机械振动，鼓膜的运动带动三块听小骨，把声音传至卵圆窗，引起内耳淋巴液的振动。由于鼓膜的面积与卵圆窗面积之比为 20∶1，所以，声音经过中耳的传音装置，其声压大约提高 20～30 倍。声音的这条传导途径称为生理性传导。此外，声音的传导途径还有空气传导和骨传导。空气传导是指鼓膜振动引起中耳室内的空气振动，这种振动经由正圆窗传入内耳。骨传导是指声波从颅骨传入内耳。

内耳由前庭器官和耳蜗组成。耳蜗是人耳的听觉器官，内部充满了耳蜗液。耳蜗分三部分：鼓阶、中阶和前庭阶。鼓阶与中阶以基底膜分开。基底膜在靠近卵圆窗的一端最狭窄，在蜗顶一端最宽。基底膜上的柯蒂氏器包含着大量支持细胞和毛细胞，后者是听觉的感受器。前庭器官中存在平衡觉的感受器。

声音经过镫骨的运动产生压力波，引起耳蜗液的振动，由此带动基底膜的运动，并使毛细胞兴奋，产生动作电位，从而实现能量的转换。

2. 听觉的传导机制和中枢机制

毛细胞的轴突离开耳蜗组成了听神经（即第 8 对脑神经）。它先投射到脑干的髓质，然后和背侧或腹侧的耳蜗神经核形成突触。这些区域的细胞轴突形成外侧丘系，最后终止于下丘的离散区。从下丘开始，经过背侧和腹侧的内侧膝状体，形成了两条通道。腹侧通道投射到听觉的核心皮层（A1 或布鲁德曼第 41 区），背侧通路投射到第二级区，最后产生声音。

（四）听觉理论

1. 频率理论

1886 年由物理学家罗·费尔德提出来的。频率理论认为，内耳的基底膜是和镫骨按相同频率运动的。振动的数量与声音的原有频率相适应。如果我们听到一种频率低的声音，连接卵圆窗的镫骨每次振动次数较少，因而使基底膜的振动次数也较少，毛细胞发放的神经冲动的量少。如果声音刺激的频率提高，镫骨和基底膜都将发生较快的振动，毛细胞发放的神经冲动的量就多。

频率理论难以解释人耳对声音频率的分析。人耳基底膜不能作每秒 1 000 次以上的快速运动，然而人耳却能够接受超过 1 000 Hz 以上的声音。

2. 共鸣理论

共鸣理论也叫位置理论，是赫尔姆霍茨提出的。他认为，基底膜的横纤维长短不同，靠近蜗底较窄，靠近蜗顶较宽，因而就像一部竖琴的琴弦一样，能够对不同频率的声音产生共鸣。声音刺激的频率高，短纤维发生共鸣，作出反应；声音刺激的频率低，长纤维发生共鸣，作出反应。基底膜的振动引起听觉细胞的兴奋，因而产生了高低不同的音调。

共鸣理论强调了基底膜不同部位神经纤维的长度对辨别音调的作用。短纤维振动，听起来是高音，长纤维振动，听起来是低音。共鸣理论主要根据基底膜的横纤维具有不同的长短，因而能对不同频率的声音发生共鸣。但人们以后发现，这种根据并不充分。

首先，基底膜的纤维是相互交织在一起的。其次，听觉的频率范围为 16～20 000 Hz，高低频率之比为 1 000∶1，基底膜长短纤维之比为 10∶1，因此，基底膜的长短纤维不可能辨别出那么多音高的变化。

3. 行波理论

20 世纪 40 年代，著名生理学家冯·贝克西（von Bekesy）发展了赫尔姆霍茨的共鸣说的合理成分，提出了新的位置理论——行波理论。

贝克西认为，声波传到人耳，将引起整个基底膜的振动。振动从耳蜗底部开始，逐渐向蜗顶推进，振动的幅度也随着逐渐增高。振动运行到基底膜的某一部位，振幅达到最大值，然后停止前进而消失。随着外来声音频率的不同，基底膜最大振幅所在的部位也不同。声音频率低，最大振幅接近蜗顶；频率高，最大振幅接近蜗底（即镫骨处）。这样，人耳就实现了对不同频率的分析。

行波理论正确描述了 500 Hz 以上的声音引起的基底膜的运动，但难以解释 500 Hz 以下的声音对基底膜的影响。有人认为，声音频率低于 500 Hz，频率理论是对的；声音频率高于 500 Hz，位置理论是正确的。

4. 神经齐射理论

20 世纪 40 年代末，韦弗尔（Wever）提出了神经齐射理论。该理论认为，当声音频率低于 400 Hz 时，听神经个别纤维的反应频率是和声音频率对应的。声音频率提高，个别神经纤维无法单独对它作出反应。在这种情况下，神经纤维将按齐射原则发生作用。个别纤维具有较低的反应频率，它们联合"齐射"就可反映频率较高的声音。韦弗尔指出,用齐射原则可以对 5 000 Hz 以下的声音进行频率分析。声音频率超过 5 000 Hz,位置理论是对频率进行编码的唯一基础。

四、其他感觉

(一)触觉

由非均匀分布的压力(压力梯度)在皮肤上引起的感觉,叫触压觉。触压觉分触觉和压觉两种。外界刺激接触皮肤表面,使皮肤轻微变形,叫触觉。外界刺激使皮肤明显变形,叫压觉。触压觉的感受器是分布于真皮内的几种神经末梢。皮肤的不同部位具有不同的触觉感受性。

(二)嗅觉

嗅觉是由有气味的气体物质引起的。这种物质作用于鼻腔上部黏膜中的嗅细胞,产生神经兴奋,经嗅束传至嗅觉的皮层部位——海马回、沟内,因而产生嗅觉。

嗅觉是唯一不通过丘脑而直接传入大脑的感觉。嗅觉感受性受许多因素的影响:

首先,对不同性质的刺激物有不同的感受性;其次,它和环境因素、机体状态有关;最后,适应会使嗅觉感受性明显下降。

(三)味觉

味觉的适宜刺激是溶于水的化学物质。味觉的感受器是分布在舌面上的味蕾。味觉主要有甜、咸、酸、苦四种。舌尖对甜味最敏感,舌中对咸味最敏感,舌两侧对酸味最敏感,舌后部对苦味最敏感。味觉存在着明显的适应和对比现象。味觉的混合有两个特点:一是味觉独立,即不同的味道混合后,保持各自的特点;二是相互抑制,即两种或多种味道混合后,原有味道变弱。

(四)动觉

动觉也叫运动感觉,它反映身体各部分的位置、运动以及肌肉的紧张程度,是内部感觉的一种重要形态。动觉感受器存在于肌肉组织、肌腱、韧带和关节中,分别命名为肌梭、腱梭和关节小体。动觉是随意运动的重要基础。

(五)内脏感觉

内脏感觉也叫机体觉,是由内脏的活动作用于脏器壁上的感受器产生的。这些感受器把内脏的活动及其变化的信息传入中枢,并产生饥渴、饱胀、便意、恶心、疼痛等感觉。

内脏感觉性质不确定,缺乏准确的定位,因此又叫"黑暗"感觉。

第五章 知 觉

一、知觉概述

(一)知觉的含义

知觉是客观事物直接作用于感觉器官,在头脑中产生的对事物整体的反映。

知觉与感觉一样,都是在事物直接作用于感觉器官时产生的,同属于对现实的感性反映形式。知觉以感觉为基础。但知觉不是个别感觉信息的简单总和,它比个别感觉的简单相加要复杂得多。知觉中带有相当的主观成分。

知觉作为一种活动过程,包含了互相联系的几种作用:觉察、分辨和确认。觉察是指发现事物的存在,但还不知道它是什么。分辨是把一个事物或事物的属性与另一个事物或事物的属性区别开来。确认是指人们利用已有的知识经验和当前获得的信息,确定知觉的对象是什么,给它命名,并把它纳入一定的范畴。在知觉过程中,人对事物的觉察、分辨和确认的阈限值是不一样的。

(二)知觉的组织原则

关于视野中的哪些成分容易结合为一个图形的问题,心理学家经过大量的研究并提出了一些图形的组织原则:

邻近性:空间上接近的部分,容易组成整体。

相似性:视野中相似的成分容易组成图形。

对称性:在视野中,对称的部分容易组成图形。

良好连续:具有良好连续的事物,容易组成图形。

共同命运:当视野中的某些成分按照共同方向运动或变化时,人们就容易把它们知觉为一个图形。

封闭:视野中封闭的线段容易组成图形。

线条朝向:视野中同朝向的线条容易组成图形。

简单性:视野中具有简单结构的部分,容易组成图形。

二、知觉的特性

(一)知觉选择性

人在知觉客观世界时,总是有选择地把少数事物当成知觉的对象,而把其他事物当成知觉的背景,以便更清晰地感知一定的事物与对象。这就是知觉的选择性。

知觉对象与背景可以相互转化。当注意从一个对象转向另一个对象时,原来的知觉对象就成为背景,而原来的背景便成为知觉的对象。所以,支配注意选择性的规律也就是知觉的对象从背景中分离出来的规律。另外,知觉的对象与背景互相依赖。人们知觉某一对象时,不仅取决于对象本身的特点,而且受对象所处背景的影响。在不同的背景下,人们对同一对象的知觉是不同的。

图1-1是一张经典的两歧图形,它很好地显示了知觉中对象与背景的关系。人们既可以把它看成是黑色背景上的白色花瓶,也可以把它看成是白色背景上的两个黑色侧面人头。

图1-1　两歧图形

(资料来源:Rubin,1915)

知觉中对象和背景的关系,不仅存在于空间的刺激组合中,而且存在于时间系列中。对一个物体的知觉,往往受到前后相继出现的物体的影响。发生在前面的知觉直接影响到后面的知觉,产生了对后续知觉的准备状态,这种现象也叫知觉的定势。

(二)知觉整体性

人的知觉系统具有把个别属性、个别部分综合成整体的能力,叫知觉的整体性。但是,知觉的这种整合作用又离不开组成整体的各个成分的特点。同时,对事物个别成分(或部分)的知觉,又依赖于事物的整体特性。

知觉的整体性是知觉的积极性和主动性的一个重要方面。它不仅依赖于刺激物的结构,包括刺激物的空间分布和时间分布,而且依赖于个体的知识经验。

知觉的整体性大大提高了人们知觉事物的能力。但是,由于知觉的整体性,人们有时会忽略部分或细节的特征,这是由于整体知觉抑制了个别成分的知觉。

(三)知觉理解性

人的知觉与记忆、思维等高级认识过程有着密切的联系。人在知觉过程中,不是被动地把知觉对象的特点登记下来,而是以过去的知识经验为依据,力求对知觉对象做出某种解释,使它具有一定的意义。不同知识经验的人在知觉同一个对象时,他们的理解不同,知觉到的结果也就不同。

知觉的理解性具有很重要的作用。首先,理解帮助对象从背景中分出。其次,理解还有助于知觉的整体性。人们对自己理解和熟悉的东西,容易当成一个整体来感知。相反,在不理解的情况下,知觉的整体性常受到破坏。最后,理解还能产生知觉期待和预测。人们已有的知识结构在当前的感知中起着重要的作用。当前环境激活的知识结构不同,产生的知觉期待也不一样。

(四)知觉恒常性

1. 什么是知觉的恒常性

知觉的客观条件在一定范围内改变时,我们的知觉映象在相当程度上却保持着它的稳定性。或者说我们把物理刺激变化而知觉保持稳定的现象叫做知觉恒常性。知觉的恒常性是人们知觉客观事物的一个重要特性。

2. 恒常性的种类

(1)形状恒常性。指从不同角度观察同一物体时,物体在网膜上投射的形状是不断变化的,但我们知觉到的物体形状并没有表现出很大的变化。比如,在教室的不同位置所看到的教室门的形状是一样的。

(2)大小恒常性。指对物体大小的知觉经验,不因物体距离的远近所构成的网膜大小而有所变化的现象。也就是,我们看到的事物的大小,并不随着网膜成像的大小而随时改变,尤其是对我们熟悉的事物,我们的知觉并不随着事物离我们距离的远近而改变。比如,从不同距离看到的汽车的大小。

(3)明度(或视亮度)恒常性。在照明条件改变时,物体的相对明度或视亮度保持不变,叫明度或视亮度恒常性。比如,月光下的粉笔仍是白的,日光下的煤球仍是黑的。

(4)颜色恒常性。一个有颜色的物体在色光照明下,它的表面颜色并不受色光照明的严重影响,而是保持相对不变。这就是颜色恒常性。比如,在不同的室内照明条件下,家具的颜色总是保持相对不变。

3. 影响知觉恒常性的条件

知觉恒常性受各种因素的影响,其中视觉线索有重要的作用。所谓视觉线索是指环境中的各种参照物给人们提供的物体距离、方位和照明条件的信息。视觉线索的作用说明了人的知识经验对恒常性有重要的影响。当观察条件改变时,人们利用生活中已经建立的这种联系,就能保持对客观世界较稳定的知觉。

三、空间知觉

空间知觉是人对客观世界物体的空间关系的认识。它包括形状知觉、大小知觉、深度与距离知觉等。

(一)形状知觉

形状知觉是脑对物体形状特征的反映。通过视觉,人们得到了物体在网膜上的投影形状;通过触觉和动觉,人们探索着物体的外形。它们的协同活动就提供了物体形状的信息。

人对形的识别开始于对原始特征的分析与检测。这些原始特征包括点、线、角、朝向和运动等。视觉系统对这些特征的检测是自动的,无需意识努力的。

在图形中,轮廓代表了图形及其背景的一个分界面,它是在视野中邻近的成分出现明度或颜色的突然变化时出现的。图形正是借助可见的轮廓从其他部分中分离出来的。

当客观上不存在刺激的梯度变化时,人们在一片同质的视野中也能看到轮廓,这种轮廓叫主观轮廓。主观轮廓也叫错觉轮廓。

人们利用已有的知识经验和当前获得的信息,确定知觉到的图形是什么,就叫图形识别。图形识别要求人们对复合特征进行加工。在形状知觉中,这是比特征分析更高的一个阶段。人对图形的识别不仅依赖于当前输入的信息,而且依赖于人们已有的知识和经验。当人们期待某种图形时,这种知觉期待将易化对图形的识别。

(二)大小知觉

1. 大小-距离不变假设

我们知觉的物体大小与物体在网膜上投影的大小有关系。网膜投影的大小与物体的大小成正比,与距离成反比,用公式表示为:$a=A/D$,a 指网像的大小,A 指物体的大小,D 指对象与眼睛的距离。

在距离相等时,网像大,说明物体大;网像小,说明物体小。在网像恒定时,距离远,说明物体大;距离近,说明物体小。也就是说,人们在知觉物体大小时,似乎不自觉地解决了大小与距离的关系,即物体大小=网像大小×距离。这就是大小-距离不变假设。它说明,一个特定的网像大小显示了知觉大小和知觉距离的一种不变的关系。人们在进行大小知觉时,会同时考虑网膜投影的大小和知觉距离。环境中的距离线索和网膜投影的大小,都给人们提供了物体大小的信息。这也是人们能够保持大小恒常性的一个重要原因。

2．物体的熟悉性对大小知觉的作用

当物体距离改变时，虽然网膜投影的大小会随之改变，但是，如果是熟悉的物体，那么，这种熟悉性可以使人们能够比较准确地知觉到物体的实际大小。

3．邻近物体的大小对比

当一个物体处在大物体的包围中，它看上去显得小；而把它放在小物体的包围中，它就显得大了。

4．体态变化与大小知觉

人类通常以直立的姿势感知外部世界。身体姿势和环境间的正常关系是维持大小恒常性的重要条件。当观察者的身体姿势发生变化时，大小知觉恒常性就会受到影响。当人俯视或仰视时，知觉对象都会缩小。

（三）深度知觉

关于物体远近距离或深度的知觉，叫深度知觉，也叫距离知觉。深度知觉的线索有：

1．肌肉线索（生理线索）

（1）眼睛的调节。眼睛的调节是指眼球水晶体的形状（曲度）由于距离的改变而发生的变化。看近处的物体，眼睛的水晶体曲度变大；看远处的物体，眼睛的水晶体曲度变小。水晶体曲度的变化是由睫状肌紧张度的改变来实现的。睫状肌发出的动作冲动，为分辨物体的距离提供了一个可能的信息来源。

这种调节作用对于分辨深度和距离的作用只能在较小的距离范围内起作用，大约在几米（1～2米）范围内有效，而且不很精确。

（2）双眼视轴辐合。视轴辐合是指眼睛随距离的改变而将视轴会聚到被注视的物体上。辐合是双眼的机能。由于辐合，物像落在两眼网膜的中央窝内，从而获得清晰的视像。辐合可用辐合角来表示。物体近，辐合角大；物体远，辐合角小。辐合角的大小，为人们提供了物体距离远近的信息。

2．单眼（视觉）线索

单眼线索是指用一只眼睛就能感受的深度线索。单眼线索主要有：

（1）对象重叠（遮挡）。一个物体掩盖或遮挡另一物体，被掩盖物体知觉的远些。

（2）线条透视。两条向远方伸延的平行线看来趋于接近，就是线条透视。

（3）空气透视。远处物体显得模糊，细节不如近处清晰。人们根据这种线索也能推知物体的距离。

（4）相对高度。在其他条件相等时，视野中两个物体相对位置较高的那一个，就显得远些。

（5）纹理梯度（结构级差）。这是指视野中的物体在网膜上的投影大小和投影密度发生有层次的变化。远处的对象密度大，近处的对象密度小。

（6）运动视差与运动透视：当观察者与周围环境中的物体相对运动时，远近不同的物体在运动速度和运动方向上将出现差异。一般而言，近处物体看上去移动得快，方向相反；远处物体看上去移动较慢，方向相同。这就是运动视差。运动视差是由于在同一时间内距离不同的物体在网膜上运动的范围不同造成的。

当观察者向前移动时，视野中的景物也会连续活动。近处物体流动的速度大，远处的物体流动的速度小，这种现象叫运动透视。景物流动的不同速度也给我们判断物体的远近提供了信息。

3．双眼线索——两眼视差

当人注视一个平面的物体时，它的每一点都落在视网膜的对应点上，视像互相吻合，这时知觉到一个平面的物体。但当人看一个立体的物体时，两眼视像不完全落在视网膜对应的部位，表现左眼看物体的左边多些，右眼看物体的右边多些。这样立体的物体在两眼视网膜上的成像就有了差异。这一差异称为双眼视差。双眼视差是深度和距离知觉的主要线索。

一般来讲，物体离观察者越近，双眼视差越大；离观察者越远，双眼视差越小。这样双眼视差的大小，提供了物体远近的信息。两眼看一个物体时，如果两眼成像部位相差太大，或者说一个物体投射到两眼视网膜不同的部位，这时就产生了双像，即把同一物体看成两个物体。

（四）方位知觉

方位知觉是指对物体的空间关系、位置和对机体自身所在空间位置的知觉。方位知觉是各种感觉协调活动的结果。视觉和听觉在人类的方位知觉中起重要作用。

1．视觉方位定向

人的视觉方位定向需要借助于各种主客观的参照物，比如，天空和地面就是上下判断的主要参照物。

视觉方位定向的线索受文化、习俗等的影响，尤其受经验的影响，是后天习得的一种能力。生活在沙漠、草原中的人，在自己的生活经验中提炼出各不相同的线索来判断方位。人一旦处于完全无参照信息的环境下，方位知觉就会发生困难。

2. 听觉方位定向

听觉主要用于判断发声物体的方位。听觉方位定向的能力主要来自两耳听觉的差异,包括时间差、强度差和位相差。人的听觉定向具有以下规律:

(1)对来自人体左右两侧的声源不会混淆,容易分辨。

(2)头部中切面上的声音容易混淆。

(3)如果以两耳连线的中点为顶点作一圆锥,则圆锥面上各点发出的声音容易混淆。

四、时间知觉和运动知觉

(一)时间知觉

1. 什么叫时间知觉

我们知觉到客观事物和事件的连续性与顺序性,就是时间知觉。

时间知觉具有四种形式:对时间的分辨,对时间的确认,对持续时间的估量,对时间的预测。

2. 时间知觉的各种依据

时间知觉是通过各种媒介间接地进行的。

(1)根据自然界的周期性现象。太阳的升落、昼夜的交替、四季的变化等都为时间知觉提供了信息。

(2)根据有机体各种节律性的活动。人体的生理活动,许多是周期性的、有节律的,比如,心跳和脉搏,饥饿,觉醒与睡眠等。身体组织的这些节律性活动,又叫生物钟,它给人们提供了时间的信息。

(3)借助计时工具,如日历、时钟、手表等。

3. 影响时间知觉的各种因素

(1)感觉通道的性质。在判断时间的精确性方面,听觉最好,触觉次之,视觉较差。

(2)一定时间内事件发生的数量和性质。在一定时间内,事件发生的数量越多,性质越复杂,人们倾向把时间估计得较短;而事件的数量少,性质简单,人们则倾向于把时间估计得较长。

在回忆往事时,情况正好相反。同样一段时间,经历越丰富,就觉得时间长;经历越简单,就觉得时间短。

(3)人的兴趣和情绪。人们的兴趣和情绪与时间的估计有密切关系。人们对自己感兴趣的事情,就会觉得时间过得快,出现对时间的估计不足。对厌恶的、无所谓的事情,就会觉得时间过得慢,出现时间的高估。在期待某种事物时,会觉得时间过得很慢等。

(二)运动知觉

1. 什么叫运动知觉

运动知觉就是人脑对空间中物体运动特性的知觉。又分为真动知觉和似动知觉。

2. 真动知觉

真正运动是指物体按特定速度或加速度,从一处向另一处作连续的位移,由此引起的知觉就是真动知觉。

运动知觉直接依赖于对象运动的速度。物体运动的速度太慢,或单位时间内物体位移的距离太小,都不能使人产生运动知觉。刚刚可以被觉察的单位时间内物体运动的最小视角范围(角速度),是运动知觉的下阈。低于下阈,人们只能看到相对静止的物体。但是,物体运动的速度太快,超过一定限度,人们也只能看到弥漫性的闪烁。

3. 似动知觉

似动是指在一定的时间和空间条件下,人们在静止的物体间看到了运动,或者在没有连续位移的地方,看到了连续的运动。由此引起的知觉,就是似动知觉。似动的主要形式有:

(1)动景运动。当两个刺激物按一定空间间隔和时间间隔相继呈现时,我们会看到一个刺激物向另一个刺激物的运动,这就是动景运动。动景运动也叫最佳运动或 Phi 运动。

(2)诱发运动。由于一个物体的运动使其相邻的一个静止的物体产生运动的印象,就是诱发运动。例如,夜空中的月亮是相对静止的,而浮云是运动的,但是,我们看到的却是月亮在云中穿行。

(3)自主运动。在暗室中,如果你点燃一支烟,并注视这个光点,一会儿你会看到这个光点似乎在运动,这就是自主运动。

(4)运动后效。在注视向一个方向的运动物体之后,如果将注视点转向静止的物体,会看到静止的物体似乎朝相反的方向运动。这就是运动后效。

五、知觉的信息加工

（一）自下而上加工和自上而下加工

自下而上的加工是指从组成图形或事物的最简单、最基本的成分开始，如视觉图形的基本成分、亮度的差异、颜色等，知觉系统把这些基本的成分组织起来，形成可辨认的图形或事物。这就是自下而上的加工或数据驱动的加工。

自上而下的加工是指较高级的、整体的加工影响低级水平特征的加工。自上而下的加工强调知觉者对事物的态度、需要、兴趣和爱好，他对活动的预先准备状态和期待，他的一般知识经验，对知觉加工过程的影响。自上而下的加工也称概念驱动的加工。

一般而言，在知觉活动中，非感觉信息越多，所需要的感觉信息就越少，自上而下的加工占优势；相反，非感觉信息越少，就需要越多的感觉信息，自下而上的加工占优势。

（二）模式识别理论

所谓模式是指由若干元素或成分按一定关系形成的某种刺激结构，也即刺激的组合。模式识别是知觉研究中认知心理学的主要研究领域。在任何感觉道内，一个模式总要不同于其他的模式。复杂模式中往往包含着子模式。当个体能够确认他所知觉的某个模式是什么，并将该模式与其他模式区分开时，就是模式识别。模式识别过程是感觉信息与长时记忆中的有关信息进行比较，再决定它与哪个长时记忆中的项目有着最佳匹配的过程。模式识别理论主要有：

1. 模板说

模板说认为，在人的长时记忆中储存着许多各式各样的过去在生活中形成的外部模式的袖珍复本，即模板，它们与外部的模式有一对一的对应关系。当一个刺激作用于人的感官时，刺激信息得到编码并与已储存的各种模板进行比较，然后作出决定，看哪个刺激与此模板有最佳的匹配，就把该刺激确认为与那个模板相同。这样，模式就得到了识别。总体而言，匹配模型是一种自下而上的加工模型。

Lindsay 和 Norman（1977）对模板说进行了两点补充：（1）增加了一个预加工过程。在模式识别的初期阶段，在刺激与模板匹配之前，先将刺激的外形、大小或方位等加以调整，使之标准化。这样可以大大减少模板的数量。（2）将自上而下的加工引进模板匹配模型。

模板说虽然得到一些实验结果的支持，可以解释人的某些模式识别，但它存在明显的缺陷。对于人们迅速识别一个新的、不熟悉的模式的现象，模板说很难解释清楚。所以，模板说不能完全解释人的模式识别过程。

2. 原型说

原型说认为，在记忆中储存的不是与外部模式有一对一关系的模板，而是原型。原型是一个类别或范畴的所有个体的概括表征，它反映的是一类客体具有的基本特征。在模式识别中，只要刺激与原型有近似的匹配即可。所以，只要存在相应的原型，新的、不熟悉的模式也可以得到识别。这样，原型匹配模式不仅可以减轻记忆的负担，而且使人的模式识别更加灵活。总体而言，原型匹配是一种自下而上的加工模型。

3. 特征说

特征说认为，模式可以分解为各种特征，特征和特征分析在模式识别中起关键作用。特征分析模型认为，外部刺激在人的长时记忆中是以各种特征来表征的，在模式识别过程中，首先要对刺激的特征进行分析，抽取刺激的有关特征，然后将这些抽取的特征加以合并，再与长时记忆中的各种刺激的特征进行比较，一旦获得最佳匹配，外部刺激就被识别了。

特征说相对模板说而言，具有一定的优点：（1）依据刺激的特征和关系进行识别，避免了预加工的困难和负担，使识别有更强的适应性；（2）同样的特征可以出现在许多不同的模式中，极大地减轻了记忆负担；（3）由于需要获得刺激的组成成分信息，即抽取必要的特征和关系，再加以综合，才能进行识别，所以，这种模式识别过程带有更多的学习色彩。

特征分析模型只有自下而上的加工，没有自上而下的加工。

六、错觉

（一）错觉的含义及种类

错觉就是对客观事物的歪曲的、不正确的知觉。

错觉的种类很多，常见的有大小错觉、形状和方向错觉、形重错觉、倾斜错觉、运动错觉、时间错觉等。其中大小错觉、形状和方向错觉有时统称为几何图形错觉。

（二）错觉产生的原因

关于错觉产生的原因一般有三种解释：（1）把错觉归结为刺激取样的误差，如眼动理论；（2）把错觉归结为直觉系统的神经生理学原因，如神经抑制作用理论；（3）用认知加工的观点解释错觉，如深度加工和常性误用理论。

第六章　记　　忆

一、记忆概述

（一）记忆的含义

记忆是在头脑中积累和保存个体经验的心理过程。用信息加工的术语讲，就是人脑对外界输入的信息进行编码、存储和提取的过程。

（二）记忆的过程

记忆是一个过程：识记、保持和回忆。这是传统的心理学的看法。目前，认知心理学认为，记忆包括编码、存储和提取三个基本过程。

编码是对外界信息进行形式转换，以便更好储存和提取的过程。

存储是把感知过的事物、体验过的情感、做过的动作、思考过的问题等，以一定的形式保持在人们的头脑中。

提取是指从记忆中查找已有信息的过程，是记忆过程的最后一个阶段。

（三）记忆的种类

1. 情景记忆和语义记忆

图尔文（Tulving，1972）将长时记忆分为两类：情景记忆和语义记忆。

情景记忆是指对个人亲身经历过的、在一定的时间和地点发生的事件或情景的记忆。这种记忆受一定时间和空间的限制，信息的储存容易受到各种因素的干扰，因此记忆不够稳定，也不够确定。

语义记忆是指人们对一般知识和规律的记忆，与特殊的地点、时间无关。语义记忆不易受到各种因素的干扰，比较稳定，提取也比较容易。

2. 外显记忆和内隐记忆

内隐记忆是指在个体无法意识的情况下，过去经验对当前作业产生的无意识的影响，又叫自动的无意识记忆。

外显记忆是指在意识参与的条件下，过去经验对当前作业产生的有意识的影响。过去经验对行为的影响是个体能够意识到的，也叫受意识控制的记忆。

内隐记忆不能用通常的测量外显记忆的方法进行测量，而需要用另一些特殊的方法把内隐记忆从外显记忆中分离出来。

3. 陈述性记忆和程序性记忆

陈述性记忆是指有关事实和事件的记忆，它可以通过语言传授而一次性获得，它的提取往往需要意识的参与。

程序性记忆是指如何做事情的记忆或者如何掌握技能的记忆，包括对知觉技能、认知技能和运动技能的记忆。这类记忆往往需要通过多次尝试才能逐渐获得；在利用这类记忆时往往不需要意识的参与。

4. 感觉记忆、短时记忆和长时记忆

根据信息保持时间的长短，可将记忆分为感觉记忆（即瞬时记忆）、短时记忆和长时记忆。

当客观刺激停止作用后，感觉信息会在一个极短的时间内保存下来，这就是感觉记忆或感觉登记。它是记忆系统的开始阶段。感觉记忆的储存时间很短，大约在 0.25 秒到 2 秒之间。感觉记忆如果没有受到注意，很快就消失了；如果受到注意，就进入短时记忆阶段。

短时记忆保持时间大约为 2 秒到 1 分钟之间。一般包括两个成分：一个是直接记忆，即输入的信息没有经过进一步的加工。它的容量非常有限，大约为7±2个单位。编码方式以言语听觉形式为主，也存在视觉和语义的编码。另一个是工作记忆，即输入的信息经过再编码，使其容量扩大。由于与长时记忆中已经储存的信息发生了意义上的联系，编码后的信息进入了长时记忆。必要时还能将储存在长时记忆中的信息提取出来解决面临的问题。

长时记忆是指信息经过充分的和有一定深度的加工后，在头脑中长时间保留下来。它的保存时间在1分钟以上，乃至终生。其容量没有限制。

（四）记忆的神经生理机制

1. 记忆的脑学说

（1）整合论

美国心理学家拉胥里（Lashley，1929）最早提出了记忆的非定位理论，或称为整合论。他认为记忆是整个脑皮层活动的结果，不是皮层上某个特殊部位的机能。他在动物实验中发现，切除动物大脑面积越大，记忆损伤越严重。因此，他认为记忆的保持，不依赖于大脑皮层的精细结构定位，而是整个大脑皮层的机能。整合论也叫非定位理论或脑均势说。

（2）定位说

记忆的定位说认为，记忆是由脑的特定部位负责的。

法国医生布洛卡（Broca，1860）很早就提出了脑机能定位的思想，即定位说。他认为脑的机能都是由大脑的一些特定区域负责的，记忆也不例外。潘菲尔德（Penfield，1963）医生在给病人做开颅手术时，用微电极刺激患者大脑皮层的颞叶，引起了病人对往事的鲜明的回忆。鲁利亚（Luria，1972）发现皮层下组织与记忆有密切的关系。不少研究都发现了记忆和大脑的一些特定区域有关系。这支持了脑的定位说。

（3）SPI理论

近年来，一些研究者（Tulving，1995；Squire，1992）提出了SPI理论来解释多重记忆系统之间的关系。SPI是串行（serial）、并行（parallel）和独立（independent）三个英文单词的首字母。SPI理论认为，记忆系统是由多个执行特定功能的记忆模块构成的。这些记忆模块的关系表现为两个方面：信息以串行的加工方式进入记忆系统，在一个记忆模块中的编码依赖于某些其他功能模块中的信息加工是否成功。也就是说，一个记忆模块的输出提供给另外模块的输入，信息以并行的方式存储在各个特定的记忆模块中，这样提取一个子系统的信息就不会牵连其他的子系统，各个子系统之间是相对独立的。这一理论认为，一次编码事件——对一个视觉刺激看一眼——就产生着多重记忆系统的效果。

作为一个抽象的模型，SPI模型没有说明不同系统的神经解剖结构，但它认为多重记忆系统并行地存在于不同的脑区中。近年来有些研究确实支持了这一观点。有研究发现，有几个主要脑区和人的多重记忆系统有关。大脑皮层的左右颞叶分别与人的言语记忆和非言语记忆有密切关系；而额叶主要与人的语义记忆有关。海马是一个比较重要的记忆脑结构。海马受损，很难再把新知识转入到长时记忆中储存。杏仁核在信息整合和建立不同感觉信息之间的联系中可能起着重要的作用。

2. 记忆的脑细胞机制

（1）反响回路

反响回路是指神经系统中皮层和皮层下组织之间存在的某种闭合的神经环路。当外界刺激作用于神经环路的某一部分时，回路便产生神经冲动。刺激停止后，这种冲动不立即停止，而是继续在回路中往返传递并持续一段短暂的时间。反响回路可能是短时记忆的生理基础。

（2）突触结构

长时记忆的神经基础包含着神经突触的持久性改变，这种变化往往是由特异的神经冲动导致的。

突触结构变化发生的过程较慢，并需要不断的巩固。但突触变化一旦发生，记忆痕迹就会深刻地储存在大脑中。

近来的研究表明，神经元和突触结构的改变是短时记忆向长时记忆过渡的生理机制。这种变化包括相邻神经元突触结构的变化、神经元胶质细胞的增加和神经元之间突触连接数量的增加等。

（3）长时程增强作用

海马的神经元具有形成长时记忆所需要的塑造能力。在海马内的一种通路中，存在着一系列短暂的高频动作电位，能使该通路的突触的连接强度增加，这种突触连接强度的增加称为长时程增强（long-term potentiation，LTP）。这种LTP具有专一性，它只对受到刺激的通路起强化作用。进一步研究显示，海马是长时记忆的暂时性储存场所。利用长时程增强机制,海马能对新习得的信息进行数小时乃至数周的加工,然后再将这种信息传输到大脑皮层中一些相关部位做更长时间的存储。海马受损,记忆会出现障碍。

3. 记忆的生物化学机制

(1) 核糖核酸

有人认为,记忆是由神经元内部的核糖核酸的分子结构来承担的。由学习引起的神经活动,可以改变与之有关的那些神经元内部的核糖核酸的化学结构。

(2) 激素和记忆

如果在动物学习时给予中等强度的刺激,往往会引起动物皮质类固醇、肾上腺素等激素的分泌,而这些激素对动物记忆的保持有明显的加强作用。人们一般认为,激素能够影响记忆的保持,其原因可能是因为某些激素能使大脑更好地注意当前的输入信息,从而加强了记忆的保持。

二、感觉记忆

客观刺激停止后,感觉信息在一个极短的时间内保存下来,这种记忆叫感觉记忆(sensory memory),也叫瞬时记忆(immediate memory)。

感觉记忆保存的时间极短,但当外界刺激消失后,它为信息的进一步加工提供了可能性。感觉记忆的编码形式主要依赖于刺激物的物理特征,具有鲜明的形象性。感觉记忆有较大的容量,其中大部分信息因为来不及加工而迅速消退,只有一部分信息由注意而得到进一步加工,并进入短时记忆。

图像记忆是指视觉器官能识别刺激的形象特征,能保持一个生动的视觉图像,它是感觉记忆的一种主要编码形式。除此之外,听觉通道也存在感觉记忆。听觉的感觉记忆编码形式被称为声像记忆。

三、短时记忆与工作记忆

(一) 短时记忆的含义和信息加工

短时记忆一般是指保持时间在一分钟之内的记忆。短时记忆的编码方式包括听觉编码和视觉编码两种。

人们通过研究语音类似性对回忆效果的影响,证实了语音听觉编码方式的存在。研究发现,在视觉呈现条件下,发音相似的字母(如 B 和 V)容易发生混淆,而形状相似的字母之间(如 E 和 F)很少发生混淆。这说明了听觉编码是短时记忆的一种主要编码方式。

Posner(1969)让被试判别两个字母是否是同一个字母。两个字母的呈现方式分为同时呈现和先后呈现。两个字母的关系分两种,一种是两个字母的音和形都一样(AA),称为同形关系;另一种是两个字母的音一样,而形不一样(Aa),称为同音关系。结果发现,当两个字母同时呈现时,同形关系的字母反应更快;当两个字母先后间隔一两秒呈现时,同形关系和同音关系的反应时没有差异。由此他们认为,由于同形关系比同音关系具有形的优势,因此只有在依靠视觉编码进行的作业中才会出现这一优势。于是可以推断,在短时记忆的最初阶段存在视觉形式的编码,之后才逐渐向听觉形式过渡。

(二) 短时记忆信息的存储与提取

1. 复述

复述是短时记忆信息存储的有效方法。复述分为两种:一种是机械复述,即将短时记忆中的信息不断地简单重复;另一种是精细复述,即将短时记忆中的信息进行分析,使之与已有的经验建立联系。研究表明,只有机械复述并不能加强记忆,精细复述是短时记忆保持的重要条件。

2. 短时记忆的遗忘——干扰还是消退?

关于短时记忆中信息遗忘的原因,有两种观点:一种观点认为短时记忆的遗忘是由于信息痕迹的自然消退造成的;另一种观点认为遗忘是由于短时记忆中的信息受到其他无关信息的干扰所致。沃和诺尔曼(Waugh & Norman,1965)用一个巧妙的实验设计解决了两派的争论。他们的实验结果支持了干扰说,即短时记忆的遗忘主要是由干扰信息引起的。

3. 短时记忆的信息提取的方式

斯腾伯格(Sternberg)认为,短时记忆中被试对项目的检索可能有三种方式:

(1) 平行扫描:即被试同时对短时记忆中保存的所有项目进行检索。

(2) 自动停止的系列扫描:即被试对项目逐个进行检索,一旦找到目标项目就停止查找。

(3) 完全的系列扫描:即被试对全部项目进行完全的检索,然后再作出判断。

斯腾伯格的实验支持完全系列扫描,认为短时记忆中项目的提取是完全系列扫描。但后来的研究表明,系列扫描(搜索)和平行扫描(搜索)都是短时记忆中信息提取的途径。

(三)短时记忆的特征

1. 短时记忆中的信息保持时间也很短,一般不超过 1 分钟。

2. 短时记忆的容量有限,一般为"7±2"个组块(或单元),组块内部的信息可以变化,一个字母可以是一个组块,一个单词可以是一个组块,一个词组、一个句子也可以是一个组块。

3. 短时记忆中的信息是有意识的,是可以操作的。

4. 复述是短时记忆中的信息进入长时记忆的途径。

(四)工作记忆

Baddeley 和 Hitch 的工作记忆系统包括以下三个组成部分:一个不受感觉道影响的有点类似于注意的中枢执行系统;一个以语音形式(基于言语的)保持信息的语音环;一个专门进行视觉和/或空间编码的视空图像处理器。

工作记忆的关键成分是中枢执行系统。它虽容量有限但可以参与任何认知活动。语音环和视空图像处理器从属于中枢执行系统并为特定目的服务。语音环储存单词呈现的顺序,而视空图像处理器用来储存和加工视觉和空间信息。

工作记忆的每一成分均是能量有限的,而且相对独立于其他任一成分而工作。有两个基本假设:如果两个任务同时使用某一个成分,那么两个任务的成绩都将不会很理想;如果两个任务同时使用不同成分,那么两个任务的成绩应该同分别完成两个任务一样好。

四、长时记忆

(一)长时记忆的含义及信息加工

长时记忆是指存储时间在一分钟以上的记忆。它储存信息的时间可以是数年甚至终生。

长时记忆的信息编码就是把新的信息纳入已有的知识框架内,或把一些分散的信息单元组合成一个新的知识框架。长时记忆的编码形式主要有:

(1)按语义类别编码。长时记忆与感觉记忆和短时记忆的编码不同,长时记忆主要采用的是语义编码,即按刺激物的意义进行编码储存。

(2)以语言的特点为中介进行编码。借助语言的某些特点,如语义、发音、字形等,对当前输入的某些信息进行编码,使它成为可以存储的东西。在记忆无意义音节时,就经常使用这种编码方式。另外,利用语言的音韵和节律等特点,也能对记忆材料进行编码。

(3)主观组织。学习无关联的材料时,既不能分类也没有实际意义上的联系,这时个体会倾向于采取主观组织对材料进行加工。主观组织能将分离的项目构成一个有联系的整体,从而提高记忆效率。

影响长时记忆编码的主要因素有编码时的意识状态和加工深度。

(二)长时记忆的信息存储与提取

1. 信息存储的动态变化

长时记忆中信息的存储是一个动态过程。在存储阶段,已保持的经验会发生变化。这种变化表现在质和量两个方面:在量的方面,存储信息的数量随时间的迁移而逐渐下降。在质的方面,由于每个人的知识和经验的不同,加工、组织经验的方式不同,人们存储的经验会出现不同形式的变化:第一,内容简略和概括,不重要的细节将逐渐趋于消失;第二,内容变得更加完整、合理和有意义;第三,内容变得更加具体,或者更为夸张和突出。

记忆恢复现象也体现了记忆存储内容的变化。记忆恢复是指学习某种材料后间隔一段时间所测量到的保持量,比学习后立即测量到的保持量要高。这种现象在儿童期比较普遍,随着年龄的增长,它将逐渐消失。

2. 信息存储的条件与方法

个体经验的保持依赖于一系列条件:

(1)组织有效的复习。与遗忘进行斗争的首要条件是组织识记后的复习。复习在保持中有很大的作用。复习时应该注意:① 复习要及时。② 正确分配复习时间。分散复习优于集中复习。③ 阅读与重现交替进行。④ 注意排除前后材料的影响,因为记忆过程中存在系列位置效应。

(2)利用外部记忆手段。

(3)注意脑的健康和用脑卫生。

3. 长时记忆的信息提取

长时记忆的信息提取有两种基本形式,即再认和回忆。

（1）再认

再认是指人们对感知过、思考过或体验过的事物,当它再度呈现时,仍能认识的心理过程。

再认有感知和思维两种水平,并表现为压缩的和展开的两种形式。感知水平的再认往往以压缩的形式表现出来,它的发生是迅速而直接的。思维水平的再认是以展开的形式进行的,它依赖于某些再认的线索,并包含了回忆、比较和推理等思维活动。

再认是否迅速和准确,受到主客观因素的影响,主要的因素有:材料的性质和数量,再认的时间间隔,思维活动的积极性,个体的期待,人格特征。

（2）回忆

回忆是过去经历过的事物的形象或概念在人们的头脑中重新出现的过程。在回忆过程中,人们所采取的策略,将直接影响回忆的进程和效果。

首先,联想是回忆的基础。客观世界的各种事物不是孤立的,而是相互联系和相互制约的。人脑对它们的反映也不是孤立的和零散的,而是彼此有一定的联系的。这样,人们在回忆某一事物时,也会连带地回忆起其他有关的事物。

其次,定势和兴趣直接影响回忆的方向和效果。由于个人的心理准备状态不同,同一个刺激物可以使人回忆起不同的内容,产生不同的联想。另外,兴趣和情感状态也可以使人们对某一类事物的联想处于优势。

再次,双重提取。在回忆过程中,借助表象和词语的双重线索,可以提高回忆的完整性和准确性。

又次,暗示回忆和再认有助于信息的提取。在回忆比较复杂的和不熟悉的材料时,呈现与回忆内容有关的上下文线索,将有助于材料的迅速恢复。暗示与回忆内容有关的事物,也能帮助回忆。

最后,与干扰作斗争。在回忆过程中,经常会发生提取信息的困难,这可能是由于干扰所引起的。克服这种现象的简便方法是立即停止回忆,经过一段时间后再进行回忆,要回忆的事物便可能油然而生。

五、遗忘

记忆的内容不能保持或者提取时有困难就是遗忘。

德国心理学家艾宾浩斯（Ebbinghaus）是世界上最早对遗忘现象作系统研究的心理学家,他将其实验结果绘成曲线,即著名的艾宾浩斯遗忘曲线（见图1-2）。

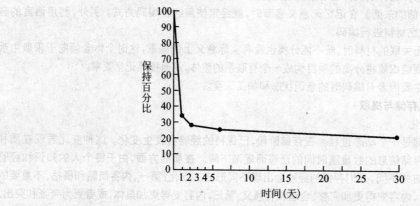

图1-2 艾宾浩斯遗忘曲线

遗忘在学习之后立即开始,保持和遗忘都是时间的函数。遗忘的过程最初很快,以后逐渐缓慢,所以,遗忘的进程是先快后慢。

遗忘的进程除受时间因素的影响,还受到许多其他因素的影响:识记材料的性质与数量,学习的程度,识记材料的系列位置,识记者的态度等。

对遗忘的原因,有各种不同的看法,归纳起来有下述四种:

（1）衰退说。衰退理论认为,遗忘是记忆痕迹得不到强化而逐渐减弱,以致最后消退的结果。

（2）干扰说。干扰理论认为,遗忘是因为在学习和回忆之间受到其他刺激的干扰所致。一旦干扰被排除,记忆就能恢复,而记忆痕迹并未发生任何变化。干扰说可以用前摄抑制和倒摄抑制来说明。前摄抑制是指先学习的材料对识记和回忆后学习材料的干扰作用。倒摄抑制是指后学习的材料对识记和回忆先学习的材料的干扰作用。

（3）压抑说。压抑理论认为，遗忘是由于情绪或动机的压抑作用引起的。有些经验，进入人的意识会使人产生痛苦的体验，因此被压抑到无意识中。如果这种压抑解除了，记忆就能恢复。

（4）提取失败。这种理论认为，储存在长时记忆中的信息是永远不会丢失的，之所以对一些事情想不起来是因为在提取有关信息的时候没有找到适当的提取线索。

六、内隐记忆

（一）内隐记忆的一般概念

内隐记忆是指在不需要对特定的过去经验进行有意识回忆的测验中表现出来的一种记忆形式，它的表现就是先前获得的经验无意识地影响了后来的作业成绩。内隐记忆的特点是，人们没有意识到自己有这种记忆，也没有有意识地去提取它，但它却在特定的作业中表现出来。

（二）内隐记忆与外显记忆的关系

1. 加工深度对内隐记忆和外显记忆的影响不同

研究发现，对刺激项目的加工深度并不影响被试的内隐记忆效果，而对外显记忆则有非常明显的影响。

2. 内隐记忆和外显记忆的保持时间不同

外显记忆的回忆量会随着学习和测验之间时间间隔的延长而逐渐减少。但是，内隐记忆随时间延长而发生的消退要比外显记忆慢得多。

3. 记忆负荷量的变化对内隐记忆和外显记忆产生的影响不同

外显记忆成绩随着所学词汇数目的增加而逐渐下降，而内隐记忆成绩则不受词汇数目增加的影响。

4. 呈现方式的改变对外显记忆和内隐记忆有不同的影响

研究表明，以听觉形式呈现的刺激而以视觉形式进行测验时，这种感觉通道的改变会严重影响内隐记忆的作业成绩，而对外显记忆的效果则没有影响。

5. 干扰因素对外显记忆和内隐记忆的影响不同

外显记忆很容易受到其他无关信息的干扰，前摄抑制和倒摄抑制现象的存在很好地说明了这一点。但是，内隐记忆不易受到干扰。

第七章 思 维

一、思维概述

（一）思维的含义及特征

1. 思维的含义

Newell 和 Simon（1972）认为思维是在问题空间中进行搜索的过程。

苏联和我国的心理学家认为思维是借助语言、表象或动作实现的对客观事物概括的和间接的认识，是认识的高级形式。它能揭示事物的本质特征和内部联系，并主要表现在概念形成和问题解决的活动中。

思维不同于感知觉。感知觉是直接接受外界的刺激输入，并对输入的信息进行初级的加工。而思维则是对输入的刺激进行更深层次的加工，揭示事物之间的关系，形成概念，并利用概念进行判断、推理，解决人们面临的各种问题。但是思维又离不开感知觉活动所提供的信息。通过思维，人们的认识实现了从现象到本质、从感性到理性的飞跃。

2. 思维的特征

（1）概括性：是指在大量感性材料的基础上，把一类事物共同的特征和规律抽取出来，加以概括。概括使人们的认识活动摆脱了具体事物的局限性和对事物的直接依赖关系，这不仅扩大了人们认识的范围，也加深了人们对事物的了解。所以，概括水平在一定程度上表现了思维的水平。另外，概括是人们形成概念的前提，也是思维活动能迅速迁移的基础。人们的认识水平越高，对事物的概括水平也就越高。

（2）间接性：是指人们借助于一定的媒介和知识经验对客观事物进行间接的认识。由于思维的间接性，人们才可能超越感知觉提供的信息，认识那些没有直接作用于人的感官的事物和属性，从而揭示事物的本质和规律。

（3）思维是对经验的改组：一般来讲，思维是和探索、发现新事物相联系的过程，它需要人们对头脑中已有的知识经验不断进行更新和改组。思维不是简单地再现经验，而是对已有的知识经验进行改组、建构的过程。

（二）思维的种类

1. 直观动作思维、形象思维和逻辑思维

（1）直观动作思维。又称实践思维，是通过实际操作解决问题的思维活动。直观动作思维具有直观的形式，解决问题的方式依赖于实际的动作。3岁前的幼儿只能在动作中思考，他们的思维基本上属于直观动作思维。成人有时也要运用动作进行思维。

（2）形象思维。它是指人们利用头脑中的具体形象来解决问题。形象思维在问题解决中有重要的意义。一般3~6岁的儿童就可以进行形象思维了。

（3）逻辑思维。当人们面对着理论性质的任务，并要运用概念、理论知识来解决问题时，这种思维称为逻辑思维。它是人类思维的典型形式，是一切思维形态的核心。

2. 经验思维和理论思维

人们凭借日常生活经验进行的思维活动叫做经验思维。由于知识经验的不足，这种思维易产生片面性，甚至得出错误的结论。

理论思维是根据科学的概念和论断，判断某一事物，解决某个问题。理论思维活动往往能抓住事物的本质，使问题得到正确的解决。

3. 直觉思维和分析思维

直觉思维是人们在面临新的问题、新的事物和现象时，能迅速理解并作出判断的思维活动。这种思维活动主要依靠猜测与领悟。其特点为：快速性、跳跃性、坚信感和或然性。

分析思维也就是逻辑思维，它是遵循严密的逻辑规律，最后得出合乎逻辑的正确答案的思维活动。

4. 辐合思维和发散思维

辐合思维是指人们根据已知的信息，利用熟悉的规则解决问题，或者从给予的信息中产生合逻辑的结论。它是一种有方向、有范围、有条理的思维方式。

发散思维是人们沿着不同的方向思考，重新组织当前的信息和记忆系统中存储的信息，产生出大量、独特的新思想。运用这种思维方式解决问题时，可以产生多种答案、结论或假说，但究竟哪种答案最好，则需要检验。

5. 常规思维与创造思维

常规思维也叫再造性思维，是指人们运用已获得的知识经验，按现成的方案和程序直接解决问题，如学生运用已学会的公式解决同一类型的问题。这种思维的创造性水平低，对原有的知识不需要进行明显的改组，也没有创造出新的思维成果。

创造思维是重新组织已有的知识经验，提出新的方案或程序，并创造出新的思维成果的思维活动，例如，新的科学理论的提出等。创造性思维是多种思维的综合表现。

（三）思维的过程

人们在头脑中，运用存储在长时记忆中的知识经验，对外界输入的信息进行分析、综合、比较、抽象和概括的过程，就是思维过程，或称之为思维操作。

1. 分析与综合

分析与综合是思维的基本过程。分析是指在头脑中把事物的整体分解为各个部分或各个属性。人们对事物的分析往往从分析事物的特征和属性入手。综合是在头脑中把事物的各个部分、各个特征、各种属性结合起来，了解它们的联系，形成一个整体。综合是思维的重要特征，只有把事物的部分、特征、属性等综合起来，才能把握事物的联系和关系，抓住事物的本质。

分析与综合是相反而又紧密联系的同一思维过程的不可分割的两个方面。分析是综合的基础，任何一种思维活动都既需要分析，又需要综合。

2. 比较

比较是把各种事物和现象加以对比，确定它们的相同点、不同点及其关系。比较是以分析为前提的，常常和分类联系在一起，同时，比较又是一个综合的过程。

3. 抽象与概括

抽象是在思想上抽出各种事物或现象的共同特征和属性,舍弃其个别特征和属性的过程。概括是在抽象的基础上,形成对事物概括的认识。概括有初级概括与高级概括两种。一般认为,初级概括是在感觉、知觉、表象水平上的概括。这种概括水平相对较低。高级的概括是根据事物的内在联系和本质特征进行的概括。例如,一切定理、定义、概念等都是高级概括的产物。

抽象和概括是紧密联系,难以分开的。抽象越能离开具体的事物,在此基础上形成的概括水平也就越高,越接近事物的本质。

二、概念

(一) 概念的含义

概念是人脑对客观事物的本质特征的认识,是思维的最基本的形式。事物的本质特征是决定事物的性质,并使一事物区别于其他事物的特征。非本质特征则是对事物不具有决定意义的特征。人们掌握了概念,认识就能超越感知觉的范围,透过事物的表面现象,认识事物的本质。

每一个概念都包括内涵与外延两个方面。内涵是指概念的质,即概念所反映的事物的本质特征。外延是指概念的量,即概念的范围。概念的内涵增加,外延就变小了。概念具有不同的等级或层次。

概念是用词来表达、记载和标志的。词的意义不断充实的过程,也是概念不断扩大和深化的过程。但是,概念和词不是一一对应的。同一概念可以由不同的词来表示,同一词也可以表达不同的概念。

(二) 概念的种类

1. 具体概念和抽象概念

这是根据概念所包含的属性的抽象与概括程度来进行划分的。具体概念是按照事物的指认属性形成的概念。抽象概念是按照事物的内在、本质属性形成的概念。

2. 合取概念、析取概念和关系概念

这是根据概念反映事物属性的数量及它们的相互关系来划分的。合取概念是根据一类事物中单个或多个相同属性形成的概念。这些属性在概念中必须同时存在,缺一不可。合取概念是最为普遍的一种概念。析取概念是根据不同的标准,结合单个或多个属性所形成的概念。这些属性可以同时存在于一个概念中,也可以不同时存在。关系概念是根据事物之间的相互关系形成的概念。

3. 自然概念和人工概念

这是根据概念形成的自然性来划分的。自然概念是指在人类历史发展过程中自然形成的概念。其内涵和外延是由事物自身的特征决定的。人工概念是指在实验室条件下,为模拟自然概念的形成过程而人为地制造出的一种概念。

(三) 概念结构的理论

概念结构的理论探讨概念是由什么成分组成的,概念间的关系如何等问题。

1. 层次网络模型(hierarchical network model)

层次网络模型是由柯林斯等人(Collins et al.,1969)针对言语理解的计算机模拟提出的,后来被用来说明概念的结构。在这个理论中:

(1) 每个概念具有一定的特征,即概念是由语义特征表征的。

(2) 概念是以结点的形式储存在概念网络中,各类属概念按逻辑的上下级关系组织在一起。概念间通过连线表示它们的类属关系。

(3) 每个概念的特征实行分级储存,即在每一层概念的结点上,只储存该概念的独有特征,而同层各概念共有的特征,储存在上一层的概念结点上。

层次网络模型简洁地说明了概念间的相互关系,分级储存可以节省储存空间,体现出"认知经济"原则。这一模型也叫"预存模型"。但是,它所概括的概念间的关系类型较少,因此,对说明概念间的关系还有其不足的一面。"范畴大小效应"支持了该理论,但是,该理论也有一些不能解释的现象,比如熟悉效应、典型性判断、否定判断等。

2. 特征表理论(feature list theory)

特征表理论是由波纳等人(Bourne et al.,1979)提出的。该理论把概念的语义特征分解为定义性特征和特异性特征。定义性特征是定义一个概念所必须具备的特征,它相当于概念的本质特征。特异性特征是具有描

述功能的特征,它相当于概念的非本质特征。特征表理论的基本观点是:

(1) 概念是由一些语义特征来表征的。

(2) 概念的语义特征可分为定义性特征和特异性特征。

(3) 概念的结构是由概念的定义性特征和整合这些特征的规则构成的。这些规则也叫概念规则。

特征表理论重视概念规则在概念结构中的作用,其优点是可以很好地解释人工概念的研究,因为人工概念就是人为地确定几个属性,然后加上概念规则构成的。缺点是难以解释某些自然概念,因为有些自然概念的定义性特征是难以确定的。

3. 原型模型

茹什(Rosch,1975)等人认为概念主要是以原型来表征的,于是提出了原型模型。所谓原型是指范畴中最能代表该范畴的典型成员。

从概念结构来讲,原型理论认为,概念是由原型加上与原型特征有相似性的成员来组成的。原型模型较好地揭示了自然概念的组成因素,但是并不是所有的概念都有原型,如抽象概念就很难确定其原型。

(四) 概念的形成

概念形成是指个体学会某种概念的过程,也可以说是对一类事物的本质属性的认识过程。

1. 人工概念形成的实验研究

布鲁纳等人(Brune et al.,1965)的研究最具代表性。布鲁纳通过图片选取探讨概念形成的过程。实验设计了81张图片,图片上的属性有四种:图形,图数,颜色,边线。由这些属性的不同组合,可以构成许多不同的概念。

实验进行的程序是:将1张图片呈现给被试,说明图片的属性,以及怎样将图片结合成概念。然后,请被试按照自己的想法,去猜测主试心中的概念。被试每次指一张图片时,主试都会随时告诉他对与错。

2. 人工概念形成的途径

(1) 假设检验说

布鲁纳等人的假设检验说认为,概念形成的过程是不断提出假设、验证假设的过程。被试根据对实验材料的分析、综合与主试提供的反馈,提出了种种假设,当某种假设被证明是正确的,概念也就形成了。

(2) 内隐学习说

内隐学习说认为,一些抽象概念的复杂结构是在无意识的内隐学习中获得的,即概念的形成是内隐学习的结果。在概念形成中,被试依赖于一些属性在无意识中累加的频次,来区分概念中的相关属性和无关属性。

里伯等人(Reber et al.,1978)的实验说明,当刺激结构高度复杂时,采用比较被动的、无意识的学习方式可能更有效。里伯认为,一些抽象概念的复杂结构就是在这种无意识的内隐学习中获得的。

3. 概念形成的策略

布鲁纳提出了人工概念形成的四种策略:

(1) 保守性聚焦。它是指把第一个肯定实例(焦点)所包含的全部属性都看做未知概念的有关属性,以后只改变其中的一个属性。如果改变这一属性后的实例被证实为肯定实例,那么这一属性就是未知概念的无关属性。相反,如果改变这一属性后的实例被判定为否定实例,那么这一属性就是未知概念的有关属性。

(2) 冒险性聚焦。它是指把第一个肯定实例所包含的全部属性都看做未知概念的有关属性,但同时改变焦点卡片上一个以上的属性。这种策略带有冒险性,不能保证一定成功,但有可能在较短的时间内发现概念。

(3) 同时性扫描。它是指根据第一个肯定实例所包含的属性提出全部可能的假设,然后逐个加以验证。采用这种策略,记忆负担重,难度比较大。

(4) 继时性扫描。它是指在已形成的部分假设的基础上,根据主试的反馈,每次只考验一种假设,如果这种假设被证明是正确的,就保留它,否则就采用另一个假设。

这四种策略相比,保守性聚焦给记忆带来的负担最轻,因此,它是一种更有效的概念形成策略。

三、推理

(一) 推理的含义

推理是指从具体事物归纳出一般规律,或者根据一般原理推出新结论的思维活动。

(二) 推理的种类

推理分为归纳推理和演绎推理。归纳推理即从特殊事例推出一般结论的推理,演绎推理则是将一般原理运用于特殊事例的过程。归纳推理在本质上就是概念的形成,演绎推理在本质上属于问题解决。

四、问题解决

(一)问题解决的含义

多数心理学家都认为"问题"含有 3 个基本的成分:

(1)给定:一组已知的关于问题条件的描述,即问题的起始状态。

(2)目标:关于构成问题结论的描述,即问题要求的答案或目标状态。

(3)障碍:正确的解决方法不是直接显而易见的,必须间接地通过一定的思维活动才能找到答案,达到目标状态。

问题解决是由一定的情景引起的,它是按照一定的目标,应用各种认知活动、技能等,经过一系列的思维操作,使问题得以解决的过程。

(二)问题解决的思维过程

1. 问题解决的性质

(1)问题解决是指导性思维

由一定的任务所指导而进行的内部操作过程就叫指导性思维。问题解决中,思维过程始终由要解决的问题以及由此问题所设定的目标所支配和指导。

(2)指导性思维是一个有严密组织的心理序列

这个心理序列就是问题解决的过程,是受所设定的目标指导的。

(3)思维心理序列的自动化与组块过程

思维心理序列中有很多自动化成分,尤其表现在具体步骤中的一些环节或细节。心理序列中的自动化现象体现为组块过程,即把思维操作的小单元联系成为大单元,在思维加工中,在那些联系起来的小单元之间,不需要插入意识监测,思维活动可以以大单元为单位进行。

2. 问题解决的认知分析

信息加工过程就是寻找操作序列以达到目的的过程,包括算法策略、启发法策略等。

3. 问题解决中的心理障碍

出声思考的局限性,短时记忆的局限性,心理定势的干扰,动机的影响等都会影响问题解决过程。

(三)问题解决的策略

1. 算法

算法策略就是在问题空间中搜索所有可能的解决问题的方法,直至选择一种有效的方法解决问题。所谓问题空间就是问题解决者对一个问题所达到的全部认识状态。换句话说,算法策略就是把解决问题的方法一一进行尝试,最终找到解决问题的答案。这种策略的优点是能够保证问题的解决,缺点是需要大量的尝试,费时费力。当问题复杂时,很难解决问题。

2. 启发法

启发法是人根据一定的经验,在问题空间内进行较少的搜索,以达到问题解决的一种方法。启发法不能保证问题一定得到解决,但常常能有效地解决问题。

几种常用的启发性策略:

(1)手段-目的分析

手段-目的分析就是将需要达到的问题的目标状态分成若干子目标,通过实现一系列的子目标最终达到总目标。它的基本步骤是:第一,比较初始状态和目标状态,提出第一个子目标;第二,找出完成第一个子目标的方法或操作;第三,实现子目标;第四,提出新的子目标。如此循环往复,直至问题的解决。

(2)逆向搜索

逆向搜索就是从问题的目标状态开始搜索直至找到通往初始状态的通路或方法。

逆向搜索更适合于解决那些从初始状态到目标状态只有少数通路的问题。

(3)爬山法

爬山法是一种纯粹"向前进"的策略。它是采用一定的方法逐步降低初始状态和目标状态的距离,以达到问题解决的一种方法。

爬山法与手段目的分析法的不同在于,在手段-目的分析法中,人们有时为了达到目的,不得不暂时扩大目标状态与初始状态的差异,以有利于最终达到目标。

（四）影响问题解决的因素

问题解决除受策略、知识等因素影响外,还受其他心理因素的影响。

1. 知识表征的方式

同样的问题,不同的人可以有不同的表征方式,这对问题的解决有影响。有些时候,只有知识表征方式发生了改变,问题才可能得到解决。

2. 定势

定势是指由先前的心理操作所引起的对活动的准备状态,也叫心向。它的影响有积极的,也有消极的。

3. 功能固着

人们把某种功能赋予某种物体的倾向称为功能固着。在功能固着的影响下,人们不易摆脱事物用途的固有观念,因而直接影响到人们灵活地解决问题。克服功能固着,叫做功能变通。要具有这种能力,一方面需要有丰富的知识,要熟悉物体的不同功能,另一方面也要具有思维的灵活性。

4. 动机

动机强度与解决问题效率之间的关系可用一条倒 U 形曲线来说明。它表明在一定的范围内,解决问题的效率随动机强度的增高而上升,中等强度是解决问题的最佳水平。超过一定的限度,提高动机的水平,反而会降低解决问题的效率。

5. 情绪

情绪对问题解决有一定的影响,紧张、惶恐、烦躁、压抑等消极的情绪会阻碍问题解决的速度,而乐观、平静、积极的情绪将有助于问题的解决。

6. 人际关系

人处在一个复杂的社会中,解决问题不仅受个人心理因素的影响,也要受到人们之间相互关系的影响。

五、创造性思维

（一）创造性思维的含义与特征

创造性思维是指人们应用新颖的方式解决问题,并能产生新的、有社会价值的产品的心理过程。例如,科学家发明一项新技术就属于创造性活动。创造性思维总是体现在问题解决的活动中。创造性思维需要综合运用各种思维方式,需要思维具有流畅性、灵活性和独创性。

（二）创造性思维的基本过程

（1）定向阶段。创造性思维的开始阶段,主要对问题进行定义和确定问题中的重要维度。

（2）准备阶段。尽可能多地搜集与问题有关的信息。

（3）酝酿阶段。在大多数问题解决过程中,都会出现一段无奈的时期,即所有能想到的方案都无法解决问题。在该阶段,问题解决被移入潜意识中进行,即问题看似被搁到一边不再去想,而实际上仍然在继续被思考。

（4）顿悟阶段。思想火花的闪现阶段,顿悟或一系列顿悟的产生标志着酝酿阶段的结束。

（5）验证阶段。创造性思维的最后一个阶段,主要是检验并批判性地评价顿悟阶段获得的问题解决方案。如果证明方案是错的,思考者就返回酝酿阶段。

（三）影响创造性思维的因素

1. 酝酿与创造性

在问题解决时,定势或功能固着等心理因素在某一时刻可能阻碍着问题的解决,这些因素在短时间内是难以排除的。然而,酝酿有助于重新形成问题的表征,进而创造性地解决问题。

2. 社会因素与创造性

人们生活环境中的社会因素对创造性思维也有影响。有研究表明,无论是单独完成任务,还是集体完成任务,被试知道他人会对自己的成果作出评估时,他们的创造性程度都大大降低。研究还发现,人们在工作时,如果有他人观看,或者为了竞争而工作时,人们的创造性都会受到限制。

六、表象

（一）表象的含义

表象是事物不在面前时,人们在头脑中出现的关于事物的形象。表象具有鲜明的形象性。从产生表象的感觉通道来划分,表象可以分为视觉表象、听觉表象、运动表象等。根据表象中创造程度的不同,表象可以分为知觉表象、记忆表象和想象表象。

(二) 表象的特征

1. 直观性

表象是以生动具体的形象在头脑中出现的。比如,儿童中可能出现的"遗觉像"现象。

表象是在知觉的基础上产生的,因此表象和知觉中的形象具有相似性。但是二者又有不同之处。知觉的形象鲜明生动,表象的形象比较暗淡模糊;知觉的形象持久稳定,表象的形象不稳定、易变动;知觉的形象完整,表象的形象不完整。

2. 概括性

表象不表征事物的个别特征,而是表征事物的大体轮廓和主要特征,表象具有抽象性,它是关于某个事物或某类事物的概括形象。

3. 可操作性

由于表象是知觉的类似物,因此人们可以在头脑中对表象进行操作。

表象的可操作性可以用"心理旋转"的实验说明。库泊等人(Cooper et al. , 1973)在研究中,每次给被试呈现一个旋转角度不同的字母 R,呈现的字母可能是正写的,也可能是反写的。要求被试判断字母是正写的,还是反写的。结果表明,当呈现字母垂直时(0°或360°),反应最快,反应时最短。在其他情况下,随着旋转角度的增加,反应时逐渐增加,当字母旋转180°时,反应时最长(图1-3)。

图1-3 心理旋转实验的字母图形

实验结果(图1-4)说明,被试在任务中可以对表象进行心理操作,即他们把倾斜的字母在头脑中旋转成直立位置,然后进行判断。同时还说明,在完成任务过程中,人们确实可以借助表象进行形象思维,形象思维的支柱就是人们已经形成的各种各样的表象。

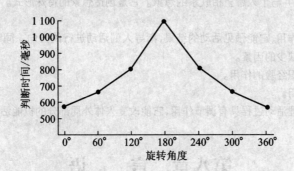

图1-4 字母旋转角度与被试判断的反应时

(三) 表象的种类

表象可以在多种感觉通道上发生,于是,就存在视觉的、听觉的、嗅觉的、味觉的、触觉的、动觉的表象等。由于视觉的重要性,大多数人都有比较鲜明的和经常发生的视觉表象。

（四）表象理论

Kosslyn（1980,1981）在心理扫描实验基础上，提出了表象的计算理论。根据该理论，表象有两个主要因素：（1）表层表征，即出现在视觉短时记忆中的类似图画的表征；（2）深层表征，即储存在长时记忆中的信息，用于生成表层表征。表层表征是我们意识到的表象，其容量有限，而且极易衰退。深层表征有两种：（1）本义表征，这种表征提供关于某一客体形象的信息。本义表征在计算机模型中是作为坐标表储存的，它们指明各点在视觉短时记忆中的位置，以形成客体的精确表象。（2）命题表征，这种表征是由抽象的命题表构成的，它们是解释客体的。该理论认为，从深层的本义表征生出表象的过程为：

（1）图示过程：将深层的本义表征转换为视觉短时记忆中的表象。

（2）发现过程：在视觉短时记忆中搜索某个特定的客体或其部分。

（3）放置过程：实现各种必要的操作，使客体的各部分处在表象中的正确位置上。

（4）表象过程：协调上述3个过程的活动。

七、想象

（一）想象的含义

想象是对头脑中已有的表象进行加工改造，形成新形象的过程。这是一种高级的认识活动。

形象性和新颖性是想象活动的基本特点。想象是在感知的基础上，改造旧表象形成新形象的心理过程。它主要处理图形的信息。

（二）想象的种类

根据想象活动是否具有目的性，可以把想象分为无意想象和有意想象。

1. 无意想象

无意想象也叫不随意想象，是一种没有预定目的、不自觉地产生的想象。当人们的意识减弱时，人们往往会在某种刺激作用下，不由自主地想象某种事物，这就是无意想象。

2. 有意想象

有意想象也叫随意想象，它是按一定目的、自觉进行的想象。根据想象内容的新颖程度和形成方式的不同，可分为再造想象、创造想象和幻想。

（1）再造想象是根据言语的描述或图样的示意，在人脑中形成相应的新形象的过程。再造想象的创造性水平比较低。

（2）创造想象是在创造活动中，根据一定的目的、任务，在人脑中独立地创造出新形象的过程。创造想象具有首创性、独立性和新颖性等特点。在创造想象中，原型启发很重要。所谓原型是指在创造想象中起启发作用的事物。

（3）幻想是指向未来，并与个人愿望相联系的想象。它是创造想象的特殊形式。

（三）想象的功能

（1）想象具有预见的作用，它能预见活动的结果，指导人们活动进行的方向。同时，想象的新颖性、形象性也是人们创造活动中不可缺少的因素。

（2）想象具有补充知识经验的作用。

（3）想象具有代替作用。

（4）想象对机体的生理活动过程具有调节作用，它能改变人体外周部分的机能活动过程。

第八章 言 语

一、言语概述

（一）言语的含义

言语是一种社会现象，是人类通过高度结构化的声音组合，或通过书写符号、手势等构成的一种符号系统，言语又是运用这种符号系统来交流思想的一种行为。

（二）言语的功能

1. 言语是保存和传授社会历史经验的手段。

2. 言语是人们之间进行交际和交流思想的工具。

3. 言语是人类进行思维的武器。

（三）言语的种类

言语活动通常分为外部言语和内部言语两类。外部言语又包括口头言语和书面言语。口头言语又分为对话言语和独白言语两种。

1. 对话言语

对话言语是指两个或几个人直接交际时的语言活动。对话言语是一种最基本的语言形式，其他语言形式都是在对话言语的基础上发展起来的。对话言语的特点是：

（1）对话言语是一种情境性语言。

（2）对话言语是一种简略的语言。

（3）对话言语是对话双方的直接交际。

（4）对话言语常常是一种反应性语言。

2. 独白言语

独白言语是个人独自进行的，与叙述思想、情感相联系的，较长而连贯的语言。独白言语的特点是：

（1）独白言语是说话者独自进行的语言活动。

（2）独白言语是一种展开的语言。

（3）独白言语是有准备、有计划进行的语言活动。

3. 书面言语

书面言语是指一个人借助文字来表达自己的思想或阅读别人的语言。书面言语的出现比口语要晚得多。它只有在文字出现以后，才为人们掌握和利用。书面言语的特点是：

（1）严谨性。书面言语是一种最严谨的语言形式。书面言语要求用精确的词句、正确的语法和严密的逻辑进行陈述。

（2）展开性。书面言语是一种自我反馈的语言，作者可通过自己的修改、补充和润色使之趋于完善。因此，对于书面言语而言，用展开的形式系统阐述自己的思想是十分必要的。

（3）计划性。书面言语的计划性常常以腹稿、提纲等形式表现出来。

4. 内部言语

内部言语是一种自问自答或不出声的语言活动。内部言语是在外部言语的基础上产生的。内部言语和外部言语之间有密切的关系。一方面，没有外部言语就不会有内部言语，内部言语离不开外部言语；另一方面，如果没有内部言语的参与，人们也不能很好地进行外部言语的活动。内部言语的特点：

（1）隐蔽性。内部言语是一种不出声的语言形式，但是语言器官发出的动觉信号在内部言语中起着重要作用。内部言语本质上是一种语言活动，它需要语言器官的参与，只是没有语言活动的外部标志——语音而已。

（2）简略性。内部言语不是一种直接用于交际的语言，它不存在别人是否理解的问题，因而常常以十分简略、概括的形式出现。

二、言语活动的中枢机制

1. 言语运动中枢——布洛卡区

19世纪60年代，法国医生布洛卡发现，在左半球第三额回后部、靠近大脑外侧裂处的一个小区与语言运动有关。以后，这个脑区就被命名为布洛卡区。布洛卡区病变会引起运动性失语症或表达性失语症。这类病人的发音器官完整无损，功能正常，但是发音困难，说话缓慢而费力。病人的阅读、理解和书写能力不受影响。

包括布洛卡区在内的大脑左半球额叶还与语言动机和愿望的形成有关。当大脑额叶严重受损时，病人会丧失说话的愿望，出现自发性主动语言的障碍。

近年来发现，布洛卡区损伤的病人不仅产生语言运动障碍，语言的理解也受到一定程度的影响。

2. 言语听觉中枢——威尔尼克区

威尔尼克区位于大脑左半球颞叶上回，它的主要作用是分辨语音，形成语义，和语言的接受有关。威尔尼克区损伤会引起接收性失语症，这是一种语言失认症。病人说话时，语音与语法均好像正常，但说出的话没有意义。

3. 言语视觉中枢——角回

角回位于威尔尼克区上方、顶-枕叶交界处，是大脑后部一个重要的联合区。角回与单词的视觉记忆有密切关系。角回负责书面语言和口语之间的相互转化，即在这里实现着词语认知中视觉与听觉的跨通道的联合。切除角回将使单词的视觉意象与听觉意象失去联系，引起阅读障碍。这种病人能说话，能理解口语，但不能理解书面语言。切除角回还会引起听-视的失语症，这种病人由于在看到的物体和听到物体的名称声音之间失去了联系，因而不能理解词语的意义。

鲁利亚(1983)指出，大脑左半球的顶-枕部以及颞-顶部密切参与相应的解码过程，这些部位受损，将引起语义性失语症。也有研究表明，角回部位存储着语法和拼写的规则。

三、言语感知和理解

(一) 言语感知

言语感知，是指人们对语音的识别过程。语音是口语的物质外壳或形式，只有正确地知觉语音，才能接受它所代表的意义。

1. 语音的物理性质

语音具有音调、音强、音长、音色等物理属性。音调是指语音的高低，它决定于声音的振动频率。音强是指语音的强弱，它决定于声波振幅的大小。音长是指语音的长短，它取决于发音体振动的持续时间。音色是指语音的特色，它是由声波的波形决定的。

2. 影响言语感知的各种因素

语言清晰度与可懂度是指听者了解讲话者说话的百分率，或指听者听对的百分率。它们是语音知觉效果的量尺。影响言语感知的因素主要有：

(1) 语音类似性。语音越类似，语音知觉越易出错。

(2) 语音强度。一般情况下，当语音强度为 5 分贝时，人们可觉察到语音的存在，但不能分辨语音的内容；当语音强度为 20～30 分贝时，清晰度为 50%，即能听清楚 50% 语音是什么；当语音强度为 40 分贝时，清晰度可达到 70%，也就是能听清楚 70% 的语音是什么；当语音强度为 70 分贝时，清晰度达 100%，人们 100% 地能听清楚说的是什么；当强度超过 130 分贝时，就会引起不舒服、疼痛的感觉。

(3) 噪音掩蔽。噪音对语音的掩蔽依赖于信号、噪音的比率。语音与掩蔽噪音的强度比越大，语音的可懂度越差。一般而言，当语音与噪音强度相等时，语音的可懂度为 50%；当其比值为 100 时，也就是语音是掩蔽噪音的 100 倍时，噪音对语音的可懂度没有影响。由于语境的作用，当语音强度低于噪音时，人们仍然可以听懂语音。

(4) 语境。广义而言，语境是指语言活动出现的具体情境，包括说话的场合、社会环境、时代背景等；狭义而言，语境是指书面语言的上下文和口语的前言后语等。"音位恢复效应"说明了人们对个别音位的感知是受语境影响的。这种效应是指人们可以将句子提供的听觉信息储存起来，直到能够根据语境确定所失去的某一个音位。

(5) 句法、语义的作用。有研究表明，在噪音背景下，被试容易识别句子中的单词(相对于识别个别单词而言)。

(二) 言语理解

言语理解是指人们借助于听觉或视觉的语言材料，在头脑中建构意义的一种主动、积极的过程。它以言语感知为基础。言语理解分为三个水平：① 词汇理解或者词汇识别是语言理解的第一级水平。② 句子理解。③ 语篇理解。

1. 词汇理解

词汇理解也叫词汇识别，是指人们通过听觉或视觉，接受输入的词形或语音信息，并在人脑中揭示词义的过程。影响言语识别的因素有：

(1) 单词的部位信息

在拼音文字中，单词中的开头字母和结尾字母在单词辨认中有重要作用。因为开头字母可以使人们产生预期，而结尾字母指明了单词的性、数和词类，所以，开头和结尾字母比中间字母提供的信息多。

在汉字中，处在不同部位的笔画和偏旁在汉字辨别中有不同的作用。研究发现，在省略笔画时，保留字的

"完形"有利于汉字识别,前面的笔画提供了较多的信息。

（2）正字法规则

正字法规则是使文字的拼写合乎标准的方法。任何一种文字都有自己的正字法规则。正字法规则是人们识别字词时必须依靠的一种内隐知识,它在字、词识别中起着重要的作用。

（3）字母长度或笔画数量

在拼音文字中,在频率相同的情况下,一个词所包含的字母越多,识别时间越长,这就是所谓的词长效应。汉字是由笔画组成的。在汉字识别中,大量的研究发现,词汇识别的时间随着笔画数量的增加而增长。

（4）字形结构

彭瑞祥等人（1983）研究了在速示条件下,不同类型结构汉字再认的难易程度。结果发现,左右结构的汉字较上下结构、独体结构的汉字,再认较容易。

（5）字词的使用频率

词语的使用频率越高,识别的时间就短。词语的使用频率低,识别的时间就长。

频率影响词汇识别的原因:Forster 的搜索模型认为,词汇是通过搜索来识别的。而在心理词典中,词是按照频率高低来组织的,高频词在心理词典中处于"前面"位置,容易搜索到。Morton 的 Logogen 模型或者单词产生器模型认为,每个单词都对应一个单词产生器,它包含了单词的全部信息。当输入某一单词形或音的刺激时,单词产生器逐渐积累信息,一旦积累的信息量超过了激活阈限,这个单词就被识别了。单词产生器的激活阈限不同,高频词的激活阈限低,低频词的激活阈限高,所以导致高频词的识别快于低频词的识别。

（6）语音的作用

在书面语言的识别中,语音有没有作用是人们非常感兴趣的一个问题。目前,对这一问题主要有三种观点:第一种观点是直通假设,认为人们可以从单词的词形直接提取词义,语音在词义获得过程中没有作用。第二种观点是语音中介假设,认为语音是从词形到词义的必经之路。人们首要先把词形信息转化成语音,然后由语音激活词义。第三种观点是双通路假设,认为由词形直接通达词义和由词形经语音到词义两条通路都存在,但最终由哪条通路通达词义取决于两条通路的加工速度。

（7）语境的作用

语境能够帮助确定词语的意义。与无语境条件相比,语境提供的信息可以促进或抑制单词的识别。

（8）语义的作用

近年来研究发现,词的语义特征也会影响词汇的识别。具体词比抽象词容易识别,意义较多的词较意义较少的词容易识别。

2. 句子理解

句子理解是在字词理解的基础上,通过对组成句子的各成分的句法分析和语义分析,获得句子语义的过程。

句子理解是一个比词汇理解更为复杂的过程。首先,它要对组成句子的词语意义进行加工,以获得词语的确切意义。其次,要进行句法分析。句法分析是指从语法上分析词或句子,将句子分成不同的语法成分。句法分析方式不同,获得的句子意义可能就不一样。最后,还要进行语义分析。就是人们利用句子中的内容词的意义及它与其他词语的关系来分析句子的意义。

影响句子理解的因素很多,其中主要因素有:

（1）句子的类型。句子类型主要有肯定句、否定句、被动句、被动否定句等几种类型。句子类型影响句子的理解。一般而言,理解否定句比理解肯定句需要较长的加工时间。

（2）词序。词序是表达词的语法意义的手段。汉语没有词的形态学的变化,因此,词序在句子理解中的作用非常明显。汉语的基本词序为主—谓—宾。在一般情况下,其顺序为"施动者"—"行动"—"对象"。这种比较固定的词序提供了句子理解的线索。当词序颠倒时,人们常常借用某些句法手段来帮助理解句子。所以,有时候,尽管原来的词序变了,人们还可以利用句法手段提供的线索正确理解句子。

（3）语境。语境的重要作用是为人们提供了一般性的知识背景,人们可以据此组织当前的信息,对信息进行解释,并产生期待和预测,因此可以帮助人们迅速、准确地理解语言。

（4）句法分析与语义分析。句法分析决定着人们怎样对句子的组成成分进行切分。切分方式不同,句子的意义就可能完全不同。

在理解句子的过程中,可采用一定的句法分析策略来帮助理解句子。常见的策略有标准句策略,最小依附策略,晚终止策略等。

3. 语篇理解

是言语理解的最高级水平,是在理解字词、句子等基础上,运用推理、整合等方式揭示话语意义的过程,也叫话语理解。影响话语理解的因素:

(1) 推理。推理可以在话语已有信息的基础上增加信息,可以在话语不同成分之间建立联结,所以对话语的理解十分重要。

(2) 语境。语境能使读者头脑中已有的知识和当前话语的信息很好地整合起来,促进对话语的理解。语境既可以是文字形式,也可以是图画等其他形式。

(3) 图式的作用。图式是指知识的心理组织形式。它说明了一组信息在头脑中最一般的排列或可以预期的排列方式。也有人把图式看作是有组织的知识单元。

故事图式是指人们熟悉的关于故事结构的一般知识。它一般包括故事发生的背景、主题、情节和结局。当故事按故事图式组成时,人们较易理解;如果故事的图式混乱,人们对故事的理解就比较困难。

事件图式是指我们平常所熟悉的日常活动或事件的图式。同样,如果事件的发展符合事件的图式,人们的理解就容易;反之,就困难。

图式在话语理解的过程中的作用:① 预期的作用。② 补充信息的作用。③ 对课文信息的选择性加工。

第九章　情绪和情感

一、情绪和情感概述

(一) 情绪和情感的含义

情绪和情感是人对客观事物的态度体验和相应的行为反应。认识过程是对客观事物本身的认识,情绪、情感过程则反映的是客观事物与人的需要的关系。情绪和情感包括三种成分:独特的主观体验、外部表现和生理唤醒。

主观体验是个体对不同情绪和情感的自我感受。人的主观体验与外部反应存在固定的关系,也就是,某种主观体验是和相应的表情模式联系在一起的。

表情是情绪和情感的外部表现,包括面部表情、姿态表情和语调表情。

生理唤醒是指情绪与情感产生的生理反应,涉及广泛的神经结构。

(二) 情绪和情感的功能

(1) 适应功能。情绪和情感是有机体适应生存和发展的一种重要方式。人们通过各种情绪、情感,了解自身或他人的处境与状况,适应社会的需要,求得更好的生存和发展。

(2) 动机功能。情绪、情感是动机系统的一个基本成分。它能激励人的活动,提高人的活动效率。适度的情绪兴奋,可以使人身心处于活动的最佳状态,进而推动人们有效地完成工作任务。

(3) 组织功能。积极情绪具有协调作用,而消极情绪有破坏、瓦解作用。

(4) 信号功能。情绪和情感具有传递信息,沟通思想的功能。这种功能是通过表情来实现的。

(三) 情绪和情感的关系

情绪和情感同属于感情性心理活动,是同一过程的两个方面,是紧密联系、不可分离的。稳定的情感是在情绪的基础上形成的,而且通过情绪来表达。情绪也离不开情感,情绪的变化反映情感的深度,在情绪中蕴涵着情感。但是,二者还是存在一些差别的:

情绪主要指感情的生理过程,即个体需要与情境相互作用的过程,也即脑的神经机制活动的过程。情绪具有较大的情境性和肤浅性,有更多的冲动性和外显表现,是人类和动物都具有的。而情感经常用来描述具有稳定而深刻社会含义的高级感情,主要是心理上的体验过程。情感更具有稳定性和深刻性,而且始终在意识控制之下,表现更加深沉和内隐。

二、情绪和情感的种类

（一）情绪的种类

情绪是指在某种事件或情境的影响下，在一定时间内所产生的某种情绪。典型的情绪状态包括心境、激情和应激三种。

1. 心境

心境是一种比较微弱而持久的情绪状态。心境具有弥漫性，它使个体对所有事物都有着同样的态度体验。心境强度不是很强，但持续时间相当长。心境对人的影响很大。林黛玉就是长期处于一种消极的心境中。

2. 激情

激情是一种爆发性的、强烈而短暂的情绪状态。它通常是由个人生活或工作中的重大事情所引发的。激情持续时间不长，但强度很大。激情状态能使人的认识范围缩小，分析能力受到抑制，自我控制能力减弱等。从这种意义上讲，激情应该控制。但是也有积极的激情存在，如果没有激情状态，运动员就不可能有超水平的发挥。激情状态往往伴随着一些生理变化和明显的外部行为表现。

3. 应激

应激是指人对某种意外的环境刺激所做出的适应性的反应。应激状态的产生与人面临的情境以及人对自己能力的估计有关。

人在应激状态下通常有两种表现，一种为突如其来的刺激所笼罩，目瞪口呆，手足无措，语无伦次，陷入一片混乱之中；另一种在突如其来的事件面前，清醒冷静，急中生智，当机立断。在这种情况下，人们往往会做出平时根本做不到的事情。一个人在应激状态下的反应与其所具有的类似经验、人格特点、意志品质等都有密切关系。

应激状态能够引起有机体一系列的生物性反应，这些变化有利于有机体应对突如其来的环境刺激。塞里（Hans Selye，1907—1982）把这种变化称为适应性综合征。他认为适应性综合征分三个阶段：动员阶段，有机体产生生理机能的变化，来进行适应性防御；阻抗阶段，生理机能进一步变化，以充分动员人体潜能，对付环境突变；衰竭阶段，刺激如果依然存在，阻抗将继续发生，但适应能力已经用尽，导致适应性疾病。

（二）情感的种类

情感通常与人的社会性需要相联系，高级的社会情感包括道德感、理智感和美感。

道德感是根据一定的道德标准评价人的思想、意图和行为时所产生的主观体验。道德有社会历史制约性。同一件事情可能引起人们不同的道德情感体验。

理智感是个体在智力活动中，认识和评价事物时产生的情感体验。例如解决问题后的喜悦之感，为真理献身的自豪感等都属于理智感。

美感是指个体根据一定的审美标准评价事物时所产生的情感体验。人们的审美标准既反映事物的客观属性，又受个人的思想观点和价值观念的影响。不同文化背景下，不同民族、不同阶级的人对事物的评价既有共同点，也有不同的地方。

三、表情

表情是情绪和情感的外部表现，包括面部表情、姿态表情和语调表情。

（一）面部表情

面部表情是指通过眼部肌肉、颜部肌肉和口部肌肉的变化来表现各种情绪状态。人的眼睛可以传达感情，交流思想。口部肌肉的变化也可以表现情绪情感。一些成语很好地体现了这一点，比如"咬牙切齿"、"张口结舌"等。人脸的不同部位具有不同的表情作用。人的面部可以产生7000多种不同的表情。

（二）姿态表情

姿态表情分为身体表情和手势表情。在不同的情绪状态下，人的身体表情是不同的，比如高兴时"手舞足蹈"，紧张时"坐立不安"等。手势既可以和言语一起使用，也可以单独地表达态度和思想，比如"振臂高呼"、"双手一摊"等。

手势表情是后天习得的。手势表情不但有个别差异，而且，受社会文化的影响，不同民族或团体的手势表情存在差异。

（三）语调表情

语调是人们沟通思想的工具，也是表达情绪的手段。语调的高低、快慢、强弱等可以表达不同的情绪。当人们感觉到情况紧急时,讲话就会快;情绪高昂、兴奋时,声音就会高;忧愁时,声音低微无力等。

四、情绪的脑中枢机制

1. 下丘脑

实验表明,下丘脑是情绪及动机性行为产生的重要脑结构。同时,下丘脑存在"快乐中枢"。

2. 网状结构

网状结构的唤醒功能是情绪产生的必要条件,它对情绪的激活有重要影响。

网状结构既是情绪表现下行系统的中转站,又是上行警觉激活系统的中转站。也就是,网状结构向下发放引起各种情绪的外部表现;向上传送可使情绪处于激活状态,并经过大脑皮层的活动产生的主观体验。

3. 边缘系统

边缘系统是位于大脑半球到间脑并延伸到中脑的一个较大的、非均一的最原始的神经结构,包括丘脑、下丘脑、海马和杏仁核。研究发现,一些情绪受边缘系统的调节和控制,比如杏仁核是恐惧反应的中枢。

4. 大脑皮层

大脑皮层对情绪的控制和调节不是发生在某一个区域,而是不同区域的协同活动。不同的情绪,大脑皮层的活动模式不同。

大脑两半球对情绪的控制和调节存在一定的差异。积极情绪引起左半球较多的脑电活动,而消极情绪导致右半球较多的脑电活动。

五、情绪理论

(一)早期的情绪理论

1. 詹姆斯-兰格理论

心理学家詹姆斯(Willian James)和生理学家兰格(Carl Lange)分别于1884年和1885年提出了内容相同的被后人称为情绪的外周理论,即詹姆斯-兰格学说。他们都强调情绪的产生是植物神经系统活动的产物。

詹姆斯认为情绪是对身体变化的知觉。在詹姆斯看来,人们由于哭泣而悲伤,由于打斗而愤怒等。兰格认为情绪是内脏活动的结果,特别与血管变化有关。植物神经系统支配作用加强,血管舒张,于是产生愉快的情绪;植物神经系统作用减弱,血管收缩或器官痉挛,于是体验到了恐惧。因此,他认为情绪决定于血管受神经支配的状态、血管容积的改变以及对它的意识。

詹姆斯和兰格理论的基本观点相同,他们都认为情绪是对身体生理变化的知觉,生理变化在情绪产生中是第一位的,个体的情绪直接由生理变化引起。

詹姆斯和兰格看到了情绪与机体变化的直接关系,强调植物神经系统在情绪产生中的作用,有其合理的一面;但是,他们片面强调植物神经系统的作用,忽视了中枢神经系统的调节和控制作用,因而受到批评。

2. 坎农-巴德学说

坎农对詹姆斯-兰格理论提出三点质疑:① 机体生理变化不大,情绪状态会有很大差异;② 机体生理变化缓慢,而情绪变化快;③ 机体的某些变化可能由药物引起,但药物不能造成情绪变化。于是,坎农认为情绪的中心不在外周神经系统,而在中枢神经系统的丘脑。他的学说也叫丘脑学说。

外界刺激引起感觉器官的神经冲动,神经冲动经过丘脑,分别向上向下发出,向上传至大脑,产生情绪的主观体验,向下传至交感神经,引起机体的生理变化。情绪体验和生理变化是同时发生的,二者都受丘脑控制。坎农的情绪学说得到了巴德(Bard)的支持和发展,于是也被称为坎农-巴德学说。

(二)情绪的认知理论

1. 阿诺德的"评定-兴奋"说

阿诺德(M. B. Arnold)于20世纪50年代提出了情绪的评定-兴奋学说。该理论认为刺激的情境并不直接决定情绪的性质。情绪产生的基本过程是:刺激—评估—情绪。同一刺激,由于人对它的评估不同,会产生不同的情绪反应。

阿诺德认为,情绪的产生是对刺激情境评定的结果,是大脑皮层兴奋的结果,因此她的学说被称为评定-兴奋学说。该学说认为,外界刺激引起感觉器官产生神经冲动,通过内导神经传送至丘脑,在此更换神经元,之后继续上传到大脑皮层,在大脑皮层刺激得到评估,形成一种特殊的态度。这种态度通过外导神经将皮层的冲动传至丘脑的交感神经,将兴奋发放到血管或内脏,所产生的变化使其获得感觉。这种从外周来的反馈信息,在大脑皮层被估价,使纯粹的认识经验转化为被感受到的情绪。

阿诺德的"评定-兴奋"说概括了詹姆斯以来的情绪理论和20世纪中叶情绪生理学的研究成果,重视大脑皮层在情绪产生中的作用;提出了情绪通过皮层认知评价才得以产生的重要观点,是情绪理论的一大突破。

2. 沙赫特-辛格的情绪二因素理论

该理论是20世纪60年代初,美国心理学家沙赫特(S. Schachter)和辛格(J. Singer)提出的。该理论的主要观点是情绪经验来源于对刺激情境和自身生理唤醒的两方面的认知。

真正的情绪体验是由对生理唤醒状态赋予的"标记"决定的。这种标记的赋予是一种认知过程。个体利用过去的经验和当前环境中信息对自身的唤醒状态做出合理的解释,正是这种解释决定着产生怎样的情绪,情绪的产生关键取决于认知因素。

3. 拉扎勒斯的认知-评价理论

拉扎勒斯(Lazarus,1970)认为在情绪活动中,人需要对刺激事件与自己的关系进行不断的评价。这种评价包括三个层次:① 初评价,确定刺激事件与自己是否有利害关系,以及这种关系的程度。如认为对自己有贬低和攻击性,就会出现发怒的情绪。这对个体的适应生存很重要。② 次评价,调节和控制自己的反应行为,在做出反应之前需要根据自己的经验判断怎样做出合适的反应。③ 再评价,评价情绪和行为反应的有效性和适宜性。这是一种反馈性的行为,必要时要改变自己的行为反应。

第十章 动机、需要与意志

一、动机概述

(一) 动机的含义及其功能

1. 动机的含义

动机是由一种目标或对象所引导、激发和维持的个体的内在的心理活动过程或内部动力。简单来讲,动机是指人行为的内在动力。动机是一种内部的心理过程,它是构成人类大部分行为的基础。

动机和目标紧密相联,但不完全相同。目标是行为要达到的最终结果,而动机是指引人去行动,以达到目标的内部心理过程。没有动机,就不可能达到目标,而目标又引导行为的方向。个体对目标的认识,由外部的诱因变成内部的需要,成为行为的动力,进而推动行为。

2. 动机的功能

(1) 激活功能。动机具有发动行为的作用,能推动个体产生某种活动。动机对行为激活力量的大小,是由动机的性质和强度决定的。一般而言,中等强度的动机有利于任务的完成。

(2) 指向功能。动机能使个体的行为指向某个特定目标。动机不同,个体活动的方向和所追求的目标就不一样。

(3) 维持和调整功能。动机的维持功能体现为行为的坚持性。当活动指向个体所追求的目标时,这种活动就会在相应动机的维持下继续下去;相反,当活动背离了个体所追求的目标时,行为的动机就会降低,甚至完全停止。活动的动机越强,维持功能越容易发生,越不容易调整。

(二) 生理性动机和社会性动机

根据动机的性质,可以把人的动机分为生理性动机和社会性动机。

生理性动机也叫驱力,它以有机体自身的生物学需要为基础。饥、渴、睡眠、排泄、疼痛等动机都属于生理性动机。生理性动机一般具有周期性,满足后在一定时间内就不会再起作用。生理性动机是人和动物都具有的。但是,人的生物学需要以及满足这些需要的手段,都有人类社会生活的烙印,都和动物有本质的不同,纯粹的生理性动机是很少的。

社会性动机以人的社会文化需要为基础。权力动机、交往动机、成就动机、认识动机等都是社会性动机。

(三) 动机与行为效率的关系

研究表明,动机与工作效率是一种倒U形关系。即动机强度处在中等水平时,工作效率最高,动机过低或过高都不利于任务的完成。而且,最佳动机水平随任务性质的不同而不同。在相对容易的任务中,工作效率随动机的提高而上升;而对于难度相对较大的任务,动机的最佳水平有逐渐下降的趋势,换言之,较低的动机水平反而有利于任务的完成。这就是耶基斯-多德森定律。

二、动机的理论

(一)本能理论

詹姆士(James)提出人的行为依赖本能的指引,人除了具有动物的本能外,还具有社会本能,如爱、交往、同情、诚实等。

麦独孤(W. McDougall,1871—1938)系统提出了动机的本能理论。他认为人类一切思想和行为的基本源泉和动力都是本能。本能具有三个成分:能量、行为和目标。个人和民族的性格与意志也是由本能逐渐发展而形成的。他把人类的本能概括为18种。

弗洛伊德也将人类行为的根本原因归结为先天力量,并对本能持有独到的观点:

(1)本能不具备有意识的目的,也没有预定的方向,许多满足本能的方式是可以习得的。

(2)本能冲动是为满足躯体需要而存在的,它产生一种紧张状态(或心理能量),驱使人采取行动,通过消除紧张来获得满足。

(3)虽然本能基本上在意识层面以下发生作用,但它以各种方式影响人的行为和有意识的思想、体验,并经常使人处于与社会要求的冲突之中。

20世纪20年代末本能论开始受到怀疑和批评。本能论不能确切解释行为,对行为有循环论证的现象。本能论过分强调固定的先天的行为机制,而人类的许多行为可以更好的由学习来解释。跨文化的研究也表明,许多曾被认为是普遍代表"人类天性"的行为模式实际上是可变的,它们反映着独特的文化与价值观的差异。

(二)驱力理论

驱力是指个体由生理需要所引起的一种紧张状态,它能激发或驱动个体行为以满足需要,消除紧张,从而恢复机体的平衡状态。

赫尔(C. L. Hull)提出了驱力降低理论。他假定个体要生存,就要有需要,需要进而产生驱力。驱力可以供给机体能量,使个体做出行为,需要得到满足,驱力下降,所以寻求驱力降低就成为个体行为的动机。

驱力理论与弗洛伊德的理论都强调紧张在动机中的作用以及消除紧张作为一种强化物。但赫尔认为,人类行为主要不是由内部生物力量所驱动,而更多的是被从经验中建立起来的习惯,也就是一种刺激与反应之间习得的联系得以建立。所以,赫尔强调经验、学习。他认为学习对于个体成功地适应环境是至关重要的。驱力为行为提供能量,而学习中建立的习惯决定着行为的方向。

驱力可来自内部刺激,也可来自外部刺激。驱力可以分为原始驱力和获得驱力。原始驱力是由内部生物需要引发的驱力,不需要习得;而获得驱力是通过条件作用而获得的驱力,当中性刺激多次伴随强化物同时出现时,便获得了动机力量。

赫尔认为,驱力(D)、习惯强度(H)和抑制(I)共同决定了一个个体的有效行为潜能(P),用公式表示如下:

$$P=D\times H-I$$

(三)唤醒理论

人们的行为并不总是消除紧张,某些追求刺激和冒险的行为,无法用驱力理论解释。

唤醒是指由外部刺激引起的,大脑皮层的兴奋状态。一般来说,人们喜欢中等程度的刺激,它带来最佳唤醒水平,刺激水平太高或太低,个体都会感到不舒服。

唤醒理论认为,个体对唤醒水平的偏好是个体行为的决定性因素之一。

唤醒理论包括三个基本原理。第一,人们偏好最佳的唤醒水平。第二,简化原理,即重复刺激降低唤醒水平。第三,个人经验对偏好的影响。富有经验的个体偏好复杂的刺激。

(四)诱因理论

诱因是指能满足个体需要的外部刺激物,它具有激发个体朝向目标的作用。诱因可以是物质的,也可以是复杂的事件和情境。诱因有积极诱因和消极诱因之分。积极诱因指有吸引力的刺激物;消极诱因指个体回避的刺激物。

诱因理论认为,诱因也是激发人行为的重要因素。该理论的主要提出者是赫尔的学生斯彭斯。赫尔接受了诱因这一变量,在其公式中增加了诱因动机(K),于是,公式变为:

$$P=D\times H\times K-I$$

（五）动机的认知理论

1. 期待价值理论

托尔曼在动物实验基础上，提出行为的产生是由于对某个目标的期待，即行为的动机是期望得到某些东西，或者企图躲避某些讨厌的事物。这是期望价值理论的出发点。

2. 动机的归因理论

归因是指用因果关系推论的方法，从人们行为的结果寻求行为的内在动力因素。海德的归因理论认为，人们在成功和失败时喜欢对结果进行归因。行为的原因归为内部原因和外部原因。内部原因是指存在于个体本身的因素，如能力、努力、兴趣等。外部原因是指环境因素，如任务难度、运气等。海德还提出了"控制点"的概念，并把人分为"内控型"和"外控型"。内控型的人倾向于把行为的原因归结为自身的因素；外控型的人倾向于把行为的原因归结为外部的因素（Rotter，1966）。

韦纳（Weiner，1971）系统地提出了动机的归因理论，证明了成败归因是成就活动过程的中心因素。他把"稳定性"作为归因的一个新的维度引进归因理论。他认为，决定一个人行为成败的主要原因有四个：努力、能力、任务难度、运气（表1-1）。

表1-1　韦纳的动机归因理论

归因因素	内部原因		外部原因	
	努力	能力	任务难度	运气
稳定性	不稳定	稳定	稳定	不稳定
可控性	可控	不可控	不可控	不可控

如果把成功归因于稳定的因素，会提高以后工作的积极性，增强动机。把成功归因于不稳定的因素，以后工作的积极性难以预料。把失败归因于稳定的因素，会降低工作的积极性，降低行动的动机。把失败归因于不稳定的因素，倾向于提高工作的积极性，增强动机。总之，人们对行为成败的归因，会影响到以后行为动机的强弱和工作的成败。同时，归因影响人们的情绪。如果把成功归结为内部原因，人们就会感到满意和自豪，相反，把失败归结为内部原因，就会感到内疚和羞愧。

3. 自我功效理论（自我效能理论）

自我功效理论是班杜拉观察学习理论的一部分。他认为，人的期待是决定行为的先行或者说决定性的因素。强化的效果存在于期待奖赏或惩罚之中，是一种期待强化。

班杜拉把期待分为结果期待和效果期待两种。结果期待是指个体对行为结果的估计。如努力学习，可以取得好成绩等。效果期待是指个体对自己是否有能力完成某一行为的推测和判断，即个体的自我效能感。班杜拉认为自我效能感的高低，直接决定个体进行某种活动的动机水平。

班杜拉认为，自我效能感建立在四种信息来源的基础上：第一，个体自己成功和失败的经验。第二，替代性经验，即个体通过观察他人的行为而获得的信息。第三，言语说服。第四，情绪唤起。正情绪可以增强自我效能感，负情绪会减弱自我效能感。

4. 成就目标理论

德韦克等人（Dweck et al.，1988）提出了成就目标理论。该理论认为，不同个体对自己的能力有不同的看法。这种对能力的潜在认识会直接影响到个体对成就目标的选择。

三、需要

（一）需要的含义及种类

1. 需要的含义

需要是有机体内部的一种不平衡状态，表现为有机体对内部环境或外部生活条件的一种稳定的要求，并成为有机体活动的源泉。这种不平衡状态包括生理的和心理的不平衡。

需要是由个体对某种客观事物的要求引起的。这种要求可能来自有机体的内部，也可能来自个体周围的环境。没有对象的需要是不存在的。

需要是个体活动的基本动力，是个体行为动力的重要源泉。人的需要从性质上、内容上以及满足需要的手段上都和动物有本质的不同。

2. 需要的种类

人的需要按起源可以划分为生物需要和社会需要。生物需要也叫自然需要,包括饮食、运动、休息、睡眠、排泄、配偶、嗣后等需要。人和动物都有生物需要,但是人在需要的内容和满足需要的手段方面都和动物有很大不同。人的生物需要不仅取自自然界中现成的物品,而且可以是人类创造出来的一些产品;而且,人类可以通过现代化手段来创造性地满足自己的生物需要。社会需要是人类特有的,动物没有。它反映了人类社会的要求,对维系人类社会生活、推动社会进步有重要作用。

需要按指向的对象不同可以分为物质需要和精神需要。物质需要指向物质产品。精神需要指向各种精神产品。

(二)马斯洛的需要层次论

马斯洛把人的需要分为五个等级,从低到高依次为生理需要、安全需要、归属和爱的需要、尊重需要、自我实现的需要。马斯洛认为,这五种需要是人的最基本的需要,它们是与生俱来的,是激励和指引个体行为的力量。

马斯洛认为,需要的层次越低,它的力量越强、潜力越大。只有当低级需要得到满足或部分得到满足时,高级需要才可能出现。自我实现的需要是人类所特有的。

马斯洛的需要层次论有其积极的一面,也有其不足之处。

积极的方面:

(1)人的需要是由低级到高级发展起来的,这在一定程度上符合人类需要发展的一般规律。

(2)人只有低级需要得到一定程度的满足才能产生高一级的需要,也有一定的道理,而且,可以解释一些社会现象。

(3)需要层次理论对于调动人的积极性,更好地激励人努力工作有着重要的现实意义。

不足的方面:

需要层次论强调需要是天生的,模糊了人类生物需要和社会需要的差别;强调没有低级需要,不会产生高级需要,未认识到高级需要对低级需要的调节作用。

四、意志

(一)意志的含义、特征及行动过程

意志是指个体有意识地支配、调节行为,通过克服困难,实现预定目的的心理过程。意志这个概念强调目的性、意识性和克服困难,这也是它的主要特征。意志通过行为表现出来,受意志支配的行为叫做意志行动。意志行动可分为两个阶段。

1. 准备阶段

该阶段要在思想上权衡行动的动机、确定行动的目标、选择行动的方法,并作出行动的决定。

在意志行动中,人们首先要确定某种目标,并以这种目标来调节行为。目标的社会意义和人对目标的自觉程度直接影响着意志行动的进行。

2. 执行阶段

执行阶段要执行意志准备阶段所做出的决定。在该阶段,需要反复修订自己的行动方案,审定自己的目标,检查自己行动的方法和手段,使之与目标的实现更靠近。

(二)意志行动中的动机冲突

在意志行动中,常常具有两个或两个以上的目标,但是又不能同时实现,就产生了冲突。冲突的种类主要有:

1. 接近-接近型冲突,也叫双趋冲突。当两种同样具有吸引力的目标同时存在,但是,人们不能同时达到,只能选择其中一种目标,而放弃其他的目标时,就会产生接近-接近型冲突。

2. 回避-回避型冲突,也叫双避冲突。当两种人们同样力图回避的目标同时并存,但是,人们不可能同时回避它们,只能回避其中一种时,就会产生回避-回避型冲突。

3. 接近-回避型冲突。也叫趋-避冲突。同一事物对人们既有吸引力,又有排斥力,人们既想接近它,又想回避它,就会产生接近-回避型冲突。

4. 多重接近-回避型冲突,这是一种最为复杂的冲突形式,也是实际生活中人们常常遇到的。人们面对两个或两个以上的目标,而每个目标都对人们既具有吸引力又具有排斥力,人们需要进行多种选择,审慎地权衡

利弊,这时产生的冲突就是多重接近-回避型冲突。

(三)意志的品质

构成人的意志的某些比较稳定的方面,就是意志的品质,包括独立性、果断性、坚定性和自制力。

独立性是指个体不屈服于周围人们的压力,不随波逐流,而是根据自己的认识和信念,独立采取决定、执行决定的品质。果断性是指有能力及时采取有充分根据的决定,并在深思熟虑的基础上实现这些决定的品质。坚定性也叫顽强性,是指长时间坚信自己的决定的合理性,并坚持不懈地执行决定的品质。自制力是指善于掌握和支配自己行动的能力的品质。

第十一章 能　　力

一、能力概述

(一)能力的含义

能力是人们成功地完成某种活动所必需的个性心理特征。能力是一种心理特性,是顺利完成活动的一种必备的心理条件。能力影响活动任务能否完成,某些人往往由于缺乏某种能力导致不能很好地完成任务。能力还影响活动的效率。完成同一项任务,某种能力的高低可能直接影响着活动的效率,即能力高,效率高;能力低,效率低。

能力和活动之间的联系并不是单线的。一种活动往往需要多种能力的配合才能很好地完成,而一种能力也往往在多种活动中发挥作用。各种能力完备的结合就叫"才能"。如果一个人在某一方面或某些方面有杰出的才能,也就是完成某种活动所必备的各种能力得到最充分的发展和最完善的结合,并能创造性地完成相应的活动,他就是"天才"。

(二)能力与知识、技能的关系

1. 知识、技能与能力的区别

知识是人们所掌握的人类改造自然和改造社会的历史经验。技能是人们通过练习获得的动作方式和动作系统。技能主要表现为动作执行的经验,与知识不同。而能力不是知识、技能本身,它是在知识掌握和技能形成过程中表现出来的心理特性。例如,在记忆知识的过程中,有人记得快、有人记得慢。

能力是人的一种个性心理特征,具有鲜明的个别性和稳定性。能力虽然可以通过知识、技能的掌握得到发展,但它们的发展是不同步的。能力的形成和获得要比知识、技能的获得慢得多,但是一旦获得,就比较稳定,不易丧失。

2. 知识和技能与能力的联系

知识和技能与能力有密切的联系。首先,能力的形成依赖于知识、技能的获得。知识和技能增加了,能力才能提高。其次,能力是掌握知识和技能的前提。能力高低影响知识和技能水平。

3. 对知识、技能与能力关系的应用

首先,不能仅根据一个人知识的多少判断其能力的高低。其次,在教育工作中不光要关心学生对知识和技能的把握,同时要关心学生能力的发展。最后,由于能力不等于知识,所以有必要研究能力的结构和测量的方法,为实践活动服务。

二、能力的种类和结构

(一)能力的种类

1. 一般能力和特殊能力

一般能力是指在不同种类的活动中都表现出来的能力,如观察力、记忆力等。抽象概括能力是一般能力的核心。平时所说的智力就是指一般能力。特殊能力是在某种专业活动中表现出来的能力,是顺利完成专业活动的心理条件。

一般能力和特殊能力的关系很密切。一般能力是特殊能力的重要组成部分,特殊能力是在一般能力的基础上发展起来的;而特殊能力的发展又促进一般能力的发展。

2. 模仿能力和创造能力

模仿能力是指人们通过观察别人的行为、活动来学习各种知识,然后以相同的方式做出反应的能力。模仿是动物和人类的一种重要的学习能力。创造能力是指产生新的思想和新的产品的能力。创造能力是人类所特有的。

模仿能力只能按照现成的方式解决问题,而创造能力可以提供解决问题的新方式和新途径。人们经常是先模仿,再创造。人的模仿能力和创造能力有明显的个别差异。

3. 流体智力和晶体智力

流体智力是在信息加工和问题解决中表现出来的能力。如对关系的认识,类比、演绎推理能力等。晶体智力是指获得语言、数学知识的能力。晶体智力在人的一生中一直在发展。

流体智力是指一般的学习和行为能力,它是一种潜在的智力,主要与人的神经生理的结构和功能有关,即主要决定于先天的因素,很少受后天教育因素的影响。而晶体智力是指已经获得的知识与技能,它是后天习得的,主要由后天教育和经验决定,是经验的结晶。

流体智力的发展趋势是先提高后降低。一般在20岁后达到顶峰,30岁后将随着年龄的增长而降低。许多测验为了文化公平,测的就是流体智力,如瑞文推理测验。

流体智力和晶体智力之间存在密切的关系。一方面,晶体智力的发展依赖于流体智力。具有相同经历的人,流体智力高者,晶体智力发展较好。另一方面,对于晶体智力的发展,只有流体智力是不够的,还需要环境的作用,即一个流体智力较高的人,若生活在一个不好的环境中,其晶体智力的发展水平也不会高。

4. 认知能力、操作能力和社交能力

认知能力是指人脑加工、储存和提取信息的能力,也就是我们通常所讲的智力。操作能力是指人们操作自己的肢体以完成各项活动的能力,如劳动能力、体育运动能力等。操作能力是在操作技能的基础上发展起来的,又成为顺利掌握操作技能的重要条件。操作能力与认知能力是有联系的,不能截然分开。一方面,不通过认知能力积累一定的知识和经验,就不会有操作能力的形成和发展。另一方面,操作能力不发展,人的认知能力也不可能得到很好的发展。

社交能力是在人们的社会交往活动中表现出来的能力,如组织管理能力、决策判断能力等。这种能力对于人类的社会生活非常重要。

(二)能力的结构

1. 智力因素说

(1)独立因素说

美国心理学家桑代克(Thorndike,1911)提出了智力的独立因素说。桑代克认为,人的智力是由许多独立的成分或因素组成的。独立因素说主张,各种不同能力之间没有任何关系,智力的发展只是单个能力的独立发展。此理论很快就受到人们的批评。因为心理学家们发现,人们完成的不同认知作业之间的成绩具有明显的相关,这说明各种智力不是完全独立的。

(2)二因素说

英国心理学家和统计学家斯皮尔曼(Spearman,1927)使用因素分析的方法,对智力问题进行了理论探讨,认为智力是由一般因素和特殊因素两种因素组成的。一般因素也称为G因素,是人的基本的心理潜能,是决定一个人智力高低的主要因素。不同智力作业成绩之间的正相关,正说明了这种一般因素的存在。特殊因素也称为S因素,是保证人们完成特定作业或活动所必需的能力。正是这种能力的存在,人们的智力作业成绩之间才没有完全的相关。各种特殊因素与一般因素结合在一起就构成了人的智力。

二因素说为研究智力的一般因素和特殊因素的实质及其相互关系、编制不同能力的测验工具,奠定了理论和实验基础。但是,斯皮尔曼只强调一般因素与特殊因素的区别,忽视了二者之间的联系,这种看法是不可取的。

(3)群因素理论

该理论是美国心理学家瑟斯顿(Thurstone,1938)提出来的。他反对二因素理论,认为智力是由七种基本能力或原始能力构成的。这七种基本能力分别是:词语理解、词的流畅性、计算、记忆、推论、空间知觉和知觉速度。

(4)多元智力理论

多元智力理论是由美国心理学家加德纳(Gardner,1983)提出的。加德纳认为智力的内涵是多元的,它是一个复杂的系统。智力由七种相对独立的智力成分构成,每种智力都是一个单独的功能系统,这些系统相互作

用,产生外显的智力行为。

七种智力成分分别是言语智力、逻辑-数学智力、空间智力、音乐智力、身体运动智力、社交能力和自知智力。显然,加德纳的多元智力理论包容了更大范围的各种能力,而且有研究证据表明,这七种智力确实是存在的。

2. 智力结构理论

(1) 吉尔福特的三维结构模型

吉尔福特(J. P. Guilford,1967)认为,智力包括三个维度,即操作方式、操作内容和操作结果或称为操作、内容和产品。操作方式指智力活动的过程,包括认知、记忆、发散思维、聚合思维和评价。操作内容是上述种种操作方式的对象,包括听觉、视觉、符号、语义和行为。操作结果是指运用操作方式对操作内容进行操作所得到的结果。这些结果表现为单元、类别、关系、转换、系统和应用。按照三维结构模型,人的智力在理论上可以分为150 种。这些不同的智力可以分别通过不同的测验来检验。

吉尔福特的三维智力结构模型同时考虑到了智力活动的内容、过程和产品,这对智力测验工作起了重要的推动作用。

(2) 阜南的层次结构理论

英国心理学家阜南(P. E. Vernon,1971)继承和发展了斯皮尔曼二因素说,提出了智力的层次结构理论。他认为,智力的结构是按层次排列的。最高层次是一般因素;第二层次包括两部分,即言语和教育方面的因素,操作和机械方面的因素,这一层是大因素群;第三层是小因素群,包括言语、数量、机械、信息、空间信息、用手操作等;第四层为特殊因素,即各种特殊能力。

3. 智力的信息加工理论

智力的信息加工理论把人的能力和智力看成一个过程,它由不同的阶段组成,并且由某些更高的决策过程组织起来。

(1) 智力三元论

斯腾伯格(Sternberg,1985)提出了智力的三元理论。他认为大多数智力理论是不完备的,它们只从某个特定的角度来解释智力。斯腾伯格认为,人的智力是复杂的和多层面的,一个完备的智力理论必须说明智力的三个方面的问题:① 智力的内在成分是什么? ② 智力的外部作用是什么,即智力与外部世界的关系? ③ 智力与人经验的关系? 回答这三个问题,就分别构成了智力的三个亚理论:智力成分亚理论,智力情境亚理论和智力经验亚理论。

智力成分亚理论认为,智力包括三种成分及相应的三种过程,即元成分、操作成分和知识获得成分。元成分用于计划、控制和决策等高级执行过程。元成分在三种成分中起核心作用,它可以用来支配操作成分和知识获得成分。操作成分表现为任务的执行过程,是指接受刺激,将信息保持在短时记忆中,并进行比较。它负责执行元成分的决策。知识获得成分是用于学习新知识的过程,或者说是获取和保持新信息的过程。它负责接受新刺激,做出判断与反应,以及对新信息进行编码和存储。

智力情境亚理论认为,智力是指与环境拟合的心理能力,是有目的地适应环境、塑造环境与选择环境的能力。这些能力统称为情境智力。环境决定着智力的内涵。也就是说我们要在考虑社会文化情境的情况下去理解智力。

智力经验亚理论提出,智力包括两种能力,一种是处理新任务和新环境时所要求的能力,另一种是信息加工过程自动化的能力。一个具体的行为是不是真正的智力行为还需由此时的任务在主体的经验中占什么位置来确定。经验可看作是一个连续体,一端是无经验,即处理完全新异的任务或情境,另一端是对任务非常熟悉,加工已达到完全自动化。

(2) 智力的 PASS 模型

PASS 是指"计划—注意—同时性加工—继时性加工",四个字母分别是英文"Planning"、"Arousal"、"Simultaneous"、"Successive"四个单词的首写字母。PASS 模型包含三层认知系统和四种认知过程。其中注意系统又称注意-唤醒系统,它是整个系统的基础;同时性加工和继时性加工统称为信息加工系统,处于中间层次;计划系统处于最高层次。三层认知功能系统的协调合作保证智力活动的完成。计划、注意、同时性加工和继时性加工是智力活动最一般、最普遍的加工过程。

三层系统之间是一种动态联系,并相互作用、相互影响:注意系统是基础,加工系统处于中间层次,计划系统处于最高层次,它负责监督、管理、调节其他的心理过程。

智力的 PASS 模型是建立在鲁利亚三个机能系统学说的基础之上的。起初是指一种信息加工的模型,后来被称作信息-整合模型,直到 90 年代初,纳格利尔里和戴斯(Das)才撰文指出,它也是一种智力的模型。

戴斯等人编制了标准化的 PASS 测验,即 The Das-Naglieri Cognitive Assessment System,简称 DN:CAS。分别对计划、注意、同时性和继时性加工进行测量。这套测验提供的个体的智力信息比传统的智力测验提供的信息(IQ)丰富得多。戴斯等人认为,"虽然最近有一些新的智力理论提出来,但这是第一次实现把理论概念向适宜于智力测验的方法进行成功的转换。"

三、智力发展的差异

(一) 智力发展的一般趋势

(1) 童年期和少年期是智力发展最重要的时期。从三四岁到十二三岁,个体智力的发展与年龄的增长几乎等速。以后随着年龄的增长,智力的发展呈负加速变化,即年龄增加,智力发展趋于缓和。

(2) 人的总体智力在 18 ~ 25 岁间达到顶峰。但是智力的不同成分达到顶峰的时间是不同的。

(3) 成年是人生最漫长的时期,也是智力发展的最稳定的时期。

(4) 人的流体智力在中年之后有下降趋势,但是人的晶体智力在一生中稳步上升。

(5) 智力发展的趋势存在个体差异。能力高的发展快,达到高峰的时间晚;智力低的发展慢,达到高峰的时间早。

(二) 智力发展的差异性

个体差异是指个体在成长过程中因受遗传和环境的交互影响,使不同个体之间在身心特征上所显示的差异现象。

1. 智力发展水平的差异

智力在全人口中的表现为正态分布,智力极高和极低的人都比较少,智力中等的人最多。

智力的高度发展叫超常。超常者大约占全人口的 1%。智商在 70 分以下者为智能不足或智力落后。智能不足是各种心理能力的低下,而不是某种心理过程的缺陷,其明显特征是智力低下或社会适应不良。智能不足有三个等级:① 愚钝,即可教育的智力落后,其智商在 50 ~ 69,是轻度的智能不足。这种人生活可以自理,能从事简单的劳动,但应付新奇复杂的环境有困难,学习有困难,很难领会学习中抽象的科目。② 痴愚,即可训练的智力落后,其智商在 25 ~ 49,是中度的智能不足。这种人经过训练生活能自理,动作基本正常或部分有障碍,只能说简单的字或极少的生活用语。③ 白痴,其智商在 25 以下。这种人生活不能自理,需要别人的监护。

2. 智力表现早晚的差异

人的智力的充分发挥有早有晚。有些人的智力表现较早,很小时就显露出卓越的才华,这叫早慧或人才早熟或能力的早期表现。智力的早期表现在音乐、绘画、艺术等领域比较常见。

与早慧相反的是大器晚成,是指智力的充分发展在较晚的年龄才表现出来。

3. 智力结构的差异

智力有各种各样的成分,智力成分的不同结合以及不同能力的组合,就构成了结构上的差异。例如,有人擅长形象思维,有人抽象思维占优势;有人长于记忆,有人善于思维等。

4. 智力的性别差异

智力的性别差异是指男女在能力上的差异,这种差异一般反映在特殊智力因素中,而不表现在一般智力因素上。

(1) 数学能力的性别差异

数学能力是对数学原理和数学符号的理解与运用能力,主要表现在计算和问题解决上。海德(Hyde,1990)对 100 个有关的研究进行元分析发现,计算能力,女生仅在中、小学阶段占优势;在问题解决上,中学时期女性略好,而高中及大学阶段则表现出男生的优势。就数学操作能力而言,男生在标准化测验上普遍比女生好,而女生在学校所获得的评定等级比男生好(Anastasi,1958;Benbow,1992)。

(2) 言语能力的性别差异

言语能力是对语言符号的加工、提取、操作的能力,表现在听、说、读、写四个方面。多数研究者认为女性的总体言语能力好于男性,尤其是在词的流畅性上;女性在大学文学和写作测验上的平均成绩高于男性,在阅读和拼写上的成绩也比男性好,而言语推理能力男生比女生好。男性患阅读障碍的比例大于女性。但是言语能力的性别差异还没有得到完全一致的结论。

（3）空间能力的性别差异

空间能力是体现性别差异最明显的一种能力。研究表明，男性的空间能力好于女性，尤其是在空间知觉和心理旋转测验中，男性明显优于女性；而在空间想象力测验中，男女没有明显差异。

（三）影响智力发展的因素

1. 遗传的作用

研究表明，血缘关系的远近确实在智力发展水平上有相似的表现，比如，同卵双生子的智力相关高于异卵双生子和同胞兄弟姐妹。但是，生活环境的相同与否，同样对智力发展水平有影响，生活在同一环境中的人，其智力也有一定的相关。

遗传对智力的影响主要表现在身体素质上，如感官的特征、四肢及运动器官的特征、脑的形态和结构的特征等。身体素质是能力发展的自然前提，对能力的发展有重要影响。但是，身体素质不等于能力本身。具有相同身体素质的人，可能发展出很多不同的能力；而良好的素质由于没有良好的培养、训练，能力也可能得不到应有的发展。

我们既不能否认遗传的作用，也不能片面夸大遗传的作用。

2. 环境和教育的影响

（1）产前环境的影响

胎儿出生前的母体环境对胎儿的生长发育以及出生后智力的发展，都有重要的影响。

研究表明，母亲怀孕的年龄常常会影响儿童智力的正常发展。例如，唐氏综合征的发病率就随母亲怀孕年龄的上升而明显提高。另外，母亲怀孕期间服药、患病等因素都可能影响胎儿。

（2）早期经验的作用

人的神经系统在出生后的头四年内得到迅速发展，为能力的发展提供了物质基础。

狼孩的事实充分说明了个体生活的早期环境对能力发展的影响。孩子落入动物环境的时间越早，智力发展所受到的损害就越严重。研究还表明，丰富的环境刺激有利于儿童能力的发展。

（3）学校教育的作用

学校教育是有目的、有计划、有组织地对年青一代施加影响的方式。学生通过系统地接受学校教育，不仅掌握各种知识和技能，同时，也发展了能力和其他心理品质。

3. 实践活动的影响

人的能力最终都是在社会实践活动中形成发展起来的。没有实践活动，即使具有良好的素质、环境和教育，能力也不可能得到很好的发展。不同职业的人，由于长年累月地从事着不同的工作，导致他们形成了各自不同的能力。

4. 智力的发展和人的主观能动性

智力的提高离不开人的主观努力，即人的自觉能动性。智力的发展与其他心理品质的发展是分不开的。一个人如果刻苦努力，坚持不懈，不怕挫折，具有广泛的兴趣和强烈的求知欲，他的智力就可能得到发展。相反，智力则很难发展。

第十二章　人　　格

一、人格概述

（一）人格的含义

人格是构成一个人的思想、情感及行为的特有统合模式，这个独特模式包含了一个人区别于他人的稳定而统一的心理品质。

外在的人格品质是可以观察到的自我，是人格的"面具"，是展现给他人的一面。而内在的人格特征是个体不愿展示给他人的一面，是"面具"背后的真实自我。内在的人格特征往往只有最亲密的人经过长时间接触才可能发现。

（二）人格的特征

（1）独特性。不同的遗传、成长及教育环境，形成了人们各自独特的心理特点。没有两个人具有完全相同的人格特点。由于环境的作用,生活在同一社会文化群体中的个体可能具有一些相同的人格特征。

(2)稳定性。人格具有稳定性,那些一时的、偶然的表现不能说是人格特征。人格的稳定性是与人的其他特点比较而言的,其实,它也是相对的。随着生理的成熟、环境的改变、人生经验的积累,人格也可能产生或多或少地变化,但这种变化相当难。

(3)统合性。人格的统合性是心理健康的重要指标。当一个人的人格结构在各方面彼此和谐一致时,他的人格就是健康的。否则,就会出现适应的困难,甚至导致"人格分裂"。

(4)功能性。人格决定一个人的生活方式,甚至决定一个人的命运,因而是人生成败的根源之一。

二、人格理论

(一)人格特质理论

特质(trait)是决定个体行为的基本特性,是人格的有效组成因素,是测评人格的基本单位。

人格特质论起源于20世纪40年代的美国,代表人物主要有奥尔波特和卡特尔。

1. 奥尔波特的特质理论

奥尔波特(G. W. Allport,1897—1967)在1937年首次提出了人格特质理论。他把特质分为共同特质和个人特质。个人特质又分为首要特质、中心特质、次要特质。共同特质是指在某一社会文化形态下大多数人或一个群体所共有的、相同的特质。个人特质是指个体身上所独有的特质。其中,首要特质是一个人最典型、最有概括性的特质,它影响到一个人的各方面的行为。中心特质是构成个体独特性的几个重要的特质,一般一个人约有5~10个。次要特质是个体的一些不太重要的特质,往往只有在特殊的情况下才会表现出来,一般人很难了解。

2. 卡特尔的人格特质理论

卡特尔(R. B. Cattell,1905—)用因素分析方法对特质进行筛选和分类,提出了一个包含四层特质的理论模型,即个别特质和共同特质,表面特质和根源特质,体质特质和环境特质,动力特质、能力特质和气质特质。

(1)个别特质和共同特质

在这个层面上,卡特尔和奥尔波特的特质理论观点基本相同。

(2)表面特质和根源特质

表面特质是指从外部行为可以直接观察到的特质。根源特质是指以相同原因为基础的那些相互联系的行为特质。根源特质是制约表面特质的潜在基础,是人格的内在因素。表面特质和根源特质既可能是个别特质,也可能是共同特质。它们是人格层次中最重要的一层。

1949年卡特尔用因素分析方法抽取出16种相互独立的根源特质,编制了"卡特尔16种人格因素调查表"(16PF)。卡特尔认为这16种人格特质在不同人身上都有表现,只是表现程度上存在差异。

(3)体质特质和环境特质

根源特质又可以分为体质特质和环境特质两类。体质特质是由先天的生物因素决定的。而环境特质是由后天的环境因素决定的。卡特尔提出了"多元抽象变异分析"(MAVA)以确定各种特质中遗传与环境分别影响的程度。

(4)动力特质、能力特质和气质特质

这三种特质同时受遗传和环境的影响。在体质特质和环境特质中都可以分出这三种特质。动力特质是指具有动力特征的特质,它使个体朝向某一目标,包括生理驱力、态度和情操。生理驱力是先天的,态度和情操是后天学习获得的。能力特质是表现在知觉和运动方面的差异,包括流体智力和晶体智力。气质特质是决定一个人情绪反应速度与强度的特质。

3. 现代特质理论

(1)"三因素模型"

这个模型是由艾森克(Eysenck,1947,1967)依据因素分析的方法提出的。三个因素分别是:外倾性,表现为内、外倾向的差异;神经质,表现为情绪稳定性的差异;精神质,表现在孤独、冷酷、敌视、怪异等负面人格特征上。在这三个因素上的不同程度的表现就构成了千姿百态的人格特点。艾森克根据自己的理论编制了艾森克人格问卷(EPQ),在人格评价中得到了广泛的应用。

(2)"五因素模型"

塔佩斯等(Tupes & Christal,1961)用词汇学的方法对卡特尔的特质变量进行再分析,发现五个相对稳定的人格因素。以后许多学者进一步验证了这"五种特质"，形成了著名的大五因素模型。这五个因素分别是：

开放性：反映出想象、审美、情感丰富、求异、创造、智能等特质。

责任心：显示了胜任、公正、条理、尽职、成就、自律、谨慎、克制等特质。

外倾性：表现为热情、社交、果断、活跃、冒险、乐观等特质。

宜人性：反映出信任、直率、利他、依从、谦虚、移情等特质。

神经质或情绪稳定性：包括焦虑、敌对、压抑、自我意识、冲动、脆弱等特质。

1989 年麦克雷和可斯塔（McCrae & Costa）编制了"大五人格因素的测定量表"（NEO-PI-R）。

（3）"七因素模型"

特里根等（Tellegen & Waller,1987）用不同的选词原则，获得了 7 个因素，分别是：正情绪性、负效价、正效价、负情绪性、可靠性、宜人性和因袭性。这 7 个因素就构成了七因素模型，相应的人格测量工具为人格特征量表（IPC-7,1991）。

（二）人格类型理论

类型理论产生于 20 世纪三四十年代的德国，主要用来描述一类人与另一类人的心理差异，即人格类型的差异。类型理论主要有三种：

1. 单一类型理论

单一类型理论认为，人格类型是依据一群人是否具有某一特殊人格来确定的。美国心理学家弗兰克·法利（Franck Farley）提出的 T 型人格就是单一类型理论的代表。

法利认为，T 型人格是一种好冒险、爱刺激的人格特征。根据冒险行为的性质，T 型人格又分为 T⁺型和 T⁻型。T⁺型人格是冒险行为朝向健康、积极、创造性方向，如赛车，探险等。而 T⁻型人格是冒险行为具有破坏性质，如酗酒、吸毒、暴力等。在 T⁺型人格中，根据活动特点还可分为体格 T⁺型和智力 T⁺型。体格 T⁺型是通过身体运动来满足追求新奇的动机，如极限运动员等。而智力 T⁺型的冒险活动主要体现在科学探索等智力活动中，如科学家等。

2. 对立类型理论

这种理论认为，人格类型包含了某一人格特性的两个相反方向。

（1）A-B 型人格

福利曼和罗斯曼（Friedman & Rosenman,1974）描述了 A-B 人格类型。A 型人格的主要特点是性格急躁，缺乏耐性，成就欲高，上进心强，有苦干精神，工作投入，做事认真负责，有时间紧迫感，富有竞争意识，外向，动作敏捷，说话快，生活常处于紧张状态。这种人格类型的人办事匆忙，社会适应性差，属于一种不安定性的人格。

B 型人格的主要特点是性情温和，举止稳当，对工作和生活的满足感强，喜欢慢节奏的生活，可以胜任需要耐心和谨慎思考的工作。

（2）内-外向人格

瑞士心理学家荣格（C. G. Jung,1875—1961）依据"心理倾向"对人格进行划分，提出了内-外向人格类型学说。内向型的人把兴趣和关注点指向主体。外向型的人则把兴趣和关注点指向外部客体。任何人都具有内向和外向两种人格，但其中一种可能占优势，从而可以确定一个人是内向还是外向。内向人格的特点主要是自我剖析，做事谨慎，深思熟虑，疑虑困惑，交往面窄，有时会出现适应困难。外向人格的特点主要是注重外部世界，情感外露，热情，当机立断，独立自主，善于交往，行动敏捷，有时轻率。

荣格认为，人的心理活动包括思维、感情、感觉和直觉四种基本功能，依据人的心理倾向可以构成八种人格类型，即外向思维型，外向感情型，外向感觉型，外向直觉型，内向思维型，内向感情型，内向感觉型，内向直觉型。

3. 多元类型理论

这种理论认为，人格类型是由几种不同质的人格特性构成的。气质类型理论、性格类型说等都属于这种理论。下面介绍一下性格类型说。

德国心理学家斯普兰格（Spranger,1928）依据人类社会文化生活的六种形态，把人划分为六种性格类型：经济型，理论型，审美型，权力型，社会型，宗教型。经济型的人注重实效，其生活目的是为了追求利润和获得财富。理论型的人具有探索世界的兴趣，能客观而冷静地观察事物，力图把握事物的本质，他们以追求真理为人生的目的。审美型的人对现实生活不太关注，富于想象力，追求美感，他们以感受事物的美为人生的价值。权力型的人倾向于权力意识和权力享受，支配性强，他们全部的生活价值和最高的人生目标就在于满足自己的权力欲望。社会型的人关心他人，献身社会，助人为乐，他们以奉献社会为人生追求的最高目标。宗教型的人信奉宗教,相信神的存在,他们把信仰看作人生的最高价值。奥尔波特依据这种划分编制了《价值观研究量表》。

(三)精神分析人格理论

弗洛伊德认为人格是由本我、自我和超我三个部分组成的。这三个体系具有各自的机能特征、内容和动力学特点。

本我是人格的基础,是自我和超我的根源。本我是人的欲望和冲动的源泉,为自我和超我提供能量。本我的机能是求得本能冲动和被压抑的欲望的满足。支配这个过程的法则被称为快乐原则。

当人需要和现实世界进行适当的联系时,自我便开始出现了。自我的机能之一是很好地了解现实,使人对环境的反应合理化。自我受现实原则支配。自我是人格组成中控制行为、选择符合于现实情况的行为的部分。自我一方面接受现实的要求,另一方面起到使个人欲望最大限度地与现实要求相一致的调整作用。自我是从本我中分化出来并得到发展的人格组成部分,它是在本我与外界之间起媒介作用的精神活动基础。

超我是在自我形成以后,将父母的教育或社会的要求吸取到自我中,并使其内化而形成。超我就是在社会中传统地存在并通过社会和父母向儿童传递的价值体系。它使儿童接纳父母和教师的态度、意见和判断。儿童一边受到赞扬或惩罚,一边使自身的行为和想法向着能为社会肯定的方向发展下去。超我并不是现实的快乐,而是期望的理想和完美的人格的组成部分。人对自己行为的反省和批判,以及理想的形成等都是超我活动的结果。如果违背了超我,人就会产生耻辱、恐惧和罪恶感等情绪。一般认为超我的机能有两个:第一是禁止本我的冲动,特别是性冲动和攻击冲动等,即一旦表露出来便会遭到社会严厉斥责的冲动;第二是使自我的机能从现实向道德方向发展。人们常常将本我、自我和超我解释为实体的存在,但实际上它们只是人格的组成部分或依据其机能而命名的名称。这三者有各自独特的机能,但通常是由自我的继发过程来统领,并完成统一的人格机能。

按照弗洛伊德的观点,健康的人格状态就是:自我成为精神的主体,一边使本我的欲望适应于超我和现实的要求,一边又满足这种欲望。

(四)人本主义人格理论

人本主义和其他学派最大的不同是特别强调人的正面本质和价值,而并非集中研究人的问题行为,并强调人的成长和发展,即自我实现。

1. 马斯洛的需要层次

在心理学上,需要层次论是解释人格的重要理论,也是解释动机的重要理论。自我实现是马斯洛人格理论的核心。他认为可以将其"定义为不断实现潜能、智能和天资,定义为完成天职或称之为天数、命运或禀性,定义为更充分地认识、承认了人的内在天性,定义为在个人内部不断趋向统一、整合或协同的过程"。也就是说,个体之所以存在,之所以有生命意义,就是为了自我实现。

2. 罗杰斯的人格理论

罗杰斯提倡人格的自我论。这种自我论的发展,显然受到新精神分析论、场论以及现象论的影响。他不满于弗洛伊德的本能冲动的看法与学习论者控制外在情境的机械的观点,而特别强调"人"本身与其主观经验的重要性。因此,自我论又称"人本论"。罗杰斯在大量的临床实践中,逐渐接受并使用"自我概念",他的人格理论也常常被称作自我理论。

罗杰斯认为,婴儿便能将经验的一方面同其他方面区分出来而产生自我。随着儿童与外界进行更为广泛的相互作用,儿童开始形成他是谁和他可能是谁的表象,即自我观念。儿童感知其他人对自己的行为所作出的反应,继而发展了一种自我表象的连贯模式。

在罗杰斯看来,自我的发展以及是否能形成健康的自我,取决于儿童在婴儿期所获得的爱抚。在自我的形成和发展中,儿童需要爱的哺育,罗杰斯把这种需要称作"积极性尊重"。他指出,每个人都具有积极尊重的需要,每个婴儿都被驱使着去寻找积极尊重需要的满足,只有那种能获得爱抚,能得到情感上的满足,能深得别人赞扬的儿童,才能得到这种尊重需要的满足。儿童能否养成一种健康的人格,完全取决于这种积极尊重的需要是否能得到充分满足。

有机体的一切经验都是把实现趋向作为参照系来评估。罗杰斯称这种对个人经验的评估方法为"机体估价过程"。那些同实现趋向相一致的体验是令人满足的,因此使个体产生对它们的接近和保持。那些同实现趋向相矛盾的体验是令人不快的,因此引起个体的回避或消除。所以,机体估价过程会产生一种使有机体有可能把经验和自我实现相协调的反馈系统。

在罗杰斯看来,健全的人就像一个婴儿,他是按照自己机体估价过程而不是价值条件来生活的。这种"忠实于自己"的生活是完善的生活,它标志着一个纯洁的自我和真正的善。幸福并不意味着一个人所有生物需要都得到了满足,如财产和社会地位等。幸福来自实现趋向中的积极参与,体现于持续的奋斗之中。需要注意的是,罗杰斯强调的是实现趋向而不是实现状态。罗杰斯认为健康人格包括五种特征:开放的经验,机体估价过程,无条件的自我尊重,人际关系,和睦相处。

三、气质

(一)气质的含义

气质是表现在心理活动的强度、速度、灵活性与指向性等方面的一种稳定的心理特征。气质是人心理的动力特征,它使人的全部活动都染上个人独特的色彩。

气质是与生俱来的,与遗传关系很密切。与性格、能力等个性心理特征相比,气质更难改变,更具有稳定性。但随着后天环境的变化,教育的施行,人的气质还是可以得到一些改变的。

气质无好坏之分。气质只能给人们的言行涂上某种色彩,但不能决定人的社会价值,也不直接具有社会道德评价意义。气质不能决定人的成就,但不同气质的人可能更适应某种类型的任务。

(二)气质的类型和理论

1. 体液说

气质学说最先源于古希腊医生希波克里特(Hippocrates,前460—前377)的体液说。他认为人体内有四种液体:粘液、黄胆汁、黑胆汁和血液。这四种体液配合的比例不同,就构成了四种不同类型的人,即胆汁质、多血质、粘液质和抑郁质。四种气质类型对应特征如下:

胆汁质:情绪体验强烈、爆发快、平息快,思维灵活,精力旺盛、争强好胜,生气勃勃。为人直率但是粗枝大叶,鲁莽冒失,易感情用事,刚愎自用。

多血质:情感丰富、外露但不稳定,思维敏捷但不求甚解,活泼好动,乐观、灵活,善于交往,但交情浅,缺乏耐心与毅力,稳定性差,见异思迁。

粘液质:情绪平稳,思维灵活性较差,但比较细致周到,安静稳重,踏实,沉默寡言,喜欢沉思,自制性强,交往适度,交情深厚,但主动性较差,缺乏生气,行动迟缓。

抑郁质:情绪体验深刻,细腻持久,情绪抑郁,多愁善感,思维敏锐,想象丰富,不善交际,孤僻离群,自制力强,胆小,举止缓慢,优柔寡断。

体液说没有科学依据,但是它关于气质类型的划分却和日常观察比较符合,于是,这四种关于气质类型的名称一直沿用至今。

2. 体型说

德国精神病学家克瑞奇米尔根据对精神病患者的临床观察,认为人的身体结构与气质特点以及可能患的精神病种类有一定关系。肥胖型的人易患躁狂抑郁症,瘦长型的人易患精神分裂症,斗士型的人易患癫痫。

克瑞奇米尔认为精神病患者和正常人之间没有质的差异,只有量的不同,所以,他把从精神病身上得到的一些观察资料无原则地推广到正常人身上,这是不科学的。

3. 高级神经活动类型学说

巴甫洛夫(1927)用高级神经活动类型学说解释气质的生理基础,为气质的分类找到了科学依据。巴甫洛夫根据神经活动过程的基本特性,即兴奋过程和抑制过程的强度、平衡性和灵活性,划分了四种基本的神经活动类型。神经活动的强度是指神经细胞和整个神经系统的工作能力和耐力,强者,能够承受强烈而持久的刺激。平衡性是指兴奋和抑制两种神经过程的相对关系,二者强度大体相同就是平衡,否则就是不平衡。灵活性是指兴奋和抑制两种神经过程相互转换的速度,转换速度快的就是灵活的,反之,就是不灵活的。四种气质类型与高级神经活动特点的关系如表1-2:

表1-2 两种气质类型说对比

高级神经活动过程的特性	高级神经活动类型	气质类型
强、不平衡	冲动型	胆汁质
强、平衡、灵活	活泼型	多血质
强、平衡、不灵活	安静型	粘液质
弱	抑制型	抑郁质

气质类型的差异是先天的,它主要决定于人的高级神经活动的类型。在现实生活中,单一气质的人不多,大多数人都是几种类型的混合型。

四、性格

1. 性格的含义

性格是人对现实的稳定的态度和习惯化了的行为方式。性格是一种与社会相关最密切的人格特征,在性格中包含有许多社会道德含义。

性格主要体现在对自己、对别人、对事物的态度和所采取的言行上。所谓态度,是个体对社会、对自己和对他人的一种心理倾向,它包括对事物的评价、好恶和趋避等方面。态度表现在人的行为方式中,就构成了人的不同的性格。

性格表现了一个人的品德,受人的价值观、人生观、世界观的影响。性格是在后天社会环境中逐渐形成的,是人的最核心的人格差异。性格的好坏能最直接地反映出一个人的道德风貌。

性格是在社会生活中逐渐形成的,具有一定的稳定性,那些偶然的表现不是性格特征。

2. 性格特征

一个人所有的性格特征的综合形成了性格结构。性格结构并不是各种性格特征的简单堆积,而是一个有机的统一体。它具有三个特点:

(1) 各种性格特征之间的内在联系性。各种性格特征并不是孤立地、静止地存在着,它们之间存在着一定的内在联系。于是,人们才可以根据某人的一种性格特征推测其他特征。

(2) 各种性格特征在不同场合有着不同的结合。性格特征是人们在社会化过程中接触多种场合后概括化的结果,它既有一贯性的特点,也具有各种特征之间结合的灵活性特点,这有利于人们应付多变的客观事实。因此,要把握一个人的性格全貌,必须从多方面考察一个人的态度体系和行为方式。

(3) 性格结构的稳定性和可塑性。人的性格结构是在长期生活实践中逐渐形成的,一旦形成就比较稳定。但它也不是一成不变的。随着环境的变化,教育的影响,它还具有一定的可塑性。另外,意识的自我调节对性格的改变也有重要影响。

3. 性格与气质的关系

性格与气质关系很密切,一方面,气质和性格相互影响。气质能影响性格的表现方式,它使性格特征带有明显的个体独特色彩。同时,性格对气质也有深刻影响,它可以掩盖和改造气质。另一方面,同一气质类型的人可以形成不同的性格特征,不同气质类型的人也可以形成相同的性格特征。

4. 认知风格

认知风格是指个人所偏爱使用的信息加工方式,也叫认知方式。通俗地说,人们在从事认知活动时表现出来的不同特点就是认知风格。

(1) 场独立性-场依存性

场独立性的人在信息加工中对内在参照有较大的依赖倾向,他们的心理分化水平较高,在加工信息时,主要依据内在标准或内在参照,与人交往时,不够细心、不能体察入微。所谓的心理分化是指自我与环境的分离。场依存性的人在加工信息时,对外在参照有较大的依赖倾向,他们的心理分化水平较低,处理问题时往往依赖于"场",与别人交往时能考虑到对方的感受。

场独立性与场依存性的人格差异,表现在心理活动的许多方面。整体上说,场独立性和场依存性没有好、坏之分。场独立性的人认知重构能力强,在认知中具有优势;而场依存性的人社会技能高,在人际交往中具有优势。

(2) 冲动型-沉思型

卡根等人(Gagan et al.,1964)把认知风格分成两种:冲动型和沉思型。二者的差异主要表现在对问题的思考速度上。

冲动型的特点是,反应快,但精确性差。这种认知风格的人面对问题时总是急于求成,不能全面分析问题的各种可能性。他们多使用整体性的信息加工策略。

沉思型的特点是,反应慢,但精确性高。这种认知风格的人总是把问题考虑周全以后再做反应,他们看重解决问题的质量,而不是速度。他们多采用细节性的信息加工策略。

(3) 同时性-继时性

达斯等人(Das et al.,1964)根据脑功能的研究,区分出两种认知风格,即同时性和继时性。他们认为,左脑优势的个体表现出继时性的加工风格;而右脑优势的个体表现出同时性的加工风格。

继时性认知风格的特点是,在解决问题时,能一步一步地分析问题,每一个步骤只考虑一种假设或属性,提出的假设在时间上有明显的前后顺序。言语操作和记忆都属于继时性加工。一般而言,女性擅长继时性加工。

同时性认知风格的特点是,在解决问题时,采用宽视野的方式,同时考虑多种假设,并兼顾到解决问题的各种可能性。这类人解决问题的方式是发散式的。许多数学操作、空间问题的操作都依赖于同时性的加工方式。一般而言,男性擅长同时性加工。

同时性和继时性是认知方式的差异,而不是加工水平的差异。但是,当学习方式与认知方式互相匹配时,不同认知方式的优势就能显示出来。

五、影响人格形成与发展的因素

(一)生物遗传因素

1. 遗传是人格因素不可缺少的影响因素

由于人格具有较强的稳定性特征,因此人格研究者更注重遗传因素的作用。明尼苏达大学的研究(1984,1988)表明,同卵双生子在人格特征方面的相关比异卵双生子高很多,分开抚养的与未分开抚养的同卵双生子具有同样高的相关,说明了遗传对人格因素的影响。

2. 遗传因素对人格的作用随人格特质的不同而不同

遗传对人格的影响不是同等地表现在每一种人格特质上,而是随人格特质的不同而不同。

一般而言,遗传在智力、气质等与生物因素相关较大的特质上起的作用较大;对于与社会因素关系较密切的特质上,如价值观、信念等,影响较小,而后天环境的作用较大。

3. 人格的发展受遗传与环境两种因素的共同作用

人既是一个生物个体,也是一个社会个体,既具有生物性,也具有社会性。人从胚胎起,就不能不受到环境因素的影响,这种影响持续人的一生。各种社会环境因素都对人格的形成和发展有重要影响。

(二)社会文化因素

一个人所处的特定社会文化环境对其人格的影响非常重要。社会文化塑造了社会成员的人格特征,使其成员的人格结构朝着相似性的方向发展。不同文化背景中生活的民族具有不同的民族性格是社会文化对人格塑造作用的很好体现。米德等人(Mead et al.)的研究显示,新几内亚的三个民族由于生活在不同自然环境中,有着不同的社会文化背景,结果三个民族的性格特征有很大差异。

(三)家庭环境因素

家庭对一个人人格的形成和发展具有非常重要的影响。

家庭对人格的影响主要表现在父母对子女的教育方式上。家庭的教养方式可以分为三类:① 权威型,这种教养方式的父母过于支配,孩子的一切都由父母来控制。在这种环境成长起来的孩子容易消极、被动、依赖、服从、懦弱、缺乏主动性,有的还会形成不诚实的人格特征。② 放纵型,采用这种教养方式的父母对孩子过于溺爱,让孩子随心所欲。这种环境下成长起来的孩子多表现为任性、幼稚、自私、野蛮、无礼、独立性差、唯我独尊、蛮横无理、胡闹等。③ 民主型,这种教养方式的父母与孩子是平等的,父母尊重孩子,给孩子一定的自主权和积极正确的指导。这种家庭的孩子活泼、快乐、直爽、自立、彬彬有礼、善于交往、富于合作、思想活跃等。

(四)早期童年经验

早期童年经验对人格的影响历来为心理学家所重视。伯恩斯坦(Burnstein,1981)发现弃子会使儿童产生心理疾病,孩子会形成攻击、反叛的性格。也有研究表明,母爱丧失的儿童表现出胆小、呆板、迟钝、不与人交往、敌对、攻击等人格特点。可见,童年的不幸会对人一生的发展造成影响,幸福的童年有利于人格的健康发展。但是,早期经验不能单独地决定一个人的人格,它与其他因素共同决定着人格的形成和发展。

(五)自然物理因素

自然物理因素包括生态环境、气候条件、空间拥挤程度等,它们也对人格的形成和发展有影响。人是自然的一部分,人所生活的自然物理环境必然对其心理产生影响。例如,气温可以提高人的某些人格特征因素的出现频率,热天会使人烦躁,对他人采取负面的反应,发生反社会行为等。自然物理环境的影响既可以是积极的,也可以是消极的。

自然环境对人格不起决定作用,而且,这种作用还受人的主观因素的影响。自我调控系统是人格中的自控系统,外界环境的作用要通过自我调控系统才能起作用。

第十三章 社会心理

一、社会思维

(一)自我

自我即自我意识,指对自己存在的觉察,是自己认识自己的一切,包括认识自己的生理状况(如身高、体重、形态等)、心理特征(如兴趣爱好、能力、性格、气质等)以及自己与他人的关系(如自己与周围人们相处的关系、自己在所属团体中的位置和作用等)。

自我意识包括"主我"与"客我"两个对立的部分。"主我"是主观的"我",是对自己活动的觉察者;"客我"是客观的"我",是自己活动的被觉察者。

个人的自我意识是由自我认识、自我评价、自我体验、自我控制等心理成分构成的。自我认识指主观的我对客观的我的认知与评价;自我评价是在自我认知基础上对自己做出的某种判断;自我体验是自己对自己怀有的一种情绪体验,也就是主观的我对客观的我所持有的一种态度;自我控制表现为两个方面:一是发动作用,如在克服困难的过程中,自己命令自己的言语器官和运动器官进行种种活动,二是抑制作用,如主观的我根据当时的情境,抑制客观的我的行动和言语。

自我意识具有客观性、矛盾性、形象性、独立性和倾向性等特点。其中客观性是指一个人的自我意识决不是在封闭着的自我意识中自然而然地形成的,而是在与周围各种各样的人们的接触中,注意他们对自己的态度,想象他们对自己的评价,以此为素材,作为客观标准而内化到自己的心理结构之中,在这个基础上形成的。矛盾性是指随着年龄的增长,自我由最初的混沌一团逐步分化为主观的我与客观的我两个方面:自己既有观察自己的一面,又有作为被观察者的一面。前者往往代表了社会的要求,在头脑中塑造了一个"理想的我"的形象;后者实质上就是"现实生活中的我"的形象。别人对自己的态度,是自我评价的"一面镜子",为自我评价提供基础。他人评价这面镜子,并不是指某个人的某一次评价,而主要是指对自己有影响的、关系较为密切的人,从一系列的评价中概括出来的某些经常的稳固的评价,这才是自我评价的基础,也体现出了自我意识形象性的方面。随着年龄的增长,个体在与周围人的交往中,尤其是在与那些重要人物的交往中,逐渐把他人的判断内化为自己的判断,于是个体就按照自己所想象的他人的观点来看待自己。随着时间的推移,个体自我态度也慢慢脱离了他人的评价,成为自律的东西而发挥作用,体现了自我意识的独立性。自我意识的倾向性是指个体对自己的认识和评价具有一定的倾向。例如,对优良的品质一般是自我肯定得多些,而对不良的品质则表现出自我否定的倾向。

(二)归因

归因是指人们对他人或自己的所作所为进行分析,指出其性质或推论其原因的过程,也就是对他人的行为或自己行为的原因加以解释和推测。了解原因之后就可以对行为加以预测,从而对人们的行为和所处的环境实行控制。

1. 海德的归因理论

某种行为为什么产生?海德认为,关键在于此种行为的根源是在于人本身还是在于环境,或两者皆有。内部根源(或个人因素)包括动机(力图去做)和完成此种行为的能力。例如,哥哥有能力帮助妹妹做家庭作业,但可能没有任何想帮她的动机。然而,即使想帮也未必足够,这些因素还必须加上情境因素。对后果责任的知觉的研究发现,在许多情况下,认识谁对事件的后果负责比了解事件发生的原因更重要。

2. 维纳的归因理论

维纳接受了海德把归因划分为外在归因和内在归因两类的办法。所谓外在归因是指把某个事件的原因归咎于客观环境,如工作条件、机遇、周围环境、他人等;而内在归因是指把某一事件的原因归咎于自身的主观因素,如个人的才能、态度、情绪、性格、兴趣等。其中外在归因又可再分为两种:一种将事件的原因归于机会与运气,另一种是将原因归于客观环境的不利与困难。内在归因也可分为两类:一类是将原因归于自己的能力,另一类是将原因归于努力。这四类归因由两个维度组成,其中一个维度是稳定性,即该归因在时间变动中能否保持不变;另一维度是控制点的位置,即归因于内在个人的因素还是外在的环境因素。

3. 琼斯和戴维斯的归因理论

该理论的一个基本假设是:认知主体对他既稳定又富有信息的行为总爱寻找有意义的解释。如果他人的行为被判定为是故意的,而且是由于持续一致的重要意图产生的,并非随情境变化而变化,那么这种行为是最富含信息的。也就是说,暂时的想法不如经常出现的意图更能说明一个人的特点。归因过程的目标在于对他人做出相应推断:行为和引起行为的意图总是与人的某种倾向性相对应。归因推理的过程必须符合一致性标准,即归因主体所知觉到的外显行为与通过归因对这种行为的定性必须相符。归因过程就是归因主体把被归因者的意图与其行动的结果联系起来进行推理的过程。不过,从另一方面来说,人的行动要受到环境的制约,因而没有多少进行自由选择的余地,所以进行归因时也必须考虑到意外情况与不可预测的结果。

4. 凯利的归因理论

凯利指出经验总是反复产生的,每次的经验总有着相似之处;假如我们拥有关于事件的多重信息,我们就会利用协变原则来进行归因。协变是指观察到两个或两个以上的事件中所共同出现的东西。如果我们要了解某一结果的原因,就应该考察结果与各种可能的原因之间的协变性,而将结果归因于与之协变性最高的原因。如某人生病与冬天的来临之间协变性高,就可以推测,某人生病是因为气候的变化。

(三)社会知觉与社会判断

社会心理学把对人的知觉称为社会知觉。人们在知觉他人时并不仅仅停留在对被知觉者的外部行为的知觉上,而是要根据外部行为了解他的动机、观点、信念、情感和性格等内部的心理状态。由于主观条件的不同,每个人在社会生活中形成了自己所固有的社会知觉结构,同样的社会刺激,不同的知觉主体的知觉也就不同,由此形成的有关观念也就不同,因此,社会知觉比对物的知觉更具有主观性和复杂性。社会知觉具有主观性、整体性、选择性和恒常性四个特点。

社会判断是指一个人对社会性质的自我主观意识,也可以指社会舆论对某个人、某件事的评论。从一个人的社会判断中,通常可以看出他的精神追求与社会立场。同时,社会判断也是一个比较的过程。当人们评价某个特定的目标时,他们的判断不会凭空产生,而是基于特定的背景。也就是说,人们会把需要评估的目标与适当的准则或标准进行比较。比较的结果有时会产生对比效应。例如,把某人与一个很有敌意的人,或一个很平和的人进行比较,后者更易得出此人敌意不深的结论。而在另一些时候,比较会产生同化效应,即评价目标为背景或标准所同化。例如,我们在判断密西西比河的长度时,如果与一个大的里程数作比照,相对于与一个小的里程数作比照,更可能判断该河流较长。

(四)社会态度

社会态度即态度,是由认知、情感、意向三个因素构成的比较持久的个人内在结构,它是外界刺激与个体反应之间的中介因素,个体对外界刺激做出的反应受自己态度的调节。其中,认知因素规定了态度的对象,其对象可以是人、物、团体、事件,也可以是代表具体事物本质的一些抽象概念(如勇敢、困难等),还可以是制度(如高考制度、婚姻制度等);情感因素是个人对某个对象持有的好恶情感,也就是个人对态度对象的一种内心体验;意向因素是个人对态度对象的反应倾向,即对态度对象作出某种反应的行为准备状态。

(五)内隐社会认知

内隐社会认知指在社会认知过程中虽然个体不能回忆某一过去经验,但这一经验潜在地对个体的行为和判断产生影响,即无意识成分参与有意识的社会认知过程。它是在缺乏意识监控或在意识状态不明确的条件下认知主体对社会刺激的组织和解释过程。在这种过程中虽然主体自身不能报告或内省自己的某些心理活动过程,但这些心理过程潜在地对主体的判断和行为产生着影响。

二、社会关系

(一)人际关系与人际沟通

1. 人际关系

人际关系是人与人之间心理上的关系,心理上的距离。人际关系反映了个人或团体寻求满足其社会需要的心理状态,因此,人际关系的变化与发展决定于双方社会需要满足的程度。如果双方在相互交往中都获得了各自的社会需要的满足,相互之间就能发生并保持接近的心理关系,表示为友好的情感。相反,如果其中一方对另一方表示不友好、不真诚或发生不利于另一方的行为,就会引起另一方的不安,这时,双方的友好关系就中止,取而代之的是疏远关系或敌对的关系。不论是亲密关系、疏远关系抑或敌对关系都是心理上的距离,统称为人际关系。

2. 人际沟通

人际沟通即人际交往，是指在社会活动中，人们运用语言符号系统或非语言符号系统互相交流信息、沟通情感的过程。人际沟通是人们共同活动的特殊形式。任何个人或团体进行的交往，总是为达到某种目标，满足某种需要而展开的。人们交往时，会根据对方的反应来选择交往策略，以达到影响对方的目的。个体所采取的交往策略，既受当时的环境因素如时间、空间及自然条件等的影响，也受个体的过去经验和期望的影响。当沟通双方采取策略进行交往时，就发生了相互作用，这种沟通是系统性的活动过程。

人际沟通会受一系列主客观因素的影响，其中包括社会文化因素的影响，如教育程度、种族差异等；社会团体因素，比如团体中成员的地位、团体组织结构等；人格因素，如一个自我中心强烈的人，因优越感很强，则较少主动与人交流思想。

（二）亲密关系

当两个人的相互依赖性很大时即为亲密关系。亲密关系的特点包括：两人有长时间频繁互动；这种关系中包括许多不同种类的活动或事件，共享很多共同兴趣爱好；两个人相互影响力很大。从自我的角度来理解人的亲密关系，可以认为亲密关系的建立是把他人融入自我的概念中，如人们倾向于把他人的行为归于内因，把自己的行为归于外因；与对待一般人的方式相比，人们在分配资源时对待自己和与自己关系亲密的人的区分要小得多；在亲密关系中，人们对收益与付出并不关心。

人类最初的亲密关系表现为父母与孩子之间的依恋，它是婴儿和父母之间的一种强烈的情绪联系，并且这种情绪联系可以看成是人类与生俱来的特征，婴儿对父母的依恋是他们生存的首要条件。

（三）偏见与歧视

偏见是人们以不正确或不充分的信息为根据而形成的对其他人或群体的片面甚至错误的看法与影响。偏见与态度有关，但又不等同于态度。偏见是与情感要素相联系的倾向性，它将对他人的评价建立在其所属的团体之上，而不是认识之上。偏见既不符合逻辑也不合情理。它的行为成分体现在歧视上，如性别歧视，即在政治、经济、文化或其他领域里，在人权以及基本自由的认识、享受、行使上，针对某种性别的人群所施加的妨碍其权利生效的一切约束、排除和限制。

关于偏见产生的原因有不同的观点。团体冲突理论认为，为了争得稀有资源，团体之间会有偏见的产生，偏见是团体冲突的表现。当人们认为自己有权获得某些利益却没有得到时，他们若把自己与获得这种利益的团体相比较时，便会产生相对剥夺感，这种相对剥夺感最可能引发对立与偏见。社会学习理论则认为偏见是偏见持有者的学习经验所致，在偏见的学习过程中，父母的榜样作用和新闻媒体宣传效果最为重要。儿童的种族偏见与政治倾向大部分来自父母，儿童所接受的新闻媒体的影响使得儿童学习到了对其他人的偏见。认知理论用分类、图式和认知建构等解释偏见的产生，认为人们对陌生人的恐惧、对内团体与外团体的不同对待方式以及基于歧视的许多假相关等都助长了对他人的偏见。心理动力理论用个人的内部因素解释偏见，认为偏见是由个体内部发生、发展的动机性紧张状态引起的。

（四）利他行为

利他行为是指提供时间、资源或能量以帮助他人的行为。利他行为是一种不期望日后报答而出于自愿的助人行为。这种行为有两种不同的形式，一是利他主义的行为，以助人为行为的目的，即"我为人人"。二是报答性行为，自己曾受人帮助而认为自己应该帮助人，即因为"人人为我"，所以我要帮助他人。利他行为有4种特性：它是一种自觉自愿的行为，以有益于他人为目的，不附有任何期望他人日后报答的动机，利他者本身有所损失。

（五）侵犯行为

侵犯行为也即攻击行为，是指有意伤害他人身心健康的任何行为。

根据侵犯行为的方式，可以分为语言侵犯与动作侵犯。语言侵犯就是通过语言对他人进行侵犯，诸如讽刺、诽谤、漫骂等。动作侵犯是使用身体的一些部位如手、脚或利用武器对他人进行侵犯。根据侵犯行为的动机，可以分为报复性侵犯和工具性侵犯。报复性侵犯的目的在于为复仇而故意伤害他人，使他人感到痛苦和不愉快，侵犯行为的结果是给对方造成不幸。例如，帮派之间因纠纷而发展为斗殴、打群架等。工具性侵犯的目的不是为了使对方的身心健康受到伤害，而是把侵犯行为作为其达到其他目的的手段。当然，工具性侵犯行为的结果也会使对方的身心健康遭到损害。如强盗拦路抢劫，为了抢钱财而动刀，最终必然会伤害他人的身心健康。

三、社会影响

（一）说服

说服是一种改变他人态度的最有效的方法。在态度改变过程中，被说服者首先要学习信息的内容，在学习的基础上发生情感转移，把对一个事物的情感转移到与该事物有关的其他事物之上。

说服效果受说服者、说服信息、被说服者、情境等因素的影响。通常说服者的可信度(如专家资格和可靠性)、吸引力(说服者的外表、是否可爱、与被说服者的相似性)都会影响说服效果。要想说服别人，除了我们自身的特性，还与我们说的话里所包含的信息有关，如说服信息中所提倡的态度与被说服者原来持有的态度之间的差异，说服信息唤醒的惊恐感，信息的呈现方式等。被说服者的人格、心情、卷入程度、自身的免疫情况、个体差异等也会影响说服效果。同时，说服时的情境如预先是否有警告、分散注意的情况下等更有利于改变态度，说服效果更好。

(二) 从众与服从

1. 从众

从众是指个人在社会团体压力下，放弃自己的意见，转变原有的态度，采取与大多数人一致的行为。所谓"随波逐流"、"人云亦云"就是从众的最好例证。社会心理学家认为，从众行为是由于在团体一致性的压力下，个体寻求的一种试图解除自身与团体之间冲突、增强安全感的手段。实际存在的或头脑中想象到的压力都会促使个人产生符合社会或团体要求的行为与态度，个体不仅在行动上表现出来，而且在信念上也改变了原来的观点，放弃了原有的意见，从而产生了从众行为。个体在解决某个问题时，一方面可能按自己的意图、愿望而采取行动，另一方面也可能根据团体规范、领导意见或团体中大多数人的意向，而随大流，觉得人云亦云总是安全的、不招风险的，所以在现实生活中不少人喜欢采取从众行为，以求得心理上的平衡，减少内心的冲突。

从众行为依存于一些因素，如团体规模，规模越大，赞成某一观点或采取某一行为的人数越多，则团体给个人的压力就越大，个体越容易从众；团体凝聚力，即团体成员间相互吸引的程度，它取决于团体中的人际关系，团体凝聚力越强，团体成员间依恋性、意见一致性以及对团体规范的从众倾向就越强烈；个人在团体中的地位，在团体结构中，居于较低地位的个体常感到来自高地位者施加给他们的压力，人们往往愿意听从高地位者的意见，而忽视一般成员的观点；团体中其他成员的影响，如团体中出现反从众者时，其他人的从众行为会大大减少；个性特征与性别差异，如智力、自信心、自尊心等个性心理特征与从众行为密切相关，例如思维不够活跃、自信心较低的人更易产生从众行为。

2. 服从

服从是指个人按照社会要求、团体规范或别人的愿望而作出的行为。这种行为是在外界压力的影响下而被迫发生的。服从有两种情况，一种是在一定的有组织的团体规范影响下的服从，如遵纪守法、维护社会秩序等；另一种是对权威人物的服从，如一切行动听指挥、下级服从上级等。个人服从集体，少数服从多数，下级服从上级是社会团体所强调的组织原则。个人对社会团体的各项政策、法律以及各种规章制度，不管自己愿意还是不愿意，都是必须服从的。人们在团体活动中有时还会对个别学识渊博、德高望重的权威人物表现出服从，这种服从往往也是无条件的。一般说来，人们的服从行为可能与其本人内心愿望有一定的距离，而又不至于引起激烈的矛盾和冲突。但当权威人物的要求与个人的道德和伦理价值发生很大矛盾时，个人违背了自己的良心而服从权威的命令，精神上就会感到惶惑不安。例如，在一个流氓团伙中，每个成员都必须服从团伙首领的命令。其中有些人是误上贼船不能自拔的，他们在团伙首领的威逼下只得服从命令，被迫昧着良心去干坏事，其内心深处却常感到十分痛苦与不安。

(三) 去个性化

去个性化是指在某些情境中，个体的自我认同被团体认同所取代，个体越来越难以意识到自己的价值与行为，而是集中注意力于团体情境之上。此时，个体丧失了抵制从事与自己内在准则相矛盾的行为的自我认同，从而做出了一些平常自己不会做的反社会行为。此现象源于"社会传染"，即激动的群众倾向于有相同的感受和行为，因为个体的情绪可以传染给群体，这种情况下即使一个成员做了一件大部分人反对的事情，其他人也会倾向于仿效它。社会传染是因为正常控制机制的崩溃，即道德意识、价值系统以及社会规范不再能够约束人们的行为，自私、侵犯及性冲动便得发泄，从而导致暴力与反道德行为。去个性化包括个体责任感的丧失和对团体行为的敏感度增加。匿名性、自我意识功能的下降都可能导致去个性化的产生。

(四) 社会助长与社会惰化

社会助长是指人们在有他人旁观的情况下工作表现比自己单独进行时好的现象。社会助长的产生可能是因为当有他人的存在，会使人们的唤醒水平增强，而这种生理唤醒水平的激起进一步强化了人们的表现。或者可以从害怕被他人评价的角度解释社会助长，即在有他人存在的环境中，人们由于担心他人对自己的评价而引发了激起，进而对工作绩效产生了影响。由于社会助长作用不仅在人类存在，在许多动物身上也有类似现象发生,而我们相信动物是用不着担心评价的,为了解释这一点,分心冲突理论认为,当一个人在从事一项工作时,他人或新奇刺激的出现会使他分心,这种分心使得个体在注意任务还是注意新奇刺激之间产生了一种冲突,这种冲突使得唤醒激起增强,从而导致社会助长的产生。

社会惰化是指在团体中由于个体的成绩没有被单独加以评价,而是被看做一个总体时所引发的个体努力水平下降的现象。关于社会惰化产生的原因,第一种观点认为在团体中,由于个体认识到自己的努力会埋没在人群中,所以对自己行为的责任感降低,从而不大去努力,致使作业水平下降,由此可见,社会惰化与责任分散有关。第二种观点认为社会惰化和社会助长是产生于不同的情境之中的。在社会助长情境中,个体是他人影响的唯一目标,所有的社会影响均指向该个体,当在场的他人增加时,社会影响也增加;而社会惰化现象则发生在团体成员完成团体外他人指定的作业时,每一个个体仅是外人影响的目标之一,外人的社会影响会分散到每一个体身上,随着团体规模的增加,每一个体感受到的压力随之降低。

(五) 群体极化与群体思维

群体极化是指在群体中进行决策时,人们往往会比个人决策时更倾向于冒险或保守,向某一个极端偏斜,从而背离最佳决策。在阐述论点、进行逻辑论战时,一些成员变得具有防御性。当他们面对挑衅时,态度会变得更为固执甚至走向极端。在某些情况下,群体决策偏保守一端;但在更多的情况下,群体决策偏向冒险的一端,比个体决策更倾向于冒较大风险。虽然风险决策会有较高的回报,但是失败的决策常常带来灾难性的后果。造成这种现象的原因很多,包括群体成员之间的信息沟通、群体规范的压力作用、群体内部的暗示和从众、群体内聚力的大小以及权威人格的影响等。

群体思维最初是由 Janis 于 1972 年提出并于 1977 年和 1982 年进一步扩展的。他在 1972 年通过对一些执行问题解决任务的小群体行为的观察,提出了一系列的假设,并将这些假设综合后称之为群体思维。群体思维发生于在任何有高度凝聚力的小群体中,其成员倾向于通过无意识形成共同规范来维持团体的精神,从而阻碍了批判性思维。

群体极化通常通过发生于群体成员之间的相互讨论使得他们对某个事物的观点朝更消极或向更积极的方向发展;而群体思维是指向群体自身的个体极端去个性化,表现为群体的非理性。

(六) 合作、竞争与冲突

合作是指两个或两个以上的人在工作、体闲等社会关系中通过相互帮助、共同活动,以追求共同的目标,享受共同的成果或增进友谊的行为。在合作的条件下,人与人之间的关系是友好的、和谐的。多伊奇根据实验结果指出,合作有三种心理学意义:第一种是相互帮助,参与合作的所有成员的某些行为是可以相互替代的;第二种是相互鼓励,小组成员为共同实现目标而彼此发生积极奋发的情绪,如果组内某一成员通过自己的努力使小组的目标愈益接近,则能受到组内其他成员的拥护与欢迎,并对他加以表扬与鼓励;第三种是相互支持,小组成员彼此之间抱着积极支持的态度,若组内成员在完成共同任务中遇到困难时,其他成员会想方设法帮助该成员克服困难。在合作条件下,人们彼此之间表现为亲密友好的关系。

竞争是个体或团体的各方力求胜过对方的对抗性行为,甚至有些参与方不惜牺牲他人的利益,以期最大限度地获得个人利益或追求更富有吸引力的目标。个体或团体的竞争机会越多,则成功或失败的机会也越多,因为一方若成功,就意味着另一方失败。在团体活动中,竞争往往采取竞赛的形式。可以说,凡是可以比出水平高低、成绩大小的一些较量性行为,都属于对抗性的,在人们心目中都被认为是一种竞争。多伊奇指出,在竞争情境下,各成员之间表现为相互对立、不友好、不支持。但是在竞争条件下,人们活动的数量与质量都有很大的增长。

冲突是指两个或两个以上相互对立的需要同时存在而又处于矛盾中的心理状态。冲突的特征主要有:冲突的直接目的是打败对方,是直接以对方为攻击目标的一种互动行为;冲突双方必须有直接的交锋;冲突各方所追求的目标既可能相同又可能不同,这与竞争必须是对共同目标争夺的情况不一样;冲突在形式上比竞争激烈得多,它往往突破了规则、规章甚至法律的限制,带有明显的破坏性。冲突产生的原因可能是各种各样的,但归根结蒂是由社会不平等造成的,其中主要是财产、权力和声望分配的不平等。冲突的破坏作用显而易见,但也有刺激社会进步的作用。对冲突的社会功能,社会学界存在不同意见。结构功能主义对冲突采取否定态度,而冲突理论则强调冲突的正功能,认为一个社会中存在错综复杂的冲突,可以防止社会分裂和社会僵化。

[1] 彭聃龄.普通心理学.北京:北京师范大学出版社,2001.

[2] 孟昭兰.普通心理学.北京:北京大学出版社,1996.

[3] 王甦,汪安圣.认知心理学.北京:北京大学出版社,1992.

[4] Dennis Coon.心理学导论——思想与行为的认识之路.郑钢,等.北京:中国轻工业出版社,2004.

[5] 张明.人格心理学.长春:东北师范大学出版社,2001.

[6] 郑雪.人格心理学.广州:暨南大学出版社,2001.

[7] Huttenlocher J, Higgins E T. Adjectives, comparatives, and syllogisms. Psychological Review,1971,78:487– 504.

[8] Herr P M. Consequences of priming:judgment and behavior. Journal of Personality and Social Psychology,1986,51:1106– 1115.

[9] Jacowitz K E, Kashneman D. Measures of anchoring in estimation tasks. Personality and Social Psychology Bulletin, 1995,21:1161 –1166.

[10] 陈启山.内隐社会认知研究述评.心理研究,2009,2(6):19–24.

[11] 侯玉波.社会心理学.北京:北京大学出版社,2002.

[12] 孙时进.社会心理学.上海:复旦大学出版社,2003.

[13] 赵中天.社会心理学.北京:中共中央党校出版社,2001.

[14] 朱启臻.社会心理学原理及其应用.北京:中国农业大学出版社,2000.

强 化 练 习

一、单项选择题

1. 科学心理学的创始人是

A. 韦伯 　　　B. 洛克 　　　C. 冯特 　　　D. 赫尔姆霍茨　　　　　　　　(C)

2. 被称为心理学发展史上的第三势力的是

A. 行为主义 　B. 机能主义 　C. 精神分析学派 　D. 人本主义　　　　　　(D)

3. 科学心理学诞生于

A. 美国 　　　B. 德国 　　　C. 英国 　　　D. 法国　　　　　　　　　　(B)

4. 强调"意识"的整体性特点的心理学派别是

A. 精神分析学派 　B. 构造主义学派 　C. 行为主义学派 　D. 格式塔学派　(D)

5. 负责将神经冲动从胞体传出,到达与它联系的各种细胞的结构是

A. 树突 　　　B. 细胞膜 　　C. 轴突 　　　D. 神经元　　　　　　　　　(C)

6. 神经冲动在细胞间的传导是

A. 电传导 　　B. 化学传导 　C. 物理传导 　D. 机械传导　　　　　　　　(B)

7. 病人看不懂文字材料,出现书面言语的障碍,产生视觉失语症或失读症,可能损坏的脑区是

A. 额叶上方 　B. 颞叶 　　　C. 顶枕叶交界处 　D. 顶叶　　　　　　　　　(C)

8. "带着手表找手表",这种心理现象是

A. 感觉适应 　B. 感觉对比 　C. 感觉后像 　D. 感受性　　　　　　　　　(A)

9. 在感觉适应过程中,感受性的变化是

A. 降低 　　　B. 提高 　　　C. 没变化 　　D. 提高或降低　　　　　　　　(D)

10. 在视网膜中央窝

A. 只有棒体细胞,没有锥体细胞 　　　B. 只有锥体细胞,没有棒体细胞

C. 既有锥体细胞,又有棒体细胞 　　　D. 既没有锥体细胞,也没有棒体细胞　(B)

11. 马赫带产生的机制是

A. 视觉适应　　　B. 视觉掩蔽　　　C. 侧抑制　　　D. 刺激能量的分布不均　　　（C）

12. 声音在 1000Hz 以上，频率与音调的关系近乎

A. 正比关系　　　B. 幂函数关系　　　C. 反比关系　　　D. 对数关系　　　（A）

13. 下列属于无意识现象的是

A. 盲视　　　B. 弱视　　　C. 视觉融合　　　D. 视敏度　　　（A）

14. 最早提出记忆脑机制的非定位理论的科学家是

A. Lashley　　　B. Broca　　　C. Penfield　　　D. Luria　　　（A）

15. 在记忆中起长时程增强作用的脑结构是

A. 杏仁核　　　B. 海马　　　C. 扣带回　　　D. 梭状回　　　（B）

16. 下列因素中影响内隐记忆，不影响外显记忆的因素是

A. 加工深度　　　B. 保持时间　　　C. 记忆负荷量　　　D. 刺激呈现方式　　　（D）

17. "风声鹤唳，草木皆兵"这种现象属于

A. 感觉适应　　　B. 感觉对比　　　C. 错觉　　　D. 知觉选择性　　　（C）

18. 运动后效现象属于

A. 错觉　　　B. 似动　　　C. 真动知觉　　　D. 诱发运动　　　（B）

19. 斯腾伯格用实验证实了短时记忆的检索方式是

A. 平行扫描　　　　　　　　　　B. 完全系列扫描

C. 自动停止系列扫描　　　　　　D. 自动停止平行扫描　　　（B）

20. 第一位对记忆这种高级心理过程进行科学定量研究的心理学家是

A. 艾宾浩斯　　　B. 冯特　　　C. 詹姆斯　　　D. 桑代克　　　（A）

21. 相对而言，更有效的概念形成策略是

A. 冒险性聚焦　　　B. 保守性聚焦　　　C. 同时性扫描　　　D. 继时性扫描　　　（B）

22. 创造性的主要成分是

A. 辐合思维　　　B. 发散思维　　　C. 联想能力　　　D. 独创性　　　（B）

23. 语言中最小的音义结合单位是

A. 音位　　　B. 语素　　　C. 词　　　D. 音节　　　（B）

24. 智力三元论的提出者是

A. 斯腾伯格　　　B. 戴斯　　　C. 斯皮尔曼　　　D. 阜南　　　（A）

25. 考试测试的记忆属于

A. 外显记忆　　　　　　　　　　B. 内隐记忆

C. 外显记忆和内隐记忆　　　　　D. 都不是　　　（A）

26. "生命诚可贵，爱情价更高，若为自由故，两者皆可抛"，这首诗反映的心理学原理是

A. 价值观理论　　　　　　　　　B. 道德发展阶段论

C. 需要层次论　　　　　　　　　D. 认识论　　　（C）

27. "感时花溅泪，恨别鸟惊心"，绝好地描述了

A. 情感　　　B. 应激　　　C. 激情　　　D. 心境　　　（D）

28. 情绪的四维理论的提出者是

A. 伊扎德　　　B. 冯特　　　C. 利文森　　　D. 阿诺德　　　（A）

29. 动机越强，行为效率

A. 越高　　　B. 越低　　　C. 不受影响　　　D. 因任务性质而定　　　（D）

30. 转换生成语法理论的提出者是

A. 戴尔　　　B. 乔姆斯基　　　C. 维果斯基　　　D. 布鲁纳　　　（B）

31. 盲视是一种

A. 弱视　　　B. 注意缺陷　　　C. 无意识现象　　　D. 色盲　　　（C）

32. 知觉定势反映了知觉中

A. 理解的作用　　　　　　　　　B. 对象与背景的关系

C. 整体与部分的关系　　　　　D. 恒常性　　　　　　　　　　　　　　（B）

33. 错觉是一种

A. 感觉　　　　B. 知觉　　　　C. 注意　　　　D. 视觉　　　　　　（B）

34. 心理发展中的"维列鲁"学派产生于

A. 德国　　　　B. 美国　　　　C. 瑞士　　　　D. 苏联　　　　　　（D）

35. "置之死地而后生"体现了

A. 情绪的积极增力性　　　　　　B. 情绪的消极减力性

C. 情绪的保健作用　　　　　　　D. 情绪的动机作用　　　　　　　　（A）

36. 运动员在比赛中的超水平发挥往往伴随着下面哪种情绪状态

A. 心境　　　　B. 激情　　　　C. 热情　　　　D. 应激　　　　　　（B）

37. 舌根最敏感的味道是

A. 甜味　　　　B. 酸味　　　　C. 苦味　　　　D. 咸味　　　　　　（C）

38. 视网膜中的夜视器官是

A. 棒体细胞　　B. 锥体细胞　　C. 双极细胞　　D. 神经节细胞　　　（A）

39. 早晨起床推开窗户一看，外面地面上湿漉漉的，于是知道昨天晚上下下雨了，这是

A. 知觉的间接性　B. 思维的概括性　C. 思维的间接性　D. 思维的抽象性　（C）

40. 下面不属于吉尔福特能力三维结构模型的是

A. 内容　　　　B. 符号　　　　C. 操作　　　　D. 产品　　　　　　（B）

41. 反响回路是下面哪种记忆的生理基础

A. 瞬时记忆　　B. 语义记忆　　C. 短时记忆　　D. 长时记忆　　　　（C）

42. 离差智商的提出者是

A. 比内　　　　B. 西蒙　　　　C. 特曼　　　　D. 韦克斯勒　　　　（D）

43. 1860 年法国医生布洛卡发现了

A. 运动性言语中枢　　　　　　　B. 听觉性言语中枢

C. 视觉性言语中枢　　　　　　　D. 书写性言语中枢　　　　　　　　（A）

44. 记忆材料在系列中所处的位置对记忆效果产生的影响叫

A. 系列位置效应　B. 前摄抑制　　C. 倒摄抑制　　D. 记忆顺序效应　（A）

45. 下列不属于吉尔福特智力理论操作因素的是

A. 认知　　　　B. 想象　　　　C. 记忆　　　　D. 评价　　　　　　（B）

二、多项选择题

1. 主张心理学应该研究"意识"的学派有

A. 认知心理学　　　　　　　　　B. 构造主义心理学

C. 机能主义心理学　　　　　　　D. 行为主义心理学　　　　　（A、B、C）

2. 认为心理学应该研究意识的心理学家是

A. 冯特　　　　B. 铁钦钠　　　C. 詹姆斯　　　D. 桑代克　　　（A、B、C）

3. 人耳对声音频率分析的位置理论包括

A. 频率理论　　B. 共鸣理论　　C. 神经齐射理论　D. 行波理论　　　（B、D）

4. 外显记忆是

A. 自动的　　　B. 有意识的　　C. 无意识的　　D. 可控的　　　　（B、D）

5. "鹤立鸡群"现象反映的是

A. 感觉对比　　B. 无意注意　　C. 注意的选择性　D. 兴趣　　　（A、B、C）

6. 人和动物都具有

A. 无意注意　　B. 有意注意　　C. 随意注意　　D. 不随意注意　　（A、D）

7. 皮亚杰的"发生认识论"的理论基础包括

A. 生物学　　　B. 逻辑学　　　C. 心理学　　　D. 人类学　　　（A、B、C）

8. 感觉阈限测量的基本方法有

A. 极限法　　　B. 恒定刺激法　C. 平均差误法　D. 最小变化法　（A、B、C、D）

9. 气质类型

A. 不决定一个人成就的大小　　　　　　B. 不决定一个人智力的高低

C. 不会影响工作效率和性格特征形成的难易　　D. 会影响对环境的适应和健康　　　　（A、B、D）

10. 一朝被蛇咬,十年怕井绳,属于

A. 无条件反射　　　　　　　　　　　　B. 条件反射

C. 第一信号系统的活动　　　　　　　　D. 第二信号系统的活动　　　　　　　　（B、C）

11. 内隐记忆是

A. 有意识的　　　B. 无意识的　　　C. 自动的　　　D. 受控制的　　　　　　　（B、C）

12. 勒韦(Levelt,1989)关于语言产生的三阶段包括

A. 概念化阶段　　　B. 转化阶段　　　C. 公式化阶段　　　D. 发音阶段　　　　（A、C、D）

13. 与语言活动有关的脑中枢分布在

A. 布洛卡区　　　B. 威尔尼克区　　　C. 角回　　　D. 大脑左半球　　　　（A、B、C、D）

14. 短时记忆的编码方式主要有

A. 视觉编码　　　B. 听觉编码　　　C. 语义编码　　　D. 知觉编码　　　　　（A、B）

15. 距离知觉产生的双眼线索包括

A. 双眼视轴的辐合作用　　　　　　　　B. 双眼视差

C. 双眼的调节作用　　　　　　　　　　D. 双眼视像的重叠　　　　　　　　　　（A、B）

16. 动机理论中的驱力理论不能解释的行为有

A. 睡眠　　　B. 购物　　　C. 绝食　　　D. 蹦极　　　　　　　　　　　　　（B、C、D）

17. 归因理论中的内部可控因素有

A. 能力　　　B. 任务难度　　　C. 运气　　　D. 努力　　　　　　　　　　　（A、D）

18. 挫折的含义包括

A. 挫折情境　　　B. 挫折体验　　　C. 挫折认知　　　D. 挫折行为　　　　　（A、C、D）

19. 情绪的认知理论包括

A. 坎农-巴德学说　　　　　　　　　　B. 詹姆斯-兰格学说

C. 评定-兴奋学说　　　　　　　　　　D. 两因素情绪理论　　　　　　　　　　（C、D）

20. 奥尔波特的特质理论中的个人特质包括

A. 首要特质　　　B. 中心特质　　　C. 表面特质　　　D. 次要特质　　　　　（A、B、D）

三、简答题

1. 简评心理实验法。

2. 简述记忆的 SPI 理论。

3. 简述层次网络模型。

4. 简述并评价马斯洛的需要层次理论。

5. 简述特征表理论。

6. 简述神经冲动的传导过程。

7. 分析暗适应过程。

8. 简述动机的归因理论。

9. 分析意志行动过程。

10. 简评阿诺德的"评定-兴奋"说。

11. 简述鲁利亚的机能系统学说。

四、综合题

1. 比较分析注意的知觉选择模型和反应选择模型。

2. 分析遗传和环境在能力发展中的作用。

3. 论述动机的认知理论。

 # 第二部分　发展心理学

第一章　发展心理学概述

一、发展心理学的研究对象与任务

1. 研究对象

发展心理学是研究心理发展规律的科学,具体而言,研究个体从受精卵开始到出生,到成熟,直至衰老的生命全程中心理发生、发展的特点和规律,简言之,研究毕生心理发展特点和规律。

2. 研究任务

发展心理学是一门基础科学,它的研究任务主要描述研究对象的特点和状况,这是发展心理学研究最基本的目的;解释心理现象的活动过程与特点的形成原因、发展变化以及相互关系;根据研究建立的某一科学理论,通过一系列的逻辑推理,对研究对象以后的发展变化和在特定情境中的反应做出推断和预测;根据科学理论操纵研究对象的某些变量的决定条件或创设一定的情境,控制研究对象的发展。

二、发展心理学的研究设计

(一)横断设计

横断设计就是在同一时间内对某一年龄(年级)或某几个年龄(年级)的被试的心理发展水平进行测查并加以比较。

横断设计的优点是可以同时研究较大样本,可以在较短的时间内收集大量数据资料,成本低,费用少,省时省力。缺点是缺乏系统连续性,难以确定因果关系,取样程序也较复杂。

(二)纵向设计

纵向设计也叫追踪设计,是在比较长的时间内,对儿童的心理发展进行系统的定期的研究。

纵向设计的优点是可以系统地、详尽地了解心理发展的连续过程和量变质变规律,有助于确定因果关系。缺点是样本流失严重,重复测量降低数据可靠性,研究周期长。

(三)聚合交叉设计

聚合交叉设计将纵向设计和横断设计结合起来,既克服了纵向设计的缺陷,又保留了横断设计的许多长处,因而其科学性、适用性很强。

聚合交叉设计既可以在短期内了解各年龄阶段儿童心理特点的总体状况,又可以从纵向发展的角度认识儿童心理特征随年龄增长而出现的变化和发展,还可以探讨社会历史因素对儿童心理发展产生的影响。

(四)双生子设计

通过比较两类双胞胎(同卵双生子和异卵双生子)在某一特质或行为上的相似性,可了解遗传、环境对心理发展的影响。高特斯曼(Gottesman,1963)提出了研究双生子的原则:同卵双生子具有相同的基因,他们之间任何的差异都可归结为环境因素的作用。异卵双生子的基因虽然不同,但在环境上有许多相似性,因此,提供了环境控制的可能性。完整研究这两种双生子,可以看出不同环境对相同基因的影响,或者相同环境下不同基因的表现。

三、发展心理学的历史

（一）近代西方儿童心理学产生的历史原因

1. 近代社会的发展

在西方，约从十四五世纪文艺复兴开始，新兴资产阶级从经济上、政治上以至意识形态上进行了反封建反教会的斗争，一些进步的思想家和教育家提出了尊重儿童、发展儿童天性的口号。这些为儿童心理学的诞生奠定了最初的思想基础。

2. 近代自然科学的发展

近代科学的三大发明：细胞、能量转化和进化论，推翻了形而上学的科学观，促进了辩证的自然观，要求从发展变化上来研究事物的本质和规律。达尔文的进化论思想直接推动了儿童发展的研究。达尔文根据长期观察自己孩子的心理发展的记录，写成的《一个婴儿的传略》（1876）一书是儿童心理学早期专题研究成果之一。

3. 近代教育的要求

近代教育的一个重要特点是要求了解儿童、尊重儿童。一些教育家主张教育以心理学的规律为依据。裴斯泰洛齐（J. H. Pestalozzi）于1774年对自己不到三岁孩子约一个月的观察记录，应当算是儿童心理研究的先声。由于这些教育家的推动，19世纪后期，研究儿童的著作和组织如同雨后春笋般地出现了。

科学儿童心理学诞生于19世纪后半期。德国生理学家和实验心理学家普莱尔（W. T. Preyer，1842—1897）是儿童心理学的真正创始人。他1882出版的《儿童心理》被公认是第一部科学的、系统的儿童心理学著作。

从1882年至第一次世界大战，是西方心理学的形成时期，出现了一批心理学家用观察和实验方法研究儿童心理发展，普莱尔是最杰出的奠基人。

两次世界大战之间，是西方儿童心理学的分化和发展时期。在这期间，不同观点、不同风格的儿童心理学著作大量出版，专门的儿童心理学刊物大量发行，大学里开设儿童心理学专门课程，各种儿童心理学研究组织建立等都标志着儿童心理学已经达到比较成熟的阶段。这一阶段涌现了大量杰出的心理学家，如瑞士的皮亚杰、美国的格赛尔、奥地利的彪勒夫妇等。

第二次世界大战之后，是西方儿童心理学的演变和创新时期。主要表现在两个方面：理论观点的演变和具体研究工作的演变。

（二）从儿童发展到个体毕生发展研究

1. 霍尔将儿童心理学研究的年龄范围扩大到青春期

普莱尔的《儿童心理》主要研究学龄前儿童，特别是婴儿期的心理特点。1904年，霍尔的重要著作《青少年：它的心理学及其与生理学、人类学、社会学、性、犯罪、宗教和教育的关系》一书出版，从此确立了儿童心理学研究的年龄范围，即从出生到成熟（青少年期到青年期）各个阶段心理发展的特征。

霍尔也是最早正式研究老年心理的心理学家，他曾在1922年出版了《衰老：人的后半生》，但他没有明确提出心理学要研究个体一生的发展。

2. 精神分析学派对个体一生全程的发展率先做了研究

荣格（C. G. Jung，1875—1961）首先提出研究成年期。他于20世纪20年代开始对个体全程发展进行研究，特别对成年期心理发展进行了研究，于20世纪30年代形成了自己独特的理论。他的发展观主要涉及三个方面：一是提出了前半生与后半生分期的观点，认为前半生和后半生人格沿着不同的路线发展，25岁到40岁是分界的年限，前半生比后半生的人格更向外展开，更致力于外部世界。二是重视"中年危机"。人到中年，开始感到压抑、呆滞和紧迫感。这时，人开始从把掌握外部世界转入到关注自己的内心。三是论述老年心理，特别是阐述了临终前的心理。

艾里克森在荣格研究的基础上，将弗洛伊德的年龄划分从青春期扩展到了老年期。

3. 发展心理学的问世及其研究

美国心理学家何林渥斯（H. Z. Hollingworth）最先提出要追求人的心理发展全貌，并于1930年出版了《发展心理学概论》一书，这是世界上第一部发展心理学著作。

同时代的另一位美国心理学家古德伊洛弗（Florence L. Goodenough）也提出了相同的观点，并于1935年出版了《发展心理学》，这本书在科学性和系统性上都超过了何林渥斯。

从1957年，美国《心理学年鉴》用"发展心理学"代替了"儿童心理学"作章名。

第二章　心理发展的基本理论

一、心理发展的主要理论

(一) 精神分析理论的心理发展观

1. 弗洛伊德的发展心理学理论

弗洛伊德提出,存在于潜意识中的性本能是人的心理的基本动力,是决定个人和社会发展的永恒力量。这是其理论的核心。

(1) 弗洛伊德的人格理论及人格发展观

弗洛伊德的人格的基本结构包括本我、自我和超我。本我是原始的、本能的、在人格最深处最难以接近的部分,但却是最强有力的部分。其活动原则是追求快乐。在心理发展过程中,年龄越小,本我的作用越大。随着年龄的增长,儿童不断地扩大和外界的交往,以满足自身日益增加的需要和欲望。在个体和外界的接触中,自我逐渐从本我中发展起来。

自我是意识部分,其活动遵循现实原则。自我是本我和外部世界之间的中介。它在现实的基础上满足个体的需要。

超我包括两部分:良心和自我理想。良心是超我的惩罚性的、消极性的和批判性的部分,它告诉个体不能违背良心。自我理想由积极的雄心、理想所构成,是抽象的东西,它希望个体为之奋斗。超我的活动原则是道德原则。

(2) 弗洛伊德的心理发展阶段论

弗洛伊德关于心理发展的主要理论是心理性欲发展阶段的理论,具体把心理发展分为五个阶段:口唇期(0~1岁),肛门期(1~3岁),前生殖器期(3~6岁),潜伏期(6~11岁),青春期(11或13岁开始)。

弗洛伊德建立了一整套的精神分析理论,在当时是需要理论勇气与实践精神的。敢于把生物冲动提高到突出的位置,是对科学的一大贡献。弗洛伊德的理论是建立在对成年人的研究基础上的,并没有直接观察儿童,而是要求病人回答幼年经历(早期经验的重要性),从而做出理论推测的,而这些回忆有时是片断的,甚至是歪曲的。因此弗洛伊德理论的科学性不足。

2. 艾里克森的心理发展观

艾里克森的人格发展学说既考虑到生物因素的影响,也考虑到文化和社会因素。他认为,在人格发展中,逐渐形成的自我,在个人及其周围环境的交互作用中,起着主导和整合的作用。他提出了发展的八阶段论以及每个阶段的发展任务。每个阶段都要面对一种特有的心理社会困境。成功地解决这种困境会使个人和社会之间产生新的平衡,从而使人健康发展,获得满意的生活。其具体的发展阶段及发展任务如下:

婴儿期(出生~2岁),主要任务是满足生理上的需要,发展信任感,克服不信任感,体验希望的实现。

儿童早期(2~4岁),主要是获得自主感,克服羞怯和疑虑,体验意志的实现。

学前期或游戏期(4~7岁),主要发展任务是获得主动感,克服内疚感,体验目的的实现。

学龄期(7~12岁),发展任务是获得勤奋感,克服自卑感,体验能力的实现。

青年期(12~18岁),发展任务是建立同一感和防止同一感混乱,体验忠实的实现。

成年早期(18~25岁),发展任务是获得亲密感,以避免孤独感,体验爱情的实现。

成年中期(约到50岁),主要为获得繁殖感而避免停滞感,体验关怀的实现。

老年期或成年晚期(直至死亡),主要为获得完善感而避免失望和厌倦感,体验智慧的实现。

艾里克森把人的发展中心从弗洛伊德的潜意识(性本能)扩展到意识过程,重视社会文化对儿童个性发展的影响,是一个进步。他强调自我与社会环境的作用,强调人在发展过程中形成的生物的、心理的与社会的三方面的统一体,把儿童看成是一个整体,从情绪、道德与人际关系的整体发展过程来研究发展,无疑是正确的。他提出人格发展过程中每个年龄阶段的特定任务,把解决特定任务视为一种正反两方面的对立斗争的过程,个体在这个过程中,依次向下一阶段过渡。发展任务解决,形成积极品质;发展任务不能解决,形成消极品质。这种观点充满辩证法的思想。

艾里克森的精神分析理论虽然对弗洛伊德的理论做了重大修改，并重视儿童发展中自我与环境的交互作用，但总体看来，仍保持着心理分析的方向，并未完全摆脱弗洛伊德的本能论。

（二）行为主义的心理发展观

行为主义的心理发展观是机械论的，他们认为儿童的行为是由刺激输入和行为输出所建立的联结组成的。儿童是被动的环境刺激的接受者。行为主义者认为发展过程是连续的，随着年龄的增长，儿童习得的行为数量越来越多，发展过程中不存在质变。行为主义者强调后天因素的作用。经典条件作用、操作条件作用和榜样示范作用的学习原则决定着发展。他们认为，不论早期经验和后期经验都是重要的。

1. 华生的发展心理学理论

华生在心理发展问题上的突出观点是环境决定论。他完全否认遗传的作用，夸大环境和教育的作用。华生认为环境和教育是行为发展的唯一条件，并提出了教育万能论。他认为除了少数原初的反射和原始情绪，儿童在日后发展出来的不论多复杂的行为都可以通过控制外部刺激而形成。

华生的刺激-反应理论过于偏激，只能解释一些较低级的心理过程，而把高级心理机能的研究排除在外，在一定程度上窄化了心理学的研究范围。但是，行为主义严格的科学取向，推动了心理学研究中对实验方法的使用，提高了心理学研究的客观性。

2. 斯金纳的发展心理学理论

斯金纳是一个新行为主义者。他提出了操作性条件反射理论，区分了应答性和操作性行为。

（1）行为的强化控制原理

斯金纳的操作性条件反射，强调塑造、强化与消退、及时强化等原则。他认为，强化作用是行为塑造的基础。行为是由伴随它的强化刺激所控制的。另外，强化在行为发展过程中起着重要的作用，没有强化，行为就会消退，即得不到强化的行为是易于消退的。并且强化一定要及时。

斯金纳把强化分为积极强化和消极强化两种，但它们的作用效果都是增进反应的概率。积极强化是由于一种刺激的加入增进了一个操作反应发生的概率；消极强化是由于一种刺激的排除而增加了某一操作反应发生的概率。斯金纳提倡以消退代替惩罚，强调强化的积极作用。

（2）儿童行为的实际控制

斯金纳发明了育儿箱。其设计思想是尽可能避免外界一切不良刺激，创造适宜儿童发展的行为环境，养育身心健康的儿童。

斯金纳操作行为的原理在行为矫正领域得到了广泛的应用。例如，消退原理在儿童攻击性和自伤性行为矫正和控制中的作用。斯金纳还发明了教学机器和教学程序，在一定程度上弥补了教育的一些不足。

斯金纳的理论紧密联系现实生活，进一步提升了心理学的应用价值，促进了心理学的进一步发展。但是，他企图用操作性条件反射解释心理学研究与人类的社会生活的所有领域，有很大局限性。

3. 班杜拉的发展心理学理论

强调观察学习是班杜拉发展心理学理论的最大特点。观察学习就是通过观察他人（榜样）所表现的行为及其结果而进行的学习。学习过程可以不必直接地作出反应，也不一定需要亲自体验强化。替代强化和自我强化也可以塑造行为。直接强化是通过外界因素对学习者的行为直接进行干预。替代强化是学习者看到他人成功和受赞扬的行为，就会增强产生同样行为的倾向；同样，如果看到别人失败或受惩罚的行为，就会有削弱或抑制这种行为的发生的倾向。另外，强化还可以是自我强化，即行为达到自己心目中的标准或令自己满意时，本身就有助于维持自己的这种行为。

班杜拉特别重视社会学习在个体社会化过程中的作用。他对攻击性行为、自我强化以及亲社会行为等进行了专门研究。

班杜拉的社会学习理论从人的社会性角度研究学习问题，强调观察学习，认为人的行为既不是由个人内在因素完全支配，也不是仅受外在环境控制。他认为，人创造环境并产生经验（个人的内在因素），被创造的环境和经验反作用于人的行为，这在一定程度上反映了人类学习和社会化的一般特点，具有一定的理论与实际价值。但是，班杜拉的思想基本还是行为主义的，并没有对认知因素做充分的探讨，只是做了一般的简单功能上的论述，缺乏必要的实验依据，因而他的学习理论具有一定局限性。

（三）维果茨基的文化-历史发展观

维果茨基（1896—1934）是苏联的心理学家，他主要研究儿童心理和教育心理，着重探讨思维与言语、教学与发展的关系问题。他创立了心理发展的"文化-历史发展理论"，形成了社会文化—历史学派。他和鲁利亚、列昂节夫一起从20世纪20年代开始研究人的高级心理机能的社会历史发生问题,因此,这个学派也被称为"维列鲁"学派。

1. 维果茨基用"文化-历史发展理论"解释人类心理本质上与动物不同的那些高级的心理机能

他认为,由于工具的使用引起了人的新的适应方式,即物质生产的间接方式,人类便区别于动物,以物质生产的间接方式适应自然,导致人类的心理上出现了精神生产的工具,即人类社会所特有的语言和符号。生产工具和语言符号的共同点在于它们使间接的心理活动得以产生和发展。不同之处在于,生产工具指向外部,引起客体的变化;而符号指向内部,影响人的行为。

2. 维果茨基探讨了"发展"的实质,提出文化历史发展观

他认为心理发展的实质,就是一个人(从出生到成年)在环境与教育影响下,在低级的心理机能基础上逐渐向高级的心理机能转化的过程。从社会文化历史的角度看这种由低级机能向高级机能的转化,是受社会规律制约的。儿童掌握的高级心理机能工具——语言符号使其在低级的心理机能的基础上形成了各种新质的心理机能。高级的心理机能是不断内化的结果。维果茨基指出心理机能的发展表现在四个方面,即心理活动的随意机能;心理活动的抽象-概括机能;各种心理机能之间的关系不断变化、组织,形成间接的、以符号或词为中介的心理结构;心理活动的个性化。

可见,维果茨基强调,心理发展的高级机能是人类物质产生过程中发生的人与人之间的关系和社会文化—历史发展的产物;强调心理发展过程是一个质变的过程,并为这个变化过程确定了一系列的指标。

3. 维果茨基提出了教学与发展,特别是教学与智力发展关系的思想

(1)"最近发展区"。维果茨基认为人的心理发展具有两个水平,一个是现有发展水平,即一个人已有的心理行为发展水平,已经具有的能力与机能;另一个是可能达到的水平,即借助别人的帮助所达到的解决问题的水平,也就是通过教学所获得的潜力。这两者之间存在的差异,就是"最近发展区"。儿童需要在别人的帮助下消除这种差异。教学创造着最近发展区,第一发展水平与第二发展水平之间的动力状态是由教学决定的。

(2)教学应当走在发展的前面。这是维果茨基对教学与发展关系问题的最主要的理论。教学决定着智力的发展,教学"可以定义为人为的发展"。

(3)关于学习的最佳期限问题。维果茨基认为,如果脱离了学习某一技能的最佳年龄,从发展的观点看是不利的,它会造成儿童智力发展的障碍。因此,开始某一种教学,必须以成熟与发展为前提,但更重要的是教学必须走在心理机能形成的前面,必须建立在正在开始形成的心理机能的基础上。

4. 他分析了智力的形成过程,提出了"内化"学说

维果茨基的内化学说的基础是他的工具理论。儿童早期还不能使用语言工具来组织自己的心理活动,心理活动的形式是"直接的和不随意的、低级的、自然的"。只有掌握语言这个工具,才能转化为"间接的和随意的,高级的,社会历史的"心理技能。新的高级的社会历史的心理活动形式,首先是作为外部形式的活动而形成的,以后才"内化",转化为内部活动,才能"默默地"在头脑中进行。

维果茨基关于人类心理发展的社会历史文化理论与其长期从事的教育实践活动密不可分,他的理论深深打上了教育对人类发展影响的烙印。维果茨基的理论同行为主义理论相比,高级心理机能(内部心理过程)被凸显,这恰恰反映了研究者对人类发展本质的认识开始发生"回归"。

(四)皮亚杰的认知发展理论

皮亚杰心理学的理论核心是"发生认识论",他主要研究人类的认识。皮亚杰用生物学、逻辑学和心理学的观点解释人类认识的个体心理起源和历史发展。

1. 发展的实质和原因

皮亚杰的认知发展观属于内外因相互作用的发展观,它既强调内外因的相互作用,又强调在这种相互作用中心理不断产生质和量的变化。

皮亚杰认为,心理、智力、思维,既不起源于先天的成熟,也不起源于后天的经验,而是起源于主体的动作。这种动作的本质是主体对客体的适应。主体通过动作对客体的适应是心理发展的真正原因。适应的本质是机体与环境的平衡。皮亚杰的认知发展理论是机能论的,认为生物适应的平衡过程是发展的内部动力。

皮亚杰认为适应的形式有两种:同化和顺应。同化就是个体把环境因素纳入到自己已有的图式或结构中,以加强和丰富主体的动作。顺应就是主体改变动作以适应客观变化。个体通过同化和顺应这两种形式来达到机体与环境的平衡。

2. 发展的因素与发展的结构

皮亚杰认为,支配心理发展的因素有四个,即成熟、物理因素、社会环境和平衡。

皮亚杰是一个结构论者。他认为心理结构的发展涉及图式、同化、顺应和平衡四个概念,其中图式是核心。所谓图式,就是动作的结构或组织,这些动作在相同或类似环境中由于不断重复而得到迁移或概括。图式最初来自先天遗传,以后在适应环境的过程中,经过同化、顺应、平衡逐渐形成新的图式。同化和顺应是适应的两种形式。同化只是数量上的变化,不能引起图式的创新或变革;而顺应是质的变化,可以产生新图式或原有图式得到调整。平衡是指同化和顺应两种机能的平衡。它既是发展中的因素,也是心理结构。不断发展着的平衡状态就是整个心理的发展过程。

皮亚杰认为,思维结构具有整体性、转换性和自调性。整体性是指结构具有内部的融贯性,各成分之间不是独立的,而是有机地联系在一起。转换性是指在一些内在规律控制下,结构在运动和发展,而不是静止的。自调性是指在结构中,平衡对图式的调节作用。

3. 皮亚杰的认知发展阶段

皮亚杰认为发展过程是不连续的。他将发展过程分为四个阶段,分别是:感知运动阶段,前运算阶段,具体运算阶段和形式运算阶段。每个阶段都有它独特的心理结构,并保持先后次序不变。前一阶段的结构是构成后一阶段的结构的基础。两个阶段之间不是截然分开的,而是有一定的交叉。

感知运动阶段(0~2岁)是儿童认知发展的第一个阶段,也是皮亚杰下了最大工夫仔细研究的一个阶段。此阶段,儿童只能协调感知觉和动作活动,在接触外界事物时能利用或形成某些低级行为图式。

前运算阶段(2~6、7岁)儿童相当于学前期儿童。在这一阶段,表象和内化了的感知或动作在儿童心理上起重要作用,词的功能开始出现,儿童能用表象和语言作为中介来描述外部世界,从而使儿童生活和心理的范围得到扩大。此时的儿童还只能从自我考虑问题,不能从多方面考虑问题,这就限制了他们掌握逻辑概念的能力。

具体运算阶段(7、8岁~11、12岁)儿童开始出现"守恒",它表明儿童的思维已经能够服从逻辑规则,达到运算的水平。这一阶段的儿童开始能独立组织各种方法进行正确的逻辑运算,但这种运算还离不开具体事物或形象的帮助。

形式运算阶段(11、12岁~14、15岁)的青少年根据假设对各种命题进行逻辑推理的能力在不断发展,思维水平已经开始接近成人。

(五)生态系统理论

美国心理学家布朗芬布伦纳(U. Bronfenbrenner,1979,1989,1993)提出的生态系统理论(ecological systems theory)把正在成长中的个体看成是受他周围环境多种水平影响的复杂关系系统。布氏扩展了人们对环境的认识,把环境看成是互相关联的从内向外的一层包一层的结构系统,每一层环境与人的关系都是双向的和交互作用的,都对心理发展有重要影响。生态系统理论把环境分为4个层次。

1. 微观系统(micro-system)

微观系统处于环境的最内层,是个体直接接触的环境以及与环境相互作用的模式,包括家庭、托儿所、幼儿园或学校班级等等。

2. 中介系统(mesosystem)

这是环境的第二个层次,指促进儿童发展的各种微观环境之间的联系,比如学校和家庭对于儿童教育的一致性程度等。

3. 外层系统(exosystem)

外层系统指儿童生活的社会环境,如邻里社区、儿童的医疗保险、父母的职业和工作单位、亲戚朋友等。

4. 宏观系统(macro-system)

宏观系统位于环境的最外层,指社会文化价值观、风俗、法律及别的文化资源。宏观系统不直接满足儿童的需要,它对较内层的各个环境系统提供支持。

生态系统理论认为,环境不是以统一的方式影响人们的静止的力量,而是动态的、不断变化的,是一个"动力变化的系统"。随着时间的不断流逝,人的生态系统也在不断变化。个体的发展既不是被动地受环境的影响,也不是单独取决于个人的内部力量。人既是环境的产物又是环境的创造者。

二、心理发展的基本问题

(一)关于遗传和环境的争论

人的心理发展是由先天遗传决定的,还是由后天环境、教育决定的,一直是心理学家和教育学家争论的一个问题。

遗传是儿童心理发展的生物前提。通过遗传，传递着祖先的许多生物特征。遗传的生物特征主要是指那些与生俱来的解剖生理特征，如机体的构造、形态、感官和神经系统的特征等。这些遗传的生物特征就叫遗传素质。由遗传带来的解剖生理特征，特别是中枢神经系统的特征，在儿童心理发展中起着一定作用。它为人的心理发展提供了自然的生物前提和可能性，但不能预定或决定儿童的心理发展。遗传是儿童心理发展的一个必要条件，而不是决定条件。

环境和教育是儿童心理发展的决定性条件。遗传只提供了发展的可能性，只有通过环境和教育的作用，这种可能性才能变成现实性。其中，教育条件在个体心理发展中起着主导作用。辩证唯物主义认为，环境和教育对于儿童心理发展的决定作用总是通过个体或主体的活动，通过个体心理发展的内部原因来实现的。

（二）发展的连续性与阶段性

阶段论者认为，发展就像一级一级向上的台阶，每个台阶（或阶段）对应于机能上更成熟的重新组织的行为方式，较高级的阶段是由较低级的阶段发展来的。阶段不能跳跃，更不会逆转。

持发展是连续的、渐进的观点的人认为，心理发展过程中分不出什么阶段。儿童和成人均以相同的方式对周围世界的刺激作出反应，不成熟和较为成熟的个体之间的差异主要表现在行为的数量上的不同和复杂程度上的不同。

实际上，儿童认知发展既有阶段性又有连续性，是两者的统一。只有量的积累达到一定程度，才会发生质的飞跃，上升到一个新的阶段。然后，在新质的基础上发展，进行量的积累。所以，个体的心理发展是连续性和阶段性的统一。

（三）儿童的主动性与被动性

该问题的实质是心理发展的动力问题，在这个问题上存在机能理论和机械理论两派。

机能理论者认为人是有生命的有机体，人由于自身内部的动因促进着自己的发展，因而人的活动是主动的。有机体在和环境相互作用的适应过程中，不断形成和发展着各种心理结构，这些心理结构存在于人的内部，并控制和影响着发展，从而成为个体心理发展的基础。从环境中获得的生活经验不是发展的基本原因，而是影响发展快慢的因素。

机械理论者关注的是环境刺激的输入和行为输出之间的关系。人的行为变化是由外部环境刺激引起的，发展完全可以被环境的力量或人为的力量所控制，发展的结果也能直接被观测到。他们认为，儿童是被动的，发展的动力来自外部环境。

我们既要讲发展，又要强调内外因之间的关系和作用。一方面，应该看到心理发展的内因，即内部矛盾，是在儿童不断积极活动的过程中产生的。另一方面，也应该承认环境和教育这种在促进心理发展中起决定作用的外部原因，即外因。只有在内外因相互作用下，心理才能得到发展。

（四）儿童心理发展的"关键期"问题

在动物界存在着无须强化的、在一定时期容易形成的反应，叫做"印刻"。印刻发生的时期就叫关键期。所谓关键期，就是指某一特定经验必须在个体发展的特定时间发生，某种反应必须在这特定时间获得，否则发展就会产生持久性的问题，这种反应就很难获得。有些人认为，在儿童早期发展中也存在关键期问题，某种技能若不在某阶段进行教育和培养，以后的掌握就存在问题了。关于关键期问题，还是一个有争议的问题，所以，对待这一问题的态度应该谨慎。

第三章 心理发展的生物学基础与胎儿发育

一、心理发展的生物学基础

（一）遗传与基因

细胞是身体最小的结构单位。每一个细胞的中央部位都有一个细胞核，细胞核内含有一些容易着色的线状结构，叫做染色体。染色体是遗传的物质载体，其功能是储存和传递遗传信息。染色体在人体的细胞内是成对存在的，每一对染色体的两个成员在大小、形状和功能上都是对应的，它们一个来自父亲，一个来自母亲。人类的染色体共有23对，其中22对是常染色体，第23对是性染色体，男性是XY，女性是XX。

染色体是由化学物质脱氧核糖核酸组成,简称 DNA。DNA 分子是一种双螺旋结构,由四种核苷酸成分组成,这四种核苷酸的区别在于碱基的不同。

基因是 DNA 分子中一段能表现生理功能的序列,一个基因就代表一个遗传信息,它是遗传信息的基本单位。在 DNA 的分子链上核苷酸碱基的排列次序代表了基因的遗传信息,被称为遗传密码。

(二)生命的开始

人体成熟的性细胞只含有 23 个染色体,它是正常的身体细胞的数量的一半。它是通过减数分裂过程产生出来的。男性的一个性细胞通过减数分裂的成熟过程可以产生四个有活力的精细胞,而女性只产生一个有活力的卵细胞。精子和卵子的结合产生一个合子,即受精卵。

单细胞的受精卵经过有丝分裂的过程不断繁殖。有丝分裂的主要内容是染色体的分裂。在有丝分裂过程中,染色体首先分裂,使一个细胞内的染色体增加一倍,然后,细胞分裂成两个,这样,每个细胞内的染色体数目保持不变。

二、胎儿的发育与先天素质

(一)胎儿的发育

胎儿的发展一般经历三个阶段,即胚种阶段、胚胎阶段和胎儿阶段。胎儿的发展主要受遗传及生物学因素的影响。

1. 胚种阶段(从受精到两星期)

单细胞的受精卵迅速地分裂,并不断复杂化。受精卵一边不断分裂,一边沿着输卵管向子宫方向移动。约在受精后的第四天,到达子宫,这时它已经含有 60~70 个细胞,发育成为一个空心的、充满了液体的圆球,称为胞胚。胞胚内部的细胞称为胚盘,它是一层厚厚的细胞群,胎儿就从这里长大。胞胚在子宫腔中自由漂浮大约1~2 天,然后慢慢植入子宫内壁,俗称"着床"。这时胞胚发育成了胚胎。

2. 胚胎阶段(3 至 8 周)

胚胎阶段是一个关键阶段,这时如果有害物质进入胚胎,会产生永久的、不可逆转的损伤。

胚胎阶段细胞发展极为迅速,它是生命体的所有身体结构组织和内部器官开始形成的时期。胚胎分化出三个胚层,即内胚层、中胚层和外胚层。以后,外胚层形成皮肤、感觉器官和神经系统;中胚层形成肌肉、血液和循环系统;内胚层产生消化系统和其他内部器官、腺体。

胚胎阶段的发展展示了一个从头到脚、由内而外的发展模式。

3. 胎儿阶段(9 至 38 周)

胎儿阶段,生命体的各组织器官进一步分化。在这个阶段的早期,胎儿生长达到高峰,以后开始下降,已形成的组织继续分化,机能不断增加。

5 个月的胎儿其内部器官及神经系统大致完成并开始发挥作用。胎儿阶段所有的系统开始具有整体功能,器官和机能变得更像人。

在出生前的这段时间,胎儿继续从母血中接受抗体,保护他们免于许多疾病。

(二)新生儿反射

反射是一种不用经过思考的对特定刺激的不随意反应。新生儿反射是新生儿对特定的刺激形式的一种天生的自动的反应,是新生儿最早、最明显的有组织的行为模式。

1. 眨眼反射。当用手电筒照新生儿的脸时,或在新生儿头部附近击掌时,可以看见新生儿作出眨眼的反应。眨眼能帮助婴儿抵御对眼睛的伤害性刺激。眨眼反射将保持终身。

2. 吮吸反射。婴儿生下来就要吮吸母亲的乳头,获取奶汁,这是婴儿生存的一种本能。吮吸反射也将保持终身。

3. 觅食反射。用手指或乳头抚弄婴儿的嘴边,婴儿就会向刺激的方向转头张嘴,做吮吸动作。在出生 3 周后,这一反射变成了有意的转头动作。

4. 游泳反射。如果把出生不满 6 个月的婴儿俯卧式地放在水里,她会表现出很协调的不随意游泳动作。游泳反射在出生后的 4~6 个月内消失。

5. 莫罗反射。也称惊跳反射,是一种全身性的反射活动。婴儿在暂时失去支撑或受到声音惊吓时,都会做出这种反射,即先是双臂外伸,伸腿,弓背,然后双臂收拢作抱物状。这一反射在半年内消失。

6. 抓握反射,也称达尔文反射。如果把手指放在婴儿的掌心,婴儿就会自动握住手指。这一反射在出生后的 3~4 个月消失。

7. 强直性颈部反射。当婴儿仰躺着的时候,就会摆出击剑者的姿势:头转向一侧,并向同一侧伸出他喜欢的手臂和脚,而另一边的手臂和脚则处于随意的屈曲状态。这一反射在出生后 4 个月时消失。

8. 行走反射。托住婴儿的腋下,让他光着脚板接触地平面,他就会作出很协调的行走似的动作。这一反射在出生后 2 个月内消失。

9. 巴宾斯基反射。当触摸婴儿的脚底板时,婴儿的脚趾会扇形般地张开,然后朝里弯曲。这一反射在出生后 8 ~ 12 个月内消失。

第四章　婴儿心理发展

一、婴儿神经系统的发展

(一) 婴儿大脑结构的发展

(1) 脑重和头围的迅速增大。婴儿大脑从胚胎时期开始发育,出生后重达 350 ~ 400 g,相当于成人脑重的 25%。此后第一年内脑重增长最快,6 个月时达到 700 ~ 800 g,相当于成人脑重的 50%;12 个月时达到 800 ~ 900 g;24 个月时达到了 1 050 ~ 1 150 g,相当于成人脑重的 75%;36 个月时已接近成人脑重范围。此后发育速度变慢,15 岁时才达到成人水平。

头围的发展与脑重类似。成人头围 61 cm 左右,刚出生的婴儿头围约为 34 cm,相当于成人的 60%;24 个月时达到了 48 ~ 49 cm;此后增长速度变慢,10 岁时约为 52 cm。

(2) 大脑皮层的发育。到两岁时,脑及其各部分的相对大小和比例已基本上类似于成人大脑。白质已基本髓鞘化,与灰质明显分开。大脑的髓鞘化程度是婴儿脑细胞成熟的一个重要指标。

(3) 神经元的发育。个体出生以后,神经元的发育主要是形成通过突触联结的复杂网络系统。婴儿刚出生时,突触之间的联结非常稀疏。随着年龄的增长,这种联结越来越稠密,从而形成一种网络组织。在环境刺激的影响下,神经纤维和突触以惊人的速度增长着,这是婴儿许多新能力产生的生理基础。

(二) 婴儿大脑机能的发展

(1) 脑电图的变化可以作为婴儿脑机能发展的一个重要指标。同步节律波 α 波的出现常作为婴儿脑成熟的标志。出生后 5 个月是婴儿脑电活动发展的重要阶段,这时脑电逐渐皮质化,伴随着产生皮质下的抑制;5 ~ 12 个月期间,外部刺激引起的诱发电位发生变化;12 ~ 36 个月期间,婴儿脑电活动逐渐成熟,主要表现为安静、觉醒状态下脑电图上的主要节律的频率有较大提高。

(2) 皮质中枢。婴儿大脑是按照其基因结构的顺序而发展的,遵循着头尾原则和近远原则。婴儿刚出生时,大脑两半球及其皮质还不能正常发挥功能,皮质兴奋处于一种弥漫状态。婴儿脑发育最快的区域是脑干和中脑。它们是生命中枢,具有控制主要生物机能的作用。随着皮层的发展,高级智力活动进一步发展。

(3) 大脑单侧化。大脑单侧化就是在其大脑某个半球建立特定功能的过程。在新生儿阶段就能观察到某种大脑单侧化的倾向。但这种倾向只表明两半球在功能上存在着量的差异,而并非质的区别。以后随着婴儿大脑的逐步发育成熟,这种单侧化倾向逐渐发展,并最终导致两半球在功能上出现质的更大的差异。

二、婴儿动作和活动的发展

(一) 动作发展的规律

婴儿的动作发展一般遵循普遍的顺序。先发展出不需要大人帮助所需要的力量和协调能力,之后发展出爬行所需要的力量和协调能力。因此,儿童一般都是先会坐后会爬,然后会站,最后会走。

随着对肌肉控制能力的逐渐增强,婴儿的各种能力按先头后脚,从大肌肉动作到小肌肉动作,从整体动作到分化动作的原则与顺序发展。这种发展顺序符合头尾原则和近远原则。

婴儿的动作发展还遵循由简单的无意识动作到复杂的有意识的动作,由粗糙动作到精细动作的原则。

(二) 动作发展的顺序

早期的无条件反射行为是婴儿最早产生的第一批动作。研究发现,新生儿可以有多达 40 种的反射活动;同时,他们还具有躲避来物、够取物体和同步模仿与反应等动作能力。

婴儿阶段也发展了简单的运动技能。此时的儿童开始有意识地控制自己的躯体运动来探索周围的世界,并逐渐学会使用简单的工具，但这时的动作仍然是粗糙的、弥漫性的，还不能精确地达到主观意图。

另外，婴儿阶段的儿童已经从基本的简单动作发展到更复杂的动作协调上，可以实现多种活动的配合来达到他们的意图。他们的各种技能得到不断的改善。

（三）影响动作发展的因素

1. 遗传和成熟

个体自身的肌肉、骨骼、关节与神经系统在结构与功能上的成熟为动作发展提供了生物前提，是动作发展的物质基础。1929年，美国心理学家格赛尔完成"双生子爬梯试验"，表明成熟对动作发展有重要影响。但是，遗传和成熟因素不是决定儿童动作发展的唯一因素。如"狼孩"不会直立行走，只会四肢着地走。

2. 学习与教育

学习为个体提供了必要的刺激与经验，影响着动作发展的速度、水平以及顺序和倾向等，对个体的动作发展具有一定的促进或阻碍作用。

3. 营养和健康

营养不良或营养过剩对儿童生理发育的影响，会直接表现在儿童的动作发展上。如，肥胖儿童的动作灵敏度、速度等相对落后于体态匀称儿童，营养不良导致身体羸弱的儿童，其动作的力度、速度、灵敏度等往往也会落后于正常儿童。

疾病、意外伤害等也很可能使婴儿的动作发展受到影响，这种影响甚至是持续终生的。

4. 环境

（1）气候与动作发展：出生季节不同婴儿爬行动作发展的分析

冬季出生的婴儿较之其他三个季节出生的婴儿，其爬行起始年龄平均提前约2～4周。对母亲的访谈研究表明，季节效应可能是与季节性气温变化相联系的婴儿家庭生态环境变化的结果。

具体而言，春、夏、秋出生的婴儿，在其可能开始爬行的几个月中，由于气温和衣着的变化，父母对婴儿动作发展的态度与抚育活动会相应地变化，如有意识地减少婴儿爬行的机会。而冬季出生的婴儿在其可能开始爬行的几个月中，气温则正处于逐渐上升的阶段，父母就会相应地指导其进行更多的与爬行动作发展有关的活动。

（2）文化背景与动作发展

对巴西婴儿出生后12个月中动作行为的发展过程的研究，并与北美普遍采用的贝利婴儿发展量表的常模进行对比，发现，巴西婴儿在第3、4、5个月中的整体动作发展分数显著低于美国婴儿。因为巴西母亲认为让婴儿做坐和爬的练习会损害他们的脊柱和腿，在前6个月中，婴儿大多数时间被抱在母亲的腿上。这些做法都限制了粗大动作的发展。

三、婴儿言语的发展

（一）言语发展理论

1. 强化说

巴甫洛夫和斯金纳认为言语的获得就是条件反射的建立。而强化在这一过程中起着非常重要的作用。斯金纳把言语发展看成是儿童通过操作条件作用习得的口头反应数量上的增加。强化说有其合理性，可以解释某些低级言语的发生过程，但是，它不足以解释人类复杂的言语过程。

2. 模仿说

奥尔波特（Allport，1924）认为，婴儿语言只是对成人语言的模仿，是成人语言的简单翻版。班杜拉认为，婴儿主要是通过对各种社会言语模式的观察学习而获得言语能力的，其中大部分是在没有强化的条件下进行的。

在婴儿言语习得过程中，模仿确实起作用，它使儿童迅速地掌握和运用大量语言材料和基本语法规则。但是，有些复杂的语言范式远远超过婴儿的模仿能力，所以，模仿说无法解释言语获得过程中的全部事实。

3. 转换生成学说

乔姆斯基（1957）认为，言语是人类与生俱来的一种能力，幼年儿童惊人的言语能力是天生铭刻在人类的大脑结构中的。他主张在语言的无限多样性下面，存在着一个所有人类语言共同的基本形式，即普遍语法结构，有了这个语法结构，任何一个儿童在适当的语言信息输入的条件下都可以学会任何一种语言，即由普遍语法向个别语法的转化。这种转化是由先天的"语言获得装置"（LAD）来实现的。

转换生成学说有其合理之处，但乔姆斯基过于强调天赋和先天性，忽视了环境和后天教育的作用，忽略了语言的社会性。

4. 认知学说

以皮亚杰为代表的认知发展理论强调环境与主体相互作用对言语发生和发展的重要影响。皮亚杰认为，语言是儿童的一种符号功能，语言源于智力，并随认知结构的发展而发展。皮亚杰认为，在主客体相互作用过程中，动作的发展与协调产生了逻辑，由此导致了语言的产生。

（二）词汇的获得

婴儿词汇的获得与运用体现出三个特点：（1）继续掌握一些场合限制性较强的词；（2）已掌握的词开始摆脱场合限制性，获得初步的概括意义；（3）开始直接掌握一些具有概括性和指代性功能的词汇。词汇的去场合限制性（decontextualisation）是婴儿真正掌握词汇、获得概念的重要途径。词汇的去场合限制性是指原本只用于特定场合、特定事物的词汇发生了迁移，被运用到与此事物有关的不同场合。

（三）语法的获得

20～30个月是婴儿基本掌握语法的关键期。36个月的婴儿就已基本掌握了母语的语法规则系统，成为一个颇具表达能力的"谈话者"。在婴儿掌握语法规则的过程中，普遍存在一种"过度规则化"或"规则扩大化"现象，这与婴儿思维的"自我中心性"有关。关于婴儿语法获得的机制问题，有不同的理论，比如乔姆斯基的"转换生成说"，行为主义理论家的"强化说"和"模仿说"等。

四、婴儿心理过程的发展

（一）婴儿感觉的发展

（1）视觉的发展。视觉最初发生在胎儿中晚期，新生儿已具备一定的视觉能力，获得了基本视觉过程，具备了原始的颜色视觉。在出生后2～10周之间，视觉范围就会增加到两倍以上。

（2）听觉的发展。听觉是与生俱来的，五六个月胎儿即已建立听觉系统。刚出生的婴儿就有最基本的视听协调能力。

（3）味觉、嗅觉和触觉的发展。出生时婴儿的味觉已经发育得相当完好了，并在其防御反射机制中占有相当重要的地位。味觉在婴儿和儿童时期最为发达，以后逐渐衰退；七至八个月的胎儿嗅觉感受器已经相当成熟；新生儿已能凭口腔触觉辨别软硬不同的乳头。四个月以后的婴儿具有成熟的够物行为，视触协调能力已经发展起来。

（二）婴儿知觉的发展

（1）视知觉。婴儿至少在六个月以前，已具有立体觉。二至四个月婴儿的颜色知觉已经发展的很好，四个月时已表现出对某种颜色的偏爱，且已具有正确的颜色范畴性知觉。大约在3个月时，婴儿就已经完成了双眼辐合，视线可以从一个物体转移到另一个物体；随着年龄的增长，儿童的视觉分辨能力也逐步完善，在4～6岁时趋于稳定。

（2）方位知觉的发生发展。新生儿就具有基本的听觉定向能力，并成为婴儿早期空间定向的主导形式。

（3）距离知觉的发生发展。新生儿已能对逼近物体有某种初步反应，并具备原始的深度知觉，2～3个月时，已有了对来物的保护性闭眼反应。

（4）形状知觉的发生发展。婴儿在三个月时，具有分辨简单形状的能力，在八九个月以前就获得了形状恒常性。

（5）大小知觉的发生发展。四个月以前的婴儿，就已具备了大小恒常性，六个月以前的婴儿，已能辨别大小。

五、婴儿气质的发展

（一）婴儿气质类型学说

（1）传统的四重类型说：多血质，胆汁质，粘液质，抑郁质。

（2）巴甫洛夫高级神经活动类型说：弱型，强而不平衡型，强而不灵活型，强而灵活型。

（3）托马斯-切斯的三类型说：容易型，困难型，迟缓型（中间型）。

（4）布雷泽尔顿的气质三类型说：一般型，活泼型，安静型。

（5）巴斯的活动特性说：情绪性，活动性，社交性，冲动性。

（6）卡根的抑制-非抑制说：抑制型和非抑制型。

（二）气质的稳定性与可变性

气质是指生命早期出现的，在行为方式上以强度、速度、稳定性、灵活性和指向性等表现出来的个体心理的动态特征。气质特征在个体发展中是稳定的。婴儿第一年里其气质的稳定性呈连续增长的模式。2 岁以后幼儿的气质特征与以后的相同特征有显著相关。但同时，气质又表现出一定的可变性。某些气质特征在后天环境的影响下会发生改变，社会环境（包括后天教养）对婴儿气质的变化有着不可忽视的持续性影响。

气质特征之所以稳定，主要是遗传的作用。不同个体婴儿期就表现出来的明显的气质上的差异，许多都属于生理反应上的差异，如反应的强度、阈限、活动水平、节律等，它们有生物学依据。但是，任何生物、遗传因素对发展的影响必须通过环境因素才能表达出来，通过环境的影响也可能在某种程度上改变气质特征的表现。

六、婴儿社会性的发展

（一）婴儿的情绪发展

婴儿出生后即有情绪表现。孟昭兰认为，新生儿即有兴趣、痛苦、厌恶和微笑四种表情。情绪专家伊扎德认为人的原始情绪反应有五种，即惊奇、伤心、厌恶、最初步的微笑和兴趣。

随着婴儿发展，在生理成熟和周围环境的作用下，其情绪不断发展变化。婴儿在 5～6 周时表现出对人的特别的兴趣和微笑即社会性微笑；3～4 个月时出现愤怒悲伤；6～8 个月时出现对最熟悉亲近者的依恋，并随之产生对陌生人的焦虑及分离焦虑等；1 岁半左右产生羞愧、自豪、骄傲、内疚、同情等更高级复杂的社会性情感。同时，原始的最初的情绪反应也不断分化和发展。

（二）婴儿的依恋

依恋是指婴儿与主要抚养者（通常是母亲）间的最初的社会性的联结，也是情感社会化的重要标志。婴儿是否同母亲形成依恋及其依恋性质如何，直接影响着婴儿情绪情感、社会性行为、人格特征及对人交往的基本态度的形成。

精神分析理论家认为依恋产生于母亲对婴儿的哺育行为，由于哺育，满足了婴儿的生理需要，减轻了婴儿内驱力的强度，母亲是食物的来源，于是与母亲建立了依恋关系；行为主义理论家也强调哺育行为的重要性，主张依恋是一种习得性行为，母亲在婴儿饥饿时满足了他的需要，母亲的姿态、声调、容貌等成为食物到来的信号，因此对母亲产生了依恋。

研究（Harlow & Zimmerman,1959）表明，除了吃奶的满足外，还有某种东西（很可能是身体的接触）对婴儿和父母之间的依恋关系起作用。

依恋不是突然发生的，它是婴儿在同母亲较长期的相互作用中逐渐建立的。鲍尔比（J. Bowlby）指出，哺育不是依恋情结产生的基础，依恋对物种的繁衍生存具有重要意义，因此，它本身是有深刻的生物学根源的。鲍尔比提出了依恋发展的三个阶段：

第一阶段：无差别的社会反应阶段（出生～3 个月）

这个阶段的婴儿对人的反应是不加区分、无差别的反应。同样，人们对婴儿的影响也就一样，没有重要与否的差别。此时的婴儿还没有形成对某个人的偏爱。

第二阶段：有差别的社会反应阶段（3～6 个月）

此时的婴儿对人的反应出现了差别，是有所选择的，他们一般对母亲更为偏爱。但是这时的婴儿还不怯生。

第三阶段：特殊的情感联结阶段（6 个月～3 岁）

这个阶段的婴儿对母亲的存在更加关切，特别愿意与母亲在一起，好像母亲成了他的安全基地，只要母亲在身边，婴儿就安心。婴儿出现了明显的对母亲的依恋，形成了专门的对母亲的情感联结。

艾斯沃斯（M. Ainsworth）等利用"陌生情境"研究法，提出婴儿的依恋类型有三种，即安全型依恋、回避型依恋和反抗型依恋。安全型依恋为良好积极的依恋，婴儿表现为不总是依偎在母亲身旁，而更多的是用眼睛看母亲，通过眼神或面部表情等和母亲交流以及与母亲有距离地交谈。回避型和反抗型依恋又称为不安全性依恋，是消极不良的依恋。回避型依恋的儿童对母亲没有依恋，母亲在场或离开对他们没什么影响。这类婴儿对母亲并未形成特别密切的感情联结。有人把这类婴儿称为"无依恋婴儿"。反抗型依恋也叫矛盾型依恋，这类婴儿对母亲的态度是矛盾的。当母亲离开或准备离开时，就表现出苦恼、反抗的态度。但是当母亲回来时，他既寻求与母亲的接触，同时又反抗与母亲的接触。

研究表明，婴儿的依恋既具有明显的稳定性，也具有可变性，不同依恋类型之间可以转换。影响依恋质量的因素有依恋的机会、抚育的质量、婴儿的心理特点以及家庭环境和文化因素。

（三）早期同伴交往

婴儿从出生后的后半年起即开始出现真正意义上的同伴社交行为。婴儿早期的同伴交往经历了三个阶段。第一阶段——"以客体为中心"阶段，该阶段婴儿的交往更多地集中在玩具或物品上，而不是婴儿本身；第二阶段——"简单交往"时期，此时的婴儿已经能够对同伴的行为作出反应，经常企图去控制另一个婴儿的行为，出现社交指向行为；第三阶段——"互补性交往"时期，这时，婴儿同伴间的行为趋于互补，出现更多更复杂的社交行为，相互间模仿比较普遍，还可以与同伴开展需要合作的游戏。

单方面的社交，即一个婴儿的社交行为不能引起另一个婴儿的反应，是社交的第一步，这往往是出生后的第一年内的主要交往方式。当一个婴儿的社交行为成功地引发了另一个婴儿的反应时，就产生了婴儿之间的简单的相互影响。社交指向行为是简单交往时期的一个行为特点。所谓社交指向行为是指婴儿意在指向同伴的各种具体行为，婴儿在发出这些行为时，总是伴随着对同伴的注意，也总能得到同伴的反应。这一阶段的婴儿就是通过这种行为来积极地寻找自己的同伴，同时，对同伴的行为作出反应的。在互补性交往时期，婴儿之间的相互影响持续时间更长，内容和形式也更复杂，合作游戏、互补和互惠的行为在婴儿间也出现了。这个时期婴儿交往最主要的特点是同伴之间的社会性游戏的数量有了明显的增长。

缪勒和范德（Mueller & Vandell,1980）从社会技能发展的角度，把婴儿早期同伴交往分为四个阶段，即简单社交行为、社会性相互影响、同伴游戏和早期友谊。

第五章　幼儿心理发展

一、幼儿神经系统的发展

（一）幼儿大脑结构的发展

（1）脑重量继续增加。3 岁儿童的脑重约 1 011 g,相当于成人脑重的 75%,而 7 岁儿童的脑重约 1 280 g,成人平均脑重约 1 400 g。可见,7 岁儿童脑重已经基本上接近于成人的脑重量。

（2）大脑皮层结构日趋复杂化。儿童脑重量的增加并不是神经细胞大量增殖的结果,而是由于神经细胞结构的复杂化和神经纤维分支增多,长度伸长。幼儿的神经纤维继续增长。大脑额叶表面积的增长率继 2 岁左右的增长高峰后,5~7 岁时又有明显加快,此后维持在一个稳定的水平。同时,神经纤维的髓鞘化也逐渐完成,使神经兴奋的传递更加迅速和准确。

儿童的大脑是随年龄的增长而发展的,而且这一过程是不可逆的。儿童大脑各区成熟的顺序是:枕叶—颞叶—顶叶—额叶。

（3）脑电波的变化。一般认为,自发电位的频率是神经系统成熟的一个指标。自发电位是指在没有刺激作用下神经细胞自身的放电活动,自发电位的频率和成熟之间存在相关关系。自发电位的频率随年龄的增加而逐渐提高。在正常安静条件下,人类脑电活动以 α 波（频率为 8~13 次/秒）为主,称为脑电活动的基本节律,α 波可以作为成熟的标志。皮质上的 θ 波（频率为 4~7次/秒）越多,表示皮质的控制作用越弱,相反,θ 波越少,皮质的控制作用越强。θ 波的出现说明皮质尚未成熟。儿童脑发育过程中,脑不同区域在脑电波上的表现是 α 波逐渐代替 θ 波。

（二）皮质抑制机能的发展

皮质抑制机能的发展是大脑皮质机能发展的重要标志之一,它是儿童认识外界事物和调节控制自身行为的生理前提。

婴儿期儿童的内抑制发展很慢,约从四岁起,内抑制开始蓬勃发展起来。皮质对皮下的控制和调节作用逐渐加强,与此同时,幼儿的兴奋过程也比以前增强,表现为幼儿的睡眠时间逐渐减少。

虽然幼儿的兴奋机能和抑制机能都在不断增强,但相比之下,抑制机能还是较弱的。

（三）脑的偏侧优势和利手现象

幼儿脑的发育还表现为脑的偏侧优势的形成和加强。对于大多数儿童而言,在 3~6 岁之间,左半球表现出发展的加速期,6 岁以后发育转向平稳。而右半球成熟的速度在幼儿期和小学阶段都是比较慢的,仅在 8~10

岁之间略显出速度的增加。大脑两半球之间成熟的速率不同,表现为两半球功能的不对称性或脑的偏侧化优势的加强。这与大多人更容易形成"右利手"是相关的。在两岁左右,利手已经比较稳定,而在幼儿期和小学阶段,利手继续发展和加强。

二、幼儿的游戏

(一) 游戏理论

1. 早期的传统理论

霍尔(Hall)的"复演说"认为,游戏是远古时代人类祖先的生活特征在儿童身上的重演,不同年龄的儿童以不同形式重演祖先的本能特征。

席勒-斯宾塞(Schiller-Spencer)的"精力过剩说"认为,游戏是儿童借以发泄体内过剩精力的一种方式。

彪勒的"机能快乐说"认为,游戏是儿童从行动中获得机体愉快的手段。

格罗斯(Gross)的"生活准备说"认为,游戏是儿童对未来生活的无意识的准备,是一种本能的练习活动。

拉扎勒斯-帕特瑞克(Lazarus-Patric)的"娱乐放松说"认为,游戏不是源于精力的过剩,而是来自放松的需要。

博伊千介克"成熟说"反对生活准备说,认为游戏不是本能,而是一种欲望的表现。引起游戏有三种欲望,即排除环境障碍获得自由,发展个体主动性的欲望;适应环境与环境一致的欲望;重复练习的欲望。

2. 当代的游戏理论

(1) 精神分析理论

弗洛伊德认为游戏中包含潜意识成分,游戏是补偿现实生活中不能满足的愿望和克服创伤性事件的手段。游戏使儿童摆脱现实的管制和约束,发泄在现实中不被接受的危险冲动,缓和心理紧张,发展自我力量以应付现实的环境。艾里克森认为,游戏是情感和思想的一种健康的发泄方式。在游戏中,儿童可以"复活"他们的快乐经验,也能修复自己的精神创伤。

(2) 认知动力说

皮亚杰认为,游戏是儿童认识新的复杂客体和事件的方法,是扩大和巩固概念、技能的方法,是使思维和行动结合起来的方法。他认为儿童认知发展的阶段性决定了儿童特定时期的游戏方式。感知运动阶段的儿童一般是练习游戏,到前运算阶段,出现了象征性游戏,以后,还有简单的有规则的游戏。真正的有规则的游戏出现在具体运算阶段。

(3) 学习理论

桑代克认为游戏也是一种学习行为,遵循效果律和练习律,受到社会文化和教育要求的影响。游戏中反映着各种文化和亚文化对不同类型行为的重视和奖励的差异。

中国心理学家认为,游戏是适合于幼儿特点的一种独特的活动方法,也是促进幼儿心理发展的一种最好的活动方式。游戏具有社会性,它是想象与现实的一种独特结合,是儿童主动参与的、伴有愉悦体验的活动。

游戏不仅是幼儿的主导活动,也是幼儿教育的重要手段。

(二) 游戏种类及其发展

按照游戏的目的性,可以分为创造性游戏、教学游戏和活动性游戏。

创造性游戏是儿童自己想出来的游戏,目的是发展儿童的主动性和创造性,包括角色游戏、建筑性游戏和表演游戏等。教学游戏是结合一定的教育目的而编制的游戏。活动性游戏是发展儿童体力的一种游戏。

皮亚杰根据儿童认知发展阶段把游戏分为:练习游戏,象征性游戏和有规则游戏。

帕腾(Parten,1932)按照儿童的社会性发展把游戏分为六种:无所用心的行为、旁观者行为、单独一人的游戏、平行的游戏、联合的游戏和合作的游戏。

游戏的内容反映了幼儿对现实生活的模拟能力和想象能力,游戏的形式反映了幼儿认知水平的发展。幼儿游戏的发展表现在:越来越脱离真实的情景;对具体现实事物的依赖越来越少;越来越脱离"自我中心";游戏的主题越来越鲜明,情节更趋于复杂和完整,与社会生活结合更紧密。

三、幼儿言语的发展

(一) 词汇的发展

幼儿词汇的发展主要表现在词汇的数量不断增加、词汇的内容不断丰富、词类的范围不断扩大、积极词汇不断增加等几个方面。

（1）幼儿期是一生中词汇数量增加最快的时期。一般而言,幼儿的词汇量是呈直线上升的,3~4岁儿童词汇量的年增长率最高。

（2）幼儿掌握的词汇量中,名词和动词占的比例最大,但增长率却在逐年递减。数量词、虚词的掌握比较晚。

（3）幼儿口头言语中名词的比例最大,而且,无论在幼儿哪个年龄阶段,具体名词的数量都远远高于抽象名词的量。但是,抽象名词的年增长率高于具体名词。

研究发现,幼儿的常用动词词汇有三类,一类是反映人物动作和行为;另一类是反映人物心理活动和道德行为,第三类是反映趋向和愿望等。其中第一类动词词汇在幼儿词汇量中比例最大。

形容词在幼儿词汇量中居第三位。幼儿掌握和使用的形容词具有两个特点:第一,这些形容词大部分是描述外形特征和颜色的;第二,描述日常生活感受的形容词多。

（4）积极词汇是指儿童既能理解又能正确使用的词汇;消极词汇是指或者不能理解,或者理解了却不能正确使用的词汇。随着幼儿年龄的增长,对词义的理解逐渐准确和加深,他们不仅能够掌握词的一种意义,而且能掌握词的多种意义;不仅能掌握词的表面意义,而且能掌握词的转义。于是,幼儿的积极词汇在不断增加。

（二）句子的发展

句子发展的趋势如下:

1. 从简单句到复合句

复合句是指由两个或两个以上的简单句组合而成的句子,包括联合复句和偏正复句。在幼儿阶段,简单句明显多于复合句。对于复合句而言,幼儿比较容易掌握联合复句,其中并列复句的比重最大。偏正复句出现较晚。

2. 从陈述句到多种形式的句子

儿童最初掌握的是陈述句,到幼儿期,疑问句、祈使句、感叹句等也逐渐增加,但对于某些比较复杂的句子还是不能完全理解。

3. 从无修饰句到修饰句

幼儿简单句中的修饰语增加,随着年龄的增长,简单修饰语和复杂修饰语都出现了。

（三）口语表达能力的发展

幼儿口语表达能力的发展突出表现在两方面,一方面,由对话言语向独白言语的过渡;另一方面,由情境言语向连贯言语的过渡。

幼儿期以前儿童主要是对话言语,到了幼儿期,独白言语开始发展。一般而言,幼儿晚期的儿童可以较清楚系统地讲述看过或听过的事件或故事了。

幼儿初期儿童言语表达具有情境性特点,缺乏条理性、连贯性,言语过程中夹杂着丰富的表情和手势。随着年龄的增加,在儿童言语中,情境言语的比重逐渐下降,连贯言语的比重逐渐上升。

四、幼儿认知的发展

幼儿认知发展的主要特点是具体形象性和不随意性占主导地位,抽象逻辑性和随意性初步发展。

（一）记忆的发展

幼儿记忆信息的存储容量相应增大,对信息接收与编码的方式也在不断改进,记忆的策略和元记忆初步形成。

1. 记忆容量的增加

儿童记忆容量随年龄增加而增加,但7岁前还达不到成人的标准。有人(Pascual-Leone)认为,随着儿童年龄增长,儿童在工作记忆中保留信息的能力也在增长。

2. 无意识记和有意识记的发展

幼儿初期的儿童,无意识记占优势,到了幼儿晚期,有意识记和追忆的能力才逐渐发展起来。有意识记最初是被动的,随着年龄增长,儿童才逐渐能够确定目标,进行记忆。有意识记的出现标志着儿童记忆发展上的一个质变。

研究表明,整个幼儿阶段无意识记都优于有意识记。到小学阶段,有意识记才赶上无意识记,并逐渐超过无意识记。到幼儿晚期,记忆仍以无意记忆为主,但有意记忆开始萌芽了。儿童开始主动确定目标进行记忆。

3. 形象记忆与语词记忆的发展

幼儿初期的儿童,记忆还带有很大的直观形象性,语词逻辑记忆能力还很差。随着儿童语言的发展,他们的语词记忆能力也在发展,但在整个幼儿阶段,形象记忆仍占主要地位。

4. 记忆策略和元记忆的形成

记忆策略是人们为有效地完成记忆任务而采用的方法和手段。弗拉韦尔(Flavell,1966)等提出记忆策略发展的三个阶段:没有策略(5 岁以前);不能主动应用策略,但经过诱导可以使用(5~7 岁);能主动自觉地采用策略(10 岁以后)。

常用的记忆策略有三种,即复述、组织和精细加工。幼儿基本上还不会自觉使用策略。

元记忆就是关于记忆过程的知识或认知活动。弗拉韦尔认为,元记忆包括有关记忆主体的知识、记忆任务的知识和记忆策略的知识。幼儿时期,儿童开始对元记忆有初步的认识。

(二) 思维的发展

1. 幼儿思维的特点

(1) 幼儿的思维是在婴儿时期思维水平的基础上,在新的生活条件下,以言语发展为前提逐渐发展起来的。幼儿思维的主要特点是具体形象性以及进行初步抽象概括的可能性。

具体形象性指儿童思维主要是凭借事物的具体形象或表象来进行的,而不主要是凭借对事物的内在本质和关系的理解,即凭借概念、判断和推理来进行的。幼儿思维的具体形象性还引发幼儿思维的经验性、表面性、拟人性等特点。这些思维特点都是和幼儿知识经验的贫乏以及幼儿第一信号系统占优势紧密联系在一起的。

(2) 幼儿中期以后开始出现抽象逻辑思维的萌芽,不再仅仅局限于直觉行动思维。直觉行动思维、具体形象思维和抽象逻辑思维并不是彼此孤立、相互对立的,它们在幼儿思维中所占的地位随年龄增长而变化。幼儿的直觉行动思维的概括性比 3 岁前有明显的提高,其抽象逻辑思维刚刚萌芽,只能对某些知识经验范围内的事物进行简单的逻辑思维。

(3) 言语在幼儿思维发展中的作用日益增强。言语在幼儿思维中的作用是与思维的发展水平相伴的。最初言语只是行动的总结,然后能够伴随行动进行,最后成为行动的计划。相应的,思维活动起初主要依靠行动进行,以后发展到主要依靠言语进行,并开始带有逻辑的性质。

2. 幼儿概念的掌握

(1) 最初的词的概括和概念的掌握

概念是人脑对客观事物的一般特征和本质特征的反映。概念是在概括的基础上形成的,是用词来标记的。

儿童最初概念的掌握是和他们的概括水平紧密联系在一起的。幼儿概括的特点是:① 概括的内容比较贫乏,每一个词最初只代表一个或某一些具体事物的特征,而不是代表某一类大量事物的共同特征。到幼儿晚期,概括的内容才逐渐丰富。② 概括的特征大多是外部的、非本质的。③ 概括的内涵往往是不精确的,出现过宽或过窄现象。于是,幼儿初期概念的广度和深度都是很差的,他们一般只能掌握比较具体的实物的概念,而不易掌握一些比较抽象的性质概念、关系概念和道德概念。

(2) 最初实物概念的掌握

幼儿首先掌握的是一些实物概念,在这些概念掌握过程中,也体现着从具体思维向抽象思维的过渡过程和特点。幼儿实物概念的一般发展过程是:① 小班儿童实物概念的基本内容代表了儿童所熟悉的某一个或某一些事物。② 中班儿童已能在概括水平上指出某一些实物的比较突出的特征,特别是功用上的特征。③ 大班儿童开始能指出某一实物若干特征的总和,但还只限于所熟悉事物的某些外部和内部特征,还不能将事物的本质特征和非本质特征很好地区分。在正确教育下,大班儿童有可能初步掌握某一实物概念的本质特征。

(3) 最初社会概念的掌握

幼儿在口头上可以说出各种社会概念的名称,但他们对这些概念的掌握水平却是比较低的。研究表明,幼儿的社会概念的掌握水平主要是具体形象水平。一般有四级水平:第一级,不理解;第二级,笼统的理解;第三级,开始有分化,是典型的具体形象水平;第四级,能和某些本质属性联系起来,接近于概念的初步定义。

(4) 最初数概念的掌握

数概念是一种比实物概念更为复杂抽象的概念,儿童对数概念的掌握比实物概念晚些,而且也比较难。

掌握数概念,包括理解:① 数的实际意义;② 数的顺序;③ 数的组成。林崇德(1980)的研究表明,幼儿对数概念的掌握分四个阶段,即口头数数、给物说数、按数取物和掌握数概念。刘范(1979)认为,幼儿数概念发展经历三个阶段:① 对数量的动作感知阶段(3 岁左右);② 数词和物体数量间建立联系的阶段(4~5 岁);③ 数的运算的初期阶段(5~7 岁)。

总之,儿童数概念的产生和发展,经历了最初对实物的感知,继之对数的表象,最后到数的概念水平这样的发展过程。

（5）类概念的掌握

分类是在对事物或现象的意义有了充分理解的基础上进行的。研究儿童类概念的材料通常用实物或形象材料。

维果茨基（1956）研究表明，幼儿在分类时不断改变标准，一会儿以形状为标准，一会儿又以颜色或大小为分类依据。维果茨基称为"链概念"。皮亚杰等（1964）在研究基础上，认为幼儿是依据主题来分类的，而不是用分类学的方法，由此提出了儿童概念发展经历三个阶段：主题概念、链概念、充分必要特征基础上的概念。刘静和等（1963，1964）的研究显示，儿童分类发展过程包括不能分类、依感知特点分类、依生活情境分类、依功能分类、依概念分类。

3. 抽象逻辑思维的初步发展

抽象逻辑思维是在感性认识的基础上，通过概念、判断、推理来揭示事物的内在的、本质的联系的过程。从具体形象向抽象逻辑思维的过渡，表现在儿童对事物性质、内容或关系的理解上，表现在儿童的判断、推理能力的形成和发展上。

幼儿对事物理解的一般趋势是：① 从对个别事物的理解向对事物关系的理解发展；② 从主要依靠具体形象来理解向主要依靠词的说明来理解发展；③ 从对事物的比较简单的、表面的评价向对事物的比较复杂的、深刻的评价发展。

抽象逻辑思维主要是运用概念进行判断和推理的智力活动。幼儿的判断推理常常是以儿童对待生活的态度为依据，而不是以客观的逻辑关系为依据。到幼儿晚期，儿童一般可以在他们理解的事物范围内进行很好的合乎事物本身逻辑的判断和推理。

（三）心理理论

心理理论（theory of mind）是指对别人和自己的心理状态和心理经验的认识。心理理论最初是普雷马克和伍德拉夫（Premack & Woodruff,1978）研究黑猩猩是否能认识别人的意图时提出的，随后被应用到儿童身上。

一般认为，对心理状态的成熟认识是建筑在"信念–愿望系统"之上的。人们作出某种有意的行动是因为他相信这些行为能满足他特定的愿望。除了信念和愿望之外，心理理论中还包括有关的知觉经验、概念经验，而有关的行动结果会导致情绪体验。

研究（Wellman & Gelman,1998）表明，幼儿已经能够根据信念–愿望的理论构架解释人们的一些简单行动。这明显表现在幼儿对"错误信念"的认知上。4～5 岁的儿童能将自己的观点和别人的观点区分开来，而三岁的儿童还不能。

有些研究者主张，儿童心理理论的发展经历了一个先理解别人的"愿望"，然后理解别人的想法或"信念"的过程。也就是，幼儿先以简单的需要来理解行动者的动机，然后才逐渐认识由于各个人所获得的外部世界的信息存在着差异，因此对世界、对事物的心理表征也不相同，从而影响人们的行为表现（Astington,1993；Flavell,1988；Wellman,1990）。

五、幼儿个性与社会性的发展

（一）幼儿道德认知发展

道德发展包括道德认知、道德情感和道德行为三个方面。幼儿期是为道德发展打基础的时期。幼儿道德发展的一般特点是：① 幼儿更多地依据行为的结果而不是行为的动机作出道德判断；② 幼儿的道德认知和道德情感之间存在着脱节现象；③ 幼儿已具有初步的道德规范的知识，并能将这些知识应用于不同场合以调节自己的行为，但是，这些知识是具体的、形象的，其个体内部各种知识的发展也是不平衡的；④ 幼儿的道德行为主要是受外部的、成人规定的标准控制的。

幼儿道德认知主要是指幼儿对是非、善恶行为准则与社会道德规范的认识，是幼儿不断将行为准则与规范内化的过程。下面谈谈皮亚杰关于儿童道德认知发展的理论。

皮亚杰运用临床谈话法系统地研究了儿童道德认知的发展问题。皮亚杰认为，儿童的道德认识是从他律道德向自律道德转化的过程。他将儿童道德认知发展分为三个阶段：前道德判断阶段、他律道德或道德实在论阶段、自律道德或道德相对论阶段。

在前道德判断阶段，年幼的儿童对引起事情的原因没有清楚的认识，只有朦胧的了解，他们的行为直接受行为的结果所支配。

他律道德或道德实在论阶段的儿童的道德判断是受他自身以外的价值标准所支配的。儿童认为规则、规范是由权威人士制定的，永久存在的，并且是不可改变的，要严格地遵守它。他们不理解规则可以经过集体协商来制定或改变，判断行为的好坏完全是根据行为的后果，而不是根据主观动机。幼儿的道德认知发展正处于这一阶段。幼儿的道德判断是受自身之外的价值标准支配的，因而具有从他性和情境性特点。

自律道德或道德相对论阶段的儿童的道德判断是受他自己主观的价值标准所支配的，儿童认识到人们对道德规则有自己不同的看法，规则也不是不可改变的，它是社会上大家同意而制定出来的。

（二）幼儿社会性行为发展

1. 侵犯行为

侵犯行为也叫攻击行为，是指针对他人的敌视、伤害或破坏性的行为，包括工具性侵犯和敌意性侵犯。工具性侵犯指向渴望得到的东西（如财物或权力），以伤害他人作为达到目的的手段。敌意性侵犯以人为定向，旨在伤害他人。

（1）侵犯行为的理论

精神分析理论认为，人生来就具有的死亡本能使人追求生命的终止，从事各种暴力和破坏性活动，它是敌意的、攻击性冲动产生的根源。

生态学理论认为，人有基本的侵犯本能。侵犯本能是进化的产物。但是，人和动物不同，人的侵犯倾向受到社会经验的影响，儿童会内化成人的社会规范，控制自己的侵犯本能。

新行为主义者认为，侵犯行为是挫折的结果，因为攻击可以减轻挫折的痛苦。被攻击者发出的痛苦信号成为二级强化物。

社会学习理论认为，侵犯行为是通过直接强化或观察学习习得的。

社会信息加工理论认为，认知在侵犯行为中起重要作用。该理论认为，一个人对挫折、生气或明显的挑衅的反应并不过多依赖于实际呈现的社会线索，而是取决于他怎样加工和解释这一信息。由于儿童过去的经验和信息加工技能不同，因而在侵犯行为上有很大的个体差异。

（2）侵犯行为的发展

12～24个月的儿童的侵犯行为不指向任何特殊的人，儿童2岁左右有了占有感，常常因为玩具被抢或抢不到而哭泣。为一特殊目的指向特殊的人的真正的侵犯行为出现在4岁左右。3～6岁幼儿的侵犯行为随年龄而增长。身体攻击在四岁时达到顶点。随年龄的增长，身体攻击逐渐减少，言语攻击逐渐增多，而且，以争夺玩具为主进行的攻击转向人身攻击。

攻击性是一种相当稳定的特性，并且表现出明显的性别差异，男孩不仅比女孩有更多的身体侵犯，还有更多的言语侵犯。

（3）影响侵犯行为的社会因素

儿童的侵犯行为倾向部分取决于他所生活的文化或亚文化的鼓励和宽容。同一文化或亚文化中成员之间的个体差异来自儿童的家庭环境。大众传播媒介对儿童的攻击行为也有影响。

总之，个体的侵犯行为是生物学因素与社会学因素交互作用的结果。

侵犯行为的控制方法有：① 消除对侵犯行为的奖励和关注；② 榜样和认知训练策略；③ 移情训练；④ 创造减少冲突的环境等。

2. 亲社会行为

亲社会行为也叫向社会行为、利他行为，是指对他人或社会有利的行为及趋向。亲社会行为分为自主的利他行为和规范的利他行为。自主的利他行为是指亲社会行为的动机出于对他人的关心。规范的利他行为是指亲社会行为的动机是期待个人报偿或避免批评。

（1）亲社会行为理论

社会生物学观点是用"族内适宜性"来解释利他行为的进化的。为了种族的生存繁衍，需要牺牲个体来换取"族内适宜性"。坎贝尔（Campbell，1965）提出，亲社会行为部分来自遗传。

精神分析学派的创始人弗洛伊德认为，亲社会行为发展的必要条件是良好的亲子关系，其中认同起着重要作用。当利他原则内化并成为理想自我的一部分时，儿童将努力去帮助需要帮助的人，以避免由于未提供帮助而带来的良心惩罚（内疚、羞愧和自责）。

社会学习理论认为，所有的亲社会行为都是社会学习和强化的结果。

认知发展理论认为，随着儿童智力的发展，他们获得了重要的认知技能，这将影响他们对亲社会问题的推理和行为的动机。

（2）亲社会行为的发展

一般认为，亲社会行为在幼儿期逐渐增加，6～12岁增长显著。亲社会行为的产生和发展存在个体差异，其中的原因可能与儿童社会信息加工能力的增长、社会责任感以及提供亲社会行为的能力和知识的增加有关。

常用的亲社会行为的训练手段有：对儿童进行角色扮演训练、行为强化训练和自我概念训练、榜样示范等。

（三）性别角色的社会化

儿童获得性别认同和适合于男人或女人的动机、价值、行为方式和性格特征的过程就是性别化。儿童的性别化过程受基本生物特征、社会经验和认知发展的共同影响。

性别认同是对一个人在基本生物学特性上属于男或女的认知和接受，即理解性别。性别认同包括正确使用性别标签；理解性别的稳定性，如男孩子长大后成为男人；理解性别的坚定性，如一个人不因发型、服装或喜爱的玩具是异性的而改变自己的性别；理解性别的发生学基础，知道男女间生理上的差别。

性别角色认同是对一个人具有男子气或女子气的知觉和信念。认同指一个人接受并内化另一个人的价值观和信念的过程。与一个人认同并不意味着完全同一，只是增加了对那个人的忠诚和亲密感，这是社会化的重要机制。

性别角色偏爱是指对与性别角色相联系的活动和态度的个人偏爱。大多数2.5～3岁儿童能正确说出自己是男孩或是女孩，但是不能认识到性别是不变的属性。3～5岁儿童还不能理解性别的坚定性，5～7岁儿童才开始理解性别的坚定性。儿童先是理解自我性别的坚定性，进而是同性别他人的性别坚定性，最后是异性别他人的性别坚定性。理解男女生理上的差异要到学龄期了。儿童的性别偏爱最早表现在对玩具的选择上。

儿童几乎在会正确使用性别标签不久，就获得了一些性别刻板印象。在性别化过程中，男孩比女孩面临更大的社会压力。4～9岁的男女儿童对性别角色标准有了更多的了解，并且遵从这些社会要求。

关于儿童的性别化，社会生物学理论强调两性之间发生学和荷尔蒙的差异的决定作用。精神分析理论认为性别化是儿童与同性别父母认同的结果之一。社会学习理论提出直接训练和观察学习是儿童性别化的机制。社会学习理论指出，儿童性别化的发展部分依赖于儿童的认知发展。儿童只有掌握了守恒的概念，才能获得性别坚定性，并且只有获得了性别坚定性才能表现出性别类型活动。

（四）同伴关系

儿童的同伴关系是儿童在交往过程中建立和发展起来的一种儿童之间特别是同龄人之间的人际关系。

儿童之间的交往是促进儿童发展的有利因素，同伴关系对于健康的认知和社会性发展是绝对必需的。大量研究表明，同伴关系有利于儿童社会价值的获得、社会能力的培养以及认知和健康人格的发展。

1. 同伴关系的作用

（1）同伴可以满足儿童归属和爱的需要，以及尊重的需要。儿童在同伴集体中被同伴接纳并建立友谊，同时在集体中占有一定地位，受到同伴的赞许和尊重，从而产生一种心理上的满足，这对于儿童的发展有益。

（2）同伴交往为儿童提供了学习他人反应的机会。同伴的影响主要是通过强化、模仿和同化的机制实现的，同伴榜样在儿童行为和态度的改变上具有很大作用。

（3）同伴是儿童特殊的信息渠道和参考框架。同伴既可以给儿童提供关于自我的信息，又可以作为儿童与他人比较的对象。儿童在将自己与同伴进行比较的过程中形成对自我的评价。

（4）同伴是儿童得到情感支持的一个来源。研究表明，当儿童面临陌生或恐怖情境时，同伴在场可以消除紧张和压抑。

已有研究显示，早期的同伴关系不良将导致以后社会适应困难。

2. 同伴关系的发展

3岁儿童偏爱同性同伴，喜欢和同性同伴一起玩耍。3～4岁，依恋同伴的强度和与同伴建立起友谊的数量都有显著增长。但是，儿童早期的友谊一般比较脆弱，容易发生变化，形成快，破裂也快。

3. 社会技能训练

社会技能训练的对象是同伴关系不良的儿童，训练的目的在于通过干预，改进儿童的同伴关系，促进其社会性的发展。

社会技能训练的干预方案包括：① 让儿童学习有关交往的新的原则和概念；② 帮助儿童将原则和概念转化为可操作的特殊的行为技能；③ 在同伴交往活动中树立新的目标；④ 促使已获得的行为的保持和在新情境中概化；⑤ 增强儿童与同伴成功交往的信心。

第六章　童年期心理发展

一、童年期儿童的学习

（一）童年期儿童的学习特点

1. 学习动机

研究发现，儿童的年级越低，学习动机越具体。这时，学习动机更多与学习活动本身直接联系，与学习兴趣发生联系或为学习兴趣所左右。这与其心理发展水平和知识经验有关。从中年级开始，儿童逐渐能够理解学习的社会意义，学习动机也随之发生变化，出现了诸如为集体、为学校争光、作一个对社会有用的人等更为远大或更具有社会意义的学习动机。

2. 学习兴趣

整个小学时期，儿童的学习兴趣的发展趋势是：① 从最初对学习的过程、对学习的外部活动感兴趣，到以后逐渐对学习内容更感兴趣、对需要独立思考的学习作业感兴趣；② 从不分化到逐渐产生对不同学科内容的初步分化的兴趣；③ 从对具体事实和经验的知识较有兴趣逐渐发展到对抽象因果关系知识的兴趣；④ 游戏因素在儿童学习兴趣上的作用逐渐降低；⑤ 从课内阅读发展到课外阅读，从童话故事发展到文艺作品和通俗科学读物的阅读；⑥ 对社会生活的兴趣逐步在扩大和加深。

3. 学习态度

（1）对教师的态度。低年级儿童对教师怀有特殊的尊敬和依恋之情，教师的话是不可怀疑的；中年级儿童逐渐对教师产生选择性的、怀疑的态度。儿童对老师的态度影响着儿童的学习态度。

（2）对班集体的态度。班集体是形成学生对学习的自觉负责态度的重要条件。初入学的儿童还没有形成真正的班集体。从中年级开始，儿童开始具有比较有组织的自觉的班集体生活，开始重视班集体的舆论和评价作用，进一步提高了自己对学习和集体的责任感。

（3）对作业的态度。初入学儿童，还未把作业看成是学习的重要组成部分，在教师的正确教育下，儿童逐步形成对作业的自觉、负责的态度。

（4）对评分的态度。从小学开始，儿童开始树立对分数的正确态度，认识到评分的意义，这对其心理发展会产生重要影响。

（二）学习对童年期儿童心理发展的作用

（1）由于学校教育的特点，童年期儿童的学习不但具有很大的社会性、目的性和系统性，还带有一定的强制性。学习是社会对儿童提出的要求，是儿童必须完成的社会义务。在这种特殊的学习过程中，儿童产生了责任感、义务感，意志力也得到了培养和锻炼，这对其个性会发展具有重要意义。

（2）学校的教学活动使儿童掌握基本的知识技能，为进一步掌握人类的知识打下最初的基础。通过学校学习，儿童心理活动的内容有了改变，各种心理过程也产生了变化。同时，儿童心理活动的有意性和自觉性都明显地发展起来，其思维活动也逐渐从具体形象思维过渡到抽象逻辑思维。

（3）以班级为单位的学习活动不仅发展了儿童社会交往技能，提高了社会认知水平，培养了合作互助的集体精神，而且，儿童的自我意识也进一步发展起来，并逐渐掌握了各种基本的社会行为规范。

二、童年期儿童言语的发展

（一）书面言语的发展

书面言语是比口头言语发展晚的一种高级能力。书面言语掌握可以超越时间与空间限制，扩大人际交往范围；书面言语要求更为严格，而且具有与口头言语不同的心理的起源和结构；书面言语总是在口头言语的基础上形成的，同时它反过来又丰富和改进了口头言语。

在整个小学时期，学生的最初书面言语落后于口头言语。在正确教育方式下，二三年级时书面言语逐渐赶上口头言语。四年级书面言语相对口头言语而言，逐渐开始表现出优势。

（二）内部言语的发展

内部言语的一个重要特点就是先想后说或者先想后做，对有关自己所要说的、所要做的思想活动进行分析综合,用批判的态度对待自己的思想内容和思维活动。也就是,内部言语以自己的思想活动为思考对象。

内部言语和书面言语一样,是在口头言语,即出声言语基础上发展起来的。学前儿童主要以出声言语作为思维的物质外壳,但是,入学以后,出声思维就开始逐渐向无声思维过渡。无声思维是以内部言语为物质外壳的。

内部言语的发展和书面言语紧密结合在一起。一方面,书面言语可以促进内部言语更快地发展;另一方面,内部言语的发展反过来又可以使书面言语进一步完善。

内部言语的发展和儿童智力发展水平紧密结合在一起,特别是和思维水平密切联系着。一方面,内部言语的形成和发展是儿童智力发展的重要前提;另一方面,儿童的智力发展又给内部言语提出更高的要求,促使内部言语不断向前发展。

童年初期儿童内部言语的发展分三个阶段:出声思维阶段,过渡阶段,无声思维阶段。

三、童年期儿童认知的发展

(一)思维发展的一般特点

童年期儿童思维的基本特点是从具体形象思维向抽象逻辑思维过渡,以具体形象思维为主,抽象逻辑思维开始萌芽和发展,但是,仍然具有很大程度的具体形象性。

(1)儿童的抽象逻辑思维逐步发展,但是仍然带有很大的具体性。童年期儿童的思维同时具有具体形象的成分和抽象概括的成分,它们之间的相互关系随着年级不同以及智力活动的性质不同而改变。

(2)童年期儿童逐渐具备了人类思维的完整结构,同时这种思维结构还有待于进一步完善和发展。这一年龄段儿童思维的过渡性,显示出思维结构从不完善向完善的过渡。虽然其抽象逻辑思维水平还处于初步发展阶段,但是,他们已经具有所有的思维形式。

(3)童年期儿童思维在针对不同对象时,其思维的主要形式有很大差别,表现出思维的不平衡性。

(4)一般认为,儿童从具体形象思维到抽象逻辑思维的过渡存在着一个明显的关键年龄,这个关键年龄约在小学四年级(约10~11岁)。

童年期儿童思维的发展具体表现在思维基本过程(概括能力、比较能力、分类能力)的发展、概念的发展(概念逐步深刻化、丰富化、系统化)、推理能力(直接推理、间接推理)的发展和思维品质(包括敏捷性、灵活性、深刻性、独创性和批判性)的发展等方面。

(二)元认知及其发展

元认知包括元认知知识(对人、任务和策略的知识)、元认知体验和对认知活动的调控等不同方面。元认知能力在童年期不断改善。尽管小学生的元认知知识在不断地扩展,但他们还往往不会将这些知识贯穿到学习活动中去,也就是说他们对认知活动的自我调控能力较差。

1. 元记忆的发展

(1)元记忆知识的习得和发展

一般而言,3~4岁的儿童就已经能认知到,记忆较少的东西比记忆较多的东西容易;4岁儿童对于成人要求记住的东西往往给予更多的注意。对自身记忆效果评价的准确性在进入小学后才明确发展;儿童能够意识到有意义材料易于记忆就是从小学开始。

元记忆策略知识的习得和发展主要是受教育训练的影响,年龄是其影响因素之一,但不是决定因素。

(2)元记忆监控能力的发展

总的看来,记忆的监控能力是随年龄的增长而发展的。在小学低年级阶段,儿童的记忆监控比较简单和外显,需要依靠尝试回忆来评估学习程度或进行 FOK 判断,特别是他们还不能根据预测调整学习策略和重新分配学习时间;小学高年级学生已经开始依靠自觉意识进行检测判断,但还不能有效地进行记忆控制,表明他们在记忆活动中的主体意识还处于低水平。

2. 元模仿的发展

学前儿童不能对其模仿的程度作出恰当评价,往往在预测和事后报告时都出现高估模仿效果的现象,其中3岁儿童的高估程度最高,而5岁儿童的高估程度开始下降。

3. 元注意的发展

到了学前期末,儿童已经有了一些有关不同注意情境与行为结果之间关系的基本知识。然而,儿童元注意知识的缺乏是普遍存在和较为持久的。他们不容易在难以集中注意力的情境中进行思考,而且不能说出为什么某些情境会使注意发生困难。即使到小学早期,儿童似乎已经具备了一些元记忆的基本知识,但是对注意过程以及影响注意的因素仍缺乏足够的认知。

随着年龄的增长,儿童注意有三方面的变化:① 对于认知情境的表面特征的注意越来越少;② 注意的类型越来越多;③ 越来越注重自身努力在注意过程中的重要性。

4. 元学习的发展

最初的元学习能力在幼小儿童身上就已经有所表现了。2 岁儿童在言语学习方面已表现出自我调节能力。儿童发展的早期还表现出一种对学习的自我监控能力,这种能力使儿童比较真切地感受到已知和未知的东西,并据此对下一步的学习情况进行预测,但这种预测是很初步的,基本上处于直觉水平,缺乏准确性和稳定性。进入小学之后,儿童的自我监控能力有了很大的发展。

四、童年期儿童的个性、社会性发展

(一)自我意识的发展

自我意识的发展过程是个体不断社会化的过程,也是个性特征逐渐形成的过程。自我意识的成熟往往标志着个性的基本形成。童年期儿童的自我意识正处在客观化时期,是获得社会自我的时期,个体明显地受到社会文化影响,是学习角色的最重要时期。角色意识的建立,标志着儿童的社会自我观念趋于形成。

童年期儿童的自我意识随年龄增长从低水平向高水平不断发展。研究表明,小学儿童的自我意识发展不是等速的,有上升时期,也有平稳发展时期。一般来说,小学一年级到三年级是自我意识发展的上升期,而从小学三年级到五年级处于一个平稳发展时期,从小学五年级到六年级,自我意识又处于第二个上升期。

1. 自我概念的发展

自我概念是指儿童对自己的特征、能力、态度、信念、价值观的总的认识。它包括对自我的身体表征和心理表征,从而使自己能和别人区分开来。自我概念是关于自己的一组概念,是描述性的而不是评价性的。童年期儿童自我概念的显著变化是能概括地认识自我的心理特征,产生了心理自我。

自我描述可以反映童年期儿童对自我的认识。研究发现,这一年龄阶段的儿童的自我描述是从比较具体的外部特征向比较抽象的心理术语的描述发展。但即使到小学高年级,儿童对自己的认识仍带有很大的具体性和绝对性。

2. 自我评价的发展

自我评价能力是自我意识的主要成分,是在分析和评论自己的行为和活动的基础上形成的。

童年期儿童自我评价的独立性日益增长。小学低年级儿童与学前儿童独立评价自己的能力都很差,教师评价在儿童发展过程中起主要作用。中年级儿童开始把自己行为与别人行为比较,把别人行为当作评价自己行为的标准。研究表明,童年期儿童的自我评价的独立性随年龄增长而逐渐增高,从顺从别人的评价发展到有一定独立见解的评价,逐步减轻对他人评价的依赖性。

自我评价的原则逐步形成。小学低年级儿童基本不能按照社会道德观点或原则评价自己或别人行为,他们对自己或对别人的评价是比较具体的。中年级儿童逐步能够依据道德标准来评价自己与别人的行为。研究表明,童年期儿童逐渐从对自己比较笼统的评价发展到对自己个别方面或多方面行为的优缺点的评价。小学高年级儿童,开始出现对自己内心品质进行评价的初步倾向。

自我评价的批判性有一定程度的发展。自我评价的批判性主要是指评价自己或别人行为时比较全面、比较深刻。小学低年级儿童自我评价的批判性较差,表现在:① 他们更容易看到自己的优点,不大容易看到自己的缺点;② 他们善于评价别人,不善于评价自己。二年级以上的儿童开始能够指出自己的优点与缺点,并努力去改正自己的缺点。同时,儿童自我评价的稳定性也在逐步发展。

总之,童年期儿童自我评价能力一般落后于评价别人的能力,在评价别人时比较清楚,而评价自己时比较模糊。他们的自我评价往往比较片面,不够深刻。同时,由于自我评价的原则性尚未形成,他们的评价不够稳定,容易改变。

(二)社会认知与交往技能

社会认知是指对自己和他人的观点、情绪、思想、动机的认知,以及对社会关系和对集体组织间关系的认知。儿童的社会认知的发展趋势是:① 从表面到内部,从对外部特征的注意到对更深刻的品质特征的注意;② 从简单到复杂,从问题的某个方面到多方面、多维度地看待问题;③ 从呆板到灵活的思维;④ 从对个人和即时事件的关心到关心他人利益和长远利益;⑤ 从具体思维到抽象思维;⑥ 从弥散性、间断性的想法到系统的、有

组织的综合性的思想。

1. 观点采择技能

观点采择也叫角色采择,是指儿童采取他人观点来理解他人的思想与情感时的一种必需的认知技能。具有观点采择能力的个体能站在他人的角度理解问题,能意识到别人有不同的观点和思想情感,并能站在旁观者的位置上理解另两个人的交互作用。

童年期儿童的观点采择能力有显著的提高。塞尔曼(Selman)根据对儿童的研究,提出儿童观点采择能力发展的五阶段论:

阶段0:自我中心的或无差别的观点采择(3~6岁)。此时的儿童还不能认识到他人的观点与己不同,往往认为他人的反应会和自己的一样。

阶段1:社会信息的观点采择(6~8岁)。此时的儿童开始意识到他人有不同于自己的观点,但不能理解这种差异的原因,认为他人的行为就是他们的想法,不能了解他人行为背后的动机。

阶段2:自我反省的观点采择(8~10岁)。这一阶段的儿童已经能够考虑他人的观点,并预期他人的行为反应,但儿童还不能同时考虑自己和他人的观点。

阶段3:相互性的观点采择(10~12岁)。儿童能够考虑自己和他人的观点,并认识到他人也可能这样做,能够以一个客观的旁观者的身份来分析和解释行为。

阶段4:社会观点采择(12~15岁以上)。这一阶段,个体可以认识到第三方的观点采择会受一种或多种更大的社会价值观的影响。

2. 对社会关系的认识

儿童的友谊概念的发展体现了儿童对社会关系认识的一方面特点,主要反映了儿童对同伴关系的认识。儿童对权威关系的认识则反映了儿童对成人–儿童关系的认识特点。

(三)品德发展

1. 童年期儿童品德发展的一个基本特点就是协调性

(1)童年期儿童逐步形成自觉地运用道德认识来评价和调节道德行为的能力。这一阶段儿童的道德认识表现出从具体形象性到抽象逻辑性发展的趋势。① 对道德认识的理解,儿童从比较肤浅的、表面的理解逐步过渡到比较精确的、本质的理解,但总体而言,具体性较大,概括性较差。② 对道德品质的判断,儿童从只注重行为的效果到比较全面地考虑动机和效果的统一关系,但片面性和主观性比较大。③ 对道德原则的掌握,儿童道德判断从简单依附于社会的、他人的规则,逐步过渡到依据内心的道德原则,但经常缺乏道德信念,受外部的、具体的情景所制约。总之,童年期儿童的道德知识已初步系统化,即儿童初步掌握了社会范畴的内容,开始向道德原则水平发展。

(2)童年期儿童的品德言行从比较协调到逐步分化。整个小学时期,儿童的认识和行为基本上是协调的、相称的。年龄越小,言行越一致。但是随着年龄增长,逐步出现言行一致和不一致的分化。

(3)自觉纪律的形成和发展在童年期儿童品德发展中占有相当显著的地位。自觉纪律的形成过程也就是纪律行为从外部的教育要求转为内心需要的过程。

总之,童年期儿童的品德从习俗水平向原则水平过渡,从依附性向自觉性过渡,从外部监督向自我监督过渡,从服从型向习惯型过渡。童年期儿童品德的发展比较平稳,显示出协调性的基本特点,冲突性和动荡性较少。

(4)童年期儿童的品德过渡性特点,是品德发展过程中的"飞跃"或质变的具体表现。小学儿童品德发展的关键期或转折期大致在三年级下学期前后。品德的不同成分之间的发展是不平衡的。

2. 皮亚杰的道德认知发展理论

皮亚杰关注儿童思考道德方式的变化,即道德推理能力的发展。他认为公平或公正是道德的核心概念,而不同年龄儿童理解这一概念的方式是不同的,表现出不同的发展阶段。其中,童年期儿童的道德认知,受到以下两个阶段的影响:

阶段一,他律道德(5~10岁)。他律是指儿童的道德判断是受他自身以外的价值标准所支配。该阶段的特点是:① 儿童认为规则、规范是由权威人士制定的、永久存在并且不可改变的,必须严格地遵守。所谓公正就是对权威的服从。② 儿童对错误行为的判断只注重后果,不考虑意向。

阶段二,自律阶段(10岁以上)。所谓自律是指儿童的道德判断是受他自己主观的价值标准所支配。这一阶段的儿童认识到人们对道德规则有自己不同的看法,规则不是不可改变的,必要的话也可以修改。所谓公正就是双方互相尊重,每个人对公正都有同等的权利。皮亚杰称之为道德相对论。

皮亚杰认为儿童之所以能够从他律阶段过渡到自律阶段,首先是因为他们认知能力的提高,克服了看问题的单中心性,摆脱了事物知觉属性的束缚,能够洞察问题更隐蔽的方面,比如意图或动机等;其次,由于同辈交往经验的增多,使他们有更多的机会了解别人的观点、意图,这有利于他们"脱中心化"。

第七章　青少年心理发展

青少年通常是指11、12岁到17、18岁的个体,这一阶段包括两个子阶段:少年期或青春期,11、12岁到14、15岁,相当于初中阶段;青年初期,15、16岁到17、18岁,相当于高中阶段。

一、生理发育

(一)生理变化的主要表现

身高和体重加速增长,青少年正经历着人生生长的第二个高峰,但是,身体生长的加速期主要发生在少年期。在这一阶段,青少年的内脏增大,肌肉发达,骨骼增长和变粗,童年期的面部特征逐渐消失。随着身体的增长,体内机能也在增强。如心脏压缩机能增强,肺重量增大,肺小叶结构逐渐完善,肺泡容量增加,肌肉力量增强。

(二)第二性征与性成熟

第二性征是性发育的外部表现,是指能从外部观察到的身体体征的变化,是少年期儿童身体外形变化的重要标志。第二性征的出现,使男女少年在身体外形上的差异日益明显。

激素分泌是青春期生理变化的基础。进入青春期后,性激素分泌量提高,促进了性腺的发育。女性的性腺为卵巢,男性的性腺为睾丸。性腺的发育成熟使女生出现月经,男生发生遗精。一般认为,女孩的月经初潮标志着青春期的开始。男性性成熟的一个重要标志是发生了音变。生殖系统是人体各系统中发育成熟最晚的,它的成熟标志着人体生理发育的完成。

二、认知发展

(一)形式逻辑思维的发展

1. 青少年不仅能从具体的事实出发,通过分析、综合,归纳概括出个别事物的共同的、本质的特征,而且,在解决问题的过程中能够提出各种假设,设想解决问题的各种可能性,并用系统的科学分析的方法逐个检验假设,把归纳推理和演绎推理结合起来,从而概括认识事物的内在规律性。

2. 青少年不但能够思考和检验单个的命题,发现命题与客观现实之间存在的真实联系,而且可以将有关命题整合成系统,发现各个命题之间存在的逻辑联系。

青春期儿童正处于皮亚杰认知发展理论的形式运算阶段,他们已经能够脱离现实事物的束缚进行思考,将"形式"从"内容"中解放出来,运用各种普遍的逻辑规则进行思考。

总之,青少年的思维已开始达到成人的成熟发展水平,无论是思维的深度、广度、灵活性和自觉性都比童年期儿童提高了一大步。

(二)辩证逻辑思维的发展

研究发现,初中一年级学生已经开始掌握辩证逻辑思维的各种形式,但水平较低;初中三年级学生的辩证思维则处于迅速发展阶段,是一个重要的转折时期;高中学生的辩证逻辑思维已趋于占优势的地位。高中阶段形式逻辑发展较为稳定而匀速,而辩证逻辑思维发展比较迅速。在高中生思维过程中的抽象与具体获得了一定程度的统一。但是高中生的形式逻辑思维发展水平高于辩证思维的发展水平。到了青年晚期,辩证逻辑思维才发展成为主要的思维形态。

三、自我发展

(一)青少年自我发展的一般特征

青春期是自我意识发展的第二个飞跃期,进入青春期后,青少年自觉或不自觉地将自己的思想重新指向主观世界,使思想意识再一次进入自我,从而导致自我意识的第二次飞跃,表现为初中生的内心世界越发丰富,他们在日常生活和学习中,常常将很多心智用于内省。

初中生内心世界丰富,经常沉浸在关于"我"的思考和感觉中,导致了他们个性上的主观偏执性。一方面,他们总认为自己正确,另一方面,他们又感觉到别人总是用尖刻挑剔的态度对待他们。其个性出现了暂时的不平衡性。到了高中,他们开始考虑自己的人生道路,一切问题既是以"自我"为核心而展开的,又是以解决好"自我"这个问题为目的的。这种主客观上的需求使得高中生的自我意识获得了高度发展。这对其形成稳定的人格特征以及价值观等方面均具有决定作用。

高中生已经完全意识到自己是一个独立的个体,但这种独立性要求是建立在与成人和睦相处基础上的。高中生把自我分成了"离散的自我"和"现实的自我"两个部分。此时的学生强烈关心自己的个性成长,十分关心自己个性特点方面的优缺点,能独立评价自己的内心品质,评价行为的动机及效果的一致性情况等,自我评价在一定程度上达到了主客观的辩证统一。高中生有较强的自尊心,并且道德意识高度发展。自我形象在高中阶段已趋于稳定,自我评价能力在高中阶段开始成熟,表现为他们不仅能分析自己一时的思想矛盾和心理状态,能认识到自己对某一具体行为起支配作用的个别心理特点,还能经常对自己整个心理面貌进行估量,能认识到自己较稳定的个性心理品质。

到了青年期,青年开始注意到在自己的内部世界还存在着"本来"的、"本质"的"我",并开始将自己的注意力集中到发现自我、关心自我的存在上来,到了青年晚期,对自我的关心日益强烈,促进了对"本来"的"我"的追求意识。成年初期的青年,对内心世界的关心并不意味着对外部世界注意力变弱,他们对外界的看法更加深刻而广泛,并且,这种看法是建立在以探讨自我为核心内容的基础上的。

(二) 自我同一性的发展

自我意识的发展促进了成年初期自我的形成,自我的形成是以自我同一性确立而获得安定的心理状态为标志的。

青年期的发展课题是自我同一性的确立,防止同一性扩散。进入成年初期之后,发展课题是获得亲密感以避免孤独感。青年往往延缓所承担的义务和责任,并同时学习实践各种角色以形成各种本领。这一时间内青年可以合法地延缓所必须承担的社会责任和义务,因此又称为心理的延缓偿付期。进入成年初期的青年,需要在自我同一性的巩固基础上获得共享的同一性,只有获得共享的同一性,才能导致美满的婚姻而得到亲密感。

1. 价值观的形成

青少年在认同的过程中,不断地形成自己的人生观。青少年价值观的形成是社会化的结果,而形成什么样的价值观是受社会文化制约的。

2. 自我概念的变化

由于抽象逻辑思维能力的发展,青少年用跟以前不一样的方式思考自己和别人,他们能反省自己个性的许多不同方面,把这些一致性和不一致性整合起来思考自己。青少年认识到由于自己独特的经历、经验而形成了自己独特的个性,他相信世界上没有两个完全一样的人,因此,"我就是我"成了他理解自己行为的依据。

3. 自尊的变化

自尊是指自我的评价方面。青少年自尊继续分化,除了学习能力、自我的社会价值和身体能力之外,还增加了新的评价内容,如亲密的友谊、外表的吸引力、领导和组织能力以及职业能力等,因此青少年对自己的认识更加全面和深入。

4. 自我教育的需求

自我关注是青少年的显著特点之一。青少年很关心别人对自己的看法。他们重视社会美德的修养,开始具有自我教育的需求。高中生更重视优良道德品质的培养,他们通过日记等方式反省自己的言行,他们将自己的个性特点与理想的自我作比较,并希望通过自我教育的锤炼,早日达到理想的自我。

总之,青少年自我发展取得了巨大的成就。自我认同的解决虽然在青少年时期迈出了关键的一步,但还没有最终完成。认同的问题、多维的自我、理想的自我与现实的自我的不和谐等,需要在成年早期进一步解决,并且在以后的人生道路上可能会重新提出。

四、社会性发展

(一) 科尔伯格的道德发展阶段理论

科尔伯格把道德发展的研究扩展到成年人,提出了道德发展的三个水平六个阶段的理论。

水平一，前习俗水平（4～10 岁）。这一水平的道德是由外部的价值观控制的，相当于皮亚杰的他律道德阶段。儿童接受权威人士主张的道德规范，通过后果判断行为，即遭到惩罚的行为是坏的行为，获得奖赏的行为就是好的行为。这一水平分为两个阶段：

阶段一，惩罚和服从定向阶段，也称为避免惩罚的服从阶段。此时的儿童专注于行为的结果或刺激的物理属性，遵从他人的规则以逃避惩罚、得到奖赏。

阶段二，工具目的定向阶段，也称为相对功利阶段。此时的儿童开始基于自己的利益和他人将给予的回报来考虑服从原则。他们判断行为正确与否的标准是能不能满足个人的需要，也就是出于个人利益的考虑。

水平二，习俗道德水平（10～13 岁）。儿童将权威的标准加以内化，他们服从法则以取悦他人或维持秩序。这一水平也分为两个阶段：

阶段三，"好孩子"定向或人们相互合作的道德阶段，也称为寻求认可阶段。这一阶段的儿童认为遵守规范是重要的，因为这样可以发展和谐的人际关系。他们希望取悦他人，帮助他人，他们经常会想"我是不是一个好孩子"并提出自己的标准。此时的儿童会根据行为的动机、行为者的特点以及当时的情景来评估行动。

阶段四，"好公民"或维护社会秩序定向阶段，也称为服从权威阶段。这一阶段，个体关注的是社会法律，认为任何情况下法律都是不能违反的，只有这样，才能维持正常的社会秩序。此时，儿童开始考虑到社会体系和良心、自己的责任，显示出对较高权威的尊重，并力图维持社会的秩序。如果一个行为违反了某种法规，并伤害了他人，他们都会认为这一行为是错误的。

水平三，后习俗道德水平（13 岁以后）。这一水平的个体获得了真正的道德概念，道德观完全内化，他们认识到道德原则之间的冲突，以及如何从中进行选择。这一水平包括两个阶段：

阶段五，社会契约定向阶段，也称为法制观念阶段。这一阶段的个体认为法律和规范是为了达到人类目的的灵活工具，如果理由充分，法律也可以通过公正的程序去修改。法律作为一种社会契约，遵守它对社会、对大家都有好处。这时的个体能够以理性的方式进行思考，重视多数人的意愿和社会福利，认为依法行事是最好的行为方式。

阶段六，个人良心定向或普遍原则定向阶段，也称为价值观念阶段。这一阶段，人们依据自己认为对的方式行事，而不理会法律或他人的意见。他们的行为是依据内在的标准，行为受自我良心的约束。

科尔伯格认为，并不是每一个人都会经历所有这些发展时期，事实上有些人直到成年也没有超越寻求认可或服从权威的阶段。

科尔伯格通过量化的、客观测量的方法研究哲学家与教育家主观讨论的道德问题，因此受到人们的重视。但科尔伯格的研究对象主要是男生，因此很难将研究结论一般化。而科尔伯格还认为在两难问题的道德判断上，同年龄儿童，得分是男高女低。很多心理学家认为这不是道德发展水平的高低反映，而是男女道德发展不同方向的反映。男性更加重视是非、法制；而女性重善恶，多从情的观点看问题。

（二）反社会行为

青少年会出现一些反社会行为，比如抢劫，强奸，械斗等。有研究显示有反社会行为的青少年往往采用前习俗的、自我中心的道德推理；很少显示对他人的关心和共情；对错观念淡薄，对自己的反社会行为缺少负罪感。

Dodge 的社会信息加工模型认为，个体对于沮丧、愤怒、挑衅的反应并不依赖于出现于情境中的社会线索，而是取决于个体对社会线索的加工和解释。在社会信息加工的过程中，要经历六步：编码、解释、设定目标、搜索可能采取的反应、选择合适反应、采取行动。高攻击性的个体容易在六个加工步骤中存在偏差或缺陷。另外，他们也常跳过一些步骤，基于他们过去的经验而冲动地做出攻击性反应。攻击性的个体也倾向于对攻击的结果做出正面的评估。

Patterson 的高压家庭环境理论认为，高度反社会的青少年往往经历过高压的家庭环境。在这样的家庭中，家庭成员彼此都试图控制别人，而采取的手段通常是威胁、恐吓与攻击。

总的说来，一些青少年所表现出来的严重反社会行为并不仅仅与他们不成熟的道德推理有关，更与他们对社会信息的加工技能有关。不良社会信息加工风格很可能根源于早期受基因影响的气质特征。在高压家庭中的经历、同辈群体和更为广泛的社会环境都可能与反社会行为有关。

五、情绪

（一）青少年情绪发展的一般特点

青少年情绪的发展跟自我意识的迅速增长有着密切的联系，在对情绪的理解、表达和自我调节方面表现出新的特点。

1. 自我意识情绪的发展

青少年自我意识的增强使青少年的情绪生活更加丰富多彩,内心的体验更加深刻。

由自我评价所引起的情感在青少年的情感生活中越来越重要。青少年已经能从道德上评价某种情感是否有价值,这使青少年在情感方面进行自我教育成为可能。

青少年期是世界观开始形成的时期,与世界观、与对人生的理解相联系的情感决定着青少年情感生活的主旋律。

青少年时期,人与人之间的相互关系的情感越来越占有重要地位。青少年更加重视同侪关系、友谊关系,他们从自己的知心朋友中获得情感上的支持。

2. 情绪理解的发展

青少年对别人的情绪表现出较高的洞察力。他们认识到对同一种社会现象,人们可能会产生不同的情感体验,这取决于一个人的道德水平。

3. 青少年情绪表达和调控能力的发展

青少年情绪表达能力的发展表现在他们能更熟练地运用情绪表达的社会规则。他们逐渐能够认识到情绪的表露要看社会场合,每一个人都可以隐藏自己的真实情绪。

青少年不仅能更好地理解和更老练地应用情绪表达的社会规则,而且能应用各种策略来影响情绪本身。青少年内部情绪调节能力的提高是建立在对情绪的深刻理解和自我意识发展的基础之上的,这使青少年能更好地认识各种积极的情绪或消极的情绪产生的原因以及可能后果,同时采用各种有效的手段去应对各种情绪体验。

总之,青少年情绪表现出明显的矛盾性,情绪感受和表现形式不再单一,但情绪体验不稳定,出现明显的两面性。随着心理的成熟、社会生活中角色的变化,青少年的情绪逐渐趋于安定、平稳。

(二) 常见情绪困扰

1. 青少年的自卑感

自卑感是指个体觉得自己低人一等的惭愧、羞怯、畏缩甚至灰心的复杂情感,是自我评价的重要体现。自卑的人往往表现为对自己能力或品质评价过低,对自我存在的价值感到怀疑,对自己想做的事不敢肯定,轻视自己或看不起自己。过度的自卑感还会使人脱离现实,造成生活适应困难,阻碍人格的健康发展。

青少年自卑感的特点有:

(1) 自我评价过低。这是自卑感的实质,表现为对自己的生理条件(如外貌、身高等)以及学习、交往等方面能力的评价过低。

(2) 概括化、泛化的特点,即由于某一方面的原因而造成的自卑情绪极容易泛化到其他方面。例如,由于身高的不足引起的自卑,使他们感到自己在言谈举止及社会交往能力等方面均不如人。

(3) 敏感性和掩饰性。自卑的青少年往往对自己的不足和别人的评价都很敏感,常常把与己无关的言行看成是对自己的轻视。对于自己的缺陷常常加以掩饰或否认,有时表现出较强的虚荣心。

2. 青少年的焦虑

焦虑是人们在社会生活中对于可能造成心理冲突或挫折的某种事物或情境进行反应时的一种不愉快的情绪体验。个体预期到一些可怕的、可能会造成危险或需要付出努力的事务和情境将要来临,但又感到对此无法采取有效的措施加以预防和解决时,就会产生焦虑。引起青少年焦虑的原因主要有:

(1) 因适应困难而产生焦虑。这种情况比较常见。由于生活和学习环境的转变,造成对新环境难以很快适应,因而引起各种焦虑反应。

(2) 考试焦虑是青少年中比较常见的一种消极情绪体验,是他们过分担心考试失败并渴望获得好成绩而产生的一种紧张的心理状态。

3. 青少年的抑郁

抑郁是一种感到无力应付外界压力而产生的消极情绪,常伴有厌恶、痛苦、羞愧、自责等情绪体验。如果长期处于抑郁状态,可以导致抑郁症。

情绪抑郁的青少年的主要表现是:情绪低落、思维迟缓、郁郁寡欢、闷闷不乐、兴趣缺失、丧失活力,干什么都打不起精神;不愿意参加社交,故意回避熟人,对生活缺乏信心,体验不到生活的快乐;伴有食欲减少、失眠等现象。长期处于抑郁状态会使青少年的身心受到严重损害,无法进行有效的学习和生活。

4. 青少年的孤独

研究表明,青少年很容易产生孤独感。研究者认为,青少年可能已经产生了对亲密感的需求,但能够满足这种需求的社会关系还没有建立起来,因此,他们经常陷入孤独之中。这种情况通常可以通过与同伴进行沟通来缓解,因为当了解到同龄人也有同样的情感体验时,青少年就会减轻自身的孤独感。

当青少年早期和中期的朋友开始疏远、分离时,潜在的孤独感就会增长。青少年学校环境的改变——如升学,将会使青少年难以维持小学或初中时建立起来的友谊关系,这些都降低了青少年社会网络的亲密性。

第八章　成年期心理发展

一、成年期发展任务理论

（一）古尔德对北美成年人的普遍发展模式的研究

16～18 岁:逃离控制时期,其标志为是为逃离父母的控制而抗争。

18～22 岁:离开家庭时期,离开家的同时通常会和其他成人建立新的友谊关系,这些朋友取代了家人,并在年轻人挣脱家庭束缚的同时成为其盟友。

22～28 岁:建立可行的生活方式时期,此时,人试图了解现实世界到底怎么样,为成就而拼搏和建立良好人际关系是这一时期的两个主导活动。

29～34 岁:信念危机时期,很多人在 30 岁左右会经历一个小的生活危机,核心问题是对自己目前的选择和价值观产生动摇,对生命的意义严肃地提出疑问,人们会寻找能够使自己后半生更有意义的生活方式,婚姻关系在这个阶段很脆弱。

35～43 岁:生命危机时期,此时的人开始更清楚地意识到死亡的现实性,于是人们更努力地寻求职业的成功或实现自己的生活目标。如果能够更多地关注他人,多为他人服务和教育后代,会有助于消除这一时期的许多焦虑。

43～50 岁:获得稳定时期,人开始能够接受命运的安排,从生命危机的焦虑中解脱出来,并重新认可自己以前做过的人生选择。

50 岁之后:老成持重时期,人明显变得成熟稳健,能够很好地理解他人,与人分担痛苦和分享快乐,不再轻易为诱惑、财富、成功和抽象的目标所动。早年紧张的追求让位于在平静生活中享受天伦之乐的愿望。

（二）莱文森的发展阶段学说

莱文森发现中年危机的概念可用于指成年期中不同发展阶段之间的过渡期,此时一种生活模式结束了,人需要在许多新机会中进行选择。他确定了成年期的五个典型的主要过渡期,分别是:成年早期过渡期(17～22岁)、三十岁过渡期(28～33 岁)、成年中期过渡期(40～45 岁)、五十岁过渡期(50～55 岁)、成年晚期过渡期(60～65 岁)。

二、认知发展

（一）成人认知发展的主要理论

1. 晶体智力与流体智力

卡特尔依据智力发展与生理和文化教育的关系,把智力分成晶体智力和流体智力。晶体智力指通过掌握社会文化经验而获得的智力,是以记忆储存的信息为基础的能力。流体智力是以神经生理为基础的,它随神经系统的成熟而提高,相对不受教育与文化的影响。

青少年期以前,两种智力都随年龄增长而不断提高。青少年期以后,在成年阶段,流体智力缓慢下降,而晶体智力则不但没有随年龄增长而下降,相反,随经验与知识积累而呈上升趋势。

2. 智力技能与实用智力

巴尔特斯认为,智力发展可区分为两种过程,一种叫基础过程,它的主要功能是负责信息加工和问题解决的组织,所以又叫做智力技能,儿童、青少年智力发展是以该种过程为主。

第二种过程是智力技能和情境、知识相联系的应用,所以又叫实用智力,它主导着成年期智力的发展。

（二）认知老化的主要理论

认知老化是限制老年人工作活动能力和降低其生活独立性的重要原因之一，其表现为感知速度减慢，工作记忆下降，抑制无关刺激影响的能力减弱，现场依赖性增强等。

认知老化的理论有多种：

感觉功能理论把认知老化归之于老年人的各种感觉器官功能衰退的结果。

加工速度理论（PST）假设许多认知任务都受少数一般加工限制的影响。加工速度是与年龄相关的一般加工的关键性限制，是成人年龄与认知成绩之间关系的中介变量，并遵循限时机制和同时机制而运作，即随着加工速度的慢化，个体同时加工的信息数量减少、质量下降，造成较差的认知成绩。

工作记忆理论认为工作记忆年龄差异的本质在于任务加工成分的差异。工作记忆的年龄差异可能是造成一系列认知作业表现年龄差异的原因。

由 Hasher 和 Zacks（1988）提出的抑制能力降低理论认为，工作记忆的年龄差异是由于老年人对无关刺激的抑制能力减退造成的。Chiappe 和 Hasher 等在对存在阅读困难的不同年龄被试进行分析后发现，与年龄相关工作记忆能力的降低来自于抑制控制效能的降低，而非工作记忆容量的衰退。Sweeney 等对被试的眼球运动进行观察，发现老年被试的空间位置信息记忆的准确性和青年人一样；但当存在视觉干扰时，老年被试有意抑制眼球运动的能力却有显著的降低。

三、人格发展

（一）自我发展理论

从生命全程来研究自我问题的人不多，有代表性的除艾里克森，还有荣格、拉文格（Loevinger）。荣格的理论主要阐述自我发展的倾向性变化，拉文格的理论主要阐述自我的调节功能的变化。

1. 成年中期对自己的内心世界日益关注

荣格认为内倾-外倾在人格发展中与年龄密切相关。人的前半生的发展更多地表现为外倾性。当跨入中年进入后半生后，个体的心理发展倾向重新逆转，更多地表现出内倾性的特点，后半生的发展是朝向内部的。

2. 自我调节功能趋向整合水平

拉文格从主体调节过程研究自我发展，认为自我是人格的核心，了解自我的发展也就认识了人格的发展。自我是第一个"组织者"，是我们的价值观、道德、目标、思想过程的整合器。自我的发展是个人与环境交互作用的结果，自我的改变也意味着思想、价值、道德、目标等组织方式的改变。拉文格认为，自我发展既不单纯是序列的，也不单纯是类型的，而是二者的总和，即发展类型说：自我的发展既是一个过程又是一个结果。

拉文格把自我发展过程分为八种，每种类型（结构）代表着自我发展的一种水平（或一个阶段）。成年期自我发展主要经历如下阶段：

（1）遵奉者水平。该水平个体的行为完全服从于社会规则，如果违反了社会规则，就会产生内疚感。出于这一水平的个体表现出强烈的归属需要，其思维方式也比较简单，对人、事、物的评价标准是具体可见的。只有少数成年人处于这一水平。

（2）公正水平，也叫良心水平。该水平个体遵守规则，不是为了逃避惩罚，也不是因为群体支持和采纳这些规则，而是真正为了他自己才选择、评价规则的，即社会的、外在的规则已经内化为个体自己的规则。因此，其自我内省思维也发展起来。但是，该水平的个体的思想认识仍具有两极性，倾向于把非常复杂的东西区分为对立的两极。

（3）自主水平。该水平个体的突出特点是能承认、接受这些矛盾与冲突，对这些矛盾与冲突表现出高度的容忍性。他们不但充分尊重个人的独立性，同时也能认识到人与人之间的相互依赖性，能欣然接受异己之见，能认识到其他人自我完善的需要。不再用两极化或二元论的观点看待世界，而是把现实视为复杂的、多侧面的，认为可以从多种方式、多种角度看问题。

（4）整合水平。这是自我发展的最高水平，只有极少数人能达到这一水平。该水平个体不仅能正视内部矛盾与冲突，还会积极去调和、解决这些冲突，他们会放弃不可能实现的目标。

拉文格用于测量自我发展的工具是"句子完成测验"。其研究表明，自我发展水平与年龄有正相关，但并没有显著的年龄阶段特征，它与受教育水平、认知发展水平等有密切关系。

（二）稳定性与可变性

1. 稳定性

人格的稳定性主要有三种表现形式:等级评定稳定性,平均水平稳定性和人格的一致性。

等级评定稳定性是指个体在某一群体内部所处的位置和稳定性。平均水平稳定性是指人格特征随年龄的变化而大体维持在一个稳定的水平。人格的一致性是指人格特质的外在形式会随着年龄的改变而改变,但特质本身仍然保持稳定。

成年期人格稳定性的纵向研究很多,许多研究通过自陈式测验获得的数据肯定了这种稳定性。

人格的一致性随年龄增长而逐步增加。从婴儿期到中年期,特质的一致性呈线性增长,而在50岁后达到顶峰。显然,随着年龄的增长,人格会变得越来越稳定,并且人格的五因素都表现出了平均水平的稳定性。

2. 可变性

已有测量研究表明,人格的确会发生改变,并且人格稳定性研究本身也表明了人格的可变性。研究表明,自尊并未随年龄变化而变化。但如果将男女分开考察,就发现男性自尊水平总体表现呈随年龄增长而上升的趋势,女性自尊水平总体表现则呈下降趋势,这是在群组差异水平上发生人格改变的一个例子。有研究显示,随着年龄增长,个体的抱负水平逐渐降低,并且人会逐步变得谨慎和保守。

总结已有研究,可以看出:首先,冲动性和感觉寻求性会随着年龄的增长而下降;其次,男性的抱负会随着年龄的增长而下降;再者,随着年龄的增长,男性和女性都会更加独立;最后,独立性的改变与角色选择和生活模式有关。

四、临终心理

库布勒-罗斯的研究结果认为临终前的五个基本反应阶段如下:

第一,否认和不接受事实阶段。此阶段,病人否认死亡的现实,拒不接受有关死亡就要发生的信息。

第二,愤怒阶段。在这个阶段,很多临终者感到愤愤不平,并将怒气往生者身上发泄。

第三,讨价还价阶段。晚期患者与自己或上帝讨价还价,是另一种常见的反应。

第四,抑郁阶段。当死亡临近时,病人开始意识到死是不可避免的,于是便觉得自己没用了,产生疲惫和挫折感,进而变得忧郁。

第五,接受死亡阶段。接受死亡的人不悲不喜,平静地面对这一不可避免之事。这种反应一般表明人与死亡的战斗已见分晓,谈论死亡已没有意义。此时人的全部愿望就是在他人陪伴下静静地与世长辞。

主要参考书目

[1] 林崇德.发展心理学.北京:人民教育出版社,2002.
[2] 朱智贤.儿童心理学.北京:人民教育出版社,2003.
[3] 方富熹,方格.儿童发展心理学.北京:人民教育出版社,2005.
[4] 张文新.青少年发展心理学.济南:山东人民出版社,2005.

强 化 练 习

一、单项选择题

1. 依据皮亚杰的观点,处于感知运动阶段的儿童的特征主要是
A. 只限于对当前直接感知的环境施以动作
B. 开始能够运用语言或符号来代表他们经历的事物
C. 获得了守恒概念
D. 思维具有可逆性
(A)

2. 科尔伯格研究道德发展的方法是
A. 对偶故事法　　　　　　　　　B. 道德两难故事法
C. 临床法　　　　　　　　　　　D. 心理测验法
(B)

3. 强化说解释儿童言语获得的理论是

A. 无条件反射   B. 操作性条件反射

C. 模仿学习   D. 语言获得装置   (B)

4. 库伯勒-罗丝把死亡过程分为

A. 否认、抑郁、愤怒、讨价还价、接受   B. 愤怒、否认、讨价还价、抑郁、接受

C. 否认、愤怒、讨价还价、抑郁、接受   D. 抑郁、否认、愤怒、讨价还价、接受   (C)

5. 科学儿童心理学建立的时间是

A. 1879 年   B. 1882 年   C. 1900 年   D. 1905 年   (B)

6. 皮亚杰的心理发展观认为心理起源于

A. 先天的成熟   B. 后天的经验   C. 动作   D. 吸吮   (C)

7. 艾里克森划分人格发展阶段的标准是

A. 力比多   B. 心理社会危机

C. 自我的调节作用   D. 心理防御机制   (B)

8. 在科尔伯格的道德发展理论中,服从和惩罚的道德定向阶段的个体特征是

A. 对成人或规则采取服从的态度,以免受到惩罚

B. 认为每个人都有自己的意图和需要

C. 认识到必须尊重他人的看法和想法

D. 强调对法律和权威的服从   (A)

9. 鲍尔比将婴儿依恋发展划分为

A. 安全型依恋、回避型依恋、反抗型依恋

B. 容易型依恋、困难型依恋、迟缓型依恋

C. 初级依恋、次级依恋、高级依恋

D. 无差别的社会反应、有差别的社会反应、特殊情感联结   (D)

10. 发展心理学中最常用的实验设计方式是

A. 横断研究   B. 纵向研究   C. 个案研究   D. 相关研究   (A)

11. 儿童心理学的创始人是

A. 普莱尔   B. 达尔文   C. 夸美纽斯   D. 霍尔   (A)

12. 艾里克森认为青年期的发展任务是

A. 获得勤奋感,克服自卑感,体验着能力的实现

B. 获得亲密感以避免孤独感,体验着爱情的实现

C. 建立同一感,防止同一感混乱,体验着忠实的实现

D. 获得主动感,克服内疚感,体验着目的的实现   (C)

13. 一生中词汇数量增加最快的时期是

A. 婴儿期   B. 幼儿期   C. 学龄期   D. 青春期   (B)

14. 皮亚杰认为,儿童达到守恒的年龄为

A. 6 岁左右   B. 8 岁左右   C. 10 岁左右   D. 12 岁左右   (B)

15. 儿童身体攻击达到顶点的年龄是

A. 2 岁   B. 4 岁   C. 6 岁   D. 8 岁   (B)

16. "精力过剩说"的游戏理论的提出者是

A. 霍尔   B. 格罗斯   C. 彪勒   D. 席勒-斯宾塞   (D)

17. 胚胎中的某些细胞开始形成神经系统是在受精卵形成后

A. 36 小时内   B. 72 小时内   C. 1~2 周   D. 3~4 周   (D)

18. 以神经生理为基础,随神经系统的成熟而提高,相对地不受教育与文化的影响的智力是

A. 晶体智力   B. 流体智力   C. 言语智力   D. 操作智力   (B)

19. 双向帮助,但不能共患难的合作阶段,根据塞尔曼的儿童友谊发展阶段,这时的儿童应该处于

A. 3~7 岁   B. 4~9 岁   C. 5~8 岁   D. 6~12 岁   (D)

20. 一般认为,儿童思维由具体形象思维到抽象逻辑思维过渡的关键年龄为

A. 6~7 岁   B. 8~9 岁   C. 10~11 岁   D. 12~13 岁   (D)

二、多项选择题

1. 皮亚杰的"发生认识论"的理论基础包括

A. 生物学　　　　　　B. 逻辑学　　　　　　C. 心理学　　　　　　D. 人类学　　　　　（A、B、C）

2. 皮亚杰关于心理发展的主要概念包括

A. 内化　　　　　　　B. 顺应　　　　　　　C. 同化　　　　　　　D. 平衡　　　　　　（B、C、D）

3. 横断研究设计的缺点包括

A. 缺乏系统性　　　　　　　　　　　　　　B. 难以确定因果关系

C. 耗时长　　　　　　　　　　　　　　　　D. 取样程序较复杂　　　　　　　　（A、B、D）

4. 智力随年老而衰退多表现在

A. 言语性的智力衰退　　　　　　　　　　　B. 非言语性的智力衰退

C. 流体智力的衰退　　　　　　　　　　　　D. 晶体智力的衰退　　　　　　　　（B、C）

5. 晚年型患病老人一般

A. 对疾病盲目乐观　　　　　　　　　　　　B. 情绪比较抑郁、消沉、心情沮丧

C. 比较冷静地对待和诊治疾病　　　　　　　D. 容易产生厌世情绪　　　　　　　（A、C）

6. 拉文格的自我发展理论认为成年期自我发展主要经历的阶段有

A. 服从水平　　　　　B. 公正水平　　　　　C. 自主水平　　　　　D. 整合水平　　　　（B、C、D）

7. 关于游戏,皮亚杰认为

A. 儿童在游戏时并不发展新的认知结构

B. 儿童的游戏过程是同化的过程

C. 儿童在游戏中发展着新的认知结构

D. 认知发展的阶段决定了儿童特定时期的游戏方式　　　　　　　　　　　　　（A、B、D）

8. 随着儿童年龄的增长,脑电波的发展规律是

A. α 波逐渐增多　　B. δ 波逐渐增多　　C. θ 波逐渐减少　　D. α 波逐渐减少　　（A、C）

9. 托马斯–切斯认为婴儿的气质类型包括

A. 容易型　　　　　　B. 困难型　　　　　　C. 迟缓型　　　　　　D. 活泼型　　　　　（A、B、C）

10. 在胎儿的生长发育中,外胚层将发展为

A. 表皮　　　　　　　B. 神经系统　　　　　C. 肌肉　　　　　　　D. 消化系统　　　　（A、B）

三、简答题

1. 简述皮亚杰的道德发展理论。

2. 简述维果茨基的教学与发展关系的思想。

3. 简述科尔伯格的道德发展阶段理论。

四、综合题

1. 试述幼儿自我意识的发展。

2. 论述塞尔曼的角色(观点)采择理论。

第三部分　教育心理学

第一章　教育心理学概述

一、教育心理学的研究对象与任务

教育心理学是一门研究学校情境中学与教的基本心理规律的科学。要真正理解这句话,应该注意这样几点:第一,研究学校学与教情境中人的心理现象,而不是研究一切教育领域中的心理现象;第二,学校学与教情境中人(施教者和受教者)是活动的主体、行为的承担者,是教育心理学研究关注的焦点;第三,要密切结合教育过程来探讨、揭示学与教的基本心理规律;第四,教育心理学的基本任务是揭示学校学与教情境中人的心理活动及其交互作用的运行机制和基本规律,而不仅仅是对学与教中的心理现象进行描述。

教育心理学是心理科学与教育科学相交叉的产物,它的产生是心理科学与教育科学发展的需要。所以,首先,教育心理学要研究、揭示教育系统中学生学习的性质、特点和类型以及各种学习的过程及条件,从而使心理科学在教育领域中得以发展。研究学生的学习,不仅要揭示学生学习的一般心理规律,而且要研究学习的分类,探索不同类型学习的过程和有效学习的条件。其次,教育心理学还要研究如何应用学生的学习及其规律去设计教育、改革教育体制、优化教育系统,以提高教育效能、加速人才培养的心理学原则。也就是要研究教师的教学行为,包括课堂教学设计,教材呈现的方法,课堂管理以及教学结果的测量、评价等,研究依据学生学习的规律性知识去组建及优化教育系统所必需的心理学原则。

二、教育心理学的历史发展

(一)教育心理学的起源

1. 19 世纪政治、经济与教育的发展

19 世纪,随着资本主义政治经济的发展,迫切要求普及文化教育,为它提供具有文化科学知识、掌握资产阶级的国家机器与科学管理机器大生产的统治人才和大量的熟练工人。于是,19 世纪后半期,许多资本主义国家的教育界相继进行了一系列破除封建等级教育的改革。当时,一些主要的资本主义国家都先后实行了初等教育的义务教育制度。这些改革促使教育在社会生活中所占的比重越来越大。

随着教育事业在社会中分量的增加,传递人类文化和文明的教育过程也越来越受到人们的关注。当时的一些教育家从他们的教学实践中意识到必须研究受教育者的学习活动和规律,这样才能改善对教育过程的组织,提高教育工作的效力;他们已认识到心理知识对教育教学的重要性。这些都在客观上促使了教育心理学的产生。

2. 19 世纪心理科学的发展

心理科学的发展,为教育心理学的产生提供了可能。

首先,自然科学应用实验以及测量的方法获得的成就刺激着心理科学去应用这些工具,以为本学科的发展广泛搜集必要的资料。为此,一系列应用实验与测量来研究心理学问题的尝试相继出现,促进了心理科学的迅猛发展。

其次,心理测验在心理科学发展的背景下的快速发展及推广成为与心理实验并行发展的心理科学的两大支柱。这无疑促进了教育心理学的产生。

(二)教育心理学的发展过程

1. 教育心理学的产生

19世纪心理学的长足发展，为教育心理学成为一门独立学科提供了可能。与此同时，从心理学的观点论证教育过程的著作也不断增多，学习问题的心理学实验也逐渐开展起来。

赫尔巴特(J. F. Herbart,1776—1841)1806年发表了《普通教育学》一书，试图用心理学的观点阐述教育的一些重要问题，特别是教学的理论问题。赫尔巴特在此书的绪论中指出，心理学是教育者首先要掌握的学科。1835年，赫尔巴特又写了《教育学讲授纲要》，对普通教育学中的一系列教育心理学思想作了补充和发挥。赫尔巴特提出了教学的四个阶段，在19世纪中叶，由他的学生发展成五个阶段，称为赫尔巴特五段教学法。赫尔巴特之后，乌申斯基1867年发表《教育人类学》第一卷，卡普捷列夫1877年发表《教育心理学》，这是迄今为止所知道的最早正式以教育心理学命名的一部教育心理学著作。但是，这本书并没有提供一个独立的学科内容体系，并不意味着教育心理学作为一个科学分支的确立。之后，类似的著作在世界各国不断出现，对教育心理学的产生起了重要作用。其中，詹姆斯的机能主义与生物学化的心理学观点以及其对心理实验的提倡，对美国教育心理学的发生、发展有重大影响。詹姆斯与提倡心理测验的卡特尔被认为是对美国教育心理学的产生影响最大的人物。

19世纪末20世纪初，提倡对儿童身心进行实验研究的"实验教育学运动"开始兴起，为实际解决教育问题提供了途径。"实验教育学运动"的倡导者是德国教育理论家莫依曼(E. Meuman,1862—1915)把教育学分为研究教育目的的普通教育学和研究儿童身心发展及教育方法的实验教育学。"实验教育学"之名也由此而来。他认为实验教育学应该研究儿童发展与教育方法。莫依曼提倡借助生理学、解剖学、精神病学以及实验心理学的研究成果与方法，对儿童生活及学习活动进行实验。拉伊(A. Lay)是实验教育运动的另一名倡导者。他十分重视教育实验在理论构建过程中的作用，认为教育实验可以在人为控制的条件下，检验构成教育系统各组成因素的地位和作用，从而获得可靠的知识。他于1903年出版了《实验教育学》一书，完成了对实验教育学的系统描述。教育实验运动，对后来教育心理学中测验与实验的应用、儿童身心发展起了极大的作用。

2. 教育心理学的发展过程

(1) 美国教育心理学的发展

美国教育心理学的奠基人桑代克(E. L. Thorndike,1874—1949)于1903年出版了《教育心理学》一书，1913—1914年，他又把此书发展成为《教育心理学大纲》三卷本。桑代克的教育心理学分为三部分：人类的本性；学习心理；个别差异及其原因。这一著作奠定了教育心理学发展的基础。桑代克创建了教育心理学的完整体系，从而奠定了美国教育心理学的基本内容，使教育心理学从普通心理学、儿童心理学和教育学中独立出来成为一门新的学科。他的思想深受机能主义心理学和生物进化论的影响，从方法学上是机械主义的，从整体的科学性上看也很不成熟。但是，他的著作具有划时代的意义。

继桑代克之后，在美国教育心理学的发展过程中，出现了四个主要派别：

联结派：这一学派继承和发展了桑代克的联结主义观点，在美国形成了一个强大的联结学派。代表人物有：华生(J. B. Watson,1878—1952)，赫尔(C. L. Hull,1884—1952)，格思里(E. R. Guthrie,1886—1959)，斯金纳(B. F. Skinner,1904—1990)等。尽管他们不是在所有问题上的观点都一致，但是对学习的实质、学习的过程和学习的条件的认识上没有根本分歧。联结派坚持对教育心理学问题作客观研究，对学习的实质、学习的过程、学习的规律、学习的动机和学习的迁移等问题进行了长期的探索，提出了一系列的学说，在教育心理学的发展上作出了一定的贡献。但是，由于联结派本身所固有的机械主义的局限性，忽视对学习的内在过程与内部条件的探讨，对很多现象的解释很难深入甚至无法解释。

认知派：认知派是美国教育心理学中与联结派相对立的一个派别。这一学派同联结派在学习理论问题上的对立主要表现在：① 认知派否认刺激与反应间的联系是直接而机械的，认为行为是以意识为中介，受意识支配的；② 认知派认为，学习并不在于形成刺激与反应的联结，而在于依靠主观的组织作用形成"认知结构"，主体在学习中是主动的而不是被动的、盲目的；③ 认知派主张对学习的内部过程与内在条件的研究。

联结-认知派：也称认知-联结派。这一学派力图吸收认知派的某些观点以摆脱联结派所固有的局限性。其代表人物一般是接受了认知观点而从联结派中分化出来的，比如托尔曼(E. C. Tolman)、加涅(R. M. Gagne)等。首先，这一学派不否认刺激-反应间的联结是心理现象的发生机制与解释原则，但他们认为刺激与反应间的联系并不是直接的、机械的，而是存在着被称为"有机体的内部状态"的中间环节。于是，他们用S-O-R公式代替S-R这个公式。其次，这一学派认为，学习是通过主体对情境的领悟或认知以形成认知结构来实现的。最后，在学习问题的研究上，他们强调不仅要注意外部反应与外在条件，同时应该注意内部过程和内在条件。

人本主义派：这一学派的代表人物是马斯洛(A. H. Maslow,1908—1970)和罗杰斯(C. R. Rogers,1902—

1987)。在他们看来,教育的作用仅仅是激发人的潜能,而不是在人所固有的潜能以外增加什么。罗杰斯提倡"以学生为中心"的教学法,这种教学法也叫非指导性教学法或开放性教学法。他认为,在教学中教师仅仅是按照自由学习的原则去促进学习,而不是给予什么。他建议用"促进者"这一称呼来代替"教师"称号。

（2）苏联教育心理学的发展

十月革命后,苏联心理学界尝试以马克思主义的基本观点来改建心理学和教育心理学。维果茨基是苏联早期的著名心理学家,他的教育心理学思想主要有:① 从社会文化发展论和内化论出发,探讨了教育过程中个体心理发展的实质;② 首先提出了教学条件下科学概念掌握的特殊性问题,为学生学习的特殊性问题的研究打开了大门;③ 提出了教育与发展的区别与联系,指出了教育应该走在发展的前面,为学习与发展的关系问题奠定了理论基础。到了 20 世纪四五十年代,苏联的教育心理学的突出特点是重视结合教学与教育实际的研究,广泛采用自然实验法,重视综合性研究。在这个时期,似乎对教育心理学的理论问题研究有所忽视,而且,对国外的尤其是美国的教育心理学理论观点存在全盘否定的不良倾向。从 20 世纪 50 年代末到苏联解体间,苏联的教育心理学领域的变化是重大的,主要表现:理论思想活跃,比前一时期更重视理论问题的探讨了;进一步加强了同学校教育工作的联系;改变了对待美国及其他国家教育心理学理论观点的态度。

（三）教育心理学的研究趋势

教育心理学的研究趋势表现在这样几个方面:① 研究取向日趋全面,关注教与学两方面的心理问题。教学心理学的兴起,使得研究者重视研究学习环境设计和有效教学模式,以促进有效的学习。② 关注影响教学的社会心理因素。重视研究社会环境、情境因素和文化背景的影响。③ 注重实际教学中各种策略和元认知的研究。④ 年龄特点、个别差异、测量以及个别化教学研究继续受到重视。⑤ 更加关注学习者的主动性、能动性和学习的内在过程和机制。⑥ 开始研究电子学习的规律和信息技术的利用,使得教育心理学可以跟上社会的发展。

第二章　学习与心理发展

一、学习的含义与作用

（一）学习的含义

学习是由于经验所引起的行为或思维的比较持久的变化。要很好地理解学习的定义,把握学习的实质,应该注意下面几点:

第一,学习的发生是由于经验引起的。这种经验不仅包括外部环境刺激,也包括个体的练习,更重要的是包括个体与环境之间复杂的交互作用。

第二,经验所引起的改变可以是行为上的,也可以是思维上的,但都应该是持久的变化,而且,这些变化一般都可以通过行为表现出来。学习所带来的行为的变化是积极的,是使行为水平提高的变化。

第三,并不是所有行为的变化都意味着学习的存在。有机体的行为变化不仅可以由学习引起,也可以由本能、疲劳、适应和成熟等所引起。学习的行为变化是比较持久的,而由疲劳、创伤、药物等引起的行为变化都是比较短暂的,由于休息、治疗或停止服药,这些变化可能消失,而且它们所带来的变化是使行为水平降低。由成熟所引起的行为上的变化,其过程是缓慢的,而且,成熟往往与学习相互作用而引起行为的变化。

第四,学习是一个广义的概念,它不仅是人类普遍具有的,动物也存在学习。学习不仅指有组织的知识、技能、策略等的学习,也包括态度、行为准则等的学习,既有学校中的学习,也包括从出生就开始并伴随终生的日常生活中的学习。

第五,学习是个体的一种适应活动。个体要生存,必须适应环境的变化。适应包括生理适应和心理适应两种。学习属于心理适应,是一种以心理变化适应复杂多变的环境的过程。

（二）学习的作用

1. 学习是有机体和环境取得平衡的必要条件

学习是有机体与其生存环境保持平衡的必要条件。要适应环境,就需要学习,人不仅要适应环境,而且要改造环境,使环境更好地为人类服务,这就需要学习。生物的发展水平不同,他们的生存环境也各不相同,因此学习在他们生活中所起的作用也就不同。对于高等动物包括人类而言,行为的后天成分在生活中起的作用大,出生时最无能,且本能反应少,婴儿期长,学习能力强,学习所起的作用大。而且人类所处环境复杂多变,学习伴随人的一生。

2. 学习能促进生理成熟与心理发展

第一,学习可以影响生理成熟。虽然生理成熟受生物学规律支配,生理的结构和机能为学习提供了可能性,但是,缺少了外部刺激对这些结构和机能的利用,即没有相适应的学习过程发生,这些结构所具有的机能也会退化。一些动物实验表明,没有环境的刺激及学习活动,正常的成熟是不可能的。

第二,学习能激发人脑智力的潜力,从而促进个体心理发展。

第三,学习不仅有助于个体的发展,而且是人类进化的助推器。人类要发展,就需要学习。学习与人类生存同步,与社会发展同步。

二、学习的分类

(一) 学习水平分类

根据有机体进化水平及其学习的繁简程度,可以将学习分成不同的类别。

雷兹兰(G. Razran, 1971)依据进化水平的不同将学习分为四大类,每一类中都包含一些子类别。

(1) 反应性学习:最简单的一种学习,包括习惯化与敏感化。腔肠动物可以产生此类学习。

(2) 联结性学习:主要指条件反射的学习,包括:抑制性条件作用,即不重复被惩罚的动作的学习,腔肠动物可以产生此类学习;经典性条件作用,简单动物可以产生此类学习;操作性条件作用,低等脊椎动物可以产生此类学习。

(3) 综合性学习:把各种感觉结合为单一的知觉性刺激。包括感觉前条件作用(S-S学习)、定型作用(对复合刺激反应,不对其中的个别刺激反应)、推断学习(客体永久性观念的运用)。

(4) 象征性学习:即思维水平的学习,主要为人类特有,体现于言语学习的三个阶段,即符号性学习、语义学习和逻辑学习。

1970年,加涅根据学习的繁简程度提出了八类学习:

(1) 信号学习:即经典性条件作用,学习对某种信号作出某种反应。其过程是:刺激—强化—反应。这是一种最简单的学习,这类学习的发生取决于有机体先天的神经组织。

(2) 刺激-反应学习:即操作性条件作用,其过程是:情境—反应—强化。

(3) 连锁学习:是一系列刺激-反应的联合。

(4) 言语联想学习:其实也是连锁学习,是由语言单位所联结的连锁化。

(5) 辨别学习:学会识别多种刺激的异同,并对之做出不同的反应。

(6) 概念学习:对刺激进行分类时,学会对一类刺激做出相同的反应,也就是对事物抽象特征的反应。

(7) 规则的学习:即了解两个或两个以上概念之间的关系。也叫原理学习。

(8) 解决问题的学习:学会使用规则去解决问题。也叫高级规则的学习。

这八类学习是由简单到复杂,由低级到高级排列的。前三类学习都是简单反应。1971年,加涅对这种分类进行了修正,把前四类学习合并为一类,把概念学习扩展为具体概念学习和定义概念学习,这样,学习的分类就成为六类了:连锁学习,辨别学习,具体概念学习,定义概念学习,规则学习和解决问题的学习。

(二) 学习性质分类

奥苏伯尔根据两个维度对认知领域的学习进行了分类。依据学习主体所得经验的来源不同,将学习分为接受学习和发现学习;依据主体所得经验的性质不同,将学习分为机械学习和意义学习。

接受学习指教学系统中,学生将别人的经验变成自己的经验,所学习的内容是以某种定论或确定的形式,通过传授者的传授和接受者的主动构建而实现的。发现学习是在主体的活动过程中,通过对现实能动的反映及发现创造,而建构起一定的经验结构而实现的。意义学习是指学习者利用原有经验来进行新的学习,建立新旧经验的联系。机械学习是在学习中所得经验间无实质性联系的学习。

这两个维度互不依赖,彼此独立。接受学习不一定是机械学习,发现学习也有意义和机械之分。

(三) 学习结果分类

1. 加涅的学习结果分类

(1) 言语信息学习:指学习大量的名称、事实、事件的特性以及许多有组织的观念等。这些是以言语信息传达(通过言语交往或印刷物的形式)的内容,或者学生的学习结果是以言语信息表达出来的。学习"是什么"的知识。

（2）智慧技能的学习：利用符号与环境相互作用的能力，要学习"怎么做"的一些知识，又称过程知识。

（3）认知策略的学习：是学习者对用以支配自己的注意、学习、记忆和思维的有内在组织的技能的学习。这种能力使得学习过程的执行控制成为可能。

（4）态度的学习：态度是通过学习获得的内部状态，影响个人对某类事物、人物及事件所采取的行动。

（5）运动技能的学习：是对由有组织的、协调而统一的肌肉动作构成的活动的学习。运动技能是在不断练习的基础上形成的。

2．我国的学习结果分类

国内学者一般把学习分为三类：知识的学习；技能的学习（包括智力技能学习，或把智力技能学习单列一类）；道德品质或行为习惯的学习。冯忠良等将学生的学习分为知识的学习、技能的学习和社会规范的学习。

三、学习与心理发展的关系

（一）学习与个体心理发展

1．学习对个体心理发展的依存性

学习依赖于个体心理发展的已有水平，例如，没有加减法运算知识，就很难学习乘除法运算。个体心理发展的各个阶段受心理本身的发展规律的制约。学习必须适应个体心理发展的规律，在心理发展的不同阶段上，应有不同的学习要求、不同的学习内容与学习形式。

2．学习对个体心理发展的促进作用

学习在个体心理发展中是一个最直接的决定因素。个体从早期的直观行动思维发展到后来的抽象逻辑思维，这一过程不是自发的、自然的，而是在学习过程中，通过不断构建心理结构而实现的。

学习需要与学习期待的不断产生、不断满足，为心理发展提供了动力源泉。

能力与品德作为个体的两种典型的心理特性，其产生、形成、完善的过程就是心理不断发展、不断从量变到质变的过程。而这种心理的发展、变化过程又是通过不断的学习过程得以实现的。

（二）学习准备与发展性教学

学习准备状态即促进或阻碍学习的个人特点的总和，一般包括：个体的生理发展状态、能力发展状态及其学习动机状态，即个体的身心发展状态。学习受制于学习准备状态。如果学生缺乏接受某种教育的心理准备而强迫进行教育，可能导致两种不良后果：一是影响学生心理的健康发展；二是影响教学效果。

考虑学生的学习准备状态，也就是考虑学生的可接受性。这要求教学目标的确立、教学内容的选编、教学活动的组织及其教学成效的考核等都必须充分关注学生的身心发展状况，并以此为依据，提出新的教育要求，从而真正发挥教育的作用。

教育虽然不能逾越儿童的身心发展水平，但是适宜的教育可以促进儿童的身心发展，提高儿童身心发展的质量，是发展的一种助力。维果茨基提出了发展性教学的观点。他认为，在论述发展与教学的关系时，应考虑儿童的两种发展水平：一是个体在独立活动中所能达到的解决问题的水平，即现有的水平；一是在他人指导帮助下所能达到的解决问题的水平。这两种水平之间的差异即最近发展区。教学不仅要依据学生已经达到的心理发展水平，而且要预见到今后的心理发展，即教学要走在发展的前头。发展性教学更强调学生的发展潜力，强调提高学生的认知能力，这是传统教学所忽视的。同时，发展性教学还强调教师的适时的指导，如果让学生自己在最近发展区内独立学习，则可能使学生感到难度太大，容易产生畏难心理，导致畏缩不前。

第三章　学习的主要理论

一、学习的联结理论

（一）经典性条件作用说

1．巴甫洛夫的经典实验

巴甫洛夫在其经典实验中，将狗置于严格控制的隔音实验室内，食物通过遥控装置送到狗面前的食物盘中。仪器可以随时测量并记录狗的唾液分泌量。实验开始后,首先给狗呈现一个铃声刺激,铃响半分钟后便给狗食物,同时观察并记录狗的唾液分泌反应。当铃声与食物反复多次这样有联系地呈现之后,当仅有铃声而没有食物的情况下,狗也会分泌唾液。在这个过程中,食物是无条件刺激(UCS),只要它一出现,就会有唾液分泌。而铃声对于唾液分泌而言,是一个中性刺激(NS),它与唾液分泌没有必然的、直接的关系。由无条件刺激(食物)引起的唾液分泌是无条件反应(UCR)。在实验过程中,当铃声与食物多次结合出现之后,中性刺激铃声由无关刺激变成了进食的信号,具有诱发唾液分泌的功能,变成了条件刺激(CS)。单独呈现条件刺激而引起的唾液分泌反应叫条件反应(CR)。这就是巴甫洛夫的经典条件反射实验。

2. 经典性条件作用的主要规律

(1)条件反射的获得与消退

条件作用是通过中性刺激反复与无条件刺激相匹配,从而使中性刺激变成条件刺激,个体学会对条件刺激作出条件反应的过程而建立起来的。在条件作用的习得过程中,中性刺激与无条件刺激之间的时间间隔非常重要。一般情况下,中性刺激要稍先于无条件刺激或二者同时呈现。中性刺激与无条件刺激在时间上的结合称为强化,强化的次数越多,条件反射就越巩固。

在条件反射建立以后,如果多次只给条件刺激而没有无条件刺激加以强化,条件反射的反应强度就会逐渐减弱,最后将完全消失,即出现了条件反射的消退。

(2)条件反射的泛化与分化

泛化是指在条件反射形成后的初期,另外一些与条件刺激类似的刺激也会引起条件反应;分化指经过选择性强化和消退,使有机体学会对条件刺激和与条件刺激相似的刺激做出不同反应。

(3)二级(高级)条件作用

在已经形成的条件反射的基础上,如果将条件刺激用作无条件刺激,使它与另一个中性刺激伴随出现,就能建立一种新的条件反射,称为二级条件作用或高级条件作用。比如,在铃声成为唾液分泌的条件刺激之后,将铃声与灯光同时呈现,而没有食物出现,这样多次结合之后,灯光单独出现时也可以引起唾液分泌,这样就形成了二级条件作用。

(二)操作性条件作用说

1. 桑代克的联结-试误说

桑代克是联结主义学习理论的创始人。他把动物和人类的学习过程定义为刺激与反应之间的联结,认为知识和技能的获得必须通过尝试—错误—再尝试这样一个过程。桑代克的理论观点是建立在其动物学习实验的基础上的。

桑代克与巴甫洛夫不同之处在于,他提出了在某个行为之后出现的刺激影响了未来的行为。

桑代克认为,学习的实质是通过"尝试"在一定的情境与特定的反应之间建立某种联结。在尝试中,个体会犯很多错误。通过环境给予的反馈,个体放弃错误的尝试,而保留正确的尝试,从而建立起正确的联结,这就是学习。学习即联结,学习即试误。行为的后果是影响学习最关键的因素,如果行为得到了强化,证明尝试是正确的,行为就能保留下来,否则就会作为错误尝试而被放弃。桑代克还认为,人和动物遵循同样的学习律。他提出了三条重要的学习原则,并把它们称为"学习的公律",即著名的效果律、练习律和准备律。

效果律是指在试误学习过程中,在其他条件相等的情况下,如果学习者对刺激情境作出特定的反应之后能够获得满意的结果,则其联结就会增强;而得到烦恼的结果,其联结就会削弱。可见,一个人当前行为的后果对决定他未来的行为起着关键作用。奖励是影响学习的主要因素。在桑代克后来的著作中,他取消了效果律中消极的或令人烦恼的部分,因为他发现惩罚并不一定削弱联结,其效果并非与奖励相对。

练习律是指一个学会了的反应的重复将增加刺激-反应之间的联结。也就是S-R联结得到的联系和使用的次数越多,就变得越来越强,反之,就会变弱。练习的时间越近,联结保持的力量也就越大。在他后来的著作中,他修改了这一规律,因为,他发现没有奖励的练习是无效的,联结只有通过有奖励的练习才能增强。

准备律是指学习者在学习开始时的预备定势。学习者有准备而又给以活动就感到满意,有准备而不活动则感到烦恼,学习者无准备而强制以活动也感到烦恼。

2. 斯金纳的经典实验及行为分类

斯金纳发明了斯金纳箱。箱内装有一个操纵杆,下面有一个食物盘,操纵杆与提供食丸的装置相连。只要箱内的动物按压操纵杆,就会有一粒食丸滚到食物盘内。斯金纳将饥饿的白鼠放于箱内,白鼠在箱内乱跑,活动中偶尔踏上了操纵杆,就有一粒食丸自动落到食物盘内,白鼠便吃到了食丸。白鼠经过几次尝试,会不断按压杠杆,直到吃饱为止。于是斯金纳认为,有机体作出的反应与其随后出现的刺激条件之间的关系对行为起着控制作用,它能影响以后反应发生的概率。斯金纳认为,学习实质上就是一种反应概率的变化,而强化是增强反应概率的手段。

斯金纳认为行为可以分为两类:应答性行为和操作性行为。应答性行为是由特定刺激引起的,是不随意的反射性反应,又称为引发反应;操作性行为是由有机体自发作出的随意反应,又称为自发反应。经典条件作用是应答性行为,而操作条件作用则是操作性行为。

3. 操作性条件作用的主要规律

斯金纳认为,操作性条件反射与两个一般的原则相联系:第一,任何反应如果紧跟随以强化(奖励)刺激,这个反应都有重复出现的倾向;第二,任何能够提高操作反应率的刺激都是强化刺激。

(1)强化

斯金纳认为,强化有正强化和负强化,它们的作用都在于增加以后发生反应的概率。一个完整的操作性条件反射模式由三部分构成:辨别刺激——提供行为结果的刺激;操作行为——有机体的自发反应;强化刺激——继行为之后出现并与行为相倚的刺激。

(2)逃避条件作用与回避条件作用

逃避条件作用是指当厌恶刺激或不愉快情境出现时,有机体做出了某种反应从而逃避了厌恶刺激或情境,该反应在以后的类似情境中出现的频率增加了。逃避条件作用是一种消极强化的条件作用类型,它揭示了有机体是如何学会摆脱痛苦的。

回避条件作用是指有机体预示到厌恶刺激或不愉快情境即将出现时,自发地采取了某种反应,从而避免了厌恶刺激或不愉快情境的出现,这种反应在以后的类似情境中出现的频率也增加了。回避条件作用是在逃避条件作用的基础上建立的。

回避条件作用与逃避条件作用都是负强化的条件作用类型,二者的不同在于:在逃避条件作用中,厌恶刺激或不愉快的情境在个体做出反应之前就已经出现了,个体实际经受了由厌恶刺激带来的痛苦;而在回避条件作用中,厌恶刺激或不愉快的情境因有机体事先做出的反应而得以避免,个体并未实际遭受厌恶刺激的袭击。

(3)惩罚与消退

惩罚是当有机体做出某种反应以后,呈现一个厌恶刺激以消除或抑制此类反应的过程。惩罚与负强化不同,负强化是通过厌恶刺激的排除来增加反应在将来发生的概率,而惩罚则是通过厌恶刺激的施加来降低反应在将来发生的概率。动物实验表明,惩罚对于消除行为来说并不总是有效的,惩罚不能使行为发生永久性的改变,它只能暂时抑制行为,而很难根除行为。

曾被强化的反应在一段时间不强化后,其出现的频率会降低,这种现象为消退。消退是一种无强化的过程,其作用在于通过这种强化的取消来降低某种反应在将来发生的概率,以达到消除某种行为的目的。

(三)社会学习理论

班杜拉等人发现,成人榜样对儿童行为有明显影响,儿童可以通过观察成人榜样的行为而习得新行为。

这种学习不要求必须有强化,也不一定产生外显行为。班杜拉把观察学习分为以下四个过程:

1. 注意过程

注意和知觉榜样情境的各个方面。班杜拉认为,注意过程决定着在大量的榜样影响中选择什么作为观察的对象,并决定着从正在进行的榜样活动中抽取哪些信息。影响注意过程的因素主要有:第一,榜样行为的特性。一般而言,独特而简单的活动容易成为观察的对象;榜样越流行,越容易被模仿;人们对于敌对的、攻击性的行为远较亲社会行为容易模仿;榜样行为被奖励比被惩罚更能引起模仿。第二,榜样的特征。榜样在年龄、性别、兴趣爱好、社会背景等方面与观察者越相似,越容易引起人们的注意;同时,人们倾向于注意那些受人尊敬、地位较高、能力较强的榜样。第三,观察者的特点。信息加工能力强、情绪唤醒水平高的个体,倾向于模仿他人;观察者过去形成的知觉定势,会影响到他们对榜样特征的抽取和解释;缺乏自信的、低自尊的、依赖性强的人,更容易模仿榜样行为;先前获得强化经验的行为在当前的观察学习情境中,也比较容易受到注意。

2. 保持过程

记住他们从榜样情境了解的行为,所观察的行为在记忆中以符号的形式表征。个体使用两种表征系统——表象和言语。

3. 动作再现过程

复制从榜样情境中所观察到的行为。班杜拉认为,个体对榜样行为的再现过程可以划分为:反应的认知组织,反应的发起和监控,以及在信息反馈基础上的精练。自我效能感是影响复制过程的一个重要因素。

4. 动机过程

因表现所观察到的行为而受到激励。动机过程包括外部强化、替代强化和自我强化。

如果按照榜样行为去行动会导致有价值的结果,而不会导致无奖励或惩罚的后果,人们倾向于展现这一行为,这是外部强化。

观察到榜样行为的后果,同样影响观察者的行为表现,这是替代强化。

人们倾向于作出自我满意的行为,拒绝那些个人厌恶的东西,这是一种自我强化。

动机过程决定了哪一种经由观察习得的行为得以表现。

二、学习的认知理论

(一)早期的认知学习理论

1. 格式塔学派的完形-顿悟说

格式塔理论是心理学中为数不多的理性主义理论之一。

格式塔心理学家们主要对知觉和解决问题的过程感兴趣。他们认为,学习到的东西只是知觉组织的结果,并取决于知觉的组织律;个体所表现的行为取决于在解决当前问题时心智对眼前的情景结构的分析,依赖于对过去经验的利用。

完形-顿悟说的基本内容有两点:

(1)学习是通过顿悟过程实现的

格式塔心理学家认为,学习是个体利用自身的智慧与理解力对情境及情境与自身关系的顿悟,而不是动作的累积或盲目的尝试。学习包括知觉经验中旧有结构的逐步改组和新的结构的豁然形成,顿悟是以对整个问题情境的突然领悟为前提的。也就是说,顿悟是对目标和达到目标的手段与途径之间的关系的理解。个体所表现的行为取决于在解决当前问题时心智对眼前的情境结构的分析,依赖于对过去经验的利用。格式塔心理学家认为,学习的过程就是顿悟的过程。

(2)学习的实质是在主体内部构造完形

格式塔心理学家认为,学习的实质是在主体内部构造完形,因此刺激和反应之间需要有意识为中介。完形是一种心理结构,它是在机能上相互联系和相互作用的整体结构,是对事物的关系的认知。

格式塔心理学家认为,学习就是知觉的重新组织,这种知觉经验变化的过程,不是渐近的尝试与错误的过程,而是突然的顿悟。顿悟的产生一方面是由于分析当前问题情境的整体结构,另一方面,是由于个体能利用过去经验的痕迹,能够填补缺口或缺陷。

2. 托尔曼的认知-目的说

位置学习实验和奖励预期实验是托尔曼学习理论的主要实验基础。

认知-目的说的基本观点:

(1)学习是有目的的行为,是一种期待的获得,而不是盲目的。期待是托尔曼学习理论的核心概念,它是指个体根据已有经验而建立起来的一种内部准备状态,是一种通过学习而形成的关于目标的认知观念。托尔曼认为,学习就是对行为的目标、取得目标的手段、达到目标的途径和获得目标的结果的期待,完全是认知性的。

(2)学习是对完形的认知,是形成认知地图。学习不是简单的机械的运动反应,而是学习"达到目的的符号"及其所代表的意义。

认知地图就是现代心理学中所说的认知结构,使学生形成良好的认知结构是教育的关键和核心。

(3)在外部刺激和行为反应之间存在中介变量。他主张将行为主义 S-R 公式改为 S-O-R,其中 O 代表有机体的内部变化。

(4)托尔曼认为,在未获得强化前,学习已经出现,只不过未表现出来,他称之为潜伏学习。

3. 早期认知学习理论的启示

这些理论都肯定在学习活动中主体的作用,强调心理具有组织的功能,重视认知活动在学习中的作用。这对于反对联结论的机械性和片面性有重要意义。

格式塔学习理论强调整体观和知觉经验组织的作用,关注知觉和认知的过程,对联结主义是一个挑战,启迪了后来的认知派学习理论家们。

托尔曼的观点提示我们在实际教学中,教师应该让学生明确学习的目的任务和具体要求,使其对未来的学习产生一种积极的期待。教师还应该加强学生良好的认知地图的构建。

(二)布鲁纳的认知-发现说

布鲁纳反对以强化为主的程序教学。他主张,学习的目的在于以发现学习的方式使学科的基本结构转变为学生头脑中的认知结构。

1. 认知学习观

(1)学习的实质是主动地形成认知结构

布鲁纳认为,学习的本质是主动地形成认知结构,而不是被动地形成刺激-反应的联结。学习者不是被动地接受知识,而是主动地获取知识,并通过把新获得的知识和已有的认知结构联系起来,积极地建构其知识体系。布鲁纳十分强调认知结构在学习过程中的作用,认为认知结构可以给经验中的规律性以意义和组织,并形成一个模式。

(2)学习包括获得、转化和评价三个过程

布鲁纳认为学习包括几个过程:新知识的获得,知识的转化,评价。学习活动首先是新知识的获得。知识的转化是指超越给定的信息,运用各种方法将它们变成另外的形式,以适合新任务,并获得更多的知识。评价是对知识转化的一种检查,通过评价可以核对处理知识的方法是否适合新的任务,或者运用得是否正确。所以,评价通常包含对知识的合理性进行判断。

2. 结构教学观

(1)教学的目的在于理解学科的基本结构

由于强调学习的主动性和认知结构的重要性,所以布鲁纳主张教学的最终目标是促进学生"对学科结构的一般理解"。学科基本结构是指学科的基本概念、基本原理以及基本态度和方法。他认为,当学生掌握和理解了一门学科的结构,他们就会把该学科看作是一个相互联系的整体。所以,他把学科的基本结构放在设计课程和编写教材的中心地位。

(2)掌握学科基本结构的教学原则

① 动机原则:布鲁纳强调学习的内在动机。他认为几乎所有的学生都具有内在的学习愿望,内部动机是维持学习的基本动力。他把学生的内在动机分为三种,分别是好奇内驱力(即求知欲)、胜任内驱力(即成功的欲望)和互惠内驱力(即人与人之间和睦共处的需要)。这三种内在动机的效应都是持久的。教师应善于促进并调节学生的探究活动,激发他们的内在动机,有效地达到预定的学习目标。

② 结构原则:结构原则主要是指知识的呈现方式。为了使学生容易理解教材的一般结构,教师必须采取最佳的知识结构进行传授。任何知识结构都可以用动作、图像和符号三种表象形式来呈现。具体选择哪种呈现方式,应视学生的年龄、知识背景和学科性质而定。

③ 程序原则:布鲁纳认为,教学就是引导学习者有条理地陈述一个问题或大量知识结构,提高对所学知识的掌握、转化和迁移的能力。

④ 强化原则:学习必须获得反馈。教学规定适合的强化时间和步骤是学习成功的重要一环。知道结果应恰好在学生评估自己作业的那个时刻,知道结果过早或过晚都不利于学习。

根据布鲁纳的观点,在教学过程中,教师应该首先全面深入地分析教材,明确学科本身所具有的基本概念、基本原理及它们之间的相互关系。其次,在引导学生理解教材结构的过程中,还应注意:第一,激发学生的好奇心和胜任感;第二,选择适合学生特点的教学程序和结构方式来组织教学活动;第三,注意及时反馈,并教育学生学会自我反馈,以提高学习的自觉性和能动性。

3. 发现学习

布鲁纳认为,学生掌握学科的基本结构的最好方法是发现法。发现包括用自己的头脑亲自获得知识的一切形式。在发现法中,教师要向学生提供材料,让学生亲自发现应得的结论或规律,使学生成为发现者。可见,教师的作用在于帮助学生形成一种能够独立探究的情境,是促进学生自己去思考并参与知识获得的过程。

布鲁纳的发现学习的优点:有利于激发学生的好奇心及探索未知事物的兴趣,有利于调动学生的内部动机和学习的积极性,最大限度地为学生提供自由回旋的余地,并有利于学生批判性、创造性思维的发展。缺点:无视学生学习的特点,歪曲了接受学习的本意;对发现学习的界定缺乏科学性和严密性;发现学习浪费时间,不能保证学习的水平。因此,发现学习不能成为学生学习的主要方法。

(三)奥苏伯尔的有意义接受说

1. 有意义学习的实质和条件

（1）有意义学习的实质

有意义学习过程的实质就是符号所代表的新知识与学习者认知结构中已有的适当观念建立非人为的和实质性的联系。实质性的联系指新的符号或符号所代表的观念与学习者认知结构中已有的表象、已经有意义的符号、概念或命题的联系。非人为的联系是指新知识与认知结构中有关观念在某种合理的或逻辑基础上的联系。

（2）有意义学习的条件

有意义学习的产生，既受学习材料性质的影响（外部条件），也受学习者自身因素的影响（内部条件）。要发生有意义的学习，首先，学习材料必须具有逻辑意义，也就是，材料本身与人类学习能力范围内的有关观念可以建立非人为的和实质性的联系。其次，学习者必须具有有意义学习的心向。也就是，学习者要具有积极主动地把符号所代表的新知识与学习者认知结构中原有的适当知识联系起来的倾向。再次，学习者认知结构中必须具有适当的知识，以便与新知识进行联系。最后，学习者必须积极主动地使这种具有潜在意义的新知识与其认知结构中已有的相关旧知识发生相互作用，使旧知识得到改造，使新知识获得实际意义，即心理意义。

2. 认知同化理论与先行者组织策略

奥苏伯尔认为，同化理论的核心是学生能否习得新信息主要取决于他们认知结构中已有的有关观念。学生是否具有起固定作用的观念，对学习是否有意义起重要作用。如果学生认知结构中没有可以同新教材建立联系的有关观念，就会使教材失去潜在意义。

先行组织者是一种教学策略，它是先于学习任务本身呈现的一种引导性材料，比学习任务本身有较高的抽象、概括和综合水平，并且能清晰地与认知结构中原有的观念和新的学习任务关联。设计先行组织者的目的在于给新的学习任务提供观念上的固定点，增加新旧知识之间的可辨别性，以促进类属性的学习。"组织者"可分为两类，一类是陈述性组织者，其目的在于为新的学习提供最适当的类属者，它与新的学习产生一种上位关系；另一类是比较性组织者，目的在于比较新材料与认知结构中相类似的材料，从而增强似是而非的新旧知识之间的可辨别性。

3. 接受学习的界定及评价

奥苏伯尔认为，接受学习是在教师指导下，学习者接受事物意义的学习。接受学习也是概念同化过程，是课堂学习的主要形式。奥苏伯尔认为，接受学习适合于年龄较大、有丰富知识和经验的学习者。学习者接受知识的心理过程表现为：首先，在认知结构中寻找同化新知识的有关观念；然后，找到新知识与起固定点作用的观念的相同点；最后，再找到新旧知识的不同点，使新概念与原有概念之间有清晰的区别、旧知识得到改善、新知识获得实际意义。

接受学习是学习者掌握人类文化遗产及先进科学技术知识的主要途径。接受学习所获得的知识是系统的、完整的、精确的，而且便于储存和提取。但是奥苏伯尔对接受学习的定义是模糊的，他并没有弄清楚学习的本质，对于接受学习的评价有夸大不实之处，也不是一种完备的科学理论。奥苏伯尔和布鲁纳的观点并不矛盾，他们只是侧重了学习的不同方面，但是他们都强调学生认知结构在学习活动中的作用，重视学生认知结构的构建。

（四）加涅的信息加工学习理论

1. 学习的信息加工模式

加涅认为，学习是一个过程，这个过程可以分为不同的信息加工阶段，各个阶段上都有学习事件发生。

加涅的信息加工学习模式展示了学习过程中的信息流程。这一模式表示，来自学习者环境中的刺激作用于他的感受器，并通过感觉登记器进入神经系统。信息最初在感觉登记器中进行编码，最初的刺激以映象的形式保持在感觉登记器中。当信息进入短时记忆以后，再次被编码，在这里，信息以语义的形式储存下来。如果学习者做了内部复述，信息还可以被转移到长时记忆中进行储存，以备日后回忆。这其实就是一个信息加工的流程问题，即信息流。

在加涅的信息加工模式中，除了信息流程之外，还包含期望事项与执行控制，即所谓的控制结构。期望事项是指学生期望达到的目标，即学习的动机。教师的反馈之所以有效，正是由于学生的期望。执行控制也就是加涅学习分类中的认知策略，它决定着哪些信息从感觉登记进入短时记忆，如何进行编码，采用何种提取策略等。

2. 学习阶段和教学设计

加涅把学习过程分为八个阶段：

（1）动机阶段。有效的学习要得以发生，教学就应该引起学生的兴趣以激发其学习动机。

（2）领会阶段。此阶段学习者的心理活动主要是注意和选择性知觉。已具有学习动机的学习者注意与学习有关的刺激，并对它进行信息编码，使之进入信息加工系统，储存到短时记忆中。

（3）习得阶段。习得阶段是对新获得的东西进行知觉编码后储存在短时记忆中，然后再把它们进一步编码加工后转入长时记忆中。

（4）保持阶段。已编码的信息，进入长期记忆的储存器。

（5）回忆阶段。也就是信息的检索阶段。在该阶段，线索很重要。

（6）概括阶段。人们经常要在变化的情境或现实生活中利用所学的东西，这就是概括阶段的任务。概括阶段要实现学习的概括化问题或学习的迁移问题。

（7）作业阶段。在作业中表现出他们所学到的东西。

（8）反馈阶段。通过操作，学习者认识到自己已经通过学习达到了预定的目标。

完整的教学过程应该按照以上八个阶段进行。每一学习阶段，信息由一种形态转变为另一种形态，直到学习者用作业的方式做出反应为止。教学程序必须根据学习的基本原理来进行。有效的教学要求教师根据学生的内部学习条件，尝试或安排适当的外部条件，促进学生有效的学习，以实现预期的教学目标。

三、学习的建构理论

（一）建构主义的思想渊源与理论取向

1. 思想渊源

建构主义是学习理论中行为主义发展到认知主义后的进一步发展。

建构主义是认知主义的进一步发展。在皮亚杰和早期布鲁纳的思想中已经有了建构的思想，但相对而言，他们的认知学习观主要在于解释如何使客观的知识结构通过个体与之交互作用而内化为认知结构。维果茨基的思想介绍到美国以后，对建构主义思想的发展起了极大的推动作用。维果茨基强调社会文化历史的作用，特别是强调活动和社会交往在人的高级机能发展中的突出作用。他认为，高级的心理机能来源于外部动作的内化，这种内化不仅通过教学，也通过日常生活、游戏和劳动等来实现。另一方面，内在的智力动作也外化为实际动作，使主观见之于客观。内化和外化的桥梁便是人的活动。另外，他的"最近发展区"的理论，对正确理解教育与发展的关系有着极其重要的意义。所有这些都对当今的建构主义者有很大影响。

2. 理论取向

（1）激进建构主义

激进建构主义是在皮亚杰思想基础上发展起来的，以冯·格拉塞斯费尔德（von Glasersfield）和斯特费（Steffe）为代表。激进建构主义认为：① 知识不是通过感觉而被个体被动地接受的，而是由认知主体主动地建构起来的，建构是通过新旧经验的相互作用而实现的；② 认识的机能是适应自己的经验世界，帮助组合自己的世界，而不是去发现本体论意义上的现实。激进建构主义相信，世界的本来面目是我们无法知道的，而且也没有必要去推测它，我们所知道的只是我们的经验。激进建构主义主要关注个体与物理环境的交互作用，对学习的社会性重视不够。

（2）社会建构主义

社会建构主义是以维果茨基的理论为基础建构起来的，以鲍尔斯费尔德（H. Bauersfield）和库伯（P. Cobb）为代表。社会建构主义也在一定程度上对知识的确定性和客观性提出了怀疑，认为所有的认识都是有问题的，但它比激进建构主义稍微温和一些。它认为，世界是客观存在的，对每个认识世界的个体来说是共通的。知识是在人类社会范围里建构起来的，又在不断地改造使之尽可能地接近真实，但又永远达不到。它也认为学习是个体建构自己的知识和理解的过程，但它更关心建构过程的社会一面。它重视学习的社会层面。它认为知识包括两种：自下而上的知识和自上而下的知识。自下而上的知识是指学习者在日常生活、交往和游戏中形成的大量个体经验。而自上而下的知识是指在社会实践活动中，首先以语言符号形式出现，由概括向具体经验领域发展的公共文化知识。儿童理解成人身上的自上而下的知识，并以自己的知识为基础，使之获得意义，从而把"最近发展区"变成现实的发展，这是儿童知识经验发展的基本途径。

（3）社会文化取向

这种倾向也受到维果茨基理论的影响，也把学习看成是建构过程，关注学习的社会性的方面。它认为，心理活动是与一定的文化、历史和风俗习惯背景联系在一起的。知识和学习都是存在于一定的社会文化背景中的,不同的社会实践活动是知识的来源。所以,它着重研究不同文化、不同时代、不同情境下个体的学习和问题解决等活动的差别。这种倾向认为,学习应该像这些实际活动一样展开,在未达到某种目标而进行的实际活动中,解决遇到的实际问题,学习某种知识。它提倡师徒式教学。

（4）信息加工建构主义

也叫"温和建构主义",它仍然坚持信息加工的基本范式,但完全接受了"知识是由个体建构而成的"观点,强调外部信息与已有信息之间存在双向的、反复的相互作用。新知识的获得以原有的知识经验为基础,从而超越所给信息。同时,原有经验在此过程中被调整或改造。它不接受"知识仅仅是对经验世界的适应"的原则。斯皮罗等人的认知灵活性理论就是一种这样的建构主义。

（二）建构主义学习理论的基本观点

1. 知识观

建构主义者一般强调,知识并不是对现实的准确表征,它只是一种解释、一种假设,它并不是问题的最终答案。而且,知识不能精确地概括世界的法则。在具体情境中,需要针对情境进行再创造。另外,知识不可能以实体形式存在于具体个体之外。学生对知识的接受只能靠他自己的建构来完成,以他们自己的经验、信念为背景来分析知识的合理性。学生学习不仅是对新知识的理解,而且是对新知识的分析、检验和批判。学习知识不能教条式地进行。

2. 学习观

建构主义认为,学习不是由教师向学生传递知识,而是学生建构自己的知识的过程。学生不是被动的信息吸收者,而是有意义的主动建构者,这种建构不可能由其他人代替。学习是主动的。外部信息的意义是学习者通过新旧知识经验间反复的、双向的相互作用过程而建构的。学习不是简单的信息积累,它同时包含由于新、旧经验的冲突而引发的观念转变和结构重组。

3. 教学观

建构主义认为,学生不是空着脑子走进教室的。教学不能无视学生的背景经验,要把儿童现有的知识经验作为新知识的生长点,引导儿童从原有的知识经验中"生长"出新的知识经验。教学不是知识的传递,而是知识的处理和转换。教师需要与学生共同针对某些问题进行探索,并在此过程中相互交流和质疑,了解彼此的想法,彼此作出某些调整。

（三）认知建构主义学习理论与应用

1. 认知灵活性理论及其随机通达教学

（1）结构不良领域与学习

结构不良领域有两个特点:知识应用的每个实例中,都包含许多应用广泛的概念的相互作用(即概念的复杂性);同类的各个具体实例中,所涉及的概念及其相互作用的模式有很大差异(即实例间的差异)。结构不良领域是普遍存在的。

据此,斯皮罗等人(Spiro et al.,1991)把学习分为两种:初级学习和高级学习。初级学习是学习的低级阶段,学生只需知道一些重要的概念和事实,测验时只要求学生原样再生出他们所学的知识。初级学习所涉及的内容主要是结构良好的领域。高级学习要求学生掌握概念的复杂性和实例间的差异性,所以,它所涉及的内容大多是结构不良领域。乔纳生(D. H. Jonassen,1991)在此基础上提出了知识获得的三阶段。第一,初级阶段,学生往往缺少可以直接迁移的关于某领域的知识,这时的理解多靠简单的字面编码。在教学中,此阶段所涉及的主要是结构良好的问题,其中包含大量的通过练习和反馈而熟练掌握知识的活动过程。第二,在高级的知识获得阶段,学生开始涉及大量的结构不良领域的问题,这时的教学主要是以对知识的理解为基础,通过师徒式的引导而进行。学习者要解决具体领域的情境性问题必须掌握高级的知识。第三,专家知识学习阶段,所涉及的问题更加复杂和丰富,这时,学生已有大量的图式化的模式,而且其间已建立了丰富的联系,因而可以灵活地对问题进行表征。

（2）适合于高级学习的教学——随机通达教学

随机通达教学认为,对同一内容的学习要在不同时间多次进行,每次的情境都是经过改组的,而且目的不同,分别着眼于问题的不同侧面。这种教学避免抽象地谈概念的一般运用,而是把概念具体到一定的实例中,并与具体情境联系起来。每个概念的教学都要涵盖充分的实例,分别用于说明不同方面的含义,而且各实例都可能同时涉及其他概念。在这种学习中,学习者可形成对概念的多角度理解,并与具体情境联系起来,形成背景性经验。

2. 自上而下的教学设计及知识结构的网络概念

建构主义者批评传统的自下而上的教学设计，提出了自上而下的教学进程。自上而下的教学就是首先呈现整体性的任务，让学生尝试进行问题的解决。学生要自己发现整体任务所需首先解决的子任务，以及完成各级任务所需的各级知识技能。

建构主义者认为，在教和学的活动中，不必组成严格的直线性层级，因为知识是由围绕着关键概念的网络结构组成的。学习可以从网络的任何部分进入或开始。这就是他们的知识结构的网络概念。

3. 情境性教学

建构主义者批评传统教学使学习去情境化，提倡情境性教学。首先，这种教学应该使学习在与现实情境相类似的情境中发生，以解决学生在现实生活中遇到的问题为目标。学习的内容应选择真实性的任务。他们主张弱化学科界限，强调学科间的交叉。其次，这种教学过程所需要的工具往往隐含在情境当中，教师要在课堂上展示出与现实中专家解决问题相类似的探索过程，提供解决问题的原型，并指导学生探索。最后，情境性教学不需要独立于教学过程的测验，而是采用融合式测验，在学习中对具体问题的解决过程本身就反映了学习的效果，也可进行与学习过程一致的情境化的评估。

4. 支架式教学

建构主义者提出并强调支架式教学。在这种教学模式中，教师引导教学的进行，使学生掌握、建构和内化所学的知识技能，从而使他们进行更高水平的认知活动。所谓"支架"就是指教师的帮助。支架式教学包括三个环节：① 预热：将学生引入一定的问题情境，并提供可能获得的工具。② 探索：由教师为学生确立目标，用以引发情境的各种可能性，让学生进行探索尝试。在这个过程中，教师应该逐渐增加问题的探索成分，逐步让学生自己去探索。③ 独立探索：教师放手让学生自己决定自己探索的方向和问题，选择自己的方法，独立地进行探索。

5. 教学中的社会性相互作用

建构主义者重视教学中教师与学生之间以及学生与学生之间的社会性相互作用。他们认为，每个人都在以自己的经验为背景建构对事物的理解，因此只理解到事物的不同方面，不存在对事物唯一正确的理解。教学的目的是要使学生超越自己的认识，看到那些与自己不同的理解，看到事物的另外的侧面；同时，还应该通过合作和讨论，使学生相互了解彼此的见解，形成丰富的理解。在小组讨论中，学生要不断反思自己的思考过程，对各种观念加以组织和改组。

（四）社会建构主义学习理论与应用

社会建构主义学习理论主张，知识源于对事物的社会意义的建构，学习者应在社会情境中积极地相互作用，学习是对知识的社会协商。该学习理论应用到教学领域，生成了具有典型意义的三种教学模式：抛锚式教学、情境性学习、交互性教学。社会建构主义学习理论优点明显，但也存在理论上的模糊性，仍需完善和发展。

1. 社会建构主义学习理论的理论基础

社会建构主义理论基于建构性的认识论，在当代哲学思潮和维果茨基心理发展理论的相互融合中逐渐发展起来，并演化出社会建构主义学习理论。

（1）当代哲学思潮为社会建构主义学习理论提供哲学基础

催生并推动社会建构主义发展的哲学思潮主要有三股：一是以波普尔为首的科学哲学，二是维特根斯坦的日常语言哲学，三是以德里达为代表的后结构主义。

科学哲学的发展动摇了人们对知识可靠性的迷信，给当今建构主义以重大启示。波普尔认为经验可以证伪一种理论，任何理论最终都逃脱不了被证伪的厄运；猜测—证伪—再猜测—再证伪……就是科学迫近真理的道路。在他的基础上，库恩又发展了这种思想。库恩强调科学共同体的信念在科学革命中的决定作用，主张科学的增长是非理性的，还认为"科学只是解释世界的一种范式"，而"知识是个人的理解"。维特根斯坦（Wittgenstein）的日常语言哲学则反对客观主义，为建构主义理解事物提供了新的思维。维特根斯坦提出"语言游戏说"和"家族相似"概念，他认为说话者在依据一定的规则用语词做各种游戏，语词只是工具，它本身没有意义，它的意义是我们在按自己的目的使用它们时赋予的；同时强调事物只是在某种意义上有共同的特点，但不存在绝对的普遍的规律，每一种事物都是独特的。以法国哲学家德里达为代表的后结构主义是在批判结构主义理论的过程中形成的一个哲学流派。后结构主义认为任何系统的组成部分都没有它自身的"实质的"意义，只有"关系上的"意思，强调结构意义的不确定性，进而指出"文本"在更广阔范围内和更大程度上的意义的不确定。后结构主义观点引起了大部分人文科学领域观察问题角度的深刻变化，建构主义从中汲取了不少营养。

这三股哲学思想汇聚起来,一个核心的观点就是:强调多元,崇尚差异,主张开放,推崇创造,否定中心和等级,要求去掉本质和必然。这正是当前时兴的后现代主义思想。

然而,缺少维果茨基心理学思想的支持,没有维果茨基心理学思想的传入及与哲学思潮的融汇,也很难形成社会建构主义及其学习理论。

（2）维果茨基心理发展理论成为社会建构主义学习理论的奠基石

维果茨基（Lev Vygotsky,1896—1934）的心理发展理论由"心理发展活动说"、"心理发展中介说"、"心理发展内化说"三部分有机组成。维果茨基将人的心理机能区分为既有联系又有区别的两种形式:一种是自然的、直接的低级心理机能,另一种是社会的、间接的高级心理机能。他认为心理的发展是个体在社会和文化影响下,从低级心理机能逐渐向高级心理转化的过程,而人的高级心理机能的发展应当从历史的观点,而不是抽象的观点,不是在社会环境之外,而是在同它们的作用的不可分割的联系中加以理解。维果茨基把心理发展理论应用于个体学习时,特别强调两个领域:一是与比较有知识的其他人在最近发展区的社会交互作用;二是以文化方式发展的文化系统（即将语言作为建构意义的心理工具）。

虽然维果茨基的心理发展理论形成于20世纪20、30年代,但它对建构主义的影响和启发并促成社会建构主义则是在20世纪60年代其译著传入西方以后。进入20世纪80年代以后,西方心理学家由最初只是对维果茨基思想感兴趣开始转入对维果茨基诸多方面的研究,这才使得维果茨基的心理发展理论在与西方哲学思潮融会的过程中,促进了社会建构主义及其学习理论的形成和发展。这也就使后现代主义思想和维果茨基的心理发展理论成为社会建构主义及其学习理论的理论基础。

2. 社会建构主义学习理论的基本观点

社会建构主义学习理论并非像其他学习理论流派那样基于大量的动物或人的实验和准实验来验证其命题和观点,而是在对以斯金纳为代表的行为主义和加涅等为代表的认知主义为基础的客观主义传统的有力批判和扬弃基础上,发展皮亚杰的认知建构主义学习理论,从社会建构主义的最大共同点出发构建的独特的知识观、学生观和学习观。

（1）知识来源于社会的意义建构

社会建构主义认为,知识是在人类社会范围里,通过个体间的相互作用及个体自身的认知过程而建构的,是一种意义的建构。同时强调,知识的获得不仅仅是个体自己主动建构的过程,更注重社会性的客观知识对个体主观知识建构的过程中介,更重视社会的微观和宏观背景与自我的内部建构、信仰和认知之间的相互作用,并视它们为不可分离的、循环发生的、彼此促进的、统一的社会过程。于是,社会建构主义把知识看成是社会的意义建构,既有个体的成分,更多的则是社会因素,其主要依据是:

① 知识的基础是语言知识、约定和规则,而语言则是一种社会的建构;

② 知识、规则和约定对某一领域真理的确定和判定起着关键作用;

③ 个人的主观知识经发表而转化为使他人有可能接受的客观知识,这一转化需要人际交往的社会过程,因此,客观性本身应被理解为社会性;

④ 发表的知识须经他人的审视和评判,才有可能重新形成并成为人们接受的客观知识,即主观知识只有经社会性接受方能成为客观知识;

⑤ 个人所具有的主观知识就其本质而言是内化了的、再建构的客观知识,即使客观知识获得了主观的内在表现;

⑥ 无论是在主观知识的建构和创造过程中,还是在参与对他人发表的知识进行评判并使之再形成的过程中,个人均能发挥自己的积极作用。

（2）学习者应在社会情境中积极地相互作用

学习者以原有知识经验为背景,用自己的方式建构对于事物的理解,是一个主动学习者。由于经验背景的差异,学习者对意义的理解常常各不相同。对此,社会建构主义认识到:社会情境是学习者认知与发展的重要资源,要求学习者带着不同的先前经验,进入所处的文化和社会情境（可以构建一个"学习共同体"）进行互动,通过学习者之间的合作和交流,互相启发,互相补充,增进对知识的理解。在学习者相互作用过程中,认知工具、语言符号、教师、年长的或更有经验的学习者起着非常重要的作用,因为认知工具的类型与性质及语言媒介的程度决定着学习者发展的方式和速度,且教师、年长者和有经验者可在学习者最近发展区内提供更多的帮助和指导。

（3）学习是知识的社会协商

社会建构主义的学习是通过协商过程共享对象、事件和观念的意义的。社会协商是社会建构主义解释学习的一个重要概念，个体通过与社会之间的互动、中介、转化以建构、发展知识来学习。

① 学习条件。首先，社会建构主义注重学习的主体作用，强调学生的主观能动性，突出学生先前经验的意义。其次，关注知识所赖以产生的社会情境。知识的意义总是情境性的，知识源于现实，知识寓于现实，知识用于现实，知识的理解需要相关的感性经验（主要通过社会协商获得），知识的建构不仅依靠新信息与学习者头脑中的已有信息相互作用，而且需要学习者与相应社会情境的相互作用。第三，强调"学习共同体"、"学习者共同体"的作用，提倡师徒式的传授以及学生之间的相互交流、讨论与学习。

② 学习过程。社会建构主义认为，学习是学习者根据自己的知识背景，在他人协助下，在社会情境中主动建构自己的意义学习过程。在学习过程中特别强调个体的社会协商和在协商中的发展，也把个体的持续发展作为学习的一个重要结果。根据维果茨基的观点，个人的认知结构是在社会交互作用中形成的，发展正是将外部的、存在于主体间的东西转变为或内化为内在的、为个人所特有的东西的过程。英国著名数学教育专家保罗·欧尼斯特（Paul Ernest）也指出，社会建构主义的中心论点是：只有当个人建构的独有的主观意义和理论跟社会和物理世界"相适应"时，才有可能得到发展，因为发展的主要媒介是通过交互作用导致的意义的社会协商。

社会建构主义学习理论的主张不是各自独立的零乱组合，而是相互依存地有机统一在一起的，有一主导思想贯穿其中。这一主导思想是：承认社会性的客观知识存在并可被认知，个体通过与社会的协商（主客体间的互动），充分利用符号、语言、活动等中介或个体被中介，来主动建构自己的意义学习，获得持续发展。

3. 社会建构主义学习理论在教学中的运用及启示

社会建构主义学习理论运用到教学领域产生了巨大的作用和影响，尤其在课堂教学中运用得更加广泛和深入，由此生成了多种教学模式。

（1）抛锚式教学（anchored instruction）模式

抛锚式教学是温特比尔认知技术小组（Cognition and Technology Group at Vanderbilt，CTGV）在约翰·布朗斯福特（John Bransford）领导下开发的。抛锚式教学的主要目的是使学生在一个完整、真实的问题背景中产生学习的需要，并通过镶嵌式教学以及学习共同体中成员间的互动、交流，凭借自己的主动学习、生成学习，亲身体验从识别目标到提出和达到目标的全过程。这种教学成为学生适应日常生活，学会独立识别问题、提出问题、解决真实问题的重要途径。抛锚式教学不同于通常课堂上的以"知识传递"为目的的教学，它在教学中利用以逼真情节为内容的影像作为"锚"，为教与学提供一个可以依靠的宏观情景。抛锚式教学遵循两条重要的设计原则：一是"锚"应该是某种类型的个案研究或问题情境；二是课程的设计应允许学习者对教学内容进行探索。抛锚式教学的方法主要有：搭建脚手架、镶嵌式教学、主动学习、开发学生指导者等。

（2）合作学习（cooperative learning）模式

合作学习与维果茨基对社会性交往的重视以及"最近发展区"的思想是一致的。维果茨基认为促进发展的教学是以合作为基本形式的，学生在与比自己水平稍高的成员的交往中将潜在的发展区转化为现实的发展，并创造更大的发展的可能。社会建构主义运用维果茨基思想，重视学习的社会性，强调知识存在于社会情境之中，重视合作学习、共同发展以及教师应通过与学生的共同建构来传递知识，这些思想反映在课堂教学和学生学习中，就形成了所谓的合作学习模式。合作学习模式是让学生在小组或小团队中开展学习，通过互相帮助、相互沟通，以学习某些学科性材料。一般来说，合作学习方式以个体与个体间的分布式或小组与小组间的补充式呈现。分布式合作，通过电子邮件开展以交换各自拥有的信息为特征的讨论，其价值在于基于个体兴趣与活动基础上的信息交流；补充式合作，在课堂中组织团队的合作，以明确的劳动分工和学科本位取向为特征。为达到合作学习的良好效果，在合作过程中应注意两点：一是学习任务的性质，合作学习的任务最好是团体任务，任务所要求的资源（信息、知识、技能、材料等）最好是单个学习者不可能全部具有的。二是学习者之间相互合作的频度和形式。学习者之间的合作要适度且要有充分参与社会文化实践和教学活动的机会，通过有指导的合作和参与，使学习者内化他们的感情、社会和智力的价值。

（3）交互式教学（reciprocal instruction）模式

交互式教学是基于维果茨基心理发展理论开发的一种进行读写能力教学的动态中介模式。该模式依据的是维果茨基思想的两条原则：一是语言的基本功能是为交际服务的；二是读写能力的教学是处于社会中介活动之中的一种符号中介活动。该模式强调在读写能力的教学中教师对中介意义的共享，通过在教学活动中发生的社会性交互作用，既发展了教师的导向作用，又取得师生的各自发展。教师的中介作用除了表现为对某事的模拟与演示外，更应表现为在师生互动中，对学生思维方式、解决问题的策略等的分析，以决定给予学生什么样的支持以及什么类型的支持。这种教学的交互，最终帮助学生发展他自身固有的自主中介系统，使之成为具有自知之明的学习者和独立自主的读者。

社会建构主义学习理论在教学领域的运用,给我们以重要的启示。

四、学习的人本理论

(一) 罗杰斯的学习与教学观

罗杰斯提出了"自由学习"和"学生中心"的学习与教学观。罗杰斯特别强调人类具有天生的学习愿望,当他们理解到学习与自身需要的关系时,当学习是自我启动时,他们特别愿意学习。学生在无威胁的环境下能更好地学习。他还指出教师如果真正体恤学生,表现出对学生的信任和信心,在交流中具有同情和理解,那么,教师作为学习促进者的角色就大大提高了。

罗杰斯认为,学习有两种类型:认知学习和经验学习,对应的学习方式分别为无意义学习和有意义学习。即认知学习等同于无意义学习,而经验学习等同于有意义学习,因为认知学习的很大一部分内容对学生而言是没有个人感情或个人意义的,所以,是一种无意义学习,而经验学习是以学生的经验生长为中心,以学生的自发性和主动性为学习动力,把学习与学生的愿望、兴趣和需要有机地结合起来,所以,经验学习是有意义的学习。

注意区分这里的有意义学习和奥苏伯尔的有意义学习的区别。罗杰斯的有意义学习强调学习内容和个人之间的关系,尤其是与个人情感的关系;奥苏伯尔的有意义学习强调新旧知识之间的联系,它只涉及理智,而不涉及个人意义。

罗杰斯认为有意义学习的特点:全神贯注、自动自发、全面发展、自我评估。

罗杰斯从其学习观出发,认为凡是可以教给别人的知识,相对来说都是无用的;能够影响个体行为的知识,只能是他自己发现并加以同化的知识。因此,教师的任务不是教学生学习知识,也不是教学生如何学习,而是为学生提供各种学习的资源,提供促进学习的气氛,让学生自己决定如何学习。罗杰斯认为促进学习的心理气氛应该是:真实或真诚、尊重、关注和接纳、移情性理解。在这样的气氛下学习是以学生为中心的,"教师"只是学习的促进、协作者或伙伴、朋友,"学生"才是学习的关键,学习的过程就是学习的目的之所在。

(二) 人本主义学习理论的应用

人本主义学习理论推动了教育改革运动的发展,表现在:突出情感在教学活动中的地位和作用,形成了一种以知情协调活动为主线、以情感作为教学活动的基本动力的新的教学模式;以学生的"自我"完善为核心,强调人际关系在教学过程中的重要性,认为课程内容、教学方法、教学手段等都维系于课堂人际关系的形成和发展;把教学活动的重心从教师引向学生,把学生的思想、情感、体验和行为看做是教学的主体,从而促进了个别化教学运动的发展。

第四章 学习动机

一、学习动机的含义及其类型

(一) 学习动机的含义

学习动机是指直接推动学生进行学习的一种内部动力,是激励和指引学生进行学习的一种需要。学习动机激发学生进行学习活动,并维持已发生的学习活动。

(二) 学习动机的类型

1. 内部动机和外部动机

这是从学习动机的内外维度来划分的。内部动机是指人们对学习本身的兴趣所引起的动机。动机的满足在活动之内,它不需要外界的诱因、惩罚来使行动指向目标,学习行动本身就是一种动力。外部动机是指由外部诱因所引起的动机。动机的满足在活动之外,人们不是对学习本身感兴趣,而是对学习所带来的结果感兴趣。

内部动机和外部动机的划分不是绝对的。任何外界的要求、外在的力量都必须转化为个体内在的需要,才能成为学习的推动力。从这点上说,外部动机实质上也是一种学习的内部动力。所以,在教育过程中,在强调内部动机的同时,不能忽视外部动机的作用,要促进外部动机向内部动机的转化。

2. 一般动机与具体动机

这是根据学习动机起作用的范围不同来划分的。一般动机是在许多学习活动中都表现出来的,较稳定、较持久地努力掌握知识经验的动机。一般动机主要产生于学习者自身,与其价值观念和性格特征密切相连,因而也称为性格动机,具有高度的稳定性。

具体动机是在某一具体学习活动中表现出来的动机。在这种动机驱使下,学生往往只对某一门或某几门学科或内容感兴趣,对其他学习内容不关心。这类动机主要受外界情境因素的影响,因而也称为情境动机,其作用是暂时的、不稳定的。

3. 高尚的、正确的动机与低级的、错误的动机

这是根据学习动机内容的社会意义划分的。高尚的、正确的学习动机的核心是利他主义,学生把当前的学习同国家和社会的利益联系在一起。低级的、错误的学习动机的核心是利己的、自我中心的,学习动机来源于自己眼前的利益。

4. 近景的直接性动机和远景的间接性动机

这是根据学习动机的作用与学习活动的关系划分的。近景的直接性动机是与学习活动直接相连的,来源于对学习内容或学习结果的兴趣。近景的直接性动机作用的效果比较明显,但稳定性比较差,容易受到环境或一些偶然因素的影响。

远景的间接性动机是与学习的社会意义和个人的前途相连的。例如,大学生意识到自己的历史使命,为了报答社会等而努力读书都属于远景的间接性动机。

5. 认知内驱力、自我提高内驱力和附属内驱力

这是奥苏伯尔的分类。他认为,学生所有的指向学业的行为都可以从三方面的内驱力加以解释,即认知内驱力、自我提高内驱力和附属内驱力。

认知内驱力是一种要求了解和理解的需要,要求掌握知识的需要,以及系统地阐述问题并解决问题的需要。这种内驱力一般来源于好奇心,但好奇心并不是真实的动机,它只有通过个体在实践中不断取得成功,才能真正表现出来。在有意义的学习中,认知内驱力是一种最重要和最稳定的动机。这种动机指向学习任务本身,满足这种动机的奖励是由学习本身提供的,因而也被称为内部动机。

自我提高内驱力是个体因自己的胜任能力或工作能力而赢得相应地位的需要。这种内驱力是成就动机的主要组成部分。自我提高的内驱力并非指向学习任务本身,而是把成就看成是赢得地位与自尊心的根源,它是一种外部动机。

附属内驱力是一个人为了保持长者们的赞许或认可而表现出来的把工作做好的一种需要。它具有三个条件:第一,学生与长者在感情上具有依附性。第二,学生从长者方面获得的赞许或认可中将获得一种派生的地位。所谓派生地位,是指个体从自居和效仿的某个人或某些人不断给予的赞许或认可中引申出来的,而不是由他本身的成就水平决定的地位。第三,享受到这种派生地位乐趣的人会有意识地使自己的行为符合长者的标准和期望,以获得并保持长者的赞许。

二、学习动机的主要理论

(一)学习动机的强化理论

联结主义心理学家提出了学习动机的强化理论,他们用 S-R 公式来解释行为,认为动机是由外部刺激引起的一种对行为的冲动力量,并特别重视用强化来说明动机的引起和作用。按照现代 S-R 心理学家的观点,人们的行为倾向完全取决于先前这种行为和刺激因强化而建立的牢固联系。强化可以提高学习的动机。

学校中对学生的强化有外部的,也有内部的。由教师对学生的强化就是外部强化,比如教师的表扬等;而由学生自己对自己的强化就是内部强化,这是自我强化,比如成绩好,提高了学习的自信心,从而增强了学习动机。强化有正强化和负强化,它们作用的结果都是增强学习动机。而惩罚则起削弱学习动机的作用。

联结主义学派的动机强化理论过分强调外部强化,忽视了人类学习的自觉性和主动性,如对于自我强化没有给予重视。

(二)学习动机的人本理论

学习动机的人本理论主要是指马斯洛(A. H. Maslow,1970)的需要层次论。马斯洛在解释动机时强调需要的作用。他认为人的行为都是有意义的,都有其特殊的目标,人的需要则是这种目标的根源。

他把人的基本需要从低到高分为五种:生理需要、安全需要、归属和爱的需要、尊重需要和自我实现的需

要。他又把前四种需要称为缺失需要，它们是人生存所必需的，一旦得到适当的满足，由此产生的动机就会消失。自我实现的需要也叫成长需要，永不满足性是其根本特点。

一般而言，学校里最重要的缺失需要是爱和尊重。马斯洛认为，要使学生具有创造性，首先要使学生感到，教师是公正的，爱护并尊重自己的，不会因为自己犯错误而嘲笑和惩罚自己。

该理论将学习的外部动机和内部动机结合起来，综合考虑它们对行为的推动作用，具有一定的科学意义。但是它忽略了人们本身的兴趣、好奇心等在学习中的作用，具有一定的局限性。

（三）学习动机的社会认知理论

1. 成就动机理论

默里（H. A. Murry）20世纪30年代最早开展成就动机的有关研究。他把成就动机定义为一种努力克服障碍，施展才能，力求尽快尽好地解决某一难题的愿望。40—50年代，麦克里兰（D. C. McClelland）和阿特金森（J. W. Atkinson）等人接受了默里的思想，并将其发展成为成就动机理论。

成就动机是在人的成就需要的基础上产生的，它是激励个体乐于从事自己认为重要的或有价值的工作，并力求获得成功的一种内在驱动力。在人类的学习活动中，成就动机是一种主要的学习动机。

个人的成就动机可以分成两部分，即力求成功的意向和避免失败的意向。也就是说，成就动机涉及对成功的期望和对失败的担心两者之间的情绪冲突。追求成功的动机是成就需要、对行为成功的主观期望概率以及取得成就的诱因值三者乘积的函数。同样，避免失败的倾向是避免失败的动机、失败的可能性以及失败的消极诱因值三者乘积的函数。

阿特金森的成就动机理论把人的动机的情感方面与认知方面综合考虑，并用数学模式简明地表述出来，揭示出了影响成就动机的某些变量和规律，同时，还用实验检验和证实了其理论假设的合理性和客观性，这是对传统动机理论的一种突破性的进展。但这一理论还是不完善的，其主要缺陷是：① 没有充分看到外部社会生活条件对人的成就动机的作用，仅仅把人的成就动机看成是由内部因素所激发。这是不充分和不彻底的。② 这一理论虽然初步考虑了动机的情感和认知两方面，但它对认知的作用的了解是模糊的、笼统的、不具体的。③ 它对影响成就行为的内部因素的了解和探讨也是不全面和不充分的。

2. 归因理论

归因理论的指导原则和基本假设是：寻求理解是行为的基本动因。最早提出归因理论的是海德（F. Heider，1958）。他认为，行为的原因来源于外部环境和个人内部两方面。罗特（J. B. Rotter，1966）把控制点的概念引入归因理论，并根据控制点把个体分为"内控型"和"外控型"。

韦纳（B. Weiner，1974，1992）对行为结果的归因进行了系统探讨，他认为，能力、努力、任务难度和运气是人们在解释成功或失败时知觉到的四种主要原因，并依据这四种主要原因在控制点、稳定性和可控性三个维度上的特点进行分类。

韦纳通过一系列的研究，得出一些归因的基本结论：① 个人将成功归因于能力和努力等内部因素时，他会感到骄傲、满意、有信心，而将成功归因于任务容易和运气好等外部因素时，产生的满意感就较少。相反，如果将失败归因于缺少能力或努力，就会产生羞愧和内疚，而将失败归因于任务太难或运气不好时，产生的羞愧就较少。无论是成功还是失败，归因于努力都比归因于能力产生的情绪体验更强烈。② 在付出同样努力时，能力低的人应得到更多的奖励。③ 能力低而努力的人受到最高评价，能力高而不努力的人受到最低评价。

韦纳的归因理论是对成就动机理论的重要发展，它明确阐述了认知对成就动机的重要作用，并且提出了以认知为主的成就动机的归因理论。该理论具有很大的概括性和科学性，为教育目标的实现提供了具体而客观的标准。它的不足之处主要表现在，首先，人对成就行为的归因是非常复杂和多样的，况且人对不同性质的成就行为的归因也不会是完全一致的，所以，该理论还是具有一定的局限性的。其次，对归因进行分类的维度也存在争议。

3. 成就目标理论

德韦克（Dweck）认为，人们对能力有两种不同的内隐观念，即能力增长观和能力实体观。持能力增长观的个体认为，能力是可变的，随着学习的进行是可以提高的；持能力实体观的个体认为，能力是固定的，是不会随学习而改变的。两种人的成就目标存在差异。持能力增长观的个体倾向于确立掌握目标，他们希望通过学习来提高自己的能力；而持能力实体观的个体倾向于确立表现目标，他们希望在学习过程中证明或表现自己的能力。研究表明，虽然这两类成就目标都可以促进个体主动而有效地从事挑战性任务，但它们在很多方面都是不同的，比如，在任务选择方面、在评价标准方面、在情感反应方面、在对学习的归因方面、在学习策略的使用方面等。

4. 自我效能感理论

自我效能感是指人们对自己是否能够成功地从事某一成就行为的主观判断。班杜拉在他的动机理论中指出，人的行为受行为的结果因素与先行因素的影响。他认为，行为的出现不是由于随后的强化，而是由于人认识了行为与强化之间的依赖关系后对下一步强化的期待。期待是先行因素，而强化是结果因素。强化分为直接强化、替代强化和自我强化。期待包括结果期待和效能期待。结果期待指人们对自己某种行为会导致某一结果的推测。效能期待指人们对自己能否进行某种行为的实施能力的推测或判断。它意味着人是否确信自己能够成功地进行某种行为。

自我效能感理论克服了传统心理学重行轻欲、重知轻情的倾向，把人的需要、认知、情感结合起来研究人的动机，具有极大的科学价值，但它仍然没有形成一个比较完整的、统一的理论框架。

三、学习动机的培养与激发

（一）学习动机的培养

1. 学习动机的培养是学校思想品德教育的有机组成部分

爱国主义教育和学习目的教育，是培养学生学习动机的重要基础。教师应该有意识地通过学习目的教育，使学生树立以掌握为目标的动机，以此启发学生的求知需要，培养学生强烈的成就动机。

研究表明，成就动机是可以训练的，这种训练一般包括六个阶段：① 意识化，即通过与学生谈话、讨论，使学生注意到与成就动机有关的行为。② 体验化，即让学生进行游戏或其他活动，从中体验成功与失败、目标选择与成败的关系、成败与情感体验的关系，特别是体验为了取得成功必须掌握的行为策略。③ 概念化，即让学生在体验的基础上理解与成就动机有关的概念。④ 练习，即前两个阶段的重复，目的是让学生加深体验和理解，将感性知识和理性知识紧密结合起来。⑤ 迁移，即指使学生把学到的行为策略应用到学习场合。⑥ 内化，即把成就要求内化为学生自身的需要，学生可以自如地运用所学到的行为策略。

2. 设置具体目标及达到的方法

要给学生提出明确而具体的目标以及达到目标的方法。教师应该对学生的每一次成功和进步都给予鼓励，增强学生的信心。

3. 树立榜样

给学生树立明确的榜样，让他们知道榜样的想法和行为方式等。榜样的树立要符合最近发展区的要求。榜样太高或太低，都不利于学习动机的培养。

4. 培养对学习的兴趣

学习兴趣是学习动机的重要心理成分，它是一种指向学习活动本身的内部动机。具有广泛学习兴趣的学生，不需要或很少需要外来的奖励，就能自觉学习，甚至离开学校后仍然能坚持学习。

5. 利用原有动机的迁移，使学生产生学习的需要

如果能将学生对其他活动的积极性迁移到学习活动中，将会提高学生的学习动机。

6. 注意学生的归因倾向

归因倾向会影响学生的学习积极性。归因是后天形成的，教师可以根据学生的情况加以指导。

（二）学习动机的激发

学习动机的激发是指使潜在的学习动机转化为学习的行动。激发学习动机常用的方法有：① 坚持以内部动机为主，外部动机为辅；② 实施启发式教学，创设"问题情境"，激发认识兴趣和求知欲；③ 利用学习结果的反馈作用；④ 正确运用竞赛、考试与评比；⑤ 注意内外动机的相互补充，相辅相成；⑥ 注意个别差异。

第五章　知识的学习

一、知识的表征与类型

（一）知识的表征

表征（representation）包括内容与形式两个方面，内容指表征所具有的实际信息，形式是表达内容的方式。

知识的心理表征也即主观表征,是指知识在头脑中的组织结构。知识在头脑中的表征有不同的类型。

1. 概念

概念代表事物的基本属性和基本特征,是一种简单的表征形式。比如"长方形"包含:有四条边,对边相等且平行,是一个平面封闭图形等特征。柯林斯(A. M. Collins)和奎利安(M. R. Quillian)的语义层次网络模型认为,概念在头脑中的联系是相互的,具有一定的层次关系。在层次网络中,概念的特征是分级表征的。每一级概念的水平,只贮存该级概念都有的特征,而同一级概念所具有的共同特征则贮存在上一级概念水平上。这种分级表征的方式大大地节省了贮存空间,符合"认知经济"原则,学习效率可以大大提高。

2. 命题

命题是意义或观念的最小单元,用于表述一个事实或描述一个状态。比如"小红是一名小学生"就是一个命题。

命题是用句子表达的。句子代表交流观念的方式,而命题则代表着观念本身。个体是用命题(句子的意思),而非句子在头脑中储存观念。

3. 表象

命题表征的多是事物的抽象意义,而表象表征的则更多是事物的知觉特征。加涅(1993)指出,表象是对事物的物理特征作出连续保留的一种知识形式,是人们保存情景信息与形象信息的一种重要方式,这是命题保证无法完成的。

4. 图式

图式是指有组织的知识结构,"是对范畴的规律性作出编码的一种形式。这些规律性既可以是知觉性的,也可以是命题性的"(J. R. Anderson,1995)。图式有不同的类型,比如,物体图式是关于物体的形状、特性、结构等信息的图式;事件图式是关于各事件发生的过程及过程间关系的图式;而动作图式则是有关动作产生的顺序、力量、幅度、方式等程序性信息的图式。

除了这些常见的表征形式外,研究者还提出了诸如系列组织、产生式系统等表征形式。系统组织是指人们记忆的内容按照一个特殊的、连续的、系列的顺序在头脑中表征的形式。产生式系统包含了"如果某种条件满足,那么就执行某种动作"的知识,是程序性知识的主要表征形式。

(二) 知识的类型

知识有广义和狭义之分。广义的知识泛指人们所获得的经验;狭义的知识仅指个体获得的各种主观表征,不包括技能和策略等调控经验。狭义的知识可以从下列角度进行分类。

1. 感性知识与理性知识

这是依据知识反映的不同深度进行的划分。感性知识是对事物的外表特征和外部联系的反映,可分为感知和表象两种水平。理性知识,反映的是事物的本质特征与内在联系,包括概念和命题两种形式。概念反映的是事物的本质属性及其不同属性之间的本质联系。命题表示的是概念之间的关系,反映的是不同事物之间的本质联系和内在规律。

2. 具体知识与抽象知识

这是依据知识的不同抽象程度来划分的。具体知识指具体而有形的、可通过直接观察而获得的信息。该类知识往往可以用具体的事物加以表示。抽象知识是从许多具体事例中概括出来的、具有普遍适用性的概念或原理,如有关道德、人性的知识。

3. 陈述性知识与程序性知识

这是根据知识的不同表述形式划分的。陈述性知识反映事物的状态、内容及事物变化发展的原因,说明事物是什么、为什么和怎么样,一般可以用口头或书面言语进行清楚明白的陈述。它主要用来描述一个事实或陈述一种观点,也称为描述性知识。程序性知识反映活动的具体过程和操作步骤,说明做什么和怎么做,它是一种实践性知识,主要用于实际操作,也称为操作性知识、策略性知识或方法性知识。

4. 具体知识、方式方法知识和普遍原理知识

这是布卢姆教育目标分类系统中对知识的分类。

具体知识指具体的、独立的信息,主要是具体指称物的符号,包括术语的知识(即具体符号的指称物的知识)和具体事实的知识(即有关日期、事件、人物、地点等方面的知识)。这类知识是较复杂、较抽象的知识形态的构成要素。

方式方法知识是有关组织、研究、判断和批评的方式方法的知识,其抽象水平介于具体的知识和普遍原理知识之间。它包括五个亚类:惯例的知识,即有关对待、表达各种现象和观念的独特方式的知识;趋势和顺序的

知识,即有关时间方面各种现象所发生的过程、方向和运用的知识;分类和类别的知识,即有关类别、组别、部类及排列的知识;准则的知识,即有关检验或判断各种事实、原理、观点和行为依据的知识;方法论的知识,即有关在某一特定学科领域里使用的以及在调查特定的问题和现象时所用的探究的方法、技巧和步骤的知识。

普遍原理知识指把各种现象和观念组织起来的主要体系和模式的知识,它具有高度抽象和非常复杂的水平。它包括两个亚类:原理和概括的知识,即有关对各种现象的观察结果进行概括的特定抽象要领方面的知识;理论和结构的知识,即有关为某种复杂的现象、问题或领域提供一种清晰的、完整的、系统的观点的重要原理和概括及其相互关系方面的知识。

二、陈述性知识的学习

(一)概念原理的理解与保持

1.概念的学习

概念是人脑对客观事物的本质特征的认识。概念学习指掌握概念的一般意义,即掌握同类事物的共同的关键特征和本质属性。概念学习的方式主要有:概念形成和概念同化。

概念形成是指在日常生活中逐渐积累经验,从而获得概念的过程。概念形成的条件:内部条件,即学生必须能够辨别概念的正反例;外部条件,即成人必须对儿童所提出的概念的本质特征的假设做出肯定或否定的反应,也就是儿童必须能够从外界获得反馈信息。概念形成不仅适用于具体概念的学习,也适用于定义性概念的学习。概念形成在个体早期学习过程中有一定的作用,但由于个人的知识经验范围有一定的局限性,往往导致对概念的理解不精确,甚至发生曲解;由于概念形成的时间比较长,使获得概念的数量受到相当大的限制。

概念的同化指在已有概念的基础上,以定义的方式直接传授概念的特征。在概念同化学习方式中,学生首先要接受新概念,并与自己认知结构中原有的知识联系起来,把新概念纳入原有概念中;其次,学生必须精确分化新概念和原有的有关概念;最后,他们还需把新概念和原有的相关概念融会贯通为一个整体结构,以便于记忆和运用。在概念同化过程中,学生必须积极地进行认知活动,而不是被动地接受知识。

2.原理的学习

原理是对概念之间关系的言语的说明,具有如下特征:

(1)概念学习是原理学习的基础,它叙述的是概念之间的关系。而这种关系是相当持久的,它使人能以一类作业对一类刺激情景做出反应。

(2)原理有不同种类,有的以定义性的概念表现出来以区别不同类型的观念;有的表现为使个人在特定情景中根据各种关系做出反应的能力;还有的以科学公式的方式表现出来。所以,不同原理的学习在抽象性和复杂性方面存在不同的特点。

(3)原理不限于语言叙述。原理的学习并不单纯地像一个例题一样阐述规则,而是个人的一种内部状况,它能支配个人的行为。

原理学习中一个重要的要求是:能用简明的言语叙述概念之间的关系。仅仅能说出一个例题,并不表明他已懂了这个原理,要能够用该原理找出一类刺激和反应之间的关系,能够利用言语叙述来理解某个原理指导下的作业(反应)。

原理学习的条件:

(1)学习者的内部条件

首先,学习者必须清楚理解组成原理的概念。

其次,学习者的认知发展水平必须达到一定程度。也就是,年龄越低,所能掌握的事物联系越简单低级,因此所能掌握的原理也就比较简单;越是学习抽象的原理,个体的认知发展水平就应该越高。

第三,个体的语言能力。因为原理是用言语叙述的概念之间的关系,如果个体不懂这种表达或个体在学习过程中不能正确表达,对原理的学习就会造成影响。

最后,学习的动机影响着原理的学习。

(2)学习情景的条件

原理学习的主要外部条件体现在语言指令中。

(二)错误概念的转变

建构主义者提出,儿童的科学学习并非从零开始,而是通过对原有知识经验进行建构,在新旧经验双向反复的相互作用下实现的。在接受系统的科学训练前,儿童的日常经验使他们对客观世界的各种自然现象初步形成了自己的看法和解释,从而建构了大量自发概念。自发概念中有的部分与科学概念相容,为日后接受科学知识打下了基础;另一些却与科学概念相冲突,被称为"错误概念"。错误概念具有广泛性、隐蔽性、顽固性等特点。不仅是儿童,即使在接受了正规科学教育的成人头脑中错误概念也屡见不鲜,因为这些概念通常能"解释"一些表面现象,符合直观观察,所以在他们的头脑里是"合理的"。

以概念转变为指向的科学教育既强调尊重儿童已有的认识和认识水平,也强调儿童对科学概念的正确理解,强调通过儿童的自主建构过程实现从错误概念到科学概念的转变。

1. 引发认知冲突

引发认知冲突,让学习者意识到与原有概念相对立的事实或观点,这是转变儿童错误概念的基本途径。认知冲突是在学生积极的推理、预测等思维活动中产生的,所以,引导学生投入到积极的思维活动中,对当前问题进行分析、推理,是引发认知冲突的重要条件。首先,要揭露学生的先前概念。为揭露学生先前的概念,可以在教学时创设一种情境,让学生用现有概念解释事件。这里的情境包括两种,一种结果是未知的,教师让学生预测并给出依据;另一种结果是已知的,儿童无须预测,但要提供原因和解释。在开始讨论之前,教师要先请学生描述一下他们的概念,所有概念呈现完毕,教师要引导全班学生评论每个概念在解释当前事件中的可理解性、合理性和有效性。最后就是创造概念冲突。通过呈现先前的概念以及同学的概念,学生开始对自己的概念不满,初步形成了概念冲突。一旦看到了自己概念的不足,学生便会倾向于改变它们。

2. 创建"学习共同体",鼓励学生交流讨论

建构主义提倡"学习共同体",认为教学中的交往是以教师和学生间相互尊重、信任和平等为基础的,教师和学生间的关系不是"主—客"关系,而是"人—人"关系。教师不再把学生看成改造的对象,学生也不再把教师当做崇拜、服从的权威,教师和学生形成一个学习共同体。在这个共同体内,双方互相倾听和交谈,走进彼此的内心世界,师生之间、学生之间,同声相应,同气相求,产生一种心灵的契合。学习共同体的成员在这种融洽的气氛中,实现了信息的转换、情感的交流和人格的认同。

在学习共同体里,教师不仅要以同化的眼光看待学生在学习过程中对知识、理论的各种观点和见解,更应以一种顺应的态度学习和接受不同意见和看法,和学生互教互学,在发展学生的同时也发展自己。在学习共同体活动过程中,教师除了提出自己的见解外,更重要的任务是对学生的认识结果予以评价、引导、提升和总结,在和谐的气氛中改变儿童的错误概念。

3. 营造为概念转变而教的情境

教师还应该创设一个开放的相互接纳的课堂情境。在这样的环境中,所有的见解都会得到尊重,而不是对不同的见解嗤之以鼻。此外,教师为了了解儿童的想法,还需要采用一些开放的具有提示力的探测性问题,让学生在推论预测中表现自己的想法。最后,教师不应有固定的讨论路线,而是要按照学生在讨论中实际表现出来的真正思路自然而然地相互讨论,逐渐澄清问题。

4. 承认学生,促使其形成积极的态度

任何以冲突为基础的策略要取得成功,都要依赖于学习者认识和解决冲突的意愿和能力。态度对儿童概念转变的影响是教学工作者必须考虑的。如果儿童认为学校知识"不是现实的",那么有意义冲突的有效性就会减少。因此,在讨论中要使学生充分意识到自己的观点和其他同学的观点,并在这个阶段对学生提出各种要求,包括听取、理解和评价别的同学的观点。而在考虑这些不同观点的过程中,学生要经常面对老师提供的更具权威性的观点,就会给学生提供大量不同的看问题的角度和方法,使学生主动考虑自己的优缺点。

三、程序性知识的学习

(一)心智技能的形成

心智技能是将已习得的知觉模式、概念、规则运用于实际情境,顺利完成任务的能力。

1. 加里培林关于心智活动的五阶段理论

(1)活动的定向阶段

这是一个准备阶段,即学生在从事某种活动之前了解做什么和怎么做,从而在其头脑中构成对活动本身和活动结果的表象,进行产生对活动本身和活动结果的定向。

(2)物质活动或物质化活动阶段

物质活动是指运用实物的活动,而物质化活动是利用实物的模象进行的活动,物质化活动是物质活动的一种变形。

在该阶段应该先把活动展开,把活动分为大大小小的各种操作,指出其间的联系,然后再进行概括,使学生从对象的各种属性中区分出这一活动所需的属性,概括出进行这一智力活动的法则。

（3）有声言语阶段

这一阶段活动已不直接依赖实物或模象,而用出声的外部言语形式来完成活动。比如,在第二阶段如果给儿童实物来数数,这一阶段则取消实物,让儿童用出声的言语来进行计算,这样儿童不仅要对这个动作的对象内容进行定向,而且要对表述这个对象内容的词进行定向。

（4）无声的"外部"言语阶段

在该阶段,出声的言语开始向内部言语转化,是一种不出声的"外部言语"。这种言语的外在形式和内在内容对学生来说与出声言语没什么区别,所以,前一阶段所获得的概括、简化等活动的成果都可直接转移到这一阶段来。

（5）内部言语阶段

这一阶段的特点是压缩和自动化。

2. 安德森的心智技能形成的三阶段理论

（1）认知阶段:了解问题的结构,即问题的起始状态、要达到的目标状态、从起始状态到目标状态所需要的步骤,从而形成最初的问题表征。

（2）联结阶段:学习者应用具体的方法来解决问题,主要表现在把某一领域的描述性知识"编辑"为程序性知识。知识的编辑是使一系列的条件与行动能快速、流畅执行的一种程序性表征过程,其间将出现两个子过程:合成与程序化。合成是将一系列个别的产生式依次组合成一个前后连贯的程序;而程序化是指在执行这一程序的过程中,将逐渐摆脱对陈述性知识提示的依赖。在该阶段,个体可逐渐产生一些新的产生式法则,以解决具体的问题。

（3）自动化阶段:个体对特定的程序化知识进行深入加工和协调。此时,个体操作某一技能所需的有意识的认知投入较小,且不易受到干扰。不过,高度自动化的程序也可能使人的反应变得刻板,因此,安德森主张对某些程序保持一定程度的意识控制。

3. 冯忠良的心智技能形成的三阶段理论

（1）原型定向

原型指那些被模拟的自然现象或过程。原型定向就是了解心智活动的实践模式,了解"外化"或"物质化"了的心智活动方式或操作活动程序,了解原型的活动结构（动作构成要素、动作执行次序和动作的执行要求）,从而使主体知道该做哪些动作和怎样去完成这些动作,明确活动的方向。该阶段相当于加里培林的"活动定向阶段"。

（2）原型操作

原型操作即依据心智技能的实践模式,把主体在头脑中应建立起来的活动程序计划,以外显的操作方式付诸执行。

该阶段相当于加里培林的"物质活动或物质化活动阶段"。

（3）原型内化

原型内化是指心智活动的实践模式向头脑内部转化,由物质的、外显的、展开的形式变成观念的、内潜的、简缩的形式的过程。也就是,动作离开原型中的物质性客体及外显形式而转向头脑内部,借助言语来作用于观念性对象,从而对事物的主观表征进行加工改造,并使其发生变化。

该阶段相当于加里培林的后三个阶段。

（二）认知策略的学习

认知策略是加工信息的一些方法和技术,这些方法和技术能使信息较为有效地从记忆中提取。认知策略分为陈述性知识的认知策略和过程性知识的认知策略。

1. 陈述性知识的认知策略

（1）复述策略

复述策略是在工作记忆中为了保持信息而对信息进行反复重复的过程。

（2）精细加工策略

精细加工策略能帮助学习者将信息存贮到长时记忆中去,是通过在所学各项信息之间建立联系来实现的。精细加工指通过把所学的新信息和已有的知识联系起来,来增加新信息的意义。

（3）组织策略

组织是学习和记忆新信息的重要手段，即将学习材料分成一些小的单元，并把这些小的单元置于适当的类别之中，从而使每项信息和其他信息联系在一起。

2. 过程性知识的认知策略

过程性知识用于信息的转换。过程性知识可分为模式再认知识和动作系列知识两种。

（1）模式再认知识

模式再认知识涉及对刺激的模式进行再认和分类的能力，比如识别某个概念的一个新事例。

模式再认过程是通过概括和分化的过程来学习的。

（2）动作系列知识

动作系列首先是当作构成某个过程的一系列步子来学习的。学习者必须有意识地执行每一步，一次执行一步，直到过程完成。开始时，每一步都要有意识地想着去做，效率很低。但随着练习，这一过程会达到自动化的程度，从而腾出工作记忆去完成其他任务。但由于定势效应，也会妨碍处理重要的信息。所以，在教授动作系列时，要尽量避免定势效应带来的错误。

（三）动作技能的学习

1. 行为派的理论

行为派的理论是建立在经典条件反射和操作条件反射的基础上的。巴甫洛夫认为，动作技能是先行动作通过条件反射建立起暂时神经联系并变成后继动作的信号来实现的。行为主义心理学家则认为动作技能形成的本质就是形成一套刺激—反应的联结系统。

2. 认知派的理论

认知心理学家在承认动作本身是一系列刺激反应联结的同时，更强调动作技能的学习必须有感知、记忆、想象、思维等认知成分的参与。如韦尔福德的动作技能形成模型将动作技能的形成分为三个连续的阶段：感觉接受阶段、由知觉到运动的转换阶段、效应器阶段。

四、学习的迁移

（一）学习迁移的类型

1. 正迁移、负迁移和零迁移

这是根据迁移的性质进行的分类。正迁移指一种学习对另一种学习的积极影响。负迁移指一种学习对另一种学习的消极影响。零迁移也叫中性迁移，是指两种学习之间不存在直接的相互影响。

2. 水平迁移和垂直迁移

这是根据迁移内容的不同抽象和概括水平进行的划分。水平迁移也叫口向迁移、侧向迁移，是指处于同一抽象和概括水平的经验之间的相互影响。垂直迁移也叫纵向迁移，是指处于不同抽象概括水平上的经验之间的相互影响。实际上，这是具有较高抽象概括水平的上位经验与具有较低抽象概括水平的下位经验之间的相互影响。

3. 顺向迁移和逆向迁移

这是根据迁移的时间顺序进行的划分。顺向迁移是指先前的学习对后来的学习的影响。逆向迁移是指后来的学习对先前学习的影响。

4. 一般迁移和具体迁移

这是根据迁移发生的方式来划分。一般迁移也叫普遍迁移、非特殊迁移，是指原理、原则或态度等的迁移。具体迁移也叫特殊迁移，是指一种学习中获得的具体的、特殊的经验直接迁移到另一种学习中去，或经过某种要素的重组迁移到新情境中去。

5. 自迁移、近迁移和远迁移

这是根据迁移的范围进行的划分。自迁移通常表现为原有经验在相同情境中重复。近迁移是学习者把所学的经验迁移到与原初的学习情境比较相近的情境中。远迁移则是指个体能够将所学的经验迁移到与原初学习情境极不相似的其他情境中去。

（二）学习迁移的作用

（1）迁移与培养学生解决问题能力和创造性密切相关，是习得的经验得以概括化、系统化的有效途径，是能力与品德形成的关键环节。

（2）认清迁移的实质和规律对教材的选择和编写、教学方法的选择以及教学过程的组织都有重要的实践意义和理论意义。而且，充分认识迁移发生的规律，也有助于教师把教学实践中积累的教学经验迁移到新的教学中去。

（三）学习迁移的理论

1. 学习迁移的经典理论

（1）形式训练说

形式训练说主张迁移要经过一个"形式训练"的过程才能产生。这种理论是以官能心理学为理论基础的。官能就是注意、知觉、记忆、思维、想象等。形式训练说认为，迁移是无条件的、自动发生的，对官能的训练就如同对肌肉的训练一样。

从形式训练的角度看，心理是由各种成分组成的整体，一种成分的改进会加强其他的各种官能，迁移就是心理官能得到训练而发展的结果。形式训练说认为，官能训练重点不在于训练的内容，而在于训练的形式。也就是，学校教材的选择不必重视其使用价值，只应重视它们对心理官能训练所具备的形式。

形式训练说缺乏足够的实验依据和现实依据，其对迁移的解释是从唯心主义的观点出发的。

（2）相同元素说

桑代克等人用实验证明形式训练说主张的形式训练对学生智力无多大影响。桑代克认为，只有两个训练机能之间有相同元素时，才可能有迁移。相同元素即相同的刺激与反应联结，相同联结越多，迁移越多。后来，伍德沃斯将相同要素改为共同成分，认为在两种活动中有共同的成分才能发生迁移。

该理论使学校脱离了不考虑实际生活只重视形式训练的教学状况，有其积极意义。但把迁移现象都归结为联结的形成，把迁移局限于有相同的 S-R 的联结，而未能考虑学习者的内在训练过程，未免失之偏颇。

（3）概括化理论

贾德用水下打靶实验说明了原则和概括性的迁移，认为在经验中学到的原理原则是迁移发生的主要原因。学习者在 A 学习中获得的一般原理原则可以部分地或者全部地运用到 B 活动的学习中。对原理了解概括得越好，对新情境中学习的迁移越好。

（4）格式塔关系理论

格式塔心理学家重视学习情境中对原理原则之间关系的顿悟在迁移中的重要作用。他们用实验证明了迁移的实质是对事物间关系的理解。格式塔心理学家认为，学到的前一经验能否迁移到新的经验获得中，关键不在于共同因素的多少，也不在于原理的掌握程度，而在于对要素组成的整体的关系的理解，在于能否认识到手段-目的之间的关系。个体越能发现事物间的关系，则越能加以概括、推广，迁移越普遍。对事物之间关系的顿悟是迁移产生的决定性因素。

（5）奥斯古德迁移的逆向曲面模型

奥斯古德（C. E. Osgood, 1949）系统地考察了学习材料的相似性和反应的相似性两个维度的组合与迁移效应之间的关系，并将这种关系用三维曲面图描述出来，其理论即为"迁移的逆向曲面模型"（图3-1）。

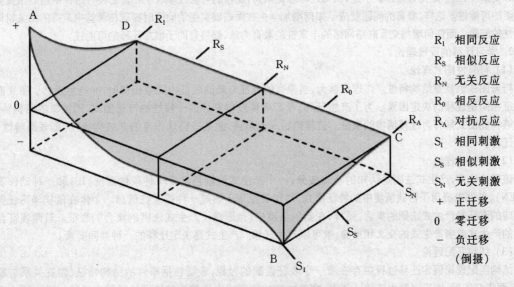

R_I	相同反应
R_S	相似反应
R_N	无关反应
R_0	相反反应
R_A	对抗反应
S_I	相同刺激
S_S	相似刺激
S_N	无关刺激
+	正迁移
0	零迁移
−	负迁移
（倒摄）	

图3-1　迁移的逆向曲面模型

图中 S 代表刺激系列,箭头表示相似性的变化,即刺激从完全相同到无关;R 代表反应系列,箭头表示从反应完全相同到无关以至相反和对抗的变化;从+到-表示迁移由正到零到负。图中 A 点表明先后两个学习活动刺激相同,反应也相同,于是产生了最大的正迁移;B 点表示刺激相同,反应为对抗时,产生最大的负迁移;C 点为无关刺激与对抗反应产生的零迁移;AB 曲线表明了先后两个学习活动刺激相同,反应由相似到不同以至到对抗时,迁移由正到负到最大的负迁移等。奥斯古德的理论的确解释了一些迁移中的问题,但是由于他的实验数据来自机械学习-对偶联想学习,对于了解机械的联想学习是有益的,但不能说明高级学习特□是有意义学习的实质。

（6）能力论

能力论把迁移解释为能力的增加。旧经验能否帮助新的学习,依赖于新学习中需要什么能力。能力论认为迁移的发生依赖于:① 新学习需要什么能力;② 旧经验中已经学到什么能力。如果两者相符合,就可以预见到迁移的效果。

（7）分析-概括说

鲁宾斯坦（1963）认为概括是迁移的基础,概括本身是揭示本质联系的那种分析的结果。迁移发生的内在机制是对两个学习内容的分析和概括。该理论是对迁移过程中的认知问题进行探讨的早期代表,但对迁移的内在机制的分析还是比较泛泛的,不够深入和具体化。

（8）布鲁纳的迁移观

布鲁纳认为,学习是类别及其编码系统的形成。所谓迁移就是把习得的编码系统用于新的事例中。正迁移是适当的编码系统应用于新的事例;负迁移则是把习得的编码系统错误地应用于新事例。迁移分为两类,一类是特殊迁移,主要是动作技能、机械学习的迁移;另一类是非特殊迁移,即原理和态度的迁移。布鲁纳认为后者是教育过程的核心。

（9）奥苏伯尔的迁移观

奥苏伯尔认为,一切有意义的学习必然包括迁移。迁移是通过认知结构这一中介变量起作用的,先前的学习是累积获得的、按一定层次组织的、适合当前学习任务的知识体系。学生原有认知结构的特征,特别是学生在一定知识领域内的认知结构的组织特征,始终是影响新的学习与保持的关键因素。迁移的效果是指提高了相关类属学习、总结学习和并列学习的能力。无论在接受学习或问题解决中,只要是已有的认知结构影响了新的认知功能,就存在迁移。

（10）认知迁移理论

认知迁移理论的提出者是美国的罗耶（J. M. Royer）。该理论具有两个基本假设:第一,人类记忆是一种高度结构化的储存系统,人类是以一种系统方式储存和提取信息的;第二,知识结构的丰富性并非是始终一致的。知识的丰富性是指知识结构内各单元（如结点,命题等）之间交互联结的数量。认知迁移理论的前提是:领会是学习迁移的必要条件,但不是充分条件。于是,认知迁移理论认为,迁移的可能性取决于在记忆搜寻过程中遇到相关信息或技能的可能性。这样,教育的问题就成了如何增加学生在面临现实生活问题时提取在课堂中习得的相关材料的可能性的问题。而任何增加交互联结网络的丰富性的教育方法,都将有助于增加迁移的可能性。

2. 学习迁移的现代理论

（1）符号性图式理论

符号图式也就是结构特性。该理论认为,当原有的表征与新的表征相同或相似时,即产生迁移。图式匹配或表征相同是迁移的决定因素。为了产生迁移,学习者需获得充分的一般性的符号图式,即抽象的结构特性,并能够将此图式解释为迁移情境的表征。该理论后来也承认,起某些特殊作用的非结构特性（即表面特性）也影响迁移。

（2）产生式理论

该理论认为,产生式法则是认知的基本成分,一个产生式法则包括了一种条件表征（IF）和一种动作表征（THEN）,条件表征用于再认情境中的特征模式,动作表征用于形成一种符号性信息。个体在最初学习任务中所形成的表征是产生式法则的集合,同样,在新的情境中,也形成了产生式法则的集合的表征。若两表征含有相同的产生式或者产生式的交叉和重叠,就可以产生迁移。产生式是决定迁移的一种共同要素。

（3）结构匹配理论

结构匹配理论假定迁移过程中存在着一个表征匹配的过程,表征包括事件的结构特征、内在关系与联系等,若两表征匹配,则可以产生迁移。其中,事件的结构特征或本质的关键特征的匹配在迁移过程中起决定作用。抽象表征是在迁移情境中建构的。

（4）情境性理论

情境性理论认为，迁移的主要问题是说明在一种情境中学习去参与某种活动，将如何影响在不同情境中参与另一种活动的能力。学习是个体和环境事件的相互作用，是对情境中所具有的特征的一种适应。通过相互作用而形成的是动作的图式。迁移就在于如何以不变的活动结构或动作图式来适应不同的情境。这种活动结构的建立既取决于最初的学习情境，又取决于后来的迁移情境。

（四）学习迁移的促进

要在教学中促进学生的迁移，应该注意：① 确立明确、具体、现实的教学目标；② 注意教学材料和教学内容的编排；③ 应具体分析所要教授的内容适合何种迁移，合理安排教学程序；④ 注意启发学生对所学内容进行概括总结；⑤ 有意识地教学生学会如何学习，帮助他们掌握概括化的认知策略和元认知策略；⑥ 通过反馈和归因控制等方式使学生形成关于学习和学校的积极态度。

 —— 主要参考书目 ——

[1] 冯忠良,伍新春,姚梅林,王健敏.教育心理学.北京:人民教育出版社,2002.
[2] 陈琦,刘儒德.当代教育心理学.北京:北京师范大学出版社,2003.
[3] http://www.goego.cn/xljs/xwzy/2008-11-13/1097.html
[4] http://www.fjedu.gov.cn/html/2009/10/549_58338.html
[5] http://210.45.192.19/kecheng/2009postgra/01/5.htm

强 化 练 习

一、单项选择题

1. "最近发展区"的提出者是

   A. 皮亚杰　　　　　B. 乔姆斯基　　　　　C. 维果茨基　　　　　D. 塞尔曼　　　　　（C）

2. 美国教育心理学的奠基人是

   A. 霍普金斯　　　　B. 桑代克　　　　　　C. 卡特尔　　　　　　D. 鲍尔文　　　　　（B）

3. 下列学习类型中,属于加涅按照学习结果分类的是

   A. 概念学习　　　　B. 规则学习　　　　　C. 态度学习　　　　　D. 机械学习　　　　（C）

4. 迁移的相同元素说的提出者是

   A. 贾德　　　　　　B. 桑代克　　　　　　C. 苛勒　　　　　　　D. 斯彭斯　　　　　（B）

5. 学习成绩优秀的学生,其学习动机是

   A. 内部动机　　　　B. 外部动机　　　　　C. 两者都有　　　　　D. 不确定　　　　　（D）

6. 学生由于不能正确回答数学问题而产生了对数学老师以及数学课的恐惧,这种现象可以用以下哪个心理学原理解释

   A. 操作性条件作用　B. 条件作用的分化　C. 经典条件作用　　　D. 二级条件作用　（C）

7. 马斯洛把较低层次、与个体的生命攸关的需要称为

   A. 生长需要　　　　B. 获得性需要　　　　C. 缺失需要　　　　　D. 基础性需要　　（C）

8. 最早以教育心理学命名的《教育心理学》一书的作者是

   A. 赫尔巴特　　　　B. 乌申斯基　　　　　C. 桑代克　　　　　　D. 卡普捷列夫　　（D）

9. 下列现象属于负强化的是

   A. 如果学生认真完成作业,就允许他们看一个小时的电视

   B. 如果学生不认真完成作业,就让他们抄课文

   C. 如果学生不认真完成作业,就不许他们看电视了

   D. 如果学生认真完成作业,就免除他们抄课文　　　　　　　　　　　　　　　　　（D）

10. 迁移的逆向曲面模型的提出依赖于的数据来源于

A. 机械学习   B. 意义学习   C. 发现学习   D. 接受学习   (A)

11. 马斯洛将"需要层次论"中的后一种需要定义为

A. 缺失需要   B. 物质需要   C. 精神需要   D. 成长需要   (D)

12. 学习抓紧完成作业，以避免家长的监督，这种现象属于

A. 条件反射   B. 逃避条件作用

C. 回避条件作用   D. 条件   (B)

13. 下列符合建构主义理论的观点是

A. 分析人类行为的关键是对外部事件的考察

B. 决定人类行为的最重要因素是环境

C. 教育的目标在于使外界客观事物内化为学习者内部的认知结构

D. 学习是学习者主动地建构内部心理表征的过程   (D)

14. 斯皮罗等认为学习分为

A. 初级学习和高级学习   B. 接受学习和发现学习

C. 规则学习和概念学习   D. 机械学习和意义学习   (A)

15. 赫尔巴特把教学法分为

A. 3 个阶段   B. 4 个阶段   C. 5 个阶段   D. 6 个阶段   (B)

16. 在斯金纳的操作条件反射理论中，最重要的一个概念是

A. 奖励   B. 批评   C. 强化   D. 反馈   (C)

17. 潜伏学习的提出者是

A. 布鲁纳   B. 班杜拉   C. 加涅   D. 托尔曼   (D)

18. 个体根据已有经验而建立起来的一种内部准备状态，是一种通过学习而形成的关于目标的认知观念。这在托尔曼的学习理论中被称为

A. 目的   B. 期待   C. 准备   D. 认知结构   (B)

19. 已有的知识经验对解决新问题的影响叫

A. 迁移   B. 干扰   C. 抑制   D. 启发   (A)

20. 某一领域或课题的学习直接对学习另一领域或课题所产生的影响是

A. 正迁移   B. 负迁移   C. 非特殊迁移   D. 特殊迁移   (D)

二、多项选择题

1. 对美国教育心理学的发生影响最大的人物是

A. 詹姆斯   B. 桑代克   C. 卡特尔   D. 霍普金斯   (A、C)

2. 下列现象中属于学习的有

A. 人的瞳孔反射   B. 小白鼠形成躲避电击的条件反射

C. 谈虎色变   D. 小猫爬树   (B、C)

3. 桑代克提出的学习律包括

A. 准备律   B. 效果律   C. 频因律   D. 强化律   (A、B)

4. 当条件刺激不被无条件刺激所强化时，就会出现条件反射的

A. 泛化   B. 消退抑制   C. 分化   D. 强化   (B、C)

5. 斯金纳的行为分类包括

A. 反射行为   B. 操作行为   C. 应答行为   D. 自发行为   (B、C)

6. 奥苏伯尔的有意义学习类型包括

A. 表征学习   B. 概念学习   C. 规则学习   D. 命题学习   (A、B、D)

7. 认知迁移理论的两个基本假设是

A. 人类记忆是一种高度结构化的储存系统   B. 学生原有的认知结构是迁移的关键因素

C. 知识结构的"丰富性"并非始终一致   D. 两种任务需要的能力必须相似   (A、C)

8. 在奥苏伯尔的理论中，"先行组织者"包括

A. 概括性组织者   B. 具体性组织者   C. 陈述性组织者   D. 比较性组织者   (C、D)

9. 布鲁纳指出发现学习的作用有

A. 提高智力的潜力　　　　　　　　　B. 使外部奖赏向内部动机转移

C. 学会将来作出发现的最有方法和策略　　D. 帮助信息的保持和检索　　　　（A、B、C、D）

10. 在斯金纳的理论中,促使反应增加的是

A. 正强化　　　　　　B. 负强化　　　　　　C. 惩罚　　　　　　D. 替代强化　　　（A、B）

三、简答题

1. 简述奥苏伯尔的有意义接受学习理论。

2. 什么是"先行组织者"?

3. 用实验说明什么是潜伏学习。

4. 简述学习与个体心理发展的关系。

四、综合题

1. 试述建构主义学习理论的基本观点。

2. 试述影响迁移的条件。

第四部分　实验心理学

第一章　实验心理学概述

一、实验心理学的产生和发展

（一）实验心理学的孕育

1. 近代哲学

17—19世纪哲学中的唯理论、经验主义和联想主义都对心理学产生了重要影响。

笛卡儿是唯理论的主要代表人物,他主张,人的心理一方面依赖于生理,另一方面依赖于身体以外的灵魂。单纯身体的原因不足以解释人的全部心理活动,为此,他引入了灵魂的概念,用以解释心理现象。他的"天赋观念论"带有唯心主义色彩,认为人的观念不是经验作用的结果,而是先天具备的。

经验主义的奠基人是英国的霍布斯(T. Hobbes,1588—1679)和洛克(J. Locke,1632—1704)。他们认为,人的一切知识都来源于经验,并把经验划分为内部经验和外部经验。外部经验是人对环境刺激的感知觉;内部经验则是人对自己内部活动的一种反省。

18—19世纪,经验主义演变为联想主义。培因(A. Bain,1818—1903)是其主要代表人物,他把联想的原则看成是解释一切心理活动的原则。

2. 近代解剖学与生理学

17—18世纪解剖学与生理学的发展为心理学的产生奠定了实验基础。现代心理学的实验方法直接来源于近代的实验生理学。19世纪上半叶,一系列的实验生理学的重大发现为实验心理学的诞生作了前期的准备。

3. 19世纪的重大科学发现

（1）感觉和运动神经的发现以及神经特质能说的提出

1811年,英国的贝尔发现,脊髓灰质前后角的神经具有不同的功能,后角的神经纤维负责感觉,而前角的神经纤维负责运动。1822年,法国的马戎第得到了同样的发现。这为后来的神经生理学和感知觉的研究奠定了坚实的基础。

托马斯·扬(Thomas Young,1773—1829)提出了颜色知觉中的三色论,认为不同的视觉神经能够感觉到不同的颜色。1826年,德国的缪勒提出了神经特质能说。赫尔姆霍茨对三色论进行了补充和修改,提出了颜色知觉的三色论,对颜色知觉的研究产生了重要影响。

（2）感觉的研究

19世纪上半叶,感知觉研究取得了重要的进展。比如浦金野现象的发现、韦伯定律的提出等。

（3）颅相学和脑机能定位说

加尔(F. J. Gall,1758—1828)的颅相学认为心理机能依赖于脑内特定区域的大小,通过头颅结构的观察可以对人的性格做出判断。虽然颅相学缺乏科学依据,但是它对脑机能定位的研究产生了影响。

19世纪下半叶,弗罗伦斯(M. J. P. Flourens,1794—1867)运用生理解剖学的方法,对大脑进行了精确的解剖和机能定位,并提出了脑机能定位学说。布洛卡(P. Broca,1824—1880)在对失语症病人研究的基础上,发现了与语言相关的脑区,为脑的机能定位说提供了依据。

（4）反射动作的发现

惠特(R. Whytt,1714—1766)发现了反射运动,并认为反射运动是不随意的、依靠脊髓来执行的。J. P. 缪勒进一步发现某些反射动作是要通过大脑的。

（5）神经冲动的性质和速度的测定

1841年，生理学家马特锡（C. Matteucci）论述了动物电现象，发现了神经冲动的电特性。起初人们认为，神经冲动的传导速度极为迅速，可能接近光速，对其测量几乎是不可能的。1850年，赫尔姆霍茨首先运用反应时技术推算了神经冲动的传导速度，并且为后来反应时方法的广泛应用作出了贡献。

（6）人差方程的提出和心理学实验方法的发展

人差方程的发现起源于天文学的观察和研究。天文学家贝塞尔（F. W. Bessel，1784—1846）认为，观察的误差是由于观察者的个体差异导致的，并将其定为心理学的研究问题，由此产生了两种心理学的实验方法——复合实验和反应实验。

（二）实验心理学的建立

1. 费希纳的贡献

1860年，费希纳出版了《心理物理学纲要》，为科学心理学的产生奠定了坚实的实验基础，对实验心理学的发展作出了重要贡献，具体贡献有：① 提供了测量人的感受性的多种心理物理学方法；② 提出了感觉"阈限"的概念，并对心理量与物理量之间的关系进行了分析和讨论；③ 提出了"负感觉"的概念，并用负的数量来表示无意识现象。

2. 冯特的贡献

1862年，冯特（W. Wundt，1832—1920）出版了《对于感知觉的贡献》一书，论述了对于感知觉的实验研究，这是实验心理学产生的前期著述。冯特在书中正式提出了"实验心理学"。1879年，冯特在德国莱比锡大学建立了第一个心理学实验室，标志着心理科学成为一门独立的科学。1896年，他出版了《心理学大纲》，以通俗的形式向世人介绍心理学的内容。到1920年，冯特发表和撰写的心理学著作和论文已经有五百余篇（部），同时，他还培养了大批杰出的心理学家。可以说，冯特是近现代心理科学和实验心理学的奠基人。

3. G. E. 缪勒的贡献

1872年，G. E. 缪勒（G. E. Müller，1850—1934）在其博士学位论文《感觉的注意学说》中对感知觉的心理学问题进行了研究，受到许多心理学家的关注。后来，他对费希纳的心理物理学方法进行了修改和扩充。1878年，发表论文《心理物理学基础》一文，对恒定刺激法提出了新的见解。他对感知觉、注意和记忆等方面作了大量的研究，出版了一系列重要的著作。

4. 艾宾浩斯的贡献

艾宾浩斯（H. Ebbinghaus，1850—1909）对记忆进行了系统的实验研究。1885年，他出版了专著《记忆》，详细地论述了关于记忆的实验研究方法、记忆的保持和遗忘的规律以及联想与记忆等问题。19世纪80年代以后，艾宾浩斯开始从事视觉和颜色知觉方面的研究，并提出了关于颜色知觉的学说。

5. 铁钦纳的贡献

1901年，铁钦纳出版了《实验心理学》，1901到1903年，又先后出版了《学生的定性分析手册》、《教师的定性分析手册》和《定量分析手册》，在实验研究方法和科学分析方法方面进行了大量的研究。铁钦纳在建立独立和完整的实验心理学体系方面作出了突出的贡献。在铁钦纳之后，实验心理学已经逐步形成了完整的学科体系，并成为心理学研究中的一门独立的学科。

（三）现代实验心理学的发展

1. 行为主义与实验心理学的发展

1913年，华生（J. B. Watson，1878—1958）在《行为主义眼光中的心理学》一文中正式提出了行为主义学说。

华生的行为主义：① 否定意识，主张心理学应该研究行为；② 反对内省，主张用实验的方法研究人的心理与行为；③ 否定遗传和神经中枢对心理发展的作用，认为人的行为是可以通过学习和培训获得的。华生强调心理学应当研究可以观测的客观事实，对实验心理学是一个重要贡献。斯金纳是新行为主义的主要代表人物，他提出了操作条件反射，强调操作性强化对刺激-反应关系建立的影响。行为主义心理学在研究思想上、方法和手段上都很重视实验的客观性，对实验心理学的发展产生了深远的影响。

2. 信号检测论与现代心理物理学

信号检测论（SDT）认为，如果个体对某一刺激不能做出正确判断，可能是噪音的干扰所致。将信号检测论引入心理学的研究，克服了传统心理物理法的局限性，即不能测量被试的反应倾向和判断标准。20世纪50—60年代，信号检测论在心理学的感知觉研究中得到了广泛应用，通过被试对呈现刺激的强度、肯定程度等的判断，测量个体判断时的感受性、判断标准和反应倾向性。

3. 认知心理学与实验心理学的发展

认知心理学采用客观的研究方法研究人的内部心理过程,把人对信息的加工处理类比为计算机。纽厄尔和西蒙运用现代的计算机技术对人脑的信息加工过程进行了模拟研究,并尝试建立计算机专家系统,为现代认知心理学对人脑信息加工过程的研究提供了新的思路。1967 年奈赛尔出版了《认知心理学》一书,标志着认知心理学的诞生。

二、心理学实验研究的伦理

心理学实验研究的伦理包括两方面:一是公正对待实验对象——人或动物;二是研究者应具备的职业素养和科学精神。

(一)公正对待实验对象

1. 以人为对象的研究

对待人类被试的基本原则是:对人的尊重、有益性和公正。对人的尊重指个人应被作为一个有自主权利的个体。研究者需告知被试或其监护人有关实验的信息,使被试可以自主决定是否参加实验。有益性指研究不仅应避免被试在研究中受到伤害,而且应尽力使被试从研究中受益。公正指研究者应平等地对待被试,对不同团体的被试,实验的风险和受益是无偏向的。为了落实上述原则,在以人为对象的研究中,至少应该做到:

(1)知情同意

知情同意是指在实验之前研究者要事先告知被试,他们即将参加的实验的目的、过程、可能的不良后果等一系列与实验有关的事项,同时也要如实回答被试提出的问题,并要与被试或其监护人正式签订知情同意书,以确保被试自觉、自愿、平等地参与到实验中来。

(2)退出研究的自由

在实验过程中,研究者要充分尊重被试的意愿,确保被试始终拥有中途随时退出研究的自由。

(3)免遭伤害的保护和信息咨询,消除有害后果

研究者要如实回答被试提出的有关实验的信息,特别是有关免遭伤害的信息咨询。同时,研究者要尽量使被试从实验中受益,最大限度地降低实验对被试造成的不良影响。要公正对待和保护弱势群体,尽可能不选择肯定不能受益的被试团体。

(4)保护个人隐私

对于被试提供的各种个人信息和实验数据,研究者有责任和义务为被试保密,在未经被试允许的情况下,不得以任何方式、任何理由将被试个人信息提供给他人。如果需要共享数据,可以将被试的个人信息(包括姓名、性别、年龄等)删除,以保护被试的个人隐私。

(5)其他方面

a. 如果研究者忘记预约被试做实验、因仪器故障或其他原因推迟或取消实验、实验时间发生变更等,研究者应该在实验室等候被试,并向他们作出解释或作出合理的安排。

b. 研究者应该对实验时间合理安排,充分利用时间,使被试能够及时做完实验。

c. 做好充分的准备。在被试正式接受实验之前,研究者要熟练掌握整个实验过程和各种问题的处理。

d. 以礼相待。除实验本身要求外,研究者不要以命令的口吻对被试讲话,而应该以平等待人的礼节对待被试,做完实验后应对被试表示感谢。

e. 营造一个轻松的实验环境和氛围,避免表情过于严肃和刻板使被试感到不适,影响实验结果的真实性。

2. 以动物为对象的研究

美国心理学会制订的《心理学研究者伦理道德和行为规范》一书明确指出:

(1)使用动物进行实验的心理学研究者应该本着人道主义精神对待实验动物;

(2)心理学研究者在获取、饲养、使用和处置实验动物时,应该遵守联邦法律条文的规定、州的法律法规以及其他的法律法规,遵守职业道德规范;

(3)心理学研究人员应该在方法和实践方面进行一些培训,比如如何饲养实验动物,如何对动物实验的全过程进行监护,如何以适当方式保证实验动物的舒适、健康和得到人道的对待;

(4)心理学研究者应保证在使用实验动物时,应经过专门的实验方法、保护和护理方法、处置方法的训练,以适当的方式对待实验动物;

（5）研究者应该根据各自的能力负责研究项目和具体研究活动；

（6）在实验过程中，研究者应该尽可能减少或降低实验动物的不适感、被感染、疾病以及疼痛；

（7）在没有其他实验方法或方式可以替代的情况下，方能对实验动物进行引起疼痛、紧张或者是感觉和需要被剥夺的实验，而且这类实验要有一定的可预期的科学价值、教育教学价值和实际应用价值；

（8）在实施外科或解剖实验时，应该使用麻醉剂，采用医学的技术避免感染，避免在实验过程中和实验后给实验动物带来痛苦；

（9）当需要终止实验动物的生命时，应采取安乐、快速和合理的方式结束实验动物的生命，最大限度地减少其痛苦。

3. 药物研究的准则

（1）所有药品必须以合法途径获得，并且在法律许可的情况下使用；

（2）必须采用适当的预防措施；

（3）所有在研究中使用或监督药品使用的个人必须熟悉相关法律；

（4）药物使用在科学上是合理的；

（5）所有在研究中使用或监督药品使用的个人必须熟知药品使用的要求、作用模式、毒性和使用方法；

（6）在任何使用动物的实验中，对动物的权利应予以考虑；

（7）以人作为被试的研究应充分考虑参与者的权利。

4. 科学欺瞒和科学欺骗

我们提倡科学欺瞒，但坚决摒弃科学欺骗。

科学欺瞒是指，在有些实验中，如果被试知道了实验目的，实验结果可能会受到影响。这时，研究者不告诉被试实验的真正目的，实施欺瞒。而科学欺骗是指研究者有意歪曲事实，包括捏造和篡改数据，甚至完全伪造数据。

（二）研究者的职业素养和科学精神

1. 数据

客观、可靠的数据是开展心理学研究的根本要求。除了实验设计、数据处理等会影响数据的质量外，研究者的态度和处理问题的方式也会极大地影响数据的可靠性。

（1）收集数据

严谨、认真的态度是收集可靠数据最基本的保证，收集数据的程序要规范。

（2）处理数据

数据处理要按照规范的、多数人可接受的方式进行。

（3）报告数据

文章中报告的数据应该是可靠的和完整的。

（4）保留数据

实验中的原始数据应当妥善保留。

2. 实验材料

（1）研究中如果使用自己的实验材料，应精心选择、设计，研究完成后妥善保留。如果在参照他人实验材料的基础上设计自己的实验材料，要在发表的文章中予以说明。

（2）如果使用已经在杂志上公开发表的实验材料、测验、常模，必须完整使用，并在发表的文章中加以说明，标明出处。对尚未发表的他人的实验材料、测验、常模，必须事先征得作者的同意。

（3）对一些标准化测验、他人的测验，在任何情况下不得向公众公布。

3. 论文写作

（1）文章要用自己的话表述。在文章中如果确实要摘抄他人的话，则需要采用引用的方式。如果用自己的话叙述他人的观点、实验结果等，则需要增加文献索引。

（2）在自己的研究论文中，如某些方面受到他人的启发，应当提及和引用。力求在论文中分清他人的研究思想、成果和自己的独特之处。创新对于论文来说是十分重要的。

（3）文章后面的参考文献要详细列出文章中引用的所有文献。

4. 论文发表

同样的文章、数据不能在不同的杂志上重复发表。

三、心理学实验研究的一般程序

（一）课题选择与文献查阅

1. 课题选择

选择研究课题包括确定研究方向和选择具体研究课题两个方面的内容。确定研究方向，就是研究者在一个较长的时期内从事的研究活动的工作方向。研究方向的确定，使研究工作具有连续性、系统性和积累性，并可为选择具体研究课题提供线索和范围。具体研究课题就是研究所要解决的具体问题。

（1）研究课题的类型

按照研究目的区分，研究课题可以分为理论性课题和应用性课题。理论性课题是指以揭示心理现象本质及其发展变化规律为主要目的的课题。应用性课题是指直接为社会实践服务，以提出解决某种社会实践问题的具体方案或对策为主要目的的课题。

按照研究的深度区分，研究课题可以分为描述性课题、因果性课题和预测性课题。描述性课题是指对心理现象的真实情况进行具体描述的课题，它回答"是什么"、"怎么样"的问题。因果性课题是指旨在揭示两种或两种以上心理现象之间因果关系的课题，它回答"为什么"、"怎么办"的问题。预测性课题是指在弄清了心理现象的现状及其因果联系的基础上，对事物将来的发展趋势和状况进行预测的课题，它回答"将来怎样"、"将来应怎样"的问题。

（2）课题选择的原则

课题选择既是研究的起点，也是决定整个研究工作成败的关键。课题选择一般遵循的原则如下：

第一，需要性原则，即根据社会需要和心理学自身发展的需要选择研究课题。

第二，创造性原则，即研究必须有创新，有独到之处。

第三，科学性原则，即研究选题应在一定的科学理论的指导下进行，必须有一定的事实根据和科学根据，以保证研究工作最大可能地取得成功。

第四，可行性原则，即研究者具备完成研究课题的主客观条件。

（3）课题选择的程序

课题选择一般遵循的程序是：① 初步选出研究课题；② 对选题进行初步探索；③ 将选题具体化；④ 撰写选题报告；⑤ 征求意见，反复修改。

2. 文献查阅

（1）文献查阅的作用

文献查阅具有重要作用：① 有助于研究者对有关研究领域的情况有一个系统、全面的认识和了解；② 有助于研究者选择研究课题，形成研究假设；③ 有助于研究者搞好研究设计；④ 有助于研究者解释研究结果，撰写研究论文。

（2）文献查阅的原则

第一，在时间上应当从现在到过去，采用倒查法，先查最近的研究文献，后查过去的文献。

第二，在范围、数量上应有所限制，应以一些学术性强、影响大、质量高的学术杂志为主要查阅对象，紧紧围绕研究课题进行搜集。

第三，应注意搜集第一手资料，而少搜集多次转述的资料。

第四，应注意搜集代表各种各样观点、得出不同甚至矛盾结论的研究文献。

第五，不但要搜集与自己研究课题、领域直接有关的资料，还应注意跨学科、跨领域地搜集有关资料。

（3）文献搜集的方法

第一种方法，检索工具查找法，即利用已有的检索工具查找文献资料。检索工具有手工和计算机两种。手工检索工具包括目录卡片、目录索引和文摘等几种。计算机信息检索系统分为文献检索、数据检索和事项检索三种，心理学研究中常用的是文献检索系统。

第二种方法，参考文献查找法，即根据作者文章和书后所列参考文献目录去追踪查找相关文献。

（二）提出问题与研究假设

1. 提出问题

研究问题通常是在研读文献的基础上提出的，应是非常具体的问题。问题提出时，应该明确变量之间的关系，即研究的自变量和因变量之间的关系以及不同自变量之间可能存在的交互作用。

通常情况下,可以从理论、实践应用和研究方法等方面提出具体的研究问题。研究问题一般具有以下特征:① 研究问题通常涉及两个或两个以上的变量,并询问其关系如何;② 研究问题应该以提问的形式出现;③ 研究问题应当具有可解性,即研究者通过各种研究方法能够回答研究问题;④ 研究问题的陈述不应该带有任何主观好恶等感情色彩。对于研究问题的评价可以从这样几个方面考虑:研究意义、研究的创造性和创新性、研究的可行性。

2. 研究假设

研究假设是对研究问题可能的结论的一种预期。假设具有两个特点:第一,有一定的科学依据;第二,有一定的推测性。提出研究假设的基本方法有演绎法和归纳法两种。

从研究假设内容的性质分类,假设一般可以分为:① 预测性假设,即对客观事物存在的某些情况,特别是差异情况作出推测判断。② 相关性假设,即对客观事物相互联系的性质、方向、密切程度作出推测判断。③ 因果性假设,即对客观事物之间因果联系的推测判断。根据假设陈述的概括性性质,假设可以分为:① 一般假设,即对客观事物的状况、性质、相互联系的本质和运动变化规律具有较普遍的适用性的假设。② 特定假设,即对某一特定事物的某种特定状态、性质和联系提出的假设,它预测的是事物间的特定关系。

根据建立假设的目的不同,可以把假设分为:① 析因性假设,即为了解释、控制行为的起因而建立的假设。这类假设的自变量和因变量之间是一种因果关系。② 描述性假设,即为了描述和预测行为而建立的假设,条件和行为之间是一种相关联系,不一定具有因果关系。

评价研究假设的标准:① 是否有一定的科学依据;② 是否对两个或两个以上的变量之间的关系作出推测;③ 是否表述清楚;④ 是否具有可检验性;⑤ 陈述是否简单、明了。

(三)实验设计与实施

1. 实验设计

实验设计一般包括以下步骤:

(1)考察行为的内容,即研究者要考察假设中含有的行为指标的内容。通常一个研究不可能对一个行为指标中包含的所有内容都进行探讨,而只是选择其中某个或某几个关心的变量进行研究。

(2)定义总体和样本。一个实验不可能对所有符合条件的人群总体进行研究,只能从总体中抽取出特定的、具有代表性的人群作为一个样本进行研究,然后再把样本研究的结果推广到总体中去。

(3)变量的选择。一个行为指标中往往含有很多内容,每项内容都可以构成一个特定的变量,研究者要从中选择那些具有代表性的变量作为研究变量。

(4)建立操作定义。操作定义是指用事物的可观察的、可测量的特征把研究变量具体化,是由测量变量的步骤或操作来定义的。操作定义的作用:① 有助于提高研究的客观性;② 有利于学术交流;③ 为重复研究提供保证。

(5)预期变量的关系,也就是研究假设。

2. 实验的实施

(1)被试的取样与分配

取样的重要原则是,样本要有代表性,基本上能够代表研究规定的总体。常见的取样方法有:① 简单随机取样,即从总体人群中,随机抽取个体,直到满足样本数量为止。② 系统随机取样,即从总体人群中,每间隔恒定的个体数选取一个被试。③ 分层随机取样,即先把总体按照被试的某个或某些特点分层,然后,在每一层次中随机取样。④ 等组匹配取样,即在分组匹配的基础上进行取样。⑤ 方便取样,即选取那些最方便得到的被试。⑥ 个案样本取样,即在不具备获得足够数量的样本的情况下,选取个案进行研究。

样本容量是由统计抽样的基本原理、研究内容、研究方法以及课题本身的客观条件等因素决定的。统计抽样的基本原理是确定样本容量的基本前提。一般情况下,样本容量的确定主要应该考虑实验设计、各因素的水平等问题。实验设计的因素和因素的水平越多,抽取的样本数量就会越大。

(2)创建实验材料

一般心理学实验都需要某些实验材料,这就需要准备实验材料。为了让被试更清楚实验的目的、用途以及被试的权利等,一般还需准备一份知情同意书。同时,为了被试更熟悉实验程序,一般还需准备一份练习材料。当然,实验前的指导语是必备的。

(3)执行实验,获取数据

这是正式实验阶段了。研究者在先前准备的基础上,按照一定的程序,对被试实施实验处理,获取实验数据。

（四）数据处理与统计分析

通过各种研究方法收集到的数据，必须经过分析处理才能得出合适的结论。对数据的处理首先应该对数据进行整理、审核，剔除无效数据。然后，对数据进行编码、录入计算机。最后，通过适当的统计分析方法，得出恰当的结论。统计方法包括两大部分：描述统计和推断统计。

（五）研究报告的撰写

研究报告是对研究成果的总结报告。一篇完整的心理学研究报告一般包括：题目、关键词、摘要、前言、方法、结果、讨论、结论以及参考文献等。

第二章　心理学实验的变量与设计

一、心理学实验的含义与基本形式

实验是一种有控制的观察。心理学实验是根据研究目的，有计划地控制或操纵某些变量，创设一定的情境，以探求心理现象的原因、发展规律的研究方法。

心理学实验具有下面一些特点：

1. 要操纵或控制变量，人为地创设一定的情境。
2. 基本目的在于揭示变量之间的因果关系，即回答"why"的问题。
3. 有严格的研究设计，包括被试选择、研究的材料和工具、实验程序、设计分析方法等，以保证实验结果的科学性。

二、心理学实验与理论

（一）实验范式

在心理学中，为了验证某种假设以及发现某些有意思的现象，实验者会设计具有验证性目的的实验。有些实验比较经典，被有相同或类似目的的后人多次沿用，就形成了一种实验范式。实验范式包括实验的目的、具体流程、手段以及实验设计等。简单地讲，实验范式就是相对固定的实验程序。实验范式在具体的实验中可以做为模板，并根据自己的新要求进行修改。比如，在决策心理学中，经典的实验范式有：爱荷华博弈任务、剑桥博弈任务等。

（二）实验逻辑

如果我们根据某种理论命题得到两个变量之间存在因果联系的假设，或者我们根据经验事实和主观判断推测现象 X 是造成现象 Y 的原因，为了检验这一假设，我们首先观察 Y 的变化情况。即先测量在没有受到 X 的影响之前，Y 的情况如何，然后，通过操纵某些条件，引入被看作自变量和原因的实验刺激 X，接着再对引入 X 以后 Y 的情况进行测量，并比较前后两次测量的结果。如果前后两次的情况发生变化，则可以初步认为 X 是导致 Y 变化的原因，即证明了这一假设。这就是实验研究的最基本的分析逻辑。

当然，这只是一种最简化的情形。同时，它也是一种最理想的情况。实际的实验形式要复杂得多。一般情况下，任何两种事物或现象之间的关系，都会同时受到若干其他事物或现象的影响。要说明这两种事物或现象之间存在因果联系，就意味着要排除其他相关事物或现象造成因变量发生变化的可能性，即要排除其他各种因素造成因变量 Y 在前后两次测量中所得的结果不同的可能性。

下面通过一个假设的例子来具体说明实验研究的基本逻辑。假设研究者对某种新的教学方法的效果感兴趣，即他希望探讨"新的教学方式"（自变量）与"学生成绩提高"（因变量）之间是否存在因果关系。他选择了两个各方面情况都差不多的班级，并在开学初对这两个班级的学生进行了相同科目、相同试卷的测验（前测）。然后，在其中一个班级（实验组）按一种新的教学方式进行教学（给予实验刺激），而在另一个班级（控制组）中仍按照原来的教学方式进行教学。学期末，他再对这两个班级的学生进行第二次相同科目、相同试卷的测验（后测），并对测量结果进行比较。如果两班学生后来的学习成绩相差无几，则说明新的教学方式（实验刺激）并没有起作用；如果只有实验组的成绩提高了，而控制组的成绩没变化；或者虽然两班学生的成绩都提高了，但实验组学生的成绩提高得更多，则可以看作是新的教学法所起的作用和产生的影响。

（三）实验与理论的关系

一方面，心理学实验需要理论的指导。实验的起点——问题与假设的提出就离不开理论，理论是研究问题和假设提出的依据之一。如果仅仅依据初步收集到的材料和事实，而没有已有理论的指导，就难以提出研究假设。即使提出了研究假设，也可能因观测不准确、取样不全面或缺乏对前人的研究和理论的了解等原因，导致研究假设缺乏科学性、研究假设与前人的研究雷同等问题。理论对于研究资料的处理分析也很重要，尤其是在对研究结果进行定性分析时，如果缺乏理论指导，就难以确定正确而有效的分析方法，也就不能从纷繁复杂的数据中归纳出合理的结论以检验假设和已有的理论。

另一方面，心理学理论也需要实验的检验。只有不断得到实验检验的理论才能不断完善和发展。如果一个理论无法用实验去检验，那么，该理论的真实性就值得怀疑了。

三、心理学实验中的变量

变量指在数量上或质量上可以变化、操纵或测量的条件、现象、事物或事物特征。

（一）自变量及其操纵

1. 自变量的种类

根据自变量是否可以操纵可以分为：可操纵的自变量和不可操纵的自变量。可操纵的自变量是指研究者可以直接操纵的变量，对它定义的不同水平属于不同的实验条件。不可操纵的自变量也称为被试变量，是指研究者不可以直接操纵，由被试的一些特性所构成的变量，它只能基于被试固有的特性来选择不同类型的被试，对它定义的不同水平是指不同的被试组。

根据刺激的来源不同，自变量可以分为：外部刺激和内部刺激。外部刺激包括物理刺激和社会性刺激，这类刺激一般比较容易操作化。内部刺激来自被试本身的特性，包括被试固有特性和被试暂时特性。被试固有特性主要是指被试在实验前已经具有的特点，如年龄、性别、民族、文化程度、婚姻状况等。这些被试固有的特性一般不容易改变，如果把这些特性作为实验的自变量，通常是按照某种标准对被试进行分类以获得自变量的不同水平。另外，也可以通过某种测量对被试进行分类来获得自变量的不同水平，比如被试的智力、身高等。被试暂时特性是指由研究者操纵外部刺激引起并影响被试的行为的中介心理变量，如动机、疲劳等。这类自变量的操作化比较困难，研究者需要对引起被试暂时特性的方法详细定义。

2. 自变量的操纵

（1）建立合适的操作定义。操作定义要能够敏感地反映出自变量的变化，能够真正揭示自变量的内在本质。建立操作定义的方法有：① 使用现有的信息来定义；② 通过操纵、创建情景状态来定义；③ 利用评定获得的信息来定义。

（2）确定处理水平。确定自变量的处理水平包括确定数量、间距和范围。

（3）校准测量自变量的仪器。这是获得可靠自变量数值的保证。

（4）控制呈现刺激的方式。包括控制刺激呈现的时间、时间间隔、呈现顺序、呈现的空间方位等。

（二）因变量及其观测

常见的因变量类型有：反应的正确性、反应的速度、反应的概率、反应的难度、反应的次数、反应的强度以及量表分数和评定分数等。因变量要能灵活地反映出自变量变化所造成的影响。一个好的因变量要满足以下要求：

第一，要具有有效性、敏感性和可信性。有效性是指实验中观测的因变量正是实验者欲研究的符合研究目的的心理或行为反应。敏感性与有效性直接相关，敏感的观测可以提供精确和完整的心理和行为反应的情况。可信性是指因变量观测的信度，即对同一被试重复观测的结果应是相同或相近的。

第二，观测因变量的方式要适当。常见的因变量的观测方式有：生理测试、行为测试、言语测试。

因此，因变量的选择及其观测方式的确定应该注意：首先，参考前人有关研究中所用的因变量及原因，建立合适的操作定义。其次，考虑实验中的被试情况、自变量、任务、所用仪器等。再次，考虑因变量的有效性、敏感性和可信性。最后，注意实验反应指标之间的相互制约，彼此联系的关系。

（三）额外变量及其控制

1. 额外变量的主要类别

额外变量通常包含两大类，即随机的额外变量和系统的额外变量。随机的额外变量是指在实验中偶然起作用的额外变量。系统的额外变量是指经常地、稳定地起作用的额外变量。从误差的来源划分，可以有：

（1）来自被试方面的额外变量。主要涉及：参与研究的动机、焦虑、有关经验、性格特点、当时的生理状态、被试的反作用等。

（2）来自主试方面的额外变量。研究者的年龄、性别、外表、言谈举止、态度、暗示等都有可能影响研究结果。另外，"实验者效应"也会对研究结果产生干扰。

（3）来自实验设计方面的额外变量。主要包括：研究方法本身不完善；测量仪器、设备的安排、布置、调整不当；测量工具不完善；被试选取、研究时间和环境选取等方面的不足；研究程序安排不当等。

（4）来自研究实施环境条件方面的额外变量。研究实施环境中的许多因素，如温度、光线、声音、布置、熟悉性、空间大小等，都可能影响被试的行为及操作水平。另外，研究实施过程中的意外事件，如停电、有人大声说话、仪器发生临时故障等，也都会影响研究水平。

（5）来自数据处理方面的额外变量。如果数据处理方法不当，比如数据分类不当、评价标准不统一、评价出现错误以及统计方法不恰当等，也都会影响研究结果。

2. 额外变量的控制方法

（1）消除法

消除法就是通过一定的手段或措施，将影响研究结果的各种额外变量消除掉。它是控制额外变量的最主要、最理想、最基本的方法。

消除额外变量的方法很多，要根据额外变量产生的原因选择具体的方法。比如，为了消除"实验者效应"和"霍桑效应"，可以采用"双盲程序"，即主试和被试都不知道实验目的或意图；为了消除被试的焦虑、紧张、不合作以及不认真态度等，可以设法与被试建立良好的合作、信任关系等。

（2）恒定法

在心理学实验中，并不是所有的额外变量都可以消除。恒定法就是采取一定的措施，使某些额外变量在整个研究过程中保持恒定不变，从而使额外变量对研究结果的影响保持恒定。

恒定法虽然不能把额外变量带来的影响消除掉，但是，它可以使这些影响处于一个恒定的水平，使额外变量对所有被试的影响处于同样的水平，从而减少额外变量对实验结论的影响。但恒定法控制额外变量会降低实验结果的可推广性。

（3）平衡法

平衡法就是对某些不能被消除，又不能或不便被恒定的额外变量，通过采取某些综合平衡的方式使其效果平衡的方法。平衡法的具体方式很多：

第一，对比组法。对比组法的基本思想是，按照随机原则抽取两个被试组。这样，两个组之间除了研究变量差异外，在其他额外变量的效果方面都是相等的。

第二，循环法。循环法主要是用于平衡顺序效应。拉丁方设计就是其中的一种变式。

第三，匹配法。当被试数目较少时，对比组法很难保证不同组被试之间是同质的。匹配法则是根据被试某些方面的特征或行为表现，将被试人为地划分为具有相同特质的若干组，以保证被试在可能影响研究结果的特质上严格地平衡。

（4）统计控制法

当实验中某些额外变量在实验过程中未能有效控制时，可以采用剔除极端数据、统计学校正或根据主试观察剔除不可靠数据的方法，保证实验数据的可靠性。

四、实验设计

（一）实验设计及评价标准

所谓实验设计是指研究者针对需要验证的实验假设，为有计划地搜集观察资料而预先建立和依据的工作模式。心理学的实验设计是一门心理学与统计学相结合的实验技术科学。广义地讲，实验设计包括几个方面：形成统计假设，并为检验假设、搜集和分析数据制定有效的计划；阐明检验统计假设所遵循的决策；按计划搜集资料；按计划分析数据；对统计假设的真伪作出归纳性推断。良好的实验设计不仅是实验过程的依据和处理结果的先决条件，也是科学研究获得预期结果的一个重要保证。

评价一个实验设计是否良好，首先要看从这种设计的样本中是否能获得总体信息、代表性高的信息。其次，这种设计测量出的信息正是要测的包含在样本中的信息。哪一种设计能测量出包含在样本中的信息，那么这种设计就是良好的设计。可见，良好的实验设计必须满足两个标准，第一是内部效度，第二是外部效度。因此了解影响内部效度和外部效度的因素，并对这些因素加以控制是一个良好的实验设计所必需的。

内部效度是指实验变量能被精确估计的程度。如果排除对实验结果产生干扰的无关因素，能够使研究者相信实验结果确实是由实验变量引起的，则说这个研究具有内部效度。

外部效度是指实验研究的结果能被概括到实验情境条件以外的程度。

（二）前实验设计与事后设计

1. 单组后测设计

单组后测设计只有一个实验组，没有控制组，而且对实验组只给予一次实验处理，然后通过测量得到一个后测成绩。其基本模式为：

$$X \qquad\qquad O$$

X 是实验处理，O 是观测值。

由单组后测设计得出的结果很难推断是由实验处理引起的。

2. 单组前测后测设计

这种设计是对单组后测设计的一种改进，在实验处理前增加了前测。其基本模式为：

$$O_1 \qquad X \qquad O_2$$

由于增加了前测，该种设计可以提供被试的基线数据及某些相关信息，但是，由于没有对照组，很难控制成熟和历史因素造成的影响。另外，前测也可能对后测造成影响。

3. 固定组比较设计

固定组比较设计中有实验组和控制组两组被试，但被试不是随机抽取和分配的，而是在实验处理前就已经形成的。其基本模式如下：

$$\text{实验组} \qquad X \qquad O_1$$
$$\text{控制组} \qquad\qquad O_2$$

由于使用了控制组，所以对成熟和历史因素进行了控制，增加了实验的内部效度。该设计的最大缺点是被试不是随机选择的。

4. 事后设计

事后设计是指所研究的现象已经发生之后对其发生原因进行追溯。研究中，研究者不需要设计实验处理或操纵自变量，只需通过观察存在的条件或事实，将这种已自然发生的处理或自变量与某种结果或因变量联系起来加以分析，以便从中发现某种可能的简单关系。事后设计主要包括相关研究设计和准则组设计两种类型。

（1）相关研究设计

相关研究设计是在一个被试组内收集两个集合的数据，其中一个是观察到的结果，另一个是被追溯的数据集合。研究目的是确定这两个数据集合之间的关系（相关关系），为提出变量之间的因果关系奠定基础。

（2）准则组设计

准则组设计是对已经发生的事件进行研究的一种非实验设计。它要求研究者通过对所研究现象的被试的比较，确定某些被试（准则组）具有一种状态的特征，而另一些被试（非准则组）不具有这种状态的特征，然后去追溯可能存在的原因。

事后设计特别适用于自然条件下对于简单因果关系的研究，可以避免人为作用所带来的干扰。在某些情况下，不能采用严格的实验设计研究时，可以考虑该设计；另外，在提出更严格的实验方法前，也可以用该设计来为研究假设提供更为充足的证据。

事后设计的主要缺点是它缺乏对变量的控制。

（三）准实验设计

准实验设计是介于前实验设计和真实验设计之间的实验研究设计，它对无关变量的控制比前实验设计要严格一些；能对一部分无关变量进行控制，但却不如真实验设计对无关变量控制得充分和广泛。准实验设计中一般也无法对被试进行随机取样、随机分配，这样，即使设立了控制组，也是静态的、不对等的。与前实验相比，准实验力图通过程序的改变，尤其是测量的调整来提高对无关变量的控制。

1. 时间序列设计

时间序列设计是指对一组非随机取样的被试实施实验处理，并在实验处理前后周期性地作一系列测量，然后分析前后测量分数是否具有非连续性，从而推断实验处理的效果。时间序列设计的基本形式是：

$$\text{一系列前测} \longrightarrow \text{实验处理} \longrightarrow \text{一系列后测}$$

实验处理前的一系列测量结果反映出被试的最初水平或状态，这种状态下的测量分数为基线。在分析时间序列设计结果时,要特别注意实验处理前后的测量分数的总趋势和变化的连续性。时间序列设计多用于小样本实验,其结果一般采用 t 检验进行考察。

2. 相等时间样本设计

相等时间样本设计是指对一组被试抽取两个相等的时间样本,前一个时间样本里出现实验变量,后一个时间样本里没有实验变量。其基本形式如下:

$$(O_1) \qquad X_1 (O_2) \qquad X_0 (O_3) \qquad X_1 (O_4) \qquad X_0 (O_5)$$

其中:X_0:控制条件或无实验处理,X_1:实验处理,O:观测值。

通过比较多次测量的差异,可检验实验处理的效果,也可以对实验安排的顺序效应进行分析。相等时间样本设计有效地控制了历史因素的影响,具有较高的内部效度,但其外部效度可能受到练习效应、疲劳效应、霍桑效应等的影响。

相等时间样本设计一般适用于只有一组被试,并且可预料到实验处理的效果具有不稳定的或可转换的特征的情况。

3. 非等组前后测设计

非等组前后测设计中设置了控制组和前后测,但是控制组和实验组不是通过随机抽样、随机分配获得的。其基本形式如下:

实验组 O_1 X O_2
控制组 O_3 O_4

X 表示实验处理,O 表示观测值(下同)。

由于控制组和前后测结合,控制了历史、成熟、测验等因素。虽然非等组前后测设计又完善了一步,但是还是不如真实验设计。由于两组被试不是随机抽取、随机分配的,实验组和控制组之间就可能存在选择偏差。研究者可以通过前测分数(O_1 和 O_3)的比较来确定两个组之间是否是相等的,或估计两组之间的偏差是否会影响实验结果。

4. 非等组前后测时间系列设计

非等组前后测时间系列设计把非等组前后测设计和时间系列设计结合了起来,把非等组前后测设计中的前测和后测改为系列前测和系列后测。其基本模式如下:

实验组 O_1 O_2 O_3 X O_4 O_5 O_6
控制组 O_7 O_8 O_9 O_{10} O_{11} O_{12}

这种设计更好地控制了成熟和历史的因素,也有效地平衡和控制了测验的练习效应和敏感性,但是测验的反作用效果以及选择偏差与实验处理的交互作用则可能会成为影响该设计外部效度的因素。

5. 修补设计

修补设计是将两个非实验设计相结合而构成的一种准实验设计。

(1)分解样本前后测设计

从形式上看,这种设计是将前实验设计的单组前后测设计重复进行,其基本形式如下:

A 组: O_1 X O_2
B 组: O_3 X O_4

分解样本前后测设计常用于被试量大,条件又不允许同时施测的情况。

(2)两个不同模式的非实验设计相结合的设计模式

其基本形式如下:

A 组: X O_1
B 组: O_2 X O_3

(四)真实验设计

真实验设计的本质特征在于对影响实验内部效度的无关变量采取严格的控制并有效地操纵研究变量。实验设计中综合运用了随机取样、前测和控制组等手段。

1. 单因素完全随机实验设计

单因素完全随机实验设计也叫被试间设计,它的基本特点是,研究中只有一个自变量,自变量有两个或多个水平。用随机化方法抽取被试,然后将被试随机分配给自变量的各个水平。每个被试只接受一个水平的处理。单因素完全随机实验设计可以分为几种类型:

（1）单因素完全随机后测设计

这种实验设计的基本模式是：

实验组	R_1	X	O_1
控制组	R_2		O_2

其中，R 表示随机抽取的被试。

这种实验设计采用了随机取样的方法，有效地控制了选择、选择与成熟交互作用等无关变量对实验的影响；实验处理前没有前测，避免了练习效应，但也正因为没有前测，无法进行实验处理前后的比较；控制组的设置有效地控制了历史、成熟、测验和统计回归等无关变量的影响。

（2）单因素完全随机前测后测设计

这种设计的基本模式可表示如下：

实验组	R_1	O_1	X	O_2
控制组	R_2	O_3		O_4

这种设计是在前一种实验设计模式中增加了前测，于是，可以对实验组和控制组的前测后测差异进行比较，但是，前测的增加也可能增加练习效应。这种设计基本上控制了绝大多数影响内部效度的因素，在这点上，与单因素完全随机后测设计是一样的。

（3）所罗门四组实验设计

所罗门四组实验设计也叫"重叠实验设计"，是把上面的后测设计和前测后测设计结合起来的一种实验设计，分别有两个实验组和两个控制组。其基本模式为：

实验组1	R_1	O_1	X	O_2
控制组1	R_2	O_3		O_4
实验组2	R_3		X	O_5
控制组2	R_4			O_6

所罗门四组实验设计除了具有前面两种实验设计的优点外，对实验处理的效果进行了两次检验，既可以确认实验处理的效果，还可以检验测验与实验处理的交互作用。

2. 完全随机多因素实验设计

完全随机多因素实验设计的特点是，研究中有两个或两个以上的自变量，每个自变量都有两个或两个以上的水平。研究者用随机抽取的办法将被试分为若干同质的组，然后将每一组被试随机分配接受一种实验处理。如果实验设计中有三个因素 A、B、C，因素 A 有 2 个水平，因素 B 有 3 个水平，因素 C 有 2 个水平，则实验中含有 $2 \times 3 \times 2$ 个处理水平结合，相应的也就需要 12 组被试。

完全随机多因素实验设计可以考察实验的主效应、交互作用以及简单效应，从而获得更多的信息。主效应是指由每个自变量单独引起的因变量的变化；交互作用效应是指当一个自变量对因变量影响大小因其他自变量的水平不同而有所不同时，所产生的交互作用影响因变量的结果；简单效应是指一个自变量的各个水平在另一个自变量的某个水平上的效应。

3. 随机区组设计

随机区组设计的目的在于使区组内的被试差异尽量缩小，而区组间的差异则依据设计要求而定。当研究中存在一个研究者不感兴趣的无关变量，而且这个无关变量与自变量之间没有交互作用，研究者希望分离出这个无关变量，这种情况下就可以采取随机区组实验设计。

随机区组设计的基本方法是：首先将被试在无关变量上进行匹配，然后将选择好的每组同质被试随机分配，每个被试接受一个实验处理的结合。可以看出，每一区组应该接受全部实验处理，每一种实验处理在不同区组中重复的次数应该完全相同。

随机区组设计考虑到了个别差异对实验结果的影响，而把被试区分为几个区组，并在统计计算上将这种影响从组内误差中分离出来，从而进一步反映出实验处理的作用，这方面比完全随机设计更完善。但是，区组的划分是一个关键，如果同一区组内被试的差异过大，则会产生较大的误差。

五、实验研究的效度

（一）内部效度

效度是指一项测验测到所要测量的东西或达到某种目的的程度。实验研究的内部效度是指在研究的自变量和因变量之间存在关系的明确程度。只有经过认真细致的变量选择和准确周密的研究设计,才可能获得研究的内部效度。可见,要取得良好的内部效度,首先,要正确地选择研究的自变量和因变量,这样才有可能对变量之间的因果关系作出可靠的陈述;其次,要有周密的实验或研究设计,即运用各种手段和措施,消除或控制可能影响内部效度的各种因素,突出自变量和因变量之间的关系。

影响内部效度的因素有:① 历史,指在实验过程中,与实验变量同时发生,并对实验结果产生影响的特定事件。② 成熟或自然发展的影响,指在实验过程中随时间的延续,被试身心发生变化。③ 被试的选择和分配,指由于没有采用随机化的方法选择被试和分配被试,造成有偏性。④ 测验,指前测可能会对后面的实验处理产生积极或消极的影响。⑤ 被试的亡失,指被试中途退出实验或中途死亡。⑥ 统计回归,指在实验处理前选择了在某一特征方面具有极端分数(高分或低分)的被试,实验处理后的测验分数有回归到平均数的趋向。⑦ 仪器的使用,指使用仪器不当或仪器失灵、测验材料出现问题或主试身心发生变化。⑧ 选择和成熟的交互作用及其他,指以上诸多因素的交互作用,特别是选择和成熟之间的交互作用是最常出现的。

(二) 外部效度

研究的外部效度是指实验的结果能够一般化和普遍化到其他的总体、变量条件、时间和背景中去的程度,即研究结果的普遍性或可推广性。一般而言,内部效度是外部效度的必要条件,但不是充分条件。即内部效度低的实验研究,外部效度也不会高;而内部效度高的研究,外部效度不一定高。要获得良好的外部效度,就要使研究能够代表真实世界的情况,但是,单一的实验研究很难做到这一点,多种实验手段的结合是获得外部效度、提高研究结果的可推广性的重要条件。

影响外部效度的因素有:① 测验的反作用效果。前测验的作用可能会增加或降低被试对实验处理的敏感作用。在有前测的实验设计中所得到的结果,不能直接推论到无前测的实验中去。② 选择偏差与实验变量的交互作用。当研究者所选择的被试样本都具有某种特征,而且这种特征与实验处理发生作用对实验结果产生积极或消极的影响。③ 实验安排的反作用效果。如果被试在实施处理前了解实验的安排或因参加实验而受到了暗示,被试可能会产生霍桑效应和安慰剂效应,从而对实验结果产生影响。④ 重复实验处理的干扰。同一组被试在短期内接受两种以上的实验处理时,前一实验处理往往会对后一实验处理产生积极或消极的影响,使被试产生练习效应或疲劳效应。

(三) 构思效度

构思效度是指关于关系变量及变量之间关系构思的准确性,以及实验变量在实验时的操作定义与推论时的定义的一致性程度,也就是说,对所研究的特质在理论上构思的全面性。构思效度不仅涉及因果关系的构思,也包括对所有有关变量的构思。变量理论上的定义常常是以多数人可接受的定义为标准。

影响构思效度的主要因素是理论构思的代表性问题,代表性过窄或过宽都会影响构思效度。具体而言,影响研究问题的概念与构思之间的一致性问题的因素有:(1) 操作化前对构思的分析不够完整,导致对概念具体操作选择上的片面。(2) 单一操作的偏差,即如果只选择单一的操作或量表代表自变量或因变量,往往不能完整地反映该变量的全貌。(3) 单一方法的偏差,即测量同一个特质所使用的不同的搜集资料方法,以及呈现同一种刺激、记录同一种反应的不同方式,都可能造成构思效度的改变。(4) 被试的"要求特征",即被试在实验过程中对假设的猜测会影响构思效度。(5) 被试对被评价的不安感会影响构思效度,比如社会赞许性的影响等。(6) 实验者的期望效应。(7) 混淆的构思和构思层次,特别是当间断性的层次来自连续性的自变量的时候。(8) 不同处理的交互影响。(9) 测试与实验处理的交互作用,比如前测、后测的影响等。(10) 构思与构思之间有限制的推广力。

(四) 统计结论效度

统计结论效度是指由于统计方法引起的统计结论有效性的程度,它主要反映统计量与总体参数之间的关系,这里的统计量是指用不同的统计方法计算的统计量。例如对于按几何级数变化的数据,采用几何平均数可能会较好地反映总体参数的情况,而算数平均数就不太合适。

影响统计结论效度的因素主要有:(1) 统计检验力低。样本大小、显著性水平 a 的大小、因变量标准差的大小等都会影响统计检验力。(2) 所采用的统计方法依据的各种假设条件满足的程度。(3) 多重比较和误差差异。(4) 测量工具的信度。(5) 实验处理执行的信度,即主试对实验设计要求遵守的程度。(6) 实验环境中,不确定非相关事件的影响。(7) 被试的随机变异。总之,选择好样本,严密研究设计,选择正确的统计检验方法,利用可靠的测量工具等会提高统计结论效度。

第三章 反应时法

一、反应时概述

（一）反应时的含义

反应时是指从刺激的呈现到反应的开始之间的时距，也称为反应的潜伏期。反应时实际包含了感觉器官、大脑加工、神经传入传出所需的时间以及肌肉效应器反应所需的时间，其中大脑加工所耗费的时间最多。

（二）反应时的种类

Donders 将反应时划分为三类，即简单反应时（A 反应时）、选择反应时（B 反应时）和辨别反应时（C 反应时）。详见反应时的相减法。

二、反应时的影响因素

一般而言，反应时会受到刺激变量和被试的机体变量的影响。

（一）外部因素

1. 刺激强度与反应时

一般而言，当刺激强度较弱时，反应时间较长；随着刺激强度的增加，反应时间会逐渐缩短。刺激强度增加之初，反应时间缩短得快些；当刺激强度增加到一定程度时，反应时间的缩短速度减小甚至停留在某一水平上，好像反应时间渐近于一个极限。

2. 刺激的时间特性和空间特性与反应时

当物理刺激的强度本身保持不变，而作用于感官的时间增加，即造成时间的累积作用，这样便会增加刺激的心理强度，于是，反应时间缩短。当然，反应时间的缩短也是有极限的。

同样，如果物理刺激强度保持不变，刺激的时间也保持不变，而刺激的面积增加时，由于感受器神经兴奋的空间累积的作用，刺激的心理强度也会增加，从而引起反应时间的缩短。

（二）机体因素

1. 刺激的感觉器官与反应时

接受刺激的感觉器官不同，反应时也不同。许多研究都表明，不同感觉道的反应时间从短到长依次为：触觉、听觉、视觉、冷觉、温觉、嗅觉、痛觉、味觉。

同一感觉器官接受不同的刺激，反应时间也不尽相同，甚至同一刺激作用于同一感觉器官的不同部位，其反应时间也是不同的。例如味觉刺激作用于舌尖时，反应时从短到长的刺激类型依次为：咸、甜、酸、苦。另外，复合刺激同时作用于不同的感觉道时，也会引起反应时间的不同。

2. 被试的机体状态与反应时

（1）机体的适应水平与反应时。眼睛对明、暗适应水平不同，反应时间也就不同。

（2）被试的准备状态与反应时。从预备信号的发出到刺激的呈现称为预备时间。预备时间过长或过短都会对反应时间的测量造成不利的影响。

（3）额外动机与反应时。奖和罚的条件都会造成被试的额外动机，从而引起反应时的变化。

（4）被试的年龄与反应时。一般来说，25 岁之前，个体的反应时是逐渐变快的；进入成人阶段，反应时的变化就很少了；60 岁之后，反应时开始缓慢下来。

（5）练习与反应时。一般而言，练习越多，反应时间越短。但是，这种缩短也是有极限的。

（6）个体差异与反应时。不仅不同被试之间存在反应时的差异，而且同一个被试，在同一条件下，其每时每刻的反应时也会因其心理和生理的某些变化而不同。

三、反应时技术

（一）减法反应时技术

Donders 于 1868 年提出了反应时的相减法。他认为在一个刺激和一个反应的简单反应中若增加他种心理过

程而使之复杂化,如果反应时间增加,那么这一增量就是加入过程的时间数量。他首先测定了3种不同的反应时:

(1)A反应时间:即简单反应时。一个反应仅对应于一个刺激,当这个刺激呈现时,立即做出反应。

(2)B反应时间:不同刺激对应不同的反应,也即有多个刺激和多个反应。这种反应时包含简单反应时、辨别反应时(辨别刺激的时间)和选择反应时(选择反应的时间)。

(3)C反应时间:对多个刺激中某个特定的刺激进行反应,即多个刺激,一个反应,只有事先规定的刺激呈现时,才做出反应,其他刺激出现时,不予反应。这种反应时包含简单反应时和辨别反应时(辨别刺激的时间)。

根据上面三种反应时数据,就可以计算出辨别过程的反应时和选择过程的反应时:

辨别过程的反应时为:C反应时间减去A反应时间;

选择过程的反应时为:B反应时间减去C反应时间。

反应时的相减法最初是用来测定某一心理过程所需的时间,但是,也可以从两种反应时的差数来判定某个心理过程的存在。认知心理学更多地从后者的逻辑思想进行研究。应该注意,要在复杂的心理过程中区分出不同的加工阶段,还存在一些困难。在运用反应时的相减法时,应该结合研究的具体课题,周密考虑。

(二)相加反应时技术

Sternberg在相减法的基础上提出了反应时的相加因素法。相加因素法的基本逻辑是:完成一个作业所需时间是一系列信息加工阶段分别所需时间的总和。如果两个因素的效应是相互制约的,即一个因素的效应可以改变另一个因素的效应,那么,这两个因素只作用于同一个信息加工阶段;如果两个因素的效应是相互独立的,那么这两个因素分别对不同的信息加工起作用,各自作用于某一特定的加工阶段。

相加因素法的前提假设是,人的信息加工过程是系列进行的而不是平行发生的,人的信息加工过程是由一系列有先后顺序的加工阶段组成的,有时这些加工阶段可能存在一定的相关性。于是,在相加因素法实验中,研究者通常的假设是:完成一项作业所需的时间是一系列信息加工阶段分别所需时间的总和。

在相加因素法实验中,当两个因素影响两个不同的阶段时,它们将对总反应时间产生独立的效应,即不管一个因素的水平变化如何,另一个因素对反应时间的影响是恒定的。相加因素法实验主要不是区分不同加工阶段的反应时间,而是分离任务的不同加工阶段,以及不同阶段所需要的时间。实例:Sternberg利用相加法探讨短时记忆信息提取方式的研究。

(三)"开窗"技术

开窗实验是基于反应时技术而发展的一种实验范式,它运用了反应时的相减法和相加因素法的基本原理。最早的开窗实验是霍基(Hockey)等人(1981)的字母转换实验。

在字母转换实验中,给被试呈现1~4个字母或字母串,字母串后面标有一个数字,要求被试将这一数字之前的字母或字母串中的每个字母都按英文字母表中的位置转换到该数字所指的位置上的字母,如"E+3",就要把E转换成H;再比如"KENC+4",就要分别转换成OIRG。实验程序是:先呈现字母或字母串与数字,然后,字母一个一个相继呈现,被试自己按键控制字母呈现速度和时间,按一下键,就可以看到一个字母,同时开始计时,看到字母后,出声进行转换,直到所有字母都转换完毕并作出总的回答为止,计时也就结束。

根据反应时结果,可以清楚地看出完成字母转换作业的3个加工阶段:

第一,编码阶段。从被试按键看到一个字母开始到出声转换之间的时间。在这一阶段,被试对所看到的字母进行编码并在记忆中找到该字母在字母表中的位置。

第二,转换阶段。被试进行字母转换所需的时间。

第三,储存阶段。从出声转换结束到按键看下一个字母的时间。这一阶段是被试将转换结果储存到记忆中。

开窗实验可以把每种认知加工成分所经历的时间比较直接地估计出来,这比反应时的相减法和相加因素法具有明显的优势。但是,也应该看到,不同认知加工阶段的区分是有一定困难的,比如字母转换实验中,储存阶段可能包含对前面字母转换结果的提取和加工。

(四)内隐联想测验

内隐联想测验是用来测量概念之间自动化联系强度的一般用途的程序,可用思维实验对其加以说明。在程序上,内隐联想测验采用的是一种计算机化的辨别分类任务。它以反应时为指标,通过对概念词和属性词之间自动化联系的评估进而来对个人的内隐态度进行间接的测量。

内隐联想测验在生理上是以神经网络模型为基础的。该模型认为信息被储存在一系列按照语义关系、分层组织起来的神经网络的结点上,因而可以通过测量两概念在此类神经网络上的距离来衡量它们的联系。在认知上,内隐联想测验以态度的自动化加工为基础,包括态度的自动化启动和启动的扩散。

内隐联想测验的步骤:

(1)呈现概念词:如让被试对花的名字(如,郁金香)和昆虫的名字(如,蜘蛛)进行归类并做出一定的反应(看到花的名字按 F 键,看到昆虫的名字按 J 键);

(2)呈现属性词:让被试对积极的词汇(如,可爱的)和消极的词汇(如,丑陋的)做出反应(积极词汇按 F,消极词汇按 J);

(3)联合呈现概念词和属性词:让被试做出反应(花的名字和积极词汇按 F,昆虫的名字和消极词汇按 J);

(4)让被试对概念词做出相反的判断(花的名字按 J,昆虫的名字按 F);

(5)再次联合呈现概念词和属性词,让被试做出反应(昆虫的名字和积极词汇按 F,花的名字和消极词汇按 J)。

第四章　心理物理学方法

一、阈限的测量

(一)极限法,也称最小变化法

极限法的刺激是由递减和递增的两个系列组成,每次刺激后让被试报告是否有感觉。刺激的增减幅度应尽可能地小,目的是系统地探查被试由一类反应到另一类反应的转折点,也就是被试从无感觉到有感觉,或从有感觉到无感觉的刺激的强度。

1. 极限法的特点以及绝对阈限的测定

感觉的绝对阈限是指刚刚能引起感觉的最小刺激强度。在绝对阈限的测定中能够充分体现极限法的特点:

(1)刺激是由递减和递增的两个系列组成;

(2)递增和递减系列交替呈现;

(3)每个系列的起始点不同;

(4)每个系列的转折点就是该系列的绝对阈限;

(5)多个系列绝对阈限的算术平均值就是绝对阈限。

2. 差别阈限的测定

差别阈限即刚刚能引起差别感觉的最小的刺激量的变化,用 DL 表示。在差别阈限的测定中,每次都让被试比较两个刺激,即标准刺激和比较刺激。被试可以作出 3 类反应,分别用+,=,-,表示比较刺激和标准刺激的关系。=表示被试无法区分两个刺激的关系,即认为相等。从-到=的转折点是下限,从=到+的转折点是上限。上限与下限之间的距离称为不肯定间距,即不肯定间距等于上限减去下限。不肯定间距也称为相等地带,一般用 IU 表示。差别阈限就等于 1/2 不肯定间距。不肯定间距的中点被称为主观相等点(PSE),它反映的是被试在作判断时,实际上所依据的标准刺激。也即主观相等点等于 1/2 的上限与下限相加的和。经过这样的过程可以测定绝对差别阈限。绝对差别阈限与标准刺激的比例就叫相对差别阈限。

3. 极限法的误差

在极限法的实验中,经常会出现习惯误差和期望误差。习惯误差是指被试因习惯于由原先的刺激所引起的感觉或感觉状态,对新的刺激作了错误的判断。当递增系列的阈限显著大于递减系列的阈限时,就推断存在习惯误差。

期望误差是指被试因过早期望将要来临的刺激而导致错误的判断。当递减系列的阈限显著大于递增系列的阈限时,被试就存在期望误差。

4. 极限法的变式——阶梯法

阶梯法与极限法的不同在于把增加和减少刺激强度的程序连续进行。当被试报告感觉不到时,主试就按一定梯级来增加刺激强度;而当增加到被试感觉到时,又按一定的梯级来减少刺激强度。这样,实验可以出现预定的转折点,各转折点的平均数就是感觉阈限值。

(二)平均差误法

平均差误法的典型实验程序是,以某一刺激为标准刺激,要求被试调节另一比较刺激,使后者在感觉上与标准刺激相等。把多次比较的误差平均起来就可得到平均误差。

当用平均差误法测定绝对阈限时,只要设想标准刺激的强度为零来调节比较刺激,使比较刺激的大小变化到刚刚觉察不到或刚刚觉察到,然后,对比较刺激求平均数就是绝对阈限。当用平均差误法测定差别阈限时,因为平均误差与差别阈限成正比,所以可以用平均误差来表示差别感受性。

求平均误差的方法有:

1. 把每次调节的结果(或每次的判断)与标准刺激之差的绝对值平均起来作为差别阈限的估计值。

2. 把每次调节的结果与主观相等点之差的绝对值平均起来作为差别阈限。主观相等点是相等地带的中点,它等于各比较刺激的平均数。

3. 用每次调整的结果的标准差作为差别阈限的估计值。

4. 用每次调整的结果的四分差值作为差别阈限的估计。

平均差误法的主要特点:(1) 要求被试判断什么情况下比较刺激与标准刺激相等,直接给出主观相等点,且这个主观相等点落在不肯定间距之内。被试的反应不是口头报告,而是调整的等值。(2) 被试积极参与,实验过程中由被试本人调整刺激的变化,通过渐增与渐减两个系列求出刚刚不能引起和刚刚能够引起感觉的刺激值,然后取其平均值作为感觉的绝对阈限。(3) 刺激量是连续变化的。(4) 在接近阈限时,被试可以反复调整刺激,以减少刺激的起始点对结果的影响,直到自己满意为止。

平均差误法中的主要误差来自被试动作方式不同而过高或过低估计比较刺激的反应倾向,称之为动作误差。如果是视觉呈现刺激,易出现因刺激呈现方位不同所造成的空间误差。如果标准刺激与比较刺激在时间上先后出现,又易于产生时间误差等系统误差的影响。可以采用 ABBA 等方法来平衡。

平均差误法的优点是,它可以让被试自己动手调整刺激,因此在整个实验中被试可以保持高水平的积极性。可直接测量被试的反应,实验结果可以采用正常的统计处理。其缺点是易产生动作技巧的影响。另外,如果刺激不能连续地变化,而是有间隔的话,用这种方法测得的差别阈限就不精确了。

(三) 恒定刺激法

在恒定刺激法中,刺激通常由 5~7 个组成,在实验过程中保持不变。刺激的最大强度被感觉的概率达到95% 左右;最小强度被感觉的概率在 5% 左右。各个刺激之间的距离相等。与极限法不同的是,恒定刺激法的刺激是随机呈现的,每个刺激呈现的次数相等。

1. 恒定刺激法的特点

只用经常被感觉和经常不被感到的这一感觉过渡地带的 5~7 个刺激,而且这几个刺激在整个测定阈限的过程中是固定不变的。一个处在被感觉到和不被感觉到的过渡地带的刺激,当它被感觉到的百分数恰为 50%时,这个刺激强度就是阈限的位置。

2. 绝对阈限的测定

一般步骤为:(1) 确定自变量,包括刺激的数目与强度等;(2) 确定反应变量,一般是被试对呈现刺激的"有"或"无"的报告;(3) 绝对阈限的计算,一般可采用直线内插法、平均法、平均 Z 分数法、最小二乘法或Spearman 分配法来确定。

3. 差别阈限的测定

一般步骤为:(1) 确定自变量,即确定标准刺激和几个比较刺激的强度范围。(2) 确定反应变量,即被试对标准刺激和比较刺激的关系的反应。可以有两种,一种是三类反应,一种是两类反应。(3) 差别阈限的计算。不同反应条件下,计算方法不同。

如果被试只有两类回答,即+和−,以被试75% 次感觉重于或大于或长于标准刺激的比较刺激作为相等地带的上限,以25% 感觉重于或大于或长于标准刺激的比较刺激作为相等地带的下限。根据上限和下限就可以计算差别阈限了,这种差别阈限被称为75% 的差别阈限。如果允许被试做 3 种回答,即也包括相等,这时相等地带的上限定为 50% 感觉重于或大于或长于标准刺激的比较刺激,相等地带的下限定为 50% 感觉轻于或小于或短于标准刺激的比较刺激。于是,根据上限和下限就可以确定差别阈限了。在三类回答的实验中,被试的态度会影响相等地带的大小。

4. 不肯定间距的不稳定性

当采用三类反应,不肯定间距的大小则依赖于相等判断次数的多少。如果被试的相等判断多,不肯定间距就大,如果相等判断少,不肯定间距就小,如果没有相等判断,则不肯定间距就是零。这样计算出来的差别阈限很难解释,不肯定间距成了态度测量的指标。如果刺激系列扩展在标准刺激两侧,其中一个与标准刺激等值,就是使用

"大于""小于"两类反应指标,其结果也能很好地反映辨别力。因此,从整体情况看,两类判断应该受到偏爱,它省时、省事,所得结果又都可用。

5. 恒定刺激法的变式

(1)分组法。把比较刺激分为三组,将大于和小于标准刺激且与其间距相同的比较刺激分到一组中去,每组的两个比较刺激都与标准刺激随机比较若干次,可以按照1、2、3、3、2、1排列,记录和结果处理都按恒定刺激法的正常方式进行。

(2)用对数单位的比较刺激系列。即刺激系列采用对数梯级。

(3)单一刺激法。准备一系列刺激,用随机顺序反复呈现,指示被试把它们分为一定的类别。事先要求被试做一些练习,大体熟悉一下刺激范围,然后让被试凭绝对的印象去进行判断。被试的反应类型可以根据研究者的需要规定分为两类、三类或四类,用恒定刺激的方式处理结果。

可见,在这三种方法中,极限法的实验程序和计算过程都具体地说明了感觉阈限的含义,但它会因其渐增和渐减的刺激系列而产生习惯误差与期望误差。恒定刺激法的实验结果可以应用各种数学方法加以处理,因而便于与其他测定感受性的方法进行比较。当应用3类反应的实验程序时,被试的态度会对差别阈限值有较大影响。平均差误法的特点是求等值,它的实验程序容易引起被试的兴趣,但对不能连续变化的刺激则不能用平均差误法来测其差别阈限。

二、心理量表法

(一)量表的类型

1. 直接量表和间接量表

以测量的方式来划分,直接量表就是可以直接测量所要测量的事物的特性。间接量表是借助于测量另一事物来推知所要测量事物的情况。

2. 命名量表、等级量表、等距量表和比例量表

心理物理学中,根据量表有无相等单位和有无绝对零点来分,心理量表可以分为命名量表、等级量表、等距量表和比例量表。

命名量表也叫称名量表,只是用数字来代表事物或把事物归类。例如男性与女性。等级量表也叫顺序量表,是将对象的某一属性排出顺序和等级。例如,100米赛跑的排名,第一名、第二名、第三名等。这种量表没有相等单位,也没有绝对零点。例如,我们无法从第一名与第二名的差异推测第二名和第三名的差异;也不能说第一名是第三名的速度的几倍。顺序量表的每一类别只具有序列性,并不表示数与数之间的差别是相等的。

等距量表有相等单位,可以测量对象之间的差别,但是没有绝对零点。

比例量表是既有绝对零点又有相等单位,因此,它既可以测量对象之间的差别,还可以确定它们之间的比例。也就是,比例量表的数据既可以加减,也可以乘除。比例量表是一种比较理想的量表。

3. 心理量表的评价

一个好的心理量表应该满足以下三点:

(1)符合三种基本假设。

① 不是 $a=b$,就是 $a \neq b$,即对心理特质有明确的分类标志和测量单位。

② 如果 $a=b$,且 $b=c$,那么 $a=c$。有了这个假设间接量表才有可能。

③ 如果 $a>b$,$b>c$,那么 $a>c$。

(2)有系统的测量理论。

(3)用直接量表法进行核对。

(二)感觉比例法与数量估计法

1. 感觉比例法

感觉比例法又称为分段法,它是制作感觉比例量表的一种最直接的方法。感觉比例法的基本逻辑是:通过物理量所引起的感觉量加倍、减半或按照某一特定的比例变化来建立的物理量与心理量之间关系的量表。

感觉比例法的基本操作步骤是:

(1)首先呈现一个阈上物理刺激作为标准刺激,然后让被试调节另外一个比较刺激,并随时判断该比较刺激所引起的感觉量是标准刺激所引起的感觉量的一半、一倍还是指定的某一比例,这样可以获得某一强度的比较刺激所引起的不同感觉量的关系的量表;

（2）在比较完毕后，可以变化标准刺激的强度，然后再选择一个比较刺激进行调解，从而产生不同物理刺激强度所对应的不同比例感觉量的关系量表；

（3）通过上面的比较，就可以建立物理量和心理量之间关系量表。

声音强度和主观感觉的响度之间的关系就可以通过这种方法建立感觉比例量表。

2. 数量估计法

数量估计法是制作感觉比例量表的一种直接方法。具体步骤为：

主试先呈现一个标准刺激，并规定其一个主观数值，然后让被试以这个主观值为标准，把其他同类但强度不同的主观值放在这个标准刺激的主观值关系中进行判断，并用一个数字表示出来。

通过这种方法可以建立不同光照度下的主观明度感觉的关系量表。

3. 制作等比量表应注意的问题

（1）被试能否正确使用数字，这是影响实验结果的一个重要因素。

（2）在判断中易受其他心理因素的影响，如动机、周围环境干扰等。实验中误差较大，判断很难按等比的尺度进行，因此很难保证量表的等比性质。

（三）感觉等距法与差别阈限法

1. 感觉等距法

感觉等距法是把两个刺激所引起的某感觉的连续体按照主观上相等的距离区分开，这样通过物理量和心理量之间的等距离划分便可以得到感觉等距量表。最常用的感觉等距法是二分法。

感觉等距量表是以感觉的等距离变化作为标准，但物理量的变化不一定是等距离的。

2. 差别阈限法

差别阈限法是制作等距量表的一种间接方法。它以绝对阈限为起点，以最小可觉差为最小单位制作心理量表。运用差别阈限法制作等距量表时，假定所有的 JND（最小可觉差）在心理上都是相等的，那么，感觉量表上等距的增长，就必然要求刺激强度量表上愈来愈大的增加。对物理量取对数后作图，心理量和物理量之间的关系可以用一条直线表示。

韦伯定律和费希纳定律都是运用这种方法制作的心理量表。制作差别阈限量表首先要知道某一物理量的韦伯常数。

（四）对偶比较法与等级排列法

对偶比较法与等级排列法是制作等级评价量表常用的两种方法。等级评价量表适用于非连续型变量。

1. 对偶比较法

对偶比较法的刺激成对出现，要求被试判断每对刺激中哪个刺激的某一特征更明显或更喜欢哪一个刺激。如果有 n 个刺激，配对的数目就是 $n(n-1)/2$，每对刺激需要比较两次，目的是平衡顺序误差和空间误差，于是，总的比较次数为 $n(n-1)$。最后，计算对偶比较的相关系数，相关系数越高，说明评价的一致性程度就越高。

2. 等级排列法

具体操作步骤为：首先给被试呈现一系列刺激，然后要求被试按照优劣或喜欢－不喜欢的顺序依次排列。

等级排列法与对偶比较法的不同之处在于，等级排列法一次对所有的刺激进行排序，因此，在空间误差可以忽略的前提下，等级排列法是制作心理顺序量表的一种最简捷、最直接的方法。

三、信号检测论

（一）信号检测论的由来

信号检测论是信息论的一个分支，研究的对象是信息传输系统中信号的接收部分。它最早用于通信工程中，即借助于数学的形式描述"接受者"在某一观察时间将掺有噪音的信号从噪音中辨别出来。

信号检测论的形成有一个发展过程。早在 20 世纪 20 年代末，就有人对信息传输的理论进行了讨论，引进信息量的概念，并取得初步的结果。到了 40 年代初，人们便清楚地认识到，由于接收的信息带有某种随机的性质，因此，系统本身的结构也必须适应它所接收和处理的信息这种统计性质。1941—1942 年，建立了最佳线性滤波理论——维纳滤波理论（Wiener's filter theory）。1946—1948 年建立了基础信息论和潜在抗干扰理论。后者是用概率方法研究高斯噪音中接收信号的理想接收机问题，将那种能够使错误判断概率为最小的接收机称为理想接收机。1950 年人们开始把信息量概念引用到雷达信号检测中来，提出一系列综合最佳雷达系统的新观念。其基本特点在于，理想接收机应当能从信号与噪音混合波形中提取最多的有用信号。从 50 年代起，人们在广泛运用现代数学工具的基础上,建立了比较系统的信号检测理论。

由于人的感官、中枢分析综合过程可看做一个信息处理系统,把刺激变量看作是信号,把刺激中的随机物理变化或感知处理信息中的随机变化看做是噪音,人作为一个接收者对刺激的辨别问题便可等效于一个在噪音中检测信号的问题。显然,噪音的统计特性确定后,便可应用信号检测论处理心理学实验结果。于是,坦纳和斯韦茨(Tanner & Swets,1954)等人最早在密歇根大学的心理学研究中把信号检测论应用于人的感知过程。

(二)信号检测论的基本原理

1. 统计学原理

(1) 信号检测论的基本概念

信号和噪音是信号检测论中最基本的两个概念。信号也就是刺激,对信号检测起干扰作用的所有背景都是噪音。

信号总是伴随噪音,在噪音背景上出现。如果正确检测出噪音背景上的信号,就称为击中,也即对信号的正确肯定;如果没有检测出混杂在背景中的信号,则称为漏报,即漏掉信号;如果正确判断了背景中没有信号,则为正确否定;如果把无信号报告成有信号,则称为虚报。相应的,击中率为击中次数/出现总次数($P(y/SN)$),漏报率为漏报次数/出现总次数。可见,击中率与漏报率之和为100%。同样,虚报率就是虚报次数/噪音出现总次数($P(y/N)$),正确否定率为正确否定/噪音出现总次数。虚报率与正确否定率之和也为100%。在信号检测论中,当判断标准发生变化时,击中率、虚报率等也会发生相应的变化。

(2) 信号检测论的基本观点

① 基本前提假设。信号检测论的基本前提假设有两个。假设一:重复呈现同一刺激并不产生相同的感觉量。因此,多次呈现同一刺激就会形成一个感觉分布,而且由信号(SN)和噪音(N)引起的感觉分布都是正态的,两个分布的标准差相等,SN分布的平均数要大于N分布的平均数。假设二:被试在决定某一感觉是由信号或噪音引起时,是根据自己的主观标准来判断的,这个判断标准可以受信号呈现的先定概率$P(SN)$和对反应的奖惩办法的影响。

② 统计决策理论是信号检测论的数学基础。从统计学观点看,从噪音中接收信号是一个统计判断过程。从假设检验的观点出发,判断信号有无,需要检验这样两个统计假设的真伪:H_0假设,也叫零假设,即没有信号存在的假设;H_1假设,也叫备择假设,即有信号存在的假设。于是,在被试的有或无的判断中,存在四种可能,即击中、漏报、正确否定和虚报。

被试在接受每一次感觉过程时都会产生一定的感觉量X,这个X一定落在噪音分布和信号分布所覆盖的区域。如果X很弱,它就离开了信号分布,处在噪音分布中;如果X很强,它一定就是信号。关键是不强不弱的X,它处在信号分布和噪音分布的重叠区域,有可能是信号,也有可能是噪音。对于这一区域内的X,它来自信号分布或噪音分布的可能性,可以用信号分布和噪音分布中对应的两个纵线高度(O)的比值来衡量,这一比值称为似然比(likelihood ratio),记作$l(X)$。

信号检测论假设,被试在进行判断过程中,事先选择某一个似然比作为信号和噪音的分界点,也称判断标准(β)。可见,判断标准等于击中率的纵坐标/虚报率的纵坐标。击中率的纵坐标就是与击中率相应Z分数上正态曲线的高度,可以通过查正态曲线表获得;虚报率的纵坐标的含义类似。

被试只要比较当前的X所对应的似然比与自定的判断标准的大小,就可以做出反应了。如果大于判断标准,就作"有信号"反应,否则,就进行"噪音"反应。

2. 最优决策原则

人们在确定判断信号的标准时,要受到以下因素的影响:

(1) 信号和噪音的先定概率的大小是影响判断标准的一个因素。先定概率是在实验前即可得知的信号或噪音在所有事件中的比率。如果信号的先定概率除以噪音的先定概率大于1,则倾向于"有信号",判断标准就降低。

(2) 对判断结果的奖惩和惩罚也影响判断标准。当奖惩办法是鼓励多说信号时,β偏低;当奖惩办法是鼓励少说信号时,β偏高。

(3) 被试所欲达到的目的是影响判断标准的因素之一。

(4) 其他一些因素,如速度与准确性权衡,有关实验的知识与经验,主观预期概率、系列跟随效应等。

(三)辨别力指数 d' 及接收者操作特性曲线

辨别力指数d'也就是被试的感受性,它等于击中率P对应的Z分数与虚报率P对应的Z分数之差。

以虚报率为横坐标,击中率为纵坐标作图,可以看到随着标准的变化,击中率与虚报率也相应地发生变化,

而辨别能力 d' 保持不变。这个图就叫操作者特性曲线(ROC 曲线),也叫等感受性曲线。

将具有不同分辨能力的被试的实验结果画在一起,可以得到一组 d' 不同的操作者特性曲线。图中从左下到右上的对角线是一条击中率等于虚报率的直线,表示被试的辨别力等于 0。ROC 曲线离这条线越远,表明被试的辨别力越强(图4-1)。

ROC 曲线的曲率是由信号强度和被试的感受性共同决定的,而与被试的判断标准无关。感受性和判断标准是彼此分离的,无论是感受性高还是感受性低的曲线,都有高判断标准和低判断标准的情形。

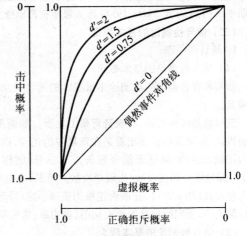

图4-1　不同 d' 值的 ROC 曲线

(四)信号检测论的应用

1. 有无法

一般步骤:

(1)事先选定 SN 刺激和 N 刺激。

(2)规定 SN 和 N 出现的概率。

(3)以随机方式呈现 SN 或 N,要求被试回答是 SN 还是 N。

(4)根据被试判断的结果来估计 P(y/SN)和 P(y/N)。

在此基础上就可以计算出各项相关指标,绘出操作者特性曲线。

2. 评价法

有无法把感觉连续体分为两部分,有信号感觉和无信号感觉,因此,只能提供给我们某一感觉是在判断标准之上还是之下,至于这种感觉离标准多远则无法知晓。而评价法则是在同一个实验中,被试使用几个不同的判断标准。

在评价法中通常有几个不同的评价等级,代表了被试对刺激的不同确信程度。相应被试判断的不同等级,被试存在不同的判断标准。所以,评价法是把强度不同的感觉分属于不同的评价等级,可以用反应的把握程度表达出来,从而避免了有无法中感觉强度的不同,只用有信号或无信号反应的简单做法,而保留了较多的信息。评价法可以获得有无法多轮实验才能得到的结果,可以计算不同标准下的 d' 和 β。但是,应该注意,各标准下的击中率与虚报率的计算,高标准下的这两项指标等于低于该标准的击中率和虚报率的累计相加。

3. 迫选法

采用迫选法时,主试的兴趣主要在于被试的辨别力,而对其判断标准不太关心。迫选法在每次让被试判断之前至少连续呈现两次刺激,在两次或多次呈现的刺激中只有一次有信号出现,而且,信号出现的顺序是随机排列的,让被试判断哪一次刺激中有信号。迫选法的基本步骤是:

(1)事先确定 SN 和 N。

(2)刺激呈现方式:mAFC(alternative forced choice, m 代表刺激的数目)程序,即每次从 m 个刺激中选出信号。一般每次呈现 2～8 个刺激,其中只有一个 SN,其余都是相同的 N。

(3)反应方式:多个刺激呈现后,判断哪一个是 SN。被试对信号的判断是依据他的感觉,不需要自己确定一个标准,也没有多说或少说"信号"的倾向。

(4)计算感受性的方法:根据被试正确判断次数和实验次数可以计算正确判断概率,即 P(c)=正确判断的次数/判断的总次数。P(c)是反应被试辨别力的指标,P(c)越大,说明感受性越高。根据 P. Elliott 制作的 P(c)和 d' 转化表,可以转换成 d'。

在其他条件不变的情况下,被试的辨别力与每次呈现的刺激数目有关。一般而言,一次呈现刺激数目越多,被试分辨的难度越大。

第五章　主要的心理学实验

一、听觉实验

（一）听觉现象的测定

1. 声音的心理特性

声波是听觉的适宜刺激。声波的物理特性包括频率、振幅和波形。频率指发声物体每秒振动的次数。振幅是振动物体偏离起始位置的大小。正弦波得到的声音就是纯音。复合音是由不同频率和振幅的正弦波叠加而成的。

声波的物理特性决定了听觉的基本特性：音响、音调和音色。

（1）音响

声波的振动幅度越大，声音产生的声压级也就越大，声音的强度也就越大，单位为分贝（dB）。声强是声音的客观的物理量，而响度则是主观的心理量。

等响曲线是用来表示声强和响度之间关系的曲线。它以一定声级的 1000 Hz 的纯音为标准音，用其他频率的纯音为比较音，由听者调节比较纯音的声级，直到它和标准纯音的响度相等。这时标准纯音的声级规定为该声级的比较纯音的响度级。响度级的单位为 Phon。1000 Hz 纯音的声级就是它的响度级。各个比较纯音和 1000 Hz 纯音等响声级的变化作为频率的函数的曲线就是等响曲线。

响度的单位为 sone。1 sone 被定义为声级 40 dB 的 1000 Hz 纯音的响度，即 1 sone 相当于 40 Phon。

响度量表的制定是，让听者调整一个 1000 Hz 纯音的声级，使它的响度听起来是 1 sone 的一半那样响，这时的响度就是 0.5 sone。同样，可以让一个声音听起来是 1 sone 的两倍，这时的响度就是 2 sone。单数值采用两分法。从而建立起很宽的响度量表。

响度（L）和物理强度（I）之间的关系：$L = kI^{0.3}$。

特别要区分声级、响度级和响度的概念以及三者之间的关系。

也可以采用多分法和单耳双耳平衡法制作响度量表。多分法是要求被试来调一个可变音的物理强度，直至它听起来与标准音响的几分之一相当。单耳和双耳平衡法是一个纯音同时传给双耳听，使其听起来是这个音单独传给单耳听时的 0.5 倍、1 倍或 2 倍。

听觉的绝对阈限是听觉绝对感受性的表征量。随着声音频率的提高，听觉绝对阈限降低，个体对声音频率的感受性表现出提高的趋势。

听觉的绝对感觉阈限的测定程序：首先确定优势耳。方法是，选择 1000 Hz 频率的纯音按升、降、升、降或降、升、降、升的呈现方式分别对左右耳施测 4 次，分别求出左右 4 次的平均值，并选择阈限值较低的一侧作为优势耳进行实验。然后，实验采用最小变化法。每个被试每个频率的纯音施测 8 次，频率为 125～8000 Hz，每个被试共做 10 个频率，总共 80 次实验。实验选择纯音信号。最后分别计算出各频率下的听觉绝对阈限。

听觉的差别阈限是听觉差别感受性的表征量。声强的差别阈限的确定方法是呈现两个刺激，让听者判断哪一个较强。噪音的差别阈限符合韦伯定律。

（2）音高

音高主要受声音的频率、声音的声压级、声音的持续作用时间、年龄发展因素以及个体差异等因素的影响。

音高单位为 Mel。响度级为 40 Phon、频率为 1000 Hz 的纯音音高被定为 1000 Mel。可以采用二分或多分法在可听的范围内把音高从低到高地分成等级制作音高量表。音高随着声音频率有变化，两者之间的关系可以用音高量表表示。

根据个体对不同频率声音的主观强度感受的测量，可以绘制出听觉的等高曲线。等高曲线是反应声音频率和强度的关系的曲线。

2. 声音的掩蔽

听觉掩蔽是指两个声音同时呈现时，一个声音因受到另一个声音影响而减弱的现象。一个可听声由于其他声音的干扰而使听觉发生困难，则必须增加强度才能重新听到，这种阈限强度增加的过程和强度增加的量就叫声音的掩蔽效应。要听的声音叫做被掩蔽音,起干扰作用的声音叫掩蔽音。

听觉掩蔽有纯音掩蔽、噪音掩蔽和纯音噪音对语音的掩蔽。纯音掩蔽的研究发现,掩蔽音强度提高,掩蔽效果随之增加;掩蔽音对于频率相近声音的影响最大;低频对高频的掩蔽效果大于高频对低频的掩蔽;掩蔽曲线的形状取决于掩蔽声的强度和频率。

噪音掩蔽的研究发现,当噪音强度低的时候,各种纯音的阈限差别很大,但噪音强度提高时,各种纯音的阈限差别缩小。

语音频率范围内各个频带的强度是不同的,强度最高的频带在 300~500 Hz,600 Hz 以上强度逐渐减低,超过 5000 Hz 强度就减到非常小了。

掩蔽有不同的种类:

(1)前后掩蔽。发生在非同时作用的条件下的掩蔽称作前后掩蔽。研究发现,被掩蔽音在时间上越接近掩蔽音,阈值提高越大。掩蔽音和被掩蔽音相距很短时,后掩蔽作用大于前掩蔽作用;单耳的掩蔽作用比双耳作用显著;掩蔽声强度增加,并不产生掩蔽量的相应增加。

(2)中枢掩蔽。掩蔽音和被掩蔽音分别施加于两耳时产生的掩蔽称为中枢掩蔽。中枢掩蔽的效果小。它的效果是对称的,而且受频率的制约,最大的掩蔽效用发生在掩蔽音和被掩蔽音频率接近的条件下。

3. 听觉疲劳与适应

(1)听觉疲劳

听觉疲劳是在长时间内持续暴露在较高强度的环境下而导致的对声音的感受性下降或听觉绝对阈限增高的现象。

测量听觉疲劳可先测定被试对某种频率声音的阈限,而后让被试听一段引起疲劳的特定频率和强度的纯音,再测定他的听阈,所得听阈的改变量,即暂时阈移,就是听觉疲劳的指标。

暂时阈移的大小和引起疲劳的声音停止多长时间有关;暂时阈移一般随疲劳声强度的增加而加大,当疲劳声在低强度时,阈移变化相对小些,当疲劳声强很高时,阈移增加很快。

(2)听觉适应

听觉适应是持久的声音刺激引起听觉感受性下降的现象。

听觉适应的研究方法是响度平衡法。以一定声强的纯音作用于左耳,用另一频率相同但声级可变的声音同时作用于右耳,使两者等响(对一个正常听者,两者平衡的声级可能相等)。然后,将右耳的声音停止,让左耳继续听 3 分钟。在这一适应期后,重新使左右耳等响,这时右耳的等响级常下降。

高声级和低声级都可产生适应,且适应范围有随响度加大而扩大的趋势。适应效果对频率带有选择性。最大的适应发生在与适应声相同和相近的频率。

(二)声音的空间定位实验

1. 声音方向定位线索

声音方向的定位线索包括:根据双耳差别线索决定其水平位置;根据耳郭引起的谱变化线索决定垂直位置;根据强度、混响和谱成分等决定距离。

水平面上的声源定位主要是用双耳间的时间差和强度差。

人对声源方位判断的准确性与声源的位置和频率有关。

在垂直平面定位的主要线索是耳廓引起的频谱线索。

2. 距离知觉

对距离知觉的判断主要依据有:(1)对熟悉的声音、声强和距离的反比关系是明显的依据。(2)高频比低频有较大的衰减,复合声的频谱将随距离的改变而变化,成为距离知觉的另一线索。(3)声波波前曲率也可以指示距离的远近。(4)波前曲率影响到耳间的强度差和时间差,这两者信息的结合,为距离知觉提供了线索。

3. 听觉空间方向定位的实验方法

使用音笼呈现不同方位声音。随机排出不同方位(方位角)的实验顺序表,各方位角的角度变化单位为 45°,每个方位做 4 次。要求被试坐在音笼的靠背上,身体保持直立坐姿,将头部固定,并戴上眼罩。按顺序表呈现刺激,每次呈现时间 3~5 分钟,被试听到声音以后立即报告声源的方位。主试记录被试报告是否正确。

方向定位的规律:对来自身体两侧的声音的方位容易分辨;对来自头部中切面上声音容易混淆,在距离中切面的 2~3 度时容易判断为来自中切面;如果以两耳连线的中点为顶点,做一个圆锥,在圆锥面上的点发出的声音容易混淆。

（三）语音知觉实验

1. 语音及其声学特点

语音作为一种声音刺激,具有以下物理特点:

（1）语音的功率

说话者在说话时所辐射的能量随说话声音大小和内容而有很大的差别。从最弱的耳语到最大声喊叫之间响度的变化范围约为 60 dB。研究发现,组成不同音节的各个成分——元音和辅音的平均功率是有差异的。元音是最强的语音。

（2）元音和辅音

语音分为元音和辅音。一般而言,平常说话元音总是乐音,只有耳语时元音才完全不是乐音。辅音有的是不带音的,也有的是带音的,因此有的是噪声而兼带或多或少的乐音的成分。从听觉来说,元音总比辅音清晰、响亮。有的语音学家把辅音分为噪声和响声两大类。半元音、边音、鼻音和颤音等都是比较接近元音的辅音。

（3）语音的声谱

可以通过物理声学的技术方法,用特殊仪器,按照语音的频率组成把语音分解。这种分析包括静态分析和动态分析两种。元音和辅音的声谱分析就是静态分析,而语图的分析则是动态分析。

元音声谱的主要特征是三个主要的共振峰。这三个共振峰的频率范围在各个声音上是交叉重叠的。共振峰的幅值一般随共振峰的频率的提高而降低。

一般来说,半元音的共振峰结构和元音相似,声谱中包含界限比较分明的能量集中区。浊辅音（带音的）的声谱显示出比较不明确的共振,在基频附近具有明显的能量集中。清辅音（不带音的）的声谱中没有强烈的低频成分,但也具有能量集中区,一般与相应的浊辅音类似。

语图分析可以清晰地看到言语的形象,就像听到言语的声音一样。语音高低的不同,主要在于基频范围的区别。不论语音高、低或方言不同,只要说的是同一句话,都将表现出一种共同的模式。这种模式实际上是时间–频率–强度的模式,即与时间过程有联系的一种强度–频率的变化。频率并不永远相同,但各频率的相对模式却是相同的。换言之,语音中的各绝对频率并不像相对频率模式那样重要,只要频率模式不变,我们就可以了解这个语音。

2. 语音知觉的声学线索和语音知觉的范畴性

（1）语音知觉的声学线索

语音知觉是一种非连续性、具有离散性特点的范畴性知觉。也就是说,语音知觉可以将语音信息的识别作为语言加工的一个相对较小的范畴,在这个范畴内对语音刺激进行一定程度的加工。使用语图放音机等设备对语音知觉的声学线索进行研究表明:

首先,发音部位不同的辅音,如 p、t、k 的语音知觉是依赖它们发噪声的频率位置和后面元音的 F_2（第二共振峰）过度的频率这两个声学线索;其次,发音方式不同的辅音,如 b、d、g 等的语音知觉是依赖 F_1（第一共振峰）的特点这个声学线索。

（2）语音知觉的范畴性

语音知觉的范畴性是指语音声学构成要素在特定的声学参考范围内变化时,如果这种变化没有达到一定参数范围（特定语音识别的声学特征范围）,对这些语音声学特点的变化知觉是稳定在该语音刺激的知觉范围内的。

语音范畴性的变化随着声音物理特性的变化存在一定临界范围,语音范畴性知觉也是具有声学的物理学特征的。反应由一个范畴到另一个范畴的这一分界点称为音位界,类似于心理物理学中的差别阈限。

二、视觉实验

（一）基本视觉现象的测定

1. 明适应和暗适应的研究

暗适应是指照明停止或由亮处到暗处时视觉感受性发生变化的过程。在暗适应的最初 7 到 10 分钟内,视觉阈限迅速下降,感受性骤升。之后,暗适应曲线改变方向,感受性继续上升,出现所谓的棒锥裂。早期的暗适应是由锥体细胞和棒体细胞共同完成的。之后,锥体细胞完成暗适应过程,只有棒体细胞继续起作用。整个暗适应过程约持续 30 ~ 40 分钟。

采用暗适应仪可以对暗适应进行测量。实验步骤分为:① 关闭实验室的所有光源,调试好暗适应仪。

② 让被试坐在暗适应仪窗口一面,罩上头部,防止外界光线影响暗适应过程。③ 主试按下"明灯"按钮,被试注视窗口内的明灯环境,同时,计时器开始计时。明灯刺激持续 5 分钟,到 5 分钟时关掉明灯,同时把暗适应按钮打到第一档,并告诉被试,如果看到窗口内的视标,按反应键报告,并说明视标形状。如反应正确,记录下时间,接着马上把暗适应键打到第二档;如果反应错误,仍用该档继续实验,直到被试正确判断为止。

明适应是指照明开始或由暗处转入亮处时人眼感受性下降的过程。明适应过程很快,大约 1 分钟。

2. 视敏度的测定

视敏度是指分辨空间物体细节和轮廓的能力,它是人眼正确分辨物体的最小纬度,通常以找出两个物体之间的最小间隔来表示。视敏度受物体的网膜映像、照明等因素的制约。

医学中用视力表测定的就是视敏度,视敏度为视角的倒数。

检查视敏度的方法通常有:① 觉察。不要求区分物体各部分的细节,只要求发现对象的存在。② 定位。觉察两根线是否连续或彼此有些错位的能力。③ 解像。知觉某一模式具体元素之间分离的能力。④ 识别。辨别图形细节。

经常把常人眼的识别力标准定为 1′视角。要确定某人能区分两个点时的最小视角,即确定这两点的最小区分阈限,它与视觉识别能力(V)成反比。

照度水平、刺激物大小及刺激物与背景亮度的对比等都是影响视觉空间辨别的重要因素。视网膜不同部位的视敏度不同。视觉适应影响视敏度。练习可以大大提高人眼对目标物的视敏度。

3. 闪光临界融合频率的测定

物理上闪烁的光在主观上引起的感觉介于闪烁与稳定之间时的频率叫做临界闪光融合频率(CFF),它表示人眼对光刺激时间的分辨能力。

最早测量 CFF 的工具是装盘闪烁方法。现代的方法采用电子仪器,实验者可以随意呈现由不同电脉冲组成的刺激。通过改变电信号的波幅,就可以改变电信号对光信号进行调制时的图形亮度,改变电信号的周期就可以获得图形呈现的不同频率,改变电信号相位就可以改变图形中黑白部分的比例。这些方法可以精确控制亮度、频率和亮度间隔,而且结果稳定,功能多样。

影响闪光临界融合频率的因素:① 闪光融合临界频率随光相的强度增高而增高;② 小面积的闪光临界融合频率比大面积的闪光临界融合频率低;③ 当刺激区域小的时候,闪光临界融合频率在中央凹比边缘高。

(二)颜色视觉

1. 视觉的颜色现象实验

(1)颜色的基本特征

颜色是视觉系统接受光刺激后的产物。颜色可以分为两大类:非彩色和彩色。颜色视觉有 3 种特性,即颜色的明度、色调以及饱和度。颜色的明度与其物理刺激光波的强度–亮度相对应,所有的光波,都可以用亮度来表示它的强度。颜色的色调与其物理刺激的光波波长相对应,不同波长所引起的不同感觉就是色调。颜色的饱和度与其物理刺激的光波纯度相对应,纯的颜色是高饱和度的颜色,是没有混入白色的窄带单色刺激的光波。在物体反射的光线中,占优势的光波波长决定颜色感觉,这是最本质的颜色属性。

(2)颜色混合

光谱上两种颜色混合会出现一种新的颜色。一般而言,光谱上临近的两种颜色混合所产生的新颜色处在光谱上两种被混合颜色的中间,称为中间色。中间色的饱和度低于混合它的任何一种颜色的饱和度,相距越远的颜色混合成的中间色的饱和度越低。这是色光的混合,它遵循颜色混合的加法原则。

颜色混合还有一种是颜料的混合,它遵循颜色混合的减法原则。减法原则混合后得出的颜色其明度是减少的。

混色定律:① 补色律。指每一种颜色都有另一种与它相混合而产生白色或灰色的颜色,这两种颜色称为互补色。② 居间律。指混合色圈上两个非互补的颜色产生介于两种颜色之间的中间色。中间色的色彩取决于两者的比例。③ 代替律。指混合色的颜色不随被混合的颜色的光谱成分而转移。不同颜色混合后产生相同颜色可以彼此相互替代。

(3)颜色视野和光谱敏感性

视网膜中央凹分辨出各种颜色,由中央凹向外周部分过渡,对颜色的分辨能力减弱,人眼感觉到的颜色的饱和度降低,最后直到色觉消失。要理解浦肯野现象。黄绿色的物体在白天显得最亮,而在黄昏时,蓝绿色显得较亮,红色不明显,这就是浦肯野现象。这种现象只有当光照射视网膜边缘部分时才会出现。

2. 颜色的知觉现象实验

（1）颜色对比

颜色对比是两种不同的色光作用于视网膜的相邻区域，或者相继作用于视网膜的同一区域时，颜色视觉发生变化的现象。前者为同时对比现象，后者为继时对比现象。例如，注视黄色背景上的一小块灰色纸片几分钟后，会感觉灰色纸片呈现蓝色。

（2）颜色适应

颜色适应是指在颜色的刺激作用下所造成的对该颜色的感受性发生变化的现象。

以每一秒钟一次的黄色小闪光投射在注视点上，观察者注视红色强光视野，待适应后再回头看原来的黄色闪光。开始闪光变成绿色，经过一段时间后才逐渐增加了黄色的感觉成分，几分钟后，才完全恢复黄色闪光的感觉。这是典型的颜色适应现象。

颜色适应与颜色对比有时很难区分，一般人们倾向于把先看到的色光对后看到的色光的影响叫做色适应。

黑尔森（H. Helson, 1938）色适应实验：在暗室中，照明是红色的，墙是灰色的。被试进入暗室，一切东西看起来都是红色的，几分钟适应以后，实验者要被试判断一套从黑到白的 19 件标本，并要求根据熟悉的评定标准为这些标本的色调、明度和饱和度作等级排列。结果，凡与墙背景颜色的反射率相近的标本都被判断为红色，反射率愈高，就被认为饱和度愈高。而比墙颜色深的标本被认为是绿色或蓝绿色，即红色照明的后像补色；反射率愈低，蓝绿色显得愈饱和。

麦克洛（C. Mecollough, 1965）的研究：他首先把色适应与图形方位结合在一起研究。他发现让眼睛交替适应蓝背景上的水平栅条和橙背景上的垂直栅条之后，紧接着让被试看无色背景上的同样黑白栅条，被试便把水平栅条看成橙色，而把垂直栅条看成蓝色。

3. 颜色常性

人眼对物体颜色的感知，在外界条件变化的时候，仍能保持相对不变，表现出颜色恒常性。

三、知觉实验

（一）知觉组织的实验研究

图形–背景的区分是知觉组织过程中基本的和基础的环节。图形是指视野中独立的、具有明确形状的部分；视野中的其余部分称为背景。

Rubin 提出图形和背景之间的 3 点主要差异：① 图形具有"事物"的特性，图形形状的边界形成轮廓；相反，背景具有"物质"的特性，相对来说没有形状。② 图形看起来离观察者距离较近，并且在背景的前面；而背景没有明确的定位，在图形后面连续伸展。③ 图形看起来更为深刻、更明显和更好记忆；图形一般表现出有意义的形状，而背景的形状不一定有任何意义。

格式塔心理学提出了人类知觉组织的原则，即接近性、相似性、连续性、共同性、对称性、封闭性。

视知觉组织的心理现象是视觉过程初期检测大范围拓扑性质的普遍而基本的功能反映。视觉系统不仅能检测拓扑性质，更敏感于大范围的拓扑性质，并且其发生在视觉过程的初级阶段。

（二）知觉恒常性的实验研究

1. 经验和知觉恒常性实验

著名的人类学家腾布尔在对俾格米人的研究报告中记录了当地一个长期生活在丛林中的土著人 Kenge 在第一次离开森林来到大平原时的有趣反应。Kenge 无法感知远处事物的真正大小，他会指着远处的一头牛说那是虫子。由于没有大小恒常性的经验，Kenge 只能依据物体的网膜影像大小来进行反应。由此推断知觉恒常性是需要经验的。

莱博维茨的实验：首先在实验仪器上向被试呈现一个目标刺激——倾斜成各种角度的一个圆形，然后要求被试在四种倾斜角度的比较刺激中选择一个与目标刺激看起来同样的形状，这些比较刺激是一系列从圆形逐渐拉长的椭圆形，结果发现形状恒常性随年龄的增长而呈下降趋势，经验更多的成年人却显得更易直接按照网膜影像进行判断，而出现错觉。这与一般认识不符。

爱波斯坦对莱博维茨的实验是这样解释的：人们在进行形状匹配时会受到指导语的影响。在指导语要求被试按客观形状来判断时，产生的形状恒常性最小。成年人对指导语尤其敏感，因此他们可能会故意按照网膜大小进行形状匹配。

2. 大小恒常性实验

当观察物体的距离(视网膜像)改变时,知觉到的物体大小保持恒定的现象称为大小恒常性。

Holway-Boring 用实验考察了影响大小恒常性的几种因素。在实验中,观察者坐在两个长长的、漆黑的走廊的交叉处,在其中一个走廊距离观察者 10 ft(约三米)远的地方有一个可调节的发光的圆形刺激物;同时在另一个走廊呈现标准圆形的刺激物,距离观察者为 10 ~ 120 ft。标准圆形刺激物上标有刻度,确保当刺激物到观察者的眼睛的距离不同时,投射到观察者视网膜上的视像保持相同(视角为 1 度)。

观察者的任务是调节比较圆形刺激物的大小,使其与标准圆形刺激物的大小看起来相同。一共有四种观察条件:① 提供正常的双眼观察条件;② 只允许单眼观察;③ 通过一个小孔进行单眼观察;④ 在每个标准圆形刺激物的周围用黑布遮挡,组成一条黑布的通道观察。

结果表明,在双眼和单眼观察条件下,被试都表现出良好的大小恒常性,使用双眼和单眼的效果基本相同,但是在条件 3,恒常性大大降低,条件 4 由于几乎完全没有深度线索,恒常性比条件 3 更低。可见,深度线索和视觉结构对大小恒常性起到非常重要的作用。

3. 形状恒常性实验

从不同角度观察一个物体时,看到的物体都保持相同的形状,我们称这种现象为形状恒常性。形状恒常性表现出对物体形状的知觉整合。在大小恒常性中,形状恒常性的程度是随着可利用的方位空间信息的多少而变化的。形状恒常性会受到深度线索和物体的空间排列的影响,当相对于观察者来说,缺乏关于被观察物体的位置的视觉信息时,形状恒常性将受到损害,甚至完全消失。

(三)空间知觉和运动知觉的实验研究

1. 空间知觉实验

空间知觉的线索有两类:一类为单眼线索,一类为双眼线索。

(1)空间知觉的单眼线索

第一,插入。是指一个物体部分的隐藏或遮挡另一个物体。艾姆斯(1951)实验首先给被试观看两张放在不同距离处的扑克牌,K 放在 5 英尺处,Q 放在 10 英尺处。两张牌的放置位置部分重叠,K 遮住了 Q 的一角。实验中控制其他距离线索,由于这种遮挡关系,被试能够正确判断两张牌的前后关系。第二步,再次呈现这两张牌,但把两张牌的位置互换,并且将 Q 的一角(先前被 K 遮掉的那只角)剪掉。结果被试会知觉到放在远处的 K 仍在 Q 的前面。

第二,空气透视。当我们观察一场景时,远处的物体不如近处的物体清晰,这叫做空气透视。

第三,阴影。物体表面离光源最近的部分最亮,当物体表面离开光源一定距离后,其表面变暗或产生阴影。在非连续物体表面阴影也能产生深度知觉,并且深度感随光线和阴影对比度增加而增加。

第四,线条透视。通过线条透视,可以在平面上表现出深度知觉,即三维立体在视网膜上的影像会发生变化。

第五,结构级差。大多数物体的表面都以其纹理或结构等微观形式而相互区别,这些表面的结构具有连续的密度变化或级差。当我们观察具有结构的表面时,随着距离增加,组成结构的成分的密度越大。

第六,相对大小。当同时或短时间内相继观察两个不同大小的相似或相同形状的物体时,通常感觉比较大的物体离我们较近,这种线索称为相对大小。

第七,熟悉大小。通常我们知道周围环境中许多物体的实际大小,我们能够根据记忆和观察到的远处此物体现在的大小推测其离我们的距离,熟悉大小线索的作用在很大程度上依赖于被观察物体所处的环境条件。

第八,运动视差。观察者在物体运动时,所产生的被观察物体之间深度知觉或距离的单眼线索称为运动视差,特别是当观察者的头运动时,离观察者不同距离的物体移动后所形成的视像差称为运动视差。

第九,调节。注视不同远近物体时,眼睛的调节反应的差异可以通过睫状肌提供的眼睛运动调节信号来完成空间中目标定位的任务。

第十,高度。物体在水平面上的高度也是空间知觉的线索,如果我们把同样大小的物体置于不同水平面的高度上,高水平面上的物体看起来较远,低水平面上的物体看起来较近。

第十一,颜色分布(远——蓝,近——红)。

(2)空间知觉的双眼线索

第一,辐合。辐合是指注视物体时双眼视轴的趋势,在观察近处和远处物体时,肌肉紧张程度的差异能够提供深度或距离线索,但辐合线索只是在一定距离内起作用。

第二,双眼视差。人在注视物体时,两只眼睛视网膜像的差异称为双眼视差。

近于和远于注视目标物的所有物体在双眼视网膜上视像的位置不同,这种不同导致了双像的产生。人们在观察空间中的立体物体时，左眼看到物体的左边多一些，右眼看到物体的右边多一些，两只眼睛把各自所看到，所接收到的视觉信息传递到大脑皮层的视觉中枢，在这里经过一定整合产生一个单一的具有深度感的视觉映像。

远于注视点的物体产生的双像是不交叉的，称为非交叉双像。近于注视点的物体产生的双像是交叉的，称为交叉双像。因此产生双像的不同形式也可以作为相对距离的有效线索。

2. 运动知觉实验

运动知觉是对物体在空间位移的知觉。产生运动知觉的原因有两个，一是物体的空间位置变化在视网膜上留下痕迹，二是观察者自身的运动所提供的动觉信息。

影响运动知觉阈限值的因素包括：目标物的大小，目标物的距离，目标物的背景，亮度水平，视网膜受刺激的部位和眼睛的适应状态。物体在很好的照明条件，固定的背景，并且其视像投射到中央凹的条件下，人眼对其运动产生知觉的阈限值最低。

谢弗等人（1966）曾用信号测验论的方法对运动知觉阈限做了研究。他们在实验中用恒定刺激法比较了两种条件下运动知觉的阈限。一种条件为：背景静止，物体运动；另一种条件为：背景运动，物体静止。他们发现，在这两种条件下所产生的运动知觉经验是相同的，但觉察运动的阈限却不相同。当运动速度为每秒164分时，物体只需位移1.8分便可被知觉到运动，而背景需位移4.8分才可被知觉到运动。

布朗的研究要求观察者把一个比较刺激的速度与标准刺激的速度进行匹配，使两者速度在主观上相等。在一个实验中，被试观察一个大于比较刺激一倍的标准刺激，并且，标准刺激所在的背景两倍于比较刺激所在的背景。布朗发现，被试为了获得较满意的匹配，往往把比较刺激的速度调到大约为标准刺激速度的一半。所以他得出结论说，现象的速度依赖于物体的相对大小及其背景。

（四）知觉与觉察实验

1. 无觉察知觉的测定

（1）Stroop 启动实验

启动词为一个表示颜色的形容词，提示将要出现的目标色块的颜色，被试要快速地报告出这个色块的颜色，这就是 stroop 启动实验。

在实验中，马塞尔采用了掩蔽技术来操纵被试对启动词的觉察程度。掩蔽是指在呈现启动词后紧接着出现无序的字母图案，来阻断被试对启动词的觉察。由于不同被试意识到启动词出现的时间阈限不同，在检验启动效应之前，通常要使用极限法来确定启动词和掩蔽刺激的时间间隔。马塞尔研究发现：在觉察和无觉察条件下，被试都显示出 stroop 启动效应。也就是说，即使被试对启动词没有觉察，启动效应仍然出现，由此马塞尔认为对意义的知觉可以不通过觉察。

（2）无意识知觉与有意识知觉的实验性分离

奇斯曼和梅里克尔对 stroop 启动实验进行了改进，通过操纵启动词和色块颜色一致的出现频率来获得觉察和无觉察水平的实验性分离。在觉察条件下，当启动词与色块颜色一致实验的出现频数增加时，stroop 启动效应增强，同时对不一致的启动词反应时明显拉长，出现频率效应。在无觉察条件下，stroop 启动效应不受一致实验频数的影响。实验结果完全证明了觉察和无觉察条件出现的实验性分离。

奇斯曼和梅里克尔提出双阈限理论：一为主观阈限，即被试声称不能觉察知觉信息却能进行辨别反应的水平，另一个为客观阈限，即被试在辨别操作任务上显示出完全随机水平。奇斯曼等的双阈限理论认为，在低于主观阈限不低于客观阈限之间的觉察状态或刺激能量水平时，被试才能产生无意识知觉，即无意识是主观状态上的无觉察。

然而，有研究发现与他们理论不符的结果。达根巴克、卡尔和威尔黑姆森发现启动效应随启动词和掩蔽刺激之间的间隔时间而变化：当间隔时间从主观阈限以上开始逐渐缩短时，启动效应也逐渐减少，达到单词辨别阈限时，启动效应消失；但是，当启动词和掩蔽刺激间的间隔时间继续减少时，启动效应又增大，且在刺激觉察客观阈限上达到最大。

面临这一问题，实验者转而借助实验性分离的方法来证明无觉察知觉独立于有意识知觉的存在：通过操纵自变量 A 能使对象 B 和对象 C 发生不同的变化（如若 B 对 A 的变化敏感，同时 C 对 A 的变化不敏感，或者出现相反的情况，则归为经典实验分离，如若 B 和 C 中有一个对自变量 A 的某个刺激维度更为敏感，则归为相对敏感性实验分离），那么，我们认为 B 和 C 在本质上是不同的。所以区分无觉察知觉和有意识知觉只要确定某一自变量 A 对某一种阈限所区分的无觉察和有意识影响不同时，我们就认为这阈限有效。

梅里克尔和瑞恩哥尔德在实验中向被试呈现一个词或仅呈现空白，被试首先判断呈现的是刺激还是空白，然后进行迫选再认或者词汇判断,结果发现,当刺激呈现而且被试声称看到刺激时,被试的单词、非词的再认和判断成绩均高于随机水平;当刺激呈现而被试声称没有看到刺激时,被试的单词再认和判断成绩仍然高于随机水平,但非词的再认和判断完全处于随机水平。

在这一实验中,自变量 A 为单词与非词再认和判断,单词为一个水平,非词为另一个水平,单词和非词不影响主观阈限之上的有意识知觉,只影响主观阈限之下的无意识知觉。另一方面,如果用客观阈限作为意识觉察标准的话,将看不到这种实验分离现象,表明主观阈限能够更好地区分意识和无意识。

2. 盲视

韦斯克兰茨(1986)报告一则盲视的案例。病人 DB 十四岁时,大约每六周发生一次剧烈的头痛。头痛时,伴随出现其左侧视野一块椭圆形的暂时失明。到他二十岁时,头痛的次数增加,并且在某一次头痛发作后,那块椭圆形的局部区域彻底失明了。X 光片显示:他大脑右侧视皮层顶端的血管增大。之后,手术切除了 DB 脑部的这部分视皮层和膨大的血管,当即 DB 的头痛停止,然而,他的左侧视野却失明了,通过动态视野程序发现 DB 在每只眼睛左半部都有一个盲点。

观察发现,DB 能够清晰定位处在盲视野区内的物体,DB 在盲区的定位觉察和目标方向的猜测都远比随机猜测的结果要好得多,并且在很多情况下,盲区的视觉活动几乎和正常视野的视觉活动表现得一样好,但是 DB 仍然不能辨别在盲区出现的物体。实验中控制照明条件,DB 头的位置和视线的方向保持不变。

四、学习实验

(一)条件性学习实验

条件性学习又称条件反射。实验是在行为主义思想指导下按刺激–反应(S–R)的模式进行,强调的是联结的形成,重点考察反应是如何获得的,以及反应如何与刺激建立联系。因早期实验的对象主要是动物,因此又称动物学习实验。

1. 经典性条件反射实验

巴甫洛夫最早提出。实验中无条件刺激物引发无条件反射。在条件刺激相继或同时伴随无条件刺激一定次数以后,当条件刺激单独出现时,也同样引发了无条件刺激诱发的反应,这就形成了条件反射,即对信号(条件刺激)进行了学习。条件刺激的种类、数量、强度、相似性、持续的时间、条件刺激与无条件刺激之间的时间间隔等都可作为自变量,而无条件反射的许多生理指标都可作为反应变量。另外,当条件刺激出现后,无条件刺激的出现与否,或出现的次数比例或出现的强度大小等也可以作为自变量。作为控制变量,则是除作为条件刺激以外的其他环境变量,以及实验对象的机体因素,都需严格控制,否则会与自变量混淆。

2. 操作性条件反射实验

桑代克称之为工具性条件反射,或工具性学习。它与经典性条件反射实验的不同之处在于,工具性条件反射中的"强化物"只在动物先做出一个适当的反应后才呈现。斯金纳提出的操作性条件反射,在理论上与工具性条件反射并没有差别,都是在动物作出反应后,得到奖赏。不同之处是,操作性条件反射是在斯金纳箱中进行,动物可以随时进行反应,随时得到奖励,动物的反应可以自动记录,可以测量其反应速度,而工具性条件反射是反复试验学习情境中的反应种类。工具性条件反射实验中,自变量是各种不同的学习情境,也可以是不同的操作的地点和方式,也可为在动物得到奖励之前各种声音、颜色、明暗、形状等刺激的变化,或奖励的差异(强度,种类)。反应变量是穿过迷津的速度或错误的次数。操作性条件反射实验中,强化的间隔顺序、刺激的种类都可作为自变量。而以动物的反应按键的速度或正确率作为反应变量。

3. 反馈学习实验

生物反馈是学习控制、调节自己身体机能(心跳、血压等内脏活动和脑活动)的一种方法。米勒用奖赏的办法使被用箭毒排除了任何随意肌反应的动物心率和肠收缩发生预期的变化:心率快时受奖赏,快心率就增加,慢心率就减少,而肠活动不变。当肠收缩受奖赏时,肠收缩活动就增加,当肠舒张受奖赏时,肠收缩就减少,这时的心率快慢维持不变。这说明没有任何随意肌为中介,内脏活动也能形成操作性(工具性)条件反射。同样,人通过反馈可以学会控制内脏反应,皮肤电反应,脑电变化。即当人们默想某件事时,或使心率加快,或使血压降低,都可用仪器显示出来,或使自身感觉舒服,再反馈去认识所想事件,如此反复训练,就会建立使心率加快血压降低等操作性条件反射。反馈实验中,还可借助表象来实现控制自身的机能。

4. 程序教学实验

操作性条件反射作用的原理用于课堂教学,形成一种教学方法,叫做程序教学。实验的基本程序是把所要教给学生的一些信息,以一系列框面的形式呈现给学生,每个框面都包含一个新的项目,并提出一个问题让学生回答(先有一个反应),学生写完答案后,给学生一个正确答案,以供学生核对(奖惩),然后再提出一个新框面,如此循环,学生就一步一步往前学,逐渐进入学习更为困难的材料,学生每走一步都可得到即时强化。这一类实验中,不同的问题形式所构成的新项目、学习情境、正确答案的出现形式、时间间隔以及被试的不同情况,都可作为自变量加以操纵,而学习成果则作为反应变量。除此以外,其他一切影响因素都作为无关变量应予以控制。

5. 行为塑造及行为矫正实验

(1)逐步强化法:以所要求的复杂动作或行为为最终目标,按照这个目标对所要求的复杂动作或行为划分不同的阶段,巧妙地对强化进行安排,即只要是最终目标方向所要求的动作或行为一出现,就予以强化,直至最终目标的动作或行为出现。

(2)消退:通过消退可以消除一些不符合要求的反应。所谓消退是通过反复地不给予强化来减少反应的强度。消退与强化并用更为有效。

(3)系统脱敏作用:假设恐惧情绪是由经典条件反射造成的,引起害怕的刺激可看作条件刺激,它们过去曾与引起害怕的无条件刺激结合过,条件刺激所引起的害怕经验是一种条件恐怖。因此,可以通过多次只呈现条件刺激,不呈现无条件刺激(引起害怕的条件)来清除这种条件恐惧。这种消退的程序就是系统脱敏作用的基础。

(二)认知性学习实验

认知心理学家认为考虑复杂的学习问题,应注意认知过程的作用,也就是应注意个体如何获取信息、作出计划和解决问题。他们提出学习者在记忆中形成一种认知结构,这种认知结构,起到维护和组织在学习情境中所发生的各种事件信息的作用,认为学习不能简单地归结为刺激-反应问题,而是认知过程的产物。典型的实验有以下几种:

1. 顿悟实验

由格式塔心理学家苛勒完成的黑猩猩用短棍够取长棍,再用长棍够取食物的实验,以及黑猩猩用垒木箱的办法摘取天花板处的香蕉实验。这类实验说明黑猩猩能解决某些复杂的问题是靠领悟了在问题解决中有重要意义的事物的内部关系。猩猩在用短棍取不到食物,或直接跳跃抓不到天花板处的香蕉之后,有较长时间的停顿,仔细地观察周围的环境和可利用的物件,经过一段时间之后,便产生顿悟行为。这一类实验中,问题情境的复杂程度,可作为自变量,而对所设立问题的解决与否,或解决设立问题的概率(或正确率,错误率)作为反应变量。

2. 认知地图实验

托尔曼研究了白鼠走复杂迷宫的问题。他认为白鼠走迷宫,学习的不是左转或右转的序列,而是在它的脑中形成一种认知地图,一种关于迷宫分布的心理地图。支持这一理论的实验主要有:① 位置学习实验。选甲乙两组白鼠。甲组从不同的两个出发点经历相同的转弯序列到达食物点,食物点的位置是不同的;乙组从不同的两个出发点经历不同的转弯序列,到达一个相同位置的食物点。结果发现,乙组白鼠的学习速度比甲组快,说明白鼠的学习主要是认识达到目标的符号及其意义,即获得位置的认知图,不是获得一套特殊(向右或向左)的动作反应。② 迂回实验。实验所用的迷宫有三条通向食物的途径,途径1最短,途径2次之,途径3最长。实验时先让白鼠熟悉三条通向食物的途径。一般情况下,白鼠选择较短的途径通向食物,当途径1被堵塞时,白鼠就在途径2与3中选择较短的途径2,如果途径2亦被堵塞,白鼠只好走途径3了。可见其学习的不是对平时训练的途径顺序的习惯行为,而是对迷宫的空间关系进行学习。

托尔曼的另一个证明认知学习的实验是潜伏实验。有三组白鼠走迷宫,第一组白鼠到达迷宫终点后给食物奖励,称奖励组;第二组白鼠在到达迷宫终点时不给奖励,称无奖励组;第三组白鼠在到达迷宫终点时,前十天不给奖励,第十一天开始给奖励,称中途奖励组。结果发现,第三组白鼠在第十二天后到达迷宫终点的错误次数少于奖励组,更少于不奖励组。托尔曼认为,中途奖励组在没有强化的情况下,同样进行了学习,并形成了认知地图,当后来给予食物强化后,该认知地图使其成绩赶上来。因此,托尔曼认为,学习不是由于强化而获得动作反应范型,而是形成一种认知结构,这种认知结构的发展在没有强化的情况下也可以进行。

3. 人类的迷宫学习实验

人类的迷宫学习是人类动作学习的一部分,它主要用于研究只利用动觉与触觉获取信息的情况下,如何学会空间定向。研究设计是要求被试在排除视觉的条件下,学会从起点进入迷宫,通过许多岔路口,顺利地找到出口。在每个岔路口都设置了一个盲巷,进入盲巷,就计一次错误。从起点到终点连续三次不进入盲巷,就算学会。根据学习中被试进入盲巷的次数,分析被试掌握迷宫各部位的空间关系顺序、被试的个体差异、学习策略等。

五、记忆实验

（一）感觉记忆的实验

研究感觉记忆的方法主要有再现法和再认法，实验是通过让被试识记一系列刺激材料，识记完后，要求他将识记的材料再现和再认出来。再现法又可以分为全部报告法和部分报告法。全部报告法是要求被试在识记完材料后，尽量将识记的全部项目再现出来，以此确定感觉记忆的保存量。部分报告法要求被试在识记完材料后，尽量将指定的部分项目再现出来，通过再现识记材料占总材料的比例确定感觉记忆的保存量。部分报告法避免了由于呈现时间短暂、回忆材料过多、其他干扰和遗忘因素对感觉记忆保持量的影响。

斯珀林（Sperling，1960）采用全部报告法和部分报告法对感觉记忆的保存量进行了研究。在全部报告法实验中，他同时呈现给被试 3、4、6、9……个数量的字母，呈现时间是 50 毫秒，字母呈现完毕后，立即要求被试尽量多地把字母再现出来。实验结果表明，当呈现的字母少于 4 个时，被试可以全部正确地报告出来；而当呈现字母多于 5 个时，被试的报告开始出现错误，被试的平均正确报告个数为 4.5 个。斯珀林认为，在感觉记忆中所保持的信息可能比个体报告的数量要多，只是因为全部报告法的局限性而未能检测出来。

于是，斯珀林设计了部分报告法实验。实验材料仍然是字母。他把字母分成四个一行，共三行。每行字母分别与特定的声音相联系。字母呈现时间为 50 毫秒。字母呈现完毕，紧接着呈现一个声音，要求被试根据声音的提示回忆相应行的字母。通过报告结果推理被试感觉记忆中字母的保存量。结果表明，被试的感觉记忆容量平均为 9 个字母，比全部报告法增加了一倍。于是，斯珀林认为感觉记忆具有相当大的容量，但是保持时间非常短暂。

（二）短时记忆的实验

短时记忆是感觉记忆向长时记忆过渡的中间阶段，保持时间也很短，一般不超过 1 分钟。20 世纪 50 年代，彼得森等人以无意义音节为材料对短时记忆的容量进行了研究。为了避免在刺激呈现与回忆之间被试进行复述，通常添加数学计算题或其他的分心干扰任务。结果发现，中间间隔时间越长，被试回忆的刺激数目就越少。可见，短时记忆的内容只有经过不断复述才能够被保存下来，并转入长时记忆中。

斯腾伯格最早对短时记忆的信息提取进行了研究。实验目的是为了检验短时记忆信息提取是系列扫描还是平行扫描的。

米勒等人研究发现，短时记忆的容量很有限，一般为 7±2 个组块。组块的单位可以是字母、数字、单词、句子、图片等，每个组块内部的信息是可以变化的。

沃和诺尔曼（1965）对短时记忆的遗忘进行了研究，实验目的是探查短时记忆的遗忘是由于干扰还是消退造成的。他们让被试听由若干个数字组成的数字序列，在数字序列呈现完毕后，伴随着一个声音信号将呈现一个探测数字，这个探测数字曾经在前面出现过一次。要求被试回忆在探测数字后边出现的数字。从回忆数字到探测数字之间是间隔数字，呈现间隔数字的时间为间隔时间。实验中，数字的呈现有两种速度：一种是快速的，每秒 4 个；一种是慢速的，每秒 1 个。实验结果表明，无论在哪种速度呈现下，被试的回忆正确率都随间隔数字的增加而减少，且不受间隔时间的影响。这一实验结果说明，短时记忆的遗忘主要是由于干扰信息造成的。

（三）长时记忆的实验

长时记忆保存的信息在一分钟以上，甚至终生。但是，存储在长时记忆系统中的信息也不是没有任何变化的，而是处在一个动态过程中。长时记忆系统中的信息的变化表现在质和量两个方面。在量的方面，存储信息的数量会随着时间的迁移而逐渐减少；在质的方面，由于个体的知识、经验的不同，加工、组织经验的方式不同，人们存储的经验会出现不同形式的变化。卡密克尔（Carmickael，1932）用实验证实了这些。

长时记忆系统中信息的变化还表现在记忆恢复现象。记忆恢复是指学习某种材料后间隔一段时间所测量到的保持量，比学习后立即测量要高。巴拉德（Ballard，1913）用实验支持了这一点。实验中，他要求 12 岁左右的学生用 15 分钟学习一首诗，学习后让他们回忆学习的内容，然后，隔一天、两天、三天和七天继续测量学生对学习内容的记忆程度。结果表明，第二、第三天的保持量都比第一天高。

（四）工作记忆的实验

Baddeley 和 Hitch 的工作记忆系统包括以下三个组成部分：一个不受感觉通道影响的中枢执行系统；一个以语音形式（基于言语的）保持信息的语音环；一个专门进行视觉和/或空间编码的视空图像处理器。工作记忆的关键成分是中枢执行系统，它虽容量有限但可以参与任何认知活动。语音环和视空图像处理器从属于中枢执行系统并为特定目的服务。语音环贮存单词呈现的顺序，而视空图像处理器用来储存和加工视觉和空间信息。

工作记忆的每一成分均是能量有限的，而且相对独立地工作。这里有两个基本假设：如果两个任务同时使用某一个成分，那么两个任务的成绩都将不会很理想；如果两个任务使用不同成分，那么两个任务的成绩应该同分别完成两个任务一样好。

基于这些假设，研究者们设计了大量双重任务实验，例如，Robbins 等对业余和专业国际象棋选手下棋时所涉及的工作记忆中的三个成分的参与程度进行了讨论。被试的主要任务就是从各种可能性中选择出一组连续且恰当的行棋方案，还需同时从事下面其中任意一项任务。

重复击打：这是控制条件

随机数字产生：这与中枢执行系统有关

顺时针方向按计算机键盘：这需要使用视空信息处理器

迅速重复单词 see-saw：这一过程使用了语音环

结果表明决定行棋方案需要中枢执行系统和视空图像处理器的参与，基本上与语音环无关。对于专业和业余棋手，同时操作两项任务的成绩是接近的，说明两组被试以相同的方式运用工作记忆。

1. 语音环

被试复述一列短词的能力要比长词强。这被称为词长效应。语音环的容量是由保持时间决定的，而记忆广度则是由复述率决定的。

Baddeley(1975)发现了语音环决定词长效应的有关证据。研究者测量了被试回忆单词的数目。一些被试在完成主任务的同时还要完成一个口头重复 1~8 这些数字的发音抑制任务。其假设是这一干扰任务将使用语音环，并使语音环不能被用于完成词汇加工这一主任务。发音抑制任务消除了词长效应，表明这一效应依赖于语音环。但是，虽然 Baddeley 发现了发音抑制任务消除了视觉呈现条件下的词长效应，但它并不适应于听觉呈现的情况。

Baddeley 对基于语音或言语的储存和发音控制过程作了区分。Baddeley 认为语音环由以下成分构成：一个被动的语音储存直接参与言语知觉；一个发音过程与言语产生发生联系，这使得语音储存信息可以被进一步利用。

2. 视空图像处理器

Baddeley 研究了视空图像处理器。被试在一个矩阵模型内聆听关于数字方位的模型信息。这些听觉信息有的很容易视觉形象化，而有的就不那么容易。他们然后重构这一矩阵。当这一任务与旋转追踪任务（用手的运动追踪一个旋转运动的光点）结合时，在听觉信息易形象化条件下的成绩受影响更大，而对于不易形象化的信息的处理却没有什么负面影响。对这一现象最明显的解释就是旋转追踪任务涉及视知觉加工，因而与形象化信息操作互为干扰。

但是一个特异性的视觉任务（亮度判断）实际上对不易形象化任务的干扰更大一些。当采用一个无视觉输入的空间任务时，实验结果就很不一样了。这个任务要求被试在戴上眼罩的情况下凭借所提供的听觉反馈信息指向一个运动的钟摆。这一空间追踪任务大大降低了对可形象化信息的回忆成绩，但对不易形象化信息的影响甚微。因而，对可形象化这类信息的回忆受到空间任务而不是视觉任务的干扰，暗示对这些信息的加工主要依赖空间编码。

视觉编码在视空图像处理器中也是相当重要的。Quinn 和 McConnel(1996)要求被试采用视表象或机械复述的方式学习一个词汇表。这一学习任务分别在无其他干扰、动态视觉干扰或无关外语言语这三种条件下完成。研究者预测动态视觉干扰将允许进入视空图像处理器，而无关外语言语将进入语音环。

实验结果表明：在有帮助回忆的指导语的条件下，词汇加工并不受同时呈现的言语任务的影响，而受到同时呈现视觉任务的干扰。对于机械复述指导语，干扰模式正好相反。因而，表象加工运用视空图像处理器，而机械复述使用语音环。

Logie 认为视觉空间工作记忆可以被进一步分成如下两个成分：视觉缓冲储存器（储存关于视觉形状和颜色的信息）和内部画线器（负责处理空间和运动信息）。

3. 中枢执行系统

Baddeley 认为中枢执行系统的主要功能包括：① 提取计划的切换。② 双重任务的时间共享。③ 选择性地注意某些刺激而忽略另一些刺激。④ 长时记忆信息的暂时兴奋。

Baddeley 曾用来研究中枢执行系统工作情况的一种任务是随机产生数字或字母任务。实验设计的基本思想是，对于这些任务，被试只有集中注意才能避免产生某些固定序列（即非随机序列）。Baddeley 要求被试在短时记忆中保持 1~8 个数字,同时试着产生一个随机数字序列。研究者假设对中枢执行系统的要求会随所记忆数字数目的增加而有所提高。正如预期的一样,数字生成的随机性随数字记忆负荷的增加而下降。

Baddeley 认为随机数生成任务的成绩依赖于被试在提取计划之间快速切换的能力,以避免发生固定的反应。这一假设被进一步验证。随机数字生成涉及一个按数字键的任务。这一任务可以单独完成,或者与背诵字母、从 1 开始计数或数字与字母交替变化中的一种任务相结合来完成。在数字和字母交替变化任务中,数字生成的随机性下降,基本上是因为这一任务需要在各提取计划之间进行切换。这一结果显示提取计划之间的快速切换是中枢执行系统的功能之一。

Baddeley(1996)讨论了许多研究中都涉及的一种观点,即:中枢执行系统在两个任务进行分时操作和分配注意中起到重要作用。其中一个研究是关于老年痴呆症的。这类患者表现为退行性心智能力丧失以及中枢执行机能衰退。

研究者首先测量了患者的数字广度水平。然后,给予每一位被试与其广度水平相同的几次练习。最后,让被试进行更多的数字广度练习,同时要求被试把十字架放到一组排列不规则的箱子里(双重任务条件)。所有老年痴呆症患者在双重任务条件下数字广度成绩均显著下降,但正常控制组被试就没有表现出这一效应。这表明老年痴呆症患者存在注意分配障碍(这是一种中枢执行功能障碍)。

(五)内隐记忆的实验

内隐记忆是指过去经验对个体当前活动的一种无意识的影响。由于这种记忆对行为的影响是自动发生的,个体无法意识到,所以,叫做内隐记忆或自动的无意识的记忆。

启动效应实验是研究内隐记忆的一种主要方式。启动效应是指由于近期与某一刺激的接触而使对这一刺激的加工得到易化。启动效应通常可以分为两种,一种是重复启动,指前后呈现的刺激是完全相同的,另一种是间接启动,测验项目与学习项目有关,但并不相同。在启动研究中通常使用的测验方法有:知觉辨认、词干补笔、补笔。

知觉辨认的操作程序是,在被试学习了一批单字后,把它们与未学过的单字随机混合,在速示器上逐个以极短时间呈现,要求被试读出所见到的单字,被试对学过的字读出来的概率高于未学过的字,两者的概率之差就是对启动效应的测量。

词干补笔的操作程序是,被试学习一系列单词后,测验时提供单词的头几个字母,让被试补写其余几个字母,而构成一个有意义的单词。

补笔是提供缺笔字,要求被试把他心中首先想到的单字填出来。

1. 遗忘症病人的实验性分离现象

Warrington 和 Weiskrantz 让四位遗忘症病人与 16 位控制组病人学习字单,然后进行四种记忆测验:自由回忆与再认,模糊字辨认与词干补笔。结果,遗忘症病人在自由回忆与再认的测验中都比控制组差,但使人惊讶的是,在其余两项测验中,遗忘症病人与控制组的成绩一样好。换句话说,遗忘症病人也能保持词语信息,但是这种保持要在特定的测验中才能表现出来。

Graf(1984)报告了他们对三种类型的遗忘症病人进行实验研究的结果。在学习阶段,要求被试对所见到的单字做喜欢或不喜欢的 5 点量表评判,然后用自由回忆、线索回忆和词干补笔三种方法测验学习效果。结果显示,在外显记忆测验中(自由回忆)病人显著不如正常人,在内隐记忆测验中(词干补笔),病人的内隐记忆仍然保留。

Graf 与 Schactor(1985)首次考察了遗忘症病人形成新联系的可能性。他们给被试呈现一系列词对,每呈现完一个词对,要求被试用词对造句,而另一组被试则判断词对中的两个词是否有一样多的元音字母。在测验阶段,一半测验是在同样的上下文关系中进行的,即原来的词对中第一个字是完整的,第二个字只是呈现词干,要求被试把词干填成一个有意义的单字(如 window rea__),另一半测验是在不同的上下文关系中进行的,即原来的词对被拆散了,但也要求填词干(如 mother rea__)。结果表明, window rea__ 这一半测验的启动效应大于 mother rea__ 这一半测验的启动效应。而且这种情况只出现在意义加工即造句的实验条件下。这说明遗忘症病人通过造句在头脑中对 window 与 reason 形成了一定的新的联系。

2. 正常人的实验性分离现象

(1)加工深度因素对内隐记忆和外显记忆的不同影响。Graf(1984)将被试分为四组,都看同一张词表,但完成四种不同的实验任务:① 评定对单词的喜爱程度不要求记忆;② 评定对单词的喜爱程度并记忆;③ 检索包含某个特定字母的单词,不要求记忆;④ 检索包含某个特定字母的单词并进行记忆。实验最后要求有识记任务的被试组以每个词的前三个字母为提示再认出刚才学过的单词,没有识记任务的被试要求以每个词的前三个字母为提示写出其第一个想到的词。研究发现,对刺激项目的加工深度并不影响被试的内隐效果,而对外显记忆则有非常明显的影响。

Jacoby 也证明了外显记忆和内隐记忆功能的分离。在实验的第一部分,他要求 3 组被试在 3 种条件下大声读出一系列视觉呈现的单词或心里想出来的单词。"在无上下关系"的条件下,呈现单词以前先呈现一排符号(××××),因此被试事先得不到关于该单词信息;在"有上下关系"的条件下,呈现单词以前呈现它的反义词,这样被试事先得到关于该单词的信息,从而可以预料它;在"想出"的条件下,反义词首先呈现,但紧跟着出现一排问号,被试的任务是想出该单词来,而主试不呈现该单词。

通过这样的程序,Jacoby 巧妙地改变着被试完成的对单词形状的感知觉加工和意义加工的数量。第一种条件下要求看清字形(感知觉的加工多),因为被试事先无法预料该单词,但同时也要求很少的意义加工;第二种条件要求较少的感知觉加工,因为反义词首先呈现,这样被试事先就得到有关呈现的单词的信息,涉及较多的意义加工。最后,"想出"条件基本上不涉及感知觉加工,因为要求被试想出来的单词不在视觉上呈现出来,但是要求最大数量的意义加工。第一部分结束以后,被试或者进行再认测量,或者进行知觉辨认测验。实验结果表明,再认成绩随实验条件从"无上下关系"到"想到"一直上升,而知觉辨认却表现出明确的相反结果,出现了两种测验之间的分离现象,这就是外显记忆和内隐记忆在功能上的分离。

(2) 内隐记忆和外显记忆的保持时间不同。图尔文等人(1982)利用再认作业和词干补笔作业对外显记忆和内隐记忆的保持特点作了对比研究,结果发现一周以后,被试的再认成绩出现了显著的下降,而词干补笔的作业成绩前后没有显著的变化。这表明内隐记忆能够保持较长的时间。朱滢等人(1989)利用汉字的词干补笔,速示辨认作业和再认作业对内隐记忆和外显记忆的遗忘进行了比较研究。结果发现,速示辨认和词干补笔的作业成绩不随时间增长而下降或下降很少,再认作业的成绩则下降很多。

(3) 记忆负荷量的变化对内隐记忆和外显记忆产生的影响不同。罗德格(1993)发现,用再认作业测量的外显记忆成绩随着所学词汇数目的增加而逐渐下降,而用知觉辨认测量的内隐记忆成绩并没有受到词汇数目增加的影响。马正平和杨治良(1991)在实验中让被试学习第一个字表,并作回忆测量,然后让被试看第二个字表,并用这个字表上的字组词,其中一组被试在组词时必须利用第一个字表的字,而另一组被试则没有这样的要求,结果发现无论字表上有多少字,填字组词被试的作业成绩没有明显变化。而以第一个字表为线索进行组词的被试作业成绩受到了字表字数的影响。

(4) 呈现方式的改变对外显记忆和内隐记忆有不同的影响。加考比等人(1981)在研究中发现,以听觉形式呈现的刺激而以视觉形式进行测验时,感觉通道的改变会严重影响内隐记忆的作业成绩,而对外显记忆的效果没有影响。马正平和杨治良(1991)给被试先后呈现两个字表,一种是两个字表都以视觉方式呈现,另一种是两个字表分别以听觉和视觉方式呈现。结果发现,在填写组词测验中,被试的内隐记忆成绩在不同通道呈现方式时,出现了明显的下降,而在线索回忆测试中,被试的外显记忆成绩并没有受到通道变化的影响。

(5) 干扰因素对外显记忆和内隐记忆的影响不同。陈世平和杨治良(1991)让被试进行词对联想学习,同时利用干扰词对该词对进行干扰,之后分别用线索回忆作业来测量外显记忆成绩,而利用词对补全作业来测量内隐记忆的成绩,结果发现,干扰词对外显记忆的成绩影响较大,而很少影响内隐记忆。

(六) 前瞻记忆的实验

记忆可以分为回顾性和前瞻性记忆。前瞻性记忆是将来在适当时机完成某项活动的记忆,是对在一段时间延搁后的将来如何引起、维持和执行有意图的行为的认知加工过程。回溯性记忆是指对过去已经发生的事情或者行为的记忆。前瞻性记忆可以分为基于事件的前瞻性记忆和基于时间的前瞻性记忆。基于事件的前瞻性记忆是指当某个特定的目标事件出现时去执行某个行为的记忆。而基于时间的前瞻性记忆是指对在某个特定的时间去执行某个行为的记忆。一般认为,从最初的记忆编码到最后的行为执行,前瞻性记忆包含以下阶段或过程:(1) 编码。对前瞻性记忆的线索和意图以及两者之间的关系进行编码。(2) 延迟。延迟期间人们从事其他活动,这些活动被称为背景任务。(3) 线索觉察。个体需要及时和准确地觉察出前瞻性记忆线索的出现,这是一种自我发动的过程。(4) 意图搜索。觉察到线索以后,个体会从记忆中搜索以前编码并储存的意图,这是前瞻性记忆的回溯性成分。(5) 执行。搜索到意图以后,个体要调用反应系统,执行过去所计划的行为。前瞻性任务要具备以下 3 个特点:(1) 涉及延迟间隔。形成意向和意向的执行期间有一定的时间间隔。(2) 涉及正在进行的任务。只有涉及正在进行的任务才能区别于一般的警觉任务。(3) 延迟的活动是自我激发的。目前的前瞻性记忆研究的主要范式是双任务范式,即将前瞻性记忆任务嵌套在一项正在进行的背景任务中。如,要求被试在看到鸭子和房子以后按一下键,而背景任务要求被试记住所有看到的图片。此时,被试需要打断正在进行的背景任务,切换到前瞻性记忆任务。在自然情景下研究前瞻性记忆可以告诉被试在完成实验后索要一张不干胶纸,在离开房间时把门关上,或者记着几十个小时后把一张图片还回来,并索要一支铅笔。在实验室情景中,年轻人完成前瞻性记忆任务要好于老年人;而在自然情景中,老年人要好于年轻人。前瞻性记忆可能和前额叶皮层有关。

(七) 错误记忆的实验

按照提取的准确性,可以将记忆分为错误记忆和真实记忆。错误记忆(false memory)是指,错误地声明一个以前未呈现过的词或从未发生过的事曾经出现过。而真实记忆(veridical memory)则是指正确地报告出曾经呈现过的词或发生过的事。

1. 错误记忆的研究范式

(1) 集中联想程序范式

罗迪格和麦克德莫特(1995)提出了错误记忆的经典研究范式——DRM 范式。在 DRM 范式中,通常会向被试呈现多个学习词表,每个词表由一个未呈现的目标词,也称作关键诱饵(如寒冷),和与它相联系的 15 个学习项目(如冬天、冰雪、霜冻、感冒、发抖等)组成。然后在测验阶段,让被试对呈现过的词进行自由回忆和再认。结果发现,在回忆和再认测验中被试将未呈现过的关键诱饵识别为"旧的"比率(即虚报率)接近那些实际呈现过的词的击中率(即真实记忆),发生了错误记忆。

(2) 类别联想程序范式

向被试呈现一个包含熟悉名词的多种类别的词表,每个类别中含有 1 个、3 个或 5 个范例,在学习中随机呈现。比如,词表上属于"阅读材料"这个类别的范例是"小册子、喜剧书、报纸、杂志"。在随后的再认测验中,被试对于学过范例的再认要高于对未学过的相关范例的错误再认,但正确和错误再认均随着学习过程中同一类别范例数量的增加而增加。

(3) 误导信息干扰范式

先让被试观看关于某事件的录像或幻灯片,然后向其提供含有误导信息的关于该事件的其他描述或问题,在一段时间间隔后,要求被试根据记忆回答一些问题,最后对被试回答的准确性和自信水平进行分析。

2. 错误记忆的理论模型

(1) 内隐激活反应假设(implicit activation response hypothesis, IAR)

它是由安德伍德(1965)提出的。该理论认为,在学习阶段被试通过对学习项目的加工激活了某些实际上并未呈现的关键项目,并在后来的回忆或再认测验中表现出对这些关键项目的错误回忆或错误再认。在错误记忆的研究范式中,关键项目的激活不是因为其真实的呈现,而是因为词表中相关项目的激活所导致。而且,词表项目与关键项目的关联程度越高,错误回忆或再认的次数也就越多。但是,如果增加词表中项目的内部相关性,则激活更容易向词表中的其他项目传递,而不易向关键项目传递。因此,词表的真实记忆会增加,而关键项目的错误记忆则减少。

(2) 模糊痕迹理论(fuzzy-trace theory, FTT)

它由布瑞内德和瑞纳(Brainerd & Reyna,1995)提出。他们认为,字面痕迹和要点痕迹是再认判断的基础。字面痕迹代表的是物理刺激的表面细节,而要点痕迹代表的是刺激的意义。对学习过项目的正确再认很大程度上是由字面表征驱动的,而当被试基于要点表征进行再认判断时就会经常发生错误记忆。要点表征可能是类别联想程序中错误再认的基础。

(3) 来源监测框架(source - monitoring framework , SMF)

该理论认为回忆是包括灵活地使用记忆信息的种类和数量进行决策(或归因)的过程,这些决策过程有时会失败,有时也会按照不足以判断项目来源的信息进行操作,结果就会导致各种类型的来源混淆或来源的不恰当归因。比如,如果知觉的细节很丰富生动,那么这个事件就可能被经历而不仅仅是想象。相反,如果知觉的细节匮乏,但具有与想象一致的认知操作,那么就可以通过推论得出这个事件没有真正发生。

3. 错误记忆的神经生物学研究

沙赫特等人(1996)采用正电子断层扫描技术(PET)进行的 DRM 范式实验发现,对关键项目的错误再认和对词表中学习项目的真实再认都与左侧颞叶的血流量增加相关。

沙赫特等人(1997)采用功能性磁共振成像技术(fMRI)的实验也发现真实再认和错误再认时颞叶区域血流量的增加。

米勒等人(Miller 等,2001)采用事件相关电位(ERP)技术对错误和真实再认的差别进行了研究,并严格分析了真实再认和错误再认各自对应的 P300 成分,结果发现真实再认和错误再认之间没有差别。以上研究均未发现错误记忆和真实记忆的神经生理过程有明显不一致之处,暗示了两者间的共同神经基础。

4. 影响错误记忆的因素

许多研究均发现,影响真实记忆的多种因素(如:词表容量、呈现方式、间隔时间、测验效应、重复学习、年龄因素、健忘症患者、词表特性等),同样也影响着错误记忆的效果。

郭秀艳等(2004)同时操纵了关联性、时间间隔和学习程度三个因素,对错误记忆和真实记忆的关系进行了探讨。结果发现:(1)关联性对错误记忆有显著影响。而且当测验项目为未学过的无关项目时,几乎没有发生错误记忆现象。可见,关联性似乎是产生错误记忆的根源之一。这说明错误记忆与真实记忆可能是同源的,即真实记忆是错误记忆的来源。对于没有学过的无关项目,则既没有真实记忆,也不会有错误记忆。(2)错误记忆会随着学习程度的增加而降低。这说明错误记忆与真实记忆之间存在着动态的共变联系,提示两者可能存在类似一体两面的关系。(3)时间间隔对错误再认率没有影响。这说明错误记忆一旦产生则极其顽固,不容易消退。在这一点上,错误记忆和真实记忆产生了分离,因为后者的遗忘趋势是先快后慢。该实验结果揭示了错误记忆与真实记忆之间存在着较为复杂的关系。真实记忆可能是错误记忆的根源,两者间有着密切的联系,同时它们又在时间效应上存在分离。

(八)定向遗忘实验

定向遗忘(directed forgetting)是过去四十多年记忆研究领域中的一项重要发现。它主要遵循成本-收益(cost-benefit)原则,向被试呈现一定的材料,其中一些材料必须记住(to-be-remembered,简称 TBR),一些材料必须遗忘(to-be-forgotten,简称 TBF),如果记住项目的成绩明显优于遗忘项目的成绩,那么定向遗忘效应便产生了(Muter,1965;Bjork;Laberge,Legrand,1968)。定向遗忘主要强调遗忘的有意性和指向性,与自然遗忘不同,它是检验有意遗忘(intentional forgetting)的一种重要方式(Bjork,1972;Epscein,1972)。

定向遗忘的主要测量方式是直接比较一定条件下记住和遗忘项目的成绩,这就不需要区分 RR(remember-remember)或 CR(control-remember)组,主要是比较 FR(forget-remember)组中的 TBR 和 TBF 成绩,如果 TBR 的成绩显著高于 TBF 成绩,那么定向遗忘的收益是巨大的,也就是出现了显著的定向遗忘效应,但是定向遗忘并没有有意抑制 TBF 项目。这种方式更多的是关注遗忘项目的成绩,是一种研究者非常偏好的测量定向遗忘效应的方式。

到目前为止,定向遗忘的研究方法主要有两种。一种是现在依然占主导地位的单字方式(the word method),即在每个学习项目之后随即呈现要求记忆与遗忘的指示符(记住或遗忘)。通常,研究者先给被试一个必须遗忘的项目的外显指示符,比如"forget"或"FFFF",然后记住项目用补充的指示符(比如"remember"或"RRRR")来标明,最为重要的是能保证被试记住或遗忘相关项目;另一种是字表方式(the list method),即要求被试学习一个初始的字表,然后呈现遗忘指示符,使被试能集中精力学习第二个字表。

(九)提取诱发遗忘实验

提取诱发遗忘是指在回忆部分记忆材料的时候往往会导致其他相关记忆材料的回忆量降低。Anderson 和 Bjork 指出,在信息提取过程中,记忆项目间会相互干扰。这种相互干扰会激发一个抑制过程,从而压抑了其他竞争项目,最终导致这些项目被遗忘。他们认为不要求被试主动忘记某些记忆信息,仅对相关项目的提取就会造成对其他竞争项目的抑制,导致对这些竞争项目的暂时遗忘。这种遗忘不需要外显的指示遗忘的线索,是记忆行为本身固有的性质。提取诱发遗忘研究的一般实验范式称为提取练习范式,包括三个成分:线索表征——由线索开始进行记忆搜索;一个或更多的目标表征——记忆搜索到此结束;联结纽带——通过这种联结纽带,使目标表征和线索表征相联系。

提取练习范式分为三阶段:学习阶段、提取练习阶段、最后测验阶段。在学习阶段,被试学习几种类别样例词对,以"类别名称-样例"的形式呈现,如"Fruit-apple"等。在提取练习阶段,进行提取练习作业:从全部类别中选择出一半类别,再从这些类别所组成的"类别名称-样例"词对中选择出一半进行线索提取,形式仍是呈现词对,如"Fruit-ap___",要求被试根据这些线索回忆出完整的样例单词。通过实验安排,所有学习材料被分为三大类:一类是进行过提取练习的词对(如"Fruit-apple"等,记为 Rp+);另一类是与 Rp+属于相同类别但样例未进行提取练习的词对(如"Fruit-pear"等,记为 Rp-);第三类是类别和样例都没有进行提取练习的词对(记为 Nrp),又称为基线类别。在最后的测验阶段,向被试呈现每个类别名称,要求被试回忆出实验过程中见过的所有样例项目。在提取练习阶段,属于同一类别的样例单词彼此竞争。要准确提取出所需要的记忆项目,被试必须克服竞争样例的干扰,由此形成了对这些竞争样例的暂时抑制,这种抑制使得在最后测验阶段,对 Rp-样例的回忆率显著低于 Nrp 样例,即表现出提取诱发遗忘。

六、情绪实验

(一)情绪的生理指标测量

(1)皮肤电反应(GSR)。费力将两个电极接到前臂上,并把它同弱电源和一个电流计串联。当呈现光或声刺激时,皮肤表面的电阻降低,电流增加,这被称为费力效应。该效应是基于这样一个生理过程,刺激出现时自主神经活动会引起皮肤内血管收缩和舒张,汗腺分泌活动也会受影响,从而导致皮肤电阻变化。此种变化可作为情绪生理的指标。

(2)脑电波(EEG)。这种方法利用脑电记录技术测出在一定情绪状态下所引起的大脑不同部位电位差的变化,主要用在研究下丘脑、丘脑与皮层的相互关系的比较中。

(3)生化指标。神经化学物质的分泌或排出量的变化可作为情绪研究的客观指标。

除上述三种外,情绪反应的心理指标还有瞳孔反应、心率、血压、呼吸状况等。

(二)面部表情的测量

表情是情绪的行为指标,表情测量的对象应指向面孔各部位的肌肉运动,而不是面部所给予观察者的直接情绪信息。伊扎德等人制定了最大限度辨别面部肌肉运动编码系统(MAX)和表情辨别整体判断系统(AF-FEX)。MAX 是保证客观性和准确性的微观分析系统,它以面部运动为单位,是用于测量区域性的面部肌肉运动的精确图式。AFFEX 是保证有效性的客观分析系统,它提供有关面部表情模式的总概括。

MAX 将人的面部划分为三个部分,并包括 29 个相对独立的面容变化的运动单位,通过对三个部分面容变化的评分和综合,MAX 可以辨认出多种基本情绪。MAX 的具体使用分为两步,第一步评分者三次观看面部表情的录像,每次辨认面部的一个部位的肌肉活动,并记下相当区域的面容变化及出现时间,第二步,将记录下来的面容变化同可观察的活动单元的组织相对照,辨别出独立的情绪或几种情绪的组合。AFFEX 是以 MAX 为基础,组合面部运动,从整体上描述基本情绪。

(三)情绪的主观体验测量

主观体验测量方法一般要求被试报告其直接感受到的经验,并通过标准化的量表来测量被试的情绪体验,它主要有形容词检表和时间抽样技术。

1. 形容词检表(ACL)

形容词检表是先选用一系列描述情绪的形容词,然后把这些形容词制成检表。被试通过内省,从检表中选出符合自身当时情绪状态的词汇用来确认自身的情绪体验。例如,情绪-心境测量表有九项内容,其中前八项相当于在情绪三维模式中列入的八种基本情绪。它把这八种基本情绪扩充为相似类别的情绪群,并用相当的形容词术语标出。另外,在这个检表中加入了标示激活量,作为第九项。形容词检表通常用于测量某一特定情境的主观情绪体验,可以说是一种静态的技术。

2. 时间抽样技术

时间抽样技术是一种动态测量方法,用以长期跟踪主观情绪体验的变化。

具体实施程序:要求被试在 30 天中,每天 4 次在一本小册子中记录下他们当时的情况和情绪体验。为保证对情绪体验的动态跟踪,这 4 次日记的时间是由计算机随机安排的。

七、注意实验

(一)过滤器模型及其双耳分听实验

1. 单通道的过滤器模型

Broadbent(1958)提出,人的神经系统高级中枢的加工能力是有限的,而外界信息是大量的,为了避免系统超载,就需要某种过滤器来调节,选择较少的信息进入高级分析阶段,其他信息则不让通过。因为这一模型的核心在于信息到达高级分析水平的通道只有一条,因而,Welford(1959)称之为"单通道模型"。

Broadbent(1954)的双耳分听实验(不附加追随程序)支持该理论。实验中,他给被试的右耳呈现 3 个数字,如 4,9,3,同时给左耳呈现另 3 个数字,如 6,2,7。刺激呈现速度为每秒 2 个数字。然后,要求被试再现呈现的刺激。结果发现,被试可以用两种方式再现数字,一种是以耳朵为单位,如 493,627;一种是以双耳同时接收到的信息为单位,按顺序成对再现,如 4,6;9,2;3,7。结果表明,以第一种方式再现的正确率为 65%,以第二种方式再现的正确率为 20%。

Broadbent 对结果的解释是,每只耳朵相当于刺激输入的一个通道,而过滤器只允许每个通道的信息单独通过。因此,在以耳朵为单位的再现中,被试可注意每只耳朵的全部项目,并且双耳之间的转换只需一次,故再现效果好。而以成对刺激为单位的再现中,双耳之间的转换至少需要 3 次,故影响了被试对所有项目的注意,再现效果差。

Cherry(1953)的双耳分听的追随耳程序的实验也支持了该模型。追随耳程序是指实验中,给被试的双耳同时呈现刺激,但要求被试只复述事先规定的那只耳朵所听到的项目。这样,使被试尽可能地只注意这只耳朵的信息,该耳朵即为追随耳;不被注意的另一只耳朵就为非追随耳。实验结果表明,被试能很好地再现追随耳的信息,对于非追随耳的信息则很少觉察。

2. 衰减模型

Treisman(1960)用字词材料进行的双耳分听的追随耳程序的实验结果与单通道过滤器模型不符。她的实验材料举例,左耳(追随耳):There is a house understand the word. 右耳(非追随耳):Knowledge of on a hill. 实验发现,被试都报告提到的内容为:There is a house on a hill,并声称是从一只耳朵听到的。可以看出,当有意义的材料呈现时,被试表现为追随意义。这种现象只有在过滤器允许两只耳朵的信息都通过时才能发生,也就是人可以同时注意两个通道的信息。

于是,Treisman(1960,1964)对单通道过滤器模型加以改进,提出了衰减模型。该模型承认过滤器的存在,但过滤器的工作方式不是"全"或"无",即它不是只允许一个通道的信息通过,追随耳和非追随耳的信息都可以通过,只是非追随耳的信号受到了衰减,强度减弱了,但其中的某些信息还是可以得到高级加工的。

单通道过滤器模型和衰减模型都认为中枢神经系统的高级分析水平的容量有限,必须由过滤器来调节;而且都认为过滤器处于初级分析和高级的意义分析之间,因此,都属于注意的知觉选择模型。

3. 反应选择模型

Deutsch 和 Deutsch(1963)提出了反应选择模型,Norman(1968,1976)支持并修订了这一模型。该模型假定,由感觉通道输入的所有信息都可进入高级分析水平,得到知觉加工,并加以识别。注意选择位于知觉和工作记忆之间,即过滤器的作用在于选择对刺激的反应。其选择的标准是刺激对于人的重要性。

Hardwick(1969)的双耳分听的追随靶子词实验支持了这一模型。实验中,给被试双耳同时呈现一些刺激,其中包括一些靶子词。靶子词在双耳出现的频率相同,呈现顺序随机。要求被试听到靶子词就做反应。结果对左耳和右耳对靶子词的反应率达到 59% ~ 68%,双耳的反应率很接近。Shiffrin 等(1974)用类似实验也支持了该模型。

(二)注意资源有限理论及其实验

1. 注意资源有限理论

Kahneman(1973)提出了注意能量分配模型。他认为,人可利用的资源总是和唤醒相连的,其资源的数量可随各种情绪、药物、肌肉紧张等因素的作用而变化。资源分配方案是决定注意分配的关键。而分配方案则要受制于唤醒因素可利用的能量、当时的意愿、对完成作业所要求能量的评价以及个人的长期意向。

在这些因素的作用下,所实现的分配方案就体现着注意的选择。对完成作业所要求能量的评价是一个重要因素。它不仅影响着唤醒水平,使可利用的能量增加或减少,而且极大地影响着分配方案。

个人长期意向反映着不随意注意的作用,即它要求将能量分配给新异刺激、突现刺激和自己的名字等;当前意愿体现着完成当前作业的要求和目的等。从这个模型可知,只要不超过可利用的能量,人就可同时接收两个或多个输入,或者从事两种或多种活动。

Norman 和 Borow(1975)把能量或资源有限分为两类过程,即资源有限过程和材料有限过程。若某作业因受到所分配的资源的限制,但一旦能得到较多的资源,这种作业就能顺利地进行,则称之为资源有限过程;若某作业因受到其质量低劣或记忆信息不适当的限制,即使分配到较多资源,也不能改善该作业操作水平,则称为材料有限过程。

双作业操作的互补原则是针对双作业操作任务而言的。在双作业中,如果对资源的总需要量超过可利用的总能量,双作业操作就会发生干扰,一个作业的操作所用资源增加量就是另一作业操作可利用资源的减少量。

2. 实验依据

(1)双耳分听的追随程序的实验依据

Johnson 和 Heinz(1980)的双耳分听追随靶子词实验支持了该理论。实验中,向被试的两耳同时呈现靶子词(事先规定的词)和非靶子词,要求被试追随两耳中所听到的靶子词(即复述靶子词)。实验设置了 4 个条件:①

感觉可辨度低条件:两类词都由男生读出。② 感觉可辨度高条件:靶子词由男生读出;非靶子词由女生读出。③ 语义可辨度低条件:非靶子词与靶子词同属于一个范畴。④ 语义可辨度高条件:非靶子词与靶子词分属于不同范畴。

实验结束以后,要求被试回忆所呈现的非靶子词。非靶子词的回忆结果是,不论词义可辨度的高低,在感觉可辨度低条件下所回忆的非靶子词的数量均多于感觉可辨度高条件下的。这一结果说明,非专注信息也在一定程度上得到了加工。同时也说明,因在感觉可辨度低条件下,对非靶子词加工需要较多资源,因而其回忆的数量较多。

Johnson 和 Wilson(1980)设计实验同时研究了注意的集中性和分配性,并且同时设置了追随耳程序和追随靶子词程序。实验中,给被试的两耳同时各呈现一个字词,被试任务是检测事先规定的某一范畴的字词(即靶子词)。实验中所用的靶子词都是双义词。当给一耳呈现靶子词时,给另一耳同时呈现非靶子词。对非靶子词设置 3 种条件:偏向双义词的适当意义条件;偏向双义词的不适当意义条件;中性的字词。对靶子词呈现方式也设置 2 个条件:靶子词不固定呈现给哪一只耳朵(注意分配性);靶子词只呈现在左耳,让被试追随左耳(注意的集中性)。

实验结果:在分配条件下,因资源要分配到两耳中,所以其中一耳所得的资源要少一些;而在集中条件下,被试只追随一耳,所以这一耳所得的资源就多,因而,集中性条件下对靶子词的检测率高于在分配条件下的检测率。在注意分配性条件下,适当的非靶子词得到语义加工,所用的资源较多;而不适当的非靶子词则没有得到语义加工,其所用的资源较少。因而在适当非靶子词作用下,对靶子词的检测率高于不适当非靶子词的检测率。

(2)正、负启动实验依据

金志成等(1995)用负启动实验证实了分心物抑制扩散也遵循资源有限理论。该实验的假设是,在实验条件下,被试对探测显示中目标的反应时将随着启动显示中分心物数目的增加而缩短,亦即如果扩散抑制遵循资源有限理论,那么,在启动显示中的分心物越多,对其中任一个分心物的心理表征的抑制程度就会越低。实验设置了 4 个条件:

① 启动显示中只有 1 个分心物,并且该分心物在随后的探测显示中作为目标;

② 启动显示中设 2 个分心物,并且其中一个在随后的探测显示中作为目标;

③ 启动显示中设 4 个分心物,并且其中一个在随后的探测显示中作为目标;

④ 控制条件,即启动显示中的目标和分心物与随后的探测显示中的目标和分心物均无关系。

结果表明,在探测显示中,被试对目标的反应时随着启动显示中分心物数目的增加而缩短。被试对探测显示中的目标反应时越短,其负启动量就越小。负启动量小,分心物所受到的抑制程度就越低。因此,反应时越短,表明分心物所受到的抑制程度就越低。启动显示中的各个分心物分占了有限的抑制资源。这说明作为负启动效应根源的扩散抑制也遵循资源有限理论。

(三)双加工理论及其实验

Schneider 和 Shiffrin(1977)提出了两种加工过程的理论,即控制加工和自动加工。控制加工是一种需要应用注意的加工,其容量有限,可灵活地用于变化着的环境。自动加工是不需要应用注意,无一定的容量限制,不受人的意识控制并且一旦形成就难以改变的加工。

他们用记忆扫描实验来支持自己的理论。实验中,先让被试识记 1~4 个项目,然后用视觉呈现再认项目 1~4 个,要求被试判定在再认项目中是否有以前识记过的项目,按键反应。识记项目和再认项目设置两种条件,即不同范畴条件和相同范畴条件。结果发现,相同范畴条件下,随着识记项目和再认项目的增加,被试的反应时在正确率相近的前提下,相应增加。而在不同范畴条件下,不论识记项目和再认项目的数量多少,再认项目的呈现时间只需要 80 ms 就可以达到 80% 的正确反应。

Schneider 和 Shiffrin 认为,在相同范畴条件下,被试所进行的是控制性加工。它将每一个再认项目与同一范畴的每一个识记项目按顺序进行比较,直到匹配为止。在不同范畴条件下,被试从字母中搜索出数字或从数字中搜索出字母,他们所进行的是自动加工。

被试在不同范畴条件下所进行的自动加工是在长期的实践中分辨字母和数字的结果。

Schneider 和 Shiffrin 的另一个实验是将英文字母表中的 B 和 L 之间的辅音字母作为识记项目,而将 Q 至 Z 之间的辅音字母作为再认项目。结果发现,被试要经过 2100 次试验才能达到自动化加工的作业水平。之后,他们把识记项目和再认项目对调。被试相应地要进行 2400 次试验的练习才能达到自动加工水平。这些结果说明:练习对自动加工的重要性,已形成的自动加工是难以改变的。

（四）注意的促进和抑制及其正负启动实验

瓶颈和能量分配理论形成了选择性注意的一些共同的假定：① 在不注意的条件下能在某种程度上加工一些信息，这种加工被称为前注意加工。② 注意机制作用于专注的信息。③ 对进一步的认知加工而言，注意是必需的。没有它，进一步加工则不能进行。因而注意被假定为引起进一步的认知加工。

1. 启动实验方法

启动效应是指先前的加工活动对随后的加工活动所起的促进作用。相对于其抑制作用而言，其促进作用的启动效应被称为正启动效应；而起抑制作用的启动效应为负启动效应。一般而言，启动效应是由启动显示与探测显示组成，启动显示在先，探测显示在后。每种显示都包含目标和分心物。

在实验中，要求被试只对两个显示中的目标（T_0，T_1）反应，而不理会分心物（D_0，D_1）。若启动显示中的目标（T_0）和探测显示中的目标（T_1）相同，称为目标重复启动（TT），它往往会产生正启动效应。所谓控制条件是指两种显示中的目标和分心物是无关的。在目标重复启动中，这种反应时间的节省被称为目标激活。

2. 对启动效应的解释——扩散激活理论

在启动显示中目标被激活了，那么在重复启动中，该目标反应阈限已降低，所以反应时缩短了；而在有联系的词之间，一词被激活了，这种激活使与之有联系的词也从静止向激活方向变化，从而降低了激活的反应阈限，因而反应时缩短，这种现象被称为扩散激活。

Tipper 指出，涉及注意选择性机制主要有两种理论观点。一种观点认为，选择的主要作用是使专注信息得到进一步加工（目标激活）。这个观点提出选择使专注信息的意义保持激活水平；选择像聚光灯一样提取进一步加工的信息；被忽略的信息可能很快地衰退。另一个观点认为，选择具有双重机制，即专注信息的进一步加工和被忽略信息的积极抑制相结合（即目标激活和分心物抑制）。

3. 启动范例

在专注刺激的选择期间，一个被忽略信息的内部表征是与抑制相联系的，那么对要求相同内部表征的一个随后的刺激加工就会像先前被忽略的信息一样被削弱。

负启动的方法学思想：在启动显示中作为不理会的分心物（D_0），其内部表征与抑制相联系，而在随后的探测显示中此分心物作为目标时，被试对此目标的反应时比在控制条件下的要延长。如果在目标选择期间同时对分心物抑制，则说明选择性注意具有双重机制，即目标激活和分心物抑制。

Tipper 等人（1985）在负启动实验中，向被试呈现用红、绿墨水书写的两个部分重叠的英文字母，红字母为目标字母，即要求被试又快又准地读出的字母；绿字母为分心字母，要求被试不理会它。设置了 3 种条件：① 控制条件，即每次试验中目标字母和分心字母都是不同的；② 分心字母启动条件，即在启动显示中的分心字母将作为探测显示的目标字母；③ 重复分心字母条件，即分心字母在各试验中保持不变。

结果，分心字母启动条件下的反应时最长，并且与控制条件下的反应时差异显著。这种反应时间的延长被称为负启动效应。这是由于在探测显示中的目标字母是在启动显示中受到抑制，故它会影响对此字母的反应。

金志成等（1997）采用正、负启动技术，在严格控制条件下比较学困生和学优生在选择性注意加工机制——目标激活和分心物抑制方面的差异。在实验中设置了 3 种处理条件：① 目标重复条件，其中启动显示中的目标作为探测显示中的目标；② 负启动条件，其中启动显示中的分心物作为探测显示中的目标；③ 控制条件，其中探测显示中的目标和分心物均与启动显示中的目标物和分心物无关。

结果发现，学困生在目标激活方面与学优生虽然有差异但差异不显著，而在分心物抑制方面学困生却大大小于学优生，即负启动效应显著小于学优生。这些结果都说明，认知不足的特定人群对分心物抑制能力弱，易受分心物的干扰。

（五）注意的返回抑制实验

返回抑制是指当注意返回到先前注意过的位置或客体时人们的反应会变慢的一种抑制的现象。Posner 和 Cohen（1984）发现通过突然变亮或变暗的方法，对注视点外周的某个空间位置给予线索提示（线索化），然后随机呈现靶子，结果发现：当线索与靶子出现时间间隔（SOA）短于 300 ms 时，被试对线索化位置上靶子的反应显著快于非线索化位置，表现出线索的促进效应。然而，当 SOA 继续延长时，先前的促进效应则被一种抑制效应所取代，表现为线索化位置上靶子反应时显著慢于非线索化位置，即出现了 IOR。对此，Posner 和 Cohen 解释为，线索化位置上反应的滞后是由于注意在被吸引到外周线索化位置后随着 SOA 的延长又脱离了该位置（回到了注视点），致使线索化位置在注意后受到抑制，而这种抑制能够阻止注意返回到先前注意过的位置，促进注意指向视野中尚未搜索过的新位置,从而利于提高视觉搜索的效率。目前一般认为,返回抑制是一种非常普遍的抑制现象,既可以出现在觉察任务中,也可以出现在辨别任务和选择任务中;既可以通过手动反应时,也可以通过眼动潜伏期检测到;既存在基于位置的返回抑制,也存在基于客体的返回抑制等。

(六)刺激反应一致性理论及冲突效应实验

在特定的环境下根据任务需要,对相应的感知觉刺激进行加工,选择恰当的反应表征并加以执行,是人类高级认知功能的一项重要内容。研究者很早就发现在空间探测和辨别任务中,当目标刺激呈现的空间位置与正确的反应按键位置一致时,行为反应时明显小于它们不一致时的情况。这种空间维度的刺激—反应的同侧易化现象就是刺激—反应一致性效应。研究发现,反应选择可能会在上述的各个阶段受到冲突的影响,包括任务空间反应规则(任务直接相关维度)的影响,刺激的任务无关维度信息的影响,以及刺激—反应的任务相关维度的匹配规则影响。

对于传统的冲突控制研究而言,经典研究范式主要有四种:Stroop 干扰任务(书写颜色与词义信息间的冲突),Simon 任务(目标位置和反应方位间的冲突),Flanker 任务(侧抑制效应)以及反眼动任务等。

八、常用心理实验技术

(一)眼动技术

眼动技术就是通过对眼动轨迹的记录以便从中提取诸如注视点、注视时间和次数、眼跳距离、瞳孔大小等数据,从而研究个体的内在认知过程的一种技术。20 世纪 60 年代以来,随着摄像技术、红外技术(infrared technique)和微电子技术的飞速发展,特别是计算机技术的运用,推动了高精度眼动仪的研发,极大地促进了眼动研究在国际心理学及相关学科中的应用。

现代眼动仪的结构一般包括四个系统,即光学系统、瞳孔中心坐标提取系统、视景与瞳孔坐标迭加系统以及图像与数据的记录分析系统。眼动有三种基本方式:注视(fixation)、眼跳(saccades)和追随运动(pursuit movement)。

眼动可以反映视觉信息的选择模式,对于揭示认知加工的心理机制具有重要意义。从近年来发表的研究报告看,利用眼动仪进行心理学研究常用的资料或参数主要包括:注视点轨迹图、眼动时间、眼跳方向的平均速度、时间和距离(或称幅度)、瞳孔大小(面积或直径,单位像素)和眨眼。眼动的时空特征是视觉信息提取过程中的生理和行为表现,它与人的心理活动有着直接或间接的关系,这也是许多心理学家致力于眼动研究的原因所在。

(二)事件相关电位

事件相关电位(ERP)是一种特殊的脑诱发电位,即通过有意地赋予刺激以特殊的心理意义,利用多个或多样的刺激所引起的脑的电位。它反映了认知过程中大脑的神经电生理变化,也被称为认知电位,也就是指当人们对某客体进行认知加工时,从头颅表面记录到的脑电位。

ERP 建立在注意的基础上,与识别、比较、判断、记忆、决断等心理活动有关,反映了认知过程的不同方面,是了解大脑认知功能活动的"窗口"。经典的 ERP 成分包括 P1、Nl、P2、N2、P3(P300),其中 P1、N1、P2 为 ERP 的外源性(生理性)成分,受刺激物理特性影响;N2、P3 为 ERP 的内源性(心理性)成分,不受刺激物理特性的影响,与被试的精神状态和注意力有关。现在 ERP 的概念范围有扩大趋势,广义上讲,ERP 尚包括 N4(N400)、失匹配负波(Mismatch Negativity,MMN)、伴随负反应(Contigent Negative Variation,CNV)等。长期以来有人通常以 P3 作为事件相关电位的代称,虽有失偏颇,但临床应用甚广。事件相关电位属于长潜伏期诱发电位,测试时一般要求被试清醒,并在一定程度上参与其中。引出 ERP 的刺激是按研究目的不同编制而成的不同刺激序列,包括两种及两种以上的刺激,其中一个刺激与标准刺激产生偏离,以启动被试的认知活动过程。如果由阳性的物理刺激启动,除了由认知活动产生的内源性成分,尚包括外源性刺激相关电位;如由阴性刺激来启动心理活动过程,则引出由认知加工而产生的内源性成分。

刺激模式的设置是研究 ERP 的关键,要求根据研究目的不同设计不同的刺激模式,包括两种及以上不同概率的刺激序列,并以特定或随机方式出现。刺激模式主要包括视觉刺激模式、听觉刺激模式、躯体感觉刺激模式。

影响事件相关电位的因素包括:1. 物理因素。(1)刺激的概率,靶刺激概率越小,P3 的波幅越高,反之,波幅减小。一般靶刺激与非靶刺激的比例定为 20∶80。(2)刺激的时间间隔,间隔越长,P3 波幅越高。(3)刺激的感觉通道,听、视、体感感觉通道皆可引出 ERP,但其潜伏期及波幅不尽相同。2. 心理因素。事件相关电位检测过程中一般要求被试主动参与,因而被试的觉醒状态、注意力是否集中皆可影响结果。另外,由于被试只有识别靶刺激并作出反应才能诱发出 ERP 成分，因此，作业难度对测试结果也有影响，难度加大时，波幅降低，潜伏期延长。3. 生理因素。（1）年龄，不同年龄 P3 的波幅及潜伏期不同。潜伏期与年龄呈正相关，随年龄增加而延长，而波幅与年龄呈负相关。儿童及青少年的波幅较高。（2）分布，ERP 各成分有不同的头皮分布。

事件相关电位具有高时间分辨率的特点，使其在揭示认知的时间过程方面极具优势，能随时反映认知的动态过程。该方法已经成为研究脑认知活动的重要手段。

（三）功能性磁共振成像技术

功能性磁共振成像（fMRI, functional magnetic resonance imaging）是一种新兴的神经影像学方式，其原理是利用磁共振造影来测量神经元活动所引发的血液动力的改变。目前主要是运用于研究人及动物的脑或脊髓。

神经细胞活化时会消耗氧气，而氧气要借助神经细胞附近的毛细血管由红血球中的血红素运送过来。因此，当脑神经活化时，其附近的血流会增加来补充消耗掉的氧气。从神经活化到引发血液动力学的改变，通常会有 1~5 秒的延迟，然后 4~5 秒达到高峰，再回到基线（通常伴随着些微的下冲）。这使得不仅神经活化区域的脑血流会改变，局部血液中的去氧与带氧血红素的浓度以及脑血容积都会随之改变。

1990 年，Ogawa 等人根据脑功能活动区氧合血红蛋白（HbO2）含量的增加导致磁共振信号增强的原理，得到关于人脑的功能性磁共振图像，即血氧水平依赖的脑功能成像（Blood Oxygen Level Dependent fMRI, BOLD-fMRI）。由于血液动力学反应与脑神经活动之间存在着紧密的联系，BOLD-fMRI 信号与局部脑血流、氧合血红蛋白（HbO2）和脱氧血红蛋白（dHb）含量密切相关。当被特定的任务刺激后（如视觉、运动等），可激活相应的脑功能皮质区，从而引起局部脑血流量和氧交换量的增加，氧的供量大于氧的消耗量，其结果导致氧合血红蛋白含量增加，脱氧血红蛋白含量降低。脱氧血红蛋白具有顺磁特性，可使组织毛细血管内外出现非均匀性的磁场，从而加快质子的失相位，缩短 T2 弛豫时间，导致 T2 加权信号降低。因此当脱氧血红蛋白含量减少时可促使局部的 T2 加权信号增强，从而获得相应激活脑区的功能成像图。

fMRI 的实验设计主要有两种类型：组块设计（blocked design）和事件相关设计（event related design）。组块设计特点是以组块的形式进行刺激，在每一个组块内同一类型的刺激反复、连续呈现，常用于功能定位；事件相关设计的特点是随机化设计，常用于对行为事件的研究。

fMRI 扫描序列通常采用回波平面成像技术（echo planar imaging, EPI）、梯度回波脉冲序列（GRE）或螺旋成像技术（SPIRAL）。梯度回波脉冲序列的成像速度较慢，易受运动影响产生伪影，一般只用于单一刺激的简单运动研究。回波平面成像技术是目前 fMRI 研究中最常用、最快速的成像方法，可以在极短时间内（数毫秒~数秒）完成脑皮层的功能性成像，可用于多刺激、复杂运动的多功能区成像研究。回波平面成像技术需要梯度磁场的快速转换，因而产生的噪声较大。螺旋成像技术对梯度切换速率要求较低，与回波平面成像技术相比较成像时间分辨率较高。

几乎大部分的功能性磁共振成像都是用 BOLD 的方法来侦测脑中的反应区域，但因为这个方法得到的信号是相对且非定量的，使得人们质疑它的可靠性。因此，还有其他能更直接侦测神经活化的方法，比如氧抽取率（oxygen extraction fraction, OEF）这种估算多少带氧血红素被转变成去氧血红素的方法被提出来。但由于神经活化所造成的电磁场变化非常微弱，过低的信噪比使得至今仍无法可靠地进行统计定量。

除了 BOLD-fMRI 作为基本的 fMRI 技术外，灌注加权成像和扩散张量成像是另外两种 fMRI 技术。灌注成像通常表现为较低的敏感性以及较低的解剖覆盖率，包括对于宏观部分的磁场效应不很敏感，而宏观部分效应与脑神经活动关系不密切。Duyu 等采用单发射脉冲式旋转标记法结合双倒置标记技术，大大降低了背景信号，增加时间分辨率近 2 倍。如果把这减少的时间用在重复做实验，可以提高信号平均度，从而提高信噪比。

扩散加权成像在高磁场强度的应用中起着一定作用，因为该技术可以减少来自于血液的信号，增强血管外现象的敏感性，从而提高与神经活动有关的敏感性。

[1] 董奇. 心理与教育研究方法. 广州：广东教育出版社，1992.

[2] 王重鸣. 心理学研究方法. 北京：人民教育出版社，2001.

[3] 郭秀艳. 实验心理学. 北京：人民教育出版社，2004.

[4] 赫葆源，张厚粲，陈舒永，等. 实验心理学. 北京：北京大学出版社，1983.

[5] 朱滢. 实验心理学. 北京：北京大学出版社，2000.

[6] 舒华，张学民，韩在柱. 实验心理学的理论、方法与技术. 北京：人民教育出版社，2006.

[7] 程怀东，汪凯. 前瞻性记忆的神经机制. 中华神经科杂志，2006，39(2)：138-140.

[8] 王青，杨玉芳. 前瞻性记忆的生理基础. 心理科学进展，2003，11(2)：127-131.

[9] 陈烜之. 认知心理学. 广州：广东高等教育出版社，2006.

[10] 包燕，胡可松，肖小溪. 返回抑制的容量研究. 心理科学进展，2006，14(1).

[11] 杨治良. 实验心理学. 杭州：浙江教育出版社，1998.

[12] 孟庆茂，常建华. 实验心理学. 北京：北京师范大学出版社，1999.

[13] M. W. 艾森克，M. T. 基恩. 认知心理学. 高定国，肖晓云译. 上海：华东师范大学出版社，2004.

[14] 李宏英，隋光远. 错误记忆研究综述. 心理科学，2003，26(3)：512-513.

[15] 周楚，杨治良. 错误记忆研究范式评介. 心理科学，2004，27(4)：909-912.

[16] 王君，刘嘉. 功能性磁共振成像的应用和发展前景. 现代仪器，2008(1)：6-10

[17] 徐子森，樊宽章，于天林. 灌注、弥散、功能成像原理及应用[J]. 医疗设备信息，2004，19(5)：34-37

[18] 朱湘茹，刘昌. 空间数字反应编码联合效应下冲突适应过程的ERP研究. 心理学报，2008，40(3)：283-290

[19] 慕德芳，宋耀武，陈英和. 提取诱发遗忘的研究现状与展望. 心理科学进展，2008，16(6)：855-861

[20] 韩燕，邱江，张庆林. 性别刻板化人名推测判断中的冲突效应. 西南大学学报(自然科学版)，2008，30(10)：164-168

[21] 应蔡，白净. 血氧水平依赖功能磁共振成像的发展状况. 国外医学生物医学工程分册，2004，27(3)：145-148

[22] 王大伟. 抑郁个体定向遗忘效应的实验研究. 心理研究，2008，1(3)：25-28

强化练习

一、单项选择题

1. 心理学研究的三种主要方法是

A. 真实验、准实验和非实验　　　　　　B. 实验、观察和测量

C. 实验、观察和问卷　　　　　　　　　D. 实验室实验、现场实验和临床法　　　　(A)

2. 对实验心理学的发展和心理学的诞生产生重要影响的《心理物理学纲要》一书的作者是

A. 费希纳　　　　　　　　　　　　　　B. 缪勒

C. 冯特　　　　　　　　　　　　　　　D. 赫尔母霍兹　　　　　　　　　　　　(A)

3. 当被试不能判断某一刺激是否存在或两个刺激是否具有差异时，信号检测论认为原因在于

A. 人的感知觉存在某种生理缺陷　　　　B. 刺激强度没有达到被试的感觉阈限

C. 和信号传递有关的干扰　　　　　　　D. 与信号传递无关的内外部干扰　　　　(D)

4. 当判断标准很宽松时，判断的

A. 击中率高，虚报率低　　　　　　　　B. 击中率高，虚报率也高

C. 击中率低，虚报率高　　　　　　　　D. 击中率低，虚报率也低　　　　　　　(B)

5. 信号检测论认为

A. 刺激信号的感觉分布是正态的,噪音形成的感觉分布是偏态的

B. 刺激信号和噪音形成的感觉分布都是正态的

C. 噪音形成的感觉分布是正态的,刺激信号的感觉分布和判断标准有关

D. 刺激信号和噪音形成的感觉分布都不是正态的,均和判断标准有关　　　　　　(B)

6. 反应时的相加因素法的提出者是

A. 赫尔姆霍兹　　　　B. 唐德斯　　　　C. 斯腾伯格　　　　D. 汉米尔顿　　(C)

7. 最先系统地将反应时法运用在心理过程研究中的科学家是

A. 贝塞尔　　　　　　B. 唐德斯　　　　C. 缪勒　　　　　　D. 赫尔母霍兹　　(B)

8. 对于一般的实验设计而言,要想保证实验结果满足统计分析的条件,并获得稳定的实验处理的结果,一个实验处理上的样本数量应该不少于

A. 6 个　　　　　　　B. 7 个　　　　　　C. 8 个　　　　　　D. 9 个　　　　(C)

9. 下列哪种情况下,需要进行简单效应分析

A. 主效应显著　　　　　　　　　　　B. 主效应不显著

C. 交互作用显著　　　　　　　　　　D. 交互作用不显著　　　　　　　　　(C)

10. 当判断标准很严格时,判断的

A. 击中率高,虚报率低　　　　　　　B. 击中率高,虚报率也高

C. 击中率低,虚报率高　　　　　　　D. 击中率低,虚报率也低　　　　　　(D)

11. 反应时减数法的提出者是

A. 赫尔姆霍兹　　　　B. 唐德斯　　　　C. 斯腾伯格　　　　D. 汉米　　(B)

12. [　　]在建立独立和完整的实验心理学体系方面作出了突出的贡献。在他之后,实验心理学已经逐步形成了完整的学科体系,并成为心理学研究的一门独立的学科

A. 艾宾浩斯　　　　　B. 铁钦纳　　　　C. 冯特　　　　　　D. 费希纳　　(B)

13. 研究假设根据内容性质来划分,可以有三类,下列不属于的是

A. 预测性假设　　　B. 相关性假设　　C. 因果性假设　　D. 描述性假设　　(D)

14. Donders 提出 3 种不同的反应时间,分别是

A. A-反应时间即简单反应时间

B. B-反应时间即辨别反应时间

C. C-反应时间即选择反应时间

D. 辨别反应时就是 B-反应时间减去 A 反应时间　　　　　　　　　　　　　(A)

15. 关于视觉适应的说法正确的是

A. 锥体细胞和棒体细胞都参与明适应和暗适应

B. 在黑暗中感觉阈限不断提高的过程称为暗适应

C. 红光可以保护暗适应的原理之一是红光不刺激锥体细胞

D. 棒体细胞的感受性提高得快　　　　　　　　　　　　　　　　　　　　(A)

16. 下列不属于颜色视觉的特性的是

A. 明度　　　　　　　B. 色调　　　　　　C. 饱和度　　　　　D. 清晰度　　(D)

17. Sperling 设计的研究感觉记忆的方法是

A. 口语报告法　　　B. 部分报告法　　C. 内容报告法　　D. 自由报告法　　(B)

二、多项选择题

1. 在实验心理学中,研究课题的选择需要遵循的原则有

A. 丰富性原则和精确性原则　　　　　B. 创造性原则和可行性原则

C. 需要性原则和科学性原则　　　　　D. 逻辑简单性原则和操作可行性原则　(B、C)

2. 无关变量的来源可以有

A. 来自被试和主试的无关变量　　　　B. 来自数据处理的无关变量

C. 来自结果呈现过程中的无关变量　　D. 来自实验设计和施测环境中的无关变量　(A、B、D)

3. 感觉阈限测量的基本方法有

A. 极限法　　　　　　　　　　　　　B. 恒定刺激法

C. 平均差误法　　　　　　　　　　D. 最小变化法　　　　　　　　　（A、B、C、D）

4. 关于闪光临界融合频率的说法正确有

A. 闪光融合临界频率随光相的强度增高而降低

B. 小面积的闪光临界融合频率比大面积的闪光临界融合频率来的低

C. 当刺激区域小的时候,闪光临界融合频率在中央凹比边缘高

D. 临界闪光频率表示人眼对光刺激空间的分辨能力　　　　　　　　（B、C）

5. Baddeley 和 Hitch 提出的工作记忆系统包括

A. 中枢执行系统　　　　　　　　　B. 语音环

C. 视空图像处理器　　　　　　　　D. 结构分析系统　　　　　　　　（A、B、C）

三、简答题

1. 怎样选择和控制实验变量?

2. 画 ROC 曲线。

3. 请举例说明操作定义的含义和它在心理学研究中的作用。

4. 什么是内部效度,什么是外部效度? 举例说明影响实验设计内部效度和外部效度的因素各是什么?

四、综合题

1. 说明并评价开窗实验。

2. 设计一个实验,探查颜色字对其书写颜色命名的影响。

第五部分　心理统计与测量

心理统计包括两部分：描述统计和推断统计。描述统计比较简单，主要有图表、集中量数、差异量数、相对量数和相关。推断统计包括参数和非参数两部分。其中最重要的就是参数检验，如 t 检验、方差分析和回归分析等。而非参数检验中最常见的是卡方检验。

心理测量学按照理论与应用分为两个部分。理论部分主要是围绕经典测量理论的信度、效度、难度、区分度、误差等概念展开的，还涉及心理测验的编制和施测技术。应用部分主要是按照测量对象不同所作的分类，详细介绍每一种常用的心理量表。

第一章　描述统计

描述统计的指标通常有五类。第一类用于表示数据的集中趋势，是评定一组数据是否有代表性的综合指标，比如平均数、众数、中数等；第二类用于表示数据的离散趋势，是说明一组数据分散程度的指标，比如方差、标准差、差异系数等；第三类是反映个体观测数据在团体中所处位置的量数，比如百分位数、百分等级和标准分数等；第四类用于表示数据间的相关关系，是说明数据间关联程度的指标，比如积差相关、肯德尔和谐系数、$\varPhi$ 相关等；第五类是反映数据的分布形状，比如偏态量和峰度等。考研内容主要涉及前四类。

一、统计图表

（一）统计表

在对数据进行统计分类以后，得到的各种数量结果称为统计指标。把统计指标和被说明的事物之间的关系用表格的形式表示，就成了统计表。统计表有简明、清晰、准确的特点，易于比较分析。统计表的要素主要包括表号、名称、标目、数字和表注。心理学的表格通常为三线表，一般不会出现竖线。

统计表中的次数分布表是重点。次数分布指一批数据中各个不同数值出现的次数情况，或者一批数据在量尺上各等距区组内出现的次数情况。次数分布表可以显示初步整理后一组数据的分布情况。主要包括六类：简单次数分布表，分组次数分布表，相对次数分布表，累积次数分布表，双列次数分布表和不等距次数分布表。

分组次数分布表是把所有的数据划分到各个分组区间内，统计各组别中的数据个数进而得到的次数分布表。分组次数分布表的编制步骤包括求全距、定组数、定组距、写组限、求组中值、归类划分、登记次数、计算次数。全距是指最大数和最小数之间的差距。组距是指任意一组的起点和终点之间的距离。由于假设各组内的数据均匀分布，并用各组的组中值代表原始分数，这些编制过程中造成的误差称为归组效应。同一组数据随着分组组距的加大，分组数目减少，引进的误差变大，反之则变小。分组要注意，第一，以被研究对象的本质特性为基础；第二，有明确的分类标志，要能包括所有的数据。

（二）统计图

统计图是依据数字资料，应用点、线、画、面、体、色等描绘制成，简明有规律，并能显示数量的图形。组成要素有图号、图题、图目、图尺、图形、图例和图注。统计图主要有直方图、条形图、圆形图、线形图和散点图。

在表示次数分布时有两种表达方式，即次数直方图和次数多边图。直方图是由若干宽度相等、高度不一的直方条紧密排列在同一基线上构成的图形，以矩形的面积表示连续性随机变量的次数分布。直方图的纵坐标必须从 0 开始。次数多边图是一种线形图，是利用闭合的折线构成多边形以反映次数变化情况的一种图示方法。次数多边图同直方图一样，也是用面积表示连续性随机变量的次数分布，但是次数多边图能更好地显示次数的轮廓,组与组之间的次数过渡是连续而直接的。当样本很大时,根据所绘制出来的分布曲线还可以找到次数分布的经验公式。次数多边图的另一优点是,当用组距相同的相对次数分布表示时,可在同一张图中表示两个或两个以上不同的次数分布。

累加次数分布图也有两种,累加直方图和累加曲线。其中,累加曲线又称递加线,最为常用。它总是保持上升的趋势,没有下降的情况。要注意区分三种不同形态的累加曲线(图5-1)。

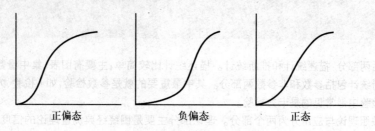

正偏态   负偏态   正态

图 5-1   累加曲线的三种形状

条形图,也叫直条图,主要用于表示离散数据资料,是以条形的长短来表示各事物之间数量的大小与数量之间的差异。需要注意如何区分条形图和直方图。首先,它们描述的数据类型不同。条形图用来描述称名数据或计数数据,而直方图主要用于描述分组的连续性数据。其次,表示数据多少的方式不同。条形图主要用直条的长短或高低来表示数据的多少和大小,而直方图用面积表示数据的多少和大小。再次,坐标轴上的标尺分点意义不同。条形图的坐标轴是分类轴,而直方图的坐标轴上表示的是另一个刻度值。最后,从直观形状上看两者也有差异。直方图各个直方块之间紧密相接,而条形图之间有间隔。

圆形图主要用于描述间断性资料,显示各部分在整体中所占的比重大小,以进行各部分间的比较。以时针在12时的位置的半径为基线,各部分按顺时针方向由大到小排列,或按各事物的固有顺序排列。

线形图主要用于表示连续性资料,可以表示两个变量之间的函数关系。次数多边形图就是典型的线形图,用于表示随某一变量变化时次数的变化情况。

散点图是用相同大小圆点的多少或疏密表示统计资料数量大小以及变化趋势的图示方法。它通常以圆点分布的形态表示两种现象间的相关程度,在相关分析和回归分析中有重要的应用。

二、集中量数

集中量数是代表一组数据典型水平或集中趋势的量。它能反映大量数据向某一点集中的情况。常用的集中量数有算术平均数、中数、众数等。

(一)算术平均数

算术平均数即一组数据总和的平均值。在一组数据中如果没有极端数值,平均数就是集中趋势中最有代表性的数字指标,是真值的最佳估计值。

算术平均数的计算方法根据不同情况有三种:

1. 对未分组数据计算算术平均数的公式

$$\overline{X} = \frac{\sum X_i}{N}$$

其中,$\sum X_i$ 为所有原始分数的总合,N 为数据总个数。

2. 用估计平均数计算算术平均数的公式

$$\overline{X} = \frac{\sum (X_i - AM)}{N}$$

式中,AM 为估计平均数,其值可以根据数据表面值任意设定,其值越接近平均数计算越简便。

3. 分组数据计算算术平均数的公式

算法1:

$$\overline{X} = \frac{\sum f X_c}{N}$$

算法2:

$$\overline{X} = AM + \frac{\sum fd}{N} \times i$$

$$d = \frac{X_c - AM}{i}$$

式中，X_c 为各组区间的组中值，i 为组距，f 为各组次数。

利用次数分布表计算平均数的方法实质就是以各组的组中值作为各组的平均值，以各组的次数作为权重所计算出来的加权平均数。

平均数的特点：（1）在一组数据中，每一个变量与平均数之差（即离均差）的总和等于 0。（2）在一组数据中，每一个数都加上一常数 C，所得的平均数为原来的平均数加上常数 C。（3）在一组数据中，每一个数都乘以一个常数 C 所得的平均数为原来的平均数乘以常数 C。

平均数具备一个良好的集中量数应有的 6 个优点：（1）反应灵敏。观测数据的细微变化都可以在平均数中反映出来。（2）计算严密。同一组观测数据所计算出来的平均数都相同。（3）计算简单。运算过程只需要四则运算。（4）简明易解。概念简单明了。（5）适合进一步代数运算。（6）较少受抽样变动的影响。在来自同一个总体逐个样本的集中量数中，平均数的波动通常小于其他量数的波动。因此，它是最可靠、最正确的量数。

但算术平均数也有一些缺点。第一，算术平均数容易受到极端数据的影响。由于平均数反应灵敏，因此当数据分布呈现偏态时，受极值影响，平均数就不能恰当地描述分布的真实情况。通常可以使用修剪平均数来解决。第二，若出现模糊数据时，就无法计算平均数。在次数分布中，只要有一个数据不清楚，就无法计算算术平均数。这种情况下，一般采用中数作为该组数据的代表值，描述其集中趋势。

如果一组数据比较准确，可靠又同质（使用同一种观测手段，采用相同的观测标准，能反映某一问题的同一方面特质），而且需要每一个数据都加入计算，同时还要作进一步代数运算时，就要用算术平均数表示其集中趋势。如果一组数据中出现了极端的数据，或有一些数据不清楚，数据不同质时，就不宜使用算术平均数。此外，还有一些适用几何平均数或调和平均数的情况，也不宜用算术平均数。同时，在运用算术平均数时，还要注意平均数与个体数值相结合，不可过分看重平均数，要结合个体数据值予以参考。最后，算术平均数还要与标准差、方差相结合。标准差和方差越大，平均数的代表性就越小；反之，平均数的代表性就越大。只有二者结合起来，才能全面准确地反映全部数据的总体特征。

（二）中数

中数是按照顺序排列在一起的一组数据中居于中间位置的数，有一半数据比它大，有一半比它小。中数是一个位置代表值，能够描述一组数据的典型情况。

中数在不同的情况下有不同的算法：

1. 未分组数据中当数据个数为奇数并且没有相同的数时，中数为 $(N+1)/2$ 位置的数；当数据个数为偶数并且没有相同的数时，中数为第 $N/2$ 与第 $(N/2)+1$ 位置上的两个数据的平均数。

2. 未分组数据中，当有重复数据并且重复数据不在数列中部时，中数的计算方法与没有重复数据的情况一样。当重复数据在数列中部时，无论奇数还是偶数个数据，实际上都是假设每一种数值占一个单位，重复的数据便要平分这个单位，从而可以获得每个重复数据的精确位置。当奇数情况时，中数就是某个精确位置上的数，而当是偶数时，中数是两个精确位置上的数的平均数。

3. 分组数据中，中数的计算思路和未分组数据中有重复数据的思路一样。可用公式如下：

$$M_d = L_b + \frac{\frac{N}{2} - F_b}{f_{M_d}} \times i$$

L_b 为中数所在分组区间的精确下限，F_b 为该组以下各组次数的累加次数，f_{M_d} 为中数所在那一分组区间的数据个数，i 为组距。

$$M_d = L_a - \frac{\frac{N}{2} - F_a}{f_{M_d}} \times i$$

L_a 为中数所在分组区间的精确下限，F_a 为该组以下各组次数的累加次数，f_{M_d} 为中数所在那一分组区间的数据个数，i 为组距。

计算简单、容易理解、概念明白、极端值对其不产生影响等，都是中数的优点。基于中数的这些特点，当一组观测数据中有极端数据，或有个别数据不清楚时，采用中数作为集中量数是比较好的选择。另外，也常用中数来快速估计一组数据的代表值。但中数的计算不是每个数据都加入，其大小不受制于全体数据，反应也不如平均数灵敏，受抽样影响较大，并且每次计算以前都要排序数据，过程比较麻烦。中数乘以总个数与数据的总和不相等,不能作进一步代数运算等等。中数的这些缺点使其不能成为理想的集中量数而被普遍应用。

(三) 众数

众数是一组数据中出现次数最多的那个数。当数据未分组时,出现次数最多的变量值即为众数;当数据经过分组整理后,众数的数值与其相邻的频数分布有一定关系。公式如下:

$$M_o = L + \frac{f - f_{-1}}{(f - f_{-1}) + (f - f_{+1})} \times i$$

L 为众数组的下限值;i 为众数组的组距;f_{-1} 为前一组的频数;f_{+1} 为后一组的频数;f 为众数组的频数。

众数虽然概念简单明了,容易理解,但是它同中数一样也不是理想的集中量数,因为它不稳定,受分组样本变动的影响。计算时不需每一个数据都加入,因而较少受极端数值的影响,反应不够灵敏。用观察法得到的众数,不是经过严格计算而来,用公式计算所得众数亦只是一个估计值。同时,众数不能作进一步代数计算。总个数乘以众数,也与数据的总和不相等。

但是在下列情况下,众数的应用应该受到重视:

1. 需要快速而粗略地寻求一组数据的代表值时。
2. 当一组数据不同质时。
3. 当数据分布中有极端值时。
4. 当粗略估计次数分布的形态时,有时用平均数和众数之差来表示次数分布是否偏态。
5. 次数分布中出现双峰分布时,也采用众数来表示数据分布形态。

(四) 算术平均数、中数与众数三者之间的关系

在正态分布中,平均数、中数、众数三者相等,在数轴上三种集中量完全重合。

在正偏态分布中,$M > M_d > M_o$,在负偏态分布中,$M < M_d < M_o$。要将三者之间的关系与偏态分布的图形联系起来(图5-2)。

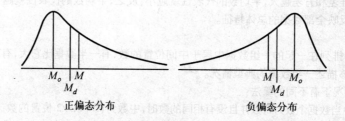

$$M_o \quad M$$
$$M_d$$
正偏态分布

$$M \quad M_o$$
$$M_d$$
负偏态分布

图5-2 偏态分布中三个集中量的关系图示

在偏态分布中,平均数永远位于尾端,中数位于把分布下的面积分成两等份的点值上,众数则在波峰对应的点值上。一般偏态情况下,中数离平均数较近,而距众数较远。皮尔逊的经验公式为:

$$M_o = 3M_d - 2M$$

皮尔逊的经验公式也常用于估计众数。

平均数、中数和众数三者中,只有平均数乘以数据总个数与各次数据的总和相等,只有平均数与各数据之差总和为零,只有各个变量与平均数之差的平方和最小(最小平方定理),这些特点使得平均数成为比众数和中数都应用更广泛的集中量数。

三、差异量数

表示一组数据变异程度或离散程度的量称为差异量数。差异量数越大,表示数据分布的范围越广,越不整齐;差异量越小,表示数据分布得越集中,变动范围越小。差异量数主要有离差与平均差,方差与标准差以及变异系数等。

(一) 离差与平均差

离差就是离均差,是某一数据与平均数的差,表示每一个观测值与平均数的距离大小,正负号说明了偏差的方向,所有观测值离差之和总是为零。

$$x_i = X_i - \overline{X}$$

平均差就是所有离差绝对值的平均值。平均差充分考虑每一个数值离中的情况,完整地反映了全部数

值的分散程度,在反映离中趋势方面比较灵敏,计算方法也比较简单。它也易受极端值影响,特别是绝对值运算给数学处理带来很多不便,属于低效差异量数。

$$A.\,D. = \frac{\sum |X_i - \overline{X}|}{N} = \frac{\sum |x_i|}{N}$$

(二)方差与标准差

方差与标准差是表示离中趋势的最重要、最常用的量。方差是各变量值与其均值之差平方和的平均数,是计算等距、定比数据离散程度最主要的方法。标准差是方差的平方根。

$$S^2 = \frac{\sum (X - \overline{X})^2}{N}$$

$$S = \sqrt{\frac{\sum (X - \overline{X})^2}{N}}$$

用原始数据计算的公式:

$$S^2 = \frac{\sum X^2}{N} - \left(\frac{\sum X}{N}\right)^2 = \frac{N \sum X^2 - (\sum X)^2}{N^2}$$

$$S = \sqrt{\frac{\sum X^2}{N} - \left(\frac{\sum X}{N}\right)^2} = \frac{1}{N}\sqrt{N \sum X^2 - (\sum X)^2}$$

分组数据计算标准差时的公式:

$$S = \sqrt{\frac{\sum f(X_c - \overline{X})^2}{N}}$$

$$S = \sqrt{\frac{\sum fd^2}{N} - \left(\frac{\sum fd}{N}\right)^2} \times i$$

$$d = \frac{X_c - AM}{i}$$

这里 AM 为估计平均数, X_c 为各组区间的组中值, i 为组距, f 为各组区间的次数, N 为总次数。这里仅列出标准差的算法,方差通过计算标准差的平方即可获得。

由于方差具有可加性,因此可以根据各个小组的方差和标准差计算出它们联合在一起的总方差或标准差。这种合成计算需要各个小组的数据是同质的,即应用同一观测手段,测量同一特质。计算总方差和总标准差的公式如下:

$$S_T^2 = \frac{\sum N_i S_i^2 + \sum N_i d_i^2}{\sum N_i}$$

$$S_T = \sqrt{\frac{\sum N_i S_i^2 + \sum N_i d_i^2}{\sum N_i}}$$

$$d_i = \overline{X}_T - \overline{X}_i$$

这里 S_T^2 为总方差, S_T 为总标准差, S_i 为各小组标准差, N_i 为各小组数据个数, $\overline{X}_T$ 为总平均数, $\overline{X}_i$ 为各小组的平均数。

方差与标准差是表示一组数据离散程度的最好指标。其值越大,说明离散程度越大,该组数据较分散;其值越小,说明数据比较集中,离散程度越小。它们是统计描述和统计推断分析中最常用的差异量数。

方差是对一组数据中各种变异的总和的测量,具有可加性和可分解性等特点。这些特征在推论统计中有重要价值。

标准差是一组数据方差的平方根,有三个主要特性:(1)每一个观测值分别加一个相同常数 c 后,计算得到的标准差等于原标准差;(2)每一个观测值都乘以一个相同的常数 c,所得的标准差等于原标准差乘以这个常数;(3)每个观测值都乘以同一个常数 $c(c \neq 0)$,再加上一个常数 d,所得标准差等于原标准差乘以这个常数 c。标准差具备一个良好的差异量数应具备的条件,(1)反应灵敏(2)由计算公式严格确定(3)容易计算;(4)适合代数运算;(5)受抽样变动的影响较小,即不同样本的标准差或方差比较稳定;(6)简单明了;(7)各变量值对均值的方差小于对任意数的方差,即: $\sigma^2 < D^2$。

（三）变异系数

变异系数也叫差异系数（CV），是一种相对差异量，是一组数据的标准差与其相应的均值之比。当对同一个特质使用同一测量工具进行测量，所测样本水平比较接近时，直接比较标准差的大小即可知样本间离散程度的差异大小。但是在下列情况下，就不能直接比较标准差。（1）两个或两个以上样本所使用的观测工具不同，所测的特质不同；（2）两个或两个以上样本使用的是同一观测工具，所测的特质相同，但样本间的水平相差较大。这个时候就需要使用相对差异量，其中最常用的就是变异系数。

$$CV = \frac{S}{\overline{X}} \times 100\%$$

在应用变异系数比较相对差异大小时，一般应注意：第一，测量的数据要保证具有等距尺度，这时计算的平均数和标准差才有意义，应用变异系数进行比较才有意义。第二，观测工具应具备绝对零，这时应用变异系数去比较分散程度效果才更好。第三，变异系数只能用于一般的相对差异量的描述，尚无有效的假设检验方法，不能进行统计推论。

四、相对量数

相对量数是用于表示原始变量在其所在分布中地位的量数，包括百分位数、百分等级、标准分数和 T 分数等。相对量数常用于表示各种常模。

（一）百分位数

次数分布中对应于某个特定百分点的原始分数。第 m 个百分点就是这样一个点，次数分布中有 $m\%$ 的数据小于等于这个数，有 $(100-m)\%$ 的数据大于等于这个数，记为 P_m。

对于分组数据，百分位数的计算公式如下：

$$P_m = L + \frac{\frac{m}{100} \times N - F_b}{f} \times i$$

或

$$P_m = U - \frac{N\left(1 - \frac{m}{100}\right) - F_a}{f} \times i$$

其中，P_m 表示第 m 百分位数，L 是 P_m 所在组的组下限，U 是 P_m 所在组的组上限，f 是 P_m 所在组的次数，F_b 是小于 L 的累积次数，F_a 是大于 U 的累积次数。上述两个公式应用一个即可，区别只在于计算时的排序顺序不同而已。

（二）百分等级

次数分布中低于某个原始分数的次数百分比，用 P_R 表示。百分位数是先确定某个百分点 m，然后去求相应的百分位数 P_m。而求百分等级分数正好相反，事先知道次数分布中的一个原始分数，再求该分数在分布中所处的相对位置。百分等级越小，原始分数在分布中的相对位置越低，百分等级越大，原始数据在团体中的位置越高。

1. 未分组数据计算百分等级的公式如下：

$$P_R = 100 - \frac{100R - 50}{N}$$

式中，R 为一个原始分数从大到小排序后的序号，N 为被试总人数。

2. 分组数据计算百分等级的公式如下：

$$P_R = \frac{F_b + \left[\frac{(X-L)f}{i}\right]}{N} \times 100$$

在此公式中，F_b 是小于 L 的累积次数，f 是某特定原始变量所在组的次数，L 是某特定原始变量所在组的下限，i 为组距，N 为次数分布的总次数。

在心理测量学中，均将百分位数和百分等级称为百分位量表。它具有计算简便，意义明确，对各种测验普遍适用的优点。它的缺点有：（1）百分位量表是一个顺序量表，不具有等距单位，从而不能作进一步的数学运算，无法作进一步统计分析。（2）当测验分数的分布为正态或接近正态时，百分位数将夸大分布中间的原始分数的差异而缩小分布两端的原始分数的差异。（3）百分等级是相对于特定的被试团体而言的，解释时不能离开特定的参数团体。被试得分不变，但参数团体改变了，百分等级值就可能发生变化。

（三）标准分数

标准分数又称为 Z 分数，是以标准差为单位表示一个原始分数在团体中所处位置的相对量数。离平均数有多远，即表示为原始分数在平均数以上或以下几个标准差的位置，从而明确该分数在团体中的相对地位。它是一个原始分数与平均数之差除以标准差所得的商数，无实际单位。

若已知一个总体，则这个总体中原始分数的标准分数计算方法如下：

$$Z = \frac{x - \mu}{\sigma}$$

其中，x 为某个数据或分数，μ 为总体平均数，σ 为总体标准差。

若已知一个总体的样本，则这个样本中原始分数的标准分数计算方法如下：

$$Z = \frac{X - \bar{X}}{S}$$

其中，X 为原始数据，$\bar{X}$ 为一组数据的平均数，S 为标准差。

若原始分数服从（或近似服从）正态分布，标准分数有如下性质：（1）所有原始分数的 Z 分数之和为零，Z 分数的平均数也为零；（2）Z 分数的标准差为1；（3）呈正态分布的原始分数转化成 Z 分数以后，所有 Z 分数呈均值为0、标准差为1的标准正态分布。

标准分数有其他相对量数不可比拟的优点，使其成为心理统计中最为常用的相对量数。其优点有：（1）可比性。标准分数以平均数作为比较的基准，以标准差为单位，能使不同性质的原始分数具有相同的参照点，因而可相互比较。（2）可加性。标准分数是一个不受原始分数单位影响的抽象化数值，可以相加。（3）明确性。可以从标准分数获得原始分数在全体分数中的相对位置，比原始分数意义更为明确。（4）稳定性。标准分数的标准差为1，保证了不同性质的分数在总分数中的权重一样，避免了因为不同测验之间标准差的巨大差异所导致的偏差，使分数更稳定、更全面、更真实。

标准分数也存在一些缺点。第一，它的计算相对比较繁杂，概念相对比较抽象，不容易理解。第二，Z 分数有负值和零值，常常还会有许多小数。第三，在进行比较时还必须满足原始数据的分布形态相同这一条件。为此，人们又发展了标准分数的许多变式以克服这些缺点。

为了克服标准分数出现小数、负值和不易为人们所接受等缺点，在标准化的教育和心理测验中，如果其常模分数接近正态分布（这一点很重要），常常将 Z 分数转换成标准测验分数。转换公式为：

$$Z' = aZ + b$$

a、b 均为常数。这种转换为线性转换，其本质是将原来的标准分数扩大 a 倍，再移到 b 这个中心位置来表示分数。由于是线性转换，所以转换后的标准分数 Z' 仍然保持着原来 Z 分数的分布形态，同时仍具有原来 Z 分数的一切优点。为了进行合理的转换，还要求：

（1）a 值不应小于原始数据的标准差，以防止转换后出现高分受损，低分收益的现象。

（2）b 不应小于 $3a$（一般考试中）或 $4a$（在大规模考试中），以防止转换后仍有负值。因此转换后标准分数的平均数必为 b，标准差必为 a，而且 a 值越大，在每个标准差范围内区分数愈细致。常见的应用有韦氏成人智力量表中的离差智商 $IQ = 15Z + 100$，比奈-西蒙智力量表中使用的离差智商 $Z' = 16Z + 100$，普通分类测验（AGCT）中 $Z' = 10Z + 100$，美国大学入学考试委员会的标准分数 $CEEB = 100Z + 500$，我国出国人员英语水平考试 $EPT = 20Z + 90$，等等。

为了克服上述第三条缺点，需要引入"正态化"和"T 分数"的概念。在心理学研究中，总是从理论上假设研究对象在总体上是呈正态分布的。但是，由于抽样误差或测试题目难度等偶然因素的影响，实际得到的原始分数往往不是正态分布，这就需要将样本原始分数转换成为正态分布，称作次数分布的正态化。正态化是利用改变次数的方法，将原来偏态分布中众数所偏的一边拉长，使之成为正态，是一种非线性转换（这里要注意）。其步骤是先将原始分数转化成百分等级，将它视为正态分布的概率，然后通过查正态分布表中的概率值相对应的 Z 值，将其转换成 Z 分数，达到正态化目的。T 分数是正态化后以 10 为标准差，50 为平均数的标准分数。由麦克尔创用，公式如下：

$$T = 10Z + 50$$

心理和教育测验中常用它来建立常模。T 分数的计算要经过两步，首先原始分数正态化，然后把正态化的

Z 值代入 T 值公式加以直线转换。第一步是非线性转换的过程,第二步是线性转换的过程。所以 T 分数具备了标准分数所有的优点,而且克服了标准分数较难理解的不足。首先,它没有负数;其次,它的取值范围比较符合百分制的计分习惯,易于被人们接受;最后,T 分数可以纠正由于抽样误差等偶然因素导致的原始分数偏态分布。

五、相关量数

上述的统计指标主要用于描述单变量数据资料的分布特征,而相关量数则用于描述双变量数据相互之间的关系。所谓双变量是指对于变量 X 的每一个观测值 $X_1, X_2, \cdots, X_n$,同时有另一个变量 Y 的相应观测值 $Y_1, Y_2, \cdots, Y_n$ 与之对应。

事物之间有三种关系。第一种是因果关系,即一种现象是另一种现象的原因;第二种是共变关系,即表面看来有联系的两种事物都与第三种现象有关;第三种是相关关系。事物之间存在联系但不能直接做出因果关系的解释时,称事物间的这种联系为相关。事物之间有三种相关关系,第一种情况是正相关,即两列变量变动方向相同,即一种变量变动时,另一种变量亦同时发生或大或小且与前一种变量同方向的变动;第二种情况是负相关,即两列变量中有一列变量变动时,另一列变量呈现或大或小但与前一列变量方向相反的变动;第三种情况是零相关,即两列变量之间没有关系,即一列变量变动时,另一列变量作无规律的变动。

用合理的指标对相关事物的观测值进行统计分析叫相关分析。相关系数是两列变量间相关程度的数量化指标,其取值范围介于 -1.00 至 +1.00 之间。正负号表示相关方向,正值为正相关,负值为负相关;相关系数的绝对值大小表示相关的程度,其取值不同,表示相关的程度不同。相关系数为零,为零相关,表示两列变量之间不具线性相关;相关系数为 +1.00 时,表示两列变量之间完全正相关,相关系数为 -1.00 时,表示两列变量之间完全负相关,它们都是完全相关。完全相关的两列变量之间实际上存在着一一对应的函数关系。

高相关不一定有因果关系,相关系数的绝对值大不一定有相关关系。另外还要注意:(1) 相关系数受样本容量 n 的影响。如果 n 很小,可能完全没有相关的两事物,却计算出较大的相关系数。样本容量 $n \geqslant 30$ 为宜。(2) 相关系数不是等距数据,更不是比率数据。不能说 $r = 0.5$ 是 $r = 0.25$ 的两倍。(3) 计算相关系数要求成对数据。若干个体中每个个体要有两种不同的观测值。如每个学生的智力分数和学习成绩。任意两个个体之间的观测值不能求相关。(4) 没有线性相关,不一定没有关系,可能是非线性的。

最后,关于散点图。在直角坐标系里,以 X、Y 二列变量的一列变量为横坐标,以另一列变量为纵坐标,把每对数据 X_i、Y_i 当做同一个平面上的 N 个点 (X_i, Y_i),一一描绘在 XOY 坐标系中,产生的图形就称为散点图。散点图通过点的散布形状和疏密程度来显示两个变量的相关趋势和相关程度,能够对原始数据间的关系做出直观而有效的预测和解释。成对观测值愈多,散点图提供的信息就越准确。若所有散点分布呈椭圆状,则说明两变量之间呈线性关系。若散点接近相等地分布在四个象限,则相关系数接近于零。若 Ⅰ、Ⅲ 象限的散点明显多于 Ⅱ、Ⅳ 象限说明为正相关,Ⅱ、Ⅳ 象限的散点明显多于 Ⅰ、Ⅲ 象限说明为负相关。两个变量相关程度由 Ⅰ、Ⅲ 象限与 Ⅱ、Ⅳ 象限散点的差数而定:差数愈大,相关程度愈高;差数愈小,相关程度愈低。

散点图在回归分析,特别是对确定系数的解释过程中非常重要。同一个 R^2 值可能对应于完全不同的数据分布情况,R^2 高并不表示模型选择是正确的。因此在建立回归方程以前,首先观察散点图以确定合适的模型是至关重要的。做积差相关和线性回归之前,都要先做散点图以确定满足统计分析的适用条件,即保证变量间的线性关系。

(一)积差相关

积差相关,也称皮尔逊相关、积矩相关。通常,把离均差乘方之和除以 N 叫做"矩",把 X 的离均差和 Y 的离均差这两者积的总和除以 N 用"积矩"概念表示。积差相关是运用较为普遍的计算相关系数的方法,也是揭示两个变量线性相关方向和程度最常用、最基本的方法。

积差相关的适用条件:(1) 成对。要求成对数据,即若干个体中每个个体都有两种不同的观测值。任意两个个体之间的观测值不能求相关。各对数据间相互独立。计算相关的成对数据不宜少于 30 对。(2) 正态。两列变量各自总体的分布都是正态,即正态双变量,至少两个变量服从的分布应是接近正态的单峰分布。这里只要求总体为正态分布,而对要计算相关系数的两样本的观测数据,并不要求一定为正态分布。(3) 连续。两个相关的变量是连续变量,即两列数据都是测量数据。(4) 线性。两列变量之间为线性关系。

积差相关的计算公式:

1. 运用标准差与离均差的计算公式

$$r = \frac{\sum xy}{N S_X S_Y}$$

x、y 为两个变量的离均差，$x = X - \overline{X}$，$y = Y - \overline{Y}$。

N 为成对数据的数目。

S_X 为 X 变量的标准差。

S_Y 为 Y 变量的标准差。

2. 运用标准分数的计算公式

$$r = \frac{1}{N} \sum Z_X Z_Y$$

3. 运用原始观测值的计算公式

$$r = \frac{N \sum XY - \sum X \sum Y}{\sqrt{N \sum X^2 - (\sum X)^2} \cdot \sqrt{N \sum Y^2 - (\sum Y)^2}}$$

4. 计算积差相关系数的差法公式

减差法
$$r = \frac{S_X^2 + S_Y^2 - S_{X-Y}^2}{2 S_X S_Y}$$

加差法
$$r = \frac{S_{X+Y}^2 - S_X^2 - S_Y^2}{2 S_X S_Y}$$

其中：S_{X-Y}^2 是 $X-Y$ 这一新变量的方差

S_{X+Y}^2 是 $X+Y$ 这一新变量的方差

5. 计算分组数据积差相关系数的公式

$$r_{XY} = \frac{N \sum (f_{XY} d_X d_Y) - (\sum f_X d_X)(\sum f_Y d_Y)}{\sqrt{N \sum (f_X d_X^2) - (\sum f_X d_X)^2} \cdot \sqrt{N \sum (f_Y d_Y^2) - (\sum f_Y d_Y)^2}}$$

最后还要记忆一个积差相关系数合并的公式。这里所谓的"合并"就是指计算相关系数的平均数，不要认为是求和。合并的前提是各样本同质。因为相关系数不是等距尺度，因此不能直接简单相加求平均。必须经过费舍 Z–r 转换为等距尺度以后再求平均。

$$\overline{Z} = \frac{\sum (n_i - 3) Z_i}{\sum (n_i - 3)}$$

最后求的平均 Z 分数也要经过费舍 Z–r 转换为相应的 r 值，即平均 r。

（二）等级相关

在积差相关的四项适用条件都满足的前提下，通常使用积差相关来计算相关系数。但是在心理学中，很多情况下积差相关的适用条件并不能很好满足，比如测量的数据不是等距、比率数据，或者虽然为等距、比率数据，但是其总体不是正态分布，这时就要用到等级相关。它属于非参数的相关方法。因此等级相关具备了所有非参数的统计方法具备的优点和缺点。优点：使用范围广泛，不仅适用于非正态分布总体的顺序变量，也适用于正态总体的等距变量和比率变量。不要求样本所属总体呈正态分布。缺点是由于失去了一部分样本提供的信息，其灵敏性和精确性不如积差相关。

斯皮尔曼等级相关的计算公式：

1. 等级差数法

$$r_R = 1 - \frac{6 \sum D^2}{N(N^2 - 1)}$$

其中：N 为成对数据的个数；$D = R_X - R_Y$，即成对等级之差。

2. 等级序数法

$$r_R = \frac{3}{N-1} \cdot \left[\frac{4 \sum R_X R_Y}{N(N+1)} - (N+1) \right]$$

其中，R_X 为 X 变量的等级，R_Y 为 Y 变量的等级。

3. 有相同等级时等级相关的计算方法

$$r_R = \frac{\sum x^2 + \sum y^2 - \sum D^2}{2 \cdot \sqrt{\sum x^2 \cdot \sum y^2}}$$

$$\sum x^2 = \frac{N(N^2-1)}{12} - \sum \frac{t(t^2-1)}{12}$$

$$\sum y^2 = \frac{N(N^2-1)}{12} - \sum \frac{t(t^2-1)}{12}$$

其中，N 为成对数据个数，t 为各列变量相同等级数，D 为成对数据之差。

（三）肯德尔等级相关

肯德尔等级相关有多种，其中适合多列等级变量资料的方法有两种，一种是肯德尔 W 系数，也叫肯德尔和谐系数，另一种是肯德尔 U 系数，也叫一致性系数。

1. 肯德尔 W 系数

肯德尔 W 系数所适用的原始资料一般采用等级评定法。就是让 K 个评价者对于 N 件事物进行等级评定，每个评价者都能对 N 件事物的好坏、优劣、喜好、大小、高低等排出一个等级顺序，或者一个评价者先后 K 次评价 N 件事物，最终都能得到 K 列从 1 至 N 的等级变量资料。对这样资料综合起来求相关就要用到肯德尔 W 系数。其公式为：

$$W = \frac{SS_{R_i}}{\frac{1}{12}K^2(N^3-N)}$$

其中，$SS_{R_i} = \sum R_i^2 - \frac{(\sum R_i)^2}{N}$，$K$ 为等级变量的列数或者评价者的数目，N 为被评价对象数目。

当没有相同等级时，可以用原始等级值计算，公式为：

$$W = \frac{12 \sum R_i^2}{K^2 N(N^2-1)} - \frac{3(N+1)}{N-1}$$

当有相同等级时，需要采用校正公式：

$$W = \frac{SS_{R_i}}{\frac{1}{12}K^2(N^3-N) - K\sum C}$$

其中，$\sum C = \sum \frac{t^3-t}{12}$（$t$ 为相同等级数）。

2. 肯德尔 U 系数

适用于对偶比较法所获得的数据。即将 N 件事物两两配对，可配成 $\frac{N(N+1)}{2}$ 对，然后对每一对中两事物进行比较，择优选择，优者记 1，非优者记 0，难以评定记 0.5，最后整理所有评价者的评价结果，便可以计算肯德尔 U 系数。公式如下：

$$U = \frac{8(\sum r_{ij}^2 - K\sum r_{ij})}{N(N-1) \cdot K(K-1)} + 1$$

其中：N 为被评价事物的数目，即等级数；K 为评价数目；r_{ij} 为对偶比较中对角线以上或以下择优分数。

当 K 位评价者或 K 次评价均完全一致时，$U=1$；当完全不一致时，$U = -\frac{1}{K}$（K 为奇数）或 $U = -\frac{1}{K}$（K 为偶数）。U 的取值"+"或"−"并不表示一致的方向。

（四）点二列相关与二列相关

1. 点二列相关

适用于两列变量中一列为等距或比率的测量数据而且总体分布为正态，另一列变量为真正的二分变量的数据资料，常用于评价是非测验题目组成的测验的内部一致性等问题。每个题目（二分名义变量）与总分（数值）变量的相关，称为每个题目的区分度。相关高说明该题答对答错与总分的一致性高，即区分度高。其公式为：

$$r_{pb} = \frac{\overline{X}_p - \overline{X}_q}{S_t} \cdot \sqrt{pq}$$

其中，p 是二分变量中取某一值的变量比例，q 是二分变量中取另一值的变量比例，$\overline{X}_p$ 是等距（比）变量中与 p 对应的那部分数据的平均值，$\overline{X}_q$ 是等距（比）变量中与 q 对应的那部分数据的平均值，S_t 是全部等距（比）变量的标准差。

2. 二列相关

适用于两列变量都来自正态总体的等距(比)变量,但其中一列变量被人为地划分成二分变量的数据。二列相关在心理学中常用作计算问答题的区分度指标。

$$r_b = \frac{\overline{X}_p - \overline{X}_q}{S_t} \cdot \frac{pq}{Y}$$

或

$$r_b = \frac{\overline{X}_p - \overline{X}_t}{S_t} \cdot \frac{p}{Y}$$

其中,Y 是标准正态曲线下 p 与 q 交界点的 Y 轴高度(可查正态分布表得出)。

(五)ϕ 相关

当两个变量都是二分变量,无论是真正的二分变量还是人为的二分变量,这两个变量之间的关系,可以用 ϕ 相关来表示。因为两列变量均为二分变量,因此可以表示成四格表的形式,见图 5–3。ϕ 相关的计算公式为:

$$r_\phi = \frac{ad - bc}{\sqrt{(a+b)(a+c)(b+d)(c+d)}}$$

	变量 B	
变量 A	a	b
	c	d

图 5–3　变量四格表

第二章　推断统计

从样本出发来推断总体分布的过程就称为统计推断,这也是统计分析的最终目的。

一、推断统计的数学基础

推论统计的数学基础是概率论。

(一)概率

在自然生活中存在两类现象,即确定性现象和随机现象。在一定条件下事先可以断言必然会出现某种结果的现象叫做确定性现象。确定性现象又可以分为一定条件下必然出现的现象,即必然现象,和一定条件下必然不会发生的现象,即不可能现象。

在一定条件下,事先不能断言会出现哪种结果的现象叫随机现象。把随机现象的一次观察叫做一次随机试验。随机试验是研究随机现象的手段,反映了随机现象的两个显著特点,即随机现象所具有的偶然性和必然性。随机现象中出现的各种可能的结果称为随机事件,简称为事件。

就个别试验和观察而言,某种事件的出现与否好像是偶然的,但如果进行多次试验和观察,事件的出现情况就能体现出一定的规律性,这种规律性就是频率的稳定性。频率的稳定性说明随机事件发生的可能性的大小是随机事件本身所固有的,不随人们意志改变的一种客观属性。频率是事件发生的外在表现,而概率才是事件发生的内在实质,表明随机事件出现可能性大小的客观指标就是概率。

概率的定义有两种,即后验概率和先验概率。

后验概率:如果(1)每次试验中某一事件发生的可能性不变,(2)试验能大量重复,且每次试验相互独立,则大量重复 n 次试验后,当 n 趋于无穷时,其中某一事件 A 出现的次数 m 与观测次数 n 的比值将稳定在一个常数 P 上,这一常数称作概率,可写作 $P(A) = \frac{m}{n}$。

先验概率:如果(1)某一随机试验的结果有限,(2)各个结果出现的可能性相等,则某一事件 A 发生的概率为该事件所包含的基本事件数 m 与样本空间所包含的基本事件数 n 的比值。

无论先验概率还是后验概率,都具有以下性质:

1. 必然事件发生的概率为 1,不可能事件的概率为 0。

2. 事件 A 发生的概率满足:$0 \leq P(A) \leq 1$。

3. 逆事件的概率:$P(\overline{A}) = 1 - P(A)$。

概率有两个基本定理,即加法定理和乘法定理。

加法定理:两个互不相容事件 A、B 之和的概率,等于两个事件概率之和,即 $P(A+B)=P(A)+P(B)$。所谓互不相容事件是指在一次试验或调查中,若事件 A 发生则事件 B 就一定不发生,否则二者为相容事件。

乘法定理:两个独立事件同时出现的概率等于该两事件概率的乘积。即 $P(AB)=P(A)\times P(B)$。所谓独立事件指的是一个事件的出现对另一个事件的出现不发生影响。假若事件 A 的概率随事件 B 是否出现而改变,同时,事件 B 的概率也随事件 A 是否出现而改变,则此两事件被称为相关事件或相依事件。

(二)正态分布

1. 正态分布的特点

正态分布是一种最常见,应用最广的连续随机变量的概率分布(图 5-4)。

它具有以下六个特征:

(1)正态分布的形式是对称的。在正态分布中,平均数、中数、众数三者相同,此点 Y 值最大。

(2)中央点(即平均数点)最高,然后逐渐向两侧下降,曲线的形式是先向内弯,然后向外弯,拐点位于正负 1 个标准差处,曲线两端向靠近基线处无限延伸,但终不能与基线相交。

(3)正态曲线下面积为 1,平均数点的垂线将曲线下的面积划分为相等的两部分。面积可以视为概率,其值为每一横坐标值($\overline{X}$ 加减一定标准差)的随机变量出现的概率。

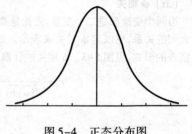

图 5-4 正态分布图

(4)正态分布是一族分布。它随随机变量的平均数、标准差的大小与单位不同而有不同的分布形态。数理统计已经证明,任何一般的正态分布都可以化为标准正态分布。在标准正态分布中,$\mu=0$,$\sigma^2=1$。在 $Z=0$ 时,标准正态曲线达到最大值,曲线上 $Z=\pm 1$ 两点是拐点。

(5)各差异量数值相互间有固定比率。

(6)曲线下标准差与概率(面积)有一定的数量关系。平均数上各延伸一个标准差,包括总面积的 68.26%;在正负 1.65 个标准差之间包括总面积的 90%;正负 1.96 个标准差之间,包括总面积的 95%;正负 2.58 个标准差之间,包括总面积的 99%;在 3 个标准差之间包括总面积的 99.74%;正负 4 个标准差之间,包括总面积的 99.99%。

要判断一组数据是否正态分布,需要进行正态分布检验,具体的方法有 χ^2 检验中的吻合度检验、皮尔逊偏态量数法、偏态峰态量数描述法等。

2. 正态分布的应用

(1)化等级评定为测量数据。具体步骤为:① 根据各等级被评者的数目求各等级的人数比率;② 求各等级比率值的中间值;③ 求各等级中点以上(或以下)的累加比率;④ 用累加比率查正态表求 Z 值,该 Z 分数就是各等级代表性的测量值;⑤ 求被评者所得评定等级的测量数据的算术平均数,即为每个被评定者的综合评定分数。

(2)确定测验题目的难易度。原理是假设一个测验中不同难易题目的分布是正态的,即一个测验中通过较大和较小的题目很少,而通过率居中的题目较多。具体步骤为:① 计算各题目的通过率;② 用 0.5 减去通过率,不计正负号,获得正态分布表中的概率值;③ 依照 p 值查正态表中相应的 Z 值,通过率大于50%的 Z 值计为负值,通过率小于50%的 Z 值计为正值;④ 将查表得到的 Z 分数加上5(假定正负5个标准差包括了全体),便可以得到从 0~10 的十进制的难度分数值。

(3)在确定分组或等级评定时确定人数。具体步骤:① 将 6 个标准差(假定正负 3 个标准差包括了全体)除以分组的或等级的数据,得到 Z 分数等距。② 查正态分布表,从 Z 求 p,即各等级或各组在等距情况下应有的比率。③ 将比率乘以欲分组的人数,便得到各等级或分组应有的人数。最后调整居中组人数,使各组人数总和与总数相等。

(三)二项分布

1. 二项分布的基本特点

二项分布是一种具有广泛用途的离散型随机变量的概率分布,又叫贝努里分布。

二项试验又称贝努里试验,必须满足以下几个条件:(1)任何一个试验恰好有两个结果;(2)共有 n 次试验,并且 n 是预先给定的任一正整数;(3)每次试验各自独立,各次试验之间无相互影响;(4)某种结果出现的概率在任何一次试验中都是固定的。即任何一次试验中成功或失败的概率保持相同,但成功与失败的概率可以相等也可以不等。

二项分布中,对于随机变量 x 进行 n 次独立试验,若(1)每次试验的结果只出现在事件 A 与其对立事件二者之一;(2)在每次试验中出现 A 的概率是 p,则出现对立事件的概率为 $1-p$,记为 $q=1-p$,在 n 次独立试验下,A 出现次数为 x 的概率分布(其中,$x=0,1,2,\cdots,n$)为:

$$b(x. n. p) = C_n^x p^x q^{n-x}$$

式中,$x=0,1,2,\cdots,n$,n 为正整数,$C_n^x = \dfrac{n!}{x!\ (n-x)!}$。

2. 二项分布的性质

(1)二项分布是离散型分布,概率直方图是跃阶式。当 $p=q$ 时,图形是对称的;当 $p \neq q$ 时,直方图呈偏态,$p<q$ 和 $p>q$ 时的偏斜方向相反。如果 n 很大,即使 $p \neq q$,偏态逐渐降低,最终呈正态分布。二项分布的极限分布为正态分布。当 $p<q$ 且 $np \geq 5$,或 $p>q$ 且 $nq \geq 5$,这时,二项分布就可以当作一个正态分布的近似形。正态分布就是二项分布的极限,在分布中,$p=0.5$,而 n 为无限大。

(2)二项分布的平均数与标准差

二项分布的均值 μ、方差 σ^2 和标准差 σ 分别为:

$$\mu = np$$
$$\sigma^2 = npq$$
$$\sigma = \sqrt{npq}$$

(四)t 分布

t 分布是统计分析中应用较多的一种随机变量函数的分布,是统计学者高赛特 1908 年在以笔名"Student"发表的一篇论文中推导的一种分布。因此,这种分布有时也叫学生氏分布,这种分布是一种左右对称、峰态比较高狭,分布形状随样本容量 $n-1$ 的变化而变化的一簇分布。

$$t = \frac{\bar{X} - \mu}{s / \sqrt{n-1}} \qquad s = \frac{\sqrt{\sum x^2}}{N}$$

t 分布与 δ 无关而与 $n-1$(自由度)有关,t 分布的自由度用符号 υ 或 df 表示,一般为 $n-1$,即样本量减 1。自由度是指任何变量中可以自由变化的数目,是 t 分布密度函数中的参数 υ,它代表 t 分布中独立随机变量的数目,故曰自由度。

t 分布有以下特点:

(1)以平均值 0 为中心,左右对称的单峰分布,左侧 t 为负值,右侧 t 为正值;

(2)变量取值在 $-\infty \sim +\infty$ 之间;

(3)当样本量趋近于 ∞ 时,t 分布为正态分布,方差为 1;当 $n-1>30$ 以上时,t 分布接近正态分布,方差大于 1,随 $n-1$ 的增大而方差趋近于 1;当 $n-1<30$ 时,t 分布与正态分布相差较大,随 $n-1$ 减少,离散程度越大,t 分布曲线的中间变低但尾部变高。

(五)F 分布

F 分布是以统计学家 R. A. Fisher 姓氏的第一个字母命名的。设有两个正态分布的总体,其平均值与方差分别为 μ_1、σ_1^2 和 μ_2、σ_2^2。从这两个总体中分别随机抽取容量为 n_1 和 n_2 的样本,每个样本都可计算出 χ^2 值,这样得到了无数多个 χ_1^2 与 χ_2^2,每个 χ^2 随机变量各除以对应的自由度 df_1 和 df_2($df_1 = n_1$ 或 $n_1 - 1$,$df_2 = n_2$ 或 $n_2 - 1$),此比值称为 F 比率,无限多个 F 的分布即为 F 分布。

$F = \dfrac{\chi_1^2 / df_1}{\chi_2^2 / df_2}$ 服从自由度为 (df_1, df_2) 的 F 分布,df_1 通常称为分子自由度,df_2 为分母自由度。

其有以下特点:

(1)F 分布的形态是正偏态分布,它的分布曲线随分子、分母的自由度不同而不同,随 df_1 和 df_2 的增加而逐渐趋近于正态分布;

(2)F 总为正值,因为 F 是两个方差之比;

(3)当分子自由度为 1,分母自由度为任意值时,F 值与分母自由度相同概率的 t 值的平方相等。

(4)F 分布的倒数性质:$F_{\alpha(df_1 \cdot df_2)} = 1 / F_{1-\alpha(df_1 \cdot df_2)}$

(六)样本平均数分布

1. 总体正态分布,且方差 σ^2 已知样本平均数分布是指从基本随机变量为正态分布的总体中,采用有放回随机抽样的方法,每次从这个总体中抽取大小为 n 的一个样本,计算出它的平均数 $\overline{X}_1$,然后将这些个体放回总体中去,再次取 n 个个体,又可计算出一个 $\overline{X}_2$,…如此反复,可计算出无限多个 $\overline{X}$,这无限次抽取后所有平均数的可能值所形成的概率分布,即为样本平均数分布。其为正态分布,且样本平均数分布的平均数 $\mu_{\overline{x}}$、方差 $\sigma_{\overline{x}}^2$ 与总体的平均数 μ、方差 σ^2 有如下关系:

$$\mu_{\overline{x}} = \mu \qquad \sigma_{\overline{x}}^2 = \frac{\sigma^2}{n}$$

由上可知,样本平均数的平均数与总体平均数相等,样本平均数的方差与总体方差成正比,且与样本容量成反比,样本容量越大,方差越小。

2. 总体非正态分布,但方差 σ^2 已知

此时,若样本足够大时($n>30$),其样本平均数的分布为渐进正态分布。接近正态分布的程度与样本容量 n 及总体偏斜程度有关。样本 n 越大,总体偏态越小,接近程度越好。样本平均数分布的平均数、方差与总体平均数、方差也有上述对应关系。

(七)抽样原理与抽样方法

抽样的优点和作用:(1)节省人力及费用;(2)节省时间,提高调查研究的时效性;(3)保证研究结果的准确性。

1. 随机化及其优点

随机化是抽样研究的基本原则。所谓随机化原则是指在进行抽样时,总体中每一个体是否被抽取,并不由研究者主观决定,而是每一个体按照概率原理被抽取的可能性是相等的。在心理学研究中,随机化有两层意思,一个是随机抽取样本,另一个是随机安排试验条件。只有这两点都保证了,才能做到真正的随机。优点:(1)随机化有相当大的可能性使样本保持和总体相同的趋势,使样本获得最大的代表性。(2)随机化可以预算或控制抽样误差。

以样本平均数估计总体平均数时,从总体中随机抽取一个样本,即使没有系统误差和随机误差,样本平均数 $\overline{X}$ 也不一定等于总体平均数 μ,这时($\overline{X}-\mu$)就叫做抽样误差。对于任何一个样本平均数 $\overline{X}_i$ 来说,其取值范围在 $\mu \pm Z_{0.05/2} \cdot SE_{\overline{x}}$ 之间,因此最大允许抽样误差为 $d = Z_{0.05/2} \cdot SE_{\overline{x}}$。如果 d 值大,表明 $\overline{X}_i$ 围绕 μ 的离散程度大,以 $\overline{X}_i$ 估计 μ 时精确度就小,反之 d 值小,则 X 估计 μ 的精确度就大。因此 d 值是评价抽样结果精确度的一个指标。这意味着对于抽样误差的预算可以客观地评价研究结果的精确度,同时也能够按照所要求的精确度来决定样本应该具有多大容量。

2. 抽样方法

抽样方法分为两类:概率抽样和非概率抽样。

概率抽样是根据已知的概率,按照概率论的原理严格随机选取样本,是最理想、最科学的抽样方法,因此概率抽样能保证样本数据对总体的代表性,能有效控制抽样误差,将其限制在一定范围内。其缺点是相对非概率抽样,花费较大。并且在某些情况下,客观条件不允许概率抽样。

概率抽样的方式主要有:简单随机抽样,等距抽样,分层随机抽样和两阶段随机抽样。

简单随机抽样是最基本的抽样方法,适用范围广,最能体现随机化原则,原理简单。抽取时,总体中每个个体应有独立的、等概率被抽取的可能。常用的具体抽取方法有抽签法和随机数字法。但是在实践中,这种方法受到一些限制,存在一些不足。(1)如果总体很大,编号几乎是不可能的。(2)这种抽样方法常常忽略总体已有的信息,降低了样本的代表性。

等距抽样在实施时,将已编好号码的个体排成顺序,然后每隔若干个抽取一个。一般说来,这种抽取方法比简单随机抽样简便易行,而且它比较均匀地抽到总体中各个部分的个体,样本的代表性比简单随机抽样好。缺点是:(1)如果总体具有某一种周期性变化,则等距抽样的代表性远不如简单随机抽样;(2)等距抽样同简单随机抽样一样也容易忽略已有信息。

分层随机抽样具体做法是按照总体已有的某些特征,将总体分成几个不同的部分(每一个部分叫一个层),再分别在每一部分中随机抽样。它充分利用了总体的已知信息,因而是一种非常适用的抽样方法,其样本代表性及推论的精确性一般优于简单随机抽样。分层的原则是层与层之间的变异越大越好,各层内的变异要小。具体实施中,有两种方式:

(1)按各层人数比例分配。基本思想是人数多的层多分配,人数少的层少分配。任意一层应分配的人数应

当为：

$$n_i = \frac{N_i}{N} \cdot n$$

其中，N 为总人数，n 为样本容量，N_i 为 i 层的总人数，n_i 在 i 层应该分配的人数。

（2）最佳分配。基本思想是如果层内的标准差已知，就应该考虑到标准差大的层要多分配，标准差小的层要少分配。任意一层应分配的人数 n_i 为：

$$n_i = \frac{N_i \cdot \sigma_i}{\sum_1^k N_i \cdot \sigma} \cdot n$$

两阶段随机抽样首先将总体分成 M 个部分，每一部分叫做一个"集团"（或"群"），第一步从 M 个集团中随机抽取 m 个作为第一阶段样本，第二步是分别从所选取的 m 个"集团"中抽取个体（n_i）构成第二阶段样本。一般而言，两阶段抽样相对于简单随机抽样，标准误要大些，但是，两阶段抽样简便易行，节省经费，因而它是大规模调查研究中常被使用的抽样方法。

非概率抽样不是完全按随机原则选取样本，有方便抽样、判断抽样等。

方便抽样是由调查人员自由、方便地选择被调查者的非随机选样。

判断抽样是通过某些条件过滤，然后选择某些被调查者参与调查的抽样法。

二、参数估计

以上重点介绍了推断统计的数学基础，下面将涉及推断统计的主要内容，即总体参数估计和假设检验。从样本获得一组数据后，通过这组数据来对总体特征进行估计，称为总体参数估计。参数估计的一般思想为：设总体有参数 θ，自总体中抽取一样本 $x_1, x_2, \cdots, x_n$，此时估计 θ 值有两种方法：（1）计算出样本的一个统计量 $\hat{\theta}$，以这个统计量作为 θ 的估计值，这种方法称之为参数点估计，则这个样本估计量 $\hat{\theta}$ 叫做 θ 的估计值；（2）计算出样本的两个统计量 $\hat{\theta_1}$ 和 $\hat{\theta_2}$，用区间（$\hat{\theta_1}, \hat{\theta_2}$）作为 θ 可能的取值范围，它虽然没有指出总体参数是哪一个具体的数值，却能指出总体参数落在这一区间的概率有多大，这种方法称之为参数的区间估计。

（一）点估计、区间估计与标准误

1. 点估计

点估计是用样本统计量来估计总体参数，因为样本统计量为数轴上某一点值，估计的结果也以一个点的数值表示，所以称为点估计。点估计的优点在于它能够提供总体参数的估计值。缺点在于点估计总是以误差的存在为前提，但又不能提供正确估计的概率。

对总体参数进行点估计，必须选用良好的样本估计量。良好估计量的标准有以下四条：（1）无偏性。即多个样本的统计量作为总体参数的估计值，其偏差的平均数为 0。（2）有效性。几个无偏估计量之间，变异小者有效性高，变异大者有效性低，即方差越小越好。（3）一致性。当样本容量无限增大时，估计值应能够越来越接近它所估计的总体参数。（4）充分性。指一个容量为 n 的样本统计量，是否充分地反映了全部 n 个数据所反映总体的信息。

2. 区间估计

区间估计是根据估计量以一定可靠程度推断总体参数所在的区间范围，它是用数轴上的一段距离表示未知参数可能落入的范围。总体参数可能所在的这个范围便是置信区间，上下端点为置信界限。置信区间表明了区间估计的精确性。区间越小越精确，区间越大越不精确。估计总体参数落在某一区间时，可能犯错误的概率为显著性水平，用符号 α 表示，$1-\alpha$ 为置信度或置信水平。置信度表明了区间估计的可靠性。

区间估计的原理是样本分布理论。进行区间估计值的计算及解释估计的正确概率时，是依据该样本统计量的分布规律及样本分布的标准误。样本分布提供概率解释。标准误的大小决定区间估计长度。标准误越小，置信区间的长度越短，估计越精确，越能保持较高的估计成功率。总体参数应该落入样本统计量所界定的区间中，不落在其中的概率为 α。

区间估计在点估计的基础上不仅给出了一个估计的范围，还能给出估计精度并说明估计结果的可信程度。

（二）总体平均数的估计

1. 总体方差 σ^2 已知时，除了总体分布为非正态分布且样本容量小于 30 的情况下无法估计以外，其他情况对总体平均数估计可采用：$\overline{X} - Z_{\alpha/2} \dfrac{\sigma}{\sqrt{n}} < \mu < \overline{X} + Z_{\alpha/2} \dfrac{\sigma}{\sqrt{n}}$。

2. 总体方差 σ^2 未知时，除了总体分布为非正态分布且样本容量小于 30 的情况下无法估计以外，其他情况对总体平均数估计可采用：$\overline{X} - t_{\alpha/2} \dfrac{S}{\sqrt{n-1}} < \mu < \overline{X} + t_{\alpha/2} \dfrac{S}{\sqrt{n-1}}$。$S$ 为样本标准差。

（三）标准差与方差的区间估计

1. 方差的区间估计

自正态分布的总体中，随机抽取容量为 n 的样本，其样本方差与总体方差比值的分布为 χ^2 分布。因此可以用下列公式来确定总体方差的置信区间：

$$\frac{(n-1)S_{n-1}^2}{\chi_{\alpha/2}^2} < \sigma^2 < \frac{(n-1)S_{n-1}^2}{\chi_{1-\frac{\alpha}{2}}^2}$$

查 $df = n-1$ 的 χ^2 分布表来确定 $\chi_{\alpha/2}^2$ 和 $\chi_{1-\frac{\alpha}{2}}^2$。

2. 标准差的区间估计

方法[1]：根据抽样分布的理论，当样本容量大于 30 时，样本标准差的分布为渐进正态分布，总体 σ 未知，用样本 s_{n-1}^2 作为估计值，故总体标准差的置信区间为：

$$S_{n-1}^2 - Z_{\alpha/2} \cdot \sigma_s < \sigma < S_{n-1}^2 + Z_{\alpha/2} \cdot \sigma_s$$

方法[2]：根据 χ^2 分布来估计总体方差的置信区间可以不受样本容量的限制。因此，在对标准差的总体进行估计时，可先对其方差进行估计，求得方差的置信区间之后，再将所得值开方，其正平方根就是标准差的置信区间。

三、假设检验

参数估计和参数假设检验的共同之处是利用样本信息对总体进行某种推断，且使用的统计量也一样。在统计学中，通过样本统计量得出的差异作出一般性结论，判断总体参数之间是否存在差异，这种推论过程称作假设检验。它的基本任务就是事先对总体参数或总体分布形态做出一个假设，然后利用样本信息来判断原假设是否合理，从而决定是否接受原假设。

假设检验包括参数检验和非参数检验。若进行假设检验时，总体的分布形式已知，需要对总体的未知参数进行假设检验，称其为参数假设检验。若对总体分布形式所知甚少，需要对未知分布函数的形式及其他特征进行假设检验，通常称之为非参数假设检验。

（一）假设检验的原理

1. 假设与假设检验

统计学中的假设一般专指对总体参数所做的假定性说明。在进行任何一项研究时，都需要根据已有的经验和理论事先对研究结果作出一种预想的希望证实的假设。这种假设叫做科学假设，记作 H_1，又叫备择假设。在统计学中，不对 H_1 的真实性直接检验，需要建立与之对立的假设，称作虚无假设，或叫做零假设，记作 H_0。假设检验的问题就是要判断虚无假设 H_0 是否正确，决定接受还是拒绝原假设 H_1。虚无假设和备择假设相互排斥，并且只有一个正确。虚无假设是统计推论的出发点。

2. 小概率原理

假设检验的基本思想是概率性质的反证法。首先假定虚无假设为真。在虚无假设为真的前提下，如果小概率事件在一次试验中出现，则表明"虚无假设为真"的假定是不正确的，因为假定小概率事件在一次试验中是不可能出现的，所以也就不能接受虚无假设。若没有导致小概率事件出现，那就认为"虚无假设为真"的假定是正确的，也就是说要接受虚无假设。

3. 假设检验中的两类错误

总体的真实情况往往是未知的，根据样本推断总体，有可能犯两类错误：（1）虚无假设 H_0 本来是正确的，但拒绝了 H_0，这类错误称为弃真错误，即 I 类错误，这类错误的概率以 α 表示，因此也叫 α 型错误。（2）虚无假设 H_0 本来不正确，却接受了 H_0，这类错误为取伪错误，即 II 类错误，这类错误的概率以 β 表示，因此也叫 β 型错误。

一个好的检验应该在样本容量 n 一定的情况下，使犯这两类错误的概率 α 和 β 都尽可能小，但 α 不能定得过低，否则会使 β 大为增加。在实际问题中，一般总是控制犯 I 类错误的概率 α，使 H_0 成立时犯 I 类错误的概

率不超过 α。在这种原则下的统计假设问题称为显著性检验,将犯 I 类错误的概率 α 称为假设检验的显著性水平。经过检验,如果所得差异超过了统计学规定的某一误差限度,则表明这个差异已不属于抽样误差,而是总体上确有差异,这种情况叫做差异显著,或者说差异具有统计学意义。反之,若所得差异未达到规定限度,说明该差异主要来源于抽样误差,这时称之为差异不显著。当从统计学意义说"存在显著性差异"时,实际上的"显著效果"还要根据专业标准而定。就是说,统计结论"显著"并不一定意味着实际效果"显著"。

两类错误的关系有:(1) $\alpha+\beta$ 不一定等于 1。α 与 β 是在两个前提下的概率。α 是拒绝 H_0 时犯错误的概率,其前提是"H_0 为真";β 是接受 H_0 时犯错误的概率,其前提是"H_0 为假"。(2) 在其他条件不变的情况下,α 与 β 不可能同时减小或增大。许多情况需要在规定 α 的同时尽量减少 β。最直接的方法就是增大样本容量(表 5-1)。

$1-\beta$ 反映着正确辨认真实差异的能力。统计学中称 $(1-\beta)$ 为统计检验力。

表 5-1 假设检验中的两类错误

真实情况	判断结果	
	接受 H_0	拒绝 H_0
H_0 为真	正确概率 $1-\alpha$	弃真概率 α(第一类错误)
H_0 为假	取伪概率 β(第二类错误)	正确概率 $1-\beta$

4. 单侧检验和双侧检验

只强调差异而不强调方向性的检验叫双侧检验,强调某一方向的检验叫做单侧检验。两者的区别在于:(1) 问题的提法不同。双侧检验的提法是:μ 和已知常数 μ_0 是否有显著性差异?单侧检验的提法是:μ 是否显著地高于已知常数 μ_0? 或 μ 是否显著地低于已知常数 μ_0?(2) 建立假设的形式不同。双侧检验的原假设和备择假设为:$H_0: \mu=\mu_0$,$H_1: \mu\neq\mu_0$。单侧检验的原假设和备择假设为:$H_0: \mu\leq\mu_0$,$H_1: \mu>\mu_0$ 或 $H_0: \mu\geq\mu_0$,$H_1: \mu<\mu_0$。(3) 否定域不同。双侧检验的否定域为 $|Z|>Z_{\alpha/2}$,而单侧检验查得 Z_α。

一定要根据研究目的所规定的方向性来确定使用何种检验。应该用单侧检验的问题,若使用双侧检验,其结果一方面可能使结论由"显著"变为"不显著";另一方面也增大了 β 错误。反之,应当用双侧检验的问题若用单侧检验,虽然缩小了 β 错误,但是使无方向性问题人为地成为单方向问题,有悖于研究目的。

5. 假设检验的步骤

(1) 建立原假设和备择假设。(2) 确定适当的检验统计量。(3) 指定检验中的显著性水平。(4) 搜集样本数据,计算检验统计量的值。(5) 作出统计决策:(两种方法)

① 将检验统计量的值与拒绝规则所指定的临界值相比较,确定是否拒绝原假设;

② 由步骤 5 的检验统计量计算 p 值,利用 p 值确定是否拒绝原假设。

(二) 样本与总体平均数差异的检验

在假设检验的步骤中,关键在于确定适当的检验统计量。其他过程中的变化较少。

(1) 总体平均数的显著性检验中,当总体服从正态分布,且总体方差已知时,采用统计量 $Z=\dfrac{\overline{X}-\mu_0}{\sigma_0/\sqrt{n}}$。

(2) 总体平均数的显著性检验中,当总体服从正态分布,而总体方差未知时,应采用 t 检验,以样本方差估计总体方差,选择检验统计量为 $t=\dfrac{\overline{X}-\mu_0}{s_{n-1}/\sqrt{n}}$。

(3) 总体平均数的显著性检验中,当总体为非正态分布,并且样本容量大于 30(也有认为是 50)时,可以选用近似 Z 检验。总体方差已知时:$Z'=\dfrac{\overline{X}-\mu_0}{\sigma_0/\sqrt{n}}$;总体方差未知时:$Z'=\dfrac{\overline{X}-\mu_0}{s_{n-1}/\sqrt{n}}$。

(三) 两样本平均数差异的检验

1. 独立样本

(1) 两总体方差已知:$Z=\dfrac{D_{\overline{x}}}{\sqrt{\dfrac{\sigma_1^2}{n_1}+\dfrac{\sigma_2^2}{n_2}}}$,其中,$D_{\overline{x}}=\overline{X}_1-\overline{X}_2$。

（2）两总体方差未知，两总体方差相等：$t=\dfrac{D_{\bar{X}}}{\sqrt{\dfrac{n_1 s_1^2+n_2 s_2^2}{n_1+n_2-2}\left(\dfrac{n_1+n_2}{n_1 \cdot n_2}\right)}}$，其中，$D_{\bar{X}}=\bar{X}_1-\bar{X}_2$，自由度为 $df=n_1+n_2-2$。

（3）两总体方差未知，两总体方差不等：应用阿斯平－威尔士检验：

$$t'=\frac{\bar{X}_1-\bar{X}_2}{\sqrt{SE_{\bar{X}_1}^2+SE_{\bar{X}_2}^2}}，其中，SE_{\bar{X}_1}^2=\frac{s_{n_1-1}^2}{n_1}，SE_{\bar{X}_2}^2=\frac{s_{n_2-1}^2}{n_2}。$$

此时分布的自由度为：

$$df=\frac{1}{\dfrac{k^2}{n_1}+\dfrac{(1+k)^2}{n_2}}\left(k=\frac{SE_{\bar{X}_1}^2}{SE_{\bar{X}_2}^2}\right)。$$

（4）两总体方差未知，两总体方差不等：应用阿克兰－柯克斯检验：

$$t'=\frac{\bar{X}_1-\bar{X}_2}{\sqrt{SE_{\bar{X}_1}^2+SE_{\bar{X}_2}^2}}，其中，SE_{\bar{X}_1}^2=\frac{s_{n_1-1}^2}{n_1}，SE_{\bar{X}_2}^2=\frac{s_{n_2-1}^2}{n_2}。$$

这一过程和阿斯平－威尔士检验相同，但是阿克兰－柯克斯检验不采用 t 分布表中的临界值，而是需要计算出临界值。计算方法为：$t'_\alpha=\dfrac{SE_{\bar{X}_1}^2 \cdot t_{1(\alpha)}+SE_{\bar{X}_2}^2 \cdot t_{2(\alpha)}}{SE_{\bar{X}_1}^2+SE_{\bar{X}_2}^2}$，其中，$t_{1(\alpha)}$ 为 t 分布中在 α 水平下与样本 1 的自由度 $df_1=n_1-1$ 对应的临界值；$t_{2(\alpha)}$ 为 t 分布中在 α 水平下与样本 2 的自由度 $df_2=n_2-1$ 对应的临界值，整个公式可以理解为两个样本临界值以标准误为权重的加权平均。

（5）当 n_1 和 n_2 都是大样本容量时，可以不管总体方差是否相等，应用检验统计量。

$$Z=\frac{\bar{X}_1-\bar{X}_2}{\sqrt{\dfrac{s_{n_1-1}^2}{n_1}+\dfrac{s_{n_2-1}^2}{n_2}}}$$

2. 相关样本

两种方法：（1）应用原始数据计算。构造新的数据 $d_i=\bar{X}_{1i}-\bar{X}_{2i}$，$\bar{d}$ 的分布可以看作是从 d 总体中抽取的一个样本平均数，因而统计量 $t=\dfrac{\bar{d}}{\sqrt{\dfrac{\sum d^2-\dfrac{(\sum d)^2}{n}}{n(n-1)}}}$ 服从自由度为 $n-1$ 的 t 分布。（2）应用两组样本的相关系数计算。

两总体方差已知时，$Z=\dfrac{\bar{X}_1-\bar{X}_2}{\sqrt{\dfrac{\sigma_1^2+\sigma_2^2-2r\sigma_1\sigma_2}{n}}}$；两总体方差未知时，$t=\dfrac{\bar{X}_1-\bar{X}_2}{\sqrt{\dfrac{s_1^2+s_2^2-2rs_1s_2}{n-1}}}$（$df=n-1$）。

3. 总体非正态分布

如果两样本容量都大于 30（或者都大于 50 时）可以近似使用 Z' 检验。方法和思想与以上所述基本无异。

（四）方差齐性检验

方差齐性检验就是从两个样本方差的有关数据信息来推断两总体方差的差异是否显著。通常使用齐性检验时，总体方差都是未知的，因此要用样本方差的无偏估计量来推断总体方差。应用的检验统计量为 $F=\dfrac{s_{n-1大}^2}{s_{n-1小}^2}$，服从第一自由度为 $df_大=n_大-1$，第二自由度为 $df_小=n_小-1$ 的 F 分布。因为总是大数比小数，所以 $F\geqslant 1$，它的否定域总在右侧。注意，此时的检验应为单侧检验。

（五）相关系数的显著性检验

1. 积差相关系数的显著性检验

（1）$\rho=0$ 假设。在实际工作中，在计算得到了样本相关系数后，关心的是总体是否也有相关，这时则要先假设总体不相关，即原假设为

$$H_0：\rho=0$$

在原假设 H_0 成立时，则假设检验公式为 $t=\dfrac{r\sqrt{n-2}}{\sqrt{1-r^2}}$，其中 $df=n-2$，r 为样本的积差相关系数。

(2) $\rho \neq 0$ 假设。在实际研究中,还需要了解 r 是否来自 ρ 为某一特定值的总体,即当 $\rho \neq 0$ 时 r 的显著性检验。$\rho \neq 0$ 时 r 的样本分布不是正态,这时需要将 r 与 ρ 都转换成费舍 Z_r。r 转换为 Z_r 以后,Z_r 的分布可以认为是正态,其平均数 Z_ρ,标准误 $SE_{Z_r} = \dfrac{1}{\sqrt{n-3}}$,这样就可以进行 Z 检验了。

$$Z = \frac{Z_r - Z_\rho}{\dfrac{1}{\sqrt{n-3}}}$$

2. 其他类型相关系数的显著性检验

(1) 点二列相关系数 r_{pb} 的显著性检验。方法一:$r_{pd} = \dfrac{\overline{X}_p - \overline{X}_q}{s_t} \sqrt{pq}$ 中 $\overline{X}_p$ 与 $\overline{X}_q$ 进行差异的 t 检验。方法二:如果样本容量较大($n>50$),则 $|r_{pb}| > \dfrac{2}{\sqrt{n}}$ 时,认为 r_{pb} 在 0.05 水平显著;$|r_{pb}| > \dfrac{3}{\sqrt{n}}$ 时,认为 r_{pb} 在 0.01 水平显著。方法三:用积差相关系数的检验方法。

(2) 二列相关系数 r_b 的显著性检验:可以用 Z 检验。

$$Z = \frac{r_b}{\dfrac{1}{y} \cdot \sqrt{\dfrac{pq}{n}}}$$

(3) 斯皮尔曼等级相关系数 r_R 的显著性检验:查斯皮尔曼等级相关系数显著性临界值表。

(4) 肯德尔 W 系数显著性检验:① 当 $3 \leqslant N \leqslant 7$ 时,查肯德尔 W 系数显著性临界值表;② 当 $N>7$ 时,将所得 W 代入下式:

$$\chi^2 = K(N-1)\,W \quad (df = N-1)$$

再查 χ^2 分布表。

3. 相关系数差异的显著性检验

(1) r_1 和 r_2 分别由两组彼此独立的被试得到。这时将 r_1 和 r_2 分别进行费舍 Z_r 的转换。由于 Z_r 的分布近似正态分布,同样 $(Z_{r1} - Z_{r2})$ 的分布仍为正态,其分布的标准误为:

$$SE_{D_{Zr}} = \sqrt{\frac{1}{n_1 - 3} + \frac{1}{n_2 - 3}}$$

式中,n_1 和 n_2 分别为两个样本的容量。

进行 Z 检验:

$$Z = \frac{Z_{r1} - Z_{r2}}{\sqrt{\dfrac{1}{n_1 - 3} + \dfrac{1}{n_2 - 3}}}$$

(2) 两个样本的相关系数由同一组被试算得 $\rho_{12}, \rho_{23}, \rho_{13}$。目的是检验 ρ_{12} 与 ρ_{13} 的差异,应用的统计量为:

$$t = \frac{(r_{12} - r_{13}) \cdot \sqrt{(n-3)(1+r_{23})}}{\sqrt{2(1 - r_{12}^2 - r_{23}^2 - r_{13}^2 + 2r_{12} \cdot r_{23} \cdot r_{13})}} \quad (df = n-3)$$

四、方差分析

方差分析又称作变异数分析,是一种应用非常广泛的变量分析方法,其主要功能在于分析实验数据中不同来源的变异对总体变异的贡献大小,从而确定实验中的自变量是否对因变量有重要影响。它主要应用于两种以上实验处理的数据分析,同时比较两个以上的样本平均数。在这个意义上,也可以将其理解为平均数差异显著性检验的扩展。

(一) 方差分析的原理与基本过程

1. 方差分析的原理

方差分析作为一种统计方法,所依据的基本原理就是方差的可加性原则,它把实验数据的总变异分解为若干不同来源的变异,并根据不同来源的变异在总变异中所占比重对造成数据变异的原因作出解释。在方差分析中,以实验数据与其平均数的离差平方和作为变异的统计量。于是:

$$令\ SS_T = \sum_{j=1}^{k} \sum_{i=1}^{n} (X_{ij} - \overline{X}_t)^2$$

$$SS_B = n \cdot \sum_{j=1}^{k} (X_{ij} - \overline{X}_t)^2$$

$$SS_W = n \cdot \sum_{j=1}^{k} \sum_{i=1}^{k} (X_{ij} - \overline{X}_j)^2$$

则 $SS_T = SS_B + SS_W$。

这样总体变异就被分解为组间变异 SS_B 和组内变异 SS_W 两部分。总变异的计算是把所有被试的数值作为一个整体考虑时所得到的结果，是用所有被试的因变量的值计算得到的。组间变异主要指由于接受不同的实验处理而造成的各组之间的变异，可以用两个平均数之间的离差表示。组间变异可以看做是组间平均数差异大小的一个指标，平均数差异大，组间变异也就越大。组内变异则是由组内各被试因变量的差异范围决定的，主要指由实验误差，或组内被试之间的差异造成的变异。组内平方和大，表明实验误差越大。组内变异和组间变异相互独立，可以分解。样本平均数之间的变异和样本内部的变异相差越大，就说明总体处理中平均数之间的差别也越大。这样，缩减样本内部的变异，使样本平均数真正的变异能显示出来，就是所有实验研究在设计时的一个关键。

在方差分析中，组间变异与组内变异的比较必须用各自的均方，不能直接比较各自的平方和，因此必须除以各自的自由度。

组间自由度 $df_B = k - 1$

组内自由度 $df_W = k(n-1)$

总自由度 $df_T = df_B + df_W = nk - 1$

这样，平方和除以自由度所得的样本方差可作为其总体方差的无偏估计。组间均方为 $MS_B = \dfrac{SS_B}{df_B}$，组内均方为 $MS_W = \dfrac{SS_W}{df_W}$。方差分析正是关心组间均方是否显著大于组内均方，需要用到检验统计量 $F = \dfrac{MS_B}{MS_W}$，服从第一自由度 $df_B = k - 1$，第二自由度 $df_W = k(n-1)$ 的 F 分布。如果 $F \leq 1$，说明数据的总变异中处理效应引起的变异所占比例小于或等于实验误差引起的变异，只能认为处理效应为 0；当 $F > 1$，且落入 F 分布的否定域，即当统计量 $F > F\alpha(df_1, df_2)$ 时，表明实验数据的变异主要由处理效应造成，从而有足够的理由认为 k 个实验处理中至少有一个处理效应不为 0。

2. 方差分析的基本假定

(1) 总体服从正态分布。当有证据表明总体分布不是正态时，可以将数据做正态转化，或采用非参数检验方法。(2) 变异的相互独立性。不同来源的变异在意义上必须明确，而且彼此要相互独立。(3) 各实验处理内的方差要一致。为确保方差齐性，以对各实验处理内的方差作齐性检验，常用哈特莱法，公式如下：

$$F_{\max} = \frac{s_{\max}^2}{s_{\min}^2}$$

其中，$s_{\max}^2$ 是各实验处理的方差中最大的一个，$s_{\min}^2$ 是各实验处理的方差中最小的一个。求出 $F_{\max}$ 以后，可以根据处理个数和各实验组人数来查表做检验。

3. 方差分析的基本步骤

(1) 建立假设，一般设定虚无假设为样本所归属的所有总体的平均数都相等，一般把这一假设称为"综合的虚无假设"；(2) 求平方和；(3) 确定自由度；(4) 求均方；(5) 进行 F 检验；(6) 列出方差分析表。

（二）完全随机设计的方差分析

完全随机设计是把被试随机分成若干组，每个组分别接受一种实验处理。不同的被试接受自变量不同水平的实验处理。完全随机分组后，各实验组被试之间是相互独立的，因而这种设计又称"独立组设计"或被试间设计。被试的分组可以采用完全随机的方式，也可以用配对组方式。若实验结果中组与组之间有显著差异，就说明差异是由于不同的实验处理造成的。这是完全随机设计的主要特点。该设计的不足之处在于实验误差无法分离，效率受到一定限制。

在完全随机设计中，总变异可以分解为两个变异源——组间变异和组内变异。在各实验处理组样本容量相同的情况下，当有 k 个实验处理，每组 n 个被试时，总平方和、组间平方和与组内平方和分别为：

$$SS_T = \sum \sum X^2 - \frac{(\sum \sum X)^2}{nk} \quad (df_T = nk-1)$$

$$SS_B = \sum \frac{(\sum X)^2}{n} - \frac{(\sum \sum X)^2}{nk} \quad (df_B = k-1)$$

$$SS_W = \sum \sum X^2 - \frac{(\sum \sum X)^2}{nk} \quad (df_W = k(n-1))$$

因此组间与组内的均方为:

$$MS_B = \frac{SS_B}{df_B}, MS_W = \frac{SS_W}{df_W}$$

$$F = \frac{MS_B}{MS_W}$$

在处理组样本容量不同时,仅仅是数据个数的表示方法不同而已。

当没有提供原始数据,却提供了各组的 $\overline{X}_i$、s_i^2 及 n_i 等样本特征,也可以进行方差分析。关键在于求平方和的过程。步骤:① 求总体平均数 $\overline{X}_t = \frac{\sum n_i \overline{X}_i}{\sum n_i}$;② 求组间平方和 $SS_B = n \cdot \sum_{i=1}^{k} (\overline{X}_i - \overline{X}_t)^2$;③ 求组内平方和 $SS_W = \sum_{i=1}^{k} n \cdot s_i^2$。

(三) 随机区组设计的方差分析

随机区组设计是根据被试特点把被试划分为几个区组,再根据实验变量的水平数在每一个区组内划分为若干个小区,同一区组随机接受不同的处理。随机区组设计的原则是同一区组内的被试应尽量"同质"。每一区组内被试的人数分配大致有三种情况:

(1) 一个被试作为一个区组,不同的被试(区组)均需接受全部 k 个实验处理;

(2) 每一区组内被试的人数是实验处理数的整数倍;

(3) 区组内的基本单元不是个别被试,而是以一个团体为单元。

对于每一区组而言,它应该接受全部实验处理;对于每种实验处理而言,它在不同的区组中重复的次数应该相同。

与完全随机设计相比,随机区组设计的最大优点是考虑到被试个体差异的影响。这种由于被试之间的性质不同导致的差异就称为区组效应。随机区组设计可以将这种影响从组内变异中分离出来,从而提高效率。不足之处在于,划分区组困难,如果不能保证同一区组内尽量同质,则有出现更大误差的可能。

为避免更大误差的出现,在随机区组设计中应该遵循以下原则:

(1) 重复。随机区组实验必须有重复,即设置的区组要有 2 个或 2 个以上。经验表明,随机区组实验设计的误差项的自由度应不少于 10。

(2) 局部控制。设计中应通过对实验点(小区)的合理安排,通过对实验条件、环境的控制,确保同质性。

(3) 随机化。同一区组随机接受不同处理,接受处理的顺序也必须是随机确定的。

在随机区组设计中,总平方和被分解为三部分——被试间平方和、区组平方和与误差平方和,即

$$SS_T = SS_B + SS_R + SS_E$$

组间平方和 SS_B 反映了自变量影响作用,区组平方和 SS_R 反映了被试之间个别差异的影响效果,而误差项平方和 SS_E 反映了除被试间个别差异之外其他干扰因素的影响效果。

在有 k 个处理,n 个区组的随机区组设计中,平方和的计算:

$$SS_T = \sum \sum X^2 - \frac{(\sum \sum X)^2}{nk} \quad (df_T = nk-1)$$

$$SS_B = \sum_{1}^{k} \frac{(\sum X)^2}{n} - \frac{(\sum \sum X)^2}{nk} \quad (df_B = k-1)$$

$$SS_R = \sum_{1}^{n} \frac{(\sum R)^2}{k} - \frac{(\sum \sum X)^2}{nk} \quad (df_R = n-1)$$

$$SS_E = SS_T - SS_B - SS_R \quad (df_E = (k-1)(n-1))$$

均方的计算:

$$MS_B = \frac{SS_B}{df_B}$$

$$MS_R = \frac{SS_R}{df_R}$$

$$MS_E = \frac{SS_E}{df_E}$$

F 检验:

$$F = \frac{MS_B}{MS_E}$$

（四）协方差分析

为了提高实验的精准性，需要严格控制处理以外的一切条件，使它们在各处理间尽量一致，此即为实验控制。但在有些情况下，即使作出很大努力也难以使实验控制达到预期目的。例如：研究几种配合饲料对猪的增重效果，希望实验仔猪的初始重相同，若仔猪的初始重不同，将影响到猪的增重。研究发现：增重与初始重之间存在线性回归关系。但是，在实际实验中很难满足仔猪初始重相同这一要求。这时可利用仔猪的初始重(x)与其增重(y)的回归关系，将仔猪增重都矫正为初始重相同时的增重，于是初始重不同对仔猪增重的影响就消除了。由于矫正后的增重是应用统计方法将初始重控制一致而得到的，故叫统计控制，是实验控制的一种辅助手段。经过这种矫正，实验误差将减小，对实验处理效应估计更为准确。若 y 的变异主要由 x 的不同造成(处理没有显著效应)，则各矫正后的 y' 间将没有显著差异(但原 y 间的差异可能是显著的)。若 y 的变异除 x 不同的影响外，尚存在不同处理的显著效应，则可期望各 y' 间将有显著差异(但原 y 间差异可能是不显著的)。此外，矫正后的 y' 和原 y 的大小次序也常不一致。所以，处理平均数的回归矫正和矫正平均数的显著性检验，能够提高实验的准确性和精确性，从而更真实地反映实验的实际情况。这种将回归分析与方差分析结合在一起对数据进行分析的方法，叫做协方差分析。

表示两个相关变量线性相关计算公式如下:

$$r = \frac{\sum (x-\bar{x})(y-\bar{y})}{\sqrt{\sum (x-\bar{x})^2 \sum (y-\bar{y})^2}}$$

若将公式右端的分子、分母同除以自由度($n-1$)，得

$$r = \frac{\sum (x-\bar{x})(y-\bar{y})/(n-1)}{\sqrt{\left[\frac{\sum (x-\bar{x})^2}{n-1}\right]\left[\frac{\sum (y-\bar{y})^2}{n-1}\right]}}$$

其中 $\frac{\sum (x-\bar{x})^2}{n-1}$ 与 $\frac{\sum (y-\bar{y})^2}{n-1}$ 分别是 σ_x^2 与 σ_y^2 的无偏估计量；$\frac{\sum (x-\bar{x})(y-\bar{y})}{n-1}$ 称为 x 与 y 的平均的离均差的乘积和，简称均积。与均积相应的总体参数叫协方差，记为 $\mathrm{COV}(x,y)$ ，或 σ_{xy} 。

（五）多因素方差分析

多因素方差分析用来研究两个及两个以上控制变量是否会对观测变量产生显著影响。多因素方差分析不仅能够分析多个因素对观测变量的独立影响，更能够分析多个控制因素的交互作用能否对观测变量的分布产生显著影响，进而最终找到利于观测变量的最优组合。它包括完全随机设计、随机区组设计。

（1）完全随机设计

无交互作用的完全随机设计是指，把两个因素的各种水平进行交叉排列，每种情况进行一次观察。如，A 因素有 a 个水平，B 因素有 b 个水平，则要进行 a×b 次观察。若两个因素在不同水平组合下的观察值不只一个，则需要考虑各因素间的交互作用。

（2）随机区组设计

随机区组设计是指对多个相关样本的平均数差异所进行的显著性检验，其中至少要有一个因素属于随机效应模型，既不能按照主观意图制定也不能随意控制的因素。

（六）事后检验

方差分析所要检验的零假设是所有 k 个处理的总体平均数没有显著性差异，相应的备择假设是 k 个处理中至少有 2 个处理的总体平均数之间存在显著差异。但方差分析不拒绝零假设时，表明至少有 2 个处理的总体平均数不等，但到底是哪两个处理的总体平均数不等，则需要对 k 个处理的平均数进行比较，即事后检验，也称为事后多重比较。

事后检验的 N–K 检验法 也称为 q 检验。步骤为：

① 将要比较的平均数从小到大作等级排序，并分别赋予等级 R。等级从 1 开始，平均数最小的等级为 1。

② 求两两配对比较平均数的比较等级 r。将两个待比较的平均数中较大一个的等级 R 定义为 R_i，较小一个定义为 R_j，则 $r_{(i,j)} = R_i - R_j + 1$

③ 根据比较等级 r 和方差分析中的 df_E，查附表，求相应的临界值 $q_\alpha(r, df_E)$。

④ 求样本平均数的标准误差：

$$SE_{\bar{X}} = \sqrt{\frac{MS_E}{n}}$$

式中，MS_E 为方差分析中的误差均方；n 为样本容量相等时的小组容量。

若小组样本容量不等，则用下式求 $SE_{\bar{X}}$：

$$SE_{\bar{X}} = \sqrt{\frac{MS_E}{2}\left(\frac{1}{n_i} + \frac{1}{n_j}\right)}$$

式中 n_i 和 n_j 分别为平均数较大的样本容量和平均数较小的样本容量。

⑤ 计算两个平均数差数的检验统计量：

$$q_{(i,j)} = \frac{\bar{X}_i - \bar{X}_j}{SE_{\bar{X}}}$$

式中 i, j 分别为两两配对检验的平均数在平均数序列中的序号。

⑥ 检验。如果 $q_{(i,j)} > q_\alpha(r, df_E)$，则认为这两个平均数存在显著差异；若 $q_{(i,j)} < q_\alpha(r, df_E)$，则两个平均数之间差异不显著。

五、统计功效与效果量

统计功效是指，在假设检验中，拒绝原假设后，接受正确的替换假设的概率。我们知道，在假设检验中有 A、B 两类错误。A 错误是弃真错误，B 错误是取伪错误。取伪错误是指，拒绝原假设后，接受错误的替换假设的概率。由此可知，统计功效等于 1−B。实践中，统计功效大量地应用于医学、生物学、生态学和人文社会科学等方面的统计检验中。例如，在国外抽样调查设计方案中，对统计功效的要求如同对显著性水平 A 一样，是不可缺少的内容。在统计推论中，既要控制 A 错误，又要控制 B 错误，满足双重控制条件下的样本量才是更有效的样本量。统计功效的大小取决于多种因素，包括检验的类型、样本容量、A 水平以及抽样误差的状况。统计功效分析应是上面诸因素结合在一起的综合分析。

效果量是一个不是统计检验但能测量自变量效果的量数，它不依赖于样本大小，却能反映自变量和因变量的关联强度。实际效果的"显著"和推论统计上的"显著"既有联系也有区别。统计推论检验"显著"并不一定意味着实际效果的显著。常用的效果量主要包括：d、r_{pb}^2、η^2 和 ω^2。

（1）d 是实验研究中经常使用的效果量数，它是一种比率。在对两独立组平均数之差的显著性进行 t 检验时，d 是实验组的平均数和对照组的平均数的差与对照组标准差的比率。

$$d = \frac{\bar{x}_{\text{实验组}} - \bar{x}_{\text{对照组}}}{s_{\text{对照组}}}$$

（2）r_{pb}^2 是点二列相关系数的平方，可以测定两独立样本实验的效果量，也可以测定两相关样本实验的效果量。前者的自由度为 $df = n_1 + n_2 - 2$，n_1、n_2 分别是两个样本的容量；后者的自由度为 $df = n - 1$，n 是成对分数的数目。

$$r_{pb}^2 = \frac{(t)^2}{(t)^2 + df}$$

（3）η 是一种相关系数，它既可以表示两个变量之间直线相关的程度，又可以表示两个变量之间曲线相关的程度。η 系数的范围在 0.00 到 1.00 之间，不存在负的曲线相关。因为直线相关可以被看成曲线相关的特殊形式，所以 η^2 也可以在直线相关下使用。η^2 是用来解释样本的自变量和因变量关联程度的描述性统计量，η^2 越大，说明自变量的效果就越大，自变量对因变量越重要。如果 η^2 很小，即使有统计上的显著性，也没有实际效果。

（4）ω^2 是解释总体的自变量和因变量关联程度的指标，属于参数，每一个 η^2 都有一个对应的 ω^2。

六、一元线性回归分析

通过大量的观测数据,可以发现变量之间存在的统计规律性,并用一定的数学模型表示出来,这种用一定模型来表述相关关系的方法称为回归分析。

(一)一元线性回归方程的建立、检验及应用

1. 回归模型的建立

应用最小二乘法建立回归模型,关键在于求解回归系数 $b_{Y \cdot X}$ 和截距 a。

$$b_{Y \cdot X} = \frac{\sum (X - \overline{X})(Y - \overline{Y})}{\sum (X - \overline{X})^2} = \frac{N \sum XY - \sum X \sum Y}{N \sum X^2 - (\sum X)^2}$$

$$a = \overline{Y} - b_{Y \cdot X} \overline{X}$$

2. 一元线性回归方程的检验

(1) 回归模型有效性检验。回归模型有效性检验是对求得的回归方程进行显著性检验,看是否真实地反映了变量间的线性关系。常用的方法有回归系数 b 的检验,测定系数和相关系数的拟合程度的测定,回归方程整体检验判定,以及估计标准差的计算等。通常使用方差分析的思想和方法进行。

$\sum (Y - \overline{Y})^2$ 即所有 Y 值的总平方和,记为 SS_T。

$\sum (\hat{Y} - \overline{Y})^2$ 表示由回归直线表示的线性关系解释的那部分离差平方和,记作 SS_R。

$\sum (Y - \hat{Y})^2$ 是用回归直线无法解释的那部分离差平方和,即偏离回归线的平方和,称为误差平方和或剩余残差平方和,记为 SS_E。

直接用原始数据计算的公式:

$$SS_T = \sum (Y - \overline{Y})^2 = \sum Y^2 - \frac{(\sum Y)^2}{N} = N s_Y^2 \ (df_T = N - 1)$$

$$SS_R = \sum (\hat{Y} - \overline{Y})^2 = b^2 \left[\sum X^2 - \frac{(\sum X)^2}{N} \right] = N b^2 s_X^2 \ (df_R = 1)$$

$$SS_E = SS_T - SS_R \ (df_E = N - 2)$$

求均方:

$$MS_R = \frac{SS_R}{df_R}, MS_E = \frac{SS_E}{df_E}$$

F 检验:

$$F = \frac{MS}{MS_E}$$

如果 MS 显著大于 MS_E,则表明总变异中回归的贡献显著,亦即 X 与 Y 的线性关系显著,或称回归方程显著。

(2) 回归系数的显著性检验。在介绍回归系数的检验前,需要引入一个在回归分析中很重要的统计量"估计误差的标准差"。利用回归方程可以计算出与某一 X 值相对应的 Y 值的估计值 $\hat{Y}$,但实际上,与某一 X 值相对应的诸 Y 值中,并不都落在回归线上,它们是以 Y 平均数 $\overline{Y}$ 为中心呈正态分布。而与某一 X 值对应的回归值 $\hat{Y}$,就是与该 X 值对应的这些各 Y 值的平均数 $\overline{Y}$ 的估计值。如果 $\hat{Y}$ 能够正确地估计 $\overline{Y}$,那么与该 X 值对应的各 Y 值也会围绕 $\hat{Y}$ 在回归线上下形成正态分布。由 $\hat{Y}$ 估计 $\overline{Y}$ 会有一定的误差。其误差的大小与 X 值相对应的各 Y 值的分布范围有关。分布范围大,估计的准确、可靠性小,误差大;分布范围小,估计的准确、可靠性大,误差小。估计误差的标准差正是用来描述由 $\hat{Y}$ 估计 $\overline{Y}$ 误差大小的指标,用 S_{YX} 表示。

$$S_{YX} = \sqrt{\frac{\sum (Y - \hat{Y})^2}{n - 2}}$$

当样本容量较大(即 $\sqrt{n/(n-2)}$ 接近于 1),且已知两个变量的标准差及其相关系数时,可用下式计算估计误差的标准差之近似值。

$$S_{YX} = S_Y \sqrt{1 - r^2} \ (由 X 估计 Y)$$

可以看出,估计误差的标准差与两个变量的相关程度有关。相关程度越高,估计误差的标准差越小,估计

的可靠性越大。

经过对 $S_{YX}=\sqrt{\dfrac{\sum(Y-\hat{Y})^2}{n-2}}$ 的整理，可以发现 $s_{YX}^2=MS_E$，这更有助于理解估计误差的标准差的含义。

得到了估计误差的标准差，就可以根据公式进而分别获得回归方程中 a,b 和 $\hat{Y}$ 的标准差 σ_a,σ_b 和 $\sigma_{\hat{Y}}$ 的估计 S_a,S_b 和 $S_{\hat{Y}}$，分别简称为 a,b 和 $\hat{y}$ 的标准误。

$$S_a=S_{YX}\cdot\sqrt{\frac{1}{N}+\frac{\overline{X}^2}{\sum(X-\overline{X})^2}}$$

$$S_b=S_{YX}\cdot\sqrt{\frac{1}{\sum(X-\overline{X})^2}}$$

$$S_{\hat{Y}P}=S_{YX}\cdot\sqrt{\frac{1}{N}+\frac{(X_P-\overline{X})^2}{\sum(X-\overline{X})^2}}$$

有了这么长的铺垫，终于可以讨论回归系数的显著性检验了。设总体回归系数为 β，则所谓回归系数 b 的显著性检验，对 $\mathrm{H}_0:\beta=0$ 而言一般都用 t 检验。

$$t=\frac{b-\beta}{S_b}\ (\mathrm{H}_0:\beta=0,df=N-2)$$

对公式 $t=\dfrac{b-\beta}{S_b}$ 进行整理以后，又可以得到另一个回归系数的检验公式：

$$t=\frac{r}{\sqrt{\dfrac{1-r^2}{N-2}}}\ (df=N-2)$$

从中可以发现，检验回归系数是否显著仅仅知道相关系数便可以计算。

（3）测定系数。测定系数实际上是关心回归效果的问题，是衡量回归方程有效性高低的指标，记为 r^2。

$$r^2=\frac{SS_R}{SS_T}$$

r^2 越大，回归效果越好。

3. 一元线性回归方程的应用

建立一个回归方程并不是回归分析的终极目标，回归分析的终极目标是应用所求回归方程对因变量作估计和预测。回归预测有点预测和区间预测两种。点预测的值即是 $\hat{Y}$，而区间预测因需要预测的值不同，选用不同的预测标准误。

对因变量主值预测时，预测区间为 $\left[\hat{Y}_P-t_{\alpha/2}\cdot s_{\hat{Y}_P},\hat{Y}_P+t_{\alpha/2}\cdot s_{\hat{Y}_P}\right]$

对单个因变量实测值进行预测时，预测区间为 $\left[\hat{Y}_P-t_{\alpha/2}\cdot s_{(\hat{Y}_P-Y_0)},\hat{Y}_P+t_{\alpha/2}\cdot s_{(\hat{Y}_P-Y_0)}\right]$，其中 $s_{(\hat{Y}_P-Y_0)}=s_{YX}\cdot$

$\sqrt{1+\dfrac{1}{N}+\dfrac{(X_P-\overline{X})^2}{\sum(X-\overline{X})^2}}\ (df=n-2)$。

对因变量主值的预测是关于所有具备同一条件的案例的平均值的预测，而对单个因变量实测值的预测只是关于某一个具备这一条件的案例的预测。后者还要考虑回归方程因样本的不同所发生的变动。平均值预测总是比单个值预测更为精确，即前者比后者具有更窄的置信区间。

（二）可化为一元线形回归的曲线方程

当变量之间的关系不是线性的，而是非线性（曲线）的关系时，一个基本思路就是设法将非线性关系线性化，然后用线性回归模型进行处理。以下主要讨论多项式模型、指数模型、幂函数模型、对数模型和成长曲线模型。

多项式模型的基本形式为：$Y=\alpha+\beta_1X+\beta_2X^2+\cdots+\beta_PX^P+\varepsilon$。其为非线性模型。可先将方程中原来的自变量作如下变换：

令　$X_1=X$

　　$X_2=X^2$

$$\cdots$$
$$X_p = X^p$$

则原方程可转化为一个典型线性模型：$Y = \alpha + \beta_1 X_1 + \beta_2 X_2 + \cdots + \beta_P X_P + \varepsilon$。

指数模型的基本形式为：$Y = ae^{bX}\varepsilon$，可以对方程两边同时取对数：

$$\ln Y = \ln a + bX + \ln \varepsilon$$

$$Y^* = \ln Y, \alpha = \ln a, \beta = b, \varepsilon^* = \ln \varepsilon$$

则将原来的非线性指数方程转化为：$Y^* = \alpha + \beta X + \varepsilon^*$

幂函数模型的一般形式为：$Y = aX_1^{b_1} X_2^{b_2} \cdot \varepsilon$，对方程两边同时取对数：

$$\log Y = \log a + b_1 \log X_1 + b_2 \log X_2 + \log \varepsilon$$

$$Y^* = \log Y, X_1^* = \log X_1, X_2^* = \log X_2, \alpha = \log a, \beta_1 = b_1, \beta_2 = b_2, \varepsilon^* = \log \varepsilon$$

则可得，$Y^* = \alpha + \beta_1 X_1^* + \beta_2 X_2^* + \varepsilon^*$

成长曲线模型的一般形式为：$Y = \dfrac{1}{\alpha + \beta e^{-X} + \varepsilon}$

令 $Y^* = \dfrac{1}{Y}, X^* = e^{-x}$

则得，$Y^* = \alpha + \beta X^* + \varepsilon$

利用以上方法进行线性转换后求得的线性回归方程，可以直接对方程作效果检验：线性回归方程有效，则非线性回归方程也有效。

七、卡方检验

χ^2 检验是一种非参数检验方法，对数据总体的分布形态不作任何假设。χ^2 检验能够处理一个因素两项或多项分类的实际观察频数与理论频数分布是否相一致的问题，或说有无显著性差异问题。所谓实际频数，是指在实验或调查中得到的计数资料，又称为观察频数。理论次数是指根据频率原理、某种理论、某种理论次数分布或经验次数分布计算出来的次数，又称为期望次数。

1. χ^2 的基本公式

χ^2 检验的统计原理，是比较观察值与理论值的差别，两者的差异越小，检验的结果越不容易达到显著性水平；两者的差异越大，检验的结果越可能达到显著性水平，就可以下结论拒绝虚无假设而接受备择假设。基本公式为：

$$\chi^2 = \sum \frac{(f_0 - f_e)^2}{f_e}$$

其中，f_0 为实际观测次数，f_e 为理论次数。在拟合度检验中，理论次数一般是根据某种理论，按一定的概率通过样本即实际观测次数计算而来。在独立性检验中，如果两个变量或两个样本无关联时，理论次数是各个单元格对应的两个边缘次数的积除以总次数。

2. χ^2 检验的假设

（1）分类相互排斥，互不包容。（2）观测值相互独立。当同一被试被划分到一个以上的类别中时，常常会违反在这个假定。在实际研究中，让观测值的总数等于实验中不同被试的总数，要求每个被试只有一个观测值，这是确保观测值相互独立最安全的做法。（3）期望次数的大小。为了努力使 χ^2 分布成为 χ^2 值合理准确的近似估计，每一个单元格中的期望次数应该至少在 5 个以上。当单元格的次数过少时，处理的方法有四种：① 合并单元格。② 增加样本数。③ 去除样本，如果样本无法增加，次数偏低的类别又不具有分析与研究价值时，可以将该类被试去除，但研究的结论不能推论到这些被去除样本的母总体中。④ 使用校正公式。在 2×2 的列联表检验中，若单元格的期望次数低于 10 但高于 5，可使用耶兹校正公式来加以校正。

$$\chi^2 = \sum \frac{(|f_0 - f_e| - 0.5)^2}{f_e}$$

若期望次数低于 5，或样本总人数低于 20，则应使用费舍精确概率检验法。

$$P = \frac{(a+b)! \ (c+d)! \ (a+c)! \ (b+d)!}{a! \ b! \ c! \ d! \ N!}$$

当单元格内容涉及重复测量设计时，则可以使用麦内玛检验。

$$\chi^2 = \frac{(|A-D|-1)^2}{A+D}$$

这里要特别注意 A、D 在不同心理统计书中的表示方式不同，可能在有些书这里的公式会是 $\chi^2 = \frac{(|b-c|-1)^2}{b+c}$，但其实是一样的。无论是 A、D 也好，b、c 也好，都是表示四格表中两次实验或调查中分类项目不同的那两个格的实计次数。

（一）拟合度检验

拟合度检验主要用来检验一个因素多项分类的实际观察次数与某理论次数是否接近。当对连续数据的正态性进行检验时，这种检验又可称为正态吻合性检验。拟合度检验的研究假设是实际观察数与某理论次数之间的差异明显，虚无假设为实际观察数与理论次数之间无差异或相等。它涉及的是某总体的分布是否与某种分布相符合，不涉及总体参数问题。

1. 检验无差别假说

无差别假说是指各项分类的实际计数之间没有差异，也就说假设各项分类之间的机会相等，或概率相等，因此，理论次数完全按概率相等的条件计算。即

$$理论次数 = 总数 \times \frac{1}{分类项数}$$

2. 检验假设分布的概率

与上面检验无差别假说的差别主要在于理论次数的计算。在检验假设分布的概率时，是按事先假定的理论分布计算各项分类应有的概率再乘以总数，便得到各项分类的理论次数。事先假定的理论分布可以是正态分布、二项分布、泊松分布等。如果事先假设的分布不是理论分布而是经验分布，也可以按此经验分布计算概率，再乘以总数便可得到理论次数。

在获得了理论次数以后，只要连同观察次数一同带入 χ^2 的基本公式，便可以获得 χ^2 值，一旦 χ^2 值大于某一临界值，即可获得显著的统计结论。这个临界值由某一特定显著性水平、某一特定自由度条件下，从 χ^2 理论分布推导而来。自由度的计算一般为资料的分类或分组数目，减去计算理论次数时所用的统计量的个数。通常情况下，在计算理论次数时要用到"总数"这一统计量，故拟合度检验的自由度一般为分类的项数减 1。

3. 连续变量分布的吻合性检验

利用 χ^2 统计量来检验连续变量观测数据次数分布是否服从某一理论分布模型时，最为常见的是检验总体是否正态。此时，统计检验的虚无假设和研究假设可这样建立：

H_0：观测数据的次数分布与正态分布没有显著差异；

H_1：观测数据的次数分布与正态分布具有显著差异。

接下来，主要任务就是为每一组求出正态分布的理论次数和确定自由度。计算理论次数的方法有两种。第一种方法的具体步骤包括：① 求各分组区间组中值 X_c 与平均数的离差 x；② 求各离差的 Z 分数；③ 根据 Z 分数查正态表求 y 值；④ 将 y 值乘以 $\frac{i}{s}$，得到按正态分布各分组区间的概率 p；⑤ 求各组的理论次数 $f_e = p \times N$。

第二种方法的步骤是：① 求各分组精确上、下限的 Z 分数，$Z = \frac{组限 - 平均数}{标准差}$；② 查正态分布表各 Z 分数的概率；③ 求各分组区间的概率，用精确上限查到的概率值减去精确下限查到的概率值，这是平均数以上各分组区间的求法。若用平均数以下各分组区间则与此相反；④ 用各组区间的概率乘以总数，求出各组的理论次数，即 $f_e = p \times N$。具体步骤可详细参看张敏强主编的《教育与心理统计学》第 237～240 页的例题，以及张厚粲等人编著的《现代心理与教育统计学》第 336～337 页的例题。

（二）独立性检验

独立性检验主要用于两个或两个以上因素多项分布的计数资料分析，也就是研究两类变量之间的关联性和依存性问题。目的在于检验从样本得到的两个变量的观测值，是否具有特殊的关联。如果两个自变量是独立的无关联的，就意味着对其中一个自变量来说，另一个自变量的多项分类次数上的变化是在取样误差的范围之内。如果两个因素是非独立的（即 χ^2 值显著），则称该两变量之间有关联或有交互作用存在。从另一方面讲，如果想了解一自变量不同分类是否在另一变量的多项分类上有差异或者有一致性，也可用独立性检验来解释。

1. 一般问题与步骤

（1）统计假设。独立性检验的虚无假设两因素（或多因素）之间是独立的或无关联的，备择假设则是两因

素(或多因素)之间有关联。

(2)理论次数的计算。理论次数 f_e 的通式可表示为：

$$f_e = \frac{f_{xi} f_{yi}}{N}$$

其中 f_{xi} 表示每一行的和 f_{yi} 表示每一列的和。

(3)自由度的确定。设 R 为每一行的分类项数，C 为每一列的分类数目，则自由度为 $df = (R-1)(C-1)$。

(4)统计方法的选择。一般应用独立性检验的场合，独立样本居多，用 χ^2 检验的基本公式计算：

$$\chi^2 = \sum \frac{(f_0 - f_e)^2}{f_e}$$

应用基本公式计算，要先计算理论次数比较繁琐。可用下式直接计算 χ^2 值会比较方便，其公式为：

$$\chi^2 = N \left(\sum \frac{f_{0i}^2}{f_{xi} f_{yi}} - 1 \right)$$

其中 f_{0i} 为每一格的实记数。f_{xi} 是与 f_{0i} 对应的那一行的总数，称为边缘次数。f_{yi} 是与 f_{0i} 对应的那一列的总数，也是边缘次数。N 为总的观察数目。

(5)结果与解释。如果计算的 χ^2 值小于从 χ^2 表中查到的临界值，则接受原假设，即认为两个因素无关联，或说两个因素是相互独立的，或说一因素的对应项分类的次数差异不显著，或可以笼统地讲差异不显著。当计算的 χ^2 值大于临界值时，则拒绝虚无假设，即认为两个因素之间有关联，或两个因素不独立，或是一因素的几项分类与另一个因素几项分类的实际计数与理论次数之间差异显著。

2. 下面将分三种情况介绍独立性检验的具体计算方法。

(1)四格表独立性检验　四格表是最简单的列联表，即行数为 2，列数为 2 的列联表。形式如下：

因素 A

		分类1	分类2	
因素 B	分类1	A	B	$A+B$
	分类2	C	D	$C+D$
		$A+C$	$B+D$	$N=A+B+C+D$

相应的计算公式为：

$$\chi^2 = \frac{N(AD-BC)^2}{(A+B)(C+D)(A+C)(B+D)}$$

当四格表的两个因素 A、B 相关而非独立时，就不能使用上述公式了，需要计算相关样本四格表检验，其公式为：

$$\chi^2 = \frac{(A-D)^2}{A+D}$$

式中 A、D 为四格表中两次实验或调查中分类项目不同的那两个格的实计次数。如果因素 A 与因素 B 分别代表两道题目不同的试题，A 便表示做对 A 试题但没有做对 B 试题的人，D 便代表做对 B 试题但是没有做对 A 试题的人。注意：与上述计算独立样本的公式中的 A、D 不同。

当四格表中的一个格的理论次数大于 1、小于 5 且 $N>40$ 时，独立样本四格表独立性检验需计算耶兹校正的 χ^2 值，其公式为：

$$\chi^2 = \frac{N \left(|AD-BC| - \frac{N}{2} \right)^2}{(A+B)(C+D)(A+C)(B+D)}$$

这个公式与前面提到耶兹校正的公式本质上是一样的，只是在四格表的计算中推导出的变体，以方便计算四格表的独立性检验。

当为相关样本四格表时，如果 $A+D<30$，或者 $A+D<50$（决定于对检验结果要求的严格程度），也需要进行校正。其校正公式为：

$$\chi^2 = \frac{(|A-D|-1)^2}{A+D}$$

这时我们要注意，这些校正都是要满足样本比较大的情况，如果样本量较小，即使采用了校正，仍然不能很好地进行近似统计。就要用到费舍精确概率计算法。

$$P = \frac{(a+b)! \; (c+d)! \; (a+c)! \; (b+d)!}{a! \; b! \; c! \; d! \; N!}$$

在边缘次数不变的情况下,用上式计算出各格内实计数排列的概率,以及所有其他可能排列的概率和,然后与显著性水平 α 比较,如果 $P<\alpha$,则说明超过了独立性样本各单元格实际计数的取样范围,就可推论说,两样本独立的假设不成立,或说两样本之间不存在显著关联。因为费舍精确概率计算法并不是利用 χ^2 近似分布,而是边缘次数固定下精确的超几何分布,所以能计算出很精确的概率来。

（2）R×C 表独立性检验　这里不再赘述,上文中的"一般问题与步骤"部分已经介绍得很清楚了。那里介绍的内容便适用于 R×C 独立性检验。

（3）多重列联表的独立性检验　当变量类别在两个以上时,这时就要运用多重列联表分析方法,将其中一个变量作为分层变量或控制变量,分别就控制变量每一个水平下另两个变量所形成的列联表进行比较分析就行,也就是说将三因子列联表拆分为两因子列联表,分别计算,再加以比较。对于控制变量的不同水平所进行的单个列联表分析,如果呈现一致性的结果,χ^2 值不显著,就可以将各水平下的 χ^2 值相加,以推测列联表中两个变量总的 χ^2 值,并进行关联性检定。但是当各水平列联表的分布情形不一致时,就必须单独就个别列联表来解释。

八、非参数检验

非参数检验的优点和缺点

非参数检验的优点有:（1）非参数检验方法一般不涉及总体参数,其假设前提也比参数检验少得多,容易满足。（2）适用面较广。（3）参数检验方法是建立在严格假设条件基础上的,一旦假设条件不符合,其推断的正确性就不存在。而非参数检验方法由于带有最弱的假设,对模型的限制很少,因而具有稳健性。（4）可用于小样本,且方法简单。

非参数检验的缺点有:当定距或定比测量的数据能够满足参数统计的所有假设时,非参数检验方法虽然也可以使用,但效果远不如参数检验方法。因为当数据满足假设条件时,参数统计检验方法能够从中广泛充分地提取有关信息。非参数统计检验方法对数据的限制较为宽松,只能从中提取一部分的信息,相对参数统计检验方法会浪费一些信息,效能较低。另外,非参数检验还不能处理交互作用。

（一）独立样本均值差异的非参数检验

1. 秩和检验法

当比较两个独立样本均值差异的时候,可以采用非参数的秩和检验,也叫做曼-惠特尼 U 检验。其基本思想是假设两组数据没有显著性差异,那么把这些数据充分混合,在依大小次序进行排列,则这两组数据中每个数排在第几号的概率应该是一样的。如果相差过大则否定没有显著性差异的假设。我们把所有数据按由小到大的次序排列时,每一个数排在第几号的号数为这个数据的秩,把每一组数据中所有的数对应的秩加起来所得的数叫做该组数据的秩和,用 T 表示。如果原来的两组数据没有显著性差异,那么秩和 T 不应太大或者太小。如果 T 过大,或者过小,则应否定两组数据没有显著性差异的假设。

当两个样本容量均小于等于 10 时（$n_1 \leq 10, n_2 \leq 10$）,应将两个样本数据合并由小到大作等级排列,最小的数据秩次为 1,最大的数据秩次为 n_1+n_2,将容量较小的样本中各数据的等级相加,以 T 表示。最后根据 n_1, n_2 和 α 查秩和检验表中的临界值,如果 $T \leq T_1$ 或 $T \geq T_2$,则表明两样本差异有统计学意义;若 $T_1 < T < T_2$,则意味着两样本差异无统计学意义。

当样本容量 n_1 和 n_2 都大于 10 且 $n_1 \leq n_2$,秩和 T 分布接近于正态分布,其平均数和标准差如下:

$$\mu_T = \frac{n_1(n_1+n_2+1)}{2}$$

$$\sigma_T = \sqrt{\frac{n_1 n_2(n_1+n_2+1)}{12}}$$

检验统计量为

$$Z = \frac{T-\mu_T}{\sigma_T}$$

Z 值落在 -1.96 到 1.96 区间内则表明差异无统计学意义（双侧,$\alpha=0.05$）,落在该区间之外则表明差异有统计学意义。

当有等秩现象时,在使用正态近似法时也可使用下面的校正公式:

$$\mu_T = \frac{n_1(n_1+n_2+1)}{2}$$

$$\sigma_T = \sqrt{\frac{n_1 n_2(n_1+n_2+1)}{12}\left[1-\frac{\sum(t_k^3-t_k)}{(n_1+n_2)^3-(n_1+n_2)}\right]}$$

式中 t_k 表示第 k 个相同等级中相同值的个数。

$$Z_c = \frac{|T-\mu_T|-0.5}{\sigma_T}$$

2. 中数检验法

中数检验法是通过对来自两个独立总体的两个样本的中位数的研究,来判断两个总体取值的平均状况是否有显著性差异。它的基本思想是假设两个总体 X 与 Y 具有相同的分布律,那么它们的取值将具有相同的平均状态,从这两个总体中分别随机获得的两个样本,其各自的中位数应该大致相同。如果两个样本的中位数差异较大,则应否定两总体 X 和 Y 的取值的平均状态相同的假设,或者说 X 和 Y 不具有相同的分布律。

具体的算法是:将各组样本数据混合,从小到大排列,然后求混合排列的中数,分别找出每一样本中大于混合中数及小于等于混合中数的数据个数,整理成 R×C 表,最后进行 R×C 表的 χ^2 检验。算法既适用于两个样本的中位数检验,也适用于多组中位数检验。

需要注意的是如果任何一个单元格中期望次数低于 1,或者有超过 20% 的单元格中的期望次数低于 5,就不能使用中数检验法。当样本容量大的时候,中位数的确定可以采用以下方法:

$$M_d = L_b + \frac{\frac{N}{2}-F_b}{f_{M_d}} \times i$$

L_b 为中数所在分组区间的精确下限,F_b 为该组以下各组次数的累加次数,f_{M_d} 为中数所在那一分组区间的数据个数,i 为组距。详见前文"中数"部分。

3. 克–瓦氏单向方差分析

当实验是按完全随机方式分组设计,且所得数据资料又不符合参数方法中的方差分析所需假设条件时,可进行克–瓦氏方差分析,又称 H 检验法。具体方法是将所有样本的数据混合在一起,按从小到大编秩次,然后计算各样本的秩和。如果各组有显著性差异,在各组容量相等的情况下,各组秩和应当相等或趋于相等;如果各组秩和相差较大,则各组有显著性差异的可能性较大。

H 检验方法的统计量计算公式为:

$$H = \frac{12}{N(N+1)}\sum_{i=1}^{k}\frac{R_i^2}{n_i} - 3(N+1)$$

式中,k 为分组数,n_i 为第 i 个样本的容量,R_i 为第 i 个样本的秩和,N 为 k 个样本容量的总和。

当 $k=3$ 且 $n_i \leq 5$ 时,计算出 H 值后,查 H 检验表。若 H 值大于临界值,则拒绝 H_0;若 H 值小于临界值时,则不能拒绝 H_0。

当 $k>3$ 或 $n_i>5$ 时,在 H 检验表中找不到临界值。一般认为此时的 H 值的抽样分布近似 χ^2 分布,可以查 $df=k-1$ 的 χ^2 分布表作出统计决断。当出现相同等级的时候,应对 H 值进行校正,公式为:

$$H_c = \frac{H}{1-\sum T_i/(N^3-N)}$$

式中,$T_i = t^3 - t$,而 t 表示某一个相同等级所含数据的数目。若未校正时,H 值已经显著,则没有必要再做校正。

(二)相关样本均值差异的非参数检验

1. 符号检验法

符号检验是通过对两个样本的每对数据差数的符号(正号或负号)的检验,来比较这两个样本差异的显著性。符号检验法在比较两个相关样本的差异时,将中数作为集中趋势的量度,虚无假设是配对资料差值来自中位数为零的总体。具体而言,它是将两样本每对数据之差($X_i - Y_i$),用正负号表示,若两样本没有显著性差异,则正差值与负差值应大致各占一半。

当相关样本的对子数 $N \leq 25$ 时,每对数据之差($X_i - Y_i$)不计大小,只计符号,$X_i - Y_i$ 大于零的对子数计为 n_+,$X_i - Y_i$ 小于零的对子数计为 n_-,$N = n_- + n_+$,$r = \min(n_+, n_-)$,即 n_+ 与 n_- 中较小的一个记作 r。根据 N 与 r 直接查符

号检验表,在某一显著性水平下,实得 r 值大于表中 r 的临界值时,表示差异无统计学意义,注意这一点不同于其他参数检验的临界值表(表5-2)。

表5-2　符号检验统计决断规则

r 与临界值的比较	p 值	显著性
$r > r_{.05}$	$p > 0.05$	不显著
$r_{.01} < r \leqslant r_{.05}$	$0.01 < p \leqslant 0.05$	显著 *
$r \leqslant r_{.01}$	$p \leqslant 0.01$	极其显著 **

当样本容量大于 25 时,可以使用近似正态分布的方法,其校正公式为:

$$Z = \frac{(r+0.5) - \frac{N}{2}}{\frac{\sqrt{N}}{2}}$$

然后便可以按照正态分布作出统计决断。

2. 符号秩和检验法

又称符号等级检验法,其适用条件与符号检验法相同,也适合于配对比较,但它的精度比符号检验法高,因为它不仅考虑差值的符号,还同时考虑差值大小。所以当同一个问题用符号法和符号等级检验法同时检验,如果出现矛盾,这时应当相信符号等级法的结果。

当比较两个相关样本的差异时,符号秩和检验法是将两个样本每对数据差数的绝对值,按从小到大排列,给予每一个差数以秩次(等级),然后再给差数记上符号。若两个样本无显著差异,正秩和与负秩和应当相等或接近相等,若正秩和与负秩和相差较大,那么,两个样本差异显著的可能性较大。

当样本容量比较小时,$N \leqslant 25$,可以直接查符号秩和检验表,其过程类似于符号检验法中小样本的情况。把相关样本对应数据的差值的绝对值从小到大做等级排列(注意两点:需要排列的为绝对值;差值为零,不参加等级排列),在各个等级前面添上原来的符号,然后分别求出带正号的等级和(T_+)与带负号的等级和(T_-),取两者之中较小的记作 T。最后,查符号秩和检验表,当 T 大于表中临界值时表明差异不显著,小于临界值时说明差异显著(表5-3)。

表5-3　符号秩次检验统计决断规则

T 与临界值的比较	p 值	显著性
$T > T_{.05}$	$p > 0.05$	不显著
$T_{.01} < T \leqslant T_{.05}$	$0.01 < p \leqslant 0.05$	显著 *
$T \leqslant T_{.01}$	$p \leqslant 0.01$	极其显著 **

当 $N > 25$ 时,一般认为 T 的分布接近正态分布,其平均数和标准差为

$$\mu_T = \frac{N(N+1)}{4}$$

$$\sigma_T = \sqrt{\frac{N(N+1)(2N+1)}{24}}$$

因而可以进行 Z 检验

$$Z = \frac{T - \mu_T}{\sigma_T}$$

当出现相同等级较多时,应计算校正统计量 Z_c。

$$Z_c = \frac{|T - \mu_T| - 0.5}{[n(n+1)(2n+1) - 0.5\sum(t_k^3 - t_k)]/24}$$

其中,t 表示某一个相同等级所含数据的数目。

3. 费里德曼两因素等级方差分析

此非参数检验可以解决随机区组实验设计中的非参数检验问题。它先把每一个个体的 K 个观测值的大小赋予相应等级,以这些等级为基础,计算 χ^2 值作为检验统计量。这种检验适合于配对组(随机区组)设计的多

个样本进行比较。

具体的计算过程为：（1）将每一区组内的 K 个数据（K 为实验处理数）从小到大排列出等级，这里注意要不混合，而是在各区组内部排序。（2）求每种实验处理 n 个数据（n 为区组数）等级和，以 R_i 表示。（3）将 R_i 代入公式

$$\chi_r^2 = \frac{12}{nK(K+1)} \sum R_i^2 - 3n(K+1)$$

其中，n 为区组数，K 为实验处理数，R_i 为第 i 种处理中的等级和。

如果，$K=3$ 且 $n \leqslant 9$，或 $K=4$ 且 $n \leqslant 4$，则将所算出的 χ_r^2 值与 χ_r^2 值表中的临界值比较，若 χ_r^2 大于表中相对应的值，表明实验处理间差异显著，反之，χ_r^2 小于表中相应值则差异不显著。如果当 $K=3$ 且 $n>9$，或 $K=4$ 且 $n>4$ 时，χ_r^2 的抽样分布近似自由度为 $df=K-1$ 的 χ^2 分布。

九、多元统计分析初步

（一）多元线性回归

在回归分析中，如果有两个或两个以上的自变量，就称为多元回归。事实上，一种现象常常是与多个因素相联系的，由多个自变量的最优组合共同来预测或估计因变量，比只用一个自变量进行预测或估计更有效、更符合实际。

多元线性回归模型的一般形式为：$Y = b_0 + b_1X_1 + b_2X_2 + \cdots + b_kX_k + u$

解释变量 X_i 是确定性变量，不是随机变量；解释变量之间互不相关，即无多重共线性。

随机误差项服从 0 均值、同方差的正态分布，且不存在序列相关关系，随机误差项与解释变量之间不相关。

多元性回归模型的参数估计，同一元线性回归方程一样，也是以误差平方和（$\sum e$）最小为前提，用最小二乘法求解参数。以二元线性回归模型为例，求解回归参数的标准方程组为：

$$\begin{cases} \sum y = nb_0 + b_1 \sum x_1 + b_2 \sum x_2 \\ \sum x_1 y = b_0 \sum x_1 + b_1 \sum x_1^2 + b_2 \sum x_1 x_2 \\ \sum x_2 y = b_0 \sum x_2 + b_1 \sum x_1 x_2 + b_2 \sum x_2^2 \end{cases}$$

解此方程可求得 b_0、b_1、b_2 的数值。

（二）主成分分析

主成分分析指设法将原来变量重新组合成一组新的互相无关的几个综合变量，同时根据实际需要从中取出较少的几个综合变量，尽可能全面地反映原来变量的信息的统计方法，也是数学上降维的一种方法。

通常数学上的处理就是将原来各个指标作线性组合，作为新的综合指标。最经典的做法就是用 F_1（选取的第一个线性组合，即第一个综合指标）的方差来表达，其值越大，表示 F_1 包含的信息越多。因此在所有的线性组合中选取的 F_1 应该是方差最大的，故称 F_1 为第一主成分。如果第一主成分不足以代表原来各指标的信息，再考虑选取 F_2 即选第二个线性组合。为了有效地反映原来信息，F_1 已有的信息就不需要再出现在 F_2 中了，用数学语言表达就是要求 F_1 和 F_2 之间协方差为 0，则称 F_2 为第二主成分，依此类推可以构造出第三、第四……第 P 个主成分。

进行主成分分析主要步骤为：指标数据标准化（SPSS 软件自动执行）；指标之间的相关性判定；确定主成分个数 m；主成分 F_i 表达式；主成分 F_i 命名。

（三）因素分析

因素分析的基本思路是，尽管有多个测验，但是任何一个测验的成绩都是由被试各方面的因素共同作用造成的。在这些因素中，有些作用大一些，有些作用比较小。这样，我们可以根据各项测验的结果将众多因素化简为较少的几个起主要作用的因素，然后对这些因素作出解释。

假设有一个大型测验，其中有 p 个分测验，这些分测验的结果受到 m 个共同因素的影响。在对 n 个被试进行测验后，每个被试都可以得到 p 个分测验上的 Z 分数（$Z_1, Z_2, \cdots, Z_P$）。则因素分析的数学模型可表示为：

$$Z_1 = a_{11}F_1 + a_{12}F_2 + \cdots + a_{1m}F_m + d_1Y_1$$
$$Z_2 = a_{21}F_1 + a_{22}F_2 + \cdots + a_{2m}F_m + d_2Y_2$$
$$Z_p = a_{p1}F_1 + a_{p2}F_2 + \cdots + a_{pm}F_m + d_pY_p$$

其中 a_{ij} 表示第 i 个测验在第 j 个共同因素上的系数，即因素负荷；

F_j 表示某个被试第 j 个共同因素上的标准分数；

Y_i 表示只和测验 i 有关的特殊因素;

d_i 表示与第 i 个测验有关的特殊因素 Y_i 的系数,即特殊因素的负荷。

因素负荷 a_{ij} 绝对值的大小反映了测验成绩与因素之间的密切程度。所有的因素负荷合在一起,就是因素

负荷矩阵: $A = \begin{pmatrix} a_{11} & a_{12} & \cdots & a_{1m} \\ a_{21} & a_{22} & \cdots & a_{2m} \\ \vdots & \vdots & \vdots & \vdots \\ a_{p1} & a_{p2} & \cdots & a_{pm} \end{pmatrix}$

求因素负荷矩阵 A 是因素分析的基本任务。

因素分析的基本步骤包括,导出因素负荷矩阵,确定共同因素的个数,对因素负荷矩阵进行旋转变换,因素计分。

第三章　心理测量的基本理论

一、心理测量的理论基础

(一) 心理测量的基本概念

1. 测量的定义

测量就是依据一定的法则使用量具对事物的特征进行定量描述的过程。

所谓"一定的法则"是指任何测量都要建立在科学规则和科学原理基础之上,并通过科学的方法和程序完成测量过程。测量法则的制定是心理测量中最关键同时也是最困难的工作。

所谓"事物的特征"是指所要测量的事物的特定属性,这些不同的特征就是测量的特定对象。根据测量对象的性质可以把它们分为 3 种类型:① 确定型,即在一定条件下,事物的量保持恒定不变;② 随机型,即事物的量随机改变;③ 模糊型,即事物的量本身就是模糊不定的,难以获得确定的量。对确定型的事物进行测量要比对随机型和模糊型的事物进行测量要容易得多,因此,测量的精确度也要高得多。除此之外,测量的精确度还与测量时所用的工具有关。但是即使对确定型的事物使用最精密的测量工具,实际上也不能做出绝对精确的数量描述,在任何测量过程中都会有误差存在,不同的只是误差的大小而已。测量学的目标之一便是设法把误差减少到最低程度,而不可能完全消除误差。

所谓"量具"是指测量中使用的工具。不同的测量要使用不同的量具,不同的量具所使用的单位和参照点也不同。

所谓"定量描述"是指任何测量的结果总是对事物特征的量的确定。这种数量的确定具有区分性,序列性,等距性和可加性的特点。正是数的这些特点使得对事物特征差异的测量成为可能。

2. 测量的分类

根据测量对象的性质和特点,可以将各种不同形式的测量大致分为 4 种类型:① 物理测量:即对事物的物理特征的测量;② 生理测量:即对机体生理特征的测量;③ 社会测量:即对社会现象的测量;④ 心理测量:即对人的心理特征的测量。

3. 测量的基本要素

任何测量都必须具备两个基本要素:参照点和单位。

测量中量的起点被称作参照点。参照点有两种,一种是绝对参照点,即以绝对的零点作为测量的起点。这个零点的意义为"无",表示什么都测不到;另一种是人定的参照点,即相对零点。不以绝对零点为参照点的计量只能进行加减运算,不能进行乘除运算。理想的参照点是绝对零点,但是心理测量中很难找到绝对零点。

测量的第二个基本要素是单位。理想的测量单位应当具备两个条件:一是要有确定的意义,即所有的人对同一单位的理解都是相同的;二是要有相等的价值,即相邻两个单位之间的差别总是相等的。心理测量的单位不够完善,既无同一单位,也不符合等距的要求。

4. 测量的量表

能够使事物的特征数量化的数字连续体就是量表。根据测量的不同水平以及测量中使用的不同单位和参

照点,我们把测量量表分为 4 种:

(1) 命名量表是最低水平的测量量表。只是用数字来代表事物或对事物进行分类。适用的统计分析方法有百分比、次数、众数和 χ^2 检验。

(2) 顺序量表是次低水平的测量量表,它给个体赋值,使数值的大小次序与个体在所测量的心理特性上的多少、大小、高低等的次序相符合。数字代表等级、大小和程度的顺序,既没有相等的单位,也没有绝对的零点,因此也不能进行代数运算。适用的统计分析方法有中位数、百分位数、等级相关系数和肯德尔和谐系数等。

(3) 等距量表是较高水平的测量量表,它给个体赋值,使数值间的差不仅能够反映出对应个体在所测量心理特性上的排序,而且能够反映出对应个体在该特性上的差异程度。等距量表没有绝对的零点,可以进行加减运算,但不能进行乘除运算。适用的统计方法有平均数、标准差、积差相关以及 t 检验和 F 检验等。

(4) 比率量表是最高水平的量表,它给个体赋值,使数值间的比率能够反映对应个体在所测量心理特性上的比率。比率量表除了具有类别、等级、等距量表的特征外,还具有绝对零点。适用的统计方法除了与等距量表相同外,还包括几何平均数、变异系数等。本质上讲,心理测量的量表属于顺序量表,为方便比较,通常把顺序量表转换为等距量表(表 5–4)。

表 5–4　测量量表的种类

量表	绝对零点	加减运算	乘除运算	统计分析
命名量表	无	否	否	次数、众数、百分比、χ^2
顺序量表	无	否	否	中位数、百分位数、等级相关
等距量表	无	可以	否	平均数、标准差、积差相关、t 检验、F 检验
比率量表	有	可以	可以	与等距量表相同,几何平均数,变异系数

5. 心理测量的定义

心理测量是依据一定的心理学理论,使用一定的操作程序,给人的行为和心理属性确定出一种数量化的价值。

6. 心理测量的特点

心理测量与一般的测量既有共同属性,又具有其独特的性质。首先心理测量依据的法则在很大程度上只是一种理论,很难达到类似物理测量依据的法则那样普遍被人们接受的水平,并且由于人的心理特质的高度复杂性、目前测验编制理论的不完善以及编制的技术水平不高等,心理测量定量分析的精确度不及物理测量的精确度高。

其次,心理测量的对象是人的心理特质。心理特质的内隐性决定了我们不可能直接测量人的心理特质的量,而是通过测量个人在特定情境中的外显行为来推断他的心理特质。所以说,心理测量只是一种间接测量,具有间接性。

还有,心理测量量具的编制是一种高度专门化的系统工作,是由有关领域的专家编制,经过长期的试用、修订、完善而逐渐形成的标准化测验,具有客观性和科学性。

另外,很多心理测验分数是与所在团体的大多数人的行为或某种人为确定的标准相比较而言,具有相对性。

7. 心理测验的定义

心理测验实质上是对行为样本的客观和标准化的测量。一个心理测验应当具备 4 个基本条件:

(1) 行为样本。指从总体行为中抽取出来的、能够反映个人特定心理特质的一组行为,可以依据对这一组行为的测量结果推断其心理特质。所抽取的行为样本必须是能够给测量人员提供有意义的、足以反映个人特定心理特质的一组行为,即样本要具有较好的代表性。心理测验质量的高低很大程度上决定于行为样本的代表性。同时,只有在全面了解行为样本的意义之后,才能正确使用心理测验。心理测量的最终目标不是对行为样本的测量,而是通过行为样本的测量来预测被试以后将会出现的行为。行为样本与所要预测的行为并不一定相似,可以相似,也可以完全不同。

(2) 标准化。指测验编制、实施、记分以及测量分数解释程序的一致性。测验的标准化需要具有下列条件:① 测验内容的标准化。对所有接受测量的个人实施相同的或等值的测验内容。② 施测条件的标准化。所有接受测量的个人必须在相同的施测条件下接受测验。③ 评分规则的标准化。所制定的评分规则要足以使不同的评分人的评分结果保持最大程度的一致。④ 测验常模的标准化。许多情况下,常模是一组有代表性的被试群体的平均测验分数,表示普通人的一般状况,给解释测量分数提供一个可比较的参照点。所有受测者的测验分数要和同一组常模作比较来给出解释。编制常模的关键是抽取有代表性的被试样本。

(3) 难度或应答率。难度太低或太高都不能有效地将不同水平的个体区分开来,从而也不能保证测验的科学性。对于诸如态度测验、兴趣测验、性格测验等没有难度问题,但却存在一个项目应答率的问题。应答率也必须通过客观的统计计算确定。

(4) 信度和效度。评价一个测验是否科学的重要指标是它的信度和效度。信度指一个测验的可靠性,即用同一测验多次测量同一团体所得结果之间的一致性程度。效度是指一个测量的有效性,即一个测验在多大程度上能够测到它所要测量的心理特质。信度和效度都是衡量测验科学性的最重要指标。

(二) 心理测量的特征与分类

按测量对象的属性和特质不同,分为认知测验和人格测验。① 认知测验。又称为能力测验。包括智力测验、能力倾向测验和成就测验等。智力测验旨在测量个人的智力(一般认知能力)水平的高低。能力倾向测验旨在测量个人潜在的才能,预测个人能力的发展倾向。它又可以分为两种,一般能力倾向测验和特殊能力倾向测验。成就测验又称学绩测验、教育测验,旨在测量个体在接受教育后的学业成就。它又可以分为学科成就测验和综合成就测验。② 人格测验。旨在测量个体的诸如兴趣、态度、动机、气质、性格等方面的心理特征。

按测量方式的不同,分为个体测验和团体测验。① 个体测验指主试在同一时间内只能测量一个被试。优点是主试对被试的做题行为有仔细的观察,有机会获得更多的信息;容易与被试建立起融洽的合作关系;对于特殊的被试(如幼儿、文盲)只能采用个别测量。缺点是费时间,难以在短时间内收集大量的测量资料;测验手续比较复杂,需经过较高水平训练的人担任主试。② 团体测验指同一主试在同一时间内能够测量许多被试。优点是节省时间,可以在短期内收集到大量的测量数据。缺点是不易有效地控制被试的行为,容易出现误差。团体测验可用于个体测量,但个体测验不能用于团体测量。

按测验内容形式的不同,分为文字(纸笔)测验和非文字(操作)测验。① 文字(纸笔)测验是指测验的内容通过文字的形式表现,被试也通过文字作答。优点是实施方便,缺点是容易受被试的文化背景影响。② 非文字(操作)测验是指测验的内容是通过图形、仪器、工具、实物、模型等形式表现,被试以指认、手工操作、口语等形式向主试提供答案。优点是少受文化背景的影响,也适用于学前儿童及文盲的测量。缺点是局限于个别测量,时间上不经济。

按测验的目的分类,可以分为描述测验、诊断测验和预示性测验。

按测验的难度和时限分类,可以分为难度测验和速度测验。

按测验的要求分类,可以分为最高行为测验和典型行为测验。

按测验的性质分类,可以分为构造性测验和投射性测验。

按测验的应用分类,可以分为教育测验、职业测验和临床测验。

按评价所参照的标准分类,可以分为常模参照测验和标准参照测验;也可以分为常模参照测验、目标参照测验和潜力参照测验。

按记分方式的不同,可以分为客观测验和非客观测验。

二、经典测量理论

(一) 经典测量理论模型

1. 心理特质的含义

心理特质是表现在一个人身上所特有的相对稳定的行为方式。它的含义包括:

① 特质是一组具有内部相关的行为的概括,具有一定的抽象性。

② 特质是"一种一般的神经心理系统……它可以综合不同的刺激,使人对这些刺激做出相同的反应"。

③ 特质是一个人身上比较稳定的特点。

④ 一个人的精神面貌(人格)是由多种特质分多个层次有机组合而成的。

⑤ 特质可以决定一个人对特定刺激的反应倾向,可以对人的行为进行某种预测。心理测量的最终目的就是要了解人的特点,并对人的行为倾向作出预测。

2. 可测性假设

心理特质是一种客观存在。"凡客观存在的事物都有其数量","凡有数量的东西都可以测量"。这就是

CTT 的心理特质的可测性假设。

3. 真分数的含义

把反映被试某种心理特质真正水平的那个值称作该特质的真分数。把实测的分数称作该特质的观察分数。当观察分数接近真分数时，说明这次测量的误差较小。

真分数是一个理论上构想出来的抽象概念。由于误差的存在，在实际测量中真分数是很难得到的。唯一的办法只能通过改进测量工具、完善操作方法等办法来使观察值尽量接近真分数。

4. 经典测量理论的数学模型及其假设

经典测量理论假设，观察分数与真分数之间是一种线性关系，并且只相差一个随机误差，即

$$X = T + E$$

这就是 CTT 数学模型。

根据这一模型，引申出 3 个相关联的假设公理：

① 若一个人的某种心理特质可以用平行的测验反复测量足够多次，其观察分数的平均值将会接近于真分数。即：$E(X) = T$ 或者 $E(E) = 0$

② 真分数和误差分数之间的相关为零，即：$\rho(T, E) = 0$

③ 各平行测量上的误差分数之间相关为零，即：$\rho(E_1, E_2) = 0$

其中，第② ，③ 条假设意在说明 E 是个随机误差，没有包含系统误差在内，第① 条假设则在于说明 E 是个服从均值为零的正态分布的随机变量。

由此，我们可以得出以下结论：

首先，在问题的范围之内，反映个体某种心理特质水平的真分数假定是不会变的，测量的任务就是估计这一真分数的大小。

其次，观察分数被假定等于真分数与误差分数之和。即，假定观察分数与真分数之间是线性关系，而不是其他关系。

最后，测量误差是完全随机的，并服从均值为零的正态分布。它不仅独立于所测特质的真分数，而且独立于所测特质以外的其他任何变量，这就保证了误差 E 中不含有系统误差成分。此外，各平行测验上误差分数间的相互独立也进一步保证了 E 的随机性，使得观察分的均值可以稳定地趋于真分数。

在 CTT 中，平行测验是个重要的概念。CTT 认为：如果两个题目不同的测验测的是同一特质，并且题目形式、数量、难度、区分度以及测查等值团体后所得分数的分布都是一致的，则这两个测验被称作是彼此平行的测验。在实际中，许多个彼此平行的测验反复测量同一个人的同一心理特质的做法往往难以实现，因此通常的情况是多个被试接受同一个测验，因为每个人的误差都是随机的，这样整个团体的观察分数的均值便趋近于该团体的真分数，相当于多个平行测验反复测查一个具有团体真分数均值水平的一个个体。

于是根据 CTT 模型和假设，我们很容易推导出如下关系：

$$S_X^2 = S_T^2 + S_E^2$$

即：在一次测量中，被试观察分数的方差等于其真分数方差与随机误差分数方差之和。系统误差包含在真分数的变异之中。真分数可以分成两部分：与测量目的有关的变异(S_V^2)和与测量目的无关的变异(S_I^2)，即

$$S_T^2 = S_V^2 + S_I^2$$

于是

$$S_X^2 = S_V^2 + S_I^2 + S_E^2$$

就是说，一次测验中，一个团体的实测分数之间的变异性是由与测量目的有关的变异数(S_V^2)、稳定的但是来自无关来源的变异数(S_I^2)和测量误差的变异数(S_E^2)所决定的。

（二）测量的信度与效度

1. 测量的信度

（1）信度的定义

信度指的是测量结果的稳定性程度，是对测量一致性程度的估计。

有三种等价的信度定义。

定义 1：信度乃是一个被测团体的真分数的变异数与实得分数的变异数之比。即

$$r_{XX} = S_T^2 / S_X^2$$

式中 r_{XX} 代表测量的信度，S_T^2 代表真分数变异，S_X^2 代表总变异数，即实得分数的变异。

定义2：信度乃是一个被试团体的真分数与实得分数的相关系数的平方。即

$$r_{XX} = p_{TX}^2$$

定义3：信度乃是一个测验 X（A 卷）与它的任意一个"平行测验"X'（B 卷）的相关系数。即：

$$r_{XX'} = P_{XX'}$$

其中，定义1和定义2只具有理论意义，只有定义3才具有实际意义。此外，描述测量一致性程度的指标还可以用信度指数 p_{Tx}，它实际上是信度系数的平方根。

信度的作用表现在：① 信度是测量过程中所存在的随机误差大小的反映。② 信度可以用来解释个人测验分数的意义，测量的标准误是一次测量中误差大小的客观指标，可以对团体中任何一个人的测验成绩作恰当的解释。标准误的公式：$SE = S_x\sqrt{1 - r_{XX}}$。③ 信度可以帮助进行不同测验分数的比较。具体办法是采用差异的标准误来进行差异的显著性检验，其公式为

$$SE = S\sqrt{2 - r_{XX} - r_{YY}}$$

式中，S 为相同信度的标准分数的标准差。r_{XX} 和 r_{YY} 分别是两个测验的信度系数。

值得注意的是：

① 信度系数有多种，一个测验可以有多个信度估计值，同一种信度系数也会因样本、测查时间不同而有多个。

② 信度系数只是对测量分数一致性的估计，但并没有指出不一致的原因。

③ 获得较高的信度只是测验有效的必要条件。

（2）信度系数的估计

① 重测信度：是指用同一个量表对同一组被试施测两次所得结果的一致性程度。其大小等于同一组被试在两次测验上所得分数的皮尔逊积差相关系数。重测信度值越大，说明前后两次测量的结果越一致，被试的心理特质受被试状态和环境变化的影响越小，该测验跨时间的稳定性越好。重测信度较高的测验被用于预测人在短期内的情况是比较好的。

重测信度的误差来源有：测验所测的特性本身就不稳定；成熟、知识的积累、练习和记忆效果这些变量都具有个体差异；此外，还有偶因因素带来的误差。

重测信度使用的前提条件：所测量的心理特质必须是稳定的；练习和遗忘的效果基本上相互抵消；在两次施测的间隔时期内，被试在所要考查的心理特质方面没有获得更多的学习和训练。

重测信度的几点说明：重测信度一般用于反映随机因素导致的变化，不反映行为的长久变化；重测信度要特别注意时间间隔，同一个量表随着第二次测量的时间不同，可以有不同的重测信度；人格测验、速度测验适用于重测信度；要注意提高被试的积极性。

② 复本信度：是指两个平行的测验测量同一批被试所得结果的一致性程度。其大小等于同一批被试在两个复本测验上所得分数的皮尔逊积差相关系数。如果两个复本测验是同时连续施测的，称为等值性系数。这个系数反映两个复本测验的题目差别所带来的变异情况。如果两个复本测验是相距一段时间分两次施测的，则称为稳定-等值系数（重测复本信度）。题目的差别、施测时的时间差别都会导致稳定-等值系数不同。它是对信度最严格的检验，其值最低。

复本信度的误差来源有：非平行测验的两个复本之间的差异；被试的情绪波动、动机变化等；测验情景的变化，偶发因素的干扰等。

复本信度的使用前提：第一，要构造出两份或两份以上真正平行的测验；第二，被试要有条件接受两个测验。

③ 分半信度：是指将一个测验分成对等的两半后，所有被试在这两半上所得分数的一致性程度。将一份测试分为两部分的方法通常使用奇偶法，即按照题目的奇偶顺序分半。也可以采用难度排序奇偶法、随机安置法和内容匹配法等其他方法。采用不同的分半方法会得到不同的分半信度值。分半信度的计算方法与复本信度类似，但需要注意的是被试在两个分半测验上分数的相关只是半个测验的信度，必须使用公式加以校正。

斯皮尔曼-布朗公式：

$$r_{XX} = \frac{2r_{hh}}{1 + r_{hh}}$$

其中，r_{hh} 是两个分半测验的相关系数，r_{XX} 是整个测验的信度值。

斯皮尔曼-布朗通式：

$$r_{nn} = \frac{n r_{11}}{1 + (n-1)\, r_{11}}$$

其中，n 是可能测验长度与原测验长度的比率，r_{11} 是原测验信度系数，r_{nn} 为测验增长成原来的 n 倍时的信度估计值。可以看出，斯皮尔曼-布朗公式仅仅是斯皮尔曼-布朗通式分为两半时的特例。

斯皮尔曼-布朗公式对测验分半的要求比较高，需要两个分半测验严格平行，变异数相等才行。因此当两个分半测验不等价时，需要用到下面两个公式：

i. 费拉南根（Flanagan）公式

$$r_{XX} = 2\left(1 - \frac{S_a^2 - S_b^2}{S_X^2}\right)$$

其中，S_a^2，S_b^2 分别是两个分半测验的方差，S_X^2 是整个测验的总分方差。

ii. 卢龙（Rulon）公式

$$r_{XX} = 1 - \frac{S_d^2}{S_X^2}$$

其中，S_d^2 是两个分半测验分数之差的方差。

分半信度的使用前提：在只能施测一次或没有复本的情况下使用。当一个测试无法分成对等的两半时，分半信度不宜使用。

分半信度的几点说明：第一，有牵连的题目要放在同一半，否则会高估信度；第二，存在任意题或速度测验不易用分半法；第三，如果测验有多个分量表，应在分量表内部排好顺序，再把各分量表的两半组合起来求相关。

④ 同质性信度：也叫内部一致性系数，是指测验内部所有题目间的一致性程度。当一个测验具有较高的同质性信度时，说明测验主要测的是某一心理特质，实测结果就是该特质水平的反映。如果一个测验同质性信度不高，则说明测验结果可能是几种心理特质的综合反映。同质性信度的计算方法有四种。

i. 库德-理查逊公式 20（KR20）

$$r_{XX} = \left(\frac{K}{K-1}\right)\left(\frac{S_X^2 - \sum p_i q_i}{S_X^2}\right)$$

其中，K 是题目数，p_i 为第 i 题的通过率，q_i 为第 i 题的未通过率，S_X^2 为整个测验的总分方差。库德-理查逊公式 20 仅适用于 $(0,1)$ 记分的测验。

ii. 库德-理查逊公式 21（KR21）

$$r_{XX} = \left(\frac{K}{K-1}\right)\left(\frac{S_X^2 - K_{pq}}{S_X^2}\right)$$

其中，各指标与 KR20 相同，只适合分别表示题目的平均通过率和失败率，只有当所有题目的难度接近时才适用。

iii. 克龙巴赫 α 系数

由于库德-理查逊公式只适用于 $(0,1)$ 记分的测试，而实际上，测验采用 $(0,1)$ 记分的时候并不多，所以适用于非 $(0,1)$ 记分的一种内在一致性系数——克龙巴赫 α 系数得到了更为广泛的应用。

$$r_{XX} = \left(\frac{K}{K-1}\right)\left(\frac{S_X^2 - \sum S_i^2}{S_X^2}\right)$$

其中，各指标与 KR20 相同，S_i^2 是所有被试在第 i 题上的分数变异。库德-理查逊公式其实是克龙巴赫 α 系数在 $(0,1)$ 记分时的特例。

iv. 荷伊特信度

设有 n 名被试参加有 K 个项目的测试，测验分数的总变异可分解为被试间变异 $SS_人$、项目间变异 $SS_题$ 和人与试题交互作用 $SS_{人×题}$ 三部分。荷伊特认为可用 $MS_人$ 作为被试方差估计值，用 $MS_{人×题}$ 作为误差方差估计值，并可用下式作为测验信度的估计值：

$$r_{XX} = 1 - \frac{MS_{人×题}}{MS_人}$$

v. 评分者信度：是指多个评分者给同一批人的答卷进行评分的一致性程度。当评分者人数为 2 时，评分者信度等于两个评分者给同一批被试的答卷所给分数的相关系数。当评分者人数多于两个时，评分者信度可用肯德尔和谐系数进行估计。当评分者人数 $K = 3 \sim 20$；被评者人数 $N = 3 \sim 7$ 时，可以直接查 W 表检验，当实际计

算的 W 值大于表中相应值时,说明评分所得信度较高。若被评对象多于 7 个,则可计算 χ^2 值,作 χ^2 检验。计算方法为

$$\chi^2 = K(N-1) \ W, df = N-1$$

（3）信度的影响因素与改进

一个测验的信度与很多方面都有着密切的联系,测验中的各种因素都有可能影响信度。主要的影响因素有:

① 被试方面——单个被试的身心健康状况、应试动机、注意力、耐力、求胜心、作答态度等会影响测量误差,因为这些因素往往会影响心理特质水平的稳定性。对于被试团体,同质性越高（个体差异越小）,所得相关系数（信度）就越低;异质性越高（个体差异越大）,所得相关系数（信度）就越高。

② 主试方面——施测者不按规定施测,给被试暗示协助,指导语不适当,主试的情绪态度期望等都会影响测验信度。对评分者而言,评分标准不一,也会减低测验信度。

③ 施测情境——施测时周围的现场环境因素也构成对测验信度的影响。

④ 测量工具——在测验长度上,测验越长,信度越高;在测验难度上,过难或过易都会使个体间得分差异减小,降低信度;在测验内容上,试题取样不当,内部一致性低,题意模糊,信度则低。

⑤ 两次施测的间隔时间——间隔时间越短,信度越高;间隔时间越长,信度越低。

针对以上这些影响测验信度的因素,常用于提高测量信度的方法有:

① 适当增加测验中与原题目具有较好同质性的题目,增大测验的长度。要注意:第一,新增题目必须与试卷中原有项目同质;第二,新增项目的数量必须适度。

② 使测验中所有试题的难度接近正态分布,并控制在中等水平,这样得分的分布更广,标准差会较大,信度也必然增大。

③ 努力提高测验试题的区分度。

④ 选取恰当的被试团体,提高测验在各同质性较强的亚团体上的信度。一定要弄清楚常模团体的年龄、性别、文化程度、职业、爱好等因素。只有各亚团体信度值都合乎要求的测验才具有广泛的应用。

⑤ 主试者严格执行施测规程,评分者严格按照标准给分,施测场地按测验手册的要求进行布置,减少无关因素的干扰。

2. 测量的效度

（1）效度的定义

效度是指一个测验或量表实际能测出其所要测的心理特质的程度（效度的操作定义）,效度是总变异中由所测量的特性造成的变异所占的百分比（效度的理论定义）。为了准确地理解效度的概念,我们要注意:

① 效度是一个相对的概念。每个测量工具都有自己的目的,测验都是为了特定的目的而设计的;内隐特质是通过外显行为间接测得的,因此心理测量的效度只有程度上的差别,不可能百分之百准确,也不可能为零。

② 效度是测量的随机误差和系统误差的综合反映。只要出现了测量误差,效度必受影响。

③ 判断一个测量是否有效要从多方面收集证据。

（2）效度的估计

比较常见的效度主要有三种,一是用测量的内容来说明目的,为内容效度;二是用心理学上某种理论结构来说明目的,为结构效度;三是用工作实效来说明目的,为实证效度（效标关联效度）。

① 内容效度:是指测验题目对有关内容或行为取样的适当程度,即一个测验实际测到的内容与所要测量的内容之间的吻合程度。估计一个测验的内容效度就是去确定该测验在多大程度上代表了所要测量的行为。因此,要确定一个测验的内容效度必须具备两个条件:

i. 要有定义完好的内容范围。

ii. 测验题目应是所界定的内容范围的代表性取样。

内容效度的确定方法主要采用逻辑分析法。就是请有关领域的专家根据自己的知识经验对量表的有效性（逻辑性）作出判断。其步骤为:

i. 确定测验内容的总体范围。

ii. 确定每个题目所测的内容,逐题比较自己的分类与测验编制者的分类,并做记录。

iii. 编制评定量表,从测验内容所测的技能、题目对所定义的范围的覆盖率、各种题目数量和分数的比例以及题目形式的适当性等方面,对测验作出总的评价。

克龙巴赫还提出一种量化的方法，即用两个测验复本来测同一批被试，若相关高，则内容效度可能高，但若相关低，则说明必有一个测验缺乏内容效度。最后，估计内容效度还有一种经验的方法——再测法。过程是在被试学习之前进行一次测试，学习之后再次测试。如果后测成绩显著地优于前测，则说明所测内容正是被试新近所学内容，进而证明该测验对这部分内容而言具有较高的内容效度。

内容效度主要应用于成就测验，也适用于某些用于选拔和分类的职业测验，不适用于能力倾向测验和人格测验。但是内容效度缺乏理想的数量指标是它最突出的问题。另外，在学习内容效度时，不要把内容效度与表面效度混淆。

② 结构效度：是指一个测验实际测到所要测量的理论结构或特质的程度，或者说测验分数能够说明心理学理论的某种结构或特质的程度。结构是指用来解释人类行为的理论框架或心理特质，是心理学中抽象的假设性的概念、特性或变量。

结构效度具有以下特点：

i. 结构效度的大小取决于事先假设的心理特质理论。具有不同理论构思的测验，其结构效度是无法进行比较的。

ii. 结构效度有时很难获得。当实际测量的资料无法证实我们的理论假设时，并不一定就表明该测量的结构效度低。

iii. 结构效度没有单一的指标，是由各方面的证据累积起来进行评价的。

与内容效度不同，结构效度的确定首先需要对所研究的结构或特质进行界定，提出理论框架，并把这一假设分解成一些细小的纲目，再依据理论框架提出各种可能的有关假设，最后用逻辑或实证的方法验证假设。

要确定结构效度可以有以下几种方法：第一，测验内方法。主要包括内容效度、被试解答测题时的反应过程和测验的同质性。内容效度高，实质上，也说明结构效度高；若有证据显示某一题目的作答除了反映所要测量的特质以外，还反映着其他因素的影响，则说明该题没有较好地体现理论构想，该题的存在会降低结构效度；若有证据表明该测验不同质，则可以断定该测验结构效度不高。第二，测验间方法。主要包括相容效度法、区分效度、会聚效度及因素分析法。相容效度法主要计算新的测验与测量同一特质的、已知效度较高的原有测验的相关系数。如果两个测验的相关系数高，则新的测验有较高的效度。区分效度的基本思想是如果两个测验测量的是不同的特质，即使使用相同的方法进行测量，它们之间的相关也应该很低。会聚效度认为如果两个测验是测量同一特质的，即使使用不同的测量方法，它们之间的相关也应该是高的。因素分析法是通过因素分析找出影响测验的共同效度，测验分数总变异来自有关因素的比例即是该测验结构效度的指标。第三，考察测验的效标关联效度。从效标的性质与种类来推论测量的结构效度。有两种做法：其一是依据效度把人分为两类，考察其得分差异；其二是依据测验得分把人分成高分组和低分组，考察这两组在所测特质方面是否有差异。第四，多种特质-多种方法矩阵法。其原理是若用多种极不相同的方法测量同一种特质相关很高。若有多种特质都接受了多种方法的测查，就可以分别计算出任意两种方法测量同一特质的相关和测量不同特质的相关，以及任意两种特质接受同一方法和不同方法的相关，并以这些相关系数为元素构成一个矩阵。

③ 效标关联效度：是指一个测验对处于特定情境中的个体的行为进行估计的有效性。其中，被估计的行为是检验测验效度的外在标准，简称效标，也就是独立于测验并可以从实践中直接获得的我们所感兴趣的行为。根据效标效度资料搜集的时间差异，效标关联效度可以分为同时效度和预测效度。对于同时效度，测验分数与效标资料是同时收集的，而预测效度中，先获得测验分数，隔一段时间后，再收集效标资料。心理学中常用的效标有：学业成就、临床诊断、实际工作表现、特殊训练成绩、不同团体的总体表现、先前有效的测验、等级评定等。

效标测量要求：i. 有效性。效标测量能真正反映观念效标。效标能够代表理论上测验有效性的主要方面，跟研究的问题真正相关。ii. 可靠性。效标测量应具有较高的信度。iii. 客观性。效标测量必须能真正反映观念效标，防止效标污染。效标污染是指评定者知道被试的测验分数，因而影响对效标的客观评定。控制效标污染最好的方法是不让评分者看到原来测验的分数，保证效标分数与原测验分数的独立性。iv. 实用性。优秀的效标测验应该方法简单，经济实用。

效标效度的估计方法有很多种方法。通常使用相关法、区分法、命中率和功利率等方法。i. 相关法，即计算测验分数与效标测量之间的相关系数。ii. 区分法，其基本思路是根据效标测验的成绩把被试分为两组，然后分析这两组被试原来接受测验的分数差异，若这两组人的测验分数差异显著，则说明该测验有较高的效度。iii. 命中率，当用测验作取舍决策时，决策的正命中率和总命中率是测验有效性的较好指标。所谓总命中率是根据测验选出的人当中工作合格的人数，以及根据测验淘汰的人当中工作不合格的人数之和与总人数之比。该比例越高，测验越有效。所谓正命中率是指用测验选出的人中合格者所占的比例，比例越高，测验越有效。iv. 功利率，即对使用测验所需的费用和所得到的收益进行比较，看是否利大于弊。

（3）效度的影响因素与改进

凡是与测量目的无关的稳定和不稳定的变异都会影响测量的效度。主要有：

① 测验的构成。

i. 测验中所用词汇和句型不能过于困难。

ii. 题目的表达要清楚。

iii. 所编制的测题要适合所要测量的学习结果。

iv. 测题中不能提供额外线索。

v. 测题的编制要合理。

vi. 选择题的正确答案不能有明显的组型。

vii. 测题的难度要适当。

viii. 测题数目。增加测验的长度可以提高测量的信度，进而为提高测量的效度提供了可能。测量长度与效度的公式为：

$$r_{(Kx)y} = \frac{Kr_{xy}}{\sqrt{K(1-r_{xx}+Kr_{xx})}}$$

式中，$r_{(Kx)y}$ 是测验 x 增长至原来的 K 倍以后，新测验与效标（y）的相关（效度系数）；K 为测验增长的倍数；r_{xy} 为原测验的效度系数；r_{xx} 为原测验的信度系数。

② 测验的实施过程。测验在实施过程中，如不遵从指导语的要求，出现意外干扰，评分计分差错等，都会降低测量效度。

③ 接受测验的被试。对单个被试而言，被试的应试动机、情绪、态度、身体状态等都会影响测量信度，造成较大的随机误差，进而影响测量的效度。对于被试团体而言，样本的代表性好，同质性好会有利于提高测验效度。

④ 所选效标的性质

测量行为与所选效标的相似性越高，效度越高。效标本身的测量越可靠，效度就可能越高。此时有一个因素需要重视，测验分数与效标行为之间是否为线性关系，如果不是线性关系，求皮尔逊相关就会得出错误的效度结论。

⑤ 测量的信度。任何误差的增加都会降低测量的效度，所以在考虑测量效度时，要注意测验的信度，信度不高的测验不可能具有很高的测量效度。为了提高测量的效度，需要：

i. 精心编制测量量表，避免出现较大的系统误差。

ii. 妥善组织测验，控制随机误差。

iii. 创设标准的应试情境，让每个被试都能发挥正常的水平。

iv. 选好正确的效标，定好恰当的效标测量，正确地使用有关公式。

3. 信度和效度的关系

（1）信度高是效度高的必要而非充分的条件。一个测验效度高，其信度也必然高；但一个测验信度高，其效度不一定高。

（2）测验的效度受它的信度制约，信度系数的平方根是效度系数的最高限度。

$$r_{xy} \leqslant \sqrt{r_{xx}}$$

一个测验的信度必然比效度高或至少相等。

（三）心理测量的误差

1. 测量误差的定义

测量误差是指在测量过程中由那些与测量目的无关的变化因素所产生的一种不准确或不一致的测量效应。它的含义包括：① 测量误差是由那些与测量目的无关的因素所致；② 测量误差表现为不准确或不一致的两种方式。

心理测量的误差可分为两类：随机误差和系统误差。所谓随机误差是那种由与测量目的无关的、偶然因素引起的，而又不易控制的误差。它使多次测量产生了不一致的结果，其方向和大小的变化完全是随机的，只符合某种统计规律。所谓系统误差即是那种与测量目的无关的因素引起的一种恒定而有规律的效应。这种误差稳定地存在于每一次测量之中,此时尽管多次测量的结果非常一致,但实测结果仍与真实数据有所差异。

系统误差只影响测量的准确性,不影响稳定性。而随机误差既影响稳定性又影响准确性。

2. 测量误差的来源及控制

心理测量的误差来自三个方面:即测量工具、测量对象和施测过程。

心理测量工具通常是一套以测验(问卷)为核心的刺激反应系统(通常称作量表)。当量表在测查人的某种心理特质时,若项目所测的东西与我们欲测的目的之间出现偏差,则测量会出现误差。测量工具信度不好、效度不高是造成误差的两种主要原因。

在测量对象方面,造成测量误差的主要原因是受测者真正水平是否得到正常发挥。一般而言,受测者的某种心理特质水平是相对稳定的,但是他在接受测量时的生理和心理状态会影响其水平的正常发挥。此外,受测者应试动机的强弱、受训时间的长短、受训内容的多少、答题反应的快慢等都会产生测量误差。

在施测过程方面,产生测量误差的原因主要是一些偶然因素,包括施测物理环境,主试的某些属性,评分记分环节出现的疏漏,以及意外干扰等。

知道了误差的来源,就可以根据来源的不同,采取针对性的措施减少误差。

3. 测量误差的估计

经典测量理论假定:实得分数、真分数、测量误差间存在线性关系,用公式表示如下:

$$X = T + E$$

公式中 X 为实得分数或观测分数,T 为假设的真分数(一种测量工具在测量没有误差时得到的纯正值,其操作定义是无数次测量所得结果的平均值),E 为测量误差。

其他关于误差的假设:

(1)如果对一个人测量无数次,其误差之和为0,平均误差为0,即 $\overline{E} = 0$。

(2)误差与真分数相互独立;其中的误差是指随机误差,只与偶然因素有关,而与真分数的大小无关,即真分数与误差分数的相关系数为0。

(3)一个团体的平均真分数 $\overline{T}$ 等于该团体中所有被试实得分数的平均值 $\overline{X}$。在一个团体中,由于每个人的误差都是随机的且方向不同,只要团体足够大,其误差就会相互抵消。因此,其误差和为0。

(4)对于一个团体来说,实得分数、真分数和测量误差之间的关系为:$S_X^2 = S_T^2 + S_E^2$,这里的误差均是指随机误差的变异,系统误差的变异包含在真分数的变异中。即真分数的变异可以分成两个部分:与测验目的有关的变异(有效的变异数)和与测验目的无关的变异(无效的变异数),即 $S_T^2 = S_V^2 + S_I^2$,其中 S_V^2 是有效的变异数,S_I^2 是无效的变异数。

结合以上的公式,可得 $S_X^2 = S_V^2 + S_I^2 + S_E^2$

(四)心理测验的项目分析

项目分析包括定性分析和定量分析。定性分析包括考虑内容效度、题目编写的恰当性和有效性等,重点在于分析测题的内容和形式;定量分析主要是采用统计方法来分析试题的品质。

1. 题目的难度

(1)难度的含义

难度是指测验项目的难易程度。

(2)难度的计算

在二分法记分项目的难度分析中,主要利用项目的通过率作为衡量难度的指标,即以答对或通过该项目的人数的百分比来表示:

$$P = \frac{R}{N}$$

其中,P 为项目难度,N 为全体被试数,R 为答对通过该项目的人数。P 值越大,题目越容易。

当被试的人数较多时,可以先将被试分为三组,取最高的27%被试和最低的27%被试作为高分组和低分组,并分别计算通过率,最后求两个通过率的平均值作为该项目的难度。

$$P = \frac{P_H + P_L}{2}$$

其中,P_H 和 P_L 分别表示高分组和低分组的通过率。

在非二分法记分项目的难度分析中,则常常用下面的公式计算难度:

$$P = \frac{\overline{X}}{X_{max}}$$

其中，$\overline{X}$ 为所有被试在该项目上的平均得分，X_{max} 为该项目的满分。

在对两个非二分法计分的项目进行难度比较时，要对它们分别进行矫正，排除由于猜测而答对某些题目致使通过率增大的可能。矫正公式为：

$$CP = \frac{KP-1}{K-1}$$

其中，CP 为矫正后的难度，P 为矫正前的难度，K 为选项的数目。

（3）难度水平的确定

项目难度水平的确定取决于测验的目的和性质。对于效标参照测验和掌握测验，可不考虑难度。对于选拔测验，应将测验的项目难度控制在录取率左右。对于选择题，难度应该大于猜测概率。无论何种测验，一般都应防止被试得满分，因为满分的意义是不明确的。

（4）难度对测验的影响

① 项目难度普遍较大的测验，分数分布将呈现为正偏态；项目难度普遍较小的测验，分数的分别将呈现负偏态。一般能力测验和成就测验的平均难度在 0.5 左右为宜，正偏态分布适合于筛选性测验。② 过难或过易的测验会使测验分数相对地集中在低分端或高分端，从而使分数的全距缩小。项目的难度以集中在 0.5 左右为最佳，以集中在两端最差。

2. 题目的区分度

（1）区分度的含义

区分度是指测验项目对被试心理品质水平差异的区分能力或鉴别能力。区分度被用作评价项目质量，筛选项目的主要指标和依据。

（2）区分度的计算

① 项目鉴别指数法。当效标成绩是连续变量时，可以从分数的两端各选择27%的被试，分别计算出每道题目上各自的通过率，二者之差便是鉴别指数（D）。D 值越高，项目越有效。

$$D = P_H - P_L$$

项目鉴别指数法只利用了一部分信息，浪费了很多信息，统计结果准确性差一些。而且当项目与效标之间并非为直线关系时，甚至会得出错误的结论。

② 相关法。即以项目分数与效标分数或测验总分的相关作为项目区分度的指标。相关越高，项目的区分度越高。根据不同的情况，可以使用点二列相关、二列相关、Φ 相关和积差相关等。具体方法见心理统计部分。

③ 方差法。被试在某一项目上的得分越分散，则该试题鉴别力越大。

（3）区分度的相对性

① 不同的计算方法，所得区分值不同。一个测验的各个项目要采用同一种区分度指标。

② 样本容量大小影响相关法区分度值的大小。一般来说，样本容量越小，其统计值越不可靠。

③ 分组标准影响鉴别指数。分组越极端，其 D 值越大。

④ 被试样本的同质性程度影响区分度值的大小。被试团体越同质，即个体之间水平越接近，其测题的区分度值越小。

（4）区分度与难度的关系

难度越接近 0.5 时，项目潜在的区分度越大，而难度越接近 1.00 或 0 时，项目潜在的区分度越小。因此为了使项目具有较高的区分能力，应该使所有项目都保持在 0.5 的难度最为理想。但是从整体来说，这样做会使测验所提供的信息相对减少，所以，在利用项目分析选择试题时，应使项目的难度分布广一些，梯度大一些，使整个测验的难度分布呈正态分布，且平均水平保持 0.5 左右。这样才能把各种水平的人都区分开来，并且区分得比较细。

3. 题目的综合分析和筛选

在题目的筛选过程中，第一，要看区分度。低区分度的题目是不能有效鉴别被试的。根据测验的目的，选择测题优劣的评鉴标准，一般来说 0.3 以上是比较好。但是因为考虑到区分度的相对性，在评价项目的有效性时，应考虑到测验的目的、功能以及被试团体的总体水平，不能将区分度作为筛选试题的绝对标准。

第二，要考虑难度。难度一般在 0.35 到 0.65 之间比较好，但就整个测验而言，难度为 0.5 的测题应居多，也需要保留一些题目难度较大和较小的测题，使难度成一个 0.5 为平均分的正态分布，难度分布广一些，梯度大一些，这样测验分数才能将各种水平的人区分出来，并且区分得较细。但是同时，要考虑到量表的信度，难度的分布又不能太广，这不利于信度。

如果是人格测验、态度测验以及心理健康测验等等，所需的则不是难度，一般为 0.1 ~ 0.3，以保证每个被试能理解测题的意思。如果是标准参照测验，则应该根据编制测验时确定的目标来选择难度。

根据区分度和难度水平选择出合适的测题后，应该对照与原来的双向细目表考虑所选的测题所代表的行为类别之间的比例是否失调，如果失调，应加以调整。

第三，要进行选项分析。就是对选择题后面提供的几个答案的分析。此时主要的异常情况有：正确答案无人选择，或少于其他选项的人数；错误答案选的人太多；正确选项上的高分组选择人数少于低分组；错误选项上的高分组选择人数又多于低分组；某个选项无人选择；未答的人数较多。

第四，分析出现上述异常情况的原因，并酌情修改选项或题目。不要轻易丢弃不符合要求的项目，因为：（1）用内部一致性分析所求得的区分度不一定能代表试题的效度。（2）区分度指数低的试题不一定表示该题有缺点。要详细分析区分度低的原因，并保留题目，作为测验一项重要的学习结果的记录，以备日后使用。（3）课堂测验的项目分析资料的有效性是随时空而变化的，并非固定不变的。（4）研究表明，编制新的项目需要的时间几乎比修订现存项目长 5 倍。

另外，如果做因素分析，还要看题目的负荷量与题目间的相关，对于题目过少的因素，也要考虑删除。题目的筛选要考虑量表的长度。一个测验的长度应该根据测验的时限、对象的年龄、测验的性质而定。

三、项目反应理论

（一）单维性假设与项目特征曲线

单维性假设是指测验只测量被试的某一种能力（如计算能力），而可以忽略其他能力对测验结果的影响（如阅读能力）。项目特征曲线假设是指被试对测验项目所作反应的概率遵循一定的函数关系，这种函数关系可以用项目特征曲线表示出来。

项目特征曲线（ICC）是指用能稳定反映被试水平的潜在特质变量替代卷面总分作为回归曲线的自变量的曲线，记作 $P(\theta)$。用来拟合项目特征曲线的函数，称作项目特征函数（ICF）。其中，Logistic 函数的表达式为：$P(\theta)=C+[1-C]/[1+e^{-1.7a(\theta-b)}]$。其中，参数 C 为伪机遇水平参数，C 值就是实际测验中被试纯凭机遇作答而成功的概率。高质量的题目应有较小的 C 值。参数 b 称为题目难度。难度为 b 的题目，若排除 C 的影响，潜在特质 θ 值恰等于 b 的被试在该题目上的正确作答的概率为 0.5。题目的难度参数也是特征曲线的定位参数。b 值确定后，项目特征曲线在横轴上的位置也就确定了。参数 a 是题目的区分度，反映测验题目对被试水平区分能力的高低，是曲线拐点处切线斜率的函数值。a 值越大，曲线越陡峭，说明题目起到了把 b 值附近被试精细区分的作用。

ICC 反映了被试对某一测验项目的正确反应概率与该项目所对应的能力或特质水平之间的一种函数关系。

（二）单参数模型、双参数模型和三参数模型

单参数模型（1-PLM）只有"难度"一个参数（通常以 b 符号表示）。项目特征曲线上答对试题概率为 50% 的一个点，叫做转折点 $P(\theta)=0.50$，从项目特征曲线垂直落在横轴（能力）上的交叉点为 $\theta=b$（难度）。理论上，难度的范围从负无限大到正无限大，就 logit 值换算的概率而言：+5logit = 99%，+3logit = 95%，-5logit = 1%，-3logit = 5%，所以一般设定的范围 -3.0 ~ +3.0，较大样本设定的范围 -5.0 ~ +5.0。项目反应理论单参数模型的公式为：$P(\theta)=1/\{1+\text{EXP}[-1.7\times(b-0)]\}$，单参数模式只有难度的变化影响到曲线的位置，而其外形都相同。

双参数模型（2-PLM）除"难度"外增加了"鉴别度"参数，也就是项目特征曲线的斜率（通常以 a 符号表示）。鉴别度表示被试在能力量尺上的位置。项目特征曲线中间部分越陡峻，表示该试题越具有鉴别力，越平坦则鉴别力越弱。项目反应理论双参数模型的公式如下：$P(\theta)=1/\{1+\text{EXP}[-1.7\times a\times(b-0)]\}$。在理论上鉴别度的范围从负无限大到正无限大，而实际应用时，理想的鉴别度约在 +0.50 ~ +2.00。

三参数模型（3-PLM）为"难度"、"鉴别度"和"猜测度"3 个参数。三参数模型的项目特征曲线在低能力一端如果出现非零的概率渐近线，此点 $P(\theta)$ 为猜测度（通常以 c 符号表示）；即 θ 为 $-\infty$ 时，如果 $P(\theta)\neq0$，则 $P(\theta)$ 为猜测度。它代表猜对试题的概率，通常选择性的试题有猜测的可能，猜测度不因能力不同而变化，所有的人都具有一样的机会猜对试题，其理论值是从 0 ~ +1.0。认知测验因为考虑"猜测"因素，所以偏好三参数模型。估计时，如果是是非题，猜测度的起始估计值设定为 0.5，四选一的选择题起始估计值设定为 0.25；最后的估计结果可参考 Baker 的标准分析。Baker（1985 年）认为："实用时通常在 0.35 之下，超过 0.35 则不被接受。"项目

反应理论三参数模型的公式如下：

$$P(\theta) = c + (1-c)/\{1 + EXP[-1.7 \times a \times (b-0)]\}。$$

（三）项目信息函数与测验信息函数

项目信息函数反映了不同特性（参数）的项目在评价不同被试特质水平时的信息贡献关系。项目信息量的大小由项目参数和被试特质水平决定。项目提供的信息量越大，表明这个项目在评价此被试特质水平时越有价值。

测验信息函数则是项目信息函数的累加和。测验信息函数反映了整个测验在评价不同被试特质水平时的信息贡献关系。测验提供的信息量越大，则该测验在评价该被试特质水平时越精确。

测验和项目信息函数有如下重要性质：（1）每个项目所提供的信息量是它所测被试特质水平的函数，因而项目及测验信息函数值均是针对某一被试特质水平来说的，随被试特质水平取值的不同而变化；（2）每个项目在某一特质水平处所能提供的信息量还受项目自身特性的影响：区分度越大、猜测可能越小，所能提供的信息量越多；（3）每个项目所提供的信息不受其他项目的影响，测验中各项目均独立地对测验总信息作贡献，项目信息函数具有可加性，测验信息函数等于所含全部项目的信息函数之和；（4）测验信息函数在某一特质水平上的值的平方根的倒数，即该点特质水平估计值的估计标准误。

四、概化理论

（一）方差分量的估计

概化理论运用实验设计与方差分析（ANOVA）技术，对心理与教育测量中产生的总变异进行分解。方差分量估计是进行概化理论分析的关键，因为要得到 D 研究的相关统计量，如信噪比、概化系数、可靠性指数等都依赖于 G 研究所估出的方差分量。方差分量估计在概化理论分析中相当重要，只有得到准确的方差分量，概化理论使用者才能充满信心。但与其他统计量一样，概化理论下估计出的方差分量受限于抽样，不同的抽样样本所估计的方差分量可能不一样，这就要求进行方差分量估计时对其变异量进行探讨。

（二）概化系数与可靠性指数

用相对误差估计出来的信度系数是概化系数或 G 系数，是测量目标的有效变异占有效变异与相对误差变异之和的比值。用绝对误差估计出来的信度系数是可靠性系数或 φ 系数，是测量目标自身的分数变异在全体分数变异中所占的比率。概化系数和可靠性系数代表了测验信度的高低，它们分别表示常模参照测验和标准参照测验中的信度水平。随机误差由测量目标自身的稳定性以及各种因素间的交互作用引起，系统误差则由各个测量侧面引起。概化系数和可靠性系数的开方等于实得分数与其真实水平之间的相关，其值越高，则测验信度就越高。

（三）G 研究与 D 研究

研究者设计的测验情境关系及用一定方法采集的测验数据被称为测验的观察领域。G 研究在观察域上收集数据。G 研究的目的是要定量估计观察领域中测量目标的方差以及各个测量侧面所产生的测量误差方差。它采用的方法是方差分量分析法。它要分解总体方差，把数据分为三类方差。第一类是测量目标主效应方差，第二类是测量侧面主效应方差，第三类是各种交互效应方差。

D 研究也称作决策研究。D 研究的目的是利用 G 研究的结果数据，在原设计的测验情境关系范围之内，分析比较各种可能的测验方案。测验工作者可以根据分析结果，结合可能的实施条件优选实际测验方案。D 研究最终提供的是各种测验方案下的测验误差估计值。所谓各种测验方案都是在原设计方案采集的数据范围内，对测验情境关系作出各种不同的调整而得到的。调整的方法之一是固定某一个或某几个测量侧面，使这些侧面的效应方差成为测量目标效应方差的一部分，但这种调整是以缩小测验结果的解释范围为代价的。调整的另一种方法是改变某个或某几个测量侧面的水平数，这意味着增加测量的重复数，同样可以达到提高测量精度的目的。调整的第三种方法是改变测量数据的采集方法，主要是将交叉设计的数据部分或全部地改为混合设计或嵌套设计，以达到减少投入、简化测量的目的。

D 研究给出了两个比较优劣的误差指标：一个叫做相对误差方差，一个叫绝对误差方差。相对误差方差是所有与测量目标有关的交互效应方差之和，绝对误差方差是除测量目标效应方差之外的所有方差之和。

D 研究进一步给出了测验精度的两个综合指标：一个是衡量常模参照性测验质量的概化系数，一个是衡量目标参照性测验质量的依存系数，分别称作 G 系数和 Ψ 系数。G 系数是测量目标效应方差与测量目标效应方差加相对误差方差之和的比，它是对常模参照测验分数稳定性程度的度量。Ψ 系数是测量目标效应方差与总效应方差之比,它是对目标参照性测验分数稳定性和一致性两种程度的度量。

在效度研究方面,概化理论的效度可以在原设计的测验情境下,在 D 研究中应用 G 研究结果直接计算求解,所得值的确切含义是:用某一侧面的重复数据估计测量目标一般水平时的效度。

第四章　心理测验及其应用

一、心理测验的编制技术

(一) 心理测验编制的基本程序

不同性质的心理测验有不同的编制方法,但其基本编制程序一致。一般要经过以下几个过程:(1) 确定测验目的。(2) 制定编题计划。(3) 编辑测验项目。(4) 预测与项目分析。(5) 合成测验。(6) 测验标准化。(7) 鉴定测验。(8) 编写测验说明书。

1. 确定测验目的

这一步就是要明确测量对象、测量目标和测量用途。针对不同的对象、目标和用途,要设计不同的测验题目。

2. 制定编题计划

这一步就是要确定测验的总体构思。要明确测验的内容,使测验的内容全面而具有代表性,不致偏离了应测的范围,并要明确各个内容的相对重要性。

3. 编辑测验项目

这一步就是要解决下面三个问题:第一,收集测验资料。测验资料要丰富,要有普遍性,要有趣味性。第二,选择项目形式。项目形式应该使受测者容易明了测验方法,使受测者在完成测验时不会因测验项目的形式不当而做错,测验经济,省时省力。第三,编写测验项目。此时要注意:① 测验项目的取样应当对欲测心理品质具有代表性。② 测验项目的取材范围要同编制计划所列项目范围相一致。③ 测验项目的难度应有一定的分布范围。④ 编写测验项目的用语要力求简单明了。⑤ 初编题目的数目要多于最终所需要的数量,以便筛选或编制复本。⑥ 测验项目的说明必须简明。

4. 预测与项目分析

预测时要注意,预测对象要有代表性,预测情境要力求与正式施测一致,预测时间可以适当延长,保证受测者完成测验,应该对预测中受测者的反应给予记录。项目分析就是对预测结果的统计分析,确定项目的难度和区分度。

5. 合成测验

这一步要完成测试项目的选择和编排以及复本的编制。测验项目的选择要考虑测验的性质、项目的难度和项目的区分度三个因素。测验项目的编排一般要由易到难,这样可以避免受测者在难题上耽搁时间,影响后面项目的解答。在测验最后可有少数难度较大的题目,以测出受测者的最高水平。常见的测验项目排列方式有并列直进式和混合螺旋式。等值复本的编制要注意各分测验测量的是同一种心理特质,各分测验具有相同的内容和形式,各分测验不应有重复的项目,各分测验项目数量相等,并且有大体相同的难度和区分度。

6. 测验标准化

测验的标准化是指测验的编制、实施、评分以及分数解释都有统一的标准,以减少无关因素对测验的影响。具体来说测验的标准化应该包括测验内容的标准化,即所有受测者施测相同的或等值的题目;施测过程标准化,即受测者在相同的测验情境下,接受相同的指导语,在规定的相同测验时限内完成测验;测验评分的标准化,即两个或两个评分者对同一份测验试卷的评定是一致的;测验分数解释的标准化,即对于同一测验结果给出相同的解释。

7. 鉴定测验

主要指确定测验的信度系数和效度系数,同时实现测验结果的数量化,用一定的量表作为标准化的记分制度。测验编制者为了说明和解释测验结果,必须根据测验的性质、用途以及所要达到的测量水平,按照统计学的原理,把某一标准化样本的测验分数转化为具有一定参照点、等值单位的导出分数,就称为测量量表。常见的测量量表有百分等级量表、标准分数量表、T 量表、发展量表、智力商数量表等。如果将标准化样本的测验分数与相应的某一级或几个测验量表分数一起用表格的形式呈现出来，就是该测验的常模。

8. 编写测验说明书

最后一步要编写测验说明书，告诉使用者如果使用该测验。

（二）测验目标与命题双向细目表

分析测验目标主要包括两个方面：

（1）确定能表征所欲测量的心理结构的行为。主要方法有：① 回顾以往的研究成果。考虑别人用何种行为来界定该心理结构且效果理想。② 考虑时代特点。由于时代的进步，某种行为或者操作对于人们的重要性会发生变化。③ 了解受测群体实际情况。深入欲测量的对象进行实地考察，一则验证所想要依据的理论是否有可行性，二则可以发现理论所没有涵盖的具体问题和具体方面。④ 向有关专家、资深学者咨询和请教。

（2）确定每一类行为的项目比例。行为类别确定以后，要确定每一类行为的项目比例，其实就是每一类行为在心理结构中的比重问题。平衡项目之间的比例目的是使测验结构的各种行为的比重与测验者所认为的比重相当。此时通常要制定一张命题双向细目表，用以标明测验内容分类和目标分类，定出各个分类组合的权重，其次要确定使用题型和各种题型的比例，以及全卷的难度分布。之后的量表编制都要以此为依据。

（三）题目编制技术

1. 题目编制的一般原则

不同性质的测验对题目的编制有不同的要求，但有一些基本原则是所有题目编制过程中都要遵守的。这些原则包括：

（1）试题要符合测验的目的。

（2）内容取样要有代表性。

（3）题目格式不要使被试产生误解。

（4）文句要简明扼要，既排除与解题无关的因素，又不可遗漏解题所依据的必要条件。要避免使用艰深的字词。

（5）应有不致引起争论的确定答案（创造力测验、人格测验除外）。

（6）各个题目必须彼此独立，不可互相牵连，不要使一个题目的回答影响另一个题目的回答。

（7）题目中不可含有暗示本题或其他题正确答案的线索。

（8）题目内容不要超出受测团体的知识和能力。

（9）所提问题应避免涉及社会禁忌与个人隐私。

（10）施测与评分省时。

2. 测题的种类及编制

根据受测者的应答方式不同，可以有固定应答型题目和自由应答型题目。固定应答型题目，即客观题，包括：是非题、选择题、匹配题等。

（1）是非题。提供许多陈述句或疑问句，要求被试在两种可能的回答中选择一个。判断题命题容易，评分简单省时，被试回答方便，一般在教育测验中使用得较为广泛。其缺点在于这种格式只适用于考查被试对简单观念或知识的了解，从而会鼓励被试去记忆无关的知识，忽略教材的重要部分。此外，被试还容易猜测，分数受机遇的影响较大，可靠性自然也差。

（2）选择题。一般包含两个部分，题干和选项。被试的任务就是从选项中选择一项自认为正确的答案。测题的难度取决于所考核的知识点本身以及错误答案的迷惑性程度。选择题的优点在于使用范围广，既适用于文字和数字的材料，也适用于图形材料；不仅评分简单、省时、客观，而且相比是非题，它更少受猜测的影响。缺点是编拟迷惑答案比较困难，尤其是编拟高难度的选项时更难；选择题无法测量出被试的言语表达能力和概括、组织能力；猜测影响仍然不能完全排除。

（3）匹配题。适用于测量概念与事实之间的关系。测题结构上包含两个部分，一为一组刺激项目，另一个为一组反应项目，通常是在后者中选出与前者相适合的项目。匹配法除了具有选择法的优点以外，它的测题还可以同时考核较多的有相互关联的材料，因此覆盖面较广，编拟起来也相对容易。但它对选项的同质性要求较高，有时为了力求同质，会将一些不太相干的或不太重要的内容也编进去。

自由应答型题目，即主观题，包括：填充题、简答题、应用题、论文题、联想题、操作题等。

简答题要求被试用一个正确的短语、句子或较为简单的一段文字来完成测题。简答题的优点有：① 简答题的编写相对比较简单、灵活，不易受猜测的影响；② 简答题可以测量各种层次的知识和能力，应用较为广泛。③ 简答题在各类题型中是最易于编制的一种，不用考虑选项之间的同质性问题。简答题的缺点是不能测量复杂的知识和能力，评分也不够客观且费时。

（四）测验标准化

测验标准化是指对影响测验目的的无关变量的控制过程，其具体内容包括四个方面：内容标准化、施测标准化、评分标准化、建立常模。

（1）内容标准化有两层含义：其一，测验题目必须能测量所要测的目标，题目内容应是总体的代表性取样；其二，对所有的被试必须实施相同的或等值的测验。

（2）施测标准化是指让所有的被试都在相同的情绪条件下接受测验，产生真实的行为反应。这就要求施测时必须有统一的指导语和统一的时间限制。

（3）评分标准化是指评分的客观性。客观性意味着在两个或两个以上的受过训练的评分者之间有一致性。如对主观性试题的评分，要有标准答案和评分细则，使评分有客观依据。

（4）建立常模是为了能标准化地解释测验分数，常模分数是使用测验的人用来解释被试分数的唯一依据。个人的分数只有和常模分数作比较，才能显示出它所代表的真正意义。建立常模的方法是，在使用这个测验的群体对象中，通过分层随机抽样，选取一个标准化样本，对这个样本实行标准化施测程序，将所有分数进行统计整理，得到的这个标准化样本的平均数以及分数分布情况，就是这个测验的常模。

（五）测验等值技术

测验等值就是通过对考核同一种心理品质的多个测验作出测量分数系数的转换，进而使得这些不同测验的测验分数之间具有可比性。测验等值可使各个不同形式的测验分数对应起来，测验主持者可以任意指定其中的一个分数形式作为基准，而使其他形式的分数都转化到这个基准形式上。

测验等值中测量分数系统的转换与原始分数和导出分数之间的转换不同。等值转换的目的是为了比较两个不同测验形式之间的实测分数，导出分数转换是为了将一个实测分数转换到一个可评价个体相对位置的分数系统上去。等值转换是两个或多个不同测验形式分数系统的转换，导出分数转换是一个测验形式不同分数系统的转换，两者之间是有本质差异的。

测验等值关系与两测验之间的预测关系也不同。测验等值关系是测验同一种心理品质的多个不同测验、测验分数之间的转换关系，各个测验之间处于平等的地位。而预测关系是从预测源的测试出发来预估预测目标的水平，预测源与预测目标之间的关系是不平等的。

1. 测验等值的条件

（1）同质性。不是测同一种心理品质的测验是不能被等值的。

（2）等信度。等值的不同测验形式必须有相等的测验信度。

（3）公平性。指考生参加等值的不同测验形式中的任一个的测试，等值后的结果都一样，不能出现参加不同形式的测试等值后的结果不同的情况。

（4）可递推性。测验 X 与测验 Y 之间的等值关系以及测验 Y 与测验 Z 之间的等值关系，可以递推出测验 X 与测验 Z 之间的等值关系。

（5）对称性。从等值的两个测验中的任何一个测验出发，得到的等值结果都应该是相等的。

（6）样本不变性。等值关系不因测试样本的影响而发生变化。

2. 测验等值的一些基本概念

（1）经典理论等值与项目反应理论等值。两种等值的区分在于实施等值时以何种理论为指导。

（2）测验分数等值与项目参数等值。根据测验等值直接操作对象的不同而构成的一对概念。等值直接操作的对象是测验的原始分数，直接找到两测验分数的转换关系，这就是测验分数等值。等值直接操作的对象是测验项目参数，则称为项目参数等值。

（3）水平等值和垂直等值。根据测验试卷的难度和被试能力分布是否有差异而区分的一对概念。如果被等值的两测验难度水平大体相当，受测团体的能力分布也相似，则为水平等值。如果等值测验的难度水平有明显差异，受测团体的能力水平也不相同，两个测验形式的等值称为垂直等值。

（4）测验等值设计。为了寻找不同测验形式之间的等值关系而预先对数据的采集方法、等值实现的途径、等值的计算方法进行周密的设计，称为测验等值设计。等值设计做得越科学，等值的效果越好。

（5）锚测验。在测验等值设计中，有时会采用一组测验试题来关联两个待等值的测验形式，以便寻找形式上的等值关系,这些测验试题被称为锚测验。锚测验在采集等值数据时,必须分别伴同两个待等值的测验形式向不同被试群体施测。锚测验应与原测验一样测同种心理品质,应与原测验有相同的测验信度,长度一般不应小于原测验的1/5。理论上锚测验是越长越好,但不应造成被试的疲劳和厌倦。

(6)数据平滑法。测验等值数据的采集过程中,由于条件限制,数据的稳定性不可能很理想,表现在分数分布曲线的光滑性很差,特别在分布的两端。有必要对这种样本分布作一些技术处理,使得分布曲线趋向于比较光滑,统计上把这种技术称为数据平滑法。

(7)等值标准误差。测验等值的任何方法都要通过采集样本数据而完成计算,等值的结果肯定会受到抽样的影响而产生误差。测量学里由抽样引起的等值误差称作等值标准误差。等值标准误差随等值分数的大小而变,其总趋势是等值分数越趋于分布的两端,等值的标准误差越大。

(8)等值偏差。在测验等值中除了抽样引起等值误差之外,等值处理方法不当也会引起等值误差,测量学上把这种等值误差称为偏差。抽样引起的等值标准误差与处理方法不当引起的等值偏差常构成一对矛盾。

3. 测验等值计算的基本方法

测验等值的计算方法主要可以分为两大类:一类叫等百分位等值法,一类叫线性等值法。等百分位等值所依据的原理是:两个分数,一个在测验形式 x 上,另一个在测验形式 y 上,如果这两个分数对于任何一个被试群体都有相同的百分等级,那么这两个分数就被认为是等值的。寻找与 x 分数等值的 y 分数,只要找到与 x 分数有相等百分等级的 y 分数就可以了。

线性等值依据的原理是:两个分数,一个在测验形式 x 上,另一个在测验形式 y 上,如果对于任何一个被试群体,它们各自的标准分数都相等,这两个分数就被认为是等值的。用数学公式表示就是: $x-S_x=y-S_y$,改写成:

$$y=A_x+B$$

其中, $A=S_y/S_x$, $B=-A$, A 和 B 被称为等值常数。

4. 常用测验等值设计

设计一:随机分组——每组实施一个测验;设计二:随机分组——各测验对每组都实施;设计三:随机分组——每组各实施一个测验,锚测验向每组实施;设计四:非随机分组——每组各实施一个测验,锚测验向每组实施。

二、心理测验的施测

(一)测验的设计

测验的设计应该包括题目、前言和指导语、问题、选择答案和结束语等几部分的设计,涉及的内容有测验结构的确定、测验题目表述方式的设计、问题排列方式的设计、回答方式的设计等。测验设计的好坏直接决定测验的回收率和有效率,直接涉及研究结果的科学性。

(二)测验的程序和步骤

1. 测验开始前的准备

主试在测验前必须预先完成准备,主要包括主试本身的准备和测试的准备两个方面。

首先,主试在测试前要熟悉测验的结构和内容及其使用方法。主试要有熟练的测验技术,并事先受过严格的训练。主试要熟悉测验的内容,掌握施测步骤,掌握计分方法,掌握解释分数的技术,能够熟记测验指导语并能用口语清楚而流利地说出来。

其次,准备好测验材料。施测者必须把施测中所要看到的材料按一定顺序放置在适当的位置,使受测者易于看到和找到,以免手忙脚乱。

再次,准备测验的环境。尽可能通风、采光良好、避免噪声,桌椅高度、大小合适,挂牌以防止意外干扰等。

最后,提前预告测验。一定要与被试、被试的家长或者被试所在学校等在被测对象、时间和地点等方面事先做好约定,不要临时应付,造成被试情绪上的波动,影响测试的正常进行。

2. 测验的具体实施

在测验的具体实施中,要注意以下几个方面:

(1)指导语。心理测验的指导语通常包括对测验目的的说明和对题目反应方式的解释。指导语直接影响受测者反应的态度和方式。主试在每次测验中要都能对被试以同样的话语表达指导语,指导语中不要暗示受测者,要尽量保持中立的态度。

(2)控制测验焦虑。测验焦虑是指被试因接受测验而产生的一种忧虑和紧张情绪,它会影响测验结果的真实性。施测中,主试要避免以下4种态度,以免使被试产生过度的焦虑。① 以测验来威胁被试;② 警告被试一定要尽力,因为这个测验很重要;③ 告诉被试要快,才能完成测验;④ 恐吓被试。

(3) 与被试建立良好的协调关系。良好的协调关系指的是施测者努力设法引起受测者对测验的兴趣,取得他的合作,以保证他能按照标准测验指导语行事。

(4) 要及时和清楚地记录被试的反应,以免记录不清,浪费时间和精力,或者依靠模糊不清的记忆来计分,增大误差。

3. 测验后的计分

计分的基本步骤一般为:(1) 及时和清楚地记录被试的反应;(2) 制作标准答案,也称计分键;(3) 将反应和计分键相比较,给反应归类或赋予分数值,经过这几步可以获得测验的原始分数。原始分数是最基本的分数,是测验后最初获得的分数。要使测验分数具有意义,并且使不同的原始分数可以比较,这就需要对它们进行适当的转化处理或者与参照标准加以对照。经过处理和对照参照标准所得的分数就是导出分数。

4. 分数的解释

测验分数的解释涉及两个问题:第一,如何看待测验分数的意义;第二,如何将测验分数的意义告知给受测者。

对于测验的解释,高德曼曾提出一个含有三个纬度的解释模型,可作为解释分数的参考。这三个纬度分别是解释测验分数的类型、资料处理的方法和资料的来源。他提出解释测验分数的4种类型:叙述的解释、溯因的解释、预测的解释和评价的解释。资料处理的方法有两种:机械的处理与非机械的处理。资料的来源有两种:测验资料和非测验资料。

在解释测验分数的意义时,应遵循以下几个基本原则:

(1) 主试应充分了解测验的性质和功能。

(2) 对导致测验结果原因的解释应慎重,谨防片面极端。

(3) 必须充分估计测验的常模和效度的局限性,一定要依据从最相近的团体、最相匹配的情境中获得的资料。

(4) 解释分数应参考其他有关资料。

(5) 对测验分数的解释应以"一段分数"来解释,而不应以"特定的数值"来解释。

(6) 对来自不同测验的分数不能直接加以比较。如需加以比较,必须将二者放在统一的尺度上。当两种测验取样于相同范围时,人们常用等值百分位法将两种测验分数等值化。

以上是分数解释中要遵守的原则,同样,在给当事人报告测验分数时,也要遵守一些原则:(1) 使用当事人所能理解的语言。(2) 要保证当事人知道这个测验测量或预测了什么,这里并不需要作详细的技术性解释。(3) 如果分数是以常模为参考的,就要使当事人知道他是和什么团体在进行比较。(4) 要使当事人认识到分数只是一个估计。(5) 要使当事人知道如何运用他的分数。(6) 要考虑测验分数将给受测者带来什么影响。(7) 测验结果应向无关的人员保密。(8) 对低分者的解释应慎重小心。(9) 报告测验分数时应设法了解当事人的心理感受,并采取适当的措施加以引导。

三、测验常模

(一) 常模与常模团体

常模团体是由具有某种共同特征的人所组成的一个群体或群体的一个样本。常模团体的分数分布,就是常模。常模团体的确定应该注意:

(1) 群体构成的界限必须明确。对每个常模团体的性质和特征必须有一个简短且明确的描述。

(2) 常模团体必须是所测群体的代表性样本。要注意克服取样偏差,遵循随机化原则,采用统计学的方法抽取样本。

(3) 取样的过程必须明确且有详尽的描述。在一般的测验手册中,要详细介绍取样的大小、取样方法、取样时间等,越明确、越详尽越好。

(4) 样本大小要适当。从统计学原理上说,样本是越大越好,但考虑到经济、实用等因素,样本数量也不能无限扩大。样本大小可以根据以下几方面来确定:

① 常模总体的数目。总体数目小,则样本数目也小;总体数目大,样本数目也应大。一般来说,样本最好应有30~100人;如果是全国性常模,一般应有2 000~3 000人为宜。

② 总体性质。总体性质越复杂,样本容量就越大。

③ 测验结果的精确度。精确度要求越高,样本量就越大。

(5) 常模团体必须是近时的。过时的常模是不能作为参照标准的。

(6) 注意一般常模与特殊常模的结合。可使被试与最接近的群体进行比较,解释分数也会更加精确。

(二) 分数的转换与合成

被试在接受测验后,根据测验的记分标准,对照被试的反应所计算出的测验分数称作原始分数。原始分数反映了被试答对题目的个数或作答正确的程度。但是原始分数不能直接反映出差异状况,不能刻画出被试相互比较后所处的地位,所以要转换成为导出分数。导出分数是在原始分数转换的基础上,按照一定的规则,经过统计处理后获得的具有一定参考点和单位,且可以相互比较的分数。这种按某种规则将原始分数转化为导出分数的过程称为分数的转换。

常见的导出分数有:

(1) 百分等级。一个原始分数的百分等级是指一个群体的测验分数中,得分低于这个分数的人数的百分比。百分等级是一种相对位置量数具有可比性,且具有易于计算,解释方便等优点,较适用于不同的对象和性质不同的测验。另外,百分等级不受原始分数分布状态的影响。

但是百分等级是一种顺序量数,在统计中不具有可加性。主要的缺点有:① 单位不等,尤其在分配的两个极端。如果原始分数的分配是正态或近似正态,则靠近中央的原始分数转换成百分数时,分数之间的差异被夸大;而在原始分数分布的极端值附近,百分等级却反应迟钝。② 百分等级只具有顺序性,而无法用它来说明不同被试之间分数差异的数量。③ 百分等级是相对于特定的被试团体而言的,所以,解释时不能离开特定的参照团体。

(2) 标准分数。标准分数是一种具有相等单位的量数,又称作 Z 分数。标准分数以平均数为 0,标准差为 1 的量表来表示,其值的正负表示某原始分数是落在平均数之上或是之下。标准分数不受原始测量单位的影响,并可接受进一步的统计处理,也便于在两个以上测验分数之间进行比较。

但是标准分数的计算依据复杂的统计学原理,难以被一般人理解,并且标准分数在事实上一半是负号,且单位过大,应用不便,最后,如果分数的分布由于种种原因发生畸变,用标准分数并不能改进分数的分布。

由于标准分数与原始分数的分布形态相同,所以只能在两个原始分数分布形态相同或相近时才能运用标准分数进行比较。为了使来源于不同分布的分数可以比较,可使用非线性变换,将非正态分布的分数强制性地扭成正态分布,形成正态化标准分数。具体方法可详见心理统计部分。

(3) 标准分数的变式。小数和负数的存在给线性的和正态化的标准分数在计算和解释上带来不便,为此,要将标准分数作线性变换,使其容易记录和解释。一般的转化形式为:

$$Y = m + k(Z)$$

其中,Y 为转化后的分数,而 m 和 k 为常数。所选择的 m 将为转化后新的分数分布的均数,而 k 则为标准差。

① T 分数

当以平均数为 50,标准差为 10 来表示时,则称为 T 分数。T 分数的转换公式为:

$$T = 50 + 10(Z)$$

T 分数除了仍保留 Z 分数的两个优点:单位等距和可以对两个以上不同测验分数进行比较外,它的主要优点是迫使分数呈正态分布。

② 标准九分数

标准九分数是将原始分数分成九部分的标准分数系统。若原始分数服从正态分布,它是以 0.5 个标准差为单位,将正态曲线下的横轴分为九段,最高一端为 9 分,最低一端为 1 分,中间一段为 5 分,除两端外,每段均有半个标准差宽。

③ 标准分数变式的其他形式

标准分数的其他变换形式还有很多。比如,美国大学入学考试委员会使用的标准分数为 CEEB 分数,公式为 $CEEB = 100Z + 500$,平均分数为 500,标准差为 100。韦氏智力测验采用的离差智商,转换公式为 $IQ = 15Z + 100$。平均分数为 100,标准差为 15。我国一种出国人员英语水平考试的标准分数为 $EPT = 20Z + 90$,平均分数为 90,标准差为 20。

标准分数的各种变式均具有等单位的特点,便于进一步的统计分析;在正态分布下,可以利用正态分布表将各种导出分数与百分等级分数作换算;正态分布下,运用某种变式分数可以将几个测验上的分数作直接的比较。即使是非正态分布,也可运用由正态化的 Z 分数转换得到的变式分数进行直接比较分析。

但是标准分数的各种变式,其分数过于抽象,不易理解,并且对于非正态分布,形态不同的变式分数仍然不能相互比较,也不能相加求和。

（三）常模的编制

（1）确定测验将用于哪一个群体。选定最基本的统计量,决定抽样误差的允许界限,在此基础上设计具体的抽样方法,并对该群体进行抽样,得到常模团体。

（2）对常模团体进行施测,并获得团体成员的测验分数及分数分布。

（3）确定常模分数的类型,制作常模分数转换表,同时给出抽取常模团体的书面说明和常模分数的解释指南。

（四）几种常用的常模

1. 常模可以分为两类,即组内常模和发展常模

组内常模主要有上文提到的百分等级,标准分数和 T 分数等。另一种常模形式——发展性常模是用来描述受测者已经达到的发展水平,主要有智龄、年级当量、发展顺序量表和发展商数等。

儿童的智龄是基础年龄与在较高年龄水平的题目上获得的附加月份之和。如果为每个年龄水平都编制一些适当的题目,便可得到一个评价儿童智力发展水平的年龄量表。一个儿童在年龄量表上所得的分数,就是最能代表他的智力水平的年龄,这种分数叫做智力年龄,简称智龄。年龄常模的基本要素为:① 一套能区分不同年龄组的题目;② 一个由各个年龄的被试组成的代表性常模团体;③ 一个表明答对哪些题或得多少分归入哪个年龄的对照表。

教育成就测验上的分数可用年级当量来解释。年级常模可以从计算各年级学生在某份测验上的平均原始分数而得。各年级之间的年级当量,可以采用内插法而得,也可以通过在一学年中的各时期直接测量而得到。在应用年级当量时,要注意几点:① 年级当量相比其他常模分数更容易产生误解;② 比较同一被试在不同领域的年级当量得分也可能导致误解;③ 年级当量量表中,某一年级或年龄水平上的增长是从少数几个点估计而来的,连线时便假设点与点之间的增长是连续的。但这种连续增长假设是不可验证的;④ 有些测验仅适用于一个很狭窄的年级范围,分布的尾端是将曲线的两端延展,然而在曲线延展到的年级水平,被试可能实际上并没有参加测验,所以对分数分布的高端和低端的个体来说,可能是有问题的;⑤ 教学的内容随年级变化,故年级常模仅仅适用于测验所涵盖的年级中所教的一般科目。

典型的发展顺序量表主要有格塞尔发展顺序量表和皮亚杰量表。格塞尔发展顺序量表将婴幼儿的行为系统的建立看作是一个有次序的过程,反映了神经系统的不断成长和功能的分化,因而可以把每个成熟阶段的行为模式作为智能诊断的依据。皮亚杰量表则用特定的任务来揭示儿童发展处于哪个阶段。

比较典型的发展商数是比率智商,即

$$IQ = \frac{MA}{CA} \times 100$$

其中,IQ 为智力商数,MA 为智龄,CA 为实际年龄。比率智商可以表示一个儿童发展速率或聪明的程度。

另外,商数(quotient),包括比率智商:$IQ = 100(MA/CA)$、教育商数:$EQ = 100(EA/CA)$ 和成就商数:$AQ = 100(EQ/IQ)$,百分等级(percentile rank)、百分点、十分位以及标准分数都可以作为常模的形式,它们的计算方法在统计学中已经介绍,此处不再赘述。

2. 分数合成

（1）分数合成的种类

分数合成一般有三种类型:由基本测验项目组成一个分测验或一个测验;由几个分测验上的得分组成合成分数;由几个测验的得分组合,获得合成分数或合成预测。

（2）分数合成的方法

① 临床诊断——直觉合成。根据直觉的经验,主观地将各种因素加权,而获得结论或预测的方法叫做临床诊断。临床诊断的优点是具有高度的综合性,同时还具有灵活的针对性,能就特定的个体作具体的结论。临床诊断的缺点是主观加权,易受决策者的偏见影响,不够客观,同时缺乏精确的数量分析,没有精确的数量指标。

② 加权求和合成。如果各个测验所测特质间有相互代偿作用,这些测验上的分数又是连续性资料,并能大体同时获得,那么可以采用加权求和的方法对分数进行合成。最简单的方法为单位加权,就是将各个测验分数直接相加而获得合成分数,即

$$X_c = X_1 + X_2 + \cdots + X_n$$

如果想将变量作等量加权，可以将所有测验分数转换为标准分数，然后采用下式加权：

$$Z_c = Z_1 + Z_2 + \cdots + Z_n$$

如果需要根据各个变数与效标之间的经验关系作差异加权，其公式为：

$$Z_c = W_1 Z_1 + W_2 Z_2 + \cdots + W_n Z_n$$

③ 多重回归。多重回归就是研究一种事物或现象与其他多种事物或现象在数量上相互联系和相互制约的统计方法，基本方程式是：

$$\hat{Y} = a + b_1 x_1 + b_2 x_2 + \cdots + b_n x_n$$

其中，$\hat{Y}$ 为预测效标分数；$x_1, x_2, \cdots, x_n$ 为各个预测源分数；$b_1 \cdots b_n$ 为每个预测源的加权数；a 为一常数，用来校正预测源与效标平均数的差异。

多重回归分数的输入资料为预测源与效标的平均数与标准差，以及所有变量间相关的相关矩阵。通过对预测源作适当的加权而使这些加权的测验分数的合成能以最小的误差来预测效标分数。输出的结果主要有两项：一个为回归方程以指出各个预测源的加权量，另一个为复相关系数 R_1 表示预测源与效标测量间的相关。

④ 多重划分。在实际测验中，有时所测特质之间不能相互补偿。多重划分就是在各个特质上确定一个标准，从而把成绩划分为合格与不合格两类。只有每个测验都合格了，总要求才算合格。所以整个测验实施时，是把所有组成这一测验的分测验按一定顺序排列起来逐一实施。被试要想得到完全合格的结果，必须使各个测验的分数均达到规定的标准。由于成功的被试必须越过一连串测验的栅栏，所以这种方法也叫做"连续栅栏"。

四、标准参照测验

(一) 标准参照测验的定义与作用

标准参照测验，是根据某一明确界定的内容范围而缜密编制的测验，并且，被试在测验上所得结果，也是根据某一明确界定的行为标准直接进行解释的。一般意义上，当一个测验是以某一明确界定的内容范围为基础编制而成，并且其分数是参考该内容范围所要求的绝对标准进行解释时，我们就称这一测验为一个标准参照测验。通过标准参照测验，可以了解个体在所规定的测量内容上的行为水平，其出发点是个体本身的绝对水平。

(二) 标准参照测验的题目分析

1. 内容范围的确定

一个测验的内容范围包括欲测量特质中所蕴涵的全部行为。首先，内容范围具有边界。其次，每一内容范围均可分为几类，每一类中又可分为更细更小的类。当每一类的内容及其在此内容范围内的相对重要性确定以后，内容范围就有了明确的结构。特定测验目的的确定常为内容范围的界定提供依据。

2. 测验项目的内容效度分析

内容效度分析就是检验题目与测验内容范围所要求的内容与目标的一致性。通常采用专家评定的方法。一种常用的方法是要求有关内容领域的专家填写项目内容评定表，在五级量表上对每一个题目所测内容与项目编制者欲测量的目标内容之间的一致性作出评定。

3. 测验项目的难度和区分度分析

(1) 测验的预测。标准参照测验的预测方法主要有三种：① 前测–后测方法，即在一组被试接受与测验目标有关的教学过程前后各施测一次；② 已接受教学组–未接受教学组法，即在两组间进行施测，其中一组接受了与测验目标内容有关的教学，而另一组没有；③ 对照组法，即施测于两组被试，其中一组被试被其教师评定为掌握组，另一组则被教师评定为未掌握组。

(2) 测验项目的难度分析。与常模参照测验相同，一般以通过率表示。但对标准参照测验来说，在大多数情况下难度分析只是作为项目区分度分析的基础。

(3) 测验项目的区分度分析。测验项目的区分度一般采用两类指标：难度差值和相关系数。

当采用掌握组–未掌握组的预测方法时，可以使用鉴别系数 (D) 来表示区分度。分别计算出这两组在某项目上的平均通过率，该项目的鉴别指数为：$K = P_A - P_B$。鉴别指数 D 的大小可以直接反映出该项目在多大程度上对掌握者和未掌握者作出了区分。

当采用前测–后测方法，可获得在前测中错误回答某项目而在后测中能够正确回答的被试人数比例，此即该项目的个人获得指数,其值在 0 至+1.00 之间变化,可以反映教学活动之后受益的被试比例。

与常模参照测验一样,项目得分与测验总分之间的一致性程度也被用作标准参照测验项目区分度的指标,其值在-1.00 和+1.00 之间变化,如果其值为负,应予以修改或删除;如果其值为 0,题目不具区分力;如果其值为正,越接近于 1,题目越有效。

(三)标准参照测验的信度与效度

1. 标准参照测验的信度及其估计

通常以相关系数表示的信度指标在标准参照测验上是不太适用的。目前主要使用以下两种方法。

(1)分类一致性信度

分类一致性信度就是计算两次都被分到一类中的被试占总被试人数的比例。

优点在于计算简便,意义直观易懂。但是它存在与再测法和复本法同样的缺点。此外,分类一致性信度也受到测验长度和被试分数分布的影响。在分类一致性信度的影响因素中,最重要也最独特的一个因素是测验分数分界点的确定问题。分界点不同,意味着划分的标准改变,因此分数分界点的科学确定是评估测验分类一致性的前提。

(2)方差分析方法——荷伊特信度

荷伊特信度正是从信度的定义出发,利用方差分析的方法,找出个体水平的真正变异在总变异中的比例,以此作为信度的估计值。此法不受测验目的或被试异质性的影响。因而同样适用于标准参照测验的信度评估。

2. 标准参照测验的效度及其估计

(1)内容效度。评估任一测验的内容效度,都依赖两个条件:一是测验有明确界定的内容范围;二是对测验每一题目的内容效度的分析。标准参照测验一般来说有相对比较确定的内容范围,可用命题细目表表示。同时,也可以采用专家评定的方法对题目效度进行分析,从而保留有效题目,删除无效题目。其方法类似常模参照测验。

(2)效标关联效度。标准参照测验的效标关联效度分析方法与常模参照测验的方法没有太大差异。不同之处在于统计指标上。由于标准参照测验不适合使用相关系数作为指标,因此提出"决策效度"的概念来评估目标参照测验的效标关联效度。决策效度就是在预测源测验和效标测验中击中和正确否定的比例之和。关于标准参照测验的结构效度,目前尚未得到较大关注。

(四)标准参照测验的分数解释

对标准参照测验的分数进行解释时,要特别注意分界点的确定。到目前为止,就分界点的确定已提出了很多方法,每种方法各有利弊。

1. 专家判定法

这种方法是在测验内容范围明确界定的基础之上,由专家来判断处于临界水平的被试在每一题目上正确回答的可能性,进一步以此为标准确定分数分界点。所谓临界水平的被试,是指那些刚由未掌握水平转入掌握水平的被试,这些被试实际上是在专家的想象中虚拟出来。具体的评定方法有以下两种:

(1)Nedelsky 法

由 Nedelsky 提出,针对由多重选择题组成的测验而言,由专家来判断处于临界水平的被试在每一题目上有能力排除的错误选择项,从而计算其正确回答的可能性,再求出每一题上正确回答的可能性之和,即为测验分数分界点。若请若干专家同时评定,则可以采用这些专家所评定的及格线的平均值作为最终及格线。

(2)Angoff 法

此法由 Angoff 提出,由专家直接判断处于临界水平的被试对某测验各题目正确作答的可能性(记为 P_i),设每一题的满分为 F_i,则该测验的分数分界点(记为 λ)为:

$$\lambda = \sum F_i P_i$$

如果有多位专家同时评定,则以这些专家评定的平均及格线为测验最终及格线。

比较 Nedelsky 法和 Angoff 法,前者显然限制了专家的评定,而 Angoff 法中的 P_i 则可在 0~1.00 之间任意取值,而且适用于各种题型。

2. 效标组预测法

(1)临界组法。由专家判定和选择一组处于临界水平的被试,将测验施测于该组被试,计算他们在测验上的平均成绩,以体现测验内容范围所要求的临界水平,因而可以视之为测验分数分界点的估计值。采用此法的困难在于临界水平被试的选择与评定,一来要选出一定数目的临界水平被试必须先随机选取大量被试作为候选,二来对被试是否处于临界水平很难找到客观而统一的标准,非常抽象而主观。

(2)对照组法。同样要先由专家来选择被试,确定两组被试,一组被明确判定为掌握组,另一组则被明确判定为非掌握组,那些不太容易被判定的被试一概剔除。两组被试原始分数分布曲线的交叉点即为测验分数的分界点。更合理的做法是选取若干对对照组,取每对对照组交叉点分数的平均值作为测验分数分界点。

五、心理测验理论的新发展

(一)成就测验

1. 成就测验的定义

成就测验是对个体在一个阶段的学习或训练之后知识、技能发展水平的测定,又称教育测验、学绩测验,是测验实践和应用中最常见到的一类测验。成就测验一般都是团体测验。成就测验与所有其他类型测验(智力、人格等测验)的不同之处在于,它是一种相对直接的测验,而智力或其他心理特质只能通过间接方法测量,即通过对被试的某种表现或成绩来进行推测。

成就测验与能力测验一样在心理测量学中属于最佳行为测验。要求调动被试所学的一切知识、所具备的一切技术和能力,对所有试题给出最佳答案或最佳操作。成就测验通常被用于反馈、评价、研究或者人才选拔与安置。

2. 成就测验的编制

标准化成就测验编制的第一步是确定测验的目的和性质,明确测验对象和内容,在此基础上依据不同的编制原理,采用相应的编制方法。第二步要分析测量的目标,拟定测验编制计划。编制者要应用学科专业知识、心理学和教育学的知识,凭借丰富的教学经验,将总目标分解成系统的认知目标体系,从而构成测验的目标分类体系。随后在制订测验编制计划时,要编制一份双向细目表,将测验的内容分类与测验的目标分类共列于其中,定出各个分类组合在测验中的占分比例。其次,确定使用题型的种类及各种题型的占分比,以及全卷试题的难度分布。经过全卷的统筹分划,定稿成正式的测验编制计划。第三步要编题(征题)与选题组卷。依据测验编制计划来征题或编题,然后要对题目进行文字内容的审查与初步测试,筛去不合格的试题,用余下的高质量试题组卷、编排。编排完毕后写好编制指导语。标准化测验同时要编制等值复份。第四步,要调查测验质量参数,编制测验常模。标准化测验正式出版前,要通过取样测试,来收集测验的各种质量参数,包括测验的信度、效度等指标,还要提供合格分数线或者常模等数据。依据取样测试的结果,编制者要仔细分析原因改进测验质量。第五步,要编写测验指导书,正式出版发行。

3. 成就测验的标准化

标准化的成就测验至少要满足以下几方面的要求。

第一,命题组卷标准化。标准化试卷所有试题的测量目标明确,语词意义清晰,试题难度、区分度达到规定标准。全卷结构与测量的目标系统一致,知识覆盖面宽,题型比例恰当,题量适当,难度分布符合规定要求,信度和效度达到规定标准。还要备有等值复份。

第二,施测的标准化。统一的标准施测环境包括测验场所的标准统一、测验时间统一、测验指导语统一、提供给考生的测验材料统一、材料出示的顺序统一,目的是给被试提供一个公平、优良的施测环境。

第三,评分的标准化。要制定好标准答案和评分规则。标准答案要正确、规范,最好是唯一。评分规则应尽量细致、客观,最好是没有伸缩性。

第四,测验分数解释标准化。对于常模参照测验,其意是编制测验时必须搜集常模样本,编制好测验常模。对于标准参照测验,其意是在编制测验时,要认真研究教材和教学大纲,分析合格标准的确切含义,通过调整试卷难度结构准确划分合格分数线。

(二)智力测验

1. 智力测验的定义

智力测验是指在一定条件下,使用特定的标准化测验量表对被试施加刺激,从被试的反应中测量其智力的高低。换言之,它是指由经过专门训练的研究人员采用标准化的测验量表对人的智力水平进行科学测量的一个过程。具体有两层含义:第一,实施智力测验须有标准化量表;第二,智力测验是在一定条件下使用量表给被试测试的过程。

2. 个体智力测验

（1）比内量表

① 比内-西蒙量表。一共发展出三个版本的比内-西蒙量表，分别是 1905 年量表、1908 年量表和 1911 年量表。

虽然如今的比内-西蒙量表不再为当代人所使用，但是：第一，比内-西蒙量表是第一个采用复杂任务来测量高级心理过程的测验。以前的测验主要测量感知觉、运动等低级心理过程。第二，比内-西蒙量表首次采用年龄作为智力的标准，这样可以对测验作出通俗易懂的解释。第三，比内-西蒙量表首次从整体上测量智力，也就是测量智力的普通因素，而以往心理学家把感觉辨别力、记忆力、注意力等割裂开来测量。

其不足在于：第一，施测和记分没有标准化。第二，常模团体的代表性不够，因而有些项目的安排位置不当。第三，测验项目过少。

② 斯坦福-比内量表。一共发展出四个版本的斯坦福-比内量表，分别是 1916 年量表、1937 年量表、1960 年量表和 1972 年量表。戈达德第一个将比内-西蒙量表介绍到美国，斯坦福大学的推孟的修订最负盛名。

斯比量表是一个高信度的测验，各种年龄和 IQ 水平的信度系数大都在 0.90 以上。同时，多方面的证据也显示，斯比量表具有比较好的效度，其测验内容属于公认的智力范围，与学业成绩、受教育年限的相关在 0.4 ~ 0.75 之间，结构效度满足智力发展随年龄增长、先快后慢的特点。

③ 中国比内测验。1924 年陆志韦在 1916 年斯比量表的基础上修订而成《中国比内西蒙量表测验》。1936 年他和吴天敏合作发表了第二次修订本。1978 年，吴天敏主持第三次修订，1982 年完成《中国比内测验》。共 51 题，从易到难，每题代表 4 个月的心理年龄，最后的智力评定指标为离差智商。中国比内量表必须个别施测，并且要求主试必须受过专门训练，对量表相当熟悉且有一定经验，能够严格按照测验手册中的指导语进行施测。

（2）韦克斯勒智力测验

韦克斯勒智力测验（WAIS），包括韦氏成人智力量表，韦氏儿童智力量表和韦氏幼儿智力量表。其中，

① 韦氏成人智力量表，共有 11 个分测验，包括 6 个言语量表（常识、数字广度、词汇、算术、理解和类同），5 个操作量表（填图、图片排列、积木图案、物体拼凑、数字符号）。每个分测验内的题目由易到难排列，并且，言语测验和操作测验交替施测。每个分量表独立记分，最后，可以获得平均数为 100，标准差为 15 的离差智商分数，可得到言语智商、操作智商和总智商。韦氏成人智力量表中国修订本是在湖南医学院龚耀先主持下修订的。

② 韦氏儿童智力量表（WISC-R），共有 12 个分测验：5 个言语测验（常识、类同、算术、词汇、理解），5 个操作测验（填图、图片排列、积木图案、拼图、译码），2 个备用测验（背数和迷津）。适用于 6 ~ 16 岁的儿童。从 6 岁 0 个月到 16 岁 11 个月，每四个月为一个年龄组，分别建立了常模表，可直接由原始分数查得言语智商、操作智商和总智商。韦氏儿童智力量表的信效度较好。中国修订本于 1979 年由林传鼎、张厚粲等人提出并于 1981 年完成修订工作。

③ 韦氏幼儿智力量表（WPPSI），共包括 11 个分测验，其中，3 个分测验（句子复述、动物房、几何图形）是为了适应幼儿特点而新编的，另外 8 个（常识、理解、词汇、算术、类同、填图、迷津、积木图案）则与 WISC 相同。WPPSI 适用于 4 ~ 6.5 岁的儿童。多种证据表明 WPPSI 的信效度都较好。

韦氏的 3 种智力量表相互衔接，适用的年龄范围可从幼儿直到老年，成为智力评估使用最广泛的工具。韦氏测验的特点如下：

i. 10 ~ 12 个分测验：使用多个分测验，不仅可以得到总 IQ，还可以分析个体在智力各个维度上的强项和弱点。

ii. 言语量表和操作量表各由 5 ~ 6 个分测验组成，可以单独评价言语或操作的各项智力成分，体现了左右脑功能的整合，而且可以显示个体的职业能力倾向。

iii. 共同的 IQ 计分系统：对所有测验和所有年龄组，IQ 平均分为 100，标准差为 15。而且每个分测验的平均分为 10，标准差接近 3 分。这样就可以比较被试的各项分测验分数，了解其相对强弱。

iv. 不同年龄组有相同的分测验：例如，WAIS-R，WISC-R，WPPSI-R 有相同的 8 个核心分测验。这不仅方便施测者，而且有助于测验之间的相互比较。

韦氏量表的优点：

i. 具有复杂的结构，能够较好地反映智力的整体和各个侧面；

ii. 各年龄组都接受相同的分测验，可以相互比较，并节省指导测验的时间；

iii. 用离差智商代替比率智商，克服了计算成人智商的困难；

iv. 采用因素分析法研究结构效度更具有理论意义；

v. 各量表之间相互衔接，适用的年龄范围可以从幼儿直到老年。

韦氏量表的缺点：

i. 施测程序复杂费时；

ii. 对于测量智力极高或极低的被试不大适用；

iii. 缺乏充分的效度资料。

3. 团体智力测验

（1）陆军测验。一战期间，面对短时间内测验招募和选拔大量士兵的任务，在奥蒂斯编制的团体智力测验基础上产生了陆军甲种测验，后来又针对不识英文或有阅读障碍的人编制出陆军乙种测验。陆军甲种测验由 8 个分测验组成。陆军乙种测验属于非文字测验，由 7 个分测验组成。两测验的相关达到 0.8。

（2）瑞文推理测验。瑞文推理测验是由英国心理学家瑞文编制的一种团体智力测验，又称瑞文渐进图阵。它是非文字型的图形测验，分为三个水平：① 瑞文标准推理测验，1938 年出版，5 个系列，60 个项目，适用于 5.5 岁，属于中等水平的瑞文测验。② 瑞文彩图推理测验，1947 年编制而成，3 个系列，36 个项目，适用于幼儿和智力低于平均水平的人，属于最低水平的测验。③ 瑞文高级推理测验，适合于高智力成人，是最高水平的瑞文推理测验。

瑞文推理测验由两种题目组成，一种是从一个完整图形中挖掉一块，另一种是在一个图形矩阵中缺少一个图形，要求被试从提供的几个备选答案中，选择出一个能够完成图形或符合一定结构排列规律的图案。

瑞文推理测验的理论假设源于斯皮尔曼的智力一般因素理论。瑞文将智力 G 因素划分为两种相互独立的能力，一种称再生性能力，表明个体经过教育之后达到的水平；一种称推断性能力，表明个体不受教育影响的理性判断能力。瑞文认为，词汇测验是对再生性能力的最有效测量，而非言语的图形推理测验是对推断性能力的最佳测量。

瑞文推理测验的优点在于测验对象不受文化、种族与语言等条件的限制，适用的年龄范围也很宽。可以个别施测也可以集体施测，使用方便，省时省力，结果以百分等级常模解释，直观易懂，受到广泛应用。1985 年，我国张厚粲教授开始主持瑞文推理测验中国城市版的修订工作。

（3）认知能力测验。由桑代克等美国心理学家于 1968—1972 年编制成功。由四个部分组成，分别是初级测验、文字测验、数量测验和非文字测验。所有测验的题目均由易至难排列，每个测验均有几套不同水平的题目，以便对智力成熟水平不同的人提供适当难度的测验，结果以离差智商、百分等级、标准九分数解释。有相当详细的信度和效度资料，对学业成就、工作成就、职业类型等有相当的预测能力。至今没有中文修订本。

（三）能力倾向测验

1. 能力倾向测验的产生原因

能力倾向测验的产生有理论上的支持也有实践的推动。

（1）智力测验的局限。大部分智力测验只测量了言语能力和数目及抽象符号的关系能力，无法测得一些具体的能力。对智力测验结果的单一分数做出解释，并不能满足实际的需要。

（2）个体能力倾向的差异。每个人的具体能力都是不同的，即使具有相同智商的人，在不同的认知活动中会有截然不同的表现，要给个别能力倾向的差异做出解释，仅靠智力测验是远远不够的。

（3）理论上，对构成智力的多种基本能力的强调以及因素分析技术的发展，可以对智力所包含的各种不同能力因素给出辨别、分类和定义，进而使得对这些能力因素有针对性的测量变为可能。

（4）来自实际的需要。不同性质的工作要求不同的知识和能力专长。要在人员和工作之间作出最佳匹配，使得物尽其用，人尽其才，就必须清楚每个工作所要求的主要能力因素以及每个人员所具备的主要能力素质。此时，能力测验将是最主要的辅助工具之一，而传统的智力测验明显不足。

2. 能力倾向测验的特点

（1）在测验目的上，能力倾向测验的预测目的更强，主要用于预测个体在将来的学习或工作中可能达到的成功程度，与专业或工作所需结合得更为密切。

（2）在测验编制上，能力倾向测验一般同时测量几种能力因素，以分测验形式组成，每个分测验针对一种能力,每个测验应该是独立的,并且,各分测验间的相关要尽可能低。测验内容广泛,且较少涉及与学校习得知识有关的内容。

（3）在测验结果解释上,被试在能力倾向测验上可以得到若干测验分数,既可表明不同被试在每一分测验所测能力上的相对位置水平,也可以表明同一被试在所测各能力上的相对优劣状况。针对不同工作,不同能力因素的权重应有变化。一般采用多重回归模式解决这一问题。

比较著名的能力倾向测验有学术能力倾向测验（SAT）、分辨能力倾向测验（DAT）、一般能力倾向成套测验（GATB）等。

（四）特殊能力测验

在实践中,在某些情况下需要一种专业性较强的特殊能力测验,并且能根据测验结果来评估与判断是否录取某人或是否选择某工作（或学校）。此时,成套的能力倾向就显得累赘。特殊能力测验便应运而生。现在常用的特殊能力测验一般是对一种特殊能力所包含的各方面因素进行测量,测验性质介于成就测验和能力倾向测验之间。其内容与相应的专业或职业训练的重点是一致的,而测量的目的既想了解个体在此专业领域的既有水平,又想预测个体今后在此专业领域成功的可能性。常见的特殊能力测验有音乐能力测验、美术能力测验和机械能力测验。

音乐能力测验中常用的有西肖尔音乐才能测验、音乐能力测验图等。美术能力测验中常用的有梅尔美术判断力测验、格雷福斯图案判断测验和霍恩美术能力问卷等。机械能力测验中常用的有空间关系测验和Bennett 机械理解能力测验等。

（五）创造力测验

1. 吉尔福特发散思维测验

吉尔福特设计的发散思维测验将他关于创造力的定义和他关于智力结构的阐述结合起来:视创造力为发散思维能力,发散思维又是智力三维结构中操作维度所包含的五个因素之一;而作为操作因素,发散思维又可以与智力结构中的5 种内容因素,以及6 种结果因素之间组合出30 种心理能力因素。由此,吉尔福特编制出14 个分测验,针对其中11 种能力因素进行测量。包括语词流畅、观念流畅、联想流畅、表达流畅、多项用途、解释比喻、效用测验、故事命题、推想结果、职业象征、图形组合、绘图、火柴问题和装饰。

测验一般适用于初中水平以上的人,从思维的流畅性、变通性和独特性三方面进行评分。分半信度在0.6~0.9之间。

2. 托伦斯创造性思维测验

托伦斯创造性思维测验是在吉尔福特的智力理论及其发散思维测验基础上编制而成的,目的是从流畅性、变通性、独特性和精确性4 个方面评估个体的创造性思维能力。测验共分两套,分别是言语的创造性思维测验和图形的创造性思维测验。每套都有两个复本。

创造力测验的产生使得创造力研究更加深入,但也带来了更大的争议。一方面,理论上并没有一个公认的定义来界定创造力,究竟什么是创造力的核心内容仍存在理论上巨大的分歧。单从发散思维一个角度来测量创造力是不够的;另一方面,创造力测验本身的一些弱点限制了它们的应用。首先,创造力测验的评分较为复杂,评分的主观性依然很强,评分者之间的一致性程度较低。其次,测验的效度也成问题,目前常见的大多数创造力测验缺乏足够的效度证据。因此,创造力测验乃至其理论依据还处在探索阶段。

（六）人格测验

1. 人格测验的定义

人格测量就是通过一定的方法,对在人的行为中起稳定调节作用的心理特质和行为预测进行定量分析,以便进一步预测个人未来的行为。在心理与教育测量史上,首先提倡用科学方法测量人格的是英国学者高尔顿。1892 年克雷培林将联想测验用于临床诊断。1919 年,美国武德沃斯发表第一个自陈人格量表——个人资料调查表。1920 年,罗夏克墨迹测验问世,投射测验由此诞生。

2. 自陈测验

自陈人格测量就是根据要测量的人格特质,编制许多有关的问题,要求受测者根据自己的实际情况逐一回答这些问题,然后根据受测者的答案,去衡量受测者在这种人格特质上表现的程度。为完成自陈人格测量而编制的测量工具叫自陈测验或自陈量表。

（1）自陈量表的特点

① 自陈量表的题量比较大,多数用于测量人格的若干特质;② 自陈量表通常采用纸笔测验的形式,可以团

体施测;③ 自陈量表的项目形式一般采用是非式或选择式,它的计分规则比较客观,施测手续比较简便,测量分数容易解释,应用广泛。

自陈量表的主要问题是反应偏差的存在。反应偏差有两类,一类是反应定势,一类是反应形态。最常见的反应定势就是社会赞许倾向。反应形态主要表现为默认倾向和由于错误记忆和模糊记忆产生的潜在"合理化"加工。

(2) 自陈量表的编制方法

自陈量表的基本假设是只有受测者最了解自己的人格特征。因此,自陈量表就是让受测者个人提供自己的人格特征的报告。报告的形式多采用客观测验的形式,就是测验编制者预先拟定一系列陈述句或问题,每个陈述句或问题描述一种行为特征。若干描述行为特征的陈述句或问题组成共同测量一种人格特质的量表。同时,在每一个陈述句或问题之间提供两个或两个以上的选项,供受测者选择。自陈量表的主要编制方法有:

① 逻辑分析法。其基本程序为:首先由专家依据某种人格理论,确定要测量的特质,用逻辑分析的方法编写和选择一些能测验这些特质的题目,最后组卷编排成问卷。爱德华个人偏好量表(EPPS)、詹金斯活动调查表、显性焦虑量表等的编制采用的就是逻辑分析法。

② 因素分析法。其基本程序为:首先对标准化大样本施测大量题目,然后通过被试在各题上的得分进行因素分析或其他相关分析,把相关题目构成一个因素并命名,便可以得到若干个同质量表来测量对应于这若干个因素的若干个人格特征。16PF、EPQ 等就是采用的这种方法。

③ 经验法。经验法需要先分组,即选取具有某一特征的效标组和对照组。然后,用一系列的测试题给各组施测,选出能把两组分开的题目构成测验。MMPI 就是采用这种方法编制的。

④ 综合法。综合法就是将上述三种编制方法综合起来使用。首先采用逻辑分析法经由推理获得一大批题目,同时用经验法确定效标组特征也获得一大批题目,然后采用因素分析法编出若干同质量表,最后,将同质量表中没有效标效度的题目删掉。同时,将表面效度太高的题目删掉。最好保留效标效度高,但表面效度不高的题目。用综合法编制的量表有 CPAI(中国人个性测量表)、CPI(加州心理调查表)。

(3) 常用的自陈量表

常用的自陈人格量表有《明尼苏达人格调查表》(MMPI),《卡特尔 16 种人格因素量表》(16PF),《艾森克人格问卷》(EPQ)以及爱德华个人偏好量表(EPPS)。

《明尼苏达人格调查表》是由美国明尼苏达大学临床心理系哈撒韦和心理治疗家麦金利于 20 世纪 40 年代共同编制的。经过临床实践的反复验证和修订,到 1966 年修订版的项目确定为 566 个,其中 16 个项目为重复项目,用于检验受测者反应的一致性。566 个项目中前 399 个项目分别分配在 13 个分量表中,包括 10 个临床量表和 3 个效度量表;其余的项目则与研究量表有关。通常在临床诊断中,只使用前 399 个项目。MMPI 的项目内容十分广泛,包括身体各方面的状态,精神状态以及对家庭、婚姻、宗教、政治、法律、社会等态度。宋维真 1980 年开始主持修订 MMPI,于 1989 年完成标准化工作。可用于测量 16 岁以上具有初中文化程度的中国人。

《卡特尔 16 种人格因素量表》是由美国伊利诺伊州立大学教授卡特尔编制的,能在约 45 分钟的时间里测量出 16 种主要的人格特质。初中以上文化程度的人均可接受本量表的测试。16PF 中的 16 种人格因素是彼此独立的,每种因素与其他因素的相关度较小。受测者可以了解自己 16 个因素上的人格特点,还可以对自己的整体人格作出评价。16PF 每套 187 个项目,分配在 16 个因素中,每个因素所包含的项目数不等。每个项目有 a、b、c 三个选项,受测者根据自己的情况选择一个合适的选项。16PF 中国版由戴忠恒和祝蓓里主持完成。

《艾森克人格问卷》由英国心理学家艾森克和其夫人于 1975 年在先前几个人格调查表的基础上编制的,它基于艾森克的人格三维度理论。EPQ 由四个分量表组成(P、E、N 和 L),用于测量受测者在精神质(P),外倾性(E)和神经质(N)三个人格维度上的特征。L 是说谎量表,用于识别受测者回答问题时的诚实程度。EPQ 分为儿童和成人两种。儿童问卷共有 97 个项目,适用于 7~15 岁的受测者,成人问卷共有 101 个项目,适用于 16 岁以上的受测者。EPQ 中国版由龚耀先主持修订。

爱德华个人偏好量表(Edwards' Personal Preference Schedule),简称 EPPS,是爱德华以默瑞的十五种人类需要理论为基础编制的一种自陈式人格调查表,用来测量以下 15 种需要和动机:成就(ach)、顺从(def)、秩序(ord)、表现(exh)、自主(aut)、亲和(aff)、省察(int)、求助(suc)、支配(dom)、谦卑(aba)、慈善(rur)、变异

（chg）、坚持（end）、异性恋（het）和攻击（agg）。这套测验是为大学生和成年人设计的。爱德华个人偏好量表由这十五种需要量表和一个稳定性量表所组成，有225对由陈述句组成的题目，其中有15个题目重复两次。每个题目包括两个自我描述性的陈述。这些陈述与他们的社会需求相匹配，这样便可测出被试各种不同的需要。被试要从每题的叙述中强迫选出最能描述自身的一项。之所以采用强迫选择的形式，是因为爱德华发现赞同陈述的几率依赖于陈述所表达的社会需求的价值尺度。通过使用强迫选择形式，被试必须在项目内容的基础上（即需要和动机），而不是在陈述的社会需求的基础上作出反应。采用强迫选择，一定程度上也提高了测验的信度和效度，通过让被试选择一个最适合自己或最能接受的答案，并对其选择的频度进行统计，可以了解个体的喜好及倾向，同时一致性分数能反映被试回答的前后一致性。

除此之外，常用的自陈人格量表还有加州心理调查表（CPI），儿童14种人格因素问卷（CPQ），"Y-G"性格测验和学生性格量表等。

3. 投射测验

（1）投射测验的定义

投射测验是向被试提供一些未经组织的刺激情境，让他在不受限制的情境下，自由表现出他的反应，分析反应的结果，便可推断他的人格结构。

（2）投射测验的假设

投射测验重在探讨人的无意心理特征。如果我们以某种无确定意义的刺激情境作为引导，受测者就会在不知不觉中将自己无意识结构中的愿望、要求、动机、心理冲突等特征投射在对刺激情境的解释中。

投射测验假定：① 人们对于外界刺激的解释性反应都是有其原因且可以预测的。② 反应者过去形成的人格特征、他当时的心理状态以及他对未来的期望等心理因素也会渗透在他对刺激的反应过程及其结果之中。③ 人格结构的大部分处于潜意识中，当被试面对一种不明确的刺激情境时，就可以使隐藏在潜意识中的欲望、需求、动机等"泄露"出来，即把一个反映他的人格特点的结构加到刺激上，通过分析，就有可能获得对受测者自身人格特征的认识。

（3）投射测验的特点

① 测验材料没有明确的结构和确切的意义，为受测者提供了针对测验材料进行广阔自由联想的机会和空间。

② 受测者对测验材料的反应不受限制。

③ 测验目的具有隐蔽性，避免了受测者的伪装和防卫，使结果更能反映真实的人格特征。

④ 测验结果的解释重在对受测者的人格特征获得整体了解。

⑤ 不受语言文字的限制。

⑥ 计分困难，难以对测验结果进行定量分析。

（4）投射测验的分类

根据被试的反应方式，可分5类：① 联想法——让被试说出某种刺激所引起的联想，如罗夏克墨迹测验；② 构造法——要被试根据他所看到的图画编造一套含有过去、现在、将来等发展过程的故事，如主题统觉测验；③ 完成法——提供一些不完整的句子、故事或辩论材料等，让被试自己补充，如句子完成测验；④ 选排法——要被试根据某一准则，选择照片，或对照片进行排列；⑤ 表露法——使受测者利用某种媒介自由地表露他的心理状态，如画人测验。

常用的投射测验有罗夏克墨迹测验和主题统觉测验等。

罗夏克墨迹测验（RIT）是由瑞士精神病学家罗夏克创制的一种投射测验。1921年正式发表，其中，10张墨迹中，有5张是黑白的，有3张是彩色的，另有2张是除黑色外，还有鲜明的红色。主题统觉测验（TAT）是另一种著名的人格投射测验，由美国哈佛大学心理学家莫瑞和摩尔根于1935年创制。TAT是一种窥探受测者的主要需要、动机、情境、情操和人格特征的方法。基本原理是向受测者呈现一系列意义相对模糊的图卡，并鼓励他按照图卡不假思索地编述故事。TAT共包含30张黑白图卡和1张空白卡，图卡内容有的为人物，有的为景物。TAT对受测者不加任何限制，任其针对图卡凭自由想象去编造故事。30张卡片分为四组，分别是成年男性组、成年女性组、儿童男性组和儿童女性组。适用于各组受测者的图卡均为19张，外加1张空白，共20张图片。

4. 情景测验

情景测验是指把被试置于特定的情景中，由主试观察其在此情景下的行为反应，从而判断其人格。用于测验人格的情景,包括"实际生活情景"和"设计的情景",前者多用于教育,后者多用于特殊人员的选拔。

品格教育测验是由哈特松和梅尔所设计的一套典型的情景测验。这套测验采用的是学龄儿童日常生活或学习中所熟悉的、自然的情景,用来测量诸如诚实、自我控制以及利他主义等品格或行为特点。情景压力测验也是一种情景测验,被用来鉴别领导能力、想象力、小组合作等特征。该测验是在一组不相识的人群面前,提出一项在有限的器材条件下需参加者通力合作,并在规定的时间内完成的任务。

情景测验比较逼真、自然,而且在许多情况下,被试并不知道自己被观察,可以收集到一些在平时情景中不大可能出现且有难以测量的内容,但其不易做到标准化,使用起来费时费钱,效率低,不宜用于大规模的人员测评。

(七) 态度测验

1. 态度和态度测量的功能

态度是指个体对人或事所持有的一种较为持久而又一致的心理倾向,它包括认识、情感和行动倾向三种成分。这三种成分起作用是有先后的,通常是认识在先,它的作用是形成对人或事物的了解、认识、看法,并在此基础上形成一定的评价,紧接着是情感,最后是意志行动倾向。

态度测量评价至少有以下几种功能:一是了解人们对各种不同事物的态度;二是评价宣传工具在改变人们态度中的效果;三是评价教育工作的成效。

2. 常见的态度测量方法

(1) 等距量表法。由瑟斯顿1929年创立。基本思路是:围绕某一态度主题,选取能代表该方面的态度语或项目若干,由专家对这些项目进行等级排列,并把专家排列的结果进行项目分析,保留有效的项目以及根据专家的反应确定项目的等级。要了解某个受调查者的某方面态度,只需看其对该量表的反应,最后对其全部项目反应结果(等级)求中位数,以中位数表示该受调查者的态度状况。

① 项目的编制。首先要找到足够的态度语,一般在预试时要有100~200句。态度语的来源主要有相关文献,不同团体成员写出他们对特定事物的看法,以及请相关专家编写。特别要注意找够中间等级的态度语句。态度语要注意措词简单,意义明确,每一种态度须针对本研究主题表示一个确切的态度。

② 确定项目的好坏及计分标准。常见的做法是请专家对前面找到的态度语进行等级评定,等级不能太少,一般在7~13之间。对专家的评定结果进行项目分析,可以得到每个项目的量表值,以及该项目的鉴别力。项目的量表值是以项目累计分布的中位数(即50%累计百分比所对应的等级)来表示,而项目的鉴别力以Q值(四分位差)表示。一般而言,Q值越小,表示评判专家的态度越一致,即态度语越不含糊,质量越好;Q值越大,则说明该态度语越不一致,质量越差。Q值大于2的态度语应淘汰。

把合乎要求的态度语合在一起便构成了一个态度量表,这个量表的每个项目均有等级值。要求受测者作赞成与不赞成的回答,然后把受测者表示同意的项目依分数高低排列,然后求中位数,以居中项目的量表值作为该受测者态度的估计值。

瑟斯顿量表在主题清楚、调查范围不广的态度问题上效果较好,信度一般在0.8~0.9之间。但是瑟斯顿量表的不足主要表现在:第一,制定过程复杂,选项目、找专家困难;第二,用中位数代表态度等级不一定合适;第三,项目的挑选和等级确定以专家的评判为依据,专家的意见能否代表一般人值得怀疑;第四,等距量表事实上并不真正等距。

(2) 利克特量表法。由利克特于1932年提出。利克特量表法假定每一项目或态度语都具有同等的量值,项目之间没有差别量值。受测者要对每个项目的态度强弱按五级或六级反应,最后,以受测者在所有项目中评定等级的总和来估计受测者的态度。

① 项目表述与等级评定:利克特量表在项目表述上有两种方式,即正面与负面陈述。而在等级评定上都是相同的等级数,只是在总计分上要考虑颠倒,保持标准同一,即负面陈述要把分数倒转。

② 项目筛选:将所有受测者的得分按总分由高到低排列,然后计算高分组与低分组在每一项目上的平均得分的差异,差异越大的项目鉴别力越好,反之则越差。

利克特量表法的优点是制作过程简单,而且能广泛接受与态度有关的项目;另外可通过增加项目而提高效度,并且允许受测者充分表达态度的强烈程度。缺点是相同的态度分数者可能持有不同的态度模式,从总分无法对态度差异作进一步的解释。

(3) 哥特曼量表法。由哥特曼于1950年提出。哥特曼试图确立一个单向性的量表。所谓单向性即项目之间的关系或排列方式是有序可循的。 哥特曼量表的制作方式比较简单,首先挑选可用于测量对某事物态度的具体陈述句或称为项目,构成一个预备量表,将预备量表施测于一个有代表性的样组,将受测者按回答赞成的多少由高到低排列,将项目依赞成多少也由高到低排列,去掉某些无法判断是赞成或反对的项目,最后计算复制系数,作为单向性好坏的指标。计算公式为:

$$Crep = 1 - \frac{\text{误答数}}{\text{总反应数}}$$

(4)语义分化量表法,由奥古斯德等人提出,是采用多维度和更为间接的方法了解人们对事物态度的一种工具。其依据的前提是,态度是由人们对所给概念(刺激)的含义(语义)组成的,这个含义可通过对关联词的反应来加以决定。语义分化量表确定了三个不同的维度:评价维度、力度维度、活动维度。每一维度都有几项两极的形容词。三个维度不变,维度中的项目是可变的。其中,评价维度是最主要的。测查时,先给被试提出一个关键词(态度对象),要求被试按自己的想法在两极形容词间的 7 个数字上圈选一个数字,各系列分值的总和就代表他对有关对象态度的总分,即总态度。

另外,态度的测量还可以采用投射和行为观察等方法。

(八)兴趣测验

不同人的兴趣有不同的特点,这些差异表现在三个方面:一是兴趣的指向性差异;二是兴趣的广度差异,所谓广度是指数量范围;三是兴趣的稳定性差异。兴趣测验既要考虑兴趣的客观表现同时要关注兴趣的主观表现。主要的兴趣测验有斯特朗职业兴趣问卷,库德爱好记录表和霍兰德职业爱好问卷。

(九)心理健康量表

《SCL-90 心理状况自测表》是世界上最著名的心理健康测试量表之一,原名症状自评量表(Sympotom Check—List 90,SCL-90),是以 Derogatis 编制的 Hopkin's 症状清单为基础而设计的。它具有容量大,反映症状丰富,能更准确刻画人的自觉症状等优点。本量表共包含 90 个项目,涉及比较广泛的神经科症状内容,从感觉、情绪、思维、意识、行为直至生活习惯、人际关系、饮食睡眠等方面。根据应用和临床检验有良好的信度和效度。在分类诊断神经症中,能反映各类疾病的特点,可作为检测各类神经症的工具。

SCL-90 的每一个项目均采取 5 级评分制,具体说明如下:

0——没有:自觉无该症状(问题)。

1——很轻:自觉有该症状,但发生得并不频繁,也不严重。

2——中度:自觉常有该症状,其程度为轻到中度。

3——相当重:自觉常有该症状,其程度为中到严重。

4——严重:自觉该症状的频度和强度都十分严重。

这里"轻度、中度、重度"的具体定义应该由评定者自己去体会,不必做硬性规定。

(1)躯体化:主要反映身体不适,包括心血管、胃肠道、呼吸和其他系统的主诉不适,头痛、背痛、肌肉酸痛以及焦虑的其他躯体表现。

(2)强迫症状:主要指那些明知没有必要,但已无法摆脱的无意识的思想和冲动行为。

(3)人际敏感:主要指不自在与自卑,某些个人与他人相比时更为突出。在人际交往中表现出自卑、心神不宁、明显不积极、消极等待。

(4)忧郁:苦闷、生活兴趣减退,动力缺乏,失望,悲观等以及与抑郁有关的认知和躯体征象。

(5)焦虑:一般指烦躁、坐立不安、神经过敏、紧张以及由此产生的躯体表征,如发抖、惊恐等。

(6)敌对:主要从思想、感情及行为三个方面来反映敌对的表现。

(7)恐怖:恐惧的对象包括人、物、事几个方面及社交恐怖。

(8)偏执:偏执性思维,如敌对、猜疑、妄想、夸大等。

(9)精神病性:反映各式各样的急性症状和行为。

(10)其他

常用的焦虑量表有很多。

(1)显性焦虑量表(MAS),由泰勒编制,是按理论推理而建构的量表。依据的是卡默龙关于慢性焦虑反应所描述的显性焦虑概念。经过多次修订。重测信度良好。

(2)状态-特质焦虑量表(STAI),由斯皮尔伯格等人根据理论编制而成,初版于 1970 年问世。包括两个部分,一个是状态焦虑,即评定人们"现在"或最近一个特定时间内的感受或将要遇到特别情景时的感受;二是特征焦虑,即评定人们通常情况下的情绪体验。

叶仁敏将 STAI 在中国进行了修订。该量表是自陈形式,适用于个别或团体施测,无时间限制。状态焦虑量表与特征焦虑量表是分开编制的,各有 20 个题目,分别做每个测验约需 6 ~ 10 分钟,一起做,共需 10 ~ 20 分钟。如果两个测验都要做,最好是先做状态焦虑测验。STAI 的项目是 4 级计分,对焦虑的表述有正反两个方面。

(3) 测验焦虑量表(TAI),由施皮尔伯格根据状态-特质理论编制。测验焦虑分为两个部分,即 W 因素和 E 因素。测验焦虑特质高的人更倾向于把测验情境看成是对自我的威胁,因而在测验过程中常表现出紧张、忧虑、神经过敏及情绪冲动,从而分散注意力,干扰对智力认知任务的顺利完成。W 因素是指对失败结果的认知,而 E 因素则是由评价的紧张所引起的自主性神经系统的反应。TAI 有 20 道题,要求被测者报告他们在测验情境中通常的感受,按 4 种程度反应。测验可以个别或团体施测,没有时间限制。由叶仁敏作了修订,建立了常模,缺乏信效度指标。

(4) 贝克焦虑量表,由美国贝克等人于 1985 年编制,适合于具有焦虑症状的成年人,主要是测量受测者主观感受到的焦虑程度。共有 21 个题目,采用 4 级计分方法,1 表示无焦虑症状(无烦恼),2 表示轻度(无多大烦恼),3 表示中度(尚能忍受),4 表示重度(只能勉强忍受)。计分简单,亦适用于我国。

(5) 汉密尔顿焦虑量表,由汉密尔顿 1950 年编制,主要用于评定神经症和其他病人的焦虑严重程度。汉密尔顿焦虑量表是由受过训练的评定员按照 14 个症状方面进行的 5 级评定。除第 14 项以外,其余项目都要根据病人的口头陈述进行评分,而且特别强调受测者的主观体验。每次评定大约 10 ~ 15 分钟。总分超过 29 分,可能为严重焦虑;超过 21 分,肯定有明显焦虑;超过 14 分,肯定有焦虑;超过 7 分,可能有焦虑;7 分以下便没有症状。

(十) 发育量表

格塞尔智能发育量表是由美国心理学家格塞尔(A. Gesell) 1940 年编制的,适用于 4 周至 3 岁的婴儿,主要诊断 4 个方面的能力:动作能力、应物能力、言语能力、应人能力。动作能力分为粗动作、细动作。粗动作如姿态的反应、头的平衡、坐立、爬走等能力;细动作如手指抓握能力,这些动作构成了对婴幼儿成熟程度估计的起点。应物能力是对外界刺激物的分析和综合的能力,是运用过去经验解决新问题的能力,如对物体、环境的精细感觉。应物能力是后期智力的前驱,是智慧潜力的主要基础。言语能力反映婴幼儿听、理解、表达言语的能力,其发展也具备一定的程序。应人能力是婴幼儿对现实社会文化中的人的反应能力,反映其生活能力(如大小便)及与人交往的能力。这 4 种能力对于每个时期的儿童都有相应的行为范型。正常儿童的行为表现在这 4 个方面应当是平行的、相互联系并彼此重叠的。该量表把 4 周、16 周、28 周、40 周、52 周、18 个月、24 个月、36 个月作为关键年龄,即在这些阶段表现出飞跃进展,测得结果以发育商数(DQ)表示,DQ = (测得的发育成熟年龄÷实际年龄)×100,每次检查约需 60 分钟。

评价的标准为:70 分为分界线,70—90 分为一般;90—110 分为正常;110—130 分为良好;130—150 分为优秀;150 以上的为超常。70 分以下的都属于低常。具体分为:70—55 分为轻度低常;55—35 分为中度低常;35—20 分为重度低常;20 分以下的为极度低常。切忌:不要把"低常"说成"弱智",也不要把"超常"说成"神童"。

六、心理测验的应用

(一) 心理测验在心理咨询中的应用

心理测验在心理咨询中的作用主要是诊断与效果评估,尤其以诊断用得最多。

(1) 在自我认识、人生规划咨询中的应用。心理测验可以帮助个体了解自己的性格、智力、价值观、气质类型等心理特性,从而客观地对待自己的优缺点,对自己有好处,对社会也有价值。常用的量表有《卡特尔 16 种人格因素测验》、《YG 性格测验》、《艾森克人格问卷》等。(2) 在神经症、人格障碍等咨询中的应用。心理测验可以帮助咨询师对来访者作出咨询诊断和进行咨询效果评估。常用的量表有《明尼苏达多项人格调查表》、《艾森克人格问卷》、《症状量表(SCL-90)》以及部分焦虑测验量表。

(二) 心理测验在人事测评中的应用

对于在岗人员,测验的应用主要有两个方面:一是对在岗人员是否合格的诊断,二是对不合格者重新安置及培训的效果评估。对于要挑选的不在岗人员而言,主要是选拔。如果把这两类人合在一起,心理测量的应用主要有 3 个方面:一是人员的心理特点评估;二是人员培训后的心理特点评估;三是工作人员的绩效评估。

(1) 在人的心理特点评估中的应用。此时主要有两大方面:一是一般心理品质的测量,主要有智力测量和个性等。具体测验前面部分有详细介绍。二是专业知识和特殊能力测验。包括专业知识技能测验以及一些特殊能力测验,如音乐能力、美术能力、文书能力、机械能力、管理能力等。(2) 人员培训后的心理特点评估,这类测量的可以是知识、技能水平的提高,也可以是工作态度、工作兴趣的改变,可以采用成就测验、兴趣或态度测验。(3) 工作人员的绩效评估。如对领导者行为效果及员工心态评估的 PM 量表。PM 量表包括 P 因素量表、M 因素量表和情境因素量表。由 PM 量表的得分区分领导的类型,用情境量表的得分高低作为部下士气、态度和满意度的反映,也是领导效果的表征。

(三)测量在教育评价中的应用

(1) 在测量学生的学习与发展状况中的应用。此时,测验的作用至少有 3 个方面:①摸清学生的学习和发展状况,是因材施教的前提。②弄清学生的学习和发展状况,是评价教育过程中不同阶段成效的依据。③弄清学生的学习和发展状况,是评价一种新的教育思想、新的教育措施、新的教育技术等有效与否的重要指标。此时可以用到的测验有品德测验、学习动机测验、学习适应性测验、智力测验、性向测验、创造力测验、学习成绩测验、学习能力测验、职业兴趣测验、个性测验等。

(2) 在测量教师与管理者评价中的应用。对教师的评价主要有四方面内容:一是教师的资格评定;二是教师的教学艺术水平的评定;三是教师的管理水平的评定;四是教师的个性评定。

(四)测量在研究中的应用

主要表现有:(1) 搜集资料。得到大量有关被试能力、性格、与群体的关系方面的资料,有助于发现问题、探讨规律。(2) 建立和检验假设。可以通过分析测验结果,提出和检验心理与教育理论。(3) 实验分组。用测验对被试进行实验分组,以达到等组化的要求。

 主要参考书目

[1] 张厚粲,徐建平. 现代心理与教育统计学. 北京:北京师范大学出版社,2003.

[2] 张敏强. 教育与心理统计学. 北京:人民教育出版社,2002.

[3] 王孝玲. 教育统计学. 上海:华东师范大学出版社,2001.

[4] 郭志刚. 社会统计分析方法——SPSS 软件应用. 北京:中国人民大学出版社,1999.

[5] 舒华. 心理与教育研究中的多因素实验设计. 北京:北京师范大学出版社,1994.

[6] 戴海崎,张锋,陈雪枫. 心理与教育测量(修订版)——八省师范大学合编心理学主干课程系列教材. 广州:暨南大学出版社,2002.

[7] 金瑜. 心理测量. 上海:华东师范大学出版社,2001.

[8] 郑日昌,蔡永红,周益群. 心理测量学——应用心理学书系. 北京:人民教育出版社,1999.

[9] 墨菲,大卫夏弗. 心理测验原理和应用. 第6版. 张娜等译. 上海:上海社会科学院出版社,2006.

[10] 权朝鲁. 效果量的意义及测定方法. 心理学探新,2003,86(2):39-44.

[11] 邵志芳. 心理与教育统计学. 上海:上海科学普及出版社,2004.

[12] http://www.sjzpc.edu.cn/~jrx/xstd/xhdh/cy/SCL-90.htm

[13] 教勇前. 概化理论研究综述. 皖西学院学报,2008,24(2):49-52.

[14] 丁秀峰. 心理测量学. 开封:河南大学出版社,2001.

[15] 黎光明,张敏强. 基于概化理论的方差分量变异量估计. 心理学报,2009,41(9):889-901.

[16] 罗照盛,欧阳雪莲,漆书青,戴海琦,丁树良. 项目反应理论等级反应模型项目信息量. 心理学报,2008,40(11):1212-1220.

[17] 钱革. 心理测量学中项目反应理论的外延与内涵. 校园心理,2010,8(1):15-18.

[18] 邵志芳. 心理与教育统计学. 上海:上海科学普及出版社,2004.

[19] 王小英. 心理测量与心理诊断. 长春:东北师范大学出版社,2002.

[20] http://bb.iyaya.com/wydf/biji-745220.html.

强化练习

心理统计部分

一、单项选择题

1. 顺序数据适用的统计方法有

A. t 检验　　　　　　B. F 检验　　　　　C. 积差相关　　　　D. 肯德尔和谐系数　　（D）

2. 下列说法错误的是

A. 心理学的研究报告中通常使用的表格不会出现竖线

B. 只有在描述总体的时候才使用参数

C. 同一组数据随着分组组距的加大,引进的误差变小

D. 直方图用面积表示数据的大小和多少　　　　　　　　　　　　　　　　（C）

3. 在正偏态中,平均数与众数的关系是

A. 平均数大于众数　　　　　　　　　B. 平均数小于众数

C. 平均数等于众数　　　　　　　　　D. 随样本变动,两者的大小关系不确定　　（A）

4. 下列应该使用平均数作为集中量的情况是

A. 当需要计算平均差以作为数据的差异量数时

B. 当需要快速估计一组数据的代表值时

C. 当标准差接近全距的二分之一时

D. 当一组数据采用不用测量方法获得时　　　　　　　　　　　　　　　　（A）

5. 下列说法错误的是

A. 只有平均数乘以数据总个数与各次数据的总和相等

B. 只有平均数可以做为总体参数的估计量

C. 只有平均数与各数据之差总和为零

D. 只有各个变量与平均数之差的平方和最小　　　　　　　　　　　　　　（B）

6. 某校 A 班参加全市的语文考试,平均成绩为 80 分,标准差为 20;B 班参加全省的语文考试,平均成绩为 60 分,标准差为 18,问:哪个班整体的语文成绩更好,哪个班班内差异更大?

A. 不能确定、B 班　　B. 不能确定、不能确定　　C. A 班、A 班　　　D. A 班、B 班　　（A）

7. 下列哪些不是积差相关的适用条件

A. 必须是成对数据,并且成对数据要不小于 30　　B. 样本必须是正态分布

C. 相关变量是连续变量　　　　　　　　　　　　　D. 变量之间的关系是直线性的　　（B）

8. 下列表述正确的是

A. 计算某一是非题目的区分度时应该使用二列相关

B. 一位老师对全年级 8 个班每一个学生的阅读能力分别作出等级评定的数据适用于肯德尔 W 系数

C. 一位老师对 A 班和 B 班每一个学生的阅读能力分别作出等级评定的数据适用于斯皮尔曼等级相关

D. 积差相关要求两个相关的变量是连续变量,至少其中一个是连续变量　　　　（C）

9. 贝努里分布指

A. F 分布　　　　　　B. 超几何分布　　　　C. 正态分布　　　　D. 二次分布　　（D）

10. 下列属于非概率抽样的方法是:

A. 等距抽样　　　　　B. 分层抽样　　　　　C. 判断抽样　　　　D. 整群抽样　　（C）

11. 下列哪个指标是评价抽样结果精确程度的指标

A. 样本统计量的标准误差　　　　　　　　B. 最大允许抽样误差

C. 样本平均数与总体均值的比值　　　　　D. 犯 Ⅱ 类错误的概率　　　　　　　（B）

12. 有一个学生的成绩低于平均成绩 1.2 个标准差,他在该班的百分等级是

A. 16.87%　　　　　　B. 11.51%　　　　　　C. 4.93%　　　　　　D. 66.87%　　　（B）

13. 一位研究者报告单因素重复测量的方差分析时,F检验的结果是$F(3,12)=5.95$,根据此结果可知此研究有几种处理水平和几个被试

A. 3、12　　　　　　B. 4、13　　　　　　C. 4、5　　　　　　D. 3、13　　　（C）

14. 下列关于F分布的正确表述是

A. F分布是负偏态分布

B. F值表中的F值都是大于1的

C. F值与分母自由度相同概率的t值(双侧概率)的平方相等

D. 方差分析中主效应的检验应使用双侧F值表　　　（B）

15. 下列不属于参数检验的是

A. F检验　　　　　　B. t检验　　　　　　C. 方差分析　　　　　　D. 卡方检验　　　（D）

16. 关于统计假设的表述正确的是

A. 科学假设是统计推论的出发点

B. 科学假设和零假设是相互排斥的

C. 统计中直接检验的是H_1,并不能对H_0直接检验

D. 只有零假设是对总体参数的假定性说明,备择假设是针对样本来讲的　　　（B）

17. 下列表述错误的是

A. 犯Ⅰ类错误和犯Ⅱ类错误是互不相容事件　　　B. α概率和β概率都是犯错误的概率

C. $1-\beta$反映着正确辨认真实差异的能力　　　D. α与β不可能同时减小或增大　　　（A）

18. 关于方差分析的表述错误的是

A. 总体服从正态分布　　　　　　B. 变异的相互独立性

C. 各实验处理内的方差要一致　　　　　　D. 各实验处理间存在线性关系　　　（D）

19. 100名被试被分为5组,每组接受一种实验处理。实验结束以后,每组的平均数分别为50、60、70、80和90,则组间平方和为

A. 2000　　　　　　B. 500　　　　　　C. 20000　　　　　　D. 5000　　　（C）

20. 在重复测量的方差分析中,在被试间差异不变的情况下,如果各组均值都增加5个单位,则

A. 会增加组间方差　　　　　　B. 会增加误差方差

C. 会使F值升高　　　　　　D. F值保持不变　　　（D）

21. 平均数假设检验过程中,什么时候使用t检验?

A. 总体非正态分布,样本容量大于等于30　　　B. 总体正态分布、总体方差未知

C. A与B均对　　　　　　D. 总体为t分布　　　（B）

22. 在一元回归分析中,保持自变量和因变量的变异不变,将回归线变陡峭,将

A. 提高自变量对因变量的解释力　　　B. 回归系数更趋向于不显著

C. 自变量与因变量之间的相关程度降低　　　D. B和C均对　　　（A）

23. 下列不属于非参数检验的有

A. 拟合度检验　　　　　　B. 中数检验　　　　　　C. 符号检验　　　　　　D. 方差齐性检验　　　（D）

24. 一枚硬币掷三次,两次或两次以上出现正面的概率是

A. 1/8　　　　　　B. 1/4　　　　　　C. 1/2　　　　　　D. 2/3　　　（C）

25. 同时抛出两个色子,抛出点数不小于11点的概率是

A. 1/36　　　　　　B. 1/18　　　　　　C. 1/12　　　　　　D. 1/24　　　（C）

二、多项选择题

1. 平均数的优点有

A. 反应灵敏,紧随抽样变动　　　B. 计算严密,运算简单

C. 简单易解,容易掌握　　　D. 适合进一步代数运算　　　（A、B、C、D）

2. 下列属于相对量数的有

A. 标准分数　　　　　　B. T分数　　　　　　C. 变异系数　　　　　　D. 肯德尔U系数　　　（A、B）

3. 关于等级相关表述正确的有

A. 等级相关属于参数相关方法,要求总体的为正态分布,或近似正态分布

B. 斯皮尔曼等级相关只适用于两列变量,只适用于等级变量性质的数据,只适用于存在线性关系的数据

C. 可以使用积差相关的数据不要使用等级相关

D. 肯德尔和谐系数并不是一个标准的相关系数 （B、C、D）

4. 下列关于正态分布表述正确的有

A. 正态曲线下面积为 1

B. 正态分布的形式是对称的。在正态分布中,平均数、中数、众数三者相同

C. 曲线的形式是先向外弯,然后向内弯,拐点位于正负 1 个标准差处

D. 标准正态分布是一组分布 （A、B）

5. 关于卡方分布的表述正确的是

A. 卡方分布是离散型的分布,因此卡方分布是离散型分布

B. 卡方分布的横坐标都是正整数,纵坐标上的值也都是正数

C. 卡方分布是正偏态,自由度越小,曲线越向右偏

D. 卡方分布的和也是卡方分布 （B、D）

6. 有关概率的正确表述是

A. 事件 A 与其逆事件是互不相容事件

B. 事件 A 的概率与其逆事件的概率之和为 1

C. 两个事件的概率之和如果为 1,则它们为互不相容事件

D. A 事件与 B 事件的概率之和如果为 1,则 A 事件是 B 事件的逆事件 （A、B、D）

7. 下列关于区间估计表述错误的是

A. 置信度用 α 表示

B. 置信区间表明区间估计的可靠性

C. 置信界限所划定的区间用于表示总体参数可能落入的区间为置信区间

D. 估计总体参数可能落在置信区间以外的概率,为显著性水平 （A、D）

8. 关于随机区组设计表述错误的是

A. 相比完全随机设计,随机区组最大的优点是考虑到了个别差异

B. 随机区组设计是一种重复测量设计

C. 在随机区组设计中,被试间平方和反映被试之间个别差异的影响效果

D. 在随机区组设计中,区组平方和反映自变量的影响效果 （C、D）

9. 下列关于线性回归分析的基本假设表述正确的是

A. 线性关系假设是指 X 与 Y 在样本上具有线性关系

B. 正态性假设是指回归分析中 Y 服从正态分布

C. 独立性假设可以指误差项独立

D. 误差等分散性假设要求特定 X 水平的误差具有等分散性 （C、D）

10. 关于两因素方差分析表述错误的是

A. 如果主效应不显著,就不用做事后比较;如果主效应显著,就必须进行事后比较

B. 两因素方差分析是指每个因素都有两个水平

C. 如果交互效应显著,则主效应检验无论是否显著,都是没有意义

D. 交互效应的事后比较就是检验单纯主效应,即考虑在其中一个自变量各种水平下,另一变量对因变量的影响 （A、B、D）

三、简答题

1. 简述一个良好估计量的标准是什么。

2. 简述假设检验的原理。

3. 参数检验与非参数检验的异同有哪些?

4. 方差分析的统计前提有哪些?

四、综合题

小卫设计了一个随机区组的实验来考察阅读障碍儿童的记忆缺陷是针对文字的特异性缺陷还是一般性的

缺陷。一个被试为一个区组，一共选用了 5 个阅读障碍儿童。自变量为学习记忆材料，有数字、汉字、图形和无意义符号。每组材料包含 20 个项目。每位儿童学习材料 1 分钟，之后，要完成一个再认任务，从实验者提供的备选材料中挑出刚才学习的项目。备选材料中学习过的项目和没有学习过的项目的比例为 1:1。因变量为阅读障碍儿童在再认任务上的成绩，挑对一个项目加一分，挑错或漏挑不扣分，满分为 20 分。结果显示：被试 A 在再认任务上的总平均分为 60 分，被试 B 在再认任务上的总平均分为 68 分，被试 C、D、E 的再认总平均分分别为 72、64 和 56。图形材料的再认成绩为 18，标准差为 4；数字材料的再认成绩为 18，标准差为 1；汉字材料的再认成绩为 12，标准差为 3；无意义符号的再认成绩为 16，标准差为 2。

问：阅读障碍儿童对不同的学习材料的记忆效果是否相同？

$F(3,4)0.05=9.59$；$F(3,7)0.05=4.35$；$F(3,12)0.05=3.49$；$F(3,15)0.05=3.29$；$F(3,19)0.05=3.13$；$F(4,7)0.05=4.12$；$F(4,12)0.05=3.26$；$F(4,15)0.05=3.00$；$F(4,19)0.05=2.90$

心理测量部分

一、单项选择题

1. 测验项目对被试心理品质水平差异的鉴别能力称为

A. 信度　　　　B. 区分度　　　　C. 难度　　　　D. 决定系数　　　　（B）

2. 测验的基本要素有

A. 测量工具和测量对象　　　　B. 参照点和单位

C. A 和 B 都有　　　　D. A 和 B 都不是　　　　（B）

3. 测验目的分类中不包括的测验类别是

A. 描述测验　　B. 诊断测验　　C. 预示性测验　　D. 干预性测验　　（D）

4. 受应试动机影响不大的测验是

A. 瑞文推理测验　　　　B. 主题统觉测验

C. 学术能力倾向测验　　　　D. 吉尔福特发散思维测验　　　　（B）

5. 下列经典测量理论假设错误的是

A. 观察分数是由真分数和误差分数构成

B. 真分数与误差分数彼此独立

C. 真分数与观察分数彼此独立

D. 各平行测验的误差分数彼此独立　　　　（C）

6. 世界上最早的正式心理测验的编制者是

A. 高尔顿　　B. 比内　　C. 罗夏克　　D. J.M. 卡特尔　　（B）

7. 一个包含 48 道题目的测验，其信度为 0.8，如果希望将其信度提高到 0.9，通过公式计算，至少要增加的题目数量是

A. 90　　B. 108　　C. 40　　D. 60　　（D）

8. 在 500 个学生中，答对某一项目的人数为 350 人，则该项目的难度为

A. 0.7　　B. 0.8　　C. 0.3　　D. 0.4　　（A）

9. 测验的被试团体的同质性越高，其信度和效度就越

A. 高、低　　B. 高、高　　C. 低、低　　D. 低、高　　（A）

10. 一个智力测验的效度系数为 0.79，则它的信度为

A. 0.42　　B. 0.21　　C. 0.88　　D. 0.58　　（C）

11. 关于误差的说法正确的是

A. 误差越大，真分数越小

B. 系统误差越大，信度越小

C. 系统误差可以消除，随机误差不能消除

D. 概化理论认为测验误差有不同的结构，在不同的情况下，有不同的测验误差　　　　（D）

12. 一个年级的学生参加一个由 20 个题目组成的阅读能力测验。测验结束以后，按照总成绩划分为三个组。三个组人数相等，其中高分组 60 人。对测验进行项目分析发现，第 10 题的难度为 0.6，区分度为 0.8，则该题的通过率至少为

A. 0.4　　　　　B. 0.5　　　　　C. 0.6　　　　　D. 0.7　　　　　　（A）

13. 要从一项筛选飞行员的测验中删掉一个题目,有三个题目的难度为分别为 0.5,0.7 和 0.9,应该去掉的题目是

A. 难度为 0.5 的题目　　B. 难度为 0.7 的题目　　C. 难度为 0.9 的题目　　D. 不能确定　　（A）

14. 下列关于心理测验的编制流程表述正确的是

A. 预测与项目分析→合成测验→鉴定测验→测验标准化

B. 合成测验→鉴定测验→测验标准化→编写测验说明书

C. 确定测验目的→制定编题计划→编辑测验项目→预测与项目分析

D. 确定测验目的→编辑测验项目→合成测验→预测与项目分析　　（C）

15. 下列不属于年龄常模的基本要素的是

A. 一套能区分不同年龄组的题目

B. 一个针对不同年级编制的评分标准

C. 一个由各个年龄的被试组成的代表性常模团体

D. 一个表明答对哪些题或得多少分该归入哪个年龄的对照表　　（B）

16. 在原始分数不是正态分布时,转换成 T 分数过程中要经历

A. 测验等值转换　　B. 费舍 Z-r 转换　　C. 非线性转换　　D. 常模分数转换　　（C）

17. 最先完成《中国比内西蒙量表测验》的修订的是

A. 陆志韦　　　　　B. 吴天敏　　　　　C. 龚耀先　　　　　D. 祝蓓里　　（A）

18. 瑞文推理测验是由英国心理学家瑞文编制的一种团体智力测验。它是非文字型的图形测验,分为三个水平。其中瑞文标准推理测验,1938 年出版,共有 60 个项目。它的受测人群年龄最低不能小于

A. 6　　　　　　　　B. 5.5　　　　　　　C. 5　　　　　　　　D. 4　　（B）

19. 下列哪一个不是能力测验

A. 韦氏成人智力量表　　　　　　　　　B. 学术能力倾向测验(SAT)

C. 吉尔福特发散思维测验　　　　　　　D. 全国硕士研究生入学统一考试心理学试题　　（D）

20. 下列说法正确的是

A. 测验等值不受两个被等值测验的内容差异的影响

B. 测验等值不受两个被等值测验的信度差异的影响

C. 测验等值不受等值设计的影响

D. 测验等值不受测试样本变化的影响　　（D）

21. 韦氏成人智力量表显示,同年龄组中,只有 2.5% 的个体的智力比小卫高,则小卫的韦氏智力成绩为

A. 115　　　　　　　B. 120　　　　　　　C. 125　　　　　　　D. 130　　（B）

22. 在原始分数转换的基础上,按照一定的规则,经过统计处理后获得的具有一定参考点和单位,且可以相互比较的分数称为

A. 标准分数　　　　B. 转换分数　　　　C. 导出分数　　　　D. T 分数　　（C）

23. 关于分数解释过程中应该注意的原则,下列说法错误的是

A. 在解释之前,使用者应详细了解量表的各种信息

B. 解释分数要参考有关资料,特别要与其他量表的分数做直接比较

C. 应该把测试结果解释为"一段分数",而不是一个点

D. 要考虑到遗传特征、学习与经验以及测验情境对测试分数的影响　　（B）

24. 下列量表采用逻辑分析法编制的是

A. 爱德华个人偏好量表　　　　　　　　B. 卡特尔 16 种人格因素量表

C. 明尼苏达人格调查表　　　　　　　　D. 艾森克人格问卷　　（A）

25. 有一份针对普通汉语使用者(6～60 岁)编制的中国汉语水平考试题,其内部一致性信度为 0.89,信度良好。用这份考试题测量 1000 名大学生后,再次计算其信度。此时计算出来的信度应该

A. 大于 0.89　　　　　　　　　　　　　B. 小于 0.89

C. 等于 0.89　　　　　　　　　　　　　D. 不能确定,缺少必须的信息　　（B）

二、多项选择题

1. 测验量表有
   A. 命名量表　　　　B. 顺序量表　　　　C. 等距量表　　　　D. 比率量表　（A、B、C、D）

2. 心理量表需要具备的基本条件有
   A. 行为样本　　　　　　　　　　　　　B. 标准化
   C. 难度和区分度　　　　　　　　　　　D. 信度和效度　　　　　　　　（A、B、C、D）

3. 按照测验材料的不同，可以分为
   A. 构造性测验　　　　B. 纸笔测验　　　　C. 投射性测验　　　　D. 操作测验　（B、D）

4. 下列属于态度测量的方法有
   A. 瑟斯通量表法　　　B. 利克特量表法　　C. 斯皮尔曼量表法　　D. 哥特曼量表法（A、B、D）

5. 下列表述正确的是
   A. 一个测验的长度增加，其信度和效度均增加
   B. 一个测验的信度提高了，其效度相应获得提高
   C. 一个测验的信度不可能比效度低
   D. 对一个测验来说，相比信度，首先是效度更为重要　　　　　　　　（C、D）

6. 效标测量要求具有
   A. 有效性和可靠性　　B. 明确性和可测量性　C. 客观性和实用性　D. 通俗性和相似性（A、C）

7. 心理测量的误差来自
   A. 测验工具　　　　　B. 施测过程　　　　C. 测验编制过程　　D. 被测量对象　（A、B、D）

8. 关于荷伊特信度的表述正确的是
   A. 荷伊特信度适用于标准参照测验的信度估计
   B. 荷伊特信度本质上应用了方差分析方法
   C. 荷伊特信度不受测验目的的影响
   D. 荷伊特信度不受被试异质性的影响　　　　　　　　　　　　　　（A、B、C、D）

9. 相关系数可以作为
   A. 信度　　　　　　　B. 效度　　　　　　C. 区分度　　　　　D. 难度　　　（A、B、C）

10. 艾森克人格问卷用于测量受测者在三个人格维度上的特征，这三个特征有
    A. 精神质　　　　　　B. 神经质　　　　　C. 外倾性　　　　　D. 稳定性　　（A、B、C）

三、简答题

1. 简述经典测量理论的缺陷和项目反应理论对经典测量理论的超越。
2. 简述测验等值的条件。
3. 简述投射测验的原理，和你对投射测验的评价。

四、综合题

在心理测量学中，信度、效度、难度和区分度是四个非常重要的概念，请试述四者之间的关系。

2011 年全国硕士研究生入学统一考试
心理学专业基础综合试题分析

一、单项选择题:1~65 小题,每小题 2 分,共 130 分。下列每题给出的四个选项中,只有一个选项是符合题目要求的。请在答题卡上将所选项的字母涂黑。

1. 除嗅觉外,感觉信息传入大脑皮层的最后一个中转站是

A. 丘脑　　　　　B. 下丘脑　　　　　C. 海马　　　　　D. 桥脑

【分析】本题旨在考查考生对普通心理学中心理和行为的生物学基础的了解和掌握情况,考生应该掌握中枢神经系统的结构和具体功能。丘脑后部有内、外侧膝状体,分别接受听神经与视神经传入的信息,它相当于一个中转站,除嗅觉以外,所有来自外界的感官输入信息都是通过这里再导向大脑皮层,进而产生视、听、触、味等感觉。故本题应选 A。

2. 初级视觉区、初级听觉区、躯体感觉区、言语运动区在大脑皮层的部位依次是

A. 顶叶、额叶、颞叶、枕叶　　　　　　　　B. 顶叶、枕叶、颞叶、额叶

C. 枕叶、额叶、顶叶、颞叶　　　　　　　　D. 枕叶、颞叶、顶叶、额叶

【分析】本题旨在考查考生对普通心理学中心理的神经生理机制的掌握情况,考生应掌握大脑的结构和机能。首先初级感觉区包括视觉、听觉及躯体感觉区,其中初级视觉区位于顶枕裂后面的枕叶内,接受在光刺激作用下由眼睛输入的神经冲动,并产生初级形式的视觉;初级听觉区位于颞叶的颞横回处,它接受在声音作用下由耳朵传入的神经冲动,并产生初级形式的听觉;躯体感觉区位于中央沟后面的一条狭长区域内,它接受由皮肤、肌肉和内脏器官传入的感觉信号,并产生触压觉、温度觉、痛觉、运动觉和内脏感觉等。言语运动区,就是我们常说的布洛卡区,它位于左半球额叶的后下方靠近外侧裂处,它通过邻近的运动区控制说话时舌头和颚的运动。故本题应选 D。

3. 根据听觉位置理论,耳蜗对高频声波反应的敏感区域位于

A. 顶部　　　　　B. 中部　　　　　C. 背部　　　　　D. 底部

【分析】本题旨在考查考生对普通心理学中听觉的生理机制的掌握情况。听觉位置理论认为基底膜的听觉纤维很像竖琴的琴弦一样,靠近耳蜗底部的纤维较短,靠近蜗顶的纤维较长。当声音频率高时,短纤维发生共鸣;而当声音频率低时,长纤维发生共鸣。故本题应选 D。

4. "甜蜜的嗓音"、"温暖的色彩",这种感觉现象是

A. 适应　　　　　B. 对比　　　　　C. 后像　　　　　D. 联觉

【分析】本题旨在考查考生对普通心理学中一些感官产生的奇特现象的了解情况。"嗓音"对应听觉,但却引起了味觉上的"甜蜜","色彩"对应视觉,但却引起温度感觉上的"温暖",这样由一种感觉刺激引起另一种感觉的现象叫做联觉。我们生活中也常常会遇到这种现象,如红色看起来觉得温暖,蓝色看起来比较清凉。故本题应选 D。

5. 故地重游往往令人触景生情,回忆起许多在其他情况下不太容易想起来的事情。能解释此现象的是

A. 层次网络模型　　　　　　　　　　B. 逆行性遗忘

C. 编码特异性原理　　　　　　　　　D. 激活扩散模型

【分析】本题旨在考查考生对普通心理学中记忆信息的编码与提取的知识掌握情况。层次网络模型是由柯林斯和奎利恩提出的,又称语义记忆储存网络模型。在这个模型中,语义记忆的基本单元是概念,每个概念具有一定的特征,概念按逻辑的上下级关系组织起来,构成一个有层次的语义网络系统。激活扩散模型是基于

层次网络模型的逻辑而建立的,该模型认为,记忆中的语义由概念之间是否具有关联性含义决定,而不是由概念在层级中的位置决定。处于同一层级的概念,典型成员要比非典型成员更容易被激活,相应的提取速度也更快。逆行性遗忘是一种记忆障碍,即选择性遗忘之前较近一段时间内发生的事情,但对早年的事情仍保持良好记忆。编码特异性原理强调信息编码方式与提取方式之间的匹配,若前后两者相互一致,则有助于信息的快速提取,如听课与考试在同一教室,考试成绩会更好。故本题应选 C。

6. 根据艾宾浩斯遗忘曲线,为了取得最好的记忆效果,个体对初次识记的无意义材料进行复习的时间应在识记后

    A. 1 小时内   B. 2 ~ 12 小时   C. 13 ~ 24 小时   D. 24 小时后

【分析】本题旨在考查考生对普通心理学中长时记忆的相关内容的掌握情况。从艾宾浩斯记忆遗忘曲线可以看出,遗忘速率最初很快,初次记忆一小时之后,信息保持量仅为原始信息量的 44.2% ,所以要在这段时间内对材料进行复习来减缓遗忘。故本题应选 A。

7. 小明在游戏中把凳子当马骑。这种活动反映的想象功能是

    A. 再造   B. 补充   C. 替代   D. 预见

【分析】本题旨在考查考生对普通心理学中想象部分的了解和掌握情况。想象是对头脑中已有的表象进行加工改造,形成新形象的过程,是一种高级认知活动。想象具有预见的作用,其能预见活动的结果,指导人们活动进行的方向;想象具有补充知识经验的作用,对于实际生活中存在一些人们不可能直接感知的事物,通过想象可以补充这种知识经验的不足;想象还具有代替作用,当人们某些需要不能得到实际满足时,可以通过想象的方式来满足或实现;想象还对机体的生理活动有所调节,改变人体外周部分的机能活动过程。分别对照想象的不同功能,故本题应选 C。

8. 天空出现朝霞,就会下雨;天空出现晚霞,就会放晴。人们由此得出"朝霞不出门,晚霞行千里"的结论。这主要体现的思维特征是

    A. 间接性   B. 抽象性   C. 概括性   D. 理解性

【分析】本题旨在考查考生对普通心理学中思维的概念及特征知识的掌握情况。思维是借助语言、表象或动作实现的、对客观事物概括的和间接的认识,是认识的高级形式。其具有概括性、间接性。概括性是指在大量感性材料的基础上,把一类事物共同的特征和规律抽取出来,加以概括。如经过长时间观察,总结经验:有朝霞过会就会降雨,出现晚霞第二天便是晴天,这些感性资料概括出了一定的天气变化规律。间接性是指以其他事物为媒介来反映外界事物。例如,医生通过患者的临床症状诊断疾病,医生没有直接看到病毒对人体的侵袭,却能通过体温、血液成分和体征变化的程度来诊断患者的病症情况,这就是间接的反映。故本题应选 C。

9. 可以独立表达比较完整语义的语言结构单位是

    A. 音位   B. 语素   C. 词   D. 句子

【分析】本题旨在考查考生对普通心理学中语言的结构概念的掌握情况。音位是能够区别意义的最小语音单位;语素也称词素,是语言中最小的音义结合单位,是词的组成要素,它可独立成词也可与其他语素组合成词;词是语言中可以独立运用的最小单元;句子则是可以独立表达比较完整语义的语言结构单位。故本题应选 D。

10. 按照耶克斯-多德森定律,在描述唤醒水平与绩效水平之间的关系时,必须说明

    A. 任务难度   B. 任务参与   C. 被试年龄   D. 被试性别

【分析】本题旨在考查考生对普通心理学中动机的相关知识的掌握情况。耶克斯-多德森定律表明唤醒水平与绩效水平之间的关系随着任务的难易和情绪的高低而发生变化。完成困难的代数问题的最佳状态是处于较低的唤醒水平,而操作初步算术技能的最佳状态是处于中等唤醒水平;完成简单操作最佳状态处于较高的唤醒水平。故本题应选 A。

11. 针对同一事件或现象,不同的人会产生不同的情绪体验。如在极度缺水的情况下,对于半杯水,甲觉得"还有半杯水,很高兴";乙觉得"只有半杯水了,真痛苦"。这一现象反映的情绪特征是

    A. 主观性   B. 感染性   C. 情境性   D. 两极性

【分析】本题旨在考查考生对普通心理学中的情绪特征知识的掌握情况。情绪是个体的主观感受,每种情绪有不同的主观体验,它们代表了人们不同的感受。情绪的感染性说明情绪和情感在人际间具有传递信息、沟通思想的信号功能。两极性说明情绪的强度、紧张度等特征都存在两种对立的状态,即有增力和减力两极。故本题应选 A。

12. 在情绪研究中,研究者长期以来争论的主要问题是

A. 情绪的产生是否与生理活动有关

B. 情绪是否具有动机功能

C. 情绪和认知是否相互独立

D. 基本面部表情是否具有跨文化的一致性

【分析】本题旨在考查考生对普通心理学中的情绪理论的理解和掌握情况。情绪理论都围绕着情绪与认知的关系。詹姆斯—兰格理论强调情绪的产生是植物性神经系统活动的产物;坎农—巴德学说则认为情绪的中心是在中枢神经系统的;阿诺德的"评定—兴奋"说认为,刺激情境并不直接决定情绪的性质,从刺激出现到情绪产生,要经过对刺激的估量和评价;沙赫特的两因素情绪理论认为,对于特定情绪而言,个体必须体验到高度生理唤醒以及个体必须对生理状态的变化进行认知性的唤醒,这两个因素必不可少。故本题应选 C。

13. 某儿童智力测验的原始分数为 130,其所属年龄组的平均分为 100,标准差为 15,他的智商是

A. 100   B. 115   C. 130   D. 145

【分析】本题旨在考查考生对普通心理学中能力测验的了解和掌握情况。韦克斯勒智力量表采用离差智商的计算方法,公式为 $IQ = 100 + 15(X - M)/S$,X 为某人的实际分数,M 为某人所在年龄组的平均分数,S 为该年龄组分数的标准差。故本题应选 C。

14. 高尔顿研究了遗传因素对智力发展的影响,其研究方法是

A. 家谱分析   B. 动物实验

C. 心理测验   D. 社会实践调查

【分析】本题旨在考查考生对普通心理学中智力测试历史发展的了解情况。19 世纪末,英国生物学家高尔顿考察了 1660—1868 年间 286 名英国法官和他们的亲族情况,经过统计,得出平均每 100 个英国法官的亲戚中共有 38.3 个名人,而全英国平均 4000 人才有 1 个名人。故本题应选 A。

15. 小张喜欢做新颖和有价值的事情,而且经常能够提出一些与众不同的观点。他所表现出来的能力是

A. 一般能力   B. 特殊能力   C. 创造能力   D. 分析能力

【分析】本题旨在考查考生对普通心理学中能力理论的理解情况。一般能力和特殊能力是基于斯皮尔曼的二因素说,一般能力指人的基本心理潜能,是决定一个人能力高低的主要因素;特殊能力是保证人们完成某些特定作业或活动所必须的。创造能力不同于一般能力,不是对现有知识的记忆和理解,而是强调思维的流畅性、变通性与超乎寻常的独特性。故本题应选 C。

16. 与艾森克提出的稳定外倾型人格类型相对应的气质类型是

A. 胆汁质   B. 多血质   C. 黏液质   D. 抑郁质

【分析】本题旨在考查考生对普通心理学中人格理论的掌握情况。艾森克用外倾性(内倾、外倾)和神经质倾向(情绪稳定、情绪不稳定)两个维度来描述不同的人格,稳定外倾人格类型对应着具有领导性、关心自由、活跃、随便、敏感、健谈、开朗等特点。故本题应选 B。

17. "掩耳盗铃"现象体现的心理防御机制主要是

A. 转移作用   B. 反向作用   C. 退行作用   D. 否认作用

【分析】本题旨在考查考生对普通心理学中精神分析理论的掌握情况。个体避免精神干扰保持心理平衡的机制主要包括:压抑、转移、否认、反向、补偿、退行和升华等。转移即把自己内心不被允许的冲动、态度和行为施加于其他人或物,以保护自己;反向指当个体行为或欲望不能被社会规范所容忍,其表现出来的行为和动机就会正好相反,如此地无银三百两;退行是指一个人遇到困难时放弃已学到的比较成熟的应对方式和技巧,反而使用原先比较幼稚的方法去应付困难和满足自己的欲望;否认是指当个体达到的目标或行为表现不符合社会常规时,为避免或减少因挫折而产生的焦虑或维护自尊,而给自己行为的一种"合理化"解释。故本题应选 D。

18. 许多人认为,坐火车比乘飞机更安全。这种社会判断的成因是

A. 调整性启发   B. 可得性启发   C. 代表性启发   D. 参照点启发

【分析】本题旨在考查考生对普通心理学中社会认知相关知识的掌握情况。社会认知指对社会客体的知觉过程,是一种基本的社会心理活动,或说是个人在社会环境中对他人(某个个体或某个群体)的心理状态、行为动机和意向(社会特征和社会现象)做出推测与判断的过程。关于如何进行社会认知的理论是基于理性人假设的前提,但实际中我们对社会的感知是有限理性的。表现为以下几个方面:(1) 代表性启发,即人们根据当前

的信息或事件与其认为的典型信息或事件的相似程度或拟合程度进行判断;(2)可得性启发,指人们根据回忆某些事情的难易程度进行判断,那些容易回忆的信息比那些不太容易回忆的信息更多地被拿来做为我们知觉判断的依据;(3)调整性启发,指人们进行判断时,先抓住某一个锚定点,然后逐渐地调整,最终得出一个结论,也称锚定启发式。故本题应选 B。

19. 根据社会交换理论,无偿献血属于

A. 本能的亲社会行为　　　　　　　　　B. 纯粹的利他行为

C. 纯粹的利己行为　　　　　　　　　　D. 间接的互惠行为

【分析】本题旨在考查考生对普通心理学中社会交换理论的理解情况。社会交换不同于经济交换,其中最重要的一点是,社会交换受社会规范的制约,而非纯粹的基于利害得失的理性权衡。而影响社会交换最基本的社会规范是"互惠"和"公平","互惠"指一旦发生社会交换,受惠的一方就必须承担和履行回报义务;"公平"是指对规定的交换关系中的报酬与代价的比例所作的社会规范,它直接制约着人们报酬期望的程度。无偿献血者及其家属在今后需要输血时有优势,这种无偿行为获得的不是一种直接的回报。故本题应选 D。

20. 认为心理发展只有量的连续累积、不存在阶段性的理论是

A. 心理社会发展理论　　　　　　　　　B. 发生认识论

C. 心理性欲发展理论　　　　　　　　　D. 社会学习理论

【分析】本题旨在考查考生对普通心理学中毕生发展相关知识的掌握情况。艾森克的心理社会发展理论将人格发展分为八个阶段,每个阶段都有一个与某种重要冲突有关的人格危机。皮亚杰的发生认识论主要是用发生学的观点和方法来研究人类认知(从婴儿期到青春期)的发展阶段,探讨认知形成和发展的动因、过程、内在结构和机制等,他将儿童认知发展分为四个主要阶段:感知运算阶段、前运算阶段、具体运算阶段和形式运算阶段。弗洛伊德的心理性欲发展理论也是按照不同的性心理将发展分为五个阶段:口腔期、肛门期、性器官期、潜伏期和两性期。以上的各理论都将发展过程阶段化,而班杜拉的社会学习理论将行为主义的观点运用到人格发展中,他强调社会环境因素的影响,个体从中观察和模仿,某些行为得到了不断强化。故本题应选 D。

21. 在个体发展过程中,衰退最早的心理机能是

A. 感觉和知觉　　　B. 记忆　　　C. 想象　　　D. 思维

【分析】本题旨在考查考生对发展心理学相关知识的掌握情况。由于感知觉依赖感觉通道等生理器官,随着个体逐步走向老化,生理器官不可避免会衰退,所以最早衰退的应该是受生理机能制约最大的感知觉。故本题应选 A。

22. 某儿童认为周围世界绕着他转,月亮跟着他走;他只知道自己有个哥哥,但不知道自己就是哥哥的弟弟。该儿童心理发展所处的阶段是

A. 具体运算阶段　　　　　　　　　　　B. 前运算阶段

C. 后运算阶段　　　　　　　　　　　　D. 形式运算阶段

【分析】本题旨在考查考生对发展心理学中皮亚杰思维发展理论的掌握情况。他将认知发展分为四个阶段,分别是:(1)感知运动阶段,0—2 岁,儿童通过外显的行为影响世界,以此来认识世界,在该阶段,婴儿能够形成现实的心理表征;(2)前运算阶段,2—7 岁,儿童能够利用表征,而不仅仅是动作,来思考客体和事件,但这时的思维受自我中心主义的限制;(3)具体运算阶段,7—11 岁,儿童获得了运算的概念,它是构成逻辑思维基础的内在心理活动系统;(4)形式运算阶段,11—15 岁,心理运算可以运用于真实情境,也可运用于可能性和假设性情境。本题所述的儿童行为,如月亮跟着自己走,只知道自己有个哥哥等都表明了自我中心主义,故本题应选 B。

23. 根据布朗芬布伦纳(U. Bronfenbrenner)的生态系统理论,下列说法错误的是

A. 微观系统指儿童直接接触的环境

B. 环境是动态的、不断变化的

C. 生态系统理论强调个体与环境的相互作用

D. 外层系统包括社会意识形态、法律、文化等

【分析】本题旨在考查考生对发展心理学中生态系统理论的了解情况。布朗芬布伦纳在其理论模型中将人生活于其中并与之相互作用的不断变化的环境称为行为系统。该系统分为 4 个层次,由小到大分别是:微系统、中系统、外系统和宏系统。环境层次的最里层是微系统,指个体活动和交往的直接环境。第二个环境层次是中间系统,中间系统是指各微系统之间的联系或相互关系。第三个环境层次是外层系统,是指那些并未直接

参与但却对他们的发展产生影响的系统。第四个环境系统是宏系统,指的是存在于以上 3 个系统中的文化、亚文化和社会环境。故本题应选 D。

24. 根据柯尔伯格的理论,道德发展的最高阶段是

A. 法律和秩序的取向　　　　　　　　　　B. 社会契约的取向

C. 工具性的相对主义　　　　　　　　　　D. 普遍的道德原则取向

【分析】本题旨在考查考生对发展心理学中道德认知发展理论的掌握情况。柯尔伯格认为道德认知发展分为六个阶段,分别为:他律道德、个人主义、人际遵从、法律和秩序、社会契约和普遍的道德原则。故本题应选 D。

25. 下列关于成人中期的人格发展特点的表述,错误的是

A. 自我发展处于从众水平　　　　　　　　B. 性别角色进入整合阶段

C. 对生活的评价具有现实性　　　　　　　D. 对自己的内心世界日益关注

【分析】本题旨在考查考生对发展心理学中毕生发展知识的掌握情况。自我意识在青春期之后就不断提高,并与独立意识渐渐适应。虽然会出现理想自我与现实自我的矛盾,但是逐步走向统一,并在成人期间进入较为稳定的发展时期,所以在成人中期,独立的自我意识应该很强,不会处于从众水平。故本题应选 A。

26. 语法知识的学习促进了语言的表达。这种迁移现象是

A. 陈述性知识对陈述性知识的迁移　　　　B. 陈述性知识对程序性知识的迁移

C. 程序性知识对陈述性知识的迁移　　　　D. 程序性知识对程序性知识的迁移

【分析】本题旨在考查考生对教育心理学中陈述性和程序性知识的理解和掌握情况。陈述性知识的学习是指个体掌握言语信息的过程,即个体运用已有知识同化、理解新知识,使其在头脑中得到储存并用于解决有关问题的过程。程序性知识是用于具体情境的算法或一套操作步骤,其本质是一套控制个人行为的操作程序,包括外显的身体活动和内在的思维活动。语法知识是一种陈述性知识,语言表达是一种程序性知识。故本题应选 B。

27. 根据阿特金森(J. W. Atkinson)的成就动机理论,高成就动机者在面对不同难度的任务时,倾向选择的任务难度是

A. 低难度　　　　　B. 较低难度　　　　　C. 中等难度　　　　　D. 高难度

【分析】本题旨在考查考生对教育心理学中成就动机理论的掌握情况。阿特金森认为规定某一动机强度的因素有动机水平、期望和诱因。成就动机水平不同的人在完成任务和选择目标上有不同的行为表现。成就动机高的人在完成任务上有追求成功的倾向,在选择目标时选择难度适中的目标和课题。故本题应选 C。

28. 概念学习中的变式是指

A. 变更教学组织方式　　　　　　　　　　B. 变更言语表达方式

C. 变更概念的本质属性　　　　　　　　　D. 变更正例的无关属性

【分析】本题旨在考查考生对教育心理学中概念学习的理解。概念学习就是学习把具有共同属性的事物集合在一起并冠以一个名称,把不具有此类属性的事物排除出去。概念学习中提供的正例和反例有助于学习者掌握概念的主要特征,变式指概念正例的变化,变化概念的无关特征,保持概念的本质特征。故本题应选 D。

29. 在桑代克早期提出的学习规律中,体现了共同要素迁移理论思想的是

A. 多重反应律　　　　　　　　　　　　　B. 优势元素律

C. 联结转移律　　　　　　　　　　　　　D. 类推反应律

【分析】本题旨在考查考生对教育心理学中共同要素说的了解情况。多重反应律是指某一反应不能导致令人满意的结果时,将进行另外的反应,直到有一种反应最终导致满意的结果为止。优势元素律是指对情境中的某些优势元素进行选择性的反应。联结转移律是指逐渐的变化情境中的刺激,直至使反应与新情境形成联结。类推反应律是指在新情境中出现与最类似情境中的反应。桑代克在共同要素说中提出只有当两种情境有相同要素时才能产生迁移。故本题应选 D。

30. 认知领域学习的内容相当于

A. 陈述性知识、程序性知识与条件性知识

B. 陈述性知识、智力技能与认知策略

C. 陈述性知识与程序性知识

D. 知识和技能

【分析】本题旨在考查考生对教育心理学中认知领域学习的掌握情况。认知领域学习的内容大体包括陈述性知识、程序性知识(智力技能)和认知策略三部分。故本题应选 B。

31. 奥苏伯尔认为,学生课堂学习的主要类型是
   A. 有意义的发现学习
   B. 有意义的接受学习
   C. 机械的发现学习
   D. 机械的接受学习

【分析】本题旨在考查考生对教育心理学中关于奥苏伯尔学习理论的掌握情况。奥苏伯尔根据学习内容,把学习分为机械学习和有意义学习。有意义学习是指符号所代表的新知识与学习者认知结构中已有的适当观念建立非人为的和实质性的联系。机械学习指不加理解、反复背诵的学习,即对学习材料只进行机械识记。将学生的学习方式分为接受学习和发现学习。接受学习指学习者把以现成的定论形式呈现的学习材料与其已形成的认识结构联系起来,以实现对这种学习材料的掌握的学习方式。发现学习是在教师不加讲述的情况下,学生依靠自己的力量去获得新知识、寻求解决问题方法的一种学习方式。发现学习依靠学习者的独立发现。故本题应选 B。

32. ABA 实验设计属于
   A. 被试内设计   B. 被试间设计   C. 混合设计   D. 对照组设计

【分析】本题旨在考查考生对实验心理学中实验设计分类的掌握情况。被试内设计是指每个或每组被试接受所有自变量水平的实验处理的真实验设计;被试间设计是指要求每个被试(组)只接受一个自变量水平的处理,对另一被试(组)进行另一种自变量水平处理的实验设计。ABA 实验设计中的 A 和 B 分别指代不同的自变量或自变量水平。故本题应选 A。

33. 内隐联想测验使用的因变量指标是
   A. 反应类型   B. 反应时   C. 正确率   D. 信心评价

【分析】本题旨在考查考生对实验心理学中内隐联想测验的了解情况。内隐联想测验(Implicit Association Test,简称 IAT)是由格林沃尔德 1998 年提出的。内隐联想测验是以反应时为指标,通过一种计算机化的分类任务来测量两类词(概念词与属性词)之间的自动化联系的紧密程度,继而对个体的内隐态度等内隐社会认知进行测量。故本题应选 B。

34. 下列测量感觉阈限的方法中,最容易产生动作误差的是
   A. 平均差误法   B. 最小变化法   C. 恒定刺激法   D. 信号检测法

【分析】本题旨在考查考生对实验心理学中测量阈限的各种心理物理法的掌握情况。平均差误法的典型实验程序是,实验者规定以某一刺激为标准刺激,然后要求被试调节另一个比较刺激,使后者在感觉上与标准刺激相等。最小变化法由递减和递增的两个系列组成,每次刺激呈现后,让被试报告是否有感觉,为了接近被试在感觉阈限临界线,每次刺激变化要尽可能小。恒定刺激法中通常有 5~7 个恒常的刺激。信号检测论则很好地区分了主观判断标准与客观感觉阈限。故本题应选 A。

35. 内隐学习最早的研究范式是
   A. 人工语法范式
   B. 序列学习范式
   C. 复杂系统范式
   D. 样例学习范式

【分析】本题旨在考查考生对实验心理学中内隐学习概念的掌握情况。内隐学习是指在不知不觉中获得某种知识,学习了某种规则。而这种学习的效果可以通过某种测试表现出来,但在意识层面却无法觉知这种规则,不能外显的把这种规则说出来。Reber 首次设计并使用人工语法来研究内隐学习,故本题应选 A。

36. 即使一个刺激被有意忽视,注意仍然能够在一定程度上自动分配到该刺激并影响其此后的加工。研究这种现象的实验范式是
   A. 搜索范式   B. 双侧任务范式   C. 负启动范式   D. 整体—局部范式

【分析】本题旨在考查考生对实验心理学中注意抑制机制的了解和掌握情况。Tripper 将负启动作为分心物抑制的研究方法,当在启动显示中作为负分心物,其内部表征与抑制相联系,而在随后的探测显示中此分心物作为目标时,被试对目标的反应时比在控制条件下要延长。故本题应选 C。

37. 在选择因变量的测定指标时,应综合考虑其
   A. 稳定性、客观性、可辨别性   B. 恒定性、数量化、整体性
   C. 情景性、整体性、可辨别性   D. 客观性、数量化、组织性

【分析】本题旨在考查考生对实验心理学中因变量的概念理解情况。选取因变量时应该保证其信度、效度

及敏感度,分别对应着前后一致的稳定性,与自变量关系的客观性,与自变量变化——对应的可辨性。故本题应选 A。

38. 在心理学研究中,常用的眼动分析指标不包括

A. 注视　　　　　　B. 眼跳　　　　　　C. 回视　　　　　　D. 眨眼

【分析】本题旨在考查考生对实验心理学中眼动技术的了解情况。眼动分析的指标包括注视、眼跳和追随运动(包括回视),故本题应选 D。

39. 一个实验有 3 组被试,方差分析的组内自由度为 27,则该实验的被试总数为

A. 24　　　　　　B. 28　　　　　　C. 30　　　　　　D. 81

【分析】本题旨在考查考生对心理统计中方差分析运算方法的掌握情况。方差分析中,组内自由度等于总人数减去被试组数,故本题应选 C。

40. 在使用最小变化法测量重量差别阈限的实验中,平均上限的重量为 205 克,平均下限的重量为 196 克,则差别阈限为

A. 4.0 克　　　　　　B. 4.5 克　　　　　　C. 5.0 克　　　　　　D. 9.0 克

【分析】本题旨在考查考生对实验心理学中阈限计算方法的掌握情况。用最小变化法测量差别阈限会得到平均上限和平均下限两个值,两值之差为不肯定间距,差别阈限等于不肯定间距的二分之一。故本题应选 B。

41. 某研究表明,当场景中的干扰物减少和照明度降低时,与年青人相比,老年人搜索场景中交通标志的准确性更低、反应速度更慢。该研究中自变量的数量是

A. 2　　　　　　B. 3　　　　　　C. 4　　　　　　D. 5

【分析】本题旨在考查考生对实验心理学中自变量概念的灵活应用能力。本题涉及干扰物的数量和照明度的高低这两个被试内变量,以及年龄大小(年青人和老年人)这一组间变量。故本题应选 B。

42. 向被试先后呈现两道个位数的加法题,在每道加法题呈现后,要求被试报告结果;同时,在连续呈现两道加法题后,要求被试按顺序报告出每道加法题的第二个数字。这种方法测定的是

A. 前瞻记忆　　　　　　B. 工作记忆　　　　　　C. 错误记忆　　　　　　D. 回溯记忆

【分析】本题旨在考查考生对实验心理学中各种记忆概念的理解和区分能力。前瞻记忆是指对将来某一时刻要做的事的记忆,是相对于回顾性记忆的一种记忆。工作记忆是一个容量有限的系统,用来暂时保持和存储信息,是知觉、长时记忆和动作之间的接口。错误记忆是指人们会回忆或再认那些没有出现过的事件,或者对经历过事件的错误回忆。故本题应选 B。

43. 闪光融合仪通常用来考察

A. 闪光灯效应　　　　　　B. 联觉现象　　　　　　C. 似动现象　　　　　　D. 诱动现象

【分析】本题旨在考查考生对实验心理学中重要仪器功能和运动知觉概念的掌握情况。我们看到一系列的闪光,当每分钟的次数增加到一定程度时,人眼就不再感到闪光,而感到是一种固定或连续的光。在视觉中,这种现象称为闪光融合现象,即如原本静止的物体产生运动错觉,此为似动现象的定义。故本题应选 C。

44. 下列数据类型属于比率数据的是

A. 智商分数　　　　　　B. 反应时　　　　　　C. 年级　　　　　　D. 数学成绩

【分析】本题旨在考查考生对心理测量中不同数据类型的区分和掌握情况。比率数据有相等的单位和绝对零点。可以对这些数据进行比较,也可以进行加减乘除运算。智商分数表示智力的相对高低,年级也表示一种顺序高低,故它们都是等级数据。数学成绩只能作为等距数据。故本题应选 B。

45. 下列选项中,可以不写进测验使用手册的是

A. 测验题目　　　　　　B. 信度证据　　　　　　C. 效度证据　　　　　　D. 测试对象

【分析】本题旨在考查考生对心理测量中测验使用手册的了解情况。测验使用手册是对某测验的总体说明,需要提供表示该测验一致性水平和有效性水平的信度和效度数据,以及对该测验的适用人群特点和性质的介绍。故本题应选 A。

46. 下表是四位儿童的斯坦福—比内智力测验结果,心理年龄超过 8 岁的儿童是

姓名	生理年龄	比率智商
小明	6	120
小丽	7	115
小刚	8	95
小芳	9	90

A. 小明、小丽 B. 小丽、小芳 C. 小刚、小芳 D. 小刚、小明

【分析】本题旨在考查考生对心理测量中比率智商的概念掌握情况。斯坦福-比内智力量表测得的智商分数为比率智商。其计算公式为心理年龄与实际年龄的比例乘以100。故本题应选 B。

47. 某初中招收 600 名新生后,进行了一次分班考试。按照考试的功能,这次考试属于

A. 诊断性评估
B. 形成性评估
C. 安置性评估
D. 终结性评估

【分析】本题旨在考查考生对心理测量中各种测验类型的掌握情况。根据测验目的可以将测验分为安置性测验、形成性测验、诊断性测验和终结性测验。安置性测验的根本目的是分班、分组,其涉及的范围比较窄,难度也比较低;形成性测验针对某一教学单元而设计,在教学过程中进行,其目的不在于评定学生,而是为了调控教学;诊断性测验能够反映学习中常见的错误,诊断学习困难,特别是找到困难的成因。诊断性测验的目的是发现问题,评分不作为正式成绩;终结性测验用于对学生学习情况的阶段性总结分析。在一个段落或一门课结束后,教师会编制一套试题,全面考察学生的掌握情况。本题目的在于分班,故应选 C。

48. 下列选项中,属于常模参照测验的是

A. 教师自编测验
B. 艾森克人格测验
C. 句子完成测验
D. 医师资格测验

【分析】本题旨在考查考生对心理测量中常模概念及各类测验的了解情况。常模指标准化样本的测验作业情况。艾森克人格问卷中需要对照常模群体来确定测验组人群所处的各维度水平。故本题应选 B。

49. 下列关于计算机自适应测验(CAT)的表述,正确的是

A. 被试可以自选测量模型
B. 被试需要花费大量时间
C. 被试可以自选试题
D. 被试接受的试题会有所不同

【分析】本题旨在考查考生对心理测量中计算机自适应测验的概念掌握情况。计算机自适应测验由计算机根据被试能力水平自动选择测题,最终对被试能力作出估计的一种新型测验。这种测验以项目反应理论为基础,以计算机技术为手段,在题库建设、选题策略等方面形成了一套理论和方法。故本题应选 D。

50. 在概化理论中,与经典测量理论中真分数的概念最接近的是

A. 全域分数 B. 概化系数 C. 可靠性指数 D. 信噪比

【分析】本题旨在考查考生对心理测量中概化理论的掌握情况。GT 理论的基本思想是,任何测量都处在一定的情境关系之中,应该从测量的情境关系中具体考察测量工作。该理论提出了多种真分数与不同信度系数的观念,并设计了一套方法去系统辨明实验性研究中多种误差方差的来源。并用"全域分数"代替"真分数",用"概括化系数,G 系数"代替了"信度"。故本题应选 A。

51. 下列情况中,被试最容易出现随机应答的是

A. 缺乏完成测验的必要技能或不愿意被评价
B. 希望自己在测验使用者眼里显得很不错
C. 希望自己看起来有精神疾病或者缺乏能力
D. 倾向于同意题目中描述的任何观点或行为

【分析】本题旨在考查考生对心理测量中被试反应情况的了解。随机应答即无目的的随意勾选答案或回答问题。选项 B、C、D 均具有一定的目的倾向性,而 A 则是一种无效的随机回答。故本题应选 A。

52. 人格测验 16PF 常模表中的导出分数是

A. 标准九 B. 标准十 C. 标准二十 D. T 分数

【分析】本题旨在考查考生对心理测量中 16PF 的了解情况。16PF 在各人格因素维度上按照标准分数 10

个等级分别描述,最后获得 16PF 剖面分析图。故本题应选 B。

53. 在项目反应理论双参数模型中,能够直观地描述被试正确作答概率与被试特质水平关系的是

A. 区分度与难度　　　　　　　　　　　　B. 项目信息函数

C. 项目特征曲线　　　　　　　　　　　　D. 测验信息函数

【分析】本题旨在考查考生对心理测量中项目反应理论的了解情况。区分度和难度都是针对测验工具本身特性的描述。而项目特征曲线是项目特征函数或项目反应函数的图像形式,是项目分数关于所测特质的非线性回归函数。故本题应选 C。

54. 要求被试回答有关自己的感受和信念的测验属于

A. 最高作为测验　　　　　　　　　　　　B. 典型行为测验

C. 非文字测验　　　　　　　　　　　　　D. 投射测验

【分析】本题旨在考查考生对不同心理测验的概念掌握情况。最高作为测验要求被试尽可能作出最好的回答,而且有正确答案,能力测验、学绩测验均属此类。典型行为测验要求被试按照日常习惯回答,无正确答案,所有人格测验均可称为典型行为测验。非文字测验是指题目不以文字表述,被试不以语言或文字方式作答的测验,如对仪器、实物等辨认或操作的操作性测验。投射测验是通过向被试提供一些未经组织的刺激情境,让被试在不受限制的情境下自由地表现出他的反应,分析反应的结果,推断其人格。故本题应选 B。

55. 下面是某选拔测验中四道选择题的项目分析数据,根据项目筛选的一般要求,最佳的项目是

A. $P=0.21, D=0.45$　　　　　　　　　　B. $P=0.88, D=-0.30$

C. $P=0.47, D=0.43$　　　　　　　　　　D. $P=0.62, D=0.15$

【分析】本题旨在考查考生对心理测量中项目分析的掌握情况。P 指项目难度,D 指项目鉴别力。项目难度为答对某题人数占总人数的比例,P 值越大,项目越容易。鉴别指数 D 越大,鉴别力越大,表示项目质量越好。故选取一个难度适中,鉴别力最大的选项,故本题应选 C。

56. 从测量内容来看,SCL-90 属于

A. 智力测验　　　　B. 人格测验　　　　C. 兴趣测验　　　　D. 心理健康测验

【分析】本题旨在考查考生对心理测量中 SCL-90 的了解程度,其又名症状自评量表,包含有广泛的精神病症状学内容,如思维、情感、行为、人际关系以及生活习惯等等。故本题应选 D。

57. 关于分层随机抽样的特点,表述正确的是

A. 总体中的个体被抽取的概率相同　　　　B. 所有被试在一个层内抽取

C. 层间异质,层内同质　　　　　　　　　D. 层间变异小于层内变异

【分析】本题旨在考查考生对心理统计中分层随机抽样概念的理解情况。分层随机抽样是一种有人为干预的限制性随机抽样,是按有关的因素或指标将总体划分为互不重叠的几层,再从各层中独立地抽取一定数量的个体,最后将各层中抽取的个体合在一起,组成一个样本。各层内部的差异要小,层与层之间的差异要大,这是分层抽样的一个重要原则。故本题应选 C。

58. 一组服从正态分布的分数,平均数是 27,方差是 9。将这组数据转化为 Z 分数后,Z 分数的标准差为

A. 0　　　　　　　　B. 1　　　　　　　　C. 3　　　　　　　　D. 9

【分析】本题旨在考查考生对心理统计中标准正态分布的掌握情况。Z 分数即标准正态分布,其平均值为0,标准差是 1。故本题应选 B。

59. 下列关于样本量的描述,正确的是

A. 样本量需要等于或大于总体的 30%

B. 样本量大小不是产生误差的原因

C. 总体差异越大,所需样本量就越小

D. 已知置信区间和置信水平可以计算出样本量

【分析】本题旨在考查考生对心理统计中抽样分布及区间估计知识的掌握情况。样本量与总体之间没有固定的数量对应关系;抽样技术不可避免的会引入由抽样偏差导致的误差;如果总体差异越大,所需的样本量不能过小,不然抽样误差会加大。在已知置信区间和置信水平的前提下,根据正态分布表可以查到对应的样本量大小。故本题应选 D。

60. 已知 $r_1=-0.7, r_2=0.7$。下列表述正确的是

A. r_1 和 r_2 代表的意义相同　　　　　　B. r_2 代表的相关程度高于 r_1

C. r_1 和 r_2 代表的相关程度相同   D. r_1 和 r_2 的散点图相同

【分析】本题旨在考查考生对心理统计中相关系数的掌握情况。根据题干信息，只能确定两个相关系数所代表的相关程度相同。故本题应选 C。

61. 在某学校的一次考试中，已知全体学生的成绩服从正态分布，其总方差为 100。从中抽取 25 名学生，其平均成绩为 80，方差为 64。以 99% 的置信度估计该学校全体学生成绩均值的置信区间是

A. [76.08，83.92]   B. [75.90，84.10]

C. [76.86，83.14]   D. [74.84，85.16]

【分析】本题旨在考查考生对心理统计中区间估计计算的掌握情况。区间上下限＝样本平均数±2.58×总体标准差/样本量的算术平方根。2.58 为 99% 的双侧检验对应的标准分数。故本题应选 D。

62. 在量表编制过程中，因素分析的主要目的是

A. 确定项目之间的相关   B. 确定量表的信度

C. 探索并降低测量维度   D. 建立常模

【分析】本题旨在考查考生对心理统计中因素分析概念的理解情况。心理学研究常常涉及许许多多的影响因素和行为因素，怎样从中找到若干主要因素，以便更有效而简单地处理复杂问题。因素分析正是在这样的需求下诞生的。故本题选 C。

63. 下列关于 t 分布的表述，错误的是

A. 对称分布

B. 随着 n 的大小而变化的一簇曲线

C. 自由度较小时，t 分布是均匀分布

D. 自由度越大，t 分布越接近标准正态分布

【分析】本题旨在考查考生对心理统计中 t 分布的掌握情况。t 分布在基线上的取值范围是 $-\infty \sim +\infty$，它是以平均数 0 为中心，左侧 t 值为负，右侧 t 值为正的对称分布。t 分布和正态分布的区别之处在于，t 分布的形态随自由度 n 的变化呈一簇分布形态，当 $n<30$ 时，t 分布的分散程度比标准正态分布大，随着自由度的逐渐增大，t 分布逐渐接近标准正态分布；当 $n \geq 30$ 时，t 分布的密度函数曲线与标准正态分布的密度函数曲线几乎重合，故正态分布是 t 分布的极限形式。故本题应选 C。

64. 在某心理学实验中，甲组 31 名被试成绩的方差为 36，乙组 25 名被试成绩的方差为 91，若要在 0.05 水平上检验甲、乙两组被试的方差差异是否具有统计学意义，正确的方法是

A. χ^2 检验   B. F 检验   C. t 检验   D. Z 检验

【分析】本题旨在考查考生对心理统计中 F 分布的理解情况。两组方差之间差异的检验与 F 检验有关。F 等于两组方差之比，再通过查询 F 分布的统计表获得 0.05 水平上的 F 值，即可判断两组方差差异是否达到显著水平。故本题应选 B。

65. 某中学初一、初二的学生接受同一个测验，初一学生平均分为 65 分，标准差为 5，初二同学的平均分为 80 分，标准差为 6。结论正确的是

A. 初一分数比初二分数离散程度大   B. 初二分数比初一分数离散程度大

C. 两个年级的分数离散程度无法比较   D. 两个年级的分数离散程度一样大

【分析】本题旨在考查考生对心理统计中差异系数的掌握情况。差异系数（CV）是指标准差与其算数平均数的百分比，它是一个相对数。初一的差异系数为 1/13；初二的差异系数为 3/40，初一的差异系数更大，说明初一分数的离散程度更大。故本题应选 A。

二、多项选择题:66～75 小题，每小题 3 分，共 30 分。下列每题给出的四个选项中，至少有两个选项是符合题目要求的。请在答题卡上将所选项的字母涂黑。多选、少选或错选均不得分。

66. 根据注意的认知资源理论，下列表述正确的有

A. 注意资源是有限的

B. 注意资源是由唤醒水平决定的

C. 输入刺激本身可以自动占用认知资源

D. 人可以灵活地支配注意资源的分配

【分析】本题旨在考查考生对普通心理学中注意认知资源理论的掌握情况。认知资源理论认为，注意是一组对刺激进行归类和识别的认知资源或认知能力，这些认知资源是有限的。对刺激的识别需要占用认知资源，

当刺激越复杂或加工任务越复杂时,占用的认知资源就越多。该理论还假设,输入刺激本身并不能自动地占用资源,而是在认知系统内有一个机制负责资源的分配,这一机制是灵活的,受意识控制,这样我们可以把认知资源分配到重要的刺激上。故本题应选 ABD。

67. 测量记忆保持量的方法有

A. 再认法　　　　　　B. 重构法　　　　　　C. 节省法　　　　　　D. 词干补笔法

【分析】本题旨在考查考生对实验心理学中关于记忆实验方法的了解和掌握情况。艾宾浩斯在描绘遗忘曲线时采用的便是节省法,引入节省量的概念,即重新学习时所节省的时间或遍数与初次学习所需时间或遍数的比值。之后有研究者同时比较再认、重构、回忆等方法的记忆保持量。在再认法中,同时向被试呈现学习过的和未学习过的材料,让他们判断是否为先前学习或记忆过的。重构法即让同一被试在不同延时条件下对学习材料作多次回忆,将回忆的内容与原始材料进行比较,来测量被试记忆不断变化的情形。词干补笔法主要用于测量内隐记忆,指被试学习一系列单字后,测验时提供单字的头几个字母,让被试补写其余几个字母进而构成一个有意义的单词。故本题应选 ABCD。

68. 下列关于问题解决策略的表述,正确的有

A. 算法策略通常可以保证问题得到解决,但比较费时费力

B. 启发式策略不一定能保证问题的解决

C. 算法策略通常优于启发式策略

D. 爬山法是一种算法策略

【分析】本题旨在考查考生对普通心理学中问题解决策略的掌握情况。算法策略是在问题空间中搜索所有可能的解决问题的方法,直到选择出一种有效的方法解决问题,即把解决问题的方法一一尝试,最终找到解决问题的答案。其优点是能够保证问题的最终解决,但缺点是需要大量尝试,比较费时费力。启发式是人根据一定的经验,在问题空间内进行较少的搜索,以完成问题解决的一种方法。启发式不能完全保证问题的成功解决,但用这种方法解决问题较省时省力。爬山法是启发式策略中的一种,即采用一定方法逐步降低初始状态和目标状态的距离。故本题应选 AB。

69. 荣格认为人格是一个相互作用的结构,它包括

A. 意识　　　　　　B. 前意识　　　　　　C. 个人潜意识　　　　　　D. 集体潜意识

【分析】本题旨在考查考生对普通心理学中人格理论部分的了解和掌握情况。荣格的人格理论突出了心理结构的整体性,认为人格结构由三个层次组成:意识(自我)、个人潜意识(情结)和集体潜意识(原型)。故本题应选 ACD。

70. 根据维果茨基的观点,高级心理机能的特点有

A. 依靠生物进化获得　　　　　　　　　　B. 以符号为中介

C. 反映水平是概括和抽象的　　　　　　　D. 受社会文化历史规律的制约

【分析】本题旨在考查考生对教育心理学中维果茨基的"文化-历史"发展理论的掌握情况。维果茨基认为人的高级心理机能即随意的心理过程,并不是人自身所固有的,而是在与周围人的交往过程中产生与发展起来的,是受人类文化历史所制约的。高级心理机能不同于低级心理机能的特点是:(1) 它们是随意的、主动的,是由主体按照预定的目的而自觉引起的;(2) 它们的反映水平是概括的、抽象的,也就是各种机能由于有思维的参与而高级化;(3) 它们实现过程的结构是间接的,是以符号或词为中介的;(4) 它们的起源是社会文化历史发展的产物,是受社会规律制约的;(5) 从个体发展来看,它们是在人际交往过程中产生和不断发展起来的。故本题应选 BCD。

71. 持能力实体观的个体,其认知与行为特点有

A. 认为能力是稳定的、不可改变的特征

B. 认为有些人天生比另一些人聪明

C. 倾向于建立表现目标

D. 倾向于使用深层学习策略

【分析】本题旨在考查考生对教育心理学中个体能力相关知识的掌握情况。德韦克和莱格特(1988)认为,个体关于能力性质的潜在理论决定着个体的成就目标。在成就情境中,那些持能力实体观的个体相信能力是稳定的、难以改变的,他们倾向于以显示能力为目标(即成绩目标定向),而那些主张能力增加观的个体则相信能力是不稳定的,可以通过努力学习加以改变的,他们倾向于以掌握、提高为目标(即掌握目标定向)。故本题

应选 ABC。

72. 开展以动物为被试的研究时,下列表述正确的有

A. 给动物以人道对待

B. 为保证实验顺利进行,动物解剖时可以不使用麻醉剂

C. 获取、照料、使用和处理动物以符合实验设计要求为主

D. 当动物的生命应当结束时,需要快速且无痛

【分析】本题旨在考查考生对实验心理学中研究伦理的了解情况。目前动物研究的"3R"原则已普遍得到遵从,即减少(Reduce)每一次实验中所需动物的数量;优化(Refine)现有的实验,以减少动物所受的痛苦和伤害;使用其他手段来取代(Replace)动物实验。当动物必须被处死,那么必须对其尽可能地人道并且使之无痛苦。故本题应选 AD。

73. 下列关于选择反应时的表述,正确的有

A. 选择反应时与选择刺激数目之间呈线性关系

B. 刺激–反应之间的相似性越高,选择反应时越长

C. 准备状态与不同选择反应时之间存在较高的相关

D. 个体成熟后,随着年龄的增长,选择反应时缩短

【分析】本题旨在考查考生对实验心理学中选择反应时概念的理解和掌握情况。选择反应时就是根据不同的刺激物,在各种可能性中选择一种符合要求的反应,并执行该反应所需的时间。反应时并不是随着选择项目的增多而线性增长的,而是遵从 RT=lgN(RT 为反应时,N 为辨别刺激的数目)。除了刺激选项数目多少,可选刺激间的相似程度也会影响反应判断,相似程度越高,判断难度越大,反应时则越长。和其他心理想象一样,反应时也会以机体内部状态为中介对外界刺激作出反应的。机体在反应前的状态,比如对环境的适应水平,自身的动机水平等都会影响之后的判断反应。同时各个年龄段的反应时呈离散或者集中趋势,具有很显著的个体差异。有研究发现,老年组被试的方差显著高于年轻组和中年组。故本题应选 BC。

74. 在经典测量理论中,表示测验结果精确程度的指标有

A. 测验信度   B. 测验效度   C. 测验标准误   D. 测验正确率

【分析】本题旨在考查考生对心理测量中影响测量精确程度主要因素的掌握情况。测量中总是存在误差,测量精确程度与误差大小有很大关系,误差越大,精确程度越低。同时精确程度还和测量工具的性质有关。信度是指测验结果的一致性、稳定性及可靠性。

效度是指测量结果对预测内容的反映程度,测量结果与要考察的内容越吻合,则效度越高;反之,则效度越低。故本题应选 AC。

75. 线性回归分析的前提假设有

A. 变量总体服从正态分布   B. 个体间随机误差相互独立

C. 自变量的个数多于因变量的个数   D. 因变量和自变量之间存在线性关系

【分析】本题旨在考查考生对心理统计中线性回归相关知识的了解情况。在回归模型中,凡是变量之间存在线性关系的都称为线性回归模型。回归模型中有一个服从正态分布的随机误差变量,所以因变量也一个随机变量。故本题应选 ABD。

三、简答题:76～80 小题,每小题 10 分,共 50 分。请将答案写在答题纸指定位置上。

76. 简述时间知觉及其影响因素。

【答案要点】

(1)定义:时间知觉是指人对直接作用于感觉器官的客观事物的持续性和顺序性的反映,它以自然界的周期现象、机体生理节律和周期性社会活动等为线索。

(2)影响因素:感觉通道的性质;发生事件的数量与性质;人的情绪、动机、兴趣、态度等因素。

【分析】本题旨在考查考生对时间知觉的了解和掌握情况。在论述时间知觉的影响因素时,主要内容应该包括感觉通道的差异、固定时间内发生的事件数量及性质、以及知觉主体的兴趣和情绪状态等。时间知觉相对于空间知觉而言更加抽象,需要考生结合实际生活来理解。

77. 在一次数学期末考试中,王强得了满分,而赵明不及格。当问及原因时,王强说是自己刻苦学习的结果,赵明认为是因为自己"缺少数学细胞"。请结合维纳的归因理论,分析他们今后数学学习可能的行为表现及原因。

（1）维纳归因理论中影响成败因素的三个维度:因素源(内外因)、稳定性、可控性。根据不同维度的组合,可以把成就行为归因为以下四种情况:

内部		外部	
稳定/可控制	不稳定/不可控制	稳定/可控制	不稳定/不可控制
能力	努力	任务难易	运气

（2）王强把成绩优秀归因于努力,这是一种内在、不稳定、可控的归因。因为取得满分的原因是内在的,因而会体验到成功感,认识到努力是有回报的;因为原因是不稳定的,对以后成败的预期影响较小;又因为原因是可控的,今后可以通过继续努力获取成功,因而在学习上会表现出坚持性。

（3）赵明把考试不及格归因于能力不足,这是一种内在、稳定、不可控的原因。因为原因是内在的,因而情感上体验到羞耻、沮丧;因为原因是稳定的,故会预期未来学业仍可能失败;又因为原因是不可控的,因而今后会放弃努力,丧失学习动机。

【分析】本题旨在考查考生对维纳归因说的掌握和运用情况。"王强得了满分,赵明不及格,王强认为是自己努力的结果,而赵明认为是自己没有数学细胞"。根据组合成的四种不同归因情况,王强成功归因于自身努力,是内部不稳定因素,那么在今后学习中他会加倍努力取得更好的成绩;而赵明的失败归因于自己无数学细胞,属于能力方面,是内部稳定因素,今后如果他不重新归因,很可能会一蹶不振。

78. 简述建构主义学习观的基本内容。

【答案要点】

（1）建构主义学习观主要包括学习的主动建构性、社会互动性和情境性。

（2）学习的主动建构性:学习不是从外界吸收知识的过程,而是学习者建构知识的过程,每个学习者都在自己原有的知识经验基础上建构自己的理解。

（3）学习的社会互动性:学习是通过对某种社会文化的参与而内化相关的知识和技能、掌握有关的工具的过程,这一过程常需要通过学习共同体的合作互动来完成。

（4）学习的情境性:知识是不可能脱离活动情境而抽象地存在的,学习应该与情境化的社会实践活动结合起来。知识存在于具体的、情境性的、可感知的活动之中。

【分析】本题旨在考查考生对建构主义学习观的了解情况。建构主义的思想来源于认知加工学说,以及维果茨基、皮亚杰和布鲁纳等人的思想。例如,皮亚杰和布鲁纳等人的认知观点,以及维果茨基的"文化-历史"发展理论,都是建构主义思想发展的重要基础。在阐述建构主义学习观时需要明确其中包含的三大要素,以及建构这一双向交互作用过程。

79. 下表是从某人格测验研究报告中摘录的一些数据,试结合表中提供的信息解释影响信度系数的因素。

内部一致性信度

样本	计算方法	性别	N	信度系数
样本1:心理学专业大学生				
	分半法	男	50	0.72
		女	50	0.79
		全体	100	0.73
	KR-20	男	50	0.70
		女	50	0.76
		全体	100	0.73
样本2:综合大学学生样本A				
	KR-20	男	50	0.72
		女	50	0.78
		全体	100	0.75

样本	间隔时间	性别	N	信度
样本2:综合大学学生样本A				
	1个月	男	50	0.60
	1个月	女	50	0.70
	1个月	全体	100	0.69
样本3:综合大学学生样本B				
	2个月	男	50	0.55
	2个月	女	50	0.60
	2个月	全体	100	0.58

【答案要点】

（1）信度系数受信度估计中的误差来源影响:样本1中分半法和KR-20计算的内部一致性信度不同,样本2中内部一致性信度与重测信度不同。

（2）信度系数受测试样本的影响:异质样本(样本2)会高估信度,同质样本(样本1)会低估信度;测试样本性别不同,信度系数不同。

（3）重测信度受间隔时间影响:间隔2个月要比间隔1个月的重测信度低。

【分析】本题旨在考查考生对心理测量中信度概念的理解和掌握情况。在论述信度影响因素时,主要内容应该包括被试的自身特性和行为反应、主试的指导语、施测环境的条件设置、测量工具自身的特性、测验时间的选择以及最后对测验评分的方法。需要考生对各个影响因素都有全面的分析和了解。

80. 在一项研究中,让幼儿在自由活动的条件下自己选择游戏类型。游戏类型分为安静型和运动型,50名幼儿做出的选择如下表。请检验不同性别的幼儿选择游戏方式的差异是否具有统计学意义。（$t_{(24)0.05}=2.06$, $t_{(48)0.05}=2.02$, $t_{(49)0.05}=2.01$, $\chi^2_{(1)0.05}=3.84$, $\chi^2_{(2)0.05}=5.99$, $\chi^2_{(3)0.05}=7.81$）

幼儿游戏方式选择的数据表

	安静型	运动型
男	5	20
女	15	10

【答案要点】

（1）使用χ^2检验

H_0:不同性别的幼儿选择游戏方式的差异不具有统计学意义

H_1:不同性别的幼儿选择游戏方式的差异具有统计学意义

（2）整理数据并计算χ^2值

整理数据如下表所示:

	安静型	运动型	Σ
男	5	20	25
女	15	10	25
Σ	20	30	50

$$\chi^2 = N\left(\sum \frac{f_{o_i}}{f_{x_i} \cdot f_{y_i}} - 1\right) = 50 \times \left(\frac{5^2}{20 \times 25} + \frac{20^2}{30 \times 25} + \frac{15^2}{20 \times 25} + \frac{10^2}{30 \times 25} - 1\right) = 8.33$$

（3）自由度为 $df = (2-1) \times (2-1) = 1$，比较计算得到的 χ^2 值与临界值的大小 $\chi^2 > \chi^2_{(1)0.05} = 3.84$，拒绝 H_0。因此，不同性别的幼儿选择游戏方式的差异在 0.05 水平上具有统计学意义。

针对（2），也可采用 2×2 列联表公式得到 $\chi^2 = 8.33$ 或校正公式得到 $\chi^2 = 6.75$。

【分析】本题旨在考查考生对卡方检验的掌握情况。卡方检验是最常用的非参数检验，无须假定总体的分布形态，对数据的计量水平要求也不高，对于名称和顺序水平的数据都能进行分析，需要了解独立性检验和同质性检验的概念及明确彼此的区别。

四、综合题：81～83 小题，每小题 30 分，共 90 分。请将答案写在答题纸指定位置上。

81. 比较构造主义、行为主义和精神分析学派的研究内容、研究方法和主要观点，并说明各学派对心理学发展的主要贡献。

【答案要点】

（1）各学派研究的内容、方法和主要观点：

① 构造主义的代表人物是冯特和铁钦纳。它强调研究意识经验及其构成成分；认为意识由感觉、意象和感情三种元素组成，主张采用实验内省的方法，探讨意识内容、组成元素和构造原理。

② 行为主义的代表人物是华生和斯金纳。它强调研究行为，并以刺激与反应（$S-R$）之间的关系作为心理学研究的主要内容；强调环境因素对行为的影响；主张采用观察和实验等客观的方法，研究刺激与反应之间的关系。

③ 精神分析学派的代表人物是弗洛伊德。它强调研究潜意识，研究性本能的动力作用及其对人格发展的影响；主张采用临床观察（如自由联想、梦的分析）等方法解释由本能和生物驱力产生的行为，试图解决个人需要和社会要求之间的冲突。

（2）各学派对心理学发展的主要贡献：

① 构造主义作为科学心理学的第一个流派，倡导实验心理学，促进了对心理学问题的实验研究。

② 行为主义推动了心理的客观研究，扩大了心理学的研究领域，促进了心理学应用于实际生活。

③ 精神分析学派开拓了潜意识研究的新领域，深化了对人格发展动力的研究，促进了心理治疗等诸多领域的发展。

【分析】本题旨在考查考生对心理学派别和心理学发展过程的了解情况。在阐述各心理学派时需要了解各理论的特点以及彼此间的分歧差异之处，新思想理论都得与原有理论体系磨合并自身重构，这些都意味着心理学的发展和进步。

82. 阅读下列材料，然后回答问题。

研究一：有人探讨了不同亲缘关系成员在不同养育环境下智力测验分数之间的相关程度，结果如下表。

不同水平亲缘关系的亲属之间智力测验分数的相关系数

遗传关系（亲缘关系）	一起养育 （相同家庭）	分开养育 （不同家庭）
养父母与领养的子女（亲缘关系等于 0.00）	0.19	——
没有关系的兄弟姐妹（亲缘关系等于 0.00）	0.34	——
父母与亲生的孩子（亲缘关系等于 0.50）	0.42	0.22
同父母的兄弟姐妹（亲缘关系等于 0.50）	0.47	0.24
异卵双生子（亲缘关系等于 0.50）	0.60	0.52
同卵双生子（亲缘关系等于 1.00）	0.80	0.72

研究二：研究者测查了 5 岁的非裔美国儿童和白人儿童的智商，对每个儿童家庭的社会地位以及相关因素进行了考察，并对这些社会经济变量间的差异与不同种族儿童智商的差异是否有关进行了评估，结果如下表。

分析	智商分数的种族差异
未经调整	18.1
调整后(排除下列变量的影响)	
族群间背景变量	17.8
家庭和邻里收入水平	8.5
母亲的受教育水平、言语能力、是否单亲家庭等	7.8
家庭环境(家庭量表分数)	3.4

(1) 研究一应用的研究方法或技术是什么?

(2) 从研究一和研究二分别能得出哪些结论?

(3) 结合研究一和研究二,说明在考察遗传与环境对智力发展的影响问题时,研究设计应注意什么问题?

【答案要点】

(1) 研究一应用了相关研究方法,具体为家族与血缘关系的研究手段(或双生子研究)。

(2) 从研究一得出的结论:智力既受遗传因素(亲缘关系越密切,智力的相关程度越高),同时也受环境因素(亲缘关系相同,相同家庭中的成员之间智商的相关系数高于不同家庭中的成员之间智商的相关系数)的影响。

从研究二得出的结论:非裔美国儿童和白人儿童在智商上的差异并非种族差异造成,主要由社会经济地位因素(如经济收入、家庭环境等)引起。

(3) 在考察遗传与环境对智力发展的影响时,研究设计应注意严格控制各种影响因素。如要探讨遗传因素的作用,血缘关系研究是比较有效的途径。同卵双生子之间智力上的相似性,可归结为遗传的作用;智力上的差异性,可以归因于环境因素。如果要探讨环境因素对智力发展的作用,研究设计必须控制遗传因素。此外,必须对环境因素变量进行清楚的界定和操作。

【分析】本题将心理学研究方法应用于实际问题中,考生应提高心理学方法的应用能力,注意在分析实际问题时,将与问题有关的多种因素综合考虑。

83. 某学生研究了不同类型的照片对外显记忆和内隐记忆的影响,下面是该研究的实验方法部分。依据材料回答:

(1) 该"方法"中有几处明显的问题,请至少指出其中 4 处并加以完善。

(2) 说明如何通过偏好判断任务检验是否产生内隐记忆。

……

2. 方法

2.1 被试

某校心理学专业二年级 A 班全体同学 60 名。其视力或矫正视力正常。

2.2 实验仪器与材料

2.2.1 实验仪器

某品牌计算机。

2.2.2 实验材料

本实验以 32 对分别表达四种情绪(喜、怒、哀、惧)的面部照片为材料,其中 16 对为彩色照片,16 对为黑白照片。

2.3 实验设计

实验设计为 2(图片类型:彩色照片、黑白照片)×2(注意对象:目标照片和非目标照片)×2(任务类型:再认任务和偏好判断任务)的被试间设计。

2.4 实验程序

实验分为学习和测试两个阶段。

学习阶段,随机在计算机屏幕的不同部位呈现 16 对照片,其中 8 对为彩色照片,8 对为黑白照片。每对照片中有一张为目标照片(以红色边框为标记)和一张非目标照片。目标照片以随机方式一半在计算机的左半部呈现,一半右半部呈现。所有被试均观察目标照片,并要求正确报告出照片所表达的情绪。每对照片呈现时间为 2 秒,然后消失,并要求被试尽快判断所表达的情绪,直到 16 对照片呈现完毕。

被试休息 5 分钟后,进入测试阶段。测验时呈现 16 张照片,其中一半是学习过的照片,另一半是新照片。所有新照片呈现完毕后,再呈现学习过的照片,直到 16 张照片呈现完毕。所有被试先进行再认任务,然后进行偏好判断任务。

　　……

【答案要点】

(1) 错误和完善方法如下:

错误①:抽样方法不正确,应采取随机抽样或其它科学的抽样方法。

错误②:没有对被试的颜色视觉是否正常进行测定并说明,应加以测定并说明。

错误③:2×2×2 被试间设计,应为 2×2×2 被试内实验设计。

错误④:在计算机屏幕的不同部位呈现材料,应在计算机屏幕的某一固定部位呈现材料,同时平衡目标和非目标照片的位置效应。

错误⑤:所有新照片呈现完后再呈现旧照片,新旧照片应按随机顺序呈现。

(2) ① 在测试阶段,随机呈现 16 张新旧照片,要求被试判断是否喜欢每张照片。

② 计算被试喜欢新旧照片的数量,若被试对旧照片的喜欢数量显著超过对新照片的喜欢数量,则产生内隐记忆。

【分析】本题旨在考查考生对心理实验流程的掌握程度和设计实验的能力。

2010年全国硕士研究生入学统一考试
心理学专业基础综合试题分析

一、单项选择题：第1~65小题，每小题2分，共130分。下列每题给出的四个选项中，只有一个选项符合试题要求。请在答题卡上将所选项的字母涂黑。

1. 下列心理学派与其代表人物，正确匹配的是
   A. 机能主义——冯特　　B. 格式塔——铁钦纳　　C. 人本主义——罗杰斯　　D. 构造主义——詹姆斯

   【分析】本题旨在考查考生对心理学各流派基本理论观点的了解与掌握情况。考生应该掌握心理学各流派的创始人、主要观点、主要研究方法以及对其历史的评价等等。冯特是构造主义的奠基人，铁钦纳也是构造主义的代表人物。詹姆斯是机能主义心理学的创始人。罗杰斯是人本主义的主要倡导者之一。故本题应选C。

2. 运用心理学的原理和方法来诊断与治疗个体的心理障碍，改善人们的行为模式的心理学分支学科是
   A. 教育心理学　　B. 发展心理学　　C. 生理心理学　　D. 临床心理学

   【分析】本题旨在考查考生对心理学主要研究领域的理解和掌握情况。教育心理学研究教育过程中所包含的各种心理现象，揭示教育同心理的相互关系；发展心理学研究心理的种系发展和心理的个体发展；生理心理学研究心理现象的生理机制；临床心理学研究心理因素在疾病发生、诊断、治疗及预防中的作用。故本题应选D。

3. 右图为大脑半球分区结构图，其中①②③④四个区域分别代表的是
   A. 额叶 顶叶 枕叶 颞叶　　　　　　B. 枕叶 额叶 颞叶 顶叶
   C. 顶叶 颞叶 枕叶 额叶　　　　　　D. 颞叶 顶叶 枕叶 额叶

   【分析】本题旨在考查考生对普通心理学中心理和行为的生物学基础的了解与掌握情况。主要考查对大脑皮层主要区域位置的识记。额叶位于外侧裂之上和中央沟之前。颞叶位于外侧裂下部。枕叶位于后头部。顶叶位于中央沟之后。故本题应选A。

4. 当看到雄伟壮观的国家体育场"鸟巢"时，你的大脑皮层接收的是
   A. 眼睛传来的光波　　　　　　　　B. 感觉通道里传来的神经冲动
   C. "鸟巢"的形象　　　　　　　　　D. 感觉通道里传来的电磁波

   【分析】本题旨在考查考生对普通心理学中心理和行为的生物学基础的了解与掌握情况。人们的知觉信息是通过神经冲动的形式传递到大脑皮层的。故本题应选B。

5. 向远方直线延伸的两条平行铁轨看起来逐渐聚合，个体据此判断距离。他所依赖的单眼线索是
   A. 视轴辐合　　B. 线条透视　　C. 运动视差　　D. 运动透视

   【分析】本题旨在考查考生对普通心理学中空间知觉线索的理解与掌握情况。视轴辐合是指双眼在注视物体时，视轴会聚在对象上，看近物时辐合程度大，看远物时则辐合程度小；线条透视是指两条向远方延伸的平行线看来是趋于接近的；运动视差是指当观察者与周围环境中的物体相对运动时，远近不同的物体在运动速度和运动方向上将出现差异。运动透视指当观察者向前移动时，视野中的景物也会连续活动。线条透视运动视差、运动透视属于单眼线索。视轴辐合是双眼线索。故本题选B。

6. 一般而言，对于时间间隔主观估计最准确的间隔时间是
   A. 1秒　　　　B. 3秒　　　　C. 5秒　　　　D. 7秒

   【分析】本题旨在考查考生对普通心理学中时间知觉及其影响因素的理解与掌握情况。一般而言，时间间隔越长，那么对时间间隔的主观估计就越准确。故本题选D。

7. 一件白衬衫在灯光昏暗的房间里和在阳光明媚的户外亮度不同，但是人们仍将其知觉为白衬衫。这种知觉特性是
   A. 整体性　　　　B. 选择性　　　　C. 理解性　　　　D. 恒常性

   【分析】本题旨在考查考生对普通心理学中知觉特性的理解与掌握情况，是一道理论联系实际的题目。考生需要了解各种知觉特性的含义及典型例证。本题具体考查了对知觉特性的理解。知觉整体性是指人在知觉客观对象时，总是把它作为一个整体来反映，这就是知觉的整体性；知觉选择性指把一些对象（或对象的一些特

性、标志、性质)优先地区分出来;知觉的理解性是指人在感知事物时,总是根据过去的知识经验来解释它、判断它,把它归入一定的事物系统之中,从而能够更深刻地感知它;知觉恒常性是指当知觉的条件在一定范围内发生改变时,知觉的映象仍然保持相对不变。结合本题的题意,分析得出 D 项。

8. 根据米勒(G . Miller)的研究,短时记忆的容量是

A. 3±2 组块　　　　B. 5±2 组块　　　　C. 7±2 组块　　　　D. 9±2 组块

【分析】本题旨在考查考生对普通心理学中短时记忆容量的记忆,题目较为简单。米勒(G . Miller)的研究发现短时记忆容量为 7±2 组块。故选 C。

9. 学生在考试时,回答选择题的记忆活动主要是

A. 识记　　　　B. 保持　　　　C. 再认　　　　D. 回忆

【分析】本题旨在考查考生对普通心理学中记忆过程的理解和掌握情况。记忆包含识记、保持、提取(再认和回忆)这几个过程。回答问题是利用已有的经验、知识来解决问题,所以是属于记忆的提取阶段。提取的形式包括再认和回忆两种,再认是指人们对感知过、思考过或者体验过的事物,当它再度呈现时,仍能认识的心理过程;回忆是人们过去经历过的事物以形象或概念的形式在头脑中重新出现的过程。既然是做选择题,那么答案已经给出,只需要从几个答案中找出相匹配问题的一个即可。故属于再认,选 C。

10. 要求幼儿对香蕉、苹果、皮球、口琴等进行分类,幼儿将苹果与皮球归为一类,香蕉与口琴归为一类。由此表明他们所具有的概念种类是

A. 具体概念　　　　B. 抽象概念　　　　C. 合取概念　　　　D. 人工概念

【分析】本题旨在考查考生对概念种类的理解和掌握情况。按照概念包含属性的抽象程度,概念分为具体概念和抽象概念。具体概念是按事物指认属性形成的概念;抽象概念是按事物的本质属性形成的概念。按照概念反映事物属性的数量及其相互关系,分为合取概念、析取概念和关系概念。合取概念是指根据一类事物中单个或多个相同属性形成的概念。根据概念形成的自然性,分为自然概念和人工概念。人工概念是在实验室条件下,为模拟自然概念形成过程而人为制造的概念。根据题意,幼儿是根据事物外形上的相似性来进行的分类,属于具体概念。故选 A。

11. 解决"河内塔"问题最有效的策略是

A. 手段–目的分析策略　　　　　　　　B. 算法策略

C. 逆向搜索策略　　　　　　　　　　　D. 选择性策略

【分析】本题旨在考查考生对普通心理学中问题解决策略的理解和掌握情况。问题解决策略包含算法策略和启发式策略。手段–目的分析、逆向搜索都属于启发式策略。算法策略是在问题空间中随机搜索所有可能的解决问题的方法,直至选择一种有效的方法;手段–目的分析策略是指根据经验,在问题空间内进行较少的搜索,达到问题解决的方法;逆向搜索策略从问题的目标状态开始搜索直至找到通往初试状态的方法。"河内塔"需要把目标分解为不同的子目标,然后逐步完成。故选 A。

12. 不同的笔画和部件必须按照一定的方式结合起来,才能构成汉字。这一影响词汇理解的因素是

A. 单词的部位信息　　B. 正字法规则　　C. 字词的使用频率　　D. 字形结构

【分析】本题旨在考查考生对普通心理学中影响语言理解因素的理解和掌握情况。影响词汇理解的因素包括单词的部位信息、正字法规则、字母长度和笔画数、字形结构、词频、语音作用、语境以及语义等因素。汉字的正字法规则就是指汉字的笔画和部件的组合方式。故本题选 B。

13. 下列有关内部言语的表述,错误的是

A. 具有隐蔽性

B. 不需要言语器官的参与

C. 外部言语是内部言语产生的基础

D. 在计划外部言语时,内部言语起着重要作用

【分析】本题旨在考查考生对普通心理学中言语的种类及其特征的理解。内部言语是一种自问自答或不出声的语言活动。内部言语具有隐蔽性、简略性等特点。故本题选 B。

14. "狂喜时手舞足蹈,悲痛时号啕大哭"所体现的情绪状态是

A. 心境　　　　B. 激情　　　　C. 应激　　　　D. 热情

【分析】本题旨在考查考生对普通心理学中情绪状态的种类及其特征的理解。情绪状态包括心境、激情和应激三种。心境是指人比较平静而持久的情绪状态;激情是一种强烈、爆发性、短促的情绪状态;应激是人对某

种意外的环境刺激做出的适应性反应。故本题选 B。

15. 下列选项中,不属于理智感的是
A. 探求新事物的好奇心 　　　　　　　B. 百思不得其解时的困惑
C. 对教师观点的质疑 　　　　　　　　D. 欣赏自然景色时的心旷神怡

【分析】本题旨在考查考生对普通心理学中情感种类及其特征的理解。理智感是在智力活动中,在认识和评价事物所产生的情感体验。本题四个答案中,欣赏自然景色不是智力活动,故选 D。

16. 下列关于能力发展与知识获得特点的表述,正确的是
A. 能力发展慢,知识获得慢 　　　　　B. 能力发展慢,知识获得快
C. 能力发展快,知识获得快 　　　　　D. 能力发展快,知识获得慢

【分析】本题旨在考查考生对普通心理学中能力和知识的含义及特征的理解和掌握。能力是一种心理特征,是顺利完成某种活动的心理条件;而知识是人脑对客观事物的主观表征。知识不等于能力,知识和技能是能力的基础。故本题选 B。

17. 通常认为,一般能力的核心成分是
A. 观察能力 　　　　B. 记忆能力 　　　　C. 思维能力 　　　　D. 想象能力

【分析】本题旨在考查考生对普通心理学中能力种类的理解和掌握。一般能力是指在不同种类活动中表现出来的能力,如观察力、记忆力等等。抽象概括能力是一般能力的核心。故本题选 C。

18. 小张是一个多愁善感、孤僻内向的人,即使遇到一些小事情,也会产生深刻的情绪体验。他的气质类型是
A. 多血质 　　　　B. 胆汁质 　　　　C. 抑郁质 　　　　D. 黏液质

【分析】本题旨在考查考生对普通心理学中气质的种类及其特征的理解和掌握。胆汁质的人情绪体验强烈、爆发迅猛、平息快速、思维灵活,但是粗枝大叶、精力旺盛、争强好胜、勇敢果断,为人热情直率、行动敏捷、生机勃勃而且刚毅顽强,这种人常遇事欠考虑,鲁莽冒失,易感情用事、刚愎自用。多血质的人情感丰富、外露但不稳定,思维敏捷但不求甚解,活泼好动、热情大方、善于交往但交情浅薄,行动敏捷、适应性强,但是他们缺乏耐心和毅力,稳定性差。黏液质的人情绪稳定、表情平淡,思维灵活性较差但是考虑问题细致而周到,安静稳重、踏踏实实、沉默寡言、喜欢沉思、自制力强,但是这种人主动性差,缺乏生气,行动迟缓。抑郁质的人情绪体验深刻而持久、情绪抑郁、多愁善感,思维敏捷、不善交际,踏实稳重、自制力强,但是这种人举止缓慢、软弱胆小、优柔寡断。故本题选 C。

19. 根据奥尔波特的特质理论,个体身上所具有的最典型、最概括的人格特质是
A. 共同特质 　　　　B. 首要特质 　　　　C. 中心特质 　　　　D. 次要特质

【分析】本题旨在考查考生对普通心理学中人格理论的理解和掌握。奥尔波特的人格特质理论把人格特质分为共同特质和个人特质。个人特质又包括首要特质、中心特质以及次要特质三个部分。其中首要特质是一个人最典型、最具有概括性的特质,它影响到人的各个方面。故本题选 B。

20. 皮亚杰认为,儿童的认知发展水平决定特定时期的游戏方式。假装游戏占主导地位的阶段是
A. 感知运动阶段 　　B. 形式运算阶段 　　C. 具体运算阶段 　　D. 前运算阶段

【分析】本题旨在考查考生对发展心理学中皮亚杰儿童发展理论的理解和掌握。皮亚杰的儿童发展理论把儿童的认知发展分为四个阶段:感知运动阶段、前运算阶段、具体运算阶段以及形式运算阶段。感知运动阶段是凭感觉与动作以发挥图式的功能,由本能性的反射动作到目的性的活动,对物体认识具有物体恒存性概念。前运算阶段特征是能使用语言表达概念,但有自我中心倾向;能使用符号代表实物;能思维但不合逻辑,不能见及事物的全部。具体运算阶段特征是能根据具体经验思维解决问题,能理解可逆性的道理,能理解守恒的道理。抽象运算阶段特征是能抽象思维,能按假设验证的科学法则解决问题,能按形式逻辑的法则思考问题。假装游戏发生在前运算阶段。故选 D。

21. 伊扎德认为,个体生来就有的情绪反应是
A. 愉快和不愉快 　　　　　　　　　　B. 爱、怒和怕
C. 惊奇、苦恼、厌恶、微笑和兴趣 　　D. 愉快、惊奇、厌恶、痛苦、愤怒和悲伤

【分析】本题旨在考查考生对发展心理学中儿童情绪发展理论的理解和掌握。伊扎德认为情绪特征来源于个体生理结构,惊奇、苦恼、厌恶、微笑等都是个体与生俱来的情绪反应。故选 C。

22. 对于 14 至 22 个月大的儿童来说,男孩喜欢玩小汽车类的玩具,女孩喜欢玩娃娃和毛绒玩具。这种对玩具的选择体现了儿童的

A. 性别认同 　　　　　B. 性别角色认同 　　　　C. 性别角色标准 　　　　D. 性别偏爱

【分析】本题旨在考查考生对发展心理学中幼儿个性和社会性发展的理解和掌握。性别认同是一个人在基本生物学特征上属于男或女的认知和接受，即理解性别。性别角色认同是对一个人具有男子或女子气的知觉信念。性别角色偏爱是指与性别相联系的活动和态度的个人偏爱。很明显，对玩具的选择反映了儿童对性别相联系的活动的个人偏爱。故选 D。

23. 个体出生后，身体发育的两个高峰期分别是

A. 幼儿期和青少年期 　　　　　　　　　B. 婴儿期和幼儿期

C. 婴儿期和青少年期 　　　　　　　　　D. 婴儿期和成年早期

【分析】本题旨在考查考生对发展心理学中个体发展特征的理解和掌握。婴儿期和青少年期是个体发育的两个高峰时期。故选 C。

24. 儿童认为规则不是绝对的，可以怀疑，可以改变，在某些情况下甚至可以违反。按照皮亚杰的理论，其道德判断所处的发展阶段是

A. 前道德阶段 　　　　B. 他律阶段 　　　　C. 自律阶段 　　　　D. 道德实在论阶段

【分析】本题旨在考查考生对发展心理学中皮亚杰儿童发展理论的理解和掌握。皮亚杰提出了儿童道德发展的年龄阶段：

前道德阶段(0—2 岁)，属于感知运动阶段。这时的儿童只满足于动作的快感，并不受任何外来规则的约束，也即在共同游戏之前并不存在真正的规则，有的只是由某些经常重复的动作惯例和规律性的运动图式。这个阶段的儿童根本谈不上对规则的意识，属前道德阶段。

道德实在论或他律阶段(2—7、8 岁)，属于前运算阶段。所谓"他律"，即儿童的道德判断受他自身以外的价值标准所支配和制约。这时，成人是儿童的一切道德和一切真理的源泉，每个儿童都按照违反或遵从权威的规定去判断是非，他们的第一道德感是服从，是对成人权威的单方面的尊重。

道德相对论或自律道德阶段(9—13、14 岁)，属于具体运算阶段。随着儿童道德观念的发展，他律道德必然被更高层次的自律道德(即协作道德)所取代。所谓"自律"，即儿童的道德判断受主观价值标准所支配，儿童在道德发展方面产生了相互尊敬的情感以及合作的或自律的道德，儿童是非判断的主要根据是行为者违反社会规范的动机，而不是行为的客观原因。

故本题选 C。

25. 成人发展是由一系列交替出现的稳定期和转折期构成的。持这一观点的心理学家是

A. 莱文森(D. Levinson) 　　　　　　　B. 哈维格斯特(R. Havighurst)

C. 拉文格(J. Loervinger) 　　　　　　　D. 何林渥斯(H. Hollingworth)

【分析】本题旨在考查考生对发展心理学中成人发展理论的掌握。莱文森认为，成人的发展史由一系列交替出现的稳定期和转折期构成的。故本题选 A。

26. 最早通过"潜伏学习实验"证明强化不是学习发生的必要条件的心理学家是

A. 班都拉 　　　　B. 托尔曼 　　　　C. 皮亚杰 　　　　D. 布鲁纳

【分析】本题旨在考查考生对教育心理学中学习理论的理解和掌握。托尔曼通过"潜伏学习实验"证明了强化不是学习发生的必要条件。他提出了学习的认知-目的学说，并且认为在强化之前，学习已经产生，只是没有表现出来，叫潜伏学习。故本题选 B。

27. 斯金纳认为，教育就是塑造行为，而塑造行为的关键是

A. 试误 　　　　B. 顿悟 　　　　C. 强化 　　　　D. 模仿

【分析】本题旨在考查考生对教育心理学中学习理论的理解和掌握。斯金纳认为，有机体做出反应与随后出现的刺激条件之间的关系对行为起调控作用，它能影响以后行为发生的概率。斯金纳认为，学习的实质就是一种反应概率的变化，而强化是增强反应概率的手段。故本题选 C。

28. 学生在已掌握"力"概念的基础上，再来学习"重力"的概念。这种学习属于

A. 派生类属学习 　　　B. 相关类属学习 　　　C. 并列结合学习 　　　D. 总括学习

【分析】本题旨在考查考生对教育心理学中学习种类的理解和掌握。各种学习理论从不同角度对学习进行了各种分类。派生类属学习是指先学习上一级概念，再学习其派生的下一级概念。相关类属学习是指学习一个概念后，学习与其同一级的类似的概念。故本题选 A。

29. "其身正，不令而行；其身不正，虽令不从。"能够有效解释这一现象的学习理论是

A. 认知学习理论　　　　B. 社会学习理论　　　　C. 人本主义理论　　　　D. 建构主义理论

【分析】本题旨在考查考生对教育心理学中学习理论的理解和掌握。认知学习理论认为,人是学习的主体,人类获取信息的过程是感知、注意、记忆、理解、问题解决,人们对外界信息的感知、注意、理解是有选择性的,学习的质量取决于效果。社会学习理论认为,以往的学习理论家一般都忽视了社会变量对人类行为的制约作用,社会学习理论主张探讨个人的认知、行为与环境因素及其交互作用对人类行为的影响。人本主义心理学主张从人的直接经验和内部感受来了解人的心理,强调人的本性、尊严、理想和兴趣,认为人的自我实现和为了实现目标而进行的创造才是人的行为的决定因素。建构主义源自关于儿童认知发展的理论,认为个体的认知发展与学习过程密切相关,它能较好地说明学习如何发生、意义如何建构、概念如何形成,以及理想的学习环境应包含哪些主要因素等等。故本题选 B。

30. 最有利于改善学生的同伴关系并促进其社会性发展的课堂学习形式是

A. 探究学习　　　　B. 竞争学习　　　　C. 个体学习　　　　D. 合作学习

【分析】本题旨在考查考生对教育心理学中学习理论的理解和掌握。合作学习是鼓励学习通过与他人合作进行学习的学习方式。这是一种改善同伴关系并促进其社会性发展的学习形式。故选 D。

31. 小明的母亲让孩子上午学习汉语拼音,晚上学习英文字母,结果小明经常混淆两者的发音。这一学习迁移现象属于

A. 正迁移　　　　B. 负迁移　　　　C. 高路迁移　　　　D. 一般迁移

【分析】本题旨在考查考生对教育心理学中学习迁移的理解和掌握。学习的正迁移是指一种学习对另外一种的积极影响。学习的负迁移是一种学习对另外一种学习的干扰。一般迁移是指原理、原则和态度等的迁移。故本题选 B。

32. 注重对单个被试进行严格控制条件下的实验研究,并由此形成了小样本研究范式的学者是

A. 费希纳　　　　B. 赫尔姆霍茨　　　　C. 斯金纳　　　　D. 韦伯

【分析】本题旨在考查考生对实验心理学中研究方法的理解和掌握。斯金纳的一系列实验注重了对单个被试的严格控制,并形成了小样本的研究范式。故本题选 C。

33. 在唐德斯(F. C. Donders)ABC 减法反应时实验中,B 反应时代表的是

A. 选择反应时　　　　B. 辨别反应时　　　　C. 简单反应时　　　　D. 基线反应时

【分析】本题旨在考查考生对实验心理学中反应时法的掌握情况。在唐德斯的 ABC 减法实验中,A 代表简单反应时,B 代表选择反应时,C 代表辨别反应时。故本题选 A。

34. 被试间设计采用的同质化分组技术,除了匹配技术之外,还有

A. 联想技术　　　　B. 随机化技术　　　　C. 抵消技术　　　　D. 平衡技术

【分析】本题旨在考查考生对实验心理学中实验变量控制的理解和掌握情况。额外变量的控制方法包括随机化法、消除法、恒定法、平衡法以及统计控制法。随机化就是采用随机的方式安排实验被试或者实验条件。消除法就是通过一定的手段或措施,将影响研究结果的各种额外变量消除掉。恒定法就是采取一定措施,使某些变量在整个实验过程中保持不变。平衡法就是采取综合平衡的方式使一些不能消除和恒定的变量不影响实验结果。被试间设计的同质化组技术可以采用匹配和随机化的方法。故本题选 B。

35. 研究者先测量所有被试与任务呈高相关的属性,然后根据测得的结果将被试分成属性相等的实验组和控制组。这种被试分组方法称为

A. 匹配法　　　　B. 分层抽样法　　　　C. ABA 法　　　　D. ABBA 法

【分析】本题旨在考查考生对实验心理学中实验设计的理解和掌握情况。先测量所有被试与任务呈高相关的属性,然后根据测得的结果将被试分成属性相等的实验组和控制组,是属于匹配的方法。故本题选 A。

36. 学习一系列单字后,把学过的与未学过的单字随机混在一起,并呈现给被试,要求被试辨认出学过的单字。这种检查记忆效果的方法是

A. 系列回忆法　　　　B. 再认法　　　　C. 自由回忆法　　　　D. 对偶联合法

【分析】本题旨在考查考生对实验心理学中记忆实验方法的理解和掌握情况。被试辨别前面学习过的单字,属于再认法。故本题选 B。

37. 在用差别阈限法制作等距量表时,作为等距单位的是

A. 最大可觉量　　　　B. 最大可觉差　　　　C. 最小可觉量　　　　D. 最小可觉差

【分析】本题旨在考查考生对实验心理学中心理物理学方法的理解和掌握情况。利用差别阈限法制作等

距量表时,作为等距单位的是最小可觉差。故本题选 D。

38. 在信号检测实验中,如果某被试的击中率和虚报率的 O 值分别是 0.40 和 0.08,则该被试的 β 值为

A. 0.20   B. 0.32   C. 0.48   D. 5.00

【分析】本题旨在考查考生对实验心理学中信号检测论的理解和掌握情况。β 是指判断标准,判断标准等于击中率的纵坐标/虚报率的纵坐标。故本题选 D。

39. 在史蒂文斯的幂定律中,幂函数的指数决定按其公式所画曲线的形状。当指数值大于 1 时,曲线是

A. S 形曲线   B. 反 S 形曲线   C. 正加速曲线   D. 负加速曲线

【分析】本题旨在考查考生对普通心理学中感受性测量方法的理解和掌握情况。美国心理学家史蒂文斯提出了心理量并不随刺激量的对数的上升而上升,而是随刺激量的乘方函数而变化,即感觉到的大小是与刺激量的乘方成正比的。其公式为:$s=ki^n$。式中,s 表示心理量,i 表示物理量,k 为常数,n 表示由感觉道的刺激强度决定的幂指数。史蒂文斯幂定律具体提出了心理量与物理量的关系的两类形式:当幂指数 n 小于 1 时,心理量的增长慢于物理的增长,这与费希纳的对数定律相似;当幂指数 n 大于 1 时,心理量的增长会快于物理量的增长,它与费希纳的对数定律相反,但却具有实际的心理意义。故本题选 C。

40. 下列实验中,支持情绪后天习得观点的是

A. 华生的小艾尔伯特恐惧实验   B. 阿诺德的情绪认知评估实验
C. 沙赫特-辛格的情绪系列实验   D. 哈罗(H. F. Harlow)的恒河猴依恋实验

【分析】本题旨在考查考生对实验心理学中主要的情绪理论和实验的理解和掌握情况。华生著名的小艾尔波特恐惧实验证明了情绪是后天习得的观点。故本题选 A。

41. 个体对单个声源方向进行判断需要利用双耳线索。下列选项中,不属于双耳线索的是

A. 强度差   B. 时间差   C. 速度差   D. 周相差

【分析】本题旨在考查考生对实验心理学中主要的听觉实验的理解和掌握情况。声音判断的线索包括强度差、时间差和周相差。故本题选 C。

42. 动作稳定测验仪(九洞仪)可用于考察

A. 情绪特性   B. 记忆特性   C. 思维特征   D. 需要特征

【分析】本题考查的是对实验仪器的应用的掌握,动作稳定仪是用来考查情绪特征的实验仪器。故本题选 A。

43. 在考察旁观者人数对危机情境救助行为影响的研究中,自变量是

A. 被试特点   B. 作业特点
C. 环境特点   D. 暂时造成被试差异

【分析】本题旨在考查考生对实验心理学中实验变量的理解和掌握情况。本题是说旁观者人数对救助行为的影响。那么操纵的变量就是旁观者人数,而观察变量则是救助行为。旁观者人数应该是属于环境因素的一种,故本题选 C。

44. 在记忆研究中,通常采用 Peterson-Peterson 法来控制

A. 复述的作用   B. 成熟的作用   C. 疲劳的作用   D. 期待的作用

【分析】本题旨在考查考生对实验心理学中主要的记忆实验的理解和掌握情况。在记忆实验中,人们常采用 Peterson-Peterson 法来控制复述的影响。故本题选 A。

45. 验证工作记忆是否存在中央执行系统,通常使用的研究范式是

A. 双任务范式   B. 点探测范式   C. 线索提示范式   D. 注意瞬脱范式

【分析】本题是在考查实验心理学中的工作记忆实验的范式,Baddeledy 采用双任务范式验证了工作记忆的中央执行系统的存在。故本题选 A。

根据下表所示的实验设计方案,回答 46~48 题。

4 种实验处理的实验设计

被试	实验处理			
A	1	2	4	3
B	2	3	1	4
C	3	4	2	1
D	4	1	3	2

46. 这种设计属于

A. 被试间设计　　　　　B. 混合设计　　　　　C. ABBA 设计　　　　　D. 被试内设计

【分析】本题旨在考查考生对实验心理学中实验设计的理解和掌握情况。从表中可以看出,每一个被试都完成了实验的 4 中条件,所以应该是一种被试内设计。故本题选 D。

47. 采用这种设计可控制的主要额外变量是

A. 顺序误差　　　　　B. 期望误差　　　　　C. 实验者效应　　　　　D. 动作误差

【分析】本题旨在考查考生对实验心理学中实验设计的理解和掌握情况。该实验设计每个被试完成的 4 种实验条件顺序是不一样的,这就控制了实验的顺序效应对实验结果的影响。故本题选 A。

48. 如果有 6 种实验处理,采用这种设计的被试人数可以是

A. 8 人　　　　　B. 10 人　　　　　C. 12 人　　　　　D. 14 人

【分析】本题旨在考查考生对实验心理学中实验设计的理解和掌握情况。按照这样的顺序安排,被试人数应该是条件的整数倍。所以如果是 6 种条件,那么被试的人数可以是 12 人。故本题选 C。

49. 1937 年,施瑞奥克(J. K. Shryock)将我国三国时期刘邵关于人的能力研究的著作翻译成英文在美国出版。该著作是

A.《人物志》　　　　　B.《心书》　　　　　C.《吕氏春秋》　　　　　D.《学记》

【分析】本题旨在考查考生对普通心理学中心理学历史发展的了解情况。本题选 A。

50. 运用相对累加次数分布曲线,可以快速计算出与学生原始分数相对应的统计量是

A. 百分等级　　　　　B. Z 分数　　　　　C. T 分数　　　　　D. 频次

【分析】本题旨在考查考生对心理统计中相对量数的计算。运用相对累加次数分布曲线,可以快速算出原始分数对应的百分等级。故本题选 A。

51. 要把标准差转化为方差,研究者要完成的工作是

A. 计算标准差的平方根　　　　　　　　　B. 用样本 n 除以标准差

C. 用 1/Z 除以标准差　　　　　　　　　D. 计算标准差的平方

【分析】本题旨在考查考生对心理统计中差异量数的计算。标准差是方差的开平方根,所以要将标准差转化为方差,只需要对标注差进行平方就可以了。故本题选 D。

52. 某心理学实验有相互独立的一个实验组和一个控制组,为了考察两组连续型数据平均值之间的差异是否具有统计学意义,最恰当的统计方法是

A. 回归分析　　　　　B. 相关分析　　　　　C. t 检验　　　　　D. χ^2 检验

【分析】本题旨在考查考生对心理统计中推断统计的掌握情况。考察两组之间的平均值差异,最恰当的方法就是 t 检验。故本题选 C。

53. 某测验的信度为 0.64,实得分数的标准差为 5,该测验的标准误为

A. 0.36　　　　　B. 1.04　　　　　C. 3.00　　　　　D. 4.36

【分析】本题旨在考查考生对心理测量中信度计算的掌握情况。测验标准误是标准差乘以(1−信度)的平方根。按照这个公式计算,本题选 C。

54. 适用于描述某种心理属性在时间上变化趋势的统计分析图是

A. 茎叶图　　　　　B. 箱形图　　　　　C. 散点图　　　　　D. 线形图

【分析】本题旨在考查考生对心理统计中统计图表的理解和掌握情况。要描述某种心理属性在时间上变化趋势,线形图是合适的选择。故本题选 D。

55. 在经典测量理论模型 X = T+E 中,关于 E 的表述,错误的是

A. 真分数和误差分数(E)之间的相关为零

B. 各平行测验上的误差分数(E)之间相关为零

C. 误差分数(E)是随机误差与系统误差之和

D. 误差分数(E)是一个服从均值为零的正态分布的随机变量

【分析】本题旨在考查考生对心理测量中测量模型的理解和掌握情况。在经典测量理论模型 X = T+E 中,X 代表最后测量分数,T 代表真实分数,而 E 代表测量产生的随机误差。测量误差是完全随机的,并服从均值为 0 的正态分布。它不仅独立于所测特质的真分数,而且独立于所测特质以外的其他任何变量。故本题选 C。

56. 一位研究者随机调查了 50 名城市居民为孩子购买课外读物的花费,另外还搜集了老师对这些孩子的

总体评价,得到积差相关系数为 0.53。下列推断中,正确的是

A. 如果另外再随机调查 50 名乡镇居民,他们为孩子购买课外读物的花费与老师对其孩子总体评价之间的相关系数会非常接近 0.53

B. 用城市居民为孩子购买课外读物的花费预测老师对其孩子的总体评价的准确率为 53%

C. 城市居民为孩子购买课外读物的花费决定老师对其子女的总体评价

D. 城市居民为孩子购买课外读物的花费与老师对其孩子的总体评价之间存在中等程度的相关

【分析】本题旨在考查考生对心理统计中相关系数的理解和掌握情况。相关系数只能表示城市居民为孩子购买课外读物的花费与老师对其孩子的总体评价之间存在中等程度的相关,不能代表其他的意义。故本题选 D。

57. 总体服从正态分布且方差已知时,其样本平均数的分布是

A. χ^2 分布　　　　B. t 分布　　　　C. F 分布　　　　D. 正态分布

【分析】本题旨在考查考生对心理统计中差异量数的理解和掌握情况。总体服从正态分布且方差已知时,其样本平均数的分布也是正态分布。故本题选 D。

58. 在回归方程中,其他条件不变,X 与 Y 相关系数趋近于零时,估计的标准误将会

A. 不变　　　　B. 提高　　　　C. 降低　　　　D. 趋近于零

【分析】本题旨在考查考生对心理统计中回归方程的理解和掌握情况。在回归方程中,其他条件不变,X 与 Y 相关系数趋近于零时,估计的标准误将会提高。故本题选 B。

59. 在自陈式人格测验中,为了探察社会赞许效应,测验编制者经常会使用

A. 疑问量表　　　　B. 说谎量表　　　　C. 诈病量表　　　　D. 态度量表

【分析】本题旨在考查考生对心理测量中心理测验及其应用的理解和掌握情况。自陈式人格测验中,测验编制者经常会使用说谎量表来探察社会赞许效应。故本题选 B。

60. 在评价中心技术中,无领导小组、文件框等测验属于

A. 情境测验　　　　B. 评定量表　　　　C. 投射测验　　　　D. 自陈测验

【分析】本题旨在考查考生对心理测量中心理测验及其应用的理解和掌握情况。评价中心技术中,无领导小组、文件框等测验都是属于情境测验。故本题选 A。

61. 被试在回答心理测验题目时,不管测验内容如何,都采用同样方式来回答问题。这种趋同应答的现象被称为

A. 反应定势　　　　B. 反应风格　　　　C. 猜测应答　　　　D. 默认应答

【分析】本题旨在考查考生对心理测量中心理测验及其应用的理解和掌握情况。被试在回答心理测验题目时,不管测验内容如何,都采用同样方式来回答问题,这是被试出现反应定势的一种表现。故本题选 A。

62. 用离差智商取代比率智商最主要的原因是

A. 比率智商只能进行个体内比较　　　　B. 离差智商随年龄的增长而提高

C. 智力年龄会随生理年龄的增长不断发展　　　　D. 比率智商不能满足对年龄单元等值性的要求

【分析】本题旨在考查考生对心理测量中智商概念发展的掌握情况。1949 年韦克斯勒在他编制的儿童智力量表中首次以离差智商取代了比率智商。这是因为比率智商的基本假定是智力发展和年龄增长呈正比,是一种直线关系,但随着年纪的增长,到 26 岁左右人的智商就停止增长,进入了高原期,所以比率智商不适用于年纪大的时候。离差智商采用了一种新的方法,放弃了智龄,运用了离差。其基本原理是:把每个年龄段的儿童的智力分布看作常态分布,被试的智力高低由其与同龄人的智力分布的离差的大小来决定。故本题选 D。

根据下图,回答 63~65 题。

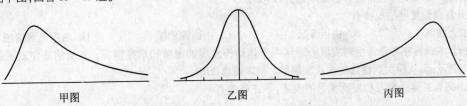

甲图　　　　乙图　　　　丙图

63. 甲、丙两图表示的数据分布形态分别是

A. 正偏态和负偏态分布　　　B. 正偏态和正态分布　　　C. 负偏态和正态分布　　　D. 负偏态和正偏态分布

【分析】本题旨在考查考生对心理统计中统计图表的掌握情况。甲、丙两图表示的数据分布形态分别是正偏态和负偏态。故本题选 A。

64. 描述甲、丙两图特征的集中量数中,数值最大的分别是

A. 甲图——众数、丙图——平均数　　　　B. 甲图——中数、丙图——众数

C. 甲图——平均数、丙图——众数　　　　D. 甲图——平均数、丙图——平均数

【分析】本题旨在考查考生对心理统计中统计图表的理解和掌握情况。平均数是一组数据的总和的平均值。中数是按照顺序排列在一起的一组数据中居于中间的数。众数是一组数据中出现最多的那个数的数值。在偏态分布中,平均数永远位于尾端,中数位于把分布下的面积分成两等分的点值上,众数则在波峰对应的点值上。正偏态分布中,平均数>中数>众数,负偏态分布中,平均数<中数<众数。故本题选 C。

65. 关于乙图,下列描述不正确的是

A. 平均数、众数、中数相等　　　　　　B. 图形围绕平均数左右对称

C. 图形中曲线与横轴之间的面积为 1　　D. 标准差的变化不影响该图形的形态

【分析】本题旨在考查考生对心理统计中统计图表的理解和掌握情况。乙图是正态分布,所以平均数、众数、中数相等、图形围绕平均数左右对称、图形中曲线与横轴之间的面积为 1。但是如果标准差发生变化,图形的曲线就会发生形状的变化。故本题选 D。

二、多项选择题:第 66~75 小题,每小题 3 分,共 30 分。下列每题给出的四个选项中,至少有两个选项符合试题要求。请在答题卡上将所选项的字母涂黑。多选、少选均不得分。

66. 根据记忆的 SPI 理论,记忆系统的特点有

A. 串行编码　　　　B. 并行存储　　　　C. 独立提取　　　　D. 渐进遗忘

【分析】本题旨在考查考生对普通心理学中记忆理论的理解和掌握情况。SPI 理论认为记忆系统是由多个执行特定功能的记忆模块构成的。他们假定存在 5 种主要的记忆或记忆系统:程序记忆系统、知觉表征系统、语义记忆系统、初级记忆系统和情景记忆系统。这 5 种记忆系统在种系发生和个体发展上都存在一定的顺序。它们在加工过程中也存在一定的联系。该理论假定:① 这些系统的编码是串行的(serial,S),也就是说,信息以串行的方式在系统中得到编码,或者说,一个系统的输出提供了另一个系统的输入,信息在前一个系统中得到成功的加工,才能在下一个系统中进行编码;② 存储是并行的(parallel,P),也就是说,一次编码的事件会在多个记忆系统中产生效应,并保存在不同的脑区内;③ 提取是独立的(independent,I),也就是说,从一个记忆系统中提取信息可以不受其他记忆系统的影响。故本题选 ABC。

67. 下列选项中,属于界定不清晰的问题(ill-defined problem)有

A. 如何写好一篇学术论文　　　　　　　B. 怎样保持良好的人际关系

C. 如何根据已知条件求证几何问题　　　D. 怎样成为一名优秀的篮球运动员

【分析】本题旨在考查考生对普通心理学中问题含义的理解和掌握情况。问题界定清晰就是指问题的描述是具体的而且是可以操作的。故本题选 ABD。

68. 普拉切克(R. Plutchik)将情绪的维度分为

A. 紧张度　　　　　B. 相似性　　　　　C. 两极性　　　　　D. 强度

【分析】本题旨在考查考生对普通心理学中情绪理论的理解和掌握情况。普拉切克将情绪划分为相似性、两极性以及强度三个维度。故本题选 BCD。

69. 性格结构包括的特征有

A. 性格的态度特征　　B. 性格的理智特征　　C. 性格的情绪特征　　D. 性格的意志特征

【分析】本题旨在考查考生对普通心理学中性格特征的理解和掌握情况。性格特征包括性格态度特征、理智特征、情绪特征以及意志特征等。故本题选 ABCD。

70. 儿童动作发展的规律有

A. 由上到下　　　　B. 由近及远　　　　C. 由边缘到中心　　　　D. 由粗大到精细

【分析】本题旨在考查考生对发展心理学中个体动作发展的理解和掌握情况。儿童的动作发展是按照从上到下,由近及远,从粗大到精细的规律发展的。故本题选 ABD。

71. 下列有关接受学习和发现学习的表述,不正确的有

A. 接受学习是低级的,发现学习是高级的　　B. 接受学习是高级的,发现学习是低级的

C. 接受学习是机械的,发现学习是有意义的　　D. 接受学习是有意义的,发现学习是机械的

【分析】本题旨在考查考生对教育心理学中学习理论的理解和掌握情况。接受学习是指在老师的指导下,学习者接受事物意义的学习。布鲁纳认为,学习不是被动地接受知识,而是主动地获取知识,并通过把新获得

的知识和已有的知识结构联系起来,积极地建构知识系统。故本题选 ABCD。

72. 影响研究内部效度的主要因素有
A. 被试的成熟与发展
B. 被试固有的和习得的差异
C. 统计回归
D. 仪器设备的选择与使用

【分析】本题旨在考查考生对实验心理学中效度的理解和掌握情况。内部效度指实验的有效程度。影响内部效度的因素包括:被试的成熟与发展、被试固有的和习得的差异、统计回归、仪器设备的选择与使用等。故本题选 ABCD。

73. 用于内隐记忆研究的加工分离程序,其基本假设包括
A. 意识性提取的操作表现为全或无
B. 意识性提取和自动提取是彼此独立的加工过程
C. 自动提取在包含和排除测验中的性质是一样的
D. 意识性提取在包含和排除测验中的性质是一样的

【分析】本题旨在考查考生对实验心理学中内隐记忆实验的理解和掌握情况。内隐记忆研究的加工分离程序,其基本假设是:意识性提取的操作表现为全或无,意识性提取和自动提取是彼此独立的加工过程,自动提取在包含和排除测验中的性质是一样的以及意识性提取在包含和排除测验中的性质是一样的。故本题选 ABCD。

74. 散点图的形状为一条直线,且两个变量方差均不为 0,它们之间的相关系数可能为
A. 1   B. 0.5   C. 0   D. −1

【分析】本题旨在考查考生对心理统计中统计图表的理解和掌握情况。散点图形状为直线,则表示两个变量完全相关,要么是完全正相关,要么是完全负相关。故本题选 AD。

75. 下列心理测验中,属于速度测验的有
A. 文书能力测验中的校对测验
B. 梅尔(Meier)艺术鉴赏测验中的审美知觉测验
C. 一般能力倾向成套测验中的装配测验
D. 西肖尔(Seashore)音乐能力测验中的音高辨别测验

【分析】本题旨在考查考生对心理测量中心理测验的理解和应用情况。文书能力测验中的校对测验、一般能力倾向成套测验中的装配测验都是速度测验。故本题选 AC。

三、简答题:第 76 ~ 80 小题,每小题 10 分,共 50 分。请将答案写在答题纸指定位置上。

76. 什么是注意? 举例说明注意的品质。

【答案要点】
(1) 定义:个体的心理活动对一定事物的指向和集中。
(2) 注意品质:① 注意稳定性;② 注意广度;③ 注意转移;④ 注意分配。

【分析】本题旨在考查考生对普通心理学中注意含义及品质的理解和掌握情况。解答此题时,将注意的含义准确表述出来,然后把注意的四个品质表述出来。此题要求举例说明,在答题时一定要在每个品质后面举出实际的例子,不要遗漏答案。

77. 根据感觉相互作用的现象,说明为什么重感冒患者往往会感到食而无味。

【答案要点】
(1) 某种感觉器官受到刺激而对其他感觉器官的感受性造成影响,使其感受性提高或降低,这种现象称为不同感觉的相互作用。
(2) 味道不完全取决于味觉,也受嗅觉的影响。味觉和嗅觉紧密联系在一起相互作用。味觉受到食物气味的影响,当感冒时,我们不能感觉到食物的气味,就会食而无味。

【分析】本题旨在考查考生对普通心理学中感觉相互作用的理解和掌握情况。此题是一个理论联系实际的题目。解答此题时,首先要把感觉相互作用的含义表述出来。接着分析重感冒者食而无味这个现象,不仅涉及味觉,还涉及其他的感觉,比如嗅觉。味道不完全取决于味觉,也受嗅觉等的影响。

78. 简述德韦克(C. S. Dweck)的成就目标定向理论。

【答案要点】
(1) 成就目标定向理论是以内隐能力理论为基础发展而来的一种学习动机理论。持能力增长观的个体认为,能

力是可以改变的,随着学习的进行而提高;持能力实体观的个体则认为,能力是固定的,不会随学习而改变。

(2) 由于人们持有不同的内隐能力观,因而导致他们形成了不同的成就目标观。持能力增长观的个体倾向于确立掌握目标,他们希望通过学习来掌握知识、提高能力;持能力实体观的个体则倾向于确立表现目标,他们希望在学习过程中证明自己的高能或避免表现自己的低能。

【分析】本题旨在考查考生对普通心理学中动机理论的理解和掌握情况。解答此题时,把德韦克的理论的主要观点完整地表述出来即可。

79. 简述反应时的影响因素。

【答案要点】

(1) 外部因素:刺激强度;刺激的时间特性和空间特性;所刺激的感觉器官。

(2) 机体因素:机体的适应水平;被试的准备状态;额外动机;被试的年龄;练习;个体差异;速度-准确性的权衡。

【分析】本题旨在考查考生对实验心理学中反应时法的理解和掌握情况。此题是一个比较基础的题目,主要考查考生对反应时影响因素的记忆。影响反应时的因素主要有两个方面:(1)外部因素:刺激强度;刺激的时间特性和空间特性;所刺激的感觉器官。(2)机体因素:机体的适应水平;被试的准备状态;额外动机;被试的年龄;练习;个体差异;速度-准确性的权衡。解答此题时,重要的是要有条理,因为影响的因素比较多,所以一定要有分别列出外部因素和机体因素。另外就是要尽量把所有的因素都回答出来。

80. 请根据下图所示的研究方案,回答下列问题:

观测 1	观测 2	观测 3	观测 4	实验处理	观测 5	观测 6	观测 7	观测 8
第 1 周	第 2 周	第 3 周	第 4 周	第 5 周	第 6 周	第 7 周	第 8 周	第 9 周

(1) 这是什么类型的设计?

(2) 该类型设计有何优缺点?

【答案要点】

(1) 这是一个单组时间序列设计。

(2) 优点:① 可较好地控制"成熟"因素对内部效度的影响;② 可控制测量因素的影响;③ 可较好地控制统计回归的因素。

缺点:① 没有控制组,因此很难对其他额外变量加以控制;② 测量与处理的交互作用难以得到控制;③ 多次实施前测可能降低或增加被试对测试的敏感性。

【分析】本题旨在考查考生对实验心理学中实验设计的理解和掌握情况。这是一道看图解析的题目,有一定的难度。第一步是回答此图表述的哪一种实验设计类型。仔细观察,我们发现了该实验是在连续的时间内进行连续的观测,实验处理在观测的时间中部。由此我们可以得出该实验设计是一个单组时间序列设计。在确定了实验设计类型后,再分析此种设计的优缺点。注意,这里是优缺点两个方面,所以答题时一定要回答完整。单组时间序列设计可较好地控制"成熟"因素对内部效度的影响;可控制测量因素的影响;可较好地控制统计回归的因素。但是它也存在一些不足:没有控制组,因此很难对其他额外变量加以控制;测量与处理的交互作用难以得到控制;多次实施前测可能降低或增加被试对测试的敏感性。

四、综合题:第 81~83 小题,每小题 30 分,共 90 分。请将答案写在答题纸指定位置上。

81. 阐述马斯洛的需要层次理论,并就下图马斯洛需要层次演进图(图中 A、B、C 表示不同的心理发展时期),说明几种需要之间的关系。

【答案要点】

(1) 马斯洛需要层次理论

① 个体的需要具有层次性。个体的需要由低级到高级分别是生理需要、安全需要、归属与爱的需要、尊重需要和自我实现的需要。

② 生理需要是个体维持生存的需要;安全需要是个体对组织、秩序、安全感和可预见性的需要;归属与爱的需要是个体渴望与人建立一种良好关系,并在其群体和家庭中拥有地位的需要;尊

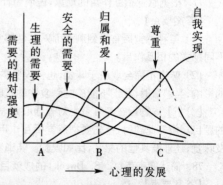

马斯洛需要层次演进图(Maslow,1954)

268

重的需要是个体基于自我评价产生的自重、自爱和期望受到他人、群体和社会认可的需要;自我实现的需要是个体各种潜能得到充分发挥的需要。

③ 人的需要是与生俱来的。

（2）马斯洛需要层次演进的关系

① 人类的需要是相互联系,彼此影响的;只有在低级需要基本得到满足之后,较高层次的需要才会产生。

② 人在某一特定的时间和条件下往往有多种需要,但有一种需要占优势,它决定着人们的行为。婴儿期,生理需要在其行为活动中占主导地位;青少年期,尊重需要开始占优势;青年中期、晚期,自我实现的需要占主导地位。

③ 一种需要获得满足后,它的作用就逐渐减弱;另一种需要就上升为优势需要,成为人们行为的新的动力。

④ 新的需要的产生经历了一个从无到有、从弱到强、逐步演进的波浪式前进的过程。

【分析】本题旨在考查考生对普通心理学中需要层次理论的理解和掌握情况。马斯洛的需要层次理论是近年来考试经常出现的题目,显示了这一理论在心理学发展中的重要地位,应该重点掌握。解答本题时,首先要能够完整地论述出马斯洛理论中关于需要的几个观点:① 个体的需要具有层次性,从低到高有不同的需要。② 生理需要是个体维持生存的需要;安全需要是个体对组织、秩序、安全感和可预见性的需要;归属与爱的需要是个体渴望与人建立一种良好关系,并在其群体和家庭中拥有地位的需要;尊重需要是个体基于自我评价产生的自重、自爱和期望受到他人、群体和社会认可的需要;自我实现的需要是个体各种潜能得到充分发挥的需要。③ 人的需要是与生俱来的。接着再进一步论述不同需要之间的关系:① 人类的需要是相互联系,彼此影响的;只有在低级需要基本得到满足之后,较高层次的需要才会产生。② 人在某一特定的时间和条件下往往有多种需要,但有一种需要占优势,它决定着人们的行为。如婴儿期,生理需要在其行为活动中占主导地位;青少年期,尊重需要开始占优势;青年中期、晚期,自我实现的需要占主导地位。③ 一种需要获得满足后,它的作用就逐渐减弱;另一种需要就上升为优势需要,成为人们新的行为动力。④ 新的需要的产生经历了一个从无到有、从弱到强、逐步演进的波浪式前进的过程。注意在回答这种论述题的时候,一定要全面地论述,尽管题目本身只是问了需要之间的关系,但是关于马斯洛需要理论的一些观点,也需要完整地论述出来。

82. 试述弗洛伊德和艾里克森的心理发展观,并比较其异同。

【答案要点】

（1）弗洛伊德认为,人格是由本我、自我和超我组成的,三者相互联系、相互制约,它们之间的关系决定着个体人格的基本面貌。人格发展的基本动力是本能,人格的发展就是性(心理性欲)的发展。儿童人格发展分为口唇期(0～1岁)、肛门期(1～3岁)、性器期(3～6岁)、潜伏期(6～11岁)和生殖期(青少年期)五个阶段。

（2）艾里克森接受了弗洛伊德理论的基本框架,但更强调自我的作用,认为人格是生物、心理和社会三方面因素组成的统一体,个体人格发展要经过一系列的阶段,每个阶段都有其特定的目标、任务和冲突。各个阶段互相依存,后一阶段发展任务的完成依赖于早期冲突的解决。人的心理发展分为八个阶段:阶段1(0～1岁)信任对怀疑、阶段2(1～3岁)自主对羞怯、阶段3(3～6岁)主动对内疚、阶段4(6～12岁)勤奋对自卑、阶段5(12～18岁)同一性对角色混乱、阶段6(成年初期)亲密对孤独、阶段7(成人中期)繁殖对停滞、阶段8(成年晚期)完美对绝望。

（3）区别与联系:

① 区别:弗洛伊德强调本能的作用,将人格发展局限于母亲—儿童—父亲这个狭隘的三角关系中,特别强调早期经验在人格形成中的作用;而艾里克森则更强调自我的作用,将个体发展置于更广阔的社会背景上,重视社会文化对人格发展的影响,认为人格发展是一个渐成的过程;弗洛伊德的阶段只到青春期为止,艾里克森将人格发展阶段扩展到了人的一生。

② 联系:艾里克森的发展理论是对弗洛伊德的发展理论的继承、扩展与修正。

【分析】本题旨在考查考生对发展心理学中发展理论的理解和掌握情况。解答本题时,首先要将弗洛伊德和艾里克森的心理发展观完整地论述出来。接着,再进一步比较他们观点中的相同点和不同点。弗洛伊德的心理发展观主要包括对人格的观点:人格是由本我、自我和超我组成的,三者相互联系、相互制约,它们之间的关系决定着个体人格的基本面貌;以及人格发展的阶段理论:人格发展的基本动力是本能,人格的发展就是性(心理性欲)的发展。儿童人格发展分为口唇期(0～1岁)、肛门期(1～3岁)、性器期(3～6岁)、潜伏期(6～11岁)和生殖期(青少年期)五个阶段。而艾里克森接受了弗洛伊德理论的基本框架,但更强调自我的作用,认为人格是生物、心理和社会三方面因素组成的统一体,个体人格发展要经过一系列的阶段,每个阶段都有其特定的目标、任务和冲突。各个阶段互相依存，后一阶段发展任务的完成依赖于早期冲突的解决。人的心理发展分为八个阶段。所以，从他们理论观点中，我们可以找到一些相同点和不同点。他们的联系是：艾里克森的发展理论是对弗洛伊德发展理论的继承、扩展与修正。他们的不同点包括：弗洛伊德强调本能的作用，将人格发展局限于母亲—儿童—父亲这个狭隘的三角关系中，特别强调早期经验在人格形成中的作用；而艾里克森则更强调自我的作用，将个体发展置于更广阔的社会背景上，重视社会文化对人格发展的影响，认为人格发展是一个渐成的过程；弗洛伊德的阶段只到青春期为止，艾里克森将人格发展阶段扩展到了人的一生。

83. 有 14 名智力水平相近的被试随机分配在三种不同的时间倒计时提醒情境(主考提醒、挂钟提醒、自我提醒)下参加某一智力竞赛。表 1 为三种时间倒计时提醒情境下被试回答正确的竞赛题目数，经检验方差齐性。附表为双侧检验时的 F 值表。

表 1　三种时间倒计时提醒情境下被试智力竞赛结果

倒计时提醒情境		
主考提醒	挂钟提醒	自我提醒
7	10	6
7	9	8
5	8	7
10	8	8
	10	9

附表　F 值表(双侧检验)

分母 df	α	分子 df		
		1	2	3
10	0.05	6.94	5.46	4.83
	0.01	12.83	9.43	8.08
12	0.05	6.55	5.10	4.47
	0.01	11.75	8.51	7.23
15	0.05	6.20	4.77	4.15
	0.01	10.80	7.70	6.48

请回答下列问题：

(1) 参数检验的方差分析与非参数检验的方差分析有何异同。

(2) 选择一种恰当的参数检验方法进行参数检验，或使用克-瓦氏单因素方差分析进行非参数检验，并对统计检验结果做出解释。(克-瓦氏单因素方差分析使用的公式：$H = \dfrac{12}{N(N+1)} \sum_{1}^{K} \dfrac{R_i^2}{n_i} - 3(N+1)$；$n_1 = 4$，$n_2 = 5$，$n_3 = 5$ 时，$H_{0.01} = 7.8229$，$H_{0.05} = 5.6429$)

【答案要点】

(1) 相同点：都属于假设检验方法；都能对两组及两组以上的均数差异进行检验。不同点：参数检验中的方差分析要求待比较的变量服从正态分布，且各组数据必须方差齐性。当数据不能满足这些条件时，可以采用非参数检验。参数检验的方差分析根据涉及因素的多少，分为单因素方差分析和多因素方差分析。单因素方差分析又包括完全随机设计的方差分析和随机区组设计的方差分析。运用非参数检验进行方差分析时，对于完全随机设计，采用克-瓦氏单因素方差分析；对于随机区组设计，采用弗里德曼二因素等级方差分析。由于非参数检验中的方差分析将数据转换为等级数据，分析结果不如参数检验精确。

(2) 统计检验

参数检验方法:

① 本研究中被试被随机分派到三个组,因此对其结果的分析应采用单因素完全随机设计的方差分析。

② 方差分析步骤

提出假设: $H_0: \mu_A = \mu_B = \mu_C$

$\qquad\qquad H_1: \mu_A \neq \mu_B \neq \mu_C$

$$\sum\sum X^2 = 223 + 409 + 294 = 926$$

$$\sum\sum X = 29 + 45 + 38 = 112$$

$$\frac{(\sum\sum X)^2}{N} = \frac{112^2}{14} = \frac{12544}{14} = 896$$

【分析】本题旨在考查考生运用所学的实验方法解决实际问题的综合能力,涉及了实验设计、统计方法、结果解释等多个方面。首先要明确参数检验的方差分析和非参数检验的方差分析的异同点。相同点:都属于假设检验方法;都能对两组及两组以上的均数差异进行检验。不同点:参数检验中的方差分析要求待比较的变量服从正态分布,且各组数据必须方差齐性。当数据不能满足这些条件时,可以采用非参数检验。参数检验的方差分析根据涉及因素的多少,分为单因素方差分析和多因素方差分析,单因素方差分析又包括完全随机设计的方差分析和随机区组设计的方差分析。运用非参数检验进行方差分析时,对于完全随机设计,采用克-瓦氏单因素方差分析;对于随机区组设计,采用弗里德曼二因素等级方差分析。由于非参数检验中的方差分析将数据转换为等级数据,分析结果不如参数检验精确。第二个问题是对实验结果进行统计分析。先参数检验方法,本研究中被试被随机分派到三个组,因此对其结果的分析应采用单因素完全随机设计的方差分析。非参数检验的方法,使用克-瓦氏单因素方差分析进行非参数检验。统计完成以后,问题还没有完全回答完毕,题目还要求对统计结果进行解释,也就是对结果的意义进行论述。这就要根据参数检验和非参数检验的结果分别进行论述。

2009 年全国硕士研究生入学统一考试
心理学专业基础综合试题分析

一、单项选择题:1~65 小题,每小题 2 分,共 130 分。 下列每题给出的四个选项中,只有一个选项是符合题目要求的。

1. 某次抽样调查研究显示,学生每天看电视的时间越多,他们的学习成绩越差。该研究属于

A. 因果研究   B. 相关研究   C. 个案研究   D. 纵向研究

【分析】本题旨在考查考生对心理学研究中几种重要的心理学研究方法的理解与掌握情况。因果研究得出的结论是因果关系,即一种现象是另一种现象的原因,而另一种现象是结果。相关研究是指决定两个变量、特质或者属性关联到什么程度的研究。个案研究是指不使用大样本被试,而只是用个案研究的方法对个体进行各种测量。有时这种对特殊个体进行的透彻分析有助于理解人类经验的普遍特性。纵向研究又称追踪研究,指在比较长的时间内,对被试的心理发展进行系统定期的研究,即在所研究的发展时期内反复观测同一组个体。本题中,"学生每天看电视的时间"和"他们的学习成绩"之间在发展变化的方向与程度方面存在一定的联系,但并不是因果关系,故本题应选 B。

2. 机能主义心理学派的创始人是

A. 詹姆斯   B. 斯金纳   C. 华生   D. 惠特海默

【分析】本题旨在考查考生对在心理学发展过程中产生过重要影响的心理学各流派基本理论观点的了解与掌握情况。考生应该掌握心理学各流派的创始人、主要观点、主要研究方法以及对其的历史评价等等。机能主义心理学的创始人是詹姆斯,强调研究意识。它与构造主义心理学的不同之处在于:机能主义心理学主张心理学的目的是研究个体适应环境时的心理或意识的功能,而不应该像构造主义那样,只求分析意识之元素。斯金纳和华生均为行为主义的代表人,惠特海默是格式塔流派的奠基人。故本题应选 A。

3. 神经元结构中具有信息整合功能的部位是

A. 树突   B. 胞体   C. 突触   D. 轴突

【分析】本题旨在考查考生对普通心理学中心理和行为的生物学基础的了解和掌握情况。考生需要理解并记忆神经系统各基本结构的具体功能。神经元的基本作用是接受和传送信息。它是具有细长突起的细胞,由胞体、树突和轴突三部分组成。其中,树突的作用类似于电视的接收天线,负责接受刺激,将神经冲动传向胞体。突触是指一个神经元与另一个神经元彼此接触的部位,它具有特殊的细微结构,这种结构保证了神经冲动借助于神经递质,从一个神经元传递到与它相邻的另一个神经元。轴突的作用是将神经冲动从胞体传出,到达与它联系的各种细胞。胞体具有复杂的结构,它是神经元结构中具有信息整合功能的部位。故选 B。

4. 人体的躯体感觉中枢位于

A. 额叶   B. 颞叶   C. 枕叶   D. 顶叶

【分析】本题旨在考查考生对普通心理学中心理和行为的生物学基础的了解与掌握情况,主要考查对大脑皮层及其机能的理解与识记。额叶具有运动控制和进行认知活动的功能,如筹划、决策、目标设定等功能,位于外侧裂之上和中央沟之前。颞叶负责听觉加工,位于外侧裂下部。枕叶是视觉信息到达的部位,位于后头部。顶叶负责触觉、痛觉和温度觉,位于中央沟之后,人体的躯体感觉中枢就位于顶叶。故选 D。

5. 以可见光波的长短为序,人类感觉到的颜色依次为

A. 红黄绿紫   B. 红绿黄蓝   C. 紫红黄蓝   D. 红紫蓝绿

【分析】本题旨在考查考生对普通心理学视觉现象中关于颜色知识的了解与掌握情况。人眼可以看见的光线只是电磁波谱中一个很小的范围。用于辨别电磁能量的种类(包括光)的物理特性就是波长。可见光的波长为 400 纳米到 700 纳米。特定物理波长的光线产生特定的颜色感觉。紫光处于短波的末端,橙红光处于长波的末端。以可见光波的长短为序,人类感觉到的颜色依次为红黄绿蓝紫。故选 A。

6. 人耳最敏感的声音频率范围是

A. 16~20000 Hz   B. 50~5000 Hz   C. 300~5000 Hz   D. 1000~4000 Hz

【分析】本题旨在考查考生对普通心理学中听觉现象的了解与掌握情况,主要考查对音高的听觉频率范围

的记忆。人的听觉频率范围为 16 ~ 20000 Hz。其中,1000 ~ 4000 Hz 是人耳最敏感的区域。本题中,考生应注意审题,以免混淆错误选项。故选 D。

7. 从高楼顶上看街道上的行人,尽管看上去很小,但人们不会把他们都看作是小孩。这种现象体现的主要知觉特性是

A. 大小恒常性　　　　B. 形状恒常性　　　　C. 方向恒常性　　　　D. 明度恒常性

【分析】本题旨在考查考生对普通心理学中知觉特性的理解与掌握情况,是一道理论联系实际的题目。考生需要了解各种知觉特性的含义及典型例证。本题具体考查了对知觉恒常性的理解与记忆。知觉恒常性包括形状恒常性、大小恒常性、明度(视亮度)恒常性和颜色恒常性四种,故先排除 C 项。又因为大小恒常性是指人们看到的对象大小的变化,并不和网膜映像大小的变化相吻合,知觉到的大小并不完全随距离而变化,而趋向于原物的实际大小。故选 A。

8. 一般而言,产生立体知觉最重要的线索是

A. 运动视差　　　　B. 运动透视　　　　C. 双眼视差　　　　D. 空气透视

【分析】本题旨在考查考生对普通心理学中空间知觉的了解与掌握情况。运动视差是指当观察者与周围环境中的物体相对运动时,远近不同的物体在运动速度和运动方向上将出现差异。运动透视指当观察者向前移动时,视野中的景物也会连续活动。空气透视是指物体反射的光线在传送过程中是有变化的,使得远处物体显得模糊,细节不如近物清晰。运动视差、运动透视和空气透视均属于单眼线索。双眼视差是双眼线索,人们知觉物体的距离与深度,主要依赖于两眼提供的线索,即双眼视差。故选 C。

9. 贾维克(Jarvik)和艾斯曼(Essman)的小白鼠跳台实验所支持的记忆学说是

A. 脑机能定位说　　　　B. 突触生长说　　　　C. 反响回路说　　　　D. 记忆分子说

【分析】本题旨在考查考生对普通心理学中记忆的神经生理机制的理解与识记情况。考生应该对各种记忆机制的典型实验证据有所把握。反响回路是指神经系统中皮层和皮层下组织之间存在的某种闭合的神经环路。当外界刺激作用于神经环路的某一部分时,回路便产生神经冲动。刺激停止后,这种刺激的影响并不立即停止,而是继续在回路中往返传递并持续一段短暂的时间。人们认为反响回路是短时记忆的生理基础。心理学家贾维克(Jarvik)和艾斯曼(Essman)通过小白鼠跳台实验证明了这一记忆学说。故选 C。

10. 机械复述与精细复述的最主要区别在于

A. 知识经验参与的多少　　　　　　　　B. 是否有意识的参与

C. 复述材料的数量不同　　　　　　　　D. 复述材料的性质不同

【分析】本题旨在考查考生对普通心理学中短时记忆信息存储的相关内容的了解与掌握情况。复述是短时记忆信息存储的有效方法。复述又分为两种:一种是机械复述或保持性复述,即将短时记忆中的信息不断地简单重复;另一种是精细复述,即将短时记忆中的信息进行分析,使之与已有的经验建立起联系。由此可知,机械复述与精细复述的最主要区别在于知识经验参与的多少。故选 A。

11. 库柏(L. A. Cooper)和谢帕德(R. N. Sherpard)的"心理旋转"实验结果表明,反应时最长时,字母"R"旋转的角度是

A. 60°　　　　B. 90°　　　　C. 180°　　　　D. 240°

【分析】本题旨在考查考生对普通心理学思维一章中表象特征的了解与掌握情况。该题再次提示考生在复习过程中,需要对教材中支持各种理论的经典实验进行深入理解和掌握。心理旋转实验要求被试判断一个旋转了一定角度的字母是正的还是反的,结果当呈现字母垂直时(0°或360°),反应时最短,随着旋转角度的增加,反应时也随着增加,当字母旋转180°时,反应时最长。这说明,每一个被试在完成任务时均对表象进行了心理旋转操作,即他们倾向于把倾斜的字母在头脑中旋转到直立位置,然后再作出判断,体现了表象的可操作性。故本题选 C。

12. 诵读"月落乌啼霜满天,江枫渔火对愁眠"诗句时,脑中浮现出相关形象的过程是

A. 创造想象　　　　B. 无意想象　　　　C. 再造想象　　　　D. 幻想

【分析】本题旨在考查考生对普通心理学思维一章中想象的了解与掌握情况。题目要求考生能够理论联系实际。这提示考生在复习过程中,要对具体概念及其相关例证结合理解进行记忆。创造想象是在创造活动中,根据一定的目的、任务,在人脑中独立地创造出新形象的过程。无意想象是一种没有预定目的、不自觉产生的想象。再造想象是根据言语的描述或图样的示意,在人脑中形成相应的新形象的过程。幻想在意识和注意一章中提到,它是意识的一种状态,程度较严重的称为白日梦。根据本题题干内容,故选 C。

13. 通常把对解决问题有启示作用的相类似事物称为

A. 原型　　　　　　　B. 定势　　　　　　　C. 迁移　　　　　　　D. 变式

【分析】本题旨在考查考生对普通心理学中问题解决相关概念的了解与掌握情况。问题解决是由一定情景引起的,按照一定的目标,应用各种认知活动、技能等,经过一系列的思维操作,使问题得以解决的过程。通常把对解决问题有启示作用的相类似事物称为原型。定势是影响问题解决的一种因素,是指先前重复的心理操作所引起的对活动的准备状态。迁移是指一种学习对另一种学习所产生的影响,或习得的经验对完成其他活动的影响。故选 A。

14. 某患者能说话,能理解口头言语,能看到字形,却不能理解书面语言。其病变发生的区域通常是

A. 布洛卡区　　　　　B. 中央后回　　　　　C. 角回　　　　　　　D. 艾克斯勒区

【分析】本题旨在考查考生对普通心理学中言语活动的中枢机制的了解与掌握情况。言语活动具有非常复杂的脑机制,它和大脑不同部位的功能具有密切的联系。其中起主要作用的有左半球(对多数人来说)额叶的布洛卡区、颞上回的威尔尼克区和顶-枕叶的角回等。考生需要了解各言语活动中枢的名称、位置、作用及损伤后的症状。布洛卡区是言语运动中枢,它的病变会引起运动性失语症或表达性失语症。患这种失语症的病人,阅读、理解和书写不受影响,但发音困难,说话缓慢而费力。从题目的表述看,"能说话"则可排除 A 项。威尔尼克区又称言语听觉中枢,它的损伤引起接收性失语症,这是一种语言失认症。病人说话时语音和语法均正常,但不能分辨语音和理解语义。从题目中"能理解口头言语",排除选择它的可能性。角回是言语视觉中枢,它的损伤引起语义性失语症。这种病人能说话,能理解口语,但不能理解书面言语。切除角回将使单词的视觉意象与听觉意象失去联系,从而引起阅读障碍。这些正是题目所描述的症状。故选 C。

15. 展开性程度最高的言语形式是

A. 独白言语　　　　　B. 对话言语　　　　　C. 书面言语　　　　　D. 内部言语

【分析】本题旨在考查考生对普通心理学中言语类型的了解与掌握情况,考生应该掌握不同言语种类的含义、特点及典型例子。言语活动分为外部言语和内部言语。外部言语又包括口头言语(对话和独白言语)和书面言语。独白言语是个人独自进行的与叙述思想、情感相联系的,较长而连贯的言语。它表现为报告、讲演、讲课等形式。它的特点是:独自进行、开展性、有准备、有计划。对话言语是指两个或几个人直接交流时的言语活动,如聊天、座谈、辩论。它的特点是:情境性、简略性、直接性、反应性。书面言语是指一个人借助文字来表达自己的思想或通过阅读来接受别人语言的影响,它的特点是随意性、开展性、计划性。内部言语是一种自问自答或不出声的活动,具有隐蔽性和简略性的特点。本题中提到的展开性就是指需要运用别人能够理解的方式的程度。书面言语要求用精确的词句、正确的语法和严密的逻辑进行陈述,必须用开展的形式系统阐明自己的思想。故选 C。

16. 在马斯洛的需要层次理论中,属于成长性需要的是

A. 安全需要　　　　　B. 归属与爱的需要　　C. 尊重的需要　　　　D. 自我实现的需要

【分析】本题旨在考查考生对普通心理学中马斯洛需要层次理论的了解与掌握情况。马斯洛把人的需要分为五个等级,从低到高依次为生理需要、安全的需要、归属与爱的需要、尊重的需要和自我实现的需要。马斯洛认为,只有当低级需要得到满足或部分得到满足时,高级需要才可能出现。生理需要指人对食物、水分、空气、睡眠、性的需要;安全的需要表现为人们要求稳定、安全、受到保护、有秩序、能免除恐惧和焦虑等;归属与爱的需要是指要求与他人建立感情的联系或关系的需要;尊重的需要包括自尊和受到别人的尊重;自我实现的需要是指人们追求实现自己的能力或潜能,并使之完善化的需要。低级需要直接关系个体生存,也称缺失需要。高级需要出现较晚,但是只有人类才有自我实现的这种高级需要。它也与人的健康成长有关,满足这种需要能使人健康、长寿、精力旺盛,因此也叫成长性需要。故选 D。

17. 与自制力相对立的意志品质是

A. 任性　　　　　　　B. 犹豫　　　　　　　C. 独断　　　　　　　D. 执拗

【分析】本题旨在考查考生对普通心理学中意志品质的理解与掌握情况。意志的独立性是指一个人不屈服于周围人的压力,不随波逐流,能根据自己的认识与信念,独立地采取决定,执行决定,但它不同于独断。与独立性相对立的意志品质是受暗示性。意志的果断性表现为有能力及时采取有充分根据的决定。与果断性相反的意志品质是优柔寡断。意志的坚定性表现为长时间坚信自己决定的合理性,并坚持不懈地为执行决定而努力,但它不同于执拗。自制力指善于掌握和支配自己行动的能力。与自制力对立的意志品质是任性和怯懦,前者不能约束自己的行动,后者在行动时畏缩不前、惊慌失措。故选 A。

18. 在完成自由命题的作文时，一位中学生选择作文题目，确定写作提纲，并评价自己写出的作文是否符合要求。根据斯腾伯格的三元智力理论，完成这项活动主要依赖的智力是

    A. 经验性智力   B. 成分性智力   C. 情境性智力   D. 实践性智力

【分析】本题旨在考查考生对普通心理学能力一章中智力理论的理解与掌握情况。斯腾伯格提出的三元智力理论认为，一个完备的智力理论必须说明智力的三个方面，即智力的内在成分，这些智力成分与经验的关系，以及智力成分的外部作用。这三方面构成了成分亚理论、经验亚理论和情境亚理论。智力成分亚理论认为，智力包括三种成分及相应的三种过程，即元成分、操作成分和知识获得成分。智力经验亚理论认为，智力包括两种能力，一种是处理新任务和新环境时所要求的能力，另一种是信息加工过程自动化的能力。智力情境亚理论认为智力是指获得与情境拟合的心理活动。在日常生活中，智力表现为有目的地适应环境、塑造环境和选择新环境的能力，这些能力统称作情境智力。由本题题干表述可知，该中学生完成自由命题作文的活动涉及了智力的元成分、操作成分以及知识的获得成分，所以主要依赖的就是成分性智力。故选 B。

19. 下列四种情形中，智商相关程度最高的是

    A. 在一起生活的父母和子女   B. 分开抚养的同卵双生子

    C. 在一起生活的异卵双生子   D. 在一起生活的兄弟姐妹

【分析】本题旨在考查考生对普通心理学能力一章中影响智力发展的因素的理解与掌握情况。在探讨关于遗传在能力发展和个别差异形成中的作用时，心理学家曾从三个方面进行过研究。一是研究血缘关系疏密不同的人在能力上的类似程度。二是研究养子养女与亲生父母和养父母能力发展的关系。三是对同卵双生子进行追踪研究。研究结果表明，血缘关系接近的人在智力发展水平上确实有接近的趋势。同卵双生子智力的相关高于异卵双生子和同胞兄弟姐妹；亲生父母与子女的智力相关高于养父母；无血缘关系的人的智力相关很低。相反，在不同环境下长大的同卵双生子，智商的相关也很高。故本题选 B。

20. 提出"最近发展区"思想的心理学家是

    A. 达维多夫   B. 维果茨基   C. 列昂节夫   D. 鲁利亚

【分析】本题旨在考查考生对发展心理学理论中维果茨基的文化-历史发展观的识记与掌握情况。以维果茨基、列昂节夫、鲁利亚为代表的"维列鲁"学派主张的社会建构理论认为，学习不单是个人对学习内容的主动加工，而且需要学习者进行合作互动。探究不仅是一种认知活动，也是一种社会文化活动，是对某种社会实践活动的参与。维果茨基早年提出了高级心理机能的发展理论并提出了"最近发展区"思想，后来列昂节夫更系统地提出了活动理论。因此提出"最近发展区"思想的心理学家应该是答案 B。

21. 按照艾里克森的发展理论，以建立自我同一性作为主要发展任务的年龄阶段是

    A. 6～12 岁   B. 12～18 岁   C. 18～25 岁   D. 25～50 岁

【分析】本题旨在考查考生对艾里克森发展心理学理论的理解与掌握情况。艾里克森提出了著名的"人生八个阶段"以及每个阶段的发展任务：婴儿期（出生～2 岁）、儿童早期（2～4 岁）、学前或游戏期（4～7 岁）、学龄期（7～12 岁）、青年期（12～18 岁）、成年早期（18～25 岁）、成年中期（约至 50 岁）、老年期或成年晚期（直至死亡）。其中，在青年期（12～18 岁），个体的发展任务是建立同一感和防止同一感混乱，体验着忠实的实现。故选 B。

22. 下列有关初中生思维发展特点的描述，错误的是

    A. 平衡性表现明显   B. 批判性显著增强   C. 自我中心再度出现   D. 表面性依然突出

【分析】本题旨在考查考生对发展心理学中初中生思维发展特点的了解与掌握情况。初中生在头脑中可把事物的形式和内容分开，可离开具体事物，抽象逻辑思维占主导地位，但具体形象成分仍然起作用。他们的思维品质呈矛盾性发展，主要表现为思维的创造性和批判性；另外，思维的片面性、表面性依然存在；最后，还有思维的自我中心性，表现为假想的观众、独特的自我。故选 A。

23. 下列选项中，用来考察幼儿"心理理论"发展的研究方法是

    A. 陌生情境实验   B. 错误信念实验   C. 动态测验   D. 两难故事法

【分析】本题旨在考查考生对发展心理学中幼儿"心理理论"的了解与掌握情况，考生应该掌握其中主要的研究方法和理论。它指个体凭借一定的知识系统对自身或他人的心理状态进行推测，并据此对行为做出因果性解释，预测和控制行为的能力。如果幼儿能将他人理解为拥有愿望、信念和对世界有自己解释的人，并认识到他人的行为是以其心理或信念为基础的，那么他就有了"心理理论"。"心理理论"采用的主要研究策略是通过儿童对他人信念的认知来考察儿童心理理论发展。其中最经典的实验范式是韦尔曼、普那设计的"错误信念

任务"。两难故事法是研究儿童道德认知发展的方法。陌生情境实验是婴儿依恋行为的研究方法。故选 B。

24. 巴特森(C. Batson)提出的游戏理论是

A. 觉醒–寻求理论　　　B. 元交际理论　　　C. 认知动力说　　　D. 机能快乐说

【分析】本题旨在考查考生对发展心理学中幼儿游戏理论的理解与掌握情况。游戏是幼儿的主导活动。早期较有影响的游戏理论主要有霍尔的"复演说"、彪勒的"机能快乐说"、格罗斯的"生活准备说"、拉扎勒斯–帕特瑞克的"娱乐放松说"、伊普千介克的"成熟说"。当代的游戏理论有弗洛伊德的"精神分析理论"、皮亚杰的"认知动力说"、桑代克的"学习理论"。巴特森(C. Batson)提出的游戏理论是元交际理论。故本题选 B。

25. 认知功能的老化与视、听觉的严重衰退关系密切。持这种观点的理论是

A. 感觉功能理论　　　B. 加工速度理论　　　C. 抑制理论　　　D. 工作记忆理论

【分析】本题旨在考查考生对成年期认知理论的理解与掌握。认知老化的主要理论包括感觉功能理论、加工速度理论、抑制理论和工作记忆理论。感觉功能理论认为认知活动的退行性变化是老年期心理发展总趋势的一个特征。不同心理机能老化速率不同，感知觉在个体心理中发展较早，衰退也较早。加工速度理论认为由于中枢神经系统的老化，造成信息加工系统的信息加工过程所需时间较长，造成认知能力下降。抑制理论主要指主体主动的抑制能力的退化是认知能力退化的原因。工作记忆理论认为工作记忆下降是导致认知老化的主要原因。故选 A。

26. 下列心理现象中，不属于学习的是

A. 习惯化　　　B. 敏感化　　　C. 暗适应　　　D. 自适应

【分析】本题旨在考查考生对教育心理学学习概念的理解与运用情况。学习是由于经验所引起的行为或思维的比较持久的变化。学习是由经验引起的。这种经验不仅包括外部环境刺激，还包括个体的练习，更重要的是包括个体与环境之间复杂的交互作用。习惯化、敏感化和自适应均属于学习。而暗适应指的是照明停止或由亮处转入暗处时视觉感受性提高的时间过程，不属于学习，因此选 C。

27. 在加涅的学习结果分类中，个体利用符号与环境相互作用的能力称为

A. 智力技能　　　B. 认知策略　　　C. 言语信息　　　D. 运动技能

【分析】本题旨在考查考生对教育心理学中学习分类的掌握情况。各种学习理论从不同角度对学习进行了各种分类。其中加涅的学习结果分类认为人的学习存在五种学习结果：言语信息是指有关事物的名称、时间、地点、定义以及特征等方面的事实性信息；智力技能是指运用符号或概念与环境交互作用的能力；认知策略是指调控自己的注意、学习、记忆和思维等内部心理过程和技能。态度是指影响个人对人、事和物采取行动的内部状态；动作技能指通过身体动作的质量不断改善而形成的整体动作模式。故选 A。

28. 布鲁纳认为，基本概念、基本原理、基本方法和基本态度具有广泛的适用性，能运用于表面特征不同而结构特征相似的多种情境。这一观点所强调的迁移类型是

A. 一般迁移　　　B. 特殊迁移　　　C. 水平迁移　　　D. 逆向迁移

【分析】本题旨在考查考生对教育心理学中学习迁移类型的掌握情况。根据迁移的范围，将学习迁移分为一般性迁移和特殊性迁移。一般性迁移是指将一种学习中习得的一般方法、原理、策略、态度迁移到另一种学习情境。特殊性迁移指一种学习中习得的具体、特殊的经验直接迁移到另一种学习中，或经过某种要素重组迁移到新情境中。根据迁移内容的不同抽象概括水平，可将迁移分为水平迁移和垂直迁移。水平迁移是指同一抽象概括水平间的影响，学习内容间的逻辑关系是并列的。根据学习产生的方向，将学习迁移分为顺向迁移和逆向迁移。顺向迁移是前面学习对后面学习的影响，而逆向迁移指后面学习对先前学习知识的影响。根据题干的表述，应选 A。

29. 与认知学习理论相比，建构主义学习理论除了强调学习的主动建构性、社会互动性外，还强调

A. 情境性　　　B. 结构性　　　C. 抽象性　　　D. 竞争性

【分析】本题旨在考查考生对教育心理学学习理论的掌握情况。学习的认知理论主要有早期的认知学习理论，包括格式塔学派的完形–顿悟说、符号学习理论——托尔曼的认知–目的说；布鲁纳的认知–发现说；奥苏伯尔的有意义接受说——认知同化学习理论；加涅的信息加工学习理论。建构主义学习理论的知识观在一定程度上质疑了知识的客观性、可靠性、确定性，强调知识的动态性，强调学生经验世界的丰富性和差异性。建构主义学习观强调学习的主动建构性、社会互动性和情境性。其中的情境性指知识存在于具体的、情境性的、可感知的活动中，不能脱离活动情境抽象存在。故选 A。

30. 强调前后学习的情境相似性对迁移效果影响的理论是

A. 经验概括说   B. 共同要素说   C. 关系转移说   D. 结构匹配说

【分析】本题旨在考查考生对教育心理学中迁移理论的了解与掌握情况。经验概括说认为,概括化的原理和经验是产生迁移的关键。对原理掌握得越透彻,对情境的适应性就越强,迁移性就越好。共同要素说认为,迁移非常具体、有限,只存在含有相同要素的领域。它强调前后学习情境的相似性对迁移效果的影响,认为相同的刺激反应联结越多,迁移越大。关系理论从理解事物关系角度对经验类化的迁移理论做了重新解释。该理论认为迁移产生的实质是对事物间关系的理解,强调行为和经验的整体性,认为习得经验能否迁移,取决于能否理解要素间形成的整体关系,能否理解原理与实际事物间的关系。金特纳的结构匹配理论假定,迁移过程中存在一个表征匹配的过程,如果两个表征匹配,则可进行迁移。根据题意,故选 B。

31. 在品德培养过程中,强调将"晓之以理"和"导之以行"相结合的学习理论是
   A. 认知学习理论   B. 人本学习理论   C. 联结学习理论   D. 社会学习理论

【分析】本题旨在考查考生对教育心理学中学习理论的掌握情况,考生应该注意不同学习理论的提出者、主要观点及相关的实验依据等。各种学习理论之争体现在对学习过程的不同解释上。认知学习理论主要有早期的认知学习理论,包括格式塔学派的完形-顿悟说、符号学习理论——托尔曼的认知-目的说;布鲁纳的认知-发现说;奥苏伯尔的有意义接受说——认知同化学习理论;加涅的信息加工学习理论。认知学习理论强调主体的认知在学习中的作用。罗杰斯的人本学习理论包括知情统一的教学目标观、有意义的自由学习观和学生中心的教学观。人本主义学习理论的应用主要包括开放式教育、询问式学习、教师的有效训练和以"学生为中心"的课堂教育。联结学习理论包括经典性条件作用说和操作性条件作用说,它强调学习中刺激与反应的联结。社会学习理论指通过观察生活中重要人物的行为而学的社会行为,即题中所说的强调将"晓之以理"和"导之以行"相结合的学习理论。故选 D。

32. 铁钦纳在 1901 年出版了一部著作,其中对感知觉的研究和心理物理法进行了大量论述,并致力于将实验心理学建立成一个新的学科体系。该著作是
   A.《定量分析手册》 B.《心理学大纲》 C.《实验心理学》 D.《心理物理学基础》

【分析】本题旨在考查考生对实验心理学产生发展过程中有重要影响的著作的掌握情况,考生必须记忆这些重要著作的作者、内容概要、意义等。1860 年,费希纳出版的《心理物理学纲要》奠定了实验心理学的基础。1862 年,冯特出版的《对于感官知觉学说的贡献》,首次提出了"实验心理学"一词。冯特出版的《生理心理学原理》是他由生理学家转为心理学家的标志。1901 年,铁钦纳出版了《实验心理学》,对感知觉的研究和心理物理法进行了大量论述,并致力于将实验心理学建立成一个新的学科体系。故选 C。

33. 在探讨字号大小对汉字阅读速度产生影响的研究中,阅读速度是
   A. 因变量   B. 自变量   C. 控制变量   D. 刺激变量

【分析】本题旨在考查考生对实验心理学中变量的掌握与运用情况,考生需要清楚掌握心理学实验中各种变量的含义、种类及控制,并能够熟练运用到具体问题中。自变量又称刺激变量、独立变量,是指由实验者操纵,对被试的反应产生影响的变量。自变量包括作业变量、环境变量和被试变量。因变量即被试的反应变量,它必须由自变量引起,是主试观察和测量的行为变量。额外变量是在实验中应该保持恒定的变量。根据本题题干的表述,"字号大小"是实验者操纵以对被试产生影响的变量,是自变量或称刺激变量。"阅读速度"是希望观察的被试反应的变量,是因变量。故选 A。

34. 在实验研究中,衡量自变量和因变量之间关系明确程度的指标是
   A. 统计结论效度   B. 外部效度   C. 构思效度   D. 内部效度

【分析】本题旨在考查考生对实验心理学中实验研究效度的掌握情况,构思效度和统计结论效度是 2009 年新增的考点。考生应该重视掌握每年考纲新增的考点,往往新增内容都是考试的重点。统计结论效度指由统计方法确切性所引起的统计结论有效性的程度,主要反映统计量与总体参数间的关系问题。构思效度指对所研究的特质在理论上构想的全面性。外部效度是指研究结果能被概括到实验情境条件以外的程度,即实验结果的普遍代表性和适用性。内部效度指自变量与因变量间因果关系的明确程度。故选 D。

35. 在探讨人类对不同语义范畴类别(动物、工具)、不同危险性概念(高危险、低危险)进行加工是否存在差异的一项研究中,其实验设计应是
   A. 二因素设计   B. 四因素设计   C. 二水平设计   D. 四水平设计

【分析】本题旨在考查考生对实验心理学中实验设计相关知识点的理解与运用能力。因素是指实验中自变量的个数。自变量的水平是指自变量的一个取值(或操纵结果)。本题中,"语义范围类别"和"危险性概念"

是该实验的两个自变量,因此该实验为二因素设计。其中,"动物"和"工具"是第一个自变量"语义范围类别"的两个水平;"高危险"和"低危险"是第二个自变量"危险性概念"的两个水平。故选 A。

根据右表所示的实验设计方案(a、b 为两个自变量,S 为被试),回答 36~38 题。

36. 这种设计是
A. ABBA 设计
B. 被试间设计
C. 被试内设计
D. 混合设计

	b_1	b_2	b_3
a_1	S_1	S_1	S_1
	S_2	S_2	S_2
	S_3	S_3	S_3
	S_4	S_4	S_4
a_2	S_5	S_5	S_5
	S_6	S_6	S_6
	S_7	S_7	S_7
	S_8	S_8	S_8

【分析】本题旨在考查考生对实验心理学中实验设计相关知识点的理解与运用能力。这是一道实验设计的小综合题,在 2008 年也出现过此种形式。该题的出题形式往往考察考生综合运用实验设计知识来处理问题的运用能力,值得考生注意。被试间设计的特点是每个被试只接受一个自变量水平的处理(简称一种实验处理或一个实验条件)。被试内设计的特点是所有被试都会受到每一水平自变量的影响。混合设计则指在一个实验中既有被试间设计又有被试内设计。由题目可以看出,该实验设计中既有被试间设计,又有被试内设计,因此是混合设计。故选 D。

37. 该实验设计方案中的实验处理数为
A. 3   B. 4   C. 5   D. 6

【分析】本题旨在考查考生对实验心理学中实验设计相关知识点的理解与运用能力。一个实验处理方案的实验处理数就是该实验中所有自变量水平数的乘积。在本题中,一共有 a、b 两个自变量,a 有两个水平,b 有三个水平,因此相乘得 6,则该实验设计方案中的实验处理数为 6。故选 D。

38. 若该设计的交互作用显著,则应进一步做的统计分析为
A. 主效应检验   B. 相关分析   C. 简单主效应检验   D. 回归分析

【分析】本题旨在考查考生对实验心理学中实验设计相关知识点的理解与运用能力。当自变量数量超过一个的时候,当一个自变量产生的效果在另外自变量的不同水平上不一样时,交互作用便发生了。对于多变量实验设计,要采用多因素方差分析的统计方法,将每一个实验因素影响的变异分析出来,再分析自变量引起的变异所占的比例。如果交互作用不显著,则做的统计分析是主效应分析;如果交互作用显著,则应进一步做的统计分析为简单效应分析。故选 C。

39. 在实验时,要求不同的被试组使用相同的仪器设备及程序。这种控制额外变量的方法是
A. 消除法   B. 恒定法   C. 随机法   D. 匹配法

【分析】本题旨在考查考生对实验心理学中额外变量控制方法的了解与掌握情况。对于额外变量的控制分为实验前控制和实验后控制。实验前控制有标准化指导语、态度规范法、排除法、恒定法、匹配法、随机化法、抵消平衡法和加大样本容量。实验后控制有无关变量纳入和统计控制。其中,恒定法是指使额外变量在实验过程中保持不变,主要体现在保持实验条件方面。在同一实验室,由同一主试在同一时间对实验组和控制组用同样的程序进行实验,就是使用恒定法来控制额外变量。故选 B。

40. 制作感觉比率量表的直接方法是
A. 对偶比较法   B. 差别阈限法   C. 数量估计法   D. 等级排列法

【分析】本题旨在考查考生对实验心理学中心理量制作的理解与运用情况。心理量表分为等级量表、等距量表和比例量表。制作等级量表采用的方法是对偶比较法和等级排列法。制作等距量表采用的方法是差别阈限法和感觉等距法。本题中所说的感觉比率量表制作的直接方法是感觉比例法(分段法)和数量估计法。故选 C。

41. 由于实验本身刺激呈现的规律性,使得被试对刺激是否达到阈限值提前做出反应而产生的误差是
A. 习惯误差   B. 期望误差   C. 练习误差   D. 疲劳误差

【分析】本题旨在考查考生对实验心理学中实验误差的了解与掌握情况。在心理物理学阈限的测量过程

中,会产生习惯误差、期望误差、练习误差和疲劳误差。习惯误差就是指被试因习惯于由原先的刺激所引起的感觉或感觉状态,而对新的刺激做了错误的判断。期望误差是指被试因过早期望将要来临的刺激而导致错误的判断。练习误差是指由于多次重复而提高准确性。疲劳误差是由于多次重复而产生厌倦,从而降低准确性。故选 B。

42. "这是一个关于记忆的实验。实验开始时,计算机屏幕中央将相继呈现一系列字母矩阵,呈现的时间很短,您要尽可能地记住它们。当矩阵消失后,将您所看到的字母记录到记录纸上……"采用此类指导语的瞬时记忆研究方法是

    A. 部分报告法   B. 延迟部分报告法   C. 全部报告法   D. 顺序再现法

【分析】本题旨在考查考生对实验心理学中记忆研究方法的掌握情况,此题提示考生应该掌握各种主要心理学实验的研究方法。起初,斯伯林在感觉记忆实验中采用的是全部报告法,即要求被试在刺激呈现后,尽可能多地报告。之后,他对实验进行改进,提出了局部报告法,指在刺激呈现时出现声音或其他信号后,被试才报告某一行刺激。因此,该题选 C。

43. 下列实验中,支持知觉直接性观点的是

    A. 知觉恒常性实验   B. 三维图形知觉测验   C. 透视错觉实验   D. "视崖"知觉实验

【分析】本题旨在考查考生对实验心理学中知觉实验的掌握。目前,认知心理学中对于知觉过程的解释存在两种不同的观点——直接和间接知觉。直接知觉的观点以吉布森为代表,是将知觉看作从环境中提取相关信息的直接过程。自然环境中存在的关于空间分布的信息,足以使我们能够直接获得深度知觉,而不是加工和分析不同深度和距离线索的结果。吉布森和沃克使用视崖装置,通过一系列动物实验支持了知觉直接性观点。故选 D。

44. 重测信度的主要误差源是

    A. 内容取样   B. 时间取样   C. 统计方法   D. 评分者

【分析】本题旨在考查考生对心理测量学中信度相关内容的理解与掌握情况,要求考生掌握几种不同信度的含义、计算方法、使用条件及主要误差源等。重测信度是指用同一个量表对同一组被试施测两次所得结果的一致性程度,它反映同一量表在不同时间的两次测量中的稳定性,主要误差源是时间取样。复本信度是指用两个平行的测验测量同一批被试所得结果的一致性程度,主要误差源是内容取样。分半信度是指将一个测验分成对等的两半后,所有被试在这两半上所得分数的一致性程度,主要误差源是统计方法。同质性信度也叫内部一致性系数,是指测验内部所有题目间的一致性程度。评分者信度是指多个评分者给同一批人的答卷进行评分的一致性程度,主要误差源是评分者。由此可见,应该选 B。

45. 要比较几个不同性质的测验分数,最恰当的是比较

    A. 原始分数   B. 众数   C. 百分等级   D. 平均数

【分析】本题旨在考查考生对心理测量学中测验常模的理解与掌握程度。原始分数是指测验中直接获得的分数,只反映作答的正确程度,没有可比性。将原始分数按一定规则转换成有参照点和单位的导出分数则具有可比性,可供解释,并不受原始分数性质的影响。导出分数包括百分等级、标准分数、T 分数、标准九分数。众数和平均数的性质均和原始分数的性质和单位相同。故"不同性质的测验分数"的众数和平均数仍为不同性质,不可以比较。故选 C。

46. 某学业成就测验由 100 道五选一的单项选择题组成,每题 1 分。如果要从统计上(99%的把握)排除猜测作答的情形,考生正确回答的题目数量至少应该是

    A. 24 题   B. 25 题   C. 26 题   D. 27 题

【分析】本题是考查考生对心理统计学中概率分布相关知识的理解和运用能力的计算题。此题 $n=100$, $P=0.2$, $q=0.8$, $np=20>5$,故此二项分布接近正态分布,故 $\mu=np=20$, $\sigma=4$。根据正态分布概率,当 $Z=2.58$ 时,该点以下包含了全体的 99%。如果用原始分数表示,则为 $\mu+2.58$, $\sigma=30.32$。根据选项得出最符合题意的应该是 D。

47. 以"大五"人格因素模型为基础编制的人格测验是

    A. NEO   B. MBTI   C. MMPI   D. CPI

【分析】本题旨在考查考生对心理测量学中常用心理测验相关知识的理解情况,考生需要掌握并熟记各种常用心理测验的理论基础和主要特点。塔佩斯等运用词汇学方法对卡特尔的特质变量进行了再分析,发现了五个相对稳定的因素。以后许多学者进一步验证了"五种特质"的模型,形成了著名的大五因素模型。麦克雷

和可斯塔编制了"大五人格因素的测定量表(修订)"(NEO-PI-R)。故选 A。

48. 根据真分数理论,信度系数与效度系数的关系为

  A. 二者恒等   B. 效度系数大于信度系数

  C. 信度系数小于或等于效度系数   D. 信度系数大于或等于效度系数

【分析】本题旨在考查考生对心理测量学中经典测量理论的了解与掌握情况。经典测量理论是对实得分数、真分数、测验误差关系的系列理论假设。根据真分数理论可以得出信度系数与效度系数的关系为信度系数大于或等于效度系数。故本题选 D。

49. 要求受测者必须从两个或两个以上的选项中,选出最能代表自己特征的描述语句。这种评定量表是

  A. 观察式量表   B. 锚定式量表   C. 迫选式量表   D. 数字式量表

【分析】本题旨在考查考生对心理测量学中心理测验相关知识的了解与运用情况。考生需要了解各种量表的含义及特征。迫选式量表就是指要求受测者必须从两个或两个以上的选项中,选出最能代表自己特征的描述语句。故此题选 C。

50. 反映测验结果可靠性、稳定性的指标是

  A. 效度   B. 信度   C. 难度   D. 区分度

【分析】本题旨在考查考生对心理测量学中测量指标的掌握情况。信度、效度、难度、区分度被称为心理测验的"四度"。考生应对这"四度"熟练掌握。信度也叫测量可靠性,指用同一测量工具反复测量所得结果的稳定性、一致性程度。效度指测量的正确性,指一个测验或量表实际能测出其所要测的心理特质的程度。题目的难度指题目的难易程度。题目的区分度指测验项目对所测心理特质的区分程度或鉴别能力。故选 B。

51. 瑞文推理测验主要测量的是

  A. 言语能力   B. 特殊能力   C. 操作能力   D. 一般能力

【分析】本题旨在考查考生对心理测量学中具体心理测验的理解和应用能力。瑞文推理测验是团体智力测验的一种,属于非文字图形测验,它分为瑞文标准推理测验、瑞文彩图推理测验、瑞文高级推理测验。它主要测量的是人的一般能力,因此本题应选 D。

52. 20 世纪 90 年代以来,在我国人事选拔领域引入并被广泛应用的综合性测评技术是

  A. 操作测验技术   B. 投射测验技术

  C. 评价中心技术   D. 纸笔测验技术

【分析】本题旨在考查考生对心理测量学中具体心理测验的了解和应用能力。心理测评在人事测评中的应用包括情景测验(无领导群体讨论和《文件框测验》)和评价中心方法。其中,20 世纪 90 年代以来,在我国人事选拔领域引入并被广泛应用的综合性测评技术是评价中心技术。故选 C。

53. 编制艾森克人格问卷(EPQ)的方法是

  A. 综合法   B. 经验效标法   C. 理论推演法   D. 因素分析法

【分析】本题旨在考查考生对心理测量学中具体心理测验的了解和应用能力。编制自陈量表常采用因素分析法、经验效标法和理论推演法。艾森克问卷的理论基础是人格三维理论,认为决定人格的三个基本因素是内外倾、情绪性、心理变态倾向。编制艾森克人格问卷采用的方法是因素分析法。故选 D。

54. 根据测验中不同维度或分测验的导出分数,绘制形成的折线图或柱形图称为

  A. 结构图   B. 碎石图   C. 剖面图   D. 茎叶图

【分析】本题旨在考查考生对心理测量学测验常模的了解和掌握情况。呈现常模的主要方法有两种:转化表与剖析图。常模表有简单转化表与复杂转化表两种。剖析图是把一套测验中几个分测验分数用图表(图形)表示出来。从剖析图上可以很直观地看出被试在各个分测验上的表现及其相对的位置。故选 C。

55. 在格塞尔发展量表中,测量婴儿行为发展水平使用的指标为

  A. 教育商数   B. 情绪商数   C. 智力商数   D. 发展商数

【分析】本题旨在考查考生对心理测量学中几种测量常模的了解与掌握程度。发展量表指个人成绩与各发展水平平均成绩之比,它明确提出个人在按正常途径发展的心理特征上处在什么样的发展水平,包括心理年龄和年级当量。商数包括教育商数、成就商数和比率智商三种。由以上定义分析,格塞尔发展量表中,测量婴儿行为发展水平使用的指标为发展商数。故选 D。

56. 在标准正态曲线下,正、负三个标准差范围内的面积占总面积的比例是

  A. 99.73%   B. 99.00%   C. 95.46%   D. 95.00%

【分析】本题旨在考查考生对心理统计学中正态分布相关知识的了解与识记情况。在正态分布曲线下,标准差与概率(面积)有一定关系。在标准正态曲线下,正、负三个标准差范围内的面积占总面积的比例是 99.73%;正、负一个标准差范围内的面积占总面积的比例是 68.26%;正、负 1.96 个标准差范围内的面积占总面积的比例是 95%;正、负 2.58 个标准差范围内的面积占总面积的比例是 99%;正、负四个标准差范围内的面积占总面积的比例是 99.99%。故选 A。

57. 下列关于 χ^2 分布的表述,正确的是

A. χ^2 取值永远不会大于 0

B. 其均值等于其自由度

C. 随着自由度的增大,χ^2 分布趋于正偏态

D. 多个标准正态分布变量的线性组合所得的新变量符合 χ^2 分布

【分析】本题旨在考查考生对心理统计学中抽样分布的理解与掌握情况。卡方分布是一种重要分布,是无限多个随机变量平方和或标准分数的平方和的分布。它的分布特点是,卡方值永远是正值,故 A 错。随着自由度的增大,卡方分布呈正态分布,故 C 错。卡方分布具有可加性,卡方分布的和也是卡方分布,D 项的表达存在错误。卡方分布的均值等于其自由度。选 B。

58. 在重复测量的方差分析中,如果各组均值不变,被试间差异增大,那么

A. F 值会变小　　　　B. F 值保持不变　　　　C. 组间方差会变小　　　　D. 误差方差会变小

【分析】本题旨在考查考生对心理统计学中方差分析的理解与掌握情况。方差分析是处理两个以上平均数间差异的方法。方差分析的逻辑是通过对组间差异与组内差异比值的分析,来推断几个相应平均数差异的显著性。在重复测量的方差分析中,如果各组均值不变,被试间差异增大,那么误差方差会变小。故选 D。

59. 教师的职称和薪水这两个变量的数据类型分别属于

A. 命名数据和等比数据　　　　　　　　B. 等距数据和等比数据

C. 顺序数据和等距数据　　　　　　　　D. 顺序数据和等比数据

【分析】本题旨在考查考生对心理统计学中数据类型的理解与掌握情况。根据数据反映的测量水平,可把数据区分为称名数据、顺序数据、等距数据和等比数据。称名数据只说明某一事物与其他事物在属性上的不同或类别上的差异,它具有独立的分类单位,只计算个数,不能说明事物大小。顺序数据指既无相等单位,也无绝对零的数据,是按实物某种属性的多少或大小按次序将各个事物加以排列后获得的数据资料。等距数据是有相等单位,但无绝对零的数据。等比数据既表明量的大小,也有相等单位,同时还有绝对零点的数据。本题中,"教师的职称"无相等单位,也没有绝对零点,只能排出一个顺序,不能指出相互间差别大小,因而是顺序数据。"薪水"既表明量的大小,也有相等单位,同时还有绝对零点,因而是等比数据。故选 D。

60. 一组数据中每个数的值都是 5,那么这组数据的标准差和方差分别是

A. 0,0　　　　　　B. 5,25　　　　　　C. 0,5　　　　　　D. 0,25

【分析】本题旨在考查考生对心理统计学中差异量数的理解与计算情况。样本中各数据与样本平均数的差的平方和的平均数叫做样本方差,样本方差的算术平方根叫做样本标准差。因为"一组数据中每个数的值都是 5",所以,这组数据的标准差和方差都是 0。故选 A。

61. 对 R 列 C 行的列联表进行 χ^2 分析,其自由度为

A. $R \times C$　　　　B. $(R+C)-1$　　　　C. $R \times C-1$　　　　D. $(R-1) \times (C-1)$

【分析】本题旨在考查考生对心理统计学中卡方检验相关知识的了解与识记情况。对 R 列 C 行的列联表进行独立性检验,是应用较多的卡方检验。对 R 列 C 行的列联表进行卡方分析,其自由度为 $(R-1) \times (C-1)$。故选 D。

62. 下列智力测验中,属于文化公平测验的是

A. 中国比内测验　　　　　　　　　　B. 斯坦福比内测验

C. 韦克斯勒智力测验　　　　　　　　D. 联合瑞文智力测验

【分析】本题旨在考查考生对心理测量中智力测量知识点的掌握情况。中国比内测验是根据比内量表修订而成的适应中国人特点的智力测验。斯坦福比内测验是比内量表引入到美国后,根据当地特点进行修订而来的智力测验。韦克斯勒智力测验分为成人版和儿童版。只有联合瑞文智力测验属于文化公平测验。故选 D。

63. 在一组正态分布的数据中,去掉两端极值后,一定不会受到影响的统计特征值是

A. 全距　　　　　　B. 平均值　　　　　　C. 标准差　　　　　　D. 众数

【分析】本题旨在考查考生对心理统计学中统计特征值相关知识点的理解和掌握情况。众数是在次数分布中出现次数最多的数值,它的优点是计算时不需要每个数据都加入,较少受极端数目影响。全距则为一组数据两极端值的差,必然受两极端值影响。平均值和标准差需要每个数据加入计算,反应灵敏,易受极值影响。选 D。

64. 在测量研究中,强调对测验情境关系进行考查的心理测量理论是

A. 经典测量理论   B. 项目反应理论

C. 概化理论   D. 测验等值理论

【分析】本题旨在考查考生对心理测量学中心理测量理论相关知识点的理解和掌握情况。经典测量理论是对实得分数、真分数、测量误差关系的系列理论假设。项目反应理论指出了个体某些特征与个体某种反应类型的概率间的关系。概化理论从深入分析测验误差的来源、结构出发,将来自不同测量条件的误差分解,是从宏观上研究测量性质的新理论,它强调对测验情境关系进行考查。测验等值理论是指通过对考核同一种心理品质的多个测验形式,寻找不同测验形式间分数的转换关系,由主试任意指定一种分数形式作为基准,使所有其他形式的分数都转化到这个形式上,进而使这些不同测验形式的测验分数间具有可比性。故本题选 C。

65. 如果要建立两个变量之间的数学模型,下列统计方法中,最恰当的是

A. 方差分析法   B. 因素分析法

C. 回归分析法   D. 聚类分析法

【分析】本题旨在考查考生对心理统计学中回归分析相关知识点的理解和掌握情况。回归分析是指通过大量观测数据,发现变量间存在的统计规律性,并用一定模型来表述变量相关关系的方法。它可以利用一个变量的变化来预测或控制另一个变量的变化。而方差分析是指处理两个以上的平均数间的差异检验问题。故本题选 C。

二、多项选择题:66～75 小题,每小题 3 分,共 30 分。下列每题给出的四个选项中,至少有两个选项是符合题目要求的。多选、少选或错选均不得分。

66. 声音的听觉属性有

A. 音频   B. 音调   C. 音响   D. 音色

【分析】本题旨在考查考生对普通心理学中声音属性的了解与掌握。声音的听觉属性包括音调、音响、音色。而音频是音调的属性,决定了音调的听觉特征,但不是我们听觉的属性,故选 BCD。

67. 对下列内容的记忆,属于陈述性记忆的有

A. 端午节的日期   B. 雨的成因   C. 骑车的技能   D. 舞蹈表演

【分析】本题旨在考查考生对普通心理学中不同记忆类型的理解和掌握。有些研究者把记忆分为陈述性记忆和程序性记忆。陈述性记忆是指对有关事实和事件的记忆,而程序性记忆是指如何做事情的记忆,包括对知觉技能、认知技能和运动技能的记忆。"骑车的技能"和"舞蹈表演"均为程序性记忆,"端午节的日期"和"雨的成因"为陈述性记忆。故选 AB。

68. 一般认为,一个概念的形成包含的阶段有

A. 下定义   B. 类化   C. 抽象化   D. 辨别

【分析】本题旨在考查考生对普通心理学中概念形成阶段的理解和掌握。概念形成中包括将具有相同属性的事物划分为一类,即类化;再从类化的事情中抽取出典型的特征或属性,即抽象化;再将这些抽取出来的特质或属性与其他的特征或属性加以区分,即辨别,故选 BCD。

69. 动机的功能有

A. 指向功能   B. 激发功能   C. 维持功能   D. 调节功能

【分析】本题旨在考查考生对普通心理学中动机的相关概念的记忆和理解。从动机与行为的关系上分析,动机具有如下几种功能:激活功能、指向功能、维持和调整功能,故选 ABCD。

70. 下列选项中,影响胎儿正常生长发育的因素有

A. 孕妇的营养状况   B. 孕妇的情绪状态   C. 孕妇的年龄大小   D. 孕妇的文化程度

【分析】本题旨在考查考生对发展心理学中影响胎儿正常发育因素的记忆和理解。影响胎儿正常发育的因素较多,包括了孕妇自身条件(年龄、身高、体重、孕史等)、孕妇的营养状况、孕妇的情绪状态、孕妇的疾病等方面。而孕妇的文化程度不是影响胎儿发育的因素,故选 ABC。

71. 根据斯金纳的学习理论,现实生活中的口头表扬属于

A. 正强化　　　　　　　B. 内部强化　　　　　　C. 原始强化　　　　　　D. 条件强化

【分析】本题旨在考查考生对教育心理学中斯金纳学习理论在生活中应用的理解和把握。强化是指对一种行为的肯定或否定的后果(报酬或惩罚),它在一定程度上会决定这种行为在今后是否会重复发生。正强化,又称积极强化。当人们采取某种行为时,能从他人那里得到某种令其感到愉快的结果,这种结果反过来会成为推进人们趋向或重复此种行为的力量。内部强化是指通过个体自身的奖励来促进行为的发生。原始强化是一种初级强化形式,强化物是对初级需要的满足,比如食物等。条件强化是由初级强化衍生而成的强化作用及其过程。口头表扬是用语言的形式对行为进行奖励,故选 AD。

72. 在某记忆实验中,要求被试识记 50 个单词。单词的频率可以作为

A. 结果变量　　　　　　B. 自变量　　　　　　C. 因变量　　　　　　D. 额外变量

【分析】本题旨在考查考生对实验心理学中实验变量的理解和掌握。自变量是实验者操作的变量,包括刺激特点自变量、环境特点自变量、被试特点自变量、暂时造成的被试差别。而因变量是因为自变量的变化而产生的变化或结果,主要有两种指标,一是客观指标,包括反应速度、反应速度的差异、反应的正确率、反应标准、反应的难度;二是主观指标,主要指被试的口语记录。额外变量指实验中不用研究的那些变量。所以,单词的频率只能作为自变量或者额外变量,故选 BD。

73. 等响曲线反映的响度听觉特点有

A. 频率是影响响度的一个因素　　　　　　B. 响度为零的等响曲线的响度级为零

C. 不同频率的声音有不同的响度增长率　　D. 声强提高,响度级也相应增加

【分析】本题考查的是考生对普通心理学中等响曲线含义的理解。等响曲线是把响度水平相同的各种频率的纯音的声压级连成的曲线。频率不同的声音响度,不能单纯地用声强级大小来衡量声音的响度。如果频率不同,即使声压级相同,那么响度感也是大不相同的,因此需要确定响度级来度量各频率声音响度的大小。响度级的确定是利用间接对比的方法进行,首先选定了一个频率为标准,比如 1000 赫兹,听者调节比较纯音的强度,直到与标准纯音响度相等,所以响度级是一个相对量,不是一个绝对量。另外,从等响曲线可以看出,不同频率的声音的响度变化情况是不同的,故选 ACD。

74. 罗夏墨迹测验的记分要素主要包括

A. 反应的部位　　　　　B. 反应的速度　　　　　C. 反应的正确率　　　　D. 反应的内容

【分析】本题旨在考查考生对心理测量学中罗夏墨迹测验的理解和掌握。罗夏墨迹测验是最著名的投射法人格测验之一。它的记分要素主要包括反应的部位、反应的速度、反应的内容这三个方面,故选 ABD。

75. 某次高考分数呈正态分布,以此为基础可以

A. 计算考生的标准分数　　　　　　　　　B. 由 P 值,计算 Z 值

C. 确定某一分数界限内的考生比例　　　　D. 知道计划录取人数后确定录取分数线

【分析】本题旨在考查考生对心理统计学中数据分布特点的理解和掌握情况。正态分布以均数为中心,左右对称,正态分布有两个参数,即均数和标准差。知道一组正态分布数据的平均数和标准差,就可以计算出该组数据的标准分数。同时,也可以知道正态曲线下横轴上某一区间的面积占总面积的百分数,以便估计该区间的例数占总例数的百分数(频数分布)或观察值落在该区间的概率。另外,如果已知了区间面积所占比例,也可以计算出分界点的数值,故选 ABCD。

三、简答题:76 ~ 80 小题,每小题 10 分,共 50 分。

76. 简述心境、激情和应激的含义及特点。

【答案要点】

(1) 心境是比较平静、持续时间较长的情绪状态。具有弥漫性特点。

(2) 激情是强烈的、持续时间短暂的情绪状态。具有冲动性和明显的外部行为表现,出现认识活动范围缩小、理智分析能力减弱和自我控制能力减弱等。

(3) 应激是由某种意外环境刺激导致的紧张状况引起的情绪状态。对意外刺激做出的适应性反应,不仅会引起生理方面的变化,也会引起心理方面的变化。

【分析】本题旨在考查考生对情绪三种不同状态的理解和掌握。心境、激情和应激是三种典型的情绪状态。解答此题时,首先是对三个概念的准确描述,然后,再对三种情绪状态的特点进行说明。

77. 简述奥尔波特的人格特质理论。

【答案要点】

（1）人格特质分为共同特质和个人特质。

（2）共同特质是指在同一社会文化形态下,多数人或群体所共有的特质。

（3）个人特质是指某个体所独有的特质,分为三个部分:首要特质、中心特质和次要特质。

【分析】本题旨在考查考生对奥尔波特人格特质理论的理解和掌握。奥尔波特是人格特质理论的代表人物,他的主要观点是把人格特质分为共同特质和个人特质两类。所以解答此题时,就从这两种人格特质分类入手,分别说明这两类人格特质的概念及其特点。

78. 什么是自我效能感? 影响自我效能感的主要因素有哪些?

【答案要点】

（1）自我效能感是个体对自己能否成功从事某一行为的主观判断。

（2）影响因素:个体学习的成败体验,榜样的替代性经验,重要他人的言语劝说,个体的情绪唤醒状态等。

【分析】本题旨在考查考生对动机理论中的自我功效理论的理解和掌握。自我功效理论是班杜拉提出的一种动机认知理论,自我效能感是其中非常重要的部分。解答本题时,首先是对自我效能感的概念的阐述,其次是分析影响因素。对影响因素的分析,一般包括两个方面:主观因素和客观因素。

79. 简述测量误差的含义、类别及控制测量误差的方法。

【答案要点】

（1）测量误差指与测量目标无关的变量所引起的不准确和不一致的效应。

（2）测量误差一般分为随机误差和系统误差两类。偶然因素引起的测量误差称为随机误差,恒定因素引起的有规律的测量误差称为系统误差。

（3）控制测量误差的方法有:提高编制测验的科学性,施测过程的标准化,评分与计分的科学性与标准化,主试与被试的配合及操作规范等。

【分析】本题旨在考查考生对测量误差的理解和掌握。测量误差指与测量目标无关的变量所引起的不准确和不一致的效应,一般分为随机误差和系统误差两类。控制测量误差可以从测验的编制、测验的准备、测验实施、统计分析几个方面入手,具体包括:提高编制测验的科学性,施测过程的标准化,评分与计分的科学性与标准化,主试与被试的配合及操作规范等。

80. 简述统计假设检验中两类错误的定义及其关系。

【答案要点】

（1）统计检验中两类错误即 α 错误和 β 错误。α 错误是指当零假设成立时,拒绝零假设犯的"弃真"错误,也叫 I 型错误;β 错误是指当零假设不成立时,未拒绝零假设所犯的"取伪"错误,也叫 II 型错误。

（2）α 错误和 β 错误相互之间的关系是:α 大时,β 小;α 和 β 不能同时减少。

【分析】本题旨在考查考生对统计检验中两类错误的理解和掌握。统计检验中的两类错误包括:α 错误是指当零假设成立时,拒绝零假设犯的"弃真"错误,也叫 I 型错误;β 错误是指当零假设不成立时,未拒绝零假设所犯的"取伪"错误,也叫 II 型错误。两类错误的关系主要涉及两个方面:一是 α 大时,β 小;二是 α 和 β 不能同时减少。此题也提醒考生,在备考中对统计的复习不仅局限在计算题上,对统计的基本概念也要能够准确表述。

四、综合题:81~83 小题,每小题 30 分,共 90 分。

81. 阐述注意分配的认知资源理论和双加工理论,并分别用生活中的实例加以说明。

【答案要点】

（1）认知资源理论

① 注意是一种有限的认知资源,对刺激的加工需要占用认知资源,刺激越复杂或加工越复杂,占用的认知资源越多。

② 输入刺激本身并不自动地占用认知资源,在认知系统内,有一个机制负责资源的分配。人对认知资源的分配是灵活的,人可以根据情境把认知资源分配到重要的新异刺激上。

③ 举例。

（2）双加工理论

① 谢夫林等人认为,认知加工分为自动化加工和受意识控制的加工。自动化加工不受认知资源的限制,是自动化进行的;自动化加工发生比较快,形成之后加工过程较难改变。受意识控制的加工受认知资源的限制,需要注意的参与,可以随环境的变化而不断进行调整。

② 举例。

【分析】本题考查考生对注意理论的理解和掌握,最好能够联系生活中的例子加以分析说明。认知资源理论认为,注意是一种有限的认知资源,对刺激的加工需要占用认知资源,刺激越复杂或加工越复杂,占用的认知资源就越多。另外,输入刺激本身并不自动地占用认知资源,在认知系统内,有一个机制负责资源的分配。人对认知资源的分配是灵活的,人可以根据情境把认知资源分配到重要的新异刺激上。双加工理论认为,认知加工分为自动化加工和受意识控制的加工。自动化加工不受认知资源的限制,是自动化进行的;自动化加工发生比较快,形成之后加工过程较难改变。受意识控制的加工受认知资源的限制,需要注意的参与,可以随环境的变化而不断进行调整。在举例说明的时候要注意,不仅要举出生活中恰当的事例,而且一定要对事例进行一定的分析说明,把事例与理论结合起来,而不是简单举出例子就行了。

82. 试述皮亚杰的认知发展理论及其对教学工作的启示。

【答案要点】

(1) 认知发展理论

① 发展的实质与原因

皮亚杰认为认知发展是一种建构的过程,是个体在与环境不断的相互作用中实现的。智力既非起源于先天的成熟,亦非起源于后天的经验,而是起源于主体的动作。这种动作的本质是主体对客体的适应。

② 发展的因素和结构

影响认知发展的因素有:成熟、物理环境、社会环境和平衡。

发展的结构包括:图式、同化、顺应和平衡。

③ 认知发展阶段论

皮亚杰认为,心理发展过程具有连续性、阶段性和顺序性,每个阶段具有其独特的结构。儿童思维发展依次经过感知运动阶段、前运算阶段、具体运算阶段和形式运算阶段。

(2) 对教学工作的启示

① 教学应适应学生的认知结构。

② 这种理论是活动教学法、认知冲突法等的理论基础。

【分析】本题考查了考生对皮亚杰认知发展理论的理解和掌握,同时要求对该理论在教学中的应用加以分析说明,是一道理论和实践结合很紧密的题目。皮亚杰的认知发展理论主要包括了四个方面的内容。一是发展的实质与原因,二是发展的因素和结构,三是认知发展阶段论,四是对教学工作的启示。皮亚杰理论对教学的启示主要有两个方面,一是教学应适应学生的认知结构;二是这种理论是活动教学法、认知冲突法等的理论基础。从该题可以看出,对重点理论的把握不仅需要对理论本身的主要观点有准确理解,还需要进一步分析该理论在实践中有哪些指导作用。这是考生在复习中应该注意的问题。

83. 图 A、B、C 是一项实验的三种可能结果。试根据图示的结果,回答下列问题:

(1) 该实验的目的是什么?

(2) 该实验有几个自变量?每个自变量各有几个水平?因变量是什么?

(3) 请用文字分别描述这三种可能的结果。

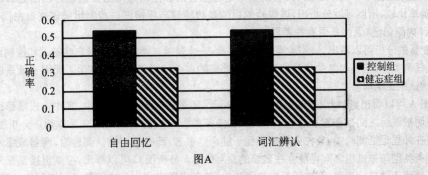

图A

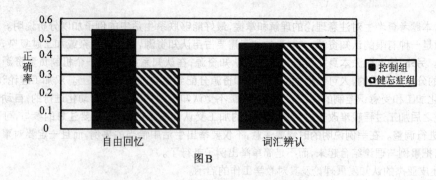

图B

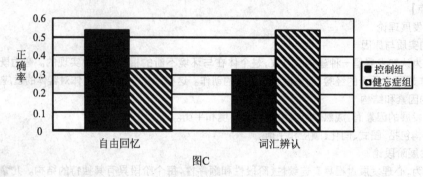

图C

【答案要点】

（1）该实验的目的是检验健忘症被试与控制组被试在自由回忆（外显记忆）和词汇辨认（内隐记忆）之间是否存在差异（实验性分离）；或者健忘症被试是否保留有内隐记忆。

（2）该实验有两个自变量：一个是被试类型，包括健忘症被试和控制组被试两个水平；另一个是任务类型，包括内隐的词汇辨认任务和外显的自由回忆任务两个水平。因变量是自由回忆的正确率和词汇辨认的正确率。

（3）图A可能表明，控制组被试无论是在外显记忆还是在内隐记忆测验中，其作业成绩都比健忘症被试好，显示出被试组之间存在显著性差异；不存在任务类型与被试组之间的交互作用。图B可能表明，控制组被试在外显记忆测验中，其作业成绩要优于健忘症患者；而在词汇辨认测验时，两者成绩无显著性差异；显示出任务类型与被试组之间可能存在显著的交互作用。图C可能表明，控制组被试在外显记忆测验中，其作业成绩优于健忘症者；而在词汇辨认测验中，健忘症患者的作业成绩要优于控制组被试，出现了交叉的交互作用。

【分析】本题旨在考查考生运用所学的实验方法解决实际问题的综合能力，涉及了实验设计、统计方法、结果分析等多个方面。本题通过对结果的呈现，要求考生能够从结果信息中分析出实验的一些基本内容，包括实验目的、变量以及结果预期。

（1）从四个结果的图示中可以看出，实验的结果是健忘症组和控制组两组被试在自由回忆和词汇辨认两种任务中的正确率比较，所以可以分析出，该实验的目的是检验健忘症被试与控制组被试在自由回忆（外显记忆）和词汇辨认（内隐记忆）之间是否存在差异。

（2）对自变量的分析可以看出，该实验有两个自变量：一个是被试类型，包括健忘症被试和控制组被试两个水平；另一个是任务类型，包括内隐的词汇辨认任务和外显的自由回忆任务两个水平。而因变量是自由回忆的正确率和词汇辨认的正确率。

（3）分析图A可以看出，控制组被试无论是在外显记忆还是在内隐记忆测验中，其作业成绩都比健忘症被试好，这可能表明被试组之间存在显著性差异，不存在任务类型与被试组之间的交互作用。分析图B可以看出，控制组被试在外显记忆测验中，其作业成绩要优于健忘症患者；而在词汇辨认测验时，两者成绩无显著性差异；这就表示任务类型与被试组之间可能存在显著的交互作用。分析图C可以看出，控制组被试在外显记忆测验中，其作业成绩优于健忘症者；而在词汇辨认测验中，健忘症患者的作业成绩要优于控制组被试，出现了交叉的交互作用，也就是说两组被试在两个任务中出现了双分离。

郑重声明

高等教育出版社依法对本书享有专有出版权。任何未经许可的复制、销售行为均违反《中华人民共和国著作权法》,其行为人将承担相应的民事责任和行政责任,构成犯罪的,将被依法追究刑事责任。为了维护市场秩序,保护读者的合法权益,避免读者误用盗版书造成不良后果,我社将配合行政执法部门和司法机关对违法犯罪的单位和个人给予严厉打击。社会各界人士如发现上述侵权行为,希望及时举报,本社将奖励举报有功人员。

反盗版举报电话:(010)58581897/58581896/58581879

传　　真:(010)82086060

E – mail:dd@ hep. com. cn

通信地址:北京市西城区德外大街4号
　　　　　高等教育出版社打击盗版办公室

邮　　编:100120

购书请拨打读者服务部电话:(010)58581114/5/6/7/8

特别提醒:"中国教育考试在线"http://www. eduexam. com. cn 是高教版考试用书专用网站。网站本着真诚服务广大考生的宗旨,为考生提供名师导航、下载中心、在线练习、在线考试、网上商城、网络课程等多项增值服务。高教版考试用书配有本网站的增值服务卡,该卡为高教版考试用书正版书的专用标识,广大读者可凭此卡上的卡号和密码登录网站获取增值信息,并以此辨别图书真伪。